Titre original : *Harry Potter and the Goblet of Fire*
Édition originale publiée par Bloomsbury Publishing Plc, Londres, 2000

J.K. Rowling

HARRY POTTER

ET LA COUPE DE FEU

Traduit de l'anglais
par Jean-François Ménard

GALLIMARD JEUNESSE

À Peter Rowling,
en souvenir de Mr Ridley,
et à Susan Sladden,
qui a aidé Harry à sortir de son placard.

1
LA MAISON DES « JEUX DU SORT »

Les habitants de Little Hangleton l'appelaient toujours la maison des « Jeux du sort », même s'il y avait de nombreuses années que la famille Jedusor n'y vivait plus. Elle se dressait au sommet d'une colline dominant le village, certaines de ses fenêtres condamnées par des planches, le toit dépourvu de tuiles en plusieurs endroits, la façade envahie d'un lierre épais qui poussait en toute liberté. Autrefois, le manoir avait eu belle apparence, c'était sans nul doute le plus grand et le plus majestueux édifice à des kilomètres à la ronde mais, à présent, la maison des « Jeux du sort » n'était plus qu'une bâtisse humide, délabrée, déserte.

Les villageois s'accordaient à dire que la maison faisait « froid dans le dos ». Un demi-siècle plus tôt, un événement étrange et terrifiant s'y était produit, quelque chose que les plus anciens du village se plaisaient encore à évoquer lorsqu'il n'y avait rien de plus récent pour alimenter les potins. L'histoire avait été racontée tant de fois, enjolivée si souvent, que plus personne n'aurait su dire où était vraiment la vérité. En tout cas, toutes les versions du récit commençaient de la même manière : cinquante ans plus tôt, à l'aube d'une belle matinée d'été, alors que la maison de la famille Jedusor était encore une imposante résidence soigneusement entretenue, une servante était entrée dans le grand salon et y avait trouvé les cadavres des trois Jedusor.

La servante s'était précipitée au village et avait alerté à grands cris tous ceux qu'elle rencontrait sur son passage.

– Ils sont allongés par terre les yeux grands ouverts ! Froids comme la glace ! Encore habillés pour le dîner !

On avait appelé la police et tout le village de Little Hangleton avait bouillonné d'une curiosité indignée et d'une excitation mal déguisée. Personne, cependant, n'avait gaspillé sa salive à déplorer la disparition des Jedusor qui n'avaient jamais suscité une grande sympathie alentour. Mr et Mrs Jedusor, un couple âgé, étaient riches, arrogants, mal élevés, et leur fils déjà adulte, Tom, se montrait encore pire que ses parents. Tout ce qui importait aux villageois, c'était de connaître l'identité du meurtrier – le crime ne faisant aucun doute, car trois personnes apparemment en bonne santé n'auraient pu mourir subitement de mort naturelle le même soir.

Au *Pendu*, le pub du village, le commerce avait bien marché, ce soir-là ; tout le monde s'y était rassemblé pour parler du triple meurtre. Et personne n'avait regretté d'avoir abandonné son fauteuil au coin du feu lorsque, en plein milieu des conversations, la cuisinière des Jedusor avait fait une entrée spectaculaire pour annoncer à l'assistance soudain silencieuse qu'un homme du nom de Frank Bryce venait d'être arrêté.

– Frank ! s'étaient écriés plusieurs clients. C'est impossible !

Frank Bryce était le jardinier des Jedusor. Il vivait seul dans une maisonnette délabrée située dans le domaine qui entourait le manoir. Frank était revenu de la guerre avec une jambe raide et une profonde aversion pour la foule et le bruit. Depuis, il travaillait au service des Jedusor.

Tout le monde s'était précipité pour offrir à boire à la cuisinière et obtenir d'autres détails.

– J'ai toujours pensé qu'il était bizarre, avait-elle dit aux villageois pendus à ses lèvres, après avoir vidé son quatrième verre de xérès. Pas très aimable, pour tout dire. Je crois même qu'il ne m'est jamais arrivé de lui offrir la moindre tasse de thé. Il ne voulait pas se mêler aux autres, jamais.

– Faut le comprendre, avait dit une femme accoudée au comptoir, Frank, il a beaucoup souffert pendant la guerre. Maintenant, il aime bien être tranquille. Ce n'est pas pour ça qu'il aurait...

– Et qui donc possédait la clé de la porte de service ? l'avait interrompue la cuisinière. Il y a toujours eu une clé de cette porte dans la maison du jardinier ! Personne n'a forcé la serrure, la nuit dernière ! Il n'y a pas de carreau cassé ! Tout ce que Frank a eu besoin de faire, c'était de se glisser dans la maison pendant qu'on était tous en train de dormir...

Les villageois avaient alors échangé de sombres regards.

– Moi, je lui ai toujours trouvé l'air mauvais, avait grogné un homme au comptoir.

– La guerre lui a fait un drôle d'effet, si vous voulez mon avis, avait ajouté le patron du pub.

– Je te l'ai souvent dit que j'aimerais mieux ne jamais l'avoir contre moi, pas vrai, Dot ? avait lancé une femme surexcitée, assise dans un coin.

– Un caractère épouvantable, avait approuvé la dénommée Dot en hochant vigoureusement la tête. Je me souviens, quand il était petit...

Le lendemain matin, il n'y avait quasiment plus personne, à Little Hangleton, pour douter que Frank Bryce fût bel et bien l'assassin des Jedusor.

Mais dans la ville voisine de Great Hangleton, dans le poste de police sombre et miteux où il était interrogé, Frank répétait obstinément, inlassablement, qu'il était innocent et que la seule personne qu'il avait vue s'approcher de la maison, le jour de la mort des Jedusor, était un jeune homme pâle aux cheveux bruns, étranger au village. Personne d'autre n'avait vu ce garçon et la police était persuadée que Frank l'avait tout simplement inventé.

Puis, au moment où la situation devenait vraiment grave pour Frank, les conclusions de l'autopsie pratiquée sur les cadavres des Jedusor étaient arrivées et avaient tout bouleversé.

La police n'avait jamais lu un rapport aussi étrange. Une équipe de médecins légistes avait examiné les corps et en avait conclu qu'aucun des trois membres de la famille Jedusor n'avait été ni empoisonné, ni poignardé, ni tué avec une arme à feu, ni étranglé, ni étouffé. Apparemment, personne ne leur avait fait le moindre mal. Pour tout dire, concluait le rapport sur un ton qui ne cherchait pas à dissimuler la stupéfaction de ses auteurs, les Jedusor paraissaient en parfaite santé – en dehors du fait qu'ils étaient morts. Les médecins notaient toutefois (comme s'ils avaient voulu à tout prix trouver quelque chose d'anormal) que les Jedusor avaient tous les trois sur le visage une expression de terreur – mais, comme l'avaient fait remarquer les policiers passablement contrariés, qui donc avait jamais entendu dire qu'on puisse provoquer la mort simultanée de trois personnes en se contentant de leur faire *peur* ?

Comme il n'existait aucune preuve d'assassinat, la police avait dû relâcher Frank. On avait enterré les Jedusor dans le cimetière de Little Hangleton, derrière l'église, et leurs tombes étaient restées pendant longtemps un objet de curiosité. À la grande surprise de tous, et dans une atmosphère de suspicion, Frank Bryce était retourné vivre dans sa maisonnette, sur le domaine qui entourait la résidence des Jedusor.

– Si vous voulez mon avis, c'est lui l'assassin et je me fiche bien de ce que dit la police, avait commenté Dot au pub du *Pendu*. Et s'il avait un peu de décence, il partirait d'ici. Il sait bien que tout le monde est au courant que c'est lui qui les a tués.

Mais Frank n'était pas parti. Il avait continué à s'occuper du jardin pour le compte de la famille qui avait racheté la maison des Jedusor, puis pour la famille qui lui avait succédé – car personne n'y restait bien longtemps. Peut-être était-ce en partie à cause de Frank que chaque nouveau propriétaire affirmait se sentir mal à l'aise dans cet endroit qui, en l'absence d'occupants, avait commencé à tomber en ruine.

Le riche propriétaire qui possédait à présent la maison des Jedusor n'y habitait pas et ne la destinait à aucun usage ; dans le village, on disait qu'il la gardait pour des « raisons fiscales », même si personne ne savait exactement ce que cela pouvait bien signifier. En tout cas, il continuait de payer Frank pour s'occuper du jardin. Frank approchait à présent de son soixante-dix-septième anniversaire. Il était sourd et sa jambe était devenue plus raide que jamais. Pourtant, les jours de beau temps, on le voyait encore s'affairer autour des massifs de fleurs, même si les mauvaises herbes commençaient à l'emporter sur lui.

Les mauvaises herbes n'étaient d'ailleurs pas le seul souci de Frank. Les enfants du village avaient pris l'habitude de jeter des pierres dans les carreaux de la maison des « Jeux du sort » et roulaient à bicyclette sur les pelouses que Frank s'efforçait d'entretenir avec tant de constance. Une ou deux fois, par défi, ils étaient même entrés dans la maison en forçant la porte. Ils savaient que le vieux Frank était très attaché au domaine et ils s'amusaient beaucoup à le voir traverser le jardin en boitant, un bâton à la main, hurlant contre eux de sa voix rauque. Frank, pour sa part, pensait que les enfants s'acharnaient ainsi contre lui parce que, comme leurs parents et leurs grands-parents, ils le prenaient également pour un assassin. Aussi, lorsque le vieil homme se réveilla une nuit du mois d'août et vit que quelque chose de très bizarre se passait dans la vieille maison, il crut simplement que les enfants avaient franchi un pas de plus dans leurs tentatives de le punir du crime qu'ils lui attribuaient.

Ce fut la jambe raide de Frank qui le réveilla ; elle lui faisait de plus en plus mal dans ses vieux jours. Il se leva et descendit l'escalier en claudiquant, dans l'intention d'aller à la cuisine remplir à nouveau sa bouillotte d'eau chaude pour soulager la douleur de son genou. Debout devant l'évier pendant qu'il faisait couler l'eau dans la bouilloire, il leva les yeux vers la maison et vit une lumière scintiller derrière les plus hautes fenêtres. Frank devina tout de suite ce qui devait se passer. Les enfants étaient à nouveau entrés dans la maison et, à en juger par cette lueur tremblotante, ils avaient allumé un feu.

Frank n'avait pas le téléphone et, d'ailleurs, il s'était toujours méfié de la police depuis qu'elle l'avait accusé du meurtre des Jedusor. Il posa la bouilloire, remonta l'escalier aussi vite que le lui permettait sa jambe raide puis redescendit dans la cuisine après s'être habillé et avoir pris une vieille clé rouillée, pendue à un crochet près de la porte. Au passage, il saisit sa canne posée contre le mur et sortit dans la nuit.

Ni la porte d'entrée de la maison ni les fenêtres ne semblaient avoir été fracturées. Frank fit le tour par-derrière et s'arrêta devant une porte presque entièrement dissimulée par le lierre. Il sortit alors sa vieille clé, la glissa dans la serrure et ouvrit la porte sans faire de bruit.

Il pénétra dans la cuisine, aussi vaste qu'une caverne. Il y avait des années qu'il n'y était plus entré ; pourtant, malgré l'obscurité qui y régnait, il se rappelait où se trouvait la porte donnant sur l'entrée et il s'avança à tâtons, dans une odeur de moisi, l'oreille tendue pour essayer de percevoir des bruits

de pas ou des voix au-dessus de sa tête. Il atteignit le vesti-
bule, un peu moins sombre grâce aux grandes fenêtres à
meneaux qui encadraient la porte d'entrée, et commença à
monter l'escalier aux marches recouvertes d'une épaisse poussière qui étouffait le bruit de ses pas et de sa canne.

Parvenu sur le palier, Frank tourna à droite et vit tout de
suite où se trouvaient les intrus : au bout du couloir, une porte
était entrouverte et la même lueur tremblotante brillait par
l'entrebâillement, projetant une longue traînée d'or sur le sol
obscur. À petits pas, Frank s'approcha, empoignant fermement sa canne. Lorsqu'il ne fut plus qu'à quelques dizaines de
centimètres, il aperçut l'intérieur de la pièce dans l'espace
que délimitait l'étroite ouverture de la porte.

Il eut alors la confirmation de ce qu'il avait deviné : quelqu'un avait allumé un feu dans la cheminée. Il s'immobilisa et
écouta attentivement, car une voix lui parvenait de la pièce ;
pas une voix d'enfant, mais une voix d'homme, qui semblait
timide, craintive.

– Il en reste un peu dans la bouteille, Maître, si vous avez
encore faim.

– Plus tard, répondit une deuxième voix.

C'était aussi une voix d'homme mais elle était étrangement aiguë, et froide comme un coup de vent glacé. Quelque
chose dans cette voix fit se dresser les quelques cheveux épars
qui restaient sur la nuque de Frank.

– Rapproche-moi du feu, Queudver.

Frank tourna vers la porte son oreille droite, celle avec
laquelle il entendait le mieux. Il y eut le tintement d'une bouteille qu'on pose sur une surface dure, puis le son sourd d'un
gros fauteuil traîné sur le sol. Frank aperçut un petit homme
qui poussait le fauteuil en tournant le dos à la porte. Il portait
une longue cape noire et avait le crâne un peu dégarni. Bientôt, il disparut à nouveau de son champ de vision.

– Où est Nagini ? demanda la voix glaciale.

– Je… je ne sais pas, Maître, répondit la première voix d'un ton mal à l'aise. Je pense qu'il a dû partir explorer la maison…

– Il faudra le traire avant de se coucher, Queudver, reprit la deuxième voix. J'aurai besoin de me nourrir au cours de la nuit. Ce voyage m'a grandement fatigué.

Le front plissé, Frank inclina sa bonne oreille un peu plus près de la porte, essayant d'entendre le mieux possible ce qui se disait dans la pièce. Il y eut un silence, puis l'homme qui s'appelait Queudver parla à nouveau :

– Maître, puis-je vous demander combien de temps nous allons rester ici ?

– Une semaine, répondit la voix glaciale. Peut-être plus. Cet endroit offre un confort relatif et il n'est pas encore temps de mettre le plan en action. Il serait stupide d'agir avant que la Coupe du Monde de Quidditch soit terminée.

Frank enfonça dans son oreille un doigt noueux et le fit tourner à plusieurs reprises. C'était sans doute à cause d'un bouchon de cire qu'il avait entendu prononcer le mot « Quidditch », qui ne voulait rien dire du tout.

– La… la Coupe du Monde de Quidditch, Maître ? dit Queudver. (Frank enfonça encore plus vigoureusement son doigt dans l'oreille.) Pardonnez-moi, mais… je ne comprends pas… Pourquoi faudrait-il attendre que la Coupe du Monde soit terminée ?

– Parce que, espèce d'idiot, c'est le moment où les sorciers du monde entier vont se précipiter dans le pays et où tous les fouineurs du ministère de la Magie seront sur le qui-vive pour déceler le moindre signe d'activité anormale. Ils vont passer leur temps à contrôler et recontrôler toutes les identités. Ils seront obsédés par la sécurité, de peur que les Moldus remarquent quoi que ce soit. Nous allons donc attendre.

Frank renonça à déboucher son oreille. Il avait entendu distinctement les mots « ministère de la Magie », « sorciers » et « Moldus ». De toute évidence, chacun de ces termes possédait un sens secret et, pour Frank, il n'y avait que deux sortes de gens qui aient besoin d'un code pour parler entre eux – les espions et les criminels. Frank serra plus fort sa canne entre ses doigts et écouta avec plus d'attention que jamais.

– Vous êtes donc toujours aussi décidé, Maître ? demanda Queudver d'une voix douce.

– Je suis très décidé, sans nul doute, Queudver.

Il y avait à présent quelque chose de menaçant dans la voix glaciale.

Un bref silence suivit, puis Queudver reprit la parole, les mots s'échappant précipitamment de ses lèvres, comme s'il se forçait à dire tout ce qu'il avait en tête avant que ses nerfs le trahissent.

– Il serait possible de le faire sans Harry Potter, Maître.

Nouveau silence, plus prolongé, puis :

– Sans Harry Potter ? dit la deuxième voix dans un souffle. Vraiment ?

– Maître, je ne dis pas cela par souci de protéger ce garçon ! assura Queudver, sa voix montant dans les aigus, comme un grincement. Il ne représente rien pour moi, rien du tout ! Simplement, si nous nous servions d'une autre sorcière ou d'un autre sorcier – n'importe quel sorcier – la chose pourrait être accomplie beaucoup plus vite ! Si vous m'autorisiez à vous laisser seul pendant un bref moment – vous savez que j'ai une faculté de déguisement très efficace – je pourrais être de retour ici en deux jours seulement avec la personne qui conviendrait...

– Je pourrais me servir d'un autre sorcier, dit doucement l'autre voix, c'est vrai...

15

– Ce serait judicieux, dit Queudver qui semblait soudain profondément soulagé. Mettre la main sur Harry Potter présenterait de terribles difficultés, il est si bien protégé…

– Et donc, tu te proposes d'aller me chercher un remplaçant ? Je me demande… Peut-être que la tâche de me soigner a fini par te lasser, Queudver ? Cette suggestion de renoncer au plan prévu ne serait-elle qu'une tentative de m'abandonner ?

– Maître ! Je… je n'ai aucun désir de vous abandonner, pas du tout…

– Ne me mens pas ! siffla la deuxième voix. Je le sais toujours lorsqu'on me ment, Queudver ! Tu regrettes d'être revenu auprès de moi. Je te dégoûte. Je te vois tressaillir chaque fois que tu me regardes, je te sens frissonner quand tu me touches…

– Non ! Ma dévotion à Votre Excellence…

– Ta dévotion n'est rien d'autre que de la couardise. Tu ne serais pas ici si tu avais un autre endroit où aller. Comment pourrais-je survivre sans toi, alors qu'il m'est impossible de rester plus de quelques heures sans nourriture ? Qui va traire Nagini ?

– Mais vous avez l'air d'avoir repris beaucoup de forces, Maître…

– Menteur, dit la deuxième voix dans un souffle. Je n'ai pas repris de forces et quelques jours de solitude suffiraient à me dépouiller de la maigre santé que j'ai retrouvée par tes soins maladroits. *Silence !*

Queudver, qui avait commencé à balbutier des paroles incohérentes, se tut aussitôt. Pendant quelques secondes, Frank n'entendit rien d'autre que le craquement du feu dans la cheminée. Le deuxième homme reprit alors la parole dans un murmure qui ressemblait presque à un sifflement.

– J'ai mes raisons pour vouloir me servir de ce garçon,

comme je te l'ai déjà expliqué, et je ne me servirai de personne d'autre. J'ai attendu treize ans. J'attendrai bien quelques mois de plus. Quant à la protection dont il bénéficie, je suis convaincu que mon plan parviendra à la neutraliser. Il suffit que tu fasses preuve d'un peu de courage, Queudver – un courage que tu devras trouver en toi, à moins que tu ne souhaites subir dans toute son ampleur la colère de Lord Voldemort…

– Maître, il faut que je vous parle ! dit Queudver d'une voix qui trahissait à présent la panique. Tout au long de notre voyage, j'ai retourné ce plan dans ma tête – Maître, la disparition de Bertha Jorkins ne passera pas longtemps inaperçue et si nous continuons, si je jette un sort…

– Si ? murmura la deuxième voix. Si ? Si tu suis le plan prévu, Queudver, le ministère ne saura jamais que quelqu'un d'autre a disparu. Tu le feras tranquillement, discrètement ; je voudrais pouvoir le faire moi-même, mais dans l'état où je me trouve… Allons, Queudver, encore un obstacle à supprimer et le chemin qui mène à Harry Potter sera libre. Je ne te demande pas d'agir seul. Lorsque le moment sera venu, mon *fidèle* serviteur nous aura rejoints…

– Je suis un fidèle serviteur, dit Queudver d'un ton où perçait un très net désenchantement.

– Queudver, j'ai besoin de quelqu'un d'intelligent et de quelqu'un dont la loyauté n'a jamais faibli. Malheureusement, tu ne remplis aucune de ces deux conditions.

– J'ai réussi à découvrir votre retraite, répondit Queudver, la voix un peu boudeuse. Je suis celui qui vous a retrouvé. Et c'est moi qui vous ai amené Bertha Jorkins.

– C'est vrai, admit l'autre d'un ton amusé. Une idée brillante que je n'aurais jamais attendue de toi, Queudver. Mais, en vérité, tu ne savais pas à quel point elle me serait utile lorsque tu l'as capturée, n'est-ce pas ?

– Je… je pensais qu'elle pourrait vous servir, Maître…

– Menteur, répéta la deuxième voix avec un amusement de plus en plus cruel. Je reconnais cependant qu'elle nous a révélé quelque chose d'inestimable. Sans elle, je n'aurais jamais pu échafauder notre plan et tu recevras ta récompense pour cela, Queudver. Je vais te laisser le soin d'accomplir pour moi une tâche essentielle. Nombre de mes partisans seraient prêts à donner leur main droite pour se voir confier une telle mission…

– Vr… vraiment, Maître ? Qu'est-ce que… ?

Queudver paraissait à nouveau terrifié.

– Allons, Queudver, tu ne voudrais pas que je gâche la surprise ? Ton rôle viendra tout à la fin… mais je te le promets, tu auras l'honneur de m'être aussi utile que Bertha Jorkins.

– Vous… Vous…

La voix de Queudver était devenue brusquement rauque, comme s'il avait la gorge sèche.

– Vous… allez… me tuer aussi ?

– Queudver, Queudver ! dit la voix glaciale d'un ton doucereux. Pourquoi te tuerais-je ? J'ai tué Bertha parce que j'y étais obligé. Elle ne pouvait plus servir à rien après avoir subi mon interrogatoire, elle était devenue tout à fait inutile. De toute façon, on lui aurait posé des questions très embarrassantes si elle était revenue au ministère en racontant qu'elle t'avait rencontré pendant ses vacances. Les sorciers qui sont censés être morts devraient éviter de croiser des sorcières du ministère de la Magie dans les auberges de campagne…

Queudver marmonna quelque chose à voix si basse que Frank ne put l'entendre, mais l'autre homme éclata de rire – un rire totalement dépourvu de joie, aussi froid que sa façon de parler.

– *Nous aurions pu modifier sa mémoire ?* Mais les sortilèges d'Amnésie peuvent très bien être rompus par un mage aux pouvoirs puissants comme j'en ai donné la preuve lorsque je l'ai interrogée. Ce serait justement une insulte à sa *mémoire* de ne pas se servir de ce que j'ai réussi à lui arracher, Queudver.

Dans le couloir, Frank se rendit soudain compte que la main qu'il tenait serrée sur sa canne était devenue moite. L'homme à la voix glaciale avait tué une femme. Il en parlait sans la moindre nuance de remords – il en parlait même avec *amusement*. C'était un homme dangereux – un fou. Et il préparait d'autres crimes. Ce garçon, Harry Potter – de qui s'agissait-il, il n'en savait rien –, était en danger.

Frank savait ce qu'il devait faire. C'était le moment ou jamais d'aller prévenir la police. Il allait ressortir sans bruit de la maison et se précipiter vers la cabine téléphonique du village... Mais la voix glaciale reprit la parole et Frank resta figé sur place, l'oreille tendue.

– Un autre sort à jeter... mon fidèle serviteur de Poudlard... Harry Potter sera entre mes mains, Queudver. C'est décidé. Il n'y aura plus de discussion. Mais, chut... Il me semble entendre Nagini...

Et aussitôt, la voix de l'homme changea. Il se mit à faire des bruits que Frank n'avait encore jamais entendus ; il sifflait, crachait, sans reprendre son souffle. Frank pensa qu'il devait avoir une crise de quelque chose, une attaque, peut-être.

Puis Frank entendit un bruit derrière lui, dans le couloir obscur. Lorsqu'il se retourna, il fut paralysé de terreur.

Quelque chose ondulait sur le sol, quelque chose qui s'avança peu à peu dans la faible lueur que diffusaient par la porte entrebâillée les flammes de la cheminée. Frank vit alors avec épouvante qu'il s'agissait d'un gigantesque serpent d'au moins trois mètres de long. Horrifié, pétrifié, il regarda d'un air hébété son long corps ondoyant dessiner dans l'épaisse poussière du sol une large trace sinueuse à mesure qu'il approchait. Que fallait-il faire ? La seule issue, c'était d'aller se réfugier dans la pièce où deux hommes tranquillement installés s'entretenaient des meurtres qu'ils prévoyaient de commettre ; pourtant, s'il restait là où il était, le serpent allait sûrement le tuer…

Avant qu'il ait eu le temps de prendre une décision, le reptile était arrivé à sa hauteur. Incrédule, il le vit alors passer devant lui sans le toucher ; un véritable miracle ! Le serpent se laissait guider par les sifflements et les crachotements que produisait la voix glaciale, à l'intérieur de la pièce et, en quelques secondes, le bout de sa queue aux écailles en losanges disparut par la porte entrouverte.

Frank avait maintenant le front aussi moite que sa main, qui tremblait en serrant sa canne. Dans la pièce, la voix continuait de siffler et Frank eut soudain une étrange pensée, une pensée absurde… *Cet homme avait la faculté de parler aux serpents.*

Frank ne comprenait pas ce qui se passait. Il ne souhaitait plus qu'une seule chose, à présent : retourner dans son lit avec sa bouillotte d'eau chaude. Mais ses jambes ne semblaient pas décidées à bouger. Tandis qu'il restait là à trembler en essayant de reprendre ses esprits, la voix glaciale recommença à parler normalement :

– Nagini a des nouvelles intéressantes à nous apprendre, Queudver, dit-elle.

– Vr… vraiment, Maître ? balbutia Queudver.

– Vraiment, oui, reprit la voix. À l'en croire, il y a derrière la porte un vieux Moldu qui écoute tout ce que nous disons.

Frank n'avait aucune possibilité de se cacher. Des bruits de pas retentirent et la porte s'ouvrit brusquement.

Un petit homme au front dégarni, les cheveux grisonnants, se tenait devant lui. Son visage exprimait une inquiétude mêlée de terreur.

20

— Invite-le donc, Queudver. As-tu oublié les bonnes manières ?

La voix glaciale s'élevait du vieux fauteuil, près de la cheminée, mais Frank ne parvenait pas à voir l'homme qui parlait. Le serpent était devant l'âtre, lové sur le tapis mangé aux mites, comme une horrible caricature de chien.

Queudver fit signe à Frank d'entrer dans la pièce. Bien qu'il ne fût pas encore remis du choc, Frank se cramponna fermement à sa canne et franchit la porte de son pas claudicant.

Les flammes de la cheminée constituaient la seule source de lumière, projetant sur les murs des ombres qui s'étiraient comme des toiles d'araignée. Frank fixa du regard le dos du fauteuil. L'homme qui y était assis devait être encore plus petit que son serviteur car on ne voyait même pas le sommet de sa tête dépasser du dossier.

— Tu as tout entendu, Moldu ? demanda la voix glaciale.

— Comment m'avez-vous appelé ? lança Frank sur un ton de défi car, maintenant qu'il était dans la pièce, maintenant que le moment était venu d'agir, il se sentait plus courageux, comme lorsqu'il avait fait la guerre.

— Je t'ai appelé Moldu, répondit tranquillement la voix. Cela signifie que tu n'es pas un sorcier.

— J'ignore ce que vous entendez par sorcier, répliqua Frank, la voix de plus en plus ferme. Tout ce que je sais, c'est que j'en ai suffisamment entendu ce soir pour intéresser la police, croyez-moi. Vous avez commis un meurtre et vous avez l'intention d'en commettre un autre ! Et je vais vous dire une chose, ajouta-t-il sous l'effet d'une soudaine inspiration, ma femme sait que je suis ici et si je ne reviens pas…

— Tu n'as pas de femme, dit la voix glaciale d'un ton parfaitement calme. Personne ne sait que tu es ici. Tu n'as dit à personne où tu allais. Ne mens pas à Lord Voldemort, Moldu, car il sait toujours tout…

– Voyez-vous ça ? répliqua Frank d'un ton abrupt. Un Lord, vraiment ? Eh bien, permettez-moi de vous dire que vos manières laissent à désirer, *Mylord*. Vous pourriez au moins vous tourner et me regarder en face, comme un homme, vous ne croyez pas ?

– Justement, je ne suis pas un homme, Moldu, répondit la voix glaciale qui parvenait à peine à dominer le crépitement du feu. Je suis beaucoup, beaucoup plus qu'un homme. Mais finalement, pourquoi pas ? Je vais te regarder en face… Queudver, viens tourner mon fauteuil.

Le serviteur laissa échapper un gémissement.

– Tu m'as entendu, Queudver ?

Lentement, les traits de son visage contractés, comme s'il aurait préféré faire n'importe quoi d'autre que d'approcher son maître et le serpent lové sur le tapis, le petit homme s'avança et entreprit de tourner le fauteuil. Le reptile leva son horrible tête triangulaire et émit un léger sifflement lorsque les pieds du fauteuil se prirent dans son tapis.

Enfin, Frank se retrouva face au fauteuil et vit ce qui y était assis. Sa canne lui glissa alors des doigts et tomba par terre avec un bruit sec. La bouche grande ouverte, il laissa échapper un long hurlement. Il cria si fort qu'il n'entendit jamais les mots que la chose assise dans le fauteuil prononça en brandissant une baguette magique. Il y eut un éclat de lumière verte, un souffle semblable à un brusque coup de vent, puis Frank Bryce s'effondra. Il était mort avant d'avoir heurté le sol.

À trois cents kilomètres de là, le garçon qui s'appelait Harry Potter se réveilla en sursaut.

2
LA CICATRICE

Harry était allongé sur le dos, la respiration haletante comme s'il venait de courir. Il s'était éveillé d'un rêve particulièrement saisissant en se tenant le visage entre les mains. Sur son front, la vieille cicatrice en forme d'éclair brûlait sous ses doigts comme si quelqu'un lui avait appliqué sur la peau un fil de fer chauffé au rouge.

Il se redressa dans son lit, une main toujours plaquée sur son front, l'autre cherchant à tâtons ses lunettes posées sur la table de chevet. Après les avoir mises sur son nez, le décor de sa chambre lui apparut plus nettement, dans la faible lueur orangée projetée à travers les rideaux par le réverbère qui éclairait la rue.

Harry caressa à nouveau sa cicatrice. Elle était encore douloureuse. Il alluma la lampe, à côté de son lit, s'arracha de ses couvertures, traversa la chambre, ouvrit son armoire et regarda dans la glace fixée à l'intérieur de la porte. Il vit face à lui un garçon de quatorze ans, très maigre, avec des yeux verts et brillants qui l'observaient d'un air perplexe sous ses cheveux noirs en bataille. Il examina de plus près la cicatrice en forme d'éclair que présentait son reflet. Elle paraissait normale mais elle était encore brûlante.

Harry essaya de se rappeler le rêve qu'il venait de faire. Il lui avait semblé si réel... Il y avait deux personnes qu'il connaissait et une autre qu'il n'avait jamais vue… Il se concentra, les sourcils froncés, essayant de rassembler ses souvenirs…

L'image d'une pièce plongée dans la pénombre lui revint en mémoire… Il y avait un serpent sur un tapis, devant une cheminée… Un petit homme qui s'appelait Peter et qu'on surnommait Queudver… et puis une voix froide, aiguë… La voix de Lord Voldemort. À cette pensée, Harry eut soudain l'impression qu'un cube de glace lui descendait dans l'estomac…

Il ferma étroitement les paupières et s'efforça de se rappeler quelle apparence avait Voldemort, mais il n'y parvint pas… La seule chose certaine c'était que, au moment où le fauteuil de Voldemort avait pivoté et que Harry avait vu ce qui y était assis, il avait été secoué d'un spasme d'horreur qui l'avait réveillé en sursaut… Ou bien était-ce la douleur de sa cicatrice ?

Et qui était donc ce vieil homme ? Car il y avait un vieil homme présent dans son rêve. Harry l'avait vu s'effondrer sur le sol. Tout devenait confus dans son esprit. Il plongea son visage dans ses mains, effaçant la vision de sa chambre, essayant de se concentrer sur l'image de cette pièce faiblement éclairée, mais c'était comme s'il avait essayé de retenir de l'eau entre ses doigts. Les détails lui échappaient à mesure qu'il essayait de les saisir… Voldemort et Queudver avaient parlé de quelqu'un qu'ils avaient tué, mais Harry ne parvenait pas à se souvenir du nom de la victime… Et ils avaient projeté de tuer quelqu'un d'autre… *Lui*…

Harry releva la tête, ouvrit les yeux et jeta un regard autour de sa chambre comme s'il s'attendait à y découvrir quelque chose d'inhabituel. En fait, il y avait beaucoup de choses inhabituelles dans cette pièce. Une grosse valise en forme de malle était ouverte au pied du lit, laissant voir un chaudron, un balai, des robes de sorcier noires et des livres de magie. Des rouleaux de parchemin s'entassaient sur une partie de son bureau, à côté de la grande cage vide dans laquelle Hedwige, sa chouette aux plumes blanches comme la neige, était habituellement perchée. Sur le plancher, à côté de son lit, le livre qu'il avait lu la veille, avant de tomber endormi, était encore ouvert. Les photos qui illustraient ses pages ne cessaient de bouger. Sur chacune d'elles, des hommes vêtus de robes orange vif filaient d'un bord à l'autre du cadre, sur des balais volants, en se jetant une balle rouge.

Harry ramassa le livre et regarda un des sorciers marquer un but particulièrement spectaculaire en lançant la balle à travers un cercle situé à quinze mètres au-dessus du sol. Puis il referma le volume d'un geste sec. Même le Quidditch – qui était, à ses yeux, le plus beau sport du monde – n'aurait pu le distraire en cet instant. Il posa *En vol avec les Canons* sur sa table de chevet, traversa la pièce en direction de la fenêtre et écarta les rideaux pour regarder dans la rue.

Privet Drive avait exactement l'apparence qu'on peut attendre d'une petite rue de la banlieue résidentielle, aux premières heures d'un dimanche matin. Tous les rideaux alentour étaient tirés. D'après ce que Harry pouvait voir en scrutant l'obscurité, il n'y avait pas le moindre être vivant en vue, pas même un chat.

Et pourtant… et pourtant… Incapable de tenir en place, Harry revint s'asseoir sur son lit et caressa à nouveau sa cicatrice. Ce n'était pas la douleur qui le tracassait ; la douleur et les blessures ne lui étaient pas étrangères. Un jour, il avait perdu tous les os de son bras droit et avait dû passer une longue nuit de souffrance à attendre qu'ils repoussent sous l'effet d'un traitement spécial. Le même bras avait été transpercé peu après par l'énorme crochet venimeux d'un monstrueux serpent. L'année précédente, il avait fait une chute de quinze mètres en tombant d'un balai en plein vol. Il avait l'habitude des accidents et des blessures bizarres ; il fallait s'y attendre lorsqu'on était élève à l'école de sorcellerie de Poudlard et qu'on avait un don indiscutable pour s'attirer toute sorte d'ennuis.

Non, ce qui tracassait Harry c'était que, la dernière fois qu'il avait eu mal à sa cicatrice, Voldemort se trouvait à proximité… Pourtant Voldemort ne pouvait être ici, en ce moment… La pensée que Voldemort se cache dans Privet Drive était absurde, impossible…

Harry écouta attentivement le silence qui régnait autour de lui. S'attendait-il plus ou moins à entendre une marche craquer ou une cape frôler le sol ? Il eut un léger sursaut lorsque son cousin Dudley poussa un ronflement sonore dans la chambre voisine.

Harry décida de se secouer un peu, mentalement tout au moins. Il était stupide. En dehors de lui, il n'y avait personne d'autre dans cette maison que l'oncle Vernon, la tante Pétunia et Dudley et, de toute évidence, tous trois dormaient encore, plongés dans des rêves paisibles et sans douleur.

C'était quand ils dormaient que Harry aimait le mieux les Dursley. Lorsqu'ils étaient éveillés, ils ne lui étaient jamais d'aucun secours. L'oncle Vernon, la tante Pétunia et Dudley étaient les seuls membres de sa famille encore vivants. C'étaient des Moldus (des gens dépourvus de pouvoirs magiques) qui détestaient et méprisaient la magie sous toutes ses formes, ce qui signifiait que Harry était à peu près aussi bienvenu sous leur toit qu'une colonie de termites. Au cours des trois dernières années, ils avaient justifié les longues absences de Harry, lorsqu'il se trouvait au collège Poudlard, en racontant à tout le monde qu'il était en pension au Centre d'éducation des jeunes délinquants récidivistes de St Brutus. Ils savaient parfaitement que, étant sorcier de premier cycle,

Harry n'avait pas le droit de faire usage de magie en dehors de Poudlard, mais ils ne manquaient pas pour autant de rejeter sur lui la responsabilité de tout ce qui n'allait pas dans la maison. Harry n'avait jamais pu se confier à eux, ni leur raconter quoi que ce soit de sa vie dans le monde des sorciers. La seule pensée d'aller voir son oncle et sa tante pour leur parler de sa cicatrice douloureuse et de ses inquiétudes concernant Voldemort était risible.

Pourtant, c'était à cause de Voldemort que Harry avait été obligé d'aller vivre chez les Dursley. Sans Voldemort, il n'aurait pas eu de cicatrice en forme d'éclair sur le front. Sans Voldemort, il aurait encore des parents…

Harry avait un an le soir où Voldemort – le plus puissant mage noir du siècle, un sorcier qui, pendant onze ans, avait vu son pouvoir s'accroître régulièrement – était arrivé dans la maison de ses parents et avait tué son père et sa mère. Voldemort avait ensuite tourné sa baguette magique vers Harry et lui avait lancé un sort auquel de nombreux sorcières et sorciers d'âge mûr avaient succombé au cours de son ascension vers le pouvoir suprême. Mais, si incroyable que cela puisse paraître, le sortilège n'avait pas eu l'effet escompté. Au lieu de tuer le petit garçon, il avait ricoché et frappé Voldemort lui-même. Harry avait survécu sans autre blessure qu'une entaille en forme d'éclair sur le front, tandis que Voldemort, lui, avait été réduit à quelque chose d'à peine vivant. Ses pouvoirs anéantis, sa vie quasiment éteinte, le mage maléfique s'était enfui. La terreur dans laquelle la communauté secrète des sorcières et sorciers avait vécu pendant si longtemps n'avait plus de raison d'être. Les partisans de Voldemort s'étaient dispersés et Harry Potter était devenu célèbre.

Harry avait reçu un grand choc en découvrant qu'il était un sorcier le jour de son onzième anniversaire. Il avait été encore plus déconcerté en s'apercevant que son nom était connu de tous dans le monde caché de la sorcellerie. À son arrivée à Poudlard, il s'était rendu compte que les têtes se tournaient sur son passage et que des chuchotements le suivaient partout où il allait. Mais à présent, il s'y était habitué. À la fin de cet été, il entamerait sa quatrième année d'études à Poudlard et il comptait déjà les jours qui le séparaient de son retour dans le vieux château.

Il restait deux semaines à passer avant la rentrée scolaire. Harry jeta à nouveau un regard autour de lui et ses yeux se posèrent sur les cartes d'anniversaire que ses deux meilleurs amis lui avaient envoyées à la fin du mois de juillet. Que diraient-ils s'il leur écrivait pour leur raconter que sa cicatrice lui faisait mal ?

Il lui sembla aussitôt entendre la voix perçante d'Hermione Granger, saisie de panique.

« *Ta cicatrice te fait mal ? Harry, c'est très grave… Écris tout de suite au professeur Dumbledore ! Moi, je vais consulter le traité des* Indispositions et affections magiques les plus communes… *Il y a peut-être quelque chose sur les cicatrices dues aux sortilèges…* »

Oui, tel serait le conseil d'Hermione : s'adresser au directeur de Poudlard en personne et, en attendant, consulter un livre. Harry contempla par la fenêtre le ciel d'un noir bleuté, comme de l'encre. Il doutait fort qu'un livre puisse lui être d'aucun secours en cet instant. À sa connaissance, il était la seule personne encore vivante qui ait jamais résisté à un sortilège aussi puissant que celui lancé par Voldemort. Il était donc hautement improbable qu'il trouve la description de ses symptômes dans *Indispositions et affections magiques les plus communes*. Quant au directeur du collège, Harry n'avait aucune idée de l'endroit où il passait ses vacances d'été. Il s'amusa un instant à imaginer Dumbledore, avec sa grande barbe argentée, sa longue robe de sorcier et son chapeau pointu, allongé sur une plage, enduisant son long nez aquilin de crème solaire. Pourtant, quel que soit l'endroit où était parti Dumbledore, Harry était sûr qu'Hedwige serait capable de le retrouver. Sa chouette découvrait toujours le destinataire d'une lettre, même sans adresse. Mais que pourrait-il lui écrire ?

Cher professeur Dumbledore, je suis désolé de vous importuner mais ma cicatrice me fait mal, ce matin. Avec mes salutations respectueuses, Harry Potter.

Ces mots lui paraissaient stupides avant même de les avoir écrits.

Il essaya alors d'imaginer la réaction de son autre meilleur ami, Ron Weasley, et presque aussitôt le long nez et le visage constellé de taches de rousseur de Ron, avec son air songeur, apparurent devant ses yeux.

« *Ta cicatrice te fait mal ? Mais… Tu-Sais-Qui ne peut pas être à proximité, n'est-ce pas ? Tu le saurais, non ? Il essaierait encore une fois de te tuer, tu ne crois pas ? Je ne sais pas, Harry, peut-être que les cicatrices dues à un mauvais sort font toujours un peu mal… Je vais demander à papa… »*

Mr Weasley était un sorcier hautement qualifié qui travaillait au Service des détournements de l'artisanat moldu du ministère de la Magie, mais il n'avait pas de compétence particulière en matière de mauvais sorts, d'après ce que Harry savait. En tout cas, Harry n'avait pas envie que toute la famille Weasley sache qu'une brève douleur au front suffisait à le rendre aussi anxieux. Mrs Weasley serait encore plus inquiète qu'Hermione, et Fred et George, les frères de Ron, des jumeaux de seize ans, penseraient peut-être que Harry avait les nerfs fragiles. Les Weasley étaient la famille préférée de Harry ; il espérait qu'ils allaient bientôt l'inviter à passer quelque temps chez eux (Ron en avait parlé à propos de la Coupe du Monde de Quidditch) mais il ne voulait pas que

son séjour soit ponctué de questions angoissées sur l'état de sa
cicatrice

Harry [illisible] t. Ce qu'il voulait
(et il ava[illisible] c'était parler à… à
un paren[illisible] ourrait demander
conseil s[illisible] i chercherait vraiment à l[illisible] rience de la magie
noire…

La sol[illisible] e était si simple, si
évidente[illisible] uoi il avait mis si
longtem[illisible]

Harry sauta de son lit et courut s'asseoir à son bureau. Il
prit un morceau de parchemin, trempa sa plume d'aigle dans
l'encre, écrivit *Cher Sirius*, puis s'arrêta, cherchant la
meilleure façon d'exposer la situation. Il était encore stupéfait de n'avoir pas pensé tout de suite à lui écrire. Mais après
tout, peut-être n'était-ce pas si surprenant : deux mois à peine
s'étaient écoulés depuis qu'il avait appris que Sirius était son
parrain.

Il y avait une raison à l'absence totale de Sirius dans la vie
de Harry depuis cette date – Sirius avait été détenu à Azkaban, la terrifiante prison des sorciers, gardée par des créatures
qu'on appelait des Détraqueurs, sortes de démons sans yeux,
capables d'aspirer l'âme des vivants, et qui étaient venus à
Poudlard pour rechercher Sirius après son évasion. Pourtant,
Sirius était innocent – les meurtres dont on l'avait accusé
avaient été commis par Queudver, un fidèle de Voldemort,
que presque tout le monde croyait mort à présent. Harry, Ron
et Hermione savaient que ce n'était pas vrai, ils s'étaient
retrouvés face à face avec lui l'année précédente, mais le professeur Dumbledore avait été le seul à les croire.

Pendant une heure qui avait été l'une des plus belles de sa
vie, Harry avait cru qu'il allait enfin quitter les Dursley, car

Sirius lui avait proposé de l'accueillir sous son toit une fois que son nom aurait été réhabilité. Mais cette chance s'était soudain envolée – Queudver était parvenu à prendre la fuite avant qu'ils aient eu le temps de l'amener au ministère de la Magie et Sirius avait dû s'évader à nouveau pour échapper à la mort. Harry l'avait aidé à s'enfuir sur le dos d'un hippogriffe du nom de Buck. Depuis lors, Sirius se cachait. La pensée qu'il aurait pu vivre dans une autre maison si Queudver n'avait pas réussi à disparaître l'avait hanté tout l'été. Retourner chez les Dursley s'était révélé d'autant plus difficile qu'il avait failli en être débarrassé à tout jamais.

Malgré tout, Sirius avait été d'un certain secours à Harry, même s'il avait dû renoncer à vivre sous le même toit que lui. C'était grâce à lui que Harry avait maintenant le droit de conserver dans sa chambre tout son matériel scolaire. Auparavant, les Dursley ne lui en avaient jamais donné l'autorisation : leur volonté de gâcher la vie de Harry, associée à leur crainte de ses pouvoirs magiques, les avaient amenés jusqu'alors à enfermer chaque été dans le placard situé sous l'escalier la grosse valise qui contenait ses affaires d'école. Mais leur attitude était très différente depuis qu'ils avaient découvert l'existence de son parrain qu'on présentait comme un criminel dangereux – par commodité, Harry ne leur avait pas dit que Sirius était innocent.

Harry avait reçu deux lettres de lui depuis son retour à Privet Drive. Toutes deux avaient été apportées non par des hiboux (comme il était habituel chez les sorciers) mais par de grands oiseaux tropicaux aux couleurs étincelantes. Hedwige n'avait guère approuvé l'arrivée de ces intrus au plumage tapageur. Elle ne les avait autorisés qu'avec réticence à boire un peu de son eau avant de reprendre leur vol. Harry, lui, les aimait bien. Ils évoquaient à ses yeux des plages de sable blanc plantées de palmiers et il espérait que Sirius, quel que soit l'endroit où il se trouvait (il ne le précisait jamais de peur que ses lettres soient interceptées), menait la belle vie. Harry avait du mal à imaginer que des Détraqueurs puissent survivre longtemps sous un soleil radieux. C'était peut-être pour ça que Sirius était parti vers le sud. Ses lettres – cachées sous la lame de parquet branlante que dissimulait son lit et qui était décidément bien utile – avaient un ton joyeux. Sirius rappelait à Harry qu'il pouvait toujours faire appel à lui s'il en avait besoin. Or, justement, aujourd'hui, il en avait besoin…

La lampe de Harry semblait peu à peu perdre de son éclat à mesure que la lumière grise et froide qui précède l'aube se répandait dans sa chambre. Enfin, lorsque le soleil se fut levé, teintant d'une lueur dorée les murs de la pièce, et qu'il entendit l'oncle Vernon et la tante Pétunia bouger dans leur chambre, Harry débarrassa son bureau des morceaux de parchemin froissés qui l'encombraient et relut la lettre qu'il avait terminée.

Cher Sirius,

Merci pour ta dernière lettre. Cet oiseau était énorme, il a eu du mal à se glisser à travers ma fenêtre.

Ici, c'est comme d'habitude. Le régime de Dudley se passe assez mal. Hier, ma tante l'a surpris en train d'emporter en douce des beignets dans sa chambre. Ses parents lui ont dit qu'ils allaient lui supprimer son argent de poche s'il continuait comme ça et il s'est mis tellement en colère qu'il a jeté sa PlayStation par la fenêtre. Il s'agit d'une sorte d'ordinateur pour jouer à des jeux électroniques. C'était plutôt bête de sa part, maintenant il ne peut même plus jouer à Méga-Mutilation III pour se changer les idées.

Pour moi, les choses vont bien, surtout parce que les Dursley sont terrifiés à l'idée que tu puisses revenir et les transformer en chauves-souris si je te le demande.

Il s'est quand même passé quelque chose de bizarre ce matin.

Ma cicatrice a recommencé à me faire mal. La dernière fois que ça s'est produit, c'était parce que Voldemort était à Poudlard. Mais je ne pense pas qu'il puisse se trouver près de chez moi en ce moment, qu'est-ce que tu en penses ? Est-ce que tu sais si les cicatrices provoquées par un mauvais sort peuvent encore faire mal des années plus tard ?

J'enverrai Hedwige te porter cette lettre quand elle reviendra. Elle est partie chasser pour le moment. Dis bonjour à Buck de ma part.

Harry

Oui, pensa Harry, elle était très bien, cette lettre. Inutile de parler du rêve, il ne voulait pas paraître trop inquiet. Il plia le parchemin et le posa sur son bureau pour le donner à Hedwige dès qu'elle reviendrait. Puis il se leva, s'étira et retourna devant son armoire. Sans jeter un coup d'œil à son reflet, il commença alors à s'habiller pour aller prendre son petit déjeuner.

3
L'INVITATION

Lorsque Harry arriva dans la cuisine, les trois Dursley étaient déjà assis autour de la table. Personne ne leva les yeux quand il entra et s'assit à son tour. Le gros visage violacé de l'oncle Vernon était caché derrière le *Daily Mail* et la tante Pétunia était occupée à couper un pamplemousse en quatre, les lèvres retroussées sur ses dents de cheval.

Dudley avait un air furieux, boudeur, et semblait prendre encore plus de place qu'à l'ordinaire. Ce qui n'était pas peu dire car, en temps normal, il occupait déjà à lui seul tout un côté de la table. Lorsque la tante Pétunia posa un quart de pamplemousse sans sucre sur son assiette en disant d'une voix tremblante : « Tiens, mon petit Duddy chéri », Dudley lui lança un regard noir. Sa vie avait pris un tournant passablement désagréable depuis qu'il avait rapporté son bulletin, à la fin de l'année scolaire.

Comme d'habitude, l'oncle Vernon et la tante Pétunia avaient réussi à lui trouver toutes sortes d'excuses pour justifier ses mauvaises notes ; la tante Pétunia répétait que Dudley était un garçon très doué, incompris par ses professeurs, tandis que l'oncle Vernon affirmait que, de toute façon, il ne voulait pas pour fils « d'un de ces premiers de la classe avec des manières de fillette ». Ils avaient également glissé sur les accusations de brutalité qui figuraient dans le bulletin.

« C'est un petit garçon turbulent, mais il ne ferait pas de mal à une mouche ! » avait dit la tante Pétunia, les larmes aux yeux.

À la dernière page du bulletin, cependant, l'infirmière de l'école avait ajouté quelques commentaires bien sentis que ni l'oncle Vernon ni la tante Pétunia ne pouvaient balayer d'une de leurs explications simplistes. La tante Pétunia avait beau se lamenter que Dudley avait les os épais, que ses kilos n'étaient dus qu'à son jeune âge et que c'était un garçon en pleine croissance qui avait besoin de manger beaucoup, il n'en restait pas moins que l'école avait du mal à trouver des pantalons d'uniforme suffisamment grands pour lui. L'infirmière avait vu ce que les yeux de la tante Pétunia – si perçants d'habitude pour déceler une trace de doigt sur ses murs étincelants ou pour observer les allées et venues des voisins – avaient refusé d'accepter : que, loin d'avoir besoin de manger davantage, Dudley avait atteint à peu de chose près la taille et le poids d'un jeune cachalot.

Aussi – après d'innombrables crises de colère, des disputes qui faisaient trembler le plancher de la chambre de Harry et des flots de larmes versés par la tante Pétunia –, un nouveau régime avait commencé pour Dudley. Les conseils diététiques envoyés par l'infirmière de l'école avaient été affichés sur la porte du réfrigérateur, après qu'il eut été vidé des aliments préférés de Dudley – sodas sucrés, gâteaux, barres de chocolat, hamburgers – et rempli de fruits, de légumes et de toutes sortes de choses que l'oncle Vernon appelait de la « nourriture pour lapin ». Afin d'atténuer les souffrances de son fils, la tante Pétunia avait obligé toute la famille à suivre le même régime. Elle donna à Harry un quart de pamplemousse et il remarqua que sa part était beaucoup plus petite que celle de Dudley. La tante Pétunia semblait penser que le meilleur moyen de soutenir le moral de Dudley, c'était de s'assurer qu'il ait toujours davantage à manger que Harry.

Mais la tante Pétunia ignorait ce qui était caché sous la lame de parquet, au premier étage. Elle ne se doutait pas que Harry ne suivait pas du tout le régime. Dès qu'il avait su qu'on prétendait lui faire passer l'été en le nourrissant exclusivement de carottes crues, Harry avait envoyé Hedwige porter à ses amis des appels au secours et ils s'étaient tous montrés à la hauteur de la situation. Hedwige avait rapporté de chez Hermione une grande boîte remplie d'aliments sans sucre (ses parents étaient dentistes). Hagrid, le garde-chasse de Poudlard, lui avait fait parvenir un sac plein de biscuits durs comme la pierre qu'il préparait lui-même (Harry n'y avait pas touché ; il avait suffisamment eu l'occasion d'expérimenter sa cuisine). Mrs Weasley, en revanche, lui avait envoyé Errol, le hibou de la famille, chargé d'un énorme cake et de diverses sortes de pâtés. Vieux et fragile, le malheureux Errol avait dû se reposer cinq jours entiers pour se remettre du voyage. Puis, le jour de son anniversaire (que les Dursley avaient complètement ignoré), Harry avait reçu quatre magnifiques gâteaux envoyés respectivement par Ron, Hermione, Hagrid et Sirius. Il lui en restait encore deux ; aussi, sachant qu'un petit déjeuner digne de ce nom l'attendait sous la lame de parquet, il mangea son pamplemousse sans protester.

L'oncle Vernon reposa son journal en reniflant longuement pour exprimer sa désapprobation et contempla son propre morceau de pamplemousse.

– C'est tout ? lança-t-il avec mauvaise humeur à la tante Pétunia.

Celle-ci lui jeta un regard sévère puis fit un signe de tête vers Dudley qui avait déjà mangé son quart de pamplemousse et dont les petits yeux porcins observaient avec dépit celui de Harry.

L'oncle Vernon poussa un long soupir qui agita les poils de sa grosse moustache et prit sa cuillère.

Au même instant, la sonnette de la porte d'entrée retentit. L'oncle Vernon se souleva de sa chaise et se dirigea vers l'entrée. Rapide comme l'éclair, pendant que sa mère s'occupait de la bouilloire, Dudley vola ce qui restait du pamplemousse de son père.

Harry entendit une conversation en provenance de la porte. Quelqu'un éclata de rire et l'oncle Vernon répondit quelque chose d'un ton sec. La porte se referma puis il y eut un bruit de papier qu'on déchire.

La tante Pétunia posa la théière sur la table et regarda avec curiosité en direction de l'entrée pour voir ce que faisait son mari. Elle n'eut pas à attendre longtemps pour le savoir. Une minute plus tard, il était de retour, le teint livide.

– Toi, aboya-t-il en s'adressant à Harry. Dans le salon. Tout de suite.

Déconcerté, se demandant de quoi on pourrait bien l'accuser cette fois-ci, Harry se leva et suivit dans la pièce voisine l'oncle Vernon qui referma brusquement la porte sur eux. Il se dirigea vers la cheminée, puis se tourna face à Harry comme s'il s'apprêtait à lui annoncer qu'il était en état d'arrestation.

– Alors… dit-il. *Alors ?*

Harry aurait été ravi de répondre : « Alors quoi ? », mais il préférait ne pas provoquer l'oncle Vernon à une heure aussi matinale, surtout lorsqu'un régime strict mettait ses nerfs à si rude épreuve. Il lui parut donc plus sage d'afficher un étonnement poli.

– Voici ce qui vient d'arriver, dit l'oncle Vernon en brandissant une feuille de papier violet. Une lettre. À ton sujet.

Harry sentit s'accroître son malaise. Qui donc pouvait bien écrire à l'oncle Vernon à son sujet ? Qui donc, parmi les gens qu'il connaissait, aurait l'idée d'envoyer une lettre par la poste ?

L'oncle Vernon lança un regard furieux à Harry, puis lut la lettre à haute voix :

Chers Mr et Mrs Dursley,

Nous n'avons jamais eu le plaisir de faire votre connaissance mais je suis sûre que Harry vous a beaucoup parlé de mon fils Ron.

Comme Harry vous l'a peut-être déjà dit, la finale de la Coupe du Monde de Quidditch aura lieu lundi prochain et mon mari, Arthur, a réussi à obtenir d'excellentes places grâce à ses relations au Département des jeux et sports magiques.

J'espère vivement que vous voudrez bien nous permettre d'emmener Harry voir ce match, car il s'agit d'une occasion unique qui n'a lieu qu'une fois dans la vie ; en effet, la Grande-Bretagne n'avait pas accueilli la Coupe du Monde depuis trente ans et les billets sont extrêmement difficiles à obtenir. Bien entendu, nous serions très heureux de prendre Harry chez nous pour le reste des vacances d'été et de l'accompagner au train qui doit le ramener au collège.

Il serait préférable pour Harry que vous nous adressiez votre réponse le plus vite possible par la voie normale car le facteur moldu n'a jamais apporté de courrier chez nous et je ne suis même pas sûre qu'il sache où se trouve notre maison.

En espérant voir Harry très bientôt,

Je vous prie d'agréer mes sentiments très distingué.

Molly Weasley

PS : J'espère que nous avons mis assez de timbres sur l'enveloppe.

L'oncle Vernon acheva sa lecture, plongea la main dans sa poche et en retira autre chose.

– Regarde ça, grogna-t-il.

Il montrait l'enveloppe dans laquelle la lettre de Mrs Weasley était arrivée et Harry dut réprimer un éclat de rire.

Elle était entièrement recouverte de timbres à part un carré de deux ou trois centimètres de côté dans lequel Mrs Weasley avait réussi à faire tenir l'adresse des Dursley.

– Finalement, elle avait mis assez de timbres, dit Harry, comme s'il s'agissait d'une simple erreur que n'importe qui aurait pu commettre.

Le regard de l'oncle Vernon flamboya.

– Le facteur l'a remarqué, lança-t-il entre ses dents serrées. Il était très intrigué par la provenance de cette lettre, tu peux me croire. C'est pour ça qu'il a sonné à la porte. Il avait l'air de trouver ça *drôle*.

Harry ne répondit rien. D'autres que lui auraient peut-être eu du mal à comprendre pourquoi l'oncle Vernon faisait tant d'histoires pour quelques timbres en trop, mais Harry avait vécu suffisamment longtemps chez les Dursley pour savoir à quel point ils étaient sensibles à tout ce qui sortait si peu que ce soit de l'ordinaire. Leur pire crainte, c'était que quelqu'un leur découvre des relations (si distantes soient-elles) avec des gens comme Mrs Weasley.

L'oncle Vernon continuait de lancer des regards furieux à Harry qui s'efforçait de conserver un air parfaitement neutre. S'il ne faisait pas de bêtises, peut-être allait-il connaître une des plus grandes joies de sa vie. Il attendit que l'oncle Vernon dise quelque chose mais celui-ci se contenta de l'observer d'un œil noir. Harry décida alors de rompre le silence.

– Alors… Est-ce que je peux y aller ? demanda-t-il.

Un léger spasme contracta le gros visage violacé de l'oncle Vernon. Sa moustache frémit. Harry croyait savoir ce qui se passait derrière cette moustache : un furieux combat entre deux aspirations fondamentales de l'oncle Vernon. S'il donnait son autorisation, Harry en éprouverait un grand bonheur, ce que son oncle avait tout fait pour éviter depuis treize ans. D'un autre côté, si Harry disparaissait chez les Weasley pendant le reste des vacances d'été, il serait débarrassé de lui deux semaines plus tôt que prévu ; or, l'oncle Vernon détestait par-dessus tout la présence de Harry sous son toit. Pour se donner le temps de réfléchir, il regarda à nouveau la lettre de Mrs Weasley.

– Qui est cette femme ? demanda-t-il en contemplant la signature d'un air dégoûté.

– Tu l'as déjà vue, dit Harry. C'est la mère de mon ami Ron. Elle est venue le chercher à l'arrivée du Poud... à l'arrivée du train qui nous ramenait de l'école pour les vacances.

Il avait failli dire « Poudlard Express », ce qui aurait été le moyen le plus sûr de déclencher la colère de son oncle. Personne ne prononçait jamais le nom de l'école de Harry chez les Dursley.

L'oncle Vernon contracta les traits de son énorme visage, comme s'il essayait de se rappeler quelque chose de particulièrement désagréable.

– Une petite femme grassouillette ? grogna-t-il enfin. Avec toute une bande de rouquins ?

Harry fronça les sourcils. Il trouvait un peu exagéré de la part de l'oncle Vernon de traiter quiconque de « grassouillet » alors que son propre fils, Dudley, avait finalement atteint l'objectif qu'il semblait s'être fixé depuis l'âge de trois ans, c'est-à-dire devenir plus large que haut.

L'oncle Vernon examina à nouveau la lettre.

– Quidditch, marmonna-t-il. *Quidditch*... Qu'est-ce que c'est que cette idiotie ?

À nouveau, Harry ressentit une pointe d'agacement.

– C'est un sport, répliqua-t-il d'un ton sec. Ça se joue sur des bal...

– C'est ça, c'est ça ! dit l'oncle Vernon d'une voix sonore.

Harry remarqua avec une certaine satisfaction que son oncle paraissait vaguement affolé. Apparemment, ses nerfs ne supporteraient pas d'entendre parler de « balais volants » dans son propre salon. Il se réfugia une nouvelle fois dans la lecture de la lettre et Harry vit se former sur ses lèvres les mots « que vous nous adressiez votre réponse par la voie normale ».

– Qu'est-ce que ça veut dire, « la voie normale » ? lança-t-il d'un air sévère.

– Normale pour nous, répondit Harry, et avant que son oncle ait pu l'interrompre, il ajouta : tu sais bien, les hiboux, c'est ça qui est normal chez les sorciers.

L'oncle Vernon parut aussi scandalisé que si Harry venait de prononcer le plus grossier des jurons. Tremblant de colère, il jeta un regard inquiet en direction de la fenêtre, comme s'il s'attendait à voir un de ses voisins l'oreille collée contre le carreau.

– Combien de fois faudra-t-il que je te répète de ne jamais faire allusion au surnaturel sous mon toit ? dit-il d'une voix sifflante, tandis que son teint prenait une couleur de prune trop mûre. Tu portes sur le dos les vêtements que nous t'avons donnés, Pétunia et moi…

– Parce que Dudley n'en voulait plus, répliqua froidement Harry.

Il était en effet vêtu d'un sweat-shirt si grand pour lui qu'il tombait sur les genoux de son jean trop large et qu'il devait retrousser cinq fois ses manches pour pouvoir dégager ses mains.

– Je n'accepterai pas qu'on me parle sur ce ton ! protesta l'oncle Vernon, frémissant de rage.

Mais Harry n'avait pas l'intention de se laisser faire. Fini le temps où il était obligé d'observer scrupuleusement les règles stupides imposées par les Dursley. Il ne suivait pas le régime de Dudley et même si l'oncle Vernon essayait de l'en empêcher, il ferait tout pour assister à la Coupe du Monde de Quidditch.

Harry prit une profonde inspiration pour essayer de se calmer, puis répondit :

– D'accord, je n'irai pas à la Coupe du Monde. Est-ce que je peux remonter dans ma chambre, maintenant ? Je dois terminer une lettre pour Sirius. Tu sais… mon parrain.

C'était gagné. Il avait prononcé les mots magiques. Il voyait à présent la couleur violacée du visage de son oncle perdre de son éclat et disparaître par endroits, donnant à son visage l'aspect d'une mauvaise glace au cassis.

– Tu… Tu vás lui écrire ? dit l'oncle Vernon d'une voix qu'il s'efforçait de rendre la plus calme possible – mais Harry avait remarqué que les pupilles de ses yeux minuscules s'étaient contractées sous l'effet d'une peur soudaine.

– Oui, bien sûr, répondit Harry d'un ton détaché, ça fait longtemps qu'il n'a pas eu de mes nouvelles et, si je tarde trop à lui en donner, il va finir par croire que quelque chose ne va pas.

Il s'interrompit pour savourer l'effet de ses paroles. Il voyait presque les rouages tourner sous les épais cheveux bruns, séparés par une raie bien nette, de l'oncle Vernon. S'il empêchait Harry d'écrire à Sirius, celui-ci penserait que son filleul était maltraité. S'il lui interdisait d'assister à la Coupe du Monde de Quidditch, Harry l'écrirait à Sirius qui saurait alors qu'il était véritablement maltraité. Il ne restait donc plus à l'oncle Vernon qu'une seule solution. Harry avait l'impression de voir la conclusion de ses réflexions se former dans son esprit, comme si son gros visage moustachu avait été transparent. Harry s'efforça de ne pas sourire, de paraître le plus neutre possible. Alors…

– Bon, très bien, tu n'as qu'à y aller à ce fichu… à ce stupide… à ce machin de Coupe du Monde. Écris donc à ces… ces *Weasley* qu'ils viennent te chercher. Moi, je ne vais pas passer mon temps à te conduire je ne sais où à travers tout le pays. Tu peux aussi rester là-bas jusqu'à la fin des vacances, par la même occasion. Et dis-le-lui à ton... ton parrain... n'oublie pas de lui dire... que tu y vas.

–D'accord, répondit Harry d'un ton éclatant.

Il tourna les talons et se dirigea vers la porte du salon en se retenant de sauter en l'air et de pousser des cris de joie. Il y allait... Il allait chez les Weasley, il verrait la Coupe du Monde de Quidditch !

Dans l'entrée, il faillit renverser Dudley qui s'était caché derrière la porte dans l'espoir clairement affiché d'entendre Harry subir les foudres de l'oncle Vernon. Il parut indigné en voyant Harry le regarder avec un grand sourire.

–C'était un excellent petit déjeuner, tu ne trouves pas ? dit Harry. J'ai vraiment bien mangé, pas toi ?

Éclatant de rire devant l'expression stupéfaite de Dudley, Harry monta l'escalier quatre à quatre et se précipita dans sa chambre.

Il vit tout de suite qu'Hedwige était de retour. Elle était perchée dans sa cage, fixant Harry de ses énormes yeux couleur d'ambre et faisant claquer son bec pour manifester son agacement.

–AÏE ! s'exclama Harry.

Quelque chose qui ressemblait à une petite balle de tennis grise couverte de plumes venait de heurter de plein fouet la joue de Harry. Il se massa vigoureusement et regarda ce qui l'avait frappé : c'était un minuscule hibou, assez petit pour tenir au creux de sa main, et qui volait tout autour de la pièce d'un air surexcité, comme une fusée de feu d'artifice devenue folle. Harry s'aperçut alors que le hibou avait laissé tomber une lettre à ses pieds. Il se pencha pour la ramasser et reconnut l'écriture de Ron. À l'intérieur, il trouva un petit mot hâtivement rédigé.

Harry, PAPA A EU LES BILLETS. Irlande contre Bulgarie, lundi soir. Maman a écrit à tes Moldus pour leur demander qu'ils te laissent venir chez nous. Ils ont peut-être déjà eu sa lettre, je ne sais pas combien de temps met la poste des Moldus. Moi, en tout cas, je t'envoie Coq.

Harry s'arrêta sur le mot « Coq » puis il leva les yeux vers le minuscule hibou qui volait à toute vitesse autour de l'abat-jour accroché au plafond. Il se demandait en quoi il pouvait bien ressembler à un coq. Peut-être avait-il mal lu l'écriture de Ron. Il poursuivit la lecture de la lettre :

Nous allons venir te chercher, que ça plaise ou non à tes Moldus. Il n'est pas question que tu manques la Coupe du Monde, mais papa et maman pensent que ce serait mieux de faire semblant de leur demander la permission d'abord. S'ils sont d'accord, renvoie-moi Coq avec ta réponse illico presto et on viendra te chercher à cinq heures de l'après-midi dimanche prochain. S'ils ne sont pas d'accord, renvoie-moi Coq illico presto et on viendra quand même te chercher à cinq heures de l'après-midi dimanche prochain.

Hermione arrive cet après-midi. Percy a commencé à travailler – au Département de la coopération magique internationale. Surtout, ne lui parle pas de quoi que ce soit qui concerne des pays étrangers, si tu ne veux pas étouffer sous des discours à mourir d'ennui.

À bientôt,
Ron

– Du calme ! dit Harry au minuscule hibou.

Celui-ci volait au-dessus de sa tête en poussant de petits cris triomphants, apparemment très fier d'avoir réussi à apporter la lettre à son destinataire.

– Viens là, il faut que tu repartes avec ma réponse !

Dans un bruissement d'ailes, le hibou voleta au-dessus de la cage d'Hedwige qui lui lança un regard glacial comme pour le mettre au défi d'approcher davantage.

Harry prit sa plume d'aigle et un morceau de parchemin puis se mit à écrire :

Ron, tout est d'accord, les Moldus ont dit que je pouvais venir. On se voit demain à cinq heures. Vivement demain !
Harry

Il plia le parchemin pour qu'il soit le plus petit possible et, au prix d'immenses difficultés, le fixa à la patte du minuscule hibou qui sautait sur place, tout excité par sa nouvelle mission. Dès que le parchemin fut soigneusement attaché, l'oiseau se précipita au-dehors et disparut à l'horizon.

Harry se tourna alors vers Hedwige.

– Tu as envie de faire un long voyage ? lui demanda-t-il.

Hedwige hulula d'un air digne.

– Tu peux apporter ça à Sirius de ma part ? dit-il en prenant sa lettre. Attends une minute… j'ai quelque chose à ajouter.

Il déplia le parchemin et rédigea hâtivement un post-scriptum.

Si tu veux me joindre, je serai chez mon ami Ron Weasley jusqu'à la fin des vacances. Son père a réussi à nous avoir des billets pour la Coupe du Monde de Quidditch !

Sa lettre terminée, il l'attacha à la patte d'Hedwige qui resta parfaitement immobile, bien décidée à lui montrer comment une chouette postale digne de ce nom devait se comporter.

– Je serai chez Ron quand tu reviendras, d'accord ? lui dit Harry.

Elle lui mordilla affectueusement le doigt puis, dans un bruissement feutré, elle déploya ses ailes immenses et s'envola par la fenêtre ouverte.

Harry la regarda s'éloigner jusqu'à ce qu'elle soit hors de vue, puis il se glissa sous son lit, souleva la lame de parquet et retira de sa cachette un gros morceau de gâteau d'anniversaire. Il resta assis par terre pour le manger, savourant l'impression de bonheur qui le submergeait. Il mangeait du gâteau alors que Dudley devait se contenter de pamplemousse, c'était une magnifique journée d'été, il allait quitter Privet Drive dès le lendemain, sa cicatrice était redevenue parfaitement normale et il assisterait bientôt à la finale de la Coupe du Monde de Quidditch. En cet instant, il aurait été difficile de s'inquiéter de quoi que ce soit – y compris de Lord Voldemort.

4
RETOUR AU TERRIER

Le lendemain, vers midi, Harry avait fini d'entasser dans sa grosse valise ses affaires d'école et les objets personnels auxquels il tenait le plus : la cape d'invisibilité qu'il avait héritée de son père, le balai volant que lui avait offert Sirius, la carte magique de Poudlard dont Fred et George Weasley lui avaient fait cadeau l'année précédente. Il avait vidé sa cachette sous la lame de parquet, vérifié soigneusement chaque recoin de sa chambre pour être sûr de ne pas y oublier une plume ou un grimoire et avait ôté du mur le calendrier sur lequel il barrait les jours qui le séparaient de son retour à Poudlard.

L'atmosphère qui régnait au 4, Privet Drive était extrêmement tendue. L'arrivée imminente dans la maison d'une famille de sorciers rendait les Dursley nerveux et irritables. L'oncle Vernon avait paru très inquiet lorsque Harry l'avait informé que les Weasley viendraient le chercher à cinq heures le lendemain après-midi.

– J'espère que tu leur as dit de s'habiller convenablement, à ces gens, avait-il aussitôt grommelé d'un air méprisant. J'ai vu le genre de choses que vous portez, vous autres. La moindre décence consisterait à mettre des vêtements normaux.

Harry avait un vague pressentiment. Il avait rarement vu les Weasley porter quelque chose que les Dursley auraient pu trouver « normal ». Leurs enfants mettaient parfois des vêtements de Moldus pendant les vacances mais Mr et Mrs Weasley portaient généralement de longues robes de sorcier plus ou moins élimées. Harry ne se souciait guère de l'opinion des voisins mais il s'inquiétait de la grossièreté dont les Dursley pourraient faire preuve à l'égard des Weasley si ces derniers ressemblaient trop à l'idée qu'ils se faisaient des sorciers.

L'oncle Vernon avait revêtu son plus beau costume. Certains auraient pu voir là un geste de bienvenue, mais Harry savait que c'était seulement parce qu'il voulait paraître impressionnant, intimidant même. Dudley, lui, semblait plutôt diminué, non pas en raison de son régime qui n'avait encore aucun effet, mais par la peur. Sa dernière rencontre avec un sorcier lui avait valu de se retrouver affublé d'une queue de cochon en tire-bouchon qui dépassait de son pantalon et ses parents avaient dû l'emmener dans une clinique privée de Londres pour la faire enlever à grands frais. Il n'était donc pas surprenant de voir Dudley passer fébrilement la main dans son dos en marchant de côté afin de ne pas présenter la même cible à l'ennemi.

Le déjeuner se déroula dans un silence quasi complet. Dudley ne protesta même pas contre la composition du menu (fromage blanc et céleri râpé). La tante Pétunia ne mangea rien du tout. Elle avait les bras croisés, les lèvres pincées et semblait mâchonner sa langue comme si elle s'efforçait de retenir la furieuse diatribe qu'elle brûlait de prononcer contre Harry.

– Ils vont venir en voiture, bien entendu ? aboya l'oncle Vernon, assis de l'autre côté de la table.

– Heu…, dit Harry.

Il ne s'était pas posé la question. Comment les Weasley

allaient-ils venir le chercher ? Ils n'avaient plus de voiture : la vieille Ford Anglia qu'ils possédaient était retournée à l'état sauvage dans la Forêt interdite de Poudlard. L'année dernière, cependant, Mr Weasley avait emprunté une voiture au ministère de la Magie. Peut-être allait-il faire la même chose aujourd'hui ?

— Je pense, oui, répondit enfin Harry.

L'oncle Vernon renifla d'un air méprisant. Normalement, il aurait dû demander quelle était la marque de la voiture de Mr Weasley. Il avait tendance à juger les autres d'après la taille et le prix de leurs voitures. Mais Harry doutait que l'oncle Vernon puisse jamais éprouver de la sympathie pour Mr Weasley, même si celui-ci avait roulé en Ferrari.

Harry passa la plus grande partie de l'après-midi dans sa chambre. Il ne supportait pas de voir la tante Pétunia regarder à travers les rideaux toutes les trente secondes, comme si on avait signalé qu'un rhinocéros échappé du zoo se promenait dans les parages. Enfin, à cinq heures moins le quart, il redescendit dans le salon.

La tante Pétunia tapotait machinalement les coussins. L'oncle Vernon faisait semblant de lire le journal, mais ses yeux minuscules restaient immobiles et Harry était persuadé qu'il guettait le moindre bruit de moteur en provenance de la rue. Dudley était tassé dans un fauteuil, assis sur ses petites mains dodues fermement serrées sur son derrière. La tension qui régnait dans la pièce devenait insupportable ; Harry préféra sortir dans l'entrée et s'asseoir sur les marches de l'escalier, les yeux fixés sur sa montre, le cœur battant.

Cinq heures sonnèrent, puis les minutes passèrent. L'oncle Vernon, transpirant légèrement dans son costume trop chaud, alla ouvrir la porte, regarda des deux côtés de la rue puis rentra vivement la tête.

— Ils sont en retard ! lança-t-il à Harry.

— Je sais, répondit Harry. Peut-être que… il y avait de la circulation.

Cinq heures dix… cinq heures et quart… Harry aussi commençait à être inquiet. À la demie, il entendit l'oncle Vernon et la tante Pétunia marmonner quelques remarques lapidaires :

— Aucune considération pour les autres.

— Nous aurions pu avoir quelque chose à faire tout de suite après.

— Ils pensent peut-être que, s'ils arrivent suffisamment tard, on les invitera à dîner.

— Il ne manquerait plus que ça ! s'indigna l'oncle Vernon.

Harry l'entendit se lever et faire les cent pas dans le salon.

— Ils emmènent ce garçon et ils s'en vont, pas question de les laisser traîner dans la maison. Si toutefois ils viennent. Ils se sont probablement trompés de jour. On peut dire que la ponctualité n'est pas une valeur essentielle, chez ces gens-là. Ou peut-être qu'ils roulent dans un vieux tas de ferraille qui est tombé en pa… aaaaaaaarrrrgh !

Harry se leva d'un bond. De l'autre côté de la porte du salon, il entendit les trois Dursley pris de panique se précipiter à l'autre bout de la pièce. Un instant plus tard, Dudley surgit dans l'entrée, l'air terrifié.

— Qu'est-ce qu'il y a ? Qu'est-ce qui s'est passé ? s'inquiéta Harry.

Mais Dudley semblait incapable de parler. Les mains toujours crispées sur ses fesses, il se dandina aussi vite que possible vers la cuisine pendant que Harry se ruait dans le salon.

Des coups frappés contre le mur et des raclements sonores s'élevaient dans la cheminée que les Dursley avaient condamnée et devant laquelle ils avaient installé un faux feu de bois électrique.

— Qu'est-ce que c'est ? balbutia la tante Pétunia, le dos plaqué contre le mur, son regard épouvanté fixé sur le faux feu. Qu'est-ce qui se passe, Vernon?

La réponse ne se fit guère attendre. Un instant plus tard, des voix retentirent à l'intérieur de la cheminée.

– Aïe! Fred, non... Recule, recule, il y a eu une erreur quelque part... Dis à George de ne pas... AÏE! George, non, on n'a pas assez de place, retourne vite dire à Ron...

– Peut-être que Harry nous entend, papa? Peut-être qu'il va pouvoir nous faire sortir d'ici?

Il y eut un martèlement assourdissant sur les planches qui masquaient la cheminée, derrière le feu de bois électrique.

– Harry? Harry, tu nous entends?

D'un même mouvement, les Dursley se tournèrent vers Harry comme un couple de belettes furieuses.

– Qu'est-ce que c'est que ça? gronda l'oncle Vernon. Qu'est-ce qui se passe?

– Ils... ils ont voulu venir avec de la poudre de Cheminette, répondit Harry en réprimant un fou rire. Ils peuvent se déplacer d'une cheminée à l'autre grâce à un feu spécial mais, comme la vôtre est condamnée, ils n'arrivent plus à sortir... Attendez...

Il s'approcha de la cheminée et appela:

– Mr Weasley? Vous m'entendez?

Le martèlement cessa. À l'intérieur, quelqu'un fit: «Chut!»

– Mr Weasley, c'est Harry. La cheminée a été condamnée. Vous n'allez pas pouvoir passer par ici.

– Allons bon! dit la voix de Mr Weasley. Pourquoi donc ont-ils condamné cette cheminée?

– Ils préfèrent les feux électriques, expliqua Harry.

– Vraiment? dit la voix de Mr Weasley, soudain intéressée. Comment tu dis? Ecklectic? Avec une *prise*? Il faut absolument que je voie ça... Voyons, réfléchissons... Aïe, Ron!

La voix de Ron se joignit aux autres :

— Qu'est-ce qu'on fait tous là ? Il y a quelque chose qui ne va pas ?

— Mais si, tout va très bien, Ron, dit la voix de Fred d'un ton sarcastique, on n'aurait pas pu rêver mieux.

— Oui, on s'amuse comme des petits fous, ici, dit George d'une voix complètement étouffée, comme s'il était écrasé contre le mur.

— Allons, allons… dit Mr Weasley d'un ton indécis. J'essaye de trouver un moyen… Oui… Il n'y a qu'une seule chose à faire… Recule-toi, Harry.

Harry battit en retraite en direction du canapé. L'oncle Vernon, en revanche, s'avança.

— Attendez un peu ! s'écria-t-il en parlant au faux feu. Qu'est-ce que vous avez l'intention de… ?

BANG !

Le feu électrique vola à travers la pièce, soufflé par l'explosion de la cheminée. Mr Weasley, Fred, George et Ron surgirent alors au milieu d'un nuage de débris divers. La tante Pétunia poussa un hurlement suraigu et tomba par-dessus la table basse. L'oncle Vernon la rattrapa avant qu'elle ne heurte le sol et regarda bouche bée les Weasley qui arboraient tous une chevelure d'un roux vif. Fred et George, les jumeaux, étaient parfaitement identiques, jusqu'à la moindre tache de son.

— Ça va mieux, dit Mr Weasley d'un ton haletant.

Il épousseta d'un revers de main sa longue robe verte et redressa ses lunettes sur son nez.

— Ah, vous devez être l'oncle et la tante de Harry !

Grand, mince, le front dégarni, Mr Weasley s'avança, la main tendue vers l'oncle Vernon, mais celui-ci recula de plusieurs pas, entraînant avec lui la tante Pétunia. L'oncle Vernon était incapable de prononcer un mot. Son plus beau costume était couvert d'une poussière blanche qui s'était également répandue sur sa moustache et dans ses cheveux. Il avait l'air d'avoir brusquement vieilli de trente ans.

– Ah, heu... oui... désolé pour tout ce dérangement, dit Mr Weasley qui laissa retomber sa main en jetant un coup d'œil vers la cheminée dévastée. C'est entièrement ma faute. Je n'avais pas pensé que nous ne pourrions pas sortir une fois arrivés à destination. Figurez-vous que j'ai fait connecter votre cheminée au réseau de la poudre de Cheminette – oh, bien sûr, c'était simplement pour l'après-midi, afin que nous puissions venir chercher Harry. Normalement, les cheminées de Moldus ne doivent pas être connectées, mais je connais quelqu'un au Service de régulation des déplacements par cheminée qui m'a arrangé ça pour me rendre service. Je remettrai tout en ordre en un clin d'œil, ne vous inquiétez pas. Je vais allumer un feu pour renvoyer les garçons à la maison et ensuite, je réparerai la cheminée avant de transplaner moi-même.

Harry était prêt à parier que les Dursley n'avaient pas compris un mot de ce qu'il venait de dire. Ils continuaient de regarder Mr Weasley bouche bée, comme frappés par la foudre. La tante Pétunia se redressa tant bien que mal et se cacha derrière l'oncle Vernon.

– Bonjour, Harry, dit Mr Weasley, avec un sourire rayonnant, tes bagages sont prêts ?

– Tout est là-haut, répondit Harry en lui rendant son sourire.

– On va s'en occuper, dit aussitôt Fred.

Adressant un clin d'œil à Harry, il sortit du salon en compagnie de George. Ils savaient où se trouvait sa chambre pour l'avoir un jour aidé à s'échapper en pleine nuit. Harry soupçonnait Fred et George d'avoir envie de jeter un coup d'œil à Dudley. Il leur en avait souvent parlé.

– Voilà, voilà, lança Mr Weasley d'un ton un peu gêné.

Il balança légèrement les bras en cherchant quelque chose à dire pour essayer de rompre le silence de plus en plus pesant.

– C'est… c'est très charmant, chez vous.

En voyant leur salon habituellement immaculé recouvert de poussière et de morceaux de briques, les Dursley ne furent guère sensibles à sa remarque. Le visage de l'oncle Vernon redevint violacé et la tante Pétunia recommença à mâchonner sa langue. Mais ils semblaient trop effrayés pour oser dire quoi que ce soit.

Mr Weasley regardait autour de lui. Il avait toujours manifesté beaucoup d'intérêt pour les inventions des Moldus et Harry sentait qu'il brûlait d'envie d'aller examiner de près le poste de télévision et le magnétoscope.

– Ça marche à l'eckeltricité, n'est-ce pas ? dit-il d'un ton d'expert. Ah, oui, je vois les prises. Je fais moi-même collection de prises, ajouta-t-il à l'adresse de l'oncle Vernon. Et de piles. J'ai une très belle collection de piles. Ma femme pense que je suis fou, mais voilà bien la preuve du contraire.

L'oncle Vernon paraissait lui aussi clairement convaincu que Mr Weasley était fou. Il se glissa légèrement vers la droite, cachant la tante Pétunia derrière lui, comme s'il avait peur que Mr Weasley se précipite soudain sur eux pour les attaquer.

Dudley réapparut soudain dans la pièce. Harry entendit le son de sa grosse valise qu'on traînait dans l'escalier et il comprit que c'était ce bruit qui avait fait peur à Dudley et l'avait chassé de la cuisine. Dudley longea le mur, observant Mr Weasley d'un regard terrifié, et s'efforça de se cacher derrière son père et sa mère. Mais le corps massif de l'oncle Vernon, suffisant pour dissimuler la tante Pétunia, n'était quand même pas assez volumineux pour cacher Dudley.

– Ah, voilà ton cousin, c'est bien ça, Harry ? dit Mr Weasley en essayant courageusement de relancer la conversation.

– Ouais, répondit Harry, c'est Dudley.

Ron et lui échangèrent un regard puis détournèrent les yeux pour échapper à la tentation d'éclater de rire. Dudley se tenait toujours le derrière comme s'il avait peur qu'il se détache de son corps et tombe par terre. Mr Weasley paraissait s'inquiéter de son comportement.

– Tu passes de bonnes vacances, Dudley ? demanda-t-il avec douceur.

À en juger par le ton de sa voix, Harry se doutait que, aux yeux de Mr Weasley, Dudley devait sembler aussi fou que lui-même le paraissait aux Dursley, à la différence que Mr Weasley éprouvait pour lui de la compassion plutôt que de la peur. En l'entendant s'adresser à lui, Dudley laissa échapper un gémissement et Harry vit ses mains se serrer encore davantage sur son énorme postérieur.

Fred et George revinrent dans la pièce en portant la grosse valise de Harry et leur regard se posa aussitôt sur Dudley. Le même sourire malicieux apparut alors sur leur visage.

– Ah, vous voilà, parfait, je crois que nous ferions bien d'y aller, dit Mr Weasley.

Il retroussa les manches de sa robe de sorcier et sortit sa baguette magique. Harry vit les trois Dursley reculer d'un même mouvement vers le mur du fond.

– *Incendio !* s'exclama Mr Weasley en pointant sa baguette vers le trou dans le mur.

Des flammes s'élevèrent aussitôt dans la cheminée en craquant allègrement, comme si le feu brûlait depuis des heures. Mr Weasley sortit de sa poche un petit sac fermé par un cordon, l'ouvrit, retira une pincée de poudre et la jeta dans les flammes qui prirent une teinte vert émeraude en ronflant de plus belle.

– Vas-y, Fred, dit Mr Weasley.

– J'arrive, répondit Fred. Oh, non, attends…

Un sac de bonbons venait de tomber de sa poche en répandant son contenu par terre – de grosses et appétissantes pralines enveloppées de papiers aux couleurs vives.

Fred se précipita pour les ramasser et les remettre dans sa poche puis, l'air enjoué, il adressa un signe de la main aux Dursley et s'avança dans les flammes en annonçant : « Le Terrier ! » La tante Pétunia, parcourue d'un frisson, étouffa une exclamation apeurée. Il y eut un bruit de bourrasque et Fred disparut.

– À toi, George, dit Mr Weasley, vas-y avec la valise.

Harry aida George à porter sa valise dans les flammes et à la mettre debout pour qu'il puisse la tenir plus facilement. Puis, après s'être écrié : « Le Terrier ! », George disparut à son tour dans le même bruit de bourrasque.

– Ron, à toi maintenant, dit Mr Weasley.

– À bientôt, lança Ron aux Dursley d'un ton joyeux.

Il adressa un large sourire à Harry, puis s'avança dans le feu qui continuait de brûler et cria : « Le Terrier ! » avant de disparaître comme ses frères.

Il ne restait plus à présent que Harry et Mr Weasley.

– Bon, eh bien, au revoir, dit Harry aux Dursley.

Ils restèrent silencieux et Harry s'approcha des flammes. Mais au moment où il arrivait devant l'âtre, Mr Weasley tendit la main et le retint par l'épaule. Il regardait les Dursley d'un air stupéfait.

– Harry vous a dit au revoir, fit-il remarquer. Vous ne l'avez pas entendu ?

– Ça ne fait rien, murmura Harry à Mr Weasley. Sincèrement, ça m'est égal.

Mais Mr Weasley ne lâcha pas l'épaule de Harry.

– Vous n'allez plus voir votre neveu jusqu'à l'été prochain, dit-il à l'oncle Vernon, d'un ton quelque peu indigné. Vous ne pouvez quand même pas le laisser partir sans lui dire au revoir ?

Le visage de l'oncle Vernon trahissait une furieuse agitation. L'idée de recevoir une leçon de politesse de la part d'un homme qui venait de dévaster la moitié de son salon lui causait de toute évidence une souffrance cuisante.

Mais Mr Weasley avait toujours sa baguette à la main et les yeux minuscules de l'oncle Vernon s'y posèrent un instant avant qu'il se décide à lâcher à contrecœur un timide :

— Eh bien, oui, au revoir.

— À un de ces jours, dit Harry en posant un pied dans les flammes vertes qui dégageaient une agréable tiédeur.

À cet instant, un horrible hoquet retentit derrière lui et la tante Pétunia poussa un hurlement.

Harry fit aussitôt volte-face. Dudley n'était plus derrière ses parents. À genoux près de la table basse, il suffoquait, crachait, s'étouffait, tandis qu'une horrible chose gluante et violacée de trente centimètres de long pendait de sa bouche. Harry, stupéfait, s'aperçut qu'il s'agissait tout simplement de la langue de Dudley — et qu'un des papiers aux vives couleurs qui enveloppaient les pralines était tombé par terre devant lui.

La tante Pétunia se précipita sur Dudley. Elle attrapa le bout de sa langue enflée et essaya de l'arracher de sa bouche. Dudley se mit alors à hurler et à crachoter de plus belle, en essayant de repousser sa mère. L'oncle Vernon, pris de panique, agitait les bras et vociférait si fort que Mr Weasley fut obligé de hurler pour se faire entendre.

— Ne vous inquiétez pas, je vais arranger ça ! s'exclama-t-il en s'approchant de Dudley, sa baguette magique pointée sur lui.

Mais la tante Pétunia poussa des cris plus perçants que jamais et se jeta sur Dudley pour le protéger de son corps.

— Allons, voyons, dit Mr Weasley d'un ton désespéré. C'est un simple phénomène de… c'est à cause de la praline… mon

fils, Fred... un vrai farceur... il s'agit simplement d'un sortilège d'Engorgement... c'est du moins ce que je crois... Lais-
sez-moi faire, je peux tout arranger...

Loin d'être rassurés, les Dursley avaient l'air de plus en plus
terrorisés et la tante Pétunia poussait des sanglots hystériques
en tirant sur la langue de Dudley comme si elle voulait à tout
prix l'arracher. Dudley étouffait sous l'effet conjugué des
efforts de sa mère et du volume de sa langue qui ne cessait de
grandir. L'oncle Vernon, quant à lui, avait perdu le contrôle
de ses nerfs : il attrapa une figurine en porcelaine posée sur le
buffet et la jeta de toutes ses forces à la tête de Mr Weasley
qui se baissa à temps. L'objet poursuivit sa course et se fracassa
dans la cheminée dévastée.

– Allons, voyons ! répéta Mr Weasley avec colère en brandissant sa baguette magique. J'essaye au contraire de vous
aider !

Meuglant comme un hippopotame blessé, l'oncle Vernon
saisit un autre objet décoratif.

– Harry, vas-y ! Vas-y ! s'écria Mr Weasley, sa baguette
pointée sur l'oncle Vernon. Je vais arranger tout ça !

Harry ne voulait pas être privé du spectacle mais la
deuxième figurine que lança l'oncle Vernon lui frôla l'oreille
et il estima préférable de laisser Mr Weasley dénouer seul la
situation. Il s'avança dans les flammes et jeta un coup d'œil
par-dessus son épaule en annonçant : « Le Terrier ! » Il eut
encore le temps d'apercevoir Mr Weasley, qui faisait exploser
entre les mains de l'oncle Vernon une troisième figurine de
porcelaine, et la tante Pétunia, toujours allongée sur son fils,
qui ne cessait de hurler tandis que la langue de Dudley ser-
pentait hors de sa bouche comme un grand python gluant.
Un instant plus tard, Harry se mit à tournoyer sur lui-même
de plus en plus vite et le salon des Dursley disparut dans un
tourbillon de flammes vertes comme l'émeraude.

5

FARCES POUR SORCIERS FACÉTIEUX

Harry, coudes au corps, tournoyait toujours plus vite. Des cheminées défilaient devant lui, dans une succession d'images floues qui finirent par lui donner mal au cœur et l'obligèrent à fermer les yeux. Lorsque, enfin, il se sentit ralentir, il tendit les mains devant lui juste à temps pour éviter de s'écraser face contre terre dans la cheminée de la cuisine des Weasley.

— Alors, il en a mangé ? demanda Fred d'un ton surexcité en tendant une main à Harry pour l'aider à se relever.

— Oui, dit Harry. Qu'est-ce que c'était ?

— Des Pralines Longue Langue, répondit Fred d'un air satisfait. C'est George et moi qui les avons inventées. On a cherché quelqu'un tout l'été pour les essayer...

Un grand rire explosa dans la minuscule cuisine. Harry regarda autour de lui et vit George et Ron assis à la table de bois en compagnie de deux autres personnes aux cheveux roux que Harry n'avait encore jamais vues mais qu'il n'eut aucun mal à identifier : c'étaient Bill et Charlie, les deux frères aînés de la famille Weasley.

— Comment ça va, Harry ? dit l'un d'eux avec un grand sourire.

Il lui tendit une main que Harry serra en sentant des cals et des ampoules sous ses doigts. Ce devait être Charlie, qui s'occupait de dragons, en Roumanie. Charlie était bâti comme les jumeaux, plus petit et plus râblé que Percy et Ron qui étaient tous deux grands et efflanqués. Il avait un visage bienveillant aux traits burinés, et tellement constellé de taches de rousseur qu'il en paraissait presque bronzé. Sur l'un de ses bras musculeux, on remarquait une grosse cicatrice brillante, visiblement due à une brûlure.

Bill se leva en souriant et serra à son tour la main de Harry qui fut assez surpris en le voyant de près. Harry savait que Bill travaillait pour Gringotts, la banque des sorciers, et qu'il avait été préfet-en-chef à Poudlard. Aussi se l'était-il toujours imaginé comme Percy en plus âgé : pointilleux sur le règlement et résolu à imposer son autorité aux autres. Mais Bill lui apparut sous un jour très différent. S'il avait dû choisir un mot pour le définir, il aurait cédé à la mode en le qualifiant de cool. Il était grand, avec une longue chevelure nouée en catogan, et il portait à l'oreille un anneau auquel était attaché ce qui semblait être un crochet de serpent. Ses vêtements n'auraient pas eu l'air déplacés dans un concert de rock, sauf que ses bottes, comme Harry le remarqua tout de suite, n'étaient pas en cuir mais en peau de dragon.

Avant qu'ils aient eu le temps de se dire quoi que ce soit, une légère détonation retentit et Mr Weasley surgit de nulle part derrière l'épaule de George. Harry ne l'avait jamais vu aussi furieux.

— Ce n'était pas *drôle* du tout, Fred ! s'écria-t-il. Qu'est-ce que tu as donné à ce pauvre petit Moldu ?

— Je ne lui ai rien donné du tout, répondit Fred avec un sourire malicieux. J'ai simplement *laissé tomber* quelque chose… C'est sa faute s'il l'a mangé, je ne lui ai jamais dit de le faire.

— Tu l'as laissé tomber exprès ! rugit Mr Weasley. Tu savais qu'il allait manger ça, tu savais qu'il était au régime…

– Elle est devenue grande comment, sa langue ? demanda
George, avide de savoir.

– Elle avait dépassé un mètre au moment où ses parents
ont enfin accepté que j'intervienne.

Harry et les Weasley éclatèrent à nouveau de rire.

– Ce n'est pas drôle ! s'écria Mr Weasley. Ce genre de comportement compromet gravement les relations entre Moldus
et sorciers ! Je passe la moitié de mon temps à essayer de lutter contre les mauvais traitements infligés aux Moldus et mes
propres fils…

– Ce n'est pas parce que c'est un Moldu qu'on a fait ça !
protesta Fred d'un ton indigné.

– Non, on l'a fait parce que c'est une grosse brute stupide,
dit George. N'est-ce pas, Harry ?

– Oui, c'est vrai, Mr Weasley, approuva Harry d'un air
sérieux.

– Ce n'est pas la question ! s'emporta Mr Weasley. Attendez un peu que j'en parle à votre mère…

– Me parler de quoi ? dit une voix derrière eux.

Mrs Weasley venait d'entrer dans la cuisine. C'était une
petite femme dodue au visage aimable, même si, pour l'instant, elle fronçait les sourcils d'un air soupçonneux.

– Oh, bonjour, Harry, mon chéri, dit-elle avec un grand
sourire dès qu'elle le vit.

Puis elle tourna à nouveau les yeux vers son mari.

– Alors, de *quoi* voulais-tu me parler, Arthur ? insista-t-elle.

Mr Weasley hésita. Harry se rendait compte que, en dépit
de sa colère, il n'avait jamais eu véritablement l'intention de
raconter à Mrs Weasley ce qui s'était passé. Il y eut un silence
pendant lequel Mr Weasley regarda son épouse d'un air
embarrassé. Deux jeunes filles apparurent alors à la porte de
la cuisine, derrière Mrs Weasley. L'une, les cheveux bruns en
broussaille et les dents de devant plutôt proéminentes, était

une amie de Harry et de Ron et s'appelait Hermione Granger. L'autre, plus petite, avait des cheveux roux. C'était Ginny, la jeune sœur de Ron. Toutes deux adressèrent un sourire à Harry et, lorsque celui-ci leur sourit à son tour, Ginny devint écarlate – elle était toujours sous le charme de Harry depuis son premier séjour au Terrier.

– De quoi voulais-tu me parler, Arthur ? répéta Mrs Weasley d'un ton qui ne présageait rien de bon.

– Ce n'est rien, Molly, marmonna Mr Weasley. Fred et George ont simplement… Mais je me suis déjà expliqué avec eux…

– Qu'est-ce qu'ils ont fait, cette fois-ci ? demanda Mrs Weasley. Si ça concerne les *Farces pour sorciers facétieux*…

– Tu devrais montrer à Harry où il va dormir, Ron, dit Hermione qui était restée sur le seuil de la porte.

– Il sait déjà où il va dormir, répondit Ron. Dans ma chambre, c'est là qu'il a dormi la dernière…

– On ferait peut-être bien d'y aller tous ensemble, proposa judicieusement Hermione.

– D'accord, dit Ron, comprenant où elle voulait en venir. Allons-y.

– On va y aller aussi, dit George.

– *Tu restes où tu es* ! ordonna Mrs Weasley avec colère.

Harry et Ron sortirent discrètement de la cuisine puis, en compagnie de Ginny et d'Hermione, ils suivirent l'étroit couloir et montèrent l'escalier branlant qui s'élevait en zigzag dans les étages.

– Qu'est-ce que c'est, les *Farces pour sorciers facétieux* ? demanda Harry tandis qu'ils grimpaient les marches.

Ron et Ginny éclatèrent de rire, mais pas Hermione.

– En rangeant la chambre de Fred et George, maman a trouvé une pile de bons de commande au nom de « *Weasley, Farces pour sorciers facétieux* », expliqua Ron à voix basse. Il y avait toute une liste de prix pour des trucs qu'ils ont inventés, genre fausses baguettes magiques, bonbons farceurs, et des tas d'autres choses pour faire des blagues. C'était fantastique, je ne savais pas qu'ils avaient inventé tout ça…

— Ça fait des années qu'on entend des explosions dans leur chambre, mais on n'avait jamais pensé qu'ils *fabriquaient* vraiment quelque chose, dit Ginny. On croyait qu'ils aimaient simplement faire du bruit.

— L'ennui, c'est que la plupart de ces machins-là – tous, en fait – étaient un peu dangereux, poursuivit Ron. Ils avaient l'intention de vendre ça à Poudlard pour se faire un peu d'argent et maman était folle de rage. Elle leur a interdit de continuer et elle a brûlé tous les bons de commande… De toute façon, elle est furieuse contre eux. Ils n'ont pas eu autant de BUSE qu'elle aurait voulu.

Les BUSE étaient les Brevets Universels de Sorcellerie Élémentaire, des examens que les élèves de Poudlard devaient passer à l'âge de quinze ans.

— Ensuite, il y a eu une grande dispute, dit Ginny, parce que maman voulait que, après l'école, ils entrent au ministère de la Magie, comme papa, mais ils lui ont répondu qu'ils avaient plutôt envie d'ouvrir une boutique de farces et attrapes.

À cet instant, une porte s'ouvrit au deuxième étage et une tête avec des lunettes d'écaille et un air exaspéré apparut dans l'entrebâillement.

— Salut, Percy, dit Harry.

— Oh, bonjour, Harry, répondit Percy. Je me demandais qui faisait tout ce bruit. J'essaye de travailler, moi, figurez-vous. J'ai un rapport à finir et il n'est pas très facile de se concentrer quand il y a des gens qui s'amusent à sauter dans l'escalier.

— On ne saute pas, répliqua Ron avec mauvaise humeur, on monte les marches. Désolé d'avoir perturbé les travaux top secrets du ministère de la Magie.

– Sur quoi tu travailles ? demanda Harry.

– Sur un rapport pour le Département de la coopération magique internationale, répondit Percy d'un air important. Nous essayons d'établir des normes standards pour l'épaisseur des fonds de chaudron. Certains matériels d'importation sont un peu trop fins. On a enregistré un taux d'augmentation de trois pour cent des fuites en un an.

– Voilà un rapport qui va changer la face du monde, c'est sûr, dit Ron. À mon avis, les fuites dans les chaudrons, ça devrait faire la une de *La Gazette du sorcier*.

Le teint de Percy rosit légèrement.

– Tu peux toujours te moquer, Ron, dit-il d'un ton enflammé, mais si on n'impose pas un règlement international, le marché sera bientôt inondé de produits dont le fond sera trop mince, donc fragile, ce qui représentera un sérieux danger pour…

– Ouais, ouais, d'accord, dit Ron qui continua à monter les marches tandis que Percy claquait la porte de sa chambre.

Un instant plus tard, des cris retentirent dans la cuisine. Apparemment, Mr Weasley avait parlé des pralines à Mrs Weasley.

La chambre du dernier étage où Ron dormait n'avait pas beaucoup changé depuis le dernier séjour de Harry. Les mêmes affiches représentaient les joueurs de l'équipe préférée de Ron, les Canons de Chudley, qui virevoltaient sur leurs balais en faisant de grands signes de la main. Harry retrouva le plafond incliné qui épousait la forme du toit et l'aquarium posé sur le rebord de la fenêtre. Les têtards qu'il contenait avaient disparu, remplacés par une énorme grenouille. Le vieux rat de Ron, Croûtard, n'était plus là, mais Harry vit le minuscule hibou gris qui lui avait apporté la lettre de Ron à Privet Drive. Il sautillait comme un fou dans sa cage et poussait de petits cris surexcités.

— Tais-toi, Coq, dit Ron en se faufilant entre deux des quatre lits qu'on avait réussi à caser dans la pièce. Fred et George vont dormir avec nous parce que Bill et Charlie occupent leur chambre, dit-il à Harry. Percy tient à garder la sienne pour lui tout seul à cause de son *travail*.

— Heu… Pourquoi appelles-tu ton hibou « Coq » ? demanda Harry.

— Parce qu'il est bête, dit Ginny. Son vrai nom, c'est Coquecigrue.

— Oui, et ça, c'est un nom pas bête du tout, puisque c'est Ginny qui l'a trouvé, répliqua Ron d'un ton sarcastique. Elle pense que c'est très mignon. J'ai essayé de le changer mais c'était trop tard, il refuse de répondre à un autre nom. Alors, maintenant, c'est Coq. Je suis obligé de le garder ici, sinon, il embête Errol et Hermès. Moi aussi, il m'embête, d'ailleurs.

Coquecigrue voleta joyeusement dans sa cage en lançant des hululements suraigus. Harry connaissait trop bien Ron pour prendre au sérieux ce qu'il venait de lui dire. Les années précédentes, Ron n'arrêtait pas de se plaindre de Croûtard, son vieux rat, mais il avait été bouleversé lorsqu'il avait cru que Pattenrond, le chat d'Hermione, l'avait dévoré.

— Où est Pattenrond ? demanda Harry à Hermione.

— Dans le jardin, j'imagine, répondit-elle. Il aime bien poursuivre les gnomes, il n'en avait jamais vu avant.

— Alors, ça lui plaît le travail, à Percy ? dit Harry.

Il s'assit sur un des lits et regarda les Canons de Chudley filer sur leurs balais d'un bord à l'autre des affiches.

— Ça lui plaît ? Tu plaisantes, répondit Ron d'un air sombre. Si papa ne l'y obligeait pas, il ne rentrerait plus à la maison. Le travail, c'est une obsession, chez lui. Surtout, ne lui parle pas de son patron, sinon, tu n'en auras jamais fini. D'après ce que dit Mr Croupton… Comme je le faisais remarquer à Mr Croupton… Mr Croupton pense que… Mr Croupton m'a raconté… Si ça continue comme ça, bientôt, ils annonceront leurs fiançailles.

— Tu as passé de bonnes vacances, Harry ? demanda Hermione. Tu as reçu les colis de nourriture ?

— Oui, merci beaucoup. Ces gâteaux m'ont sauvé la vie.

— Et est-ce que tu as eu des nouvelles de… commença Ron, mais un regard d'Hermione le fit taire.

Harry savait qu'il s'apprêtait à lui demander des nouvelles de Sirius. Ron et Hermione avaient joué un rôle si important en aidant son parrain à échapper aux griffes du ministère de la Magie qu'ils s'inquiétaient de son sort presque autant que Harry lui-même. Mais il n'aurait pas été très judicieux de parler de lui devant Ginny. Car, à part eux et le professeur Dumbledore, personne ne savait comment Sirius avait réussi à s'enfuir et personne ne croyait à son innocence. À en juger par le regard intrigué qu'elle lança à Ron et à Harry, Ginny avait compris qu'on lui cachait quelque chose.

— Je crois qu'ils ont cessé de se disputer, dit Hermione pour essayer de dissiper ce moment de gêne. Si nous allions aider ta mère à préparer le dîner ?

— Ouais, d'accord, dit Ron.

Ils redescendirent tous les quatre et retrouvèrent Mrs Weasley, seule dans la cuisine, l'air de très mauvaise humeur.

— On va dîner dans le jardin, dit-elle en les voyant entrer. Il n'y a pas assez de place pour onze personnes, ici. Pourriez-vous emporter les assiettes dehors, les filles ? Bill et Charlie sont en train d'installer les tables. Vous vous occuperez des couverts, tous les deux, ajouta-t-elle à l'adresse de Ron et de Harry.

Avec une vigueur excessive, elle pointa sa baguette magique vers l'évier et les pommes de terre qui s'y entassaient jaillirent hors de leur peau à une telle vitesse qu'elles ricochèrent sur les murs et le plafond.

– Allons, allons, du calme ! lança-t-elle d'un ton sec.

Elle dirigea alors sa baguette vers une petite pelle qui se décrocha toute seule du mur et racla le sol en ramassant les pommes de terre dispersées.

– Ah, ces deux-là ! explosa-t-elle d'un ton féroce en prenant des marmites et des casseroles dans un placard.

Harry comprit tout de suite qu'elle voulait parler de Fred et de George.

– Je ne sais vraiment pas ce qu'ils vont devenir, vraiment pas. Aucune ambition, à part celle de faire le plus de bêtises possible…

Elle posa brutalement une grande casserole de cuivre sur la table de la cuisine et fit tourner plusieurs fois sa baguette magique à l'intérieur. Une sauce onctueuse jaillit alors de la baguette tandis qu'elle décrivait des cercles pour la remuer.

– Ce n'est pas un manque d'intelligence, poursuivit Mrs Weasley d'un ton irrité en posant la casserole sur la cuisinière qu'elle alluma d'un autre coup de sa baguette magique. Mais ils la gaspillent bêtement et, s'ils ne se calment pas un peu, ils auront bientôt de gros ennuis. J'ai reçu plus de hiboux de Poudlard à leur sujet que pour tous les autres réunis. S'ils continuent comme ça, ils finiront devant le Service des usages abusifs de la magie.

Mrs Weasley donna un coup de baguette sur le tiroir qui contenait les couverts. Le tiroir s'ouvrit brusquement et Harry et Ron firent un bond en arrière, évitant de justesse les couteaux qui en jaillirent pour aller couper en rondelles les pommes de terre que la pelle avait rapportées dans l'évier.

– Nous avons dû commettre des erreurs avec eux, mais j'ignore lesquelles, continua Mrs Weasley qui posa sa baguette pour aller prendre d'autres casseroles dans le placard. Depuis des années, ils accumulent les bêtises et ils n'écoutent jamais ce qu'on leur dit. OH NON, ÇA SUFFIT !

La baguette qu'elle venait de reprendre avait émis un couinement sonore et s'était transformée en une énorme souris en
caoutchouc.

– Encore une de leurs fausses baguettes ! s'écria-t-elle.
Combien de fois leur ai-je répété de ne pas les laisser traîner
n'importe où ?

Elle reprit sa véritable baguette et se tourna vers la casserole de sauce qui était en train de fumer.

– Viens, dit Ron à Harry, en prenant une poignée de couverts dans le tiroir, on va aider Bill et Charlie.

Ils laissèrent Mrs Weasley et sortirent de la maison par la
porte de derrière.

Ils avaient à peine fait quelques pas que le chat orange
d'Hermione, Pattenrond, ainsi nommé en raison de ses pattes
arquées, surgit devant eux, dressant sa queue touffue. L'animal poursuivait quelque chose qui ressemblait à une pomme
de terre boueuse dotée de pattes. Harry reconnut aussitôt un
gnome de jardin. Il était haut d'une vingtaine de centimètres
et ses petits pieds fourchus martelaient le sol à toute vitesse
tandis qu'il filait se cacher la tête la première dans une des
grosses bottes qui traînaient près de la porte de derrière.
Harry entendit le gnome éclater de rire lorsque Pattenrond
plongea une patte dans la botte pour essayer de l'attraper.
Pendant ce temps, un grand fracas s'élevait de l'autre côté de
la maison. La source du vacarme leur apparut lorsqu'ils pénétrèrent dans le jardin : Bill et Charlie, leur baguette à la main,
faisaient voler à bonne hauteur au-dessus de la pelouse deux
vieilles tables délabrées qu'ils projetaient l'une contre l'autre
dans des chocs furieux, essayant d'envoyer à terre celle de
l'adversaire. Fred et George applaudissaient à tout rompre,
Ginny riait aux éclats et Hermione, qui contemplait le spectacle debout près de la haie, semblait partagée entre l'amusement et l'appréhension.

La table de Bill heurta celle de Charlie avec un grand bruit et brisa un de ses pieds. Ils entendirent alors une fenêtre s'ouvrir au-dessus d'eux et virent la tête de Percy apparaître au deuxième étage.

– Vous voudriez bien vous calmer un peu ? cria-t-il.

– Désolé, Perce, dit Bill avec un sourire. Comment vont les fonds de chaudron ?

– Très mal, répliqua Percy avec mauvaise humeur avant de refermer la fenêtre d'un coup sec.

Pouffant de rire, Bill et Charlie ramenèrent en douceur les tables sur la pelouse et les disposèrent dans le prolongement l'une de l'autre. D'un coup de baguette magique, Bill répara le pied cassé et fit apparaître des nappes venues de nulle part.

Aux alentours de sept heures, les deux tables ployaient sous les quantités de plats succulents qu'avait préparés Mrs Weasley, et les neuf Weasley, ainsi que Harry et Hermione, s'installèrent pour dîner sous un ciel bleu dépourvu du moindre nuage. Pour quelqu'un qui s'était nourri tout l'été de gâteaux de moins en moins frais, c'était le paradis. Au début, Harry écouta la conversation plus qu'il n'y participa, trop occupé à se resservir de pâté en croûte, de pommes de terre et de salade.

À l'autre bout de la table, Percy exposait en détail à son père le contenu de son rapport sur l'épaisseur des fonds de chaudron.

– J'ai dit à Mr Croupton qu'il serait prêt mardi prochain, expliquait Percy d'un ton suffisant. Il ne l'attendait pas si tôt, mais j'aime faire les choses le mieux possible. Je pense qu'il me sera reconnaissant d'avoir terminé dans des délais aussi brefs. Nous avons énormément de travail, dans notre service, à cause de la préparation de la Coupe du Monde. Malheureusement nous n'avons pas tout le soutien que nous aurions pu espérer de la part du Département des jeux et sports magiques. Ludo Verpey…

– J'aime bien Ludo, dit Mr Weasley d'une voix douce. C'est lui qui nous a obtenu les billets pour la Coupe. Je lui ai rendu un petit service : son frère Otto a eu quelques ennuis une histoire de tondeuse à gazon dotée de pouvoirs surnaturels, je me suis arrangé pour qu'il n'y ait pas de suites.

– Oh, Verpey est *sympathique*, bien sûr, dit Percy d'un ton dédaigneux, mais de là à devenir directeur d'un département… Quand je le compare à Mr Croupton ! Je n'imagine pas Mr Croupton constatant la disparition d'un membre de notre service sans se soucier de savoir ce qu'il est devenu. Est-ce que tu te rends compte que Bertha Jorkins est absente depuis un mois, maintenant ? Elle est allée en vacances en Albanie et elle n'est jamais revenue.

– Oui, j'ai posé la question à Ludo, répondit Mr Weasley en fronçant les sourcils. Il dit que Bertha se perd très souvent, mais je dois reconnaître que, s'il s'agissait de quelqu'un travaillant dans mon département, je me ferais du souci..

– Oh, Bertha est incorrigible, c'est vrai, dit Percy. On m'a dit qu'elle a été mutée de service en service pendant des années, qu'elle apporte beaucoup plus d'ennuis que d'avantages… mais quand même, Verpey devrait essayer de la retrouver. Mr Croupton s'est personnellement intéressé à l'affaire – elle a travaillé dans notre département pendant un certain temps et je crois qu'il l'aimait beaucoup – mais chaque fois qu'il lui en parle, Verpey éclate de rire en disant qu'elle n'a sans doute pas su lire la carte et qu'elle a dû se retrouver en Australie plutôt qu'en Albanie. Enfin, quand même…

Percy poussa un soupir impressionnant et but une longue gorgée de vin de sureau.

– Nous avons suffisamment de pain sur la planche au Département de la coopération magique internationale pour ne pas nous occuper en plus de retrouver les membres des autres services. Comme tu le sais, nous avons un autre grand événement à organiser, juste après la Coupe du Monde.

Il s'éclaircit la gorge d'un air important et tourna son regard vers l'autre extrémité de la table où Harry, Ron et Hermione étaient assis.

– Tu sais de quoi je veux parler, père.

Il éleva légèrement la voix pour ajouter :

– Celui qui est top secret.

Ron leva les yeux au ciel et marmonna quelque chose à l'adresse de Harry et d'Hermione.

– Depuis qu'il a commencé à travailler, il fait tout pour qu'on lui demande quel est ce grand événement si secret. Sans doute une exposition de chaudrons à fond épais.

Au milieu de la table, Mrs Weasley se disputait avec Bill au sujet de l'anneau qu'il portait à l'oreille, depuis une date récente, semblait-il.

– Avec cette horrible dent de serpent que tu y as accrochée, vraiment, Bill, est-ce que tu te rends compte ? Qu'est-ce qu'ils en disent, à la banque ?

– Maman, à la banque, tout le monde se fiche de la façon dont je m'habille du moment que je leur rapporte de l'argent, répondit Bill avec patience.

– Et tes cheveux deviennent impossibles, ajouta Mrs Weasley, en caressant tendrement sa baguette magique. J'aimerais bien les rafraîchir un peu…

– Moi, je les aime bien comme ça, intervint Ginny, assise à côté de Bill. Tu es tellement vieux jeu, maman. De toute façon, ils ne seront jamais aussi longs que ceux du professeur Dumbledore…

À côté de Mrs Weasley, Fred, George et Charlie parlaient avec animation de la Coupe du Monde.

– C'est l'Irlande qui va gagner, dit Charlie d'une voix

pâteuse, la bouche pleine de pommes de terre. Ils ont écrasé le Pérou en demi-finale.

— Oui, mais chez les Bulgares, il y a Viktor Krum, fit remarquer Fred.

— Krum est le seul bon joueur de son équipe, l'Irlande, elle, en a sept, répondit Charlie d'un ton sans réplique. J'aurais bien aimé que l'Angleterre arrive en finale. Il n'y a pas de quoi être fier, on peut le dire.

— Qu'est-ce qui s'est passé ? demanda vivement Harry, qui regrettait plus que jamais d'avoir été éloigné du monde des sorciers pendant qu'il était coincé à Privet Drive.

Harry était passionné de Quidditch. Il avait joué comme attrapeur dans l'équipe de Quidditch de la maison Gryffondor dès sa première année à Poudlard et possédait un Éclair de feu, l'un des meilleurs balais de course du monde.

— Elle s'est fait battre trois cent quatre-vingt-dix à dix par la Transylvanie, répondit Charlie d'un air sombre. Vraiment lamentable. Le pays de Galles a perdu contre l'Ouganda et l'Écosse a été écrasée par le Luxembourg.

D'un coup de baguette magique, Mr Weasley fit apparaître des chandelles pour éclairer le jardin assombri par le crépuscule. Puis le dessert fut servi (glace à la fraise maison) et, lorsqu'ils eurent fini de dîner, des papillons de nuit se mirent à voleter au-dessus de la table tandis que l'air tiède se parfumait d'une odeur d'herbe et de chèvrefeuille. Harry avait le ventre bien plein et se sentait en paix avec le monde en regardant les gnomes pris de fou rire se précipiter dans les massifs de roses, Pattenrond à leurs trousses.

Ron jeta un coup d'œil le long de la table pour s'assurer que le reste de la famille était occupé à parler de choses et d'autres, puis il se tourna vers Harry et lui dit à voix très basse :

— Alors… Tu as *eu* des nouvelles de Sirius, ces temps-ci ?

Hermione se pencha pour écouter attentivement.

– Oui, murmura Harry. Deux lettres. Il a l'air d'aller bien. Je lui ai écrit avant-hier. Il me répondra peut-être pendant que je serai encore ici.

Il se rappela soudain la raison pour laquelle il avait écrit à Sirius et, pendant un instant, il fut sur le point de parler à Ron et à Hermione de sa cicatrice et du rêve qui l'avait réveillé en sursaut… mais il ne voulut pas les inquiéter en un moment pareil, alors que lui-même se sentait si heureux et si paisible.

– Vous avez vu l'heure qu'il est ? dit soudain Mrs Weasley en regardant sa montre. Vous devriez tous être au lit, il faudra se lever à l'aube pour aller à la Coupe du Monde. Harry, si tu me donnes ta liste, je pourrai acheter ton matériel scolaire demain, sur le Chemin de Traverse. Je vais chercher les affaires de tout le monde. Vous n'aurez peut-être pas le temps d'y aller vous-mêmes, après la Coupe. La dernière fois, le match a duré cinq jours.

– Wouaoh ! J'espère que ce sera la même chose cette année ! s'exclama Harry avec enthousiasme.

– Pas moi, dit Percy d'un ton sentencieux. Je n'ose pas imaginer tout le travail qui m'attendrait au bureau si je devais m'absenter cinq jours.

– Oui, peut-être que tu trouverais encore de la bouse de dragon sur tes dossiers, hein, Perce ? lança Fred.

– Il s'agissait d'un échantillon d'engrais en provenance de Norvège ! répliqua Percy dont le teint était devenu écarlate. Ce n'était pas moi qui étais visé !

– Oh si, murmura Fred à Harry, alors qu'ils se levaient de table. C'est nous qui l'avions envoyée.

6
LE PORTOLOIN

Quand Mrs Weasley vint le réveiller en lui secouant l'épaule, Harry eut l'impression qu'il venait tout juste de se coucher.

– C'est l'heure d'y aller, Harry, mon chéri, murmura-t-elle avant d'aller réveiller Ron.

Harry chercha ses lunettes à tâtons, les mit sur son nez et se redressa dans son lit. Dehors, il faisait encore nuit. Ron marmonna quelque chose d'indistinct lorsque sa mère le tira du sommeil. Au pied de son lit, Harry vit deux grandes silhouettes échevelées qui émergeaient d'un enchevêtrement de couvertures.

– Déjà l'heure ? dit Fred d'une voix ensommeillée.

Ils s'habillèrent en silence, trop endormis pour parler puis, bâillant et s'étirant, ils descendirent tous les quatre dans la cuisine.

Mrs Weasley remuait le contenu d'une grande marmite posée sur la cuisinière, pendant que Mr Weasley, assis à la table, examinait une liasse de billets d'entrée imprimés sur de grands parchemins. Il leva la tête à l'arrivée des quatre garçons et écarta les bras pour qu'ils puissent mieux voir ses vêtements. Il portait un chandail de golf et un très vieux jean, un peu trop grand pour lui, retenu par une épaisse ceinture de cuir.

– Qu'est-ce que vous en pensez ? demanda-t-il d'un ton anxieux. Il ne faut surtout pas qu'on se fasse remarquer. Est-ce que j'ai l'air d'un Moldu, Harry ?

– Oui, répondit Harry avec un sourire, c'est très bien.

– Où sont Bill, Charlie et Pe-e-e-e-e-ercy ? demanda George dans un très long bâillement qu'il lui fut impossible de retenir.

– Ils doivent transplaner, non ? répondit Mrs Weasley en apportant sur la table une grosse marmite de porridge qu'elle commença à servir. Ils peuvent donc rester un peu plus long-temps au lit.

Transplaner signifiait disparaître d'un endroit pour réappa-raître presque instantanément dans un autre et Harry savait que c'était un exercice très difficile.

– Alors ils dorment encore ? dit Fred d'un ton grincheux en ramenant vers lui son bol de porridge. Et pourquoi on ne pourrait pas transplaner, nous aussi ?

– Parce que vous n'êtes pas encore majeurs et que vous n'avez pas passé votre permis, répliqua sèchement Mrs Weas-ley. Où sont les filles ?

Elle sortit en trombe de la cuisine et ils l'entendirent mon-ter l'escalier.

– Il faut passer un permis pour avoir le droit de transpla-ner ? demanda Harry.

– Oh, oui, répondit Mr Weasley en rangeant soigneuse-ment ses billets d'entrée dans la poche arrière de son jean. Le Département des transports magiques a infligé une amende à deux personnes l'autre jour pour avoir transplané sans permis. Ce n'est pas facile, le transplanage, et, quand on ne le fait pas convenablement, il peut y avoir de terribles complications. Les deux dont je viens de parler se sont désartibulés.

Autour de la table, tout le monde, sauf Harry, fit la gri-mace.

– Heu… *désartibulés ?* répéta Harry.

– Ils ont laissé la moitié de leur corps derrière eux, expliqua Mr Weasley en versant de grandes cuillerées de mélasse sur son porridge. Et donc, ils sont restés coincés. Ils ne pouvaient plus bouger ni dans un sens ni dans l'autre. Ils ont dû attendre que la Brigade de réparation des accidents de sorcellerie remette tout ça en place. Si vous saviez le travail qu'on a eu, avec tous les Moldus qui avaient vu des morceaux de leurs corps traîner par terre…

Harry eut la soudaine vision d'une paire de jambes et d'un globe oculaire abandonnés sur le trottoir de Privet Drive.

– Et ils s'en sont remis ? demanda-t-il, un peu ébranlé.

– Oh oui, répondit Mr Weasley d'un ton dégagé. Mais ils ont eu une lourde amende et je crois qu'ils ne sont pas près de recommencer. Il ne faut pas plaisanter avec le transplanage. Il y a beaucoup de sorciers expérimentés qui ne s'y risquent pas. Ils préfèrent les balais – c'est plus lent, mais plus sûr.

– Et Bill, Charlie et Percy savent le faire ?

– Charlie a dû repasser son permis, dit Fred avec un sourire. Il l'a raté la première fois. Il a transplané huit kilomètres plus au sud que l'endroit prévu, sur la tête d'une pauvre femme qui faisait ses courses, vous vous souvenez ?

– Oui et alors ? Il l'a réussi la deuxième fois, dit Mrs Weasley en revenant dans la cuisine au milieu de ricanements sonores.

– Percy l'a passé il y a quinze jours seulement, dit George. Depuis, chaque matin, il descend l'escalier en transplanant pour bien montrer qu'il sait le faire.

Des pas retentirent dans le couloir et Hermione entra dans la cuisine en compagnie de Ginny. Toutes deux avaient le teint pâle et paraissaient encore endormies. Ginny vint s'asseoir à la table en se frottant les yeux.

– Pourquoi se lever si tôt ? se plaignit-elle.

– Il va falloir faire un bout de chemin à pied, répondit Mr Weasley.

– À pied ? s'étonna Harry. On va marcher pour aller à la Coupe du Monde ?

– Oh non, c'est trop loin, dit Mr Weasley avec un sourire. Nous n'aurons pas longtemps à marcher. Simplement, quand un grand nombre de sorciers se réunissent, il est très difficile de ne pas attirer l'attention des Moldus. Nous devons faire très attention à la façon dont nous nous déplaçons et lorsqu'il s'agit d'un événement aussi important que la Coupe du Monde de Quidditch…

– George ! s'écria brusquement Mrs Weasley en faisant sursauter tout le monde.

– Quoi ? dit George d'un ton innocent qui ne trompa personne.

– Qu'est-ce que tu as dans ta poche ?

– Rien !

– Ne me mens pas !

Mrs Weasley pointa sa baguette magique.

– *Accio !* dit-elle.

Aussitôt, de petits objets aux couleurs brillantes s'envolèrent de la poche de George qui essaya de les rattraper mais rata son coup. Le contenu de sa poche atterrit directement dans la main tendue de Mrs Weasley.

– Nous t'avions dit de les détruire ! s'exclama Mrs Weasley avec fureur, tenant au creux de sa paume une poignée de Pralines Longue Langue. Nous t'avions dit de te débarrasser de tout ça ! Videz vos poches, tous les deux, allez, dépêchez-vous !

La scène fut un peu pénible. De toute évidence, les jumeaux avaient essayé d'emporter avec eux le plus grand nombre possible de pralines et Mrs Weasley dut avoir recours plusieurs fois au sortilège d'Attraction pour les récupérer toutes.

– *Accio! Accio! Accio!* cria-t-elle.

Les Pralines Longue Langue surgirent de toutes sortes d'endroits inattendus, y compris la doublure de la veste de George et les revers du jean de Fred.

– On a passé six mois à les mettre au point! s'exclama Fred à l'adresse de sa mère qui jetait impitoyablement les pralines à la poubelle.

– Vous n'aviez rien d'autre à faire pendant ces six mois! répliqua-t-elle d'une voix perçante. Pas étonnant que vous n'ayez pas obtenu davantage de BUSE!

L'atmosphère n'était guère chaleureuse quand ils se mirent en chemin. Mrs Weasley avait toujours l'air furieux lorsqu'elle embrassa Mr Weasley sur la joue, mais pas autant que les jumeaux qui mirent leur sac à l'épaule et s'en allèrent sans lui dire un mot.

– Amusez-vous bien, lança Mrs Weasley, et *ne faites pas de bêtises*, ajouta-t-elle dans le dos des jumeaux qui s'éloignèrent sans se retourner. Je t'enverrai Bill, Charlie et Percy vers midi, ajouta Mrs Weasley à l'adresse de son mari.

Celui-ci, accompagné de Harry, Ron, Hermione et Ginny, emboîta le pas de Fred et George qui traversaient le jardin encore plongé dans l'obscurité.

Il faisait frais et la lune était toujours visible. Seule une lueur verdâtre le long de l'horizon qui s'étendait à leur droite indiquait l'imminence de l'aube. Harry, qui pensait aux milliers de sorciers en route pour la Coupe du Monde de Quidditch, rejoignit Mr Weasley et marcha à côté de lui.

– Comment doit-on s'y prendre pour éviter que les Moldus nous remarquent? demanda-t-il.

– Nous avons dû faire face à un énorme problème d'organisation, soupira Mr Weasley. Il faut savoir qu'il y a environ cent mille sorciers qui viennent assister à la Coupe et, bien entendu, nous ne disposons pas de terrain magique suffisamment grand pour les loger tous. Il y a des endroits où les Moldus ne peuvent pénétrer mais imagine qu'on essaye d'entasser cent mille sorciers sur le Chemin de Traverse ou le quai 9 3/4... Nous devions donc trouver une jolie petite lande déserte et prendre toutes les précautions anti-Moldus possibles. Le ministère y a travaillé pendant des mois. D'abord, il faut canaliser les arrivées. Les spectateurs munis des billets les moins chers doivent arriver deux semaines à l'avance. Quelques-uns utilisent des moyens de transport moldus mais nous ne pouvons pas les laisser remplir leurs bus et leurs trains en trop grand nombre – souviens-toi que les sorciers viennent du monde entier. Certains transplanent, bien entendu, mais nous devons aménager des endroits sûrs où ils puissent réapparaître à l'écart des Moldus. Je crois qu'ils ont trouvé un petit bois très pratique pour accueillir les transplaneurs. Pour ceux qui ne veulent, ou ne peuvent, transplaner, nous utilisons des Portoloins. Ce sont des objets qui permettent de transporter les sorciers d'un point à un autre à une heure fixée d'avance. On peut organiser des transports de groupe, si nécessaire. Deux cents Portoloins ont été disposés dans des lieux stratégiques un peu partout en Grande-Bretagne et le plus proche pour nous se trouve sur la colline de Têtafouine. C'est là que nous allons.

Mr Weasley montra du doigt une grosse masse noire qui s'élevait au-delà du village de Loutry Ste Chaspoule.

– À quoi ressemblent les Portoloins ? demanda Harry avec curiosité.

– Oh, il peut s'agir de n'importe quoi, répondit Mr Weasley. Des choses qui passent inaperçues, bien sûr, pour que les Moldus ne les remarquent pas et ne se mettent pas à jouer avec... Il faut des objets qui aient l'air d'être bons pour la décharge publique...

Ils suivirent le chemin sombre et humide qui menait au village. Seul le bruit de leurs pas rompait le silence. Lorsqu'ils traversèrent le village endormi, le ciel commença lentement à s'éclaircir, passant d'un noir d'encre à un bleu foncé. Les pieds et les mains de Harry étaient glacés. Mr Weasley ne cessait de consulter sa montre.

Ils avancèrent en silence, économisant leur souffle pour escalader la colline de Têtafouine. De temps à autre, un terrier de lapin les faisait trébucher ou ils glissaient sur d'épaisses touffes d'herbe noire. À chaque respiration, Harry sentait comme un élancement dans sa poitrine et ses jambes commençaient à s'engourdir lorsque, enfin, ils atteignirent un terrain plat.

— Pffouuu ! soupira Mr Weasley, le souffle haletant.

Il retira ses lunettes et les essuya sur son chandail.

— Nous avons fait vite, dit-il, il nous reste dix minutes...

Hermione fut la dernière à atteindre le sommet de la colline, une main sur son point de côté.

— Il ne nous reste plus qu'à trouver le Portoloin, dit Mr Weasley qui remit ses lunettes et scruta le sol autour de lui. Il ne devrait pas être très gros... Venez...

Ils se séparèrent pour chercher chacun de son côté mais, au bout de deux minutes, un grand cri retentit dans le silence :

— Par ici, Arthur ! Par ici, mon vieux, on l'a trouvé !

Deux hautes silhouettes se découpaient contre le ciel étoilé, de l'autre côté du sommet.

— Amos ! s'exclama Mr Weasley.

Avec un grand sourire, il s'avança vers l'homme qui venait de crier. Les autres lui emboîtèrent le pas.

Mr Weasley serra la main d'un sorcier au teint rubicond, avec une barbe brune en broussaille. Dans son autre main, il tenait une vieille botte moisie.

– Je vous présente Amos Diggory, dit Mr Weasley. Il travaille au Département de contrôle et de régulation des créatures magiques. Je crois que vous connaissez son fils, Cedric ?

Cedric Diggory était un garçon de dix-sept ans, au physique avantageux. Il était capitaine et attrapeur de l'équipe de Quidditch de Poufsouffle, à Poudlard.

– Salut, dit Cedric en se tournant vers eux.

Tout le monde répondit, sauf Fred et George qui se contentèrent d'un signe de tête. Ils n'avaient jamais vraiment pardonné à Cedric d'avoir battu leur équipe de Gryffondor au cours du premier match de Quidditch de l'année précédente.

– Tu as beaucoup marché pour venir jusqu'ici, Arthur ? demanda le père de Cedric.

– Pas trop, non, répondit Mr Weasley. Nous habitons de l'autre côté du village. Et toi ?

– Nous avons dû nous lever à deux heures du matin, pas vrai, Ced ? Je peux te dire que je serai content quand il aura son permis de transplaner. Enfin... Il ne faut pas se plaindre... Je ne voudrais pas manquer la Coupe du Monde de Quidditch, même pour un sac de Gallions – et c'est à peu près ce que coûtent les billets d'entrée. Mais ça aurait pu être pire...

Amos Diggory tourna un regard bienveillant vers les trois fils Weasley, Harry, Hermione et Ginny.

– Ils sont tous à toi, Arthur ? demanda-t-il.

– Oh non, seulement les rouquins, répondit Mr Weasley en montrant ses enfants. Voici Hermione, une amie de Ron – et Harry, un autre ami.

– Par la barbe de Merlin ! s'exclama Amos Diggory, les yeux écarquillés. Harry ? Harry *Potter* ?

– Heu... oui, dit Harry.

Harry avait l'habitude qu'on l'observe avec curiosité, l'habitude aussi de voir les regards se tourner vers la cicatrice qu'il avait au front mais, chaque fois, il en éprouvait un certain malaise.

– Ced m'a parlé de toi, bien sûr, reprit Amos Diggory. Il nous a raconté qu'il avait joué contre toi, l'année dernière… Je lui ai dit : « Ced, ça, c'est quelque chose que tu pourras raconter à tes petits-enfants… que tu as battu *Harry Potter* ! »

Harry ne sut quoi répondre et préféra demeurer silencieux. Fred et George se renfrognèrent à nouveau. Cedric sembla un peu gêné.

– Harry est tombé de son balai, papa, marmonna-t-il. Je te l'ai déjà dit, c'était un accident…

– Oui, mais toi, tu n'es pas tombé ! s'exclama Amos d'un ton jovial en donnant une tape dans le dos de son fils. Toujours modeste, notre Ced, toujours très gentleman… mais c'est le meilleur qui a gagné, je suis sûr que Harry dirait la même chose, n'est-ce pas ? L'un tombe de son balai, l'autre y reste bien accroché, pas besoin d'être un génie pour savoir quel est celui qui sait le mieux voler !

– Il doit être presque l'heure, dit précipitamment Mr Weasley en regardant une nouvelle fois sa montre. Est-ce que tu sais si nous devons attendre quelqu'un d'autre, Amos ?

– Non, les Lovegood sont déjà là-bas depuis une semaine et les Faucett n'ont pas pu avoir de billets, répondit Mr Diggory. Il n'y a plus que nous, dans ce secteur, n'est-ce pas ?

– À ma connaissance, oui, dit Mr Weasley. Le départ est prévu dans une minute, nous ferions bien d'y aller…

Il se tourna vers Harry et Hermione.

– Vous n'aurez qu'à toucher le Portoloin, c'est tout. Avec un doigt, ça suffira..

Gênés par leurs énormes sacs à dos, tous les neuf se regroupèrent tant bien que mal autour de la vieille botte que tenait toujours Amos Diggory.

Ils s'étaient mis en cercle, coude à coude, frissonnant dans la brise fraîche qui soufflait sur la colline. Personne ne disait rien. Harry pensa qu'ils auraient l'air bien étrange si un Moldu venait se promener par là et les surprenait dans cette posture... neuf personnes, dont deux adultes, tenant une vieille botte racornie et attendant en silence dans la demi-obscurité de l'aube...

– Trois..., murmura Mr Weasley, un œil toujours fixé sur sa montre. Deux... Un...

Ce fut immédiat : Harry eut l'impression qu'un crochet l'avait brusquement attrapé par le nombril en le tirant irrésistiblement en avant. Ses pieds avaient quitté le sol et il sentait la présence de Ron et Hermione à ses côtés, leurs épaules se cognant contre les siennes. Ils filaient droit devant, dans un tourbillon de couleurs et un sifflement semblable à celui du vent. Son index était collé à la botte qui semblait l'attirer comme un aimant. Et soudain...

Ses pieds retombèrent brutalement sur le sol. Ron trébucha contre lui et le projeta par terre. Le Portoloin heurta le sol avec un bruit mat, tout près de sa tête.

Harry leva les yeux. Mr Weasley, Mr Diggory et Cedric étaient toujours debout, échevelés, les vêtements froissés par le vent. Tous les autres étaient également là.

– Arrivée du cinq heures sept en provenance de la colline de Têtafouine, dit une voix.

7

VERPEY ET CROUPTON

Harry et Ron se démêlèrent l'un de l'autre et tout le monde se releva. Ils étaient arrivés sur ce qui semblait être une lande déserte plongée dans la brume. Devant eux se tenaient deux sorciers à l'air fatigué et grincheux. L'un avait à la main une grosse montre en or, l'autre un épais rouleau de parchemin et une plume. Tous deux s'étaient habillés en Moldus, mais d'une manière très malhabile : l'homme à la montre portait un costume de tweed avec des cuissardes, son collègue un kilt écossais et un poncho.

– Bonjour, Basil, dit Mr Weasley.

Il ramassa la vieille botte et la tendit au sorcier en kilt qui la jeta dans une grande boîte remplie de Portoloins usés. Dans la boîte, Harry vit un vieux journal, des canettes de soda vides et un ballon de football crevé.

– Bonjour, Arthur, répondit Basil d'un ton las. Tu ne travailles pas, aujourd'hui ? Quand on peut se le permettre… Nous, on est restés ici toute la nuit… Vous feriez bien de dégager le chemin, on attend tout un groupe en provenance de la Forêt-Noire à cinq heures quinze. Attends, je vais te dire où tu dois t'installer, voyons… Weasley… Weasley…

Il consulta la liste qui figurait sur son parchemin.

– C'est à peu près à cinq cents mètres d'ici, le premier pré que tu trouveras. Le directeur du camping s'appelle Mr

Roberts. Alors, Diggory, maintenant… Toi, c'est le deuxième pré. Tu demanderas Mr Payne.

– Merci, Basil, dit Mr Weasley en faisant signe aux autres de le suivre.

Ils partirent sur la lande déserte, sans voir grand-chose dans la brume. Une vingtaine de minutes plus tard, une maisonnette de pierre apparut à côté d'un portail. Au-delà, Harry apercevait les formes fantomatiques de centaines et de centaines de tentes alignées sur la pente douce d'un pré que limitaient à l'horizon les arbres sombres d'un petit bois. Ils dirent au revoir aux Diggory et s'approchèrent de la maisonnette.

Un homme se tenait dans l'encadrement de la porte, regardant les tentes. Harry sut au premier coup d'œil que c'était le seul véritable Moldu des environs. Lorsque l'homme les entendit arriver, il se tourna vers eux.

– Bonjour ! dit Mr Weasley d'une voix claironnante.

– Bonjour, répondit le Moldu.

– C'est vous, Mr Roberts ?

– C'est bien moi, répondit l'autre. Et vous, qui êtes-vous ?

– Weasley… On a loué deux tentes il y a deux jours.

– D'accord, dit Mr Roberts en consultant une liste affichée au mur. Vous avez un emplacement près du petit bois, là-bas. C'est pour une nuit ?

– C'est ça, oui, dit Mr Weasley.

– Dans ce cas, vous payez d'avance ? demanda Mr Roberts.

– Ah, heu… oui, bien sûr, répondit Mr Weasley.

Il recula de quelques pas et fit signe à Harry de s'approcher de lui.

– Tu veux bien m'aider, Harry ? murmura-t-il en sortant de sa poche une liasse d'argent moldu dont il commença à détacher les billets. Celui-ci, ça fait combien ? Dix livres ? Ah, oui, il y a un chiffre, là… Et alors, ça, c'est cinq livres ?

– Non, vingt, corrigea Harry à voix basse, voyant avec une

certaine gêne que Mr Roberts essayait de comprendre chaque mot de leur conversation.

– Ah oui, donc, c'est… Je ne sais plus, je n'arrive pas à m'y retrouver avec ces petits bouts de papier…

– Vous êtes étranger ? dit Mr Roberts lorsque Mr Weasley revint vers lui avec la somme en billets.

– Étranger ? répéta Mr Weasley, déconcerté.

– Vous n'êtes pas le premier à avoir du mal avec l'argent, dit Mr Roberts en examinant attentivement Mr Weasley. Il y a dix minutes, j'ai eu deux clients qui ont essayé de me payer avec des grosses pièces en or de la taille d'un enjoliveur.

– Vraiment ? dit Mr Weasley, mal à l'aise.

Mr Roberts fouilla dans une boîte en fer-blanc pour trouver la monnaie.

– Il n'y a jamais eu autant de monde, dit-il soudain en regardant à nouveau le pré plongé dans la brume. Des centaines de réservations. D'habitude, les gens viennent directement…

– Ah bon ? dit Mr Weasley, la main tendue pour prendre sa monnaie, mais Mr Roberts ne la lui donna pas.

– Oui, dit-il d'un air songeur. Des gens qui viennent de partout. Beaucoup d'étrangers. Et pas seulement des étrangers. Des drôles de zigotos, si vous voulez mon avis. Il y a un type qui se promène habillé avec un kilt et un poncho.

– Et alors ? Il ne faut pas ? demanda Mr Weasley d'un ton anxieux.

– On dirait une sorte de… de grand rassemblement, dit Mr Roberts. Ils ont tous l'air de se connaître, comme s'ils venaient faire la fête.

À ce moment, un sorcier vêtu d'un pantalon de golf surgit de nulle part, à côté de la porte.

– *Oubliettes !* dit-il précipitamment en pointant sa baguette magique sur Mr Roberts.

Aussitôt, le regard de ce dernier se fit lointain, les plis de son front s'effacèrent et une expression d'indifférence rêveuse apparut sur son visage. Harry reconnut les symptômes d'une modification de la mémoire provoquée par un sortilège d'Amnésie.

– Voici un plan du camping, dit Mr Roberts à Mr Weasley d'une voix placide. Et votre monnaie.

– Merci beaucoup.

Le sorcier en pantalon de golf les accompagna vers le portail d'entrée du camping. Il avait l'air épuisé, le menton bleu par une barbe naissante, les yeux soulignés de cernes violets. Dès qu'il fut certain de ne pas être entendu de Mr Roberts, il murmura à l'oreille de Mr Weasley :

– J'ai eu beaucoup de soucis avec lui. Il lui faut un sortilège d'Amnésie dix fois par jour pour le calmer. Et Ludo Verpey ne nous aide pas. Il se promène un peu partout en parlant à tue-tête de Cognards et de Souafle, sans se préoccuper le moins du monde des consignes de sécurité anti-Moldus. Crois-moi, je serai content quand tout ça sera terminé. À plus tard, Arthur.

Et il disparut en transplanant.

– Je croyais que Mr Verpey était le directeur du Département des jeux et sports magiques, dit Ginny d'un air surpris. Il devrait faire attention de ne pas parler de Cognards en présence de Moldus, non ?

– En effet, il devrait, répondit Mr Weasley avec un sourire, en les conduisant dans l'enceinte du camping. Mais Ludo a toujours été un peu… comment dire… négligent en matière de sécurité. À part ça, on ne pourrait pas rêver d'un directeur plus enthousiaste à la tête du Département des sports. Il a lui-même joué dans l'équipe d'Angleterre de Quidditch. Et il a été le meilleur batteur que l'équipe des Frelons de Wimbourne ait jamais eu.

Ils montèrent la pente douce du pré enveloppé de brume,

entre les rangées de tentes. La plupart d'entre elles paraissaient presque ordinaires. Leurs propriétaires avaient fait de leur mieux pour qu'elles ressemblent à celles de Moldus, mais ils avaient commis quelques erreurs en ajoutant des cheminées, des cloches ou des girouettes. Certaines, cependant, appartenaient avec tant d'évidence au monde de la magie que Harry comprit pourquoi Mr Roberts avait exprimé des soupçons. Vers le milieu du pré se dressait un extravagant assemblage de soie rayée qui avait l'apparence d'un palais miniature, avec plusieurs paons attachés à l'entrée. Un peu plus loin, ils passèrent devant une tente de trois étages, dotée de plusieurs tourelles. À quelque distance, une autre comportait un jardin complet avec une vasque pour les oiseaux, un cadran solaire et un bassin alimenté par une fontaine.

– Toujours pareil, dit Mr Weasley en souriant, on ne peut pas résister à l'envie d'épater le voisin quand on est tous ensemble. Ah, voilà, regardez, c'est là que nous sommes.

Ils avaient atteint la lisière du bois, tout au bout du pré. Là, devant un emplacement vide, un petit écriteau fiché dans le sol portait le nom de « Weezly ».

– On n'aurait pas pu souhaiter un meilleur endroit, dit Mr Weasley d'un ton ravi. Le stade de Quidditch se trouve de l'autre côté de ce bois, impossible d'être plus près.

Il fit glisser son sac à dos de ses épaules.

– Bien, dit-il, le regard brillant d'excitation, alors, souvenez-vous, pas question d'avoir recours à la magie en terrain moldu. Nous dresserons ces tentes à la main ! Ça ne devrait pas être trop difficile… Les Moldus font ça tout le temps… Dis-moi, Harry, à ton avis, par quoi on commence ?

Harry n'avait jamais campé de sa vie. Quand ils partaient en vacances, les Dursley le confiaient à Mrs Figg, une vieille voisine. Hermione et lui arrivèrent cependant à comprendre comment il fallait disposer mâts et piquets et, en dépit de Mr

Weasley qui compliquait les choses en donnant des coups de maillet à tort et à travers avec un enthousiasme débordant, ils finirent par dresser deux tentes d'aspect miteux, qui pouvaient héberger deux personnes chacune.

Ils reculèrent pour admirer leur œuvre. Personne n'aurait pu deviner que ces deux tentes appartenaient à des sorciers, estima Harry, mais l'ennui, c'était qu'avec Bill, Charlie et Percy, ils seraient dix en tout. Hermione semblait avoir également pensé à la question. Elle lança à Harry un regard perplexe lorsque Mr Weasley se laissa tomber à quatre pattes pour entrer dans l'une des tentes.

— On sera un peu à l'étroit, dit-il, mais je pense que nous arriverons à tenir. Venez voir.

Harry se glissa sous l'auvent et resta bouche bée. Il venait de pénétrer dans ce qui ressemblait à un appartement de trois pièces un peu vieillot, avec cuisine et salle de bains. Étrangement, il était meublé dans le même style que la maison de Mrs Figg, avec des fauteuils dépareillés recouverts d'appuis-tête crochetés, et une forte odeur de chat.

— C'est juste pour une nuit, dit Mr Weasley en épongeant avec un mouchoir son front dégarni.

Il regarda les quatre lits superposés disposés dans la chambre.

— J'ai emprunté ça à Perkins, au bureau. Il ne fait plus beaucoup de camping, le pauvre, depuis qu'il a un lumbago.

Il prit la bouilloire poussiéreuse et jeta un coup d'œil dedans.

— Nous allons avoir besoin d'eau…

— Il y a un robinet indiqué sur le plan que nous a donné le Moldu, dit Ron qui avait suivi Harry à l'intérieur de la tente et ne semblait pas du tout impressionné par ses extraordinaires proportions. C'est de l'autre côté du pré.

— Dans ce cas, vous pourriez peut-être aller chercher un

peu d'eau, Harry, Hermione et toi – Mr Weasley lui tendit la bouilloire et deux casseroles – et nous, on s'occupera du bois pour le feu.

– Mais on a un four, dit Ron. Pourquoi ne pas simplement... ?

– Ron, n'oublie pas la sécurité anti-Moldus ! Lorsque les vrais Moldus vont camper, ils font la cuisine dehors, sur un feu de bois, je les ai vus ! répondit Mr Weasley, apparemment ravi de pouvoir les imiter.

Après une rapide visite de la tente des filles, un peu plus petite que celle des garçons, mais sans odeur de chat, Harry, Ron et Hermione traversèrent le camping en emportant bouilloire et casseroles.

Le soleil s'était levé et la brume se dissipait ; ils découvrirent alors la véritable ville de toile qui s'étendait dans toutes les directions. Ils avançaient lentement entre les rangées de tentes, regardant autour d'eux avec curiosité. Harry commençait à entrevoir à quel point les sorcières et les sorciers étaient nombreux dans le monde ; jusqu'alors, il n'avait jamais beaucoup songé à ceux qui habitaient dans les autres pays.

Les campeurs commençaient à se lever. Les familles avec des enfants en bas âge étaient les premières à se manifester. Harry n'avait encore jamais vu de si jeunes sorciers. Un petit garçon qui ne devait pas avoir plus de deux ans était accroupi devant une grande tente en forme de pyramide, pointant d'un air réjoui une baguette magique sur une limace qui rampait dans l'herbe. Le mollusque enflait lentement et atteignit peu à peu la taille d'un salami. Lorsqu'ils passèrent devant l'enfant, sa mère se précipita hors de la tente.

– Kevin, combien de fois faudra-t-il que je te le répète ? Tu *ne dois pas toucher à la baguette magique de papa !* Beurk !

Elle venait de marcher sur la limace géante qui explosa

sous son poids. Tandis qu'ils s'éloignaient, sa voix furieuse continua de retentir, se mêlant aux cris du petit garçon :

— T'as cassé ma limace ! T'as cassé ma limace !

Un peu plus loin, ils virent deux petites sorcières, à peine plus âgées que Kevin, chevauchant des balais-jouets qui s'élevaient juste assez pour que les orteils des deux fillettes frôlent l'herbe humide de rosée sans vraiment quitter le sol. Un sorcier du ministère les avait déjà repérées. Il passa en hâte devant Harry, Ron et Hermione en murmurant pour lui-même :

— En plein jour ! Les parents doivent faire la grasse matinée...

Ici ou là, des sorcières et des sorciers émergeaient de leurs tentes et commençaient à préparer leur petit déjeuner. Certains, après avoir jeté un regard furtif autour d'eux, allumaient un feu à l'aide de leur baguette magique ; d'autres craquaient des allumettes d'un air dubitatif, comme s'il leur paraissait impossible d'obtenir la moindre flamme de cette manière. Trois sorciers africains, vêtus chacun d'une longue robe blanche, étaient plongés dans une conversation très sérieuse, tout en faisant rôtir sur un grand feu aux flammes violettes quelque chose qui ressemblait à un lapin. Un peu plus loin, un groupe de sorcières américaines papotaient joyeusement sous une bannière étoilée tendue entre leurs tentes et sur laquelle on pouvait lire : *Institut des sorcières de Salem*. Harry percevait des bribes de conversation dans des langues étranges dont il ne comprenait pas un seul mot, mais il sentait une excitation générale dans le ton de chacun.

— C'est moi qui vois mal ou bien tout est devenu vert, brusquement ? demanda Ron.

Ron voyait très bien. Ils étaient arrivés devant un ensemble de tentes recouvertes d'un épais tapis de trèfle qui les faisait ressembler à d'étranges monticules surgis de terre. Sous les auvents relevés de certaines tentes, on voyait apparaître des visages souriants. C'étaient les supporters de l'équipe irlandaise qui avaient tout recouvert de trèfle, symbole national de l'Irlande. Une voix retentit alors dans leur dos.

– Harry ! Ron ! Hermione !

Ils se retournèrent et virent Seamus Finnigan, leur condisciple de Poudlard. Il était assis devant sa propre tente recouverte de trèfle, en compagnie d'une femme aux cheveux blond-roux qui devait être sa mère et de son meilleur ami, Dean Thomas, lui aussi élève de Gryffondor.

– Qu'est-ce que vous dites de la décoration ? demanda Seamus avec un grand sourire, lorsque Harry, Ron et Hermione se furent approchés de lui. Il paraît que les gens du ministère ne sont pas vraiment ravis…

– Et pourquoi n'aurions-nous pas le droit de montrer nos couleurs ? dit Mrs Finnigan. Vous devriez aller voir comment les Bulgares ont arrangé leurs tentes. Vous êtes pour l'Irlande, bien sûr ? ajouta-t-elle en regardant Harry, Ron et Hermione avec de petits yeux perçants.

Après lui avoir assuré que, en effet, ils étaient pour l'Irlande, ils poursuivirent leur chemin.

– Comme si on pouvait dire autre chose, quand ils sont tous autour de nous, fit remarquer Ron.

– Je me demande comment les Bulgares ont décoré leurs tentes, dit Hermione.

– On n'a qu'à aller voir, dit Harry en montrant le drapeau bulgare, rouge, vert et blanc, qui flottait dans la brise, au bout du pré.

Cette fois, la décoration n'avait plus rien de végétal : chacune des tentes bulgares était ornée d'un poster représentant un visage renfrogné, avec de gros sourcils noirs. Bien entendu, l'image était animée mais, à part quelques battements de paupières et une moue de plus en plus maussade, le visage n'offrait pas une grande variété d'expressions.

– Krum, dit Ron à voix basse.

– Quoi ? dit Hermione.

– Krum ! répéta Ron. Viktor Krum, l'attrapeur bulgare !

– Il a vraiment l'air grognon, remarqua Hermione en jetant un regard circulaire aux nombreux Krum qui les observaient en clignant des yeux, la mine revêche.

– *L'air grognon ?*

Ron leva les yeux au ciel.

– Qu'est-ce que ça peut faire, l'air qu'il a ? C'est un joueur incroyable. En plus, il est très jeune. À peine plus de dix-huit ans. C'est un génie. Tu verras, ce soir.

Il y avait déjà une petite file d'attente devant le robinet. Harry, Ron et Hermione s'y joignirent, derrière deux hommes qui se disputaient âprement. L'un d'eux était un très vieux sorcier vêtu d'une longue chemise de nuit à fleurs. L'autre était de toute évidence un sorcier du ministère ; il tenait entre ses mains un pantalon à fines rayures et paraissait tellement exaspéré qu'il en criait presque.

– Mets ça, Archie, je t'en prie, ne fais pas d'histoires, tu ne peux pas te promener habillé de cette façon, le Moldu du camping commence déjà à avoir des soupçons…

– J'ai acheté ça dans un magasin pour Moldus, dit le vieux sorcier d'un air obstiné. Les Moldus portent ces choses-là.

– Ce sont les *femmes* moldues qui les portent, Archie, pas les hommes ! Eux, ils portent ça, dit l'autre en brandissant le pantalon rayé.

– Je ne mettrai jamais ce truc-là, s'indigna le vieux Archie. J'aime bien que mon intimité puisse respirer à son aise.

Hermione fut prise d'un tel fou rire qu'elle dut s'éloigner de la file d'attente. Elle ne revint que lorsque Archie fut reparti après avoir fait sa provision d'eau.

En marchant beaucoup plus lentement, à cause du poids de l'eau dans leurs récipients, Harry, Ron et Hermione traversèrent le pré dans l'autre sens pour retourner à leurs tentes. De temps en temps, ils apercevaient un visage familier : d'autres élèves de Poudlard venus avec leur famille. Olivier Dubois, l'ancien capitaine de l'équipe de Quidditch de Gryffondor, qui avait terminé ses études, traîna Harry jusqu'à sa tente pour le présenter à ses parents et lui annonça d'un ton surexcité qu'il venait de signer un contrat avec l'équipe de réserve du Club de Flaquemare. Ils furent ensuite salués par Ernie MacMillan, qui était en quatrième année à Poufsouffle, et virent également Cho Chang, une jeune fille d'une grande beauté qui jouait au poste d'attrapeur dans l'équipe de Serdaigle. Avec un grand sourire, elle adressa un signe de la main à Harry qui renversa sur lui une bonne partie de son eau en lui faisant signe à son tour. Pour mettre fin au rire narquois de Ron, Harry montra du doigt un groupe d'adolescents qu'il n'avait jamais vus auparavant.

— Qui c'est, à ton avis ? demanda-t-il. Ils ne sont pas à Poudlard ?

— Ils doivent venir d'une école étrangère, répondit Ron. Je sais qu'il en existe, mais je n'ai jamais rencontré quelqu'un qui y soit allé. Bill avait un correspondant dans une école brésilienne... il y a des années de ça... Il aurait bien voulu aller le voir, mais mes parents n'avaient pas les moyens de lui payer le voyage. Son correspondant a été terriblement vexé en apprenant qu'il ne viendrait pas et il s'est vengé en lui envoyant un chapeau ensorcelé. Quand Bill l'a mis sur sa tête, ses oreilles se sont ratatinées comme de vieux pruneaux.

Harry éclata de rire, mais il ne dit rien de la stupéfaction qu'il avait éprouvée en apprenant l'existence d'autres écoles de sorcellerie. Voyant à présent des représentants de tant de nationalités différentes, il pensa qu'il avait été stupide de ne pas se douter que Poudlard ne pouvait être la seule école de sorciers au monde. Il jeta un regard à Hermione qui, elle, n'avait pas du tout l'air surpris. Elle avait sûrement lu dans un livre quelconque qu'il existait dans d'autres pays des écoles semblables.

– Vous en avez mis, un temps, dit George lorsqu'ils furent enfin revenus devant leurs tentes.

– On a rencontré des gens, répondit Ron en posant l'eau par terre. Vous n'avez pas encore allumé le feu ?

– Papa s'amuse avec les allumettes, dit Fred.

Malgré tous ses efforts, Mr Weasley n'arrivait pas à allumer le feu. Des allumettes cassées jonchaient le sol autour de lui, mais il semblait ne s'être jamais autant amusé de sa vie.

– Oups ! dit-il en parvenant à enflammer une allumette.

Il fut si surpris qu'il la laissa aussitôt tomber.

– Regardez, Mr Weasley, dit Hermione avec patience.

Elle lui prit la boîte des mains et lui montra comment s'y prendre. Au bout d'un moment, ils réussirent enfin à allumer un feu, mais il fallut attendre encore une heure avant que les flammes soient suffisamment hautes pour faire cuire quelque chose. Ils eurent cependant de quoi s'occuper en attendant. Leur tente était en effet dressée le long d'une sorte de grande allée qui menait au terrain de Quidditch et que les représentants du ministère ne cessaient d'emprunter, adressant un salut cordial à Mr Weasley chaque fois qu'ils passaient devant lui. Celui-ci faisait bénéficier Harry et Hermione de ses commentaires, ses propres enfants en sachant déjà trop long sur les coulisses du ministère pour s'y intéresser.

– Ça, c'était Cubert Faussecreth, chef du Bureau de liaison des gobelins… Celui qui arrive, là-bas, c'est Gilbert Fripemine, il fait partie de la Commission des sortilèges expérimentaux. Il y a déjà un certain temps qu'il a ces cornes sur la tête… Tiens, bonjour, Arnie… C'est Arnold Bondupois, un Oubliator, membre de la Brigade de réparation des accidents de sorcellerie… Voici maintenant Moroz et Funestar… Ce sont des Langues-de-plomb…

– Des quoi ?

– Du Département des mystères, tout ce qu'ils font est top secret, on n'a aucune idée de leurs activités…

Le feu fut enfin prêt et ils avaient commencé à faire cuire des œufs et des saucisses lorsque Bill, Charlie et Percy sortirent du bois pour venir les rejoindre.

– On vient de transplaner, papa, dit Percy d'une voix sonore. Ah, parfait, on arrive pour le déjeuner !

Tandis qu'ils mangeaient leurs œufs aux saucisses, Mr Weasley se leva soudain en faisant de grands signes à un homme qui marchait vers eux d'un bon pas.

– Voici l'homme du jour ! s'exclama-t-il. Ludo !

Parmi tous les gens que Harry avait vus dans le camping, Ludo Verpey était de très loin la personne qu'on remarquait le plus, plus encore que le vieux Archie avec sa chemise de nuit à fleurs. Il portait une longue robe de Quidditch à grosses rayures horizontales, noires et jaune vif. Une énorme image représentant un frelon s'étalait sur sa poitrine. Il avait l'allure d'un homme à la carrure d'athlète qui se serait légèrement laissé aller. Sa robe était tendue sur un ventre qu'il n'avait certainement pas au temps où il jouait dans l'équipe d'Angleterre de Quidditch. Son nez était écrasé (sans doute cassé par un Cognard déchaîné, songea Harry), mais ses yeux bleus et ronds, ses cheveux blonds coupés court et son teint rose lui donnaient l'air d'un collégien trop vite grandi.

– Ça, par exemple ! s'exclama Verpey d'un air joyeux.

Il marchait comme s'il avait eu des ressorts sous la plante des pieds et paraissait au comble de l'excitation.

– Arthur, mon vieil ami ! lança-t-il d'une voix haletante en arrivant devant le feu de camp. Quelle belle journée, hein ? Quelle journée ! Est-ce qu'on aurait pu imaginer un plus beau temps ? Une soirée sans nuages qui s'annonce... Et pas la moindre anicroche dans l'organisation... Je n'ai pas grand-chose à faire !

Derrière lui, un groupe de sorciers du ministère passèrent au pas de course, l'air hagard, montrant au loin d'étranges étincelles violettes projetées à cinq ou six mètres de hauteur par un feu de camp qui était de toute évidence d'origine magique.

Percy se précipita, la main tendue. Apparemment, la désapprobation que lui inspirait la façon dont Ludo Verpey dirigeait son département ne l'empêchait pas de vouloir faire bonne impression.

– Ah, oui, dit Mr Weasley avec un sourire, je te présente mon fils, Percy. Il vient d'entrer au ministère, et voici Fred – non, George. Excuse-moi, Fred, c'est *lui* – Bill, Charlie, Ron – ma fille Ginny – et des amis de Ron, Hermione Granger et Harry Potter.

Verpey marqua un bref instant d'hésitation en entendant le nom de Harry et son regard suivit la trajectoire habituelle vers sa cicatrice.

– Je vous présente Ludo Verpey, poursuivit Mr Weasley en se tournant vers les autres. C'est grâce à lui que nous avons eu de si bonnes places...

Verpey rayonna et fit un geste de la main comme pour dire que ce n'était rien, voyons.

– Tu veux faire un petit pari sur le résultat du match, Arthur ? demanda-t-il d'un ton avide, en agitant les poches de sa robe jaune et noir.

D'après le tintement qu'on entendait, elles devaient contenir une bonne quantité de pièces d'or.

– Roddy Ponteur m'a déjà parié que ce serait la Bulgarie qui marquerait les premiers points. Je lui ai proposé un bon rapport, étant donné que l'équipe d'Irlande rassemble les trois meilleurs avants que j'aie vus depuis des années. Et la petite Agatha Timms a parié la moitié des actions de son élevage d'anguilles que le match durerait une semaine.

—Alors, c'est d'accord, allons-y, dit Mr Weasley. Voyons… Un Gallion sur la victoire de l'Irlande ?

—Un Gallion ?

Ludo Verpey sembla un peu déçu, mais il retrouva très vite son sourire.

—Très bien, très bien… D'autres amateurs ?

—Ils sont un peu jeunes pour parier, dit Mr Weasley. Molly ne serait pas d'accord pour que…

—On parie trente-sept Gallions, quinze Mornilles et trois Noises, dit Fred en rassemblant son argent avec George, que l'Irlande va gagner, mais que ce sera Viktor Krum qui attrapera le Vif d'or. Et on ajoute même une baguette farceuse.

—Vous n'allez pas montrer à Mr Verpey des idioties pareilles, s'indigna Percy.

Mais Verpey ne semblait pas trouver que la fausse baguette magique était une idiotie. Au contraire, son visage juvénile brilla d'excitation lorsque Fred la lui tendit. Quand il la vit se transformer, avec un cri aigu, en un poulet en caoutchouc, Verpey éclata d'un rire tonitruant.

—Excellent ! Ça fait des années que je n'en avais pas vu d'aussi bien imitée. Je vous l'achète cinq Gallions !

Percy se figea dans une attitude à la fois stupéfaite et scandalisée.

—Les enfants, murmura Mr Weasley, je ne veux pas vous voir parier… Ce sont toutes vos économies… Votre mère…

—Allons, ne joue pas les rabat-joie, Arthur ! s'exclama Ludo Verpey en remuant frénétiquement l'or qui remplissait ses poches. Ils sont suffisamment grands pour savoir ce qu'ils veulent ! Vous pensez que l'Irlande va gagner mais que ce sera Krum qui attrapera le Vif d'or ? Pas la moindre chance, mes enfants, pas la moindre chance... Je vais vous offrir un très bon rapport sur ce pari-là... Et on va ajouter cinq Gallions pour la baguette comique, n'est-ce pas ?

Mr Weasley regarda avec un air d'impuissance Ludo Verpey sortir de sa poche une plume et un carnet sur lequel il griffonna le nom des jumeaux.

– Merci beaucoup, dit George.

Il prit le morceau de parchemin que Verpey lui tendait et le glissa dans une poche.

Ludo Verpey se tourna alors vers Mr Weasley d'un air plus joyeux que jamais.

– Tu ne pourrais pas me faire une petite tasse de thé, par hasard ? J'essaye de repérer Barty Croupton. Mon homologue bulgare fait des difficultés et je ne comprends pas un mot de ce qu'il raconte. Barty saura m'arranger ça. Il parle à peu près cent cinquante langues étrangères.

– Mr Croupton ? dit Percy, qui avait perdu son air de réprobation indignée et frémissait soudain d'excitation. Il en parle plus de deux cents ! Y compris la langue des sirènes, la langue de bois et la langue des trolls...

– Tout le monde sait parler troll, dit Fred d'un air dédaigneux, il suffit de grogner en montrant du doigt.

Percy lança à Fred un regard assassin et remua vigoureusement le feu pour faire chauffer la bouilloire.

– Tu as eu des nouvelles de Bertha Jorkins, Ludo ? demanda Mr Weasley tandis que Verpey s'asseyait dans l'herbe à côté d'eux.

– Pas l'ombre d'une plume de hibou, répondit celui-ci d'un ton très détendu. Mais elle finira bien par revenir. Pauvre vieille Bertha... Sa mémoire ressemble à un chaudron qui fuit et elle n'a pas le moindre sens de l'orientation. Elle s'est perdue, tu peux en être sûr. Elle va réapparaître au bureau au mois d'octobre en pensant qu'on est toujours en juillet.

– Tu ne crois pas qu'il serait peut-être temps d'envoyer quelqu'un à sa recherche ? suggéra timidement Mr Weasley pendant que Percy tendait à Verpey une tasse de thé.

– C'est ce que Barty Croupton ne cesse de répéter, dit Verpey, ses yeux ronds s'écarquillant d'un air naïf. Mais on n'a vraiment personne pour ça en ce moment. Tiens ! Quand on parle du loup ! Voilà Barty !

Un sorcier venait de transplaner à côté de leur feu de camp. Il n'aurait pu offrir contraste plus frappant face à Ludo Verpey, vautré dans l'herbe avec sa vieille robe de l'équipe des Frelons. Barty Croupton était un vieil homme raide et droit, vêtu d'un costume impeccable avec cravate assortie, et chaussé d'escarpins parfaitement cirés qui étincelaient au soleil. La raie de ses cheveux gris coupés court était si nette qu'elle paraissait presque surnaturelle et son étroite moustache en forme de brosse à dents semblait avoir été taillée à l'aide d'une règle à calcul. Harry comprit tout de suite pourquoi Percy le vénérait. Aux yeux de Percy, rien n'était plus important que d'observer scrupuleusement les règles et Mr Croupton avait tellement bien suivi celles de l'habillement moldu qu'il aurait très bien pu se faire passer pour un directeur de banque. Harry doutait que l'oncle Vernon lui-même ait pu deviner qui il était véritablement.

– Faites comme chez vous, Barty, dit chaleureusement Ludo en tapotant l'herbe à côté de lui.

– Non, merci, Ludo, répondit Croupton avec une pointe d'impatience dans la voix. Je vous ai cherché partout. Les Bulgares insistent pour que nous ajoutions douze sièges dans la tribune officielle.

– Ah, c'est donc ça qu'ils veulent ? dit Verpey. Je croyais que le bonhomme me demandait « des bouts de liège ». Il a un sacré accent.

– Mr Croupton ! dit Percy, le souffle court, en faisant une

100

sorte de courbette qui lui donnait l'air d'un bossu, puis-je vous proposer une tasse de thé ?

— Oh, répondit Mr Croupton avec une expression légèrement surprise, oui, très volontiers, Wistily.

Fred et George plongèrent dans leurs tasses en s'étranglant de rire tandis que Percy, les oreilles d'un rouge soutenu, s'affairait avec la bouilloire.

— Ah, je voulais aussi vous parler de quelque chose, Arthur, dit Mr Croupton, son regard perçant se tournant vers Mr Weasley. Ali Bashir est sur le sentier de la guerre. Il veut vous dire deux mots au sujet de l'embargo sur les tapis volants.

Mr Weasley poussa un profond soupir.

— Je lui ai envoyé un hibou à ce propos il y a à peine une semaine. Je le lui ai répété cent fois : les tapis sont définis comme un artefact moldu par le Bureau d'enregistrement des objets à ensorcellement prohibé. Mais est-il disposé à m'écouter ?

— J'en doute, répondit Mr Croupton en prenant la tasse de thé que lui tendait Percy. Il tient désespérément à exporter ses produits chez nous.

— Ils ne remplaceront jamais les balais en Grande-Bretagne, n'est-ce pas ? intervint Verpey.

— Ali pense qu'il y a un segment de marché pour un véhicule familial, dit Mr Croupton. Je me souviens que mon grand-père avait un Axminster qui pouvait transporter douze personnes – mais c'était avant que les tapis volants soient interdits, bien sûr.

Il avait dit cela comme s'il tenait à ce que tout le monde soit bien convaincu que ses ancêtres avaient toujours scrupuleusement respecté la loi.

— Alors, vous avez eu beaucoup de travail, Barty ? dit Verpey d'un ton léger.

— Pas mal, oui, répondit sèchement Mr Croupton. Organiser les transports par Portoloin depuis les cinq continents n'a rien d'une partie de plaisir, Ludo.

– J'imagine que vous serez bien contents, tous les deux, lorsque tout ça sera terminé, dit Mr Weasley.

Ludo Verpey sembla choqué.

– Contents ? s'exclama-t-il. Mais je ne me suis jamais autant amusé… Ah, évidemment, on ne peut pas dire que ce soit de tout repos, pas vrai, Barty ? Hein ? On a encore des tas de choses à organiser, pas vrai, Barty ?

Mr Croupton regarda Verpey en haussant les sourcils.

– Nous étions d'accord pour ne faire aucune annonce avant que tous les détails soient…

– Oh, les détails ! dit Verpey, avec un geste désinvolte comme s'il dispersait un nuage de moucherons. Ils ont signé, non ? Ils sont d'accord ? Je vous parie que les enfants seront très vite au courant. Après tout, c'est à Poudlard que ça se passe…

– Ludo, il faut aller voir les Bulgares, maintenant, interrompit sèchement Mr Croupton. Merci pour le thé, Wistily.

Il rendit sa tasse pleine à Percy et attendit que Ludo se lève. Verpey se remit péniblement debout, vidant sa tasse de thé, l'or de ses poches tintant allègrement.

– À bientôt, tout le monde ! dit-il. Vous serez avec moi dans la tribune officielle. C'est moi qui fais le commentaire !

Il agita la main, Barty Croupton leur adressa un bref signe de tête et tous deux disparurent en transplanant.

– Qu'est-ce qui doit se passer, à Poudlard, papa ? demanda aussitôt Fred. De quoi parlaient-ils ?

– Tu le sauras bien assez tôt, répondit Mr Weasley en souriant.

– C'est une information classée confidentielle jusqu'à ce que le ministère décide de la rendre publique, dit Percy avec raideur. Mr Croupton a eu parfaitement raison de ne pas la divulguer.

– Oh, silence, Wistily, dit Fred.

À mesure que l'après-midi avançait, une sorte de frénésie envahissait le camping tel un nuage palpable. Au coucher du soleil, la tension faisait frémir la paisible atmosphère de l'été et, lorsque la nuit tomba comme un rideau sur les milliers de spectateurs qui attendaient le début du match, les dernières tentatives de masquer la réalité disparurent : le ministère semblait s'être incliné devant l'inévitable et ses représentants avaient renoncé à réprimer les signes évidents de magie qui se manifestaient un peu partout.

Des vendeurs ambulants transplanaient à tout moment, portant des éventaires ou poussant des chariots remplis d'articles extraordinaires. Il y avait des rosettes lumineuses – vertes pour l'Irlande, rouges pour la Bulgarie – qui criaient d'une petite voix aiguë les noms des joueurs, des chapeaux pointus d'un vert étincelant ornés de trèfles dansants, des écharpes bulgares décorées de lions qui rugissaient véritablement, des drapeaux des deux pays qui jouaient les hymnes nationaux dès qu'on les agitait. On trouvait aussi des modèles miniatures d'Éclairs de feu qui volaient et des figurines de collection représentant des joueurs célèbres qui se promenaient dans la paume de la main d'un air avantageux.

– J'ai économisé mon argent de poche tout l'été pour ça, dit Ron à Harry.

Tous deux, accompagnés d'Hermione, se promenèrent longuement parmi les vendeurs en achetant des souvenirs. Ron fit l'acquisition d'un chapeau à trèfles dansants et d'une grande rosette verte, mais il acheta aussi une figurine de Viktor Krum, l'attrapeur bulgare. Le Krum miniature marchait de long en large sur sa main, lançant des regards courroucés à la grande rosette verte qui s'étalait au-dessus de lui.

– Oh, regarde ça ! s'exclama Harry qui se précipita vers un chariot surchargé d'objets semblables à des jumelles de cuivre, dotées de toutes sortes de boutons et de cadrans.

– Ce sont des Multiplettes, dit le sorcier-vendeur d'un air empressé. Elles permettent de revoir une action… de faire des ralentis… et de détailler image par image n'importe quel moment du match si vous le désirez. C'est dix Gallions pièce.

– Je n'aurais pas dû acheter ça, dit Ron, le doigt pointé sur son chapeau à trèfles, en regardant avec envie les Multiplettes.

– Donnez-m'en trois paires, lança Harry au vendeur d'un ton décidé.

– Non, non, laisse tomber, répondit Ron en rougissant.

Il était toujours très sensible au fait que Harry, qui avait hérité de ses parents une petite fortune, était beaucoup plus riche que lui.

– Ce sera ton cadeau de Noël, lui dit Harry en donnant à Ron et à Hermione une paire de Multiplettes chacun. Pour les dix ans qui viennent.

– D'accord, admit Ron avec un sourire.

– Oh, merci, Harry ! s'exclama Hermione. Et moi, je vais acheter des programmes…

La bourse beaucoup plus légère, ils retournèrent à leurs tentes. Bill, Charlie et Ginny arboraient eux aussi des rosettes vertes et Mr Weasley avait un drapeau irlandais. Fred et George, quant à eux, n'avaient pu acheter aucun souvenir : ils avaient donné tout leur or à Verpey.

Enfin, un grand coup de gong retentit avec force quelque part au-delà du bois et, aussitôt, des lanternes vertes et rouges étincelèrent dans les arbres, éclairant le chemin qui menait au terrain de Quidditch.

– C'est l'heure ! dit Mr Weasley, qui avait l'air aussi impatient qu'eux. Venez, on y va !

8
LA COUPE DU MONDE
DE QUIDDITCH

Emportant leurs achats, Mr Weasley en tête, ils se précipitèrent vers le bois, le long du chemin éclairé par les lanternes. Ils entendaient autour d'eux des cris, des rires, des bribes de chansons, qui s'élevaient de la foule. L'atmosphère enfiévrée était très contagieuse. Harry souriait sans cesse. Ils marchèrent pendant vingt minutes à travers bois, parlant, plaisantant à tue-tête, jusqu'à ce qu'ils émergent enfin d'entre les arbres pour se retrouver dans l'ombre d'un stade gigantesque. Harry ne voyait qu'une partie des immenses murailles d'or qui entouraient le terrain, mais il le devinait suffisamment vaste pour contenir une dizaine de cathédrales.

— Il peut recevoir cent mille spectateurs, dit Mr Weasley en remarquant l'air impressionné de Harry. Le ministère a constitué une équipe spéciale de cinq cents personnes pour y travailler pendant une année entière. Chaque centimètre carré a été traité avec des sortilèges Repousse-Moldu. Tout au long de l'année, chaque fois qu'un Moldu s'approchait d'ici, il se rappelait soudain un rendez-vous urgent et repartait au plus vite... Chers Moldus, ajouta-t-il d'un ton affectueux.

Il les mena jusqu'à l'entrée la plus proche, devant laquelle se pressait déjà une foule bruyante de sorcières et de sorciers.

— Des places de choix ! s'exclama la sorcière du ministère qui contrôla leurs billets. Tribune officielle, tout en haut !

Montez les escaliers, quand il n'y aura plus de marches, vous serez arrivés.

À l'intérieur du stade, les escaliers étaient recouverts d'épais tapis pourpres. Ils grimpèrent les marches au milieu des autres spectateurs qui se répartissaient lentement sur les gradins, à droite et à gauche. Mr Weasley et son groupe continuèrent de monter jusqu'au sommet de l'escalier où ils se retrouvèrent dans une petite loge qui dominait tout le stade et donnait sur le centre du terrain, à mi-chemin entre les deux lignes de but. Une vingtaine de chaises pourpre et or étaient disposées sur deux rangées et, lorsque Harry se fut faufilé jusqu'au premier rang en compagnie des Weasley, il découvrit un spectacle qui défiait l'imagination.

Cent mille sorcières et sorciers étaient en train de prendre place sur les sièges qui s'élevaient en gradins tout autour du terrain ovale. Une mystérieuse lumière d'or semblait émaner du stade lui-même et la surface du terrain, vue d'en haut, paraissait aussi lisse que le velours. À chaque extrémité se dressaient les buts, trois cercles d'or situés à une hauteur de quinze mètres. Face à la tribune officielle, presque à hauteur d'œil, s'étalait un immense tableau sur lequel s'inscrivaient, comme tracés par une main invisible, des mots couleur d'or qui disparaissaient peu à peu, remplacés par d'autres. En regardant plus attentivement, Harry comprit qu'il s'agissait de publicités.

La Bombe bleue : un balai pour toute la famille – sûr, stable, fiable, avec sirène antivol intégrée… Faites votre ménage sans peine grâce au Nettoie-Tout magique de la Mère Grattesec : les taches parties, plus de soucis !… Habillez-vous chez Gaichiffon, le meilleur magasin de Prêt-à-Sorcier – Londres, Paris, Pré-au-Lard…

Harry détacha son regard du panneau et se retourna pour voir qui partageait la loge avec eux. Pour l'instant, les autres chaises étaient vides, sauf une, occupée par une minuscule créature assise à l'avant-dernier rang. La créature, dont les jambes étaient si petites qu'elles pointaient horizontalement devant elle, était vêtue d'un torchon à vaisselle drapé comme une toge et se cachait le visage dans les mains. Mais ses grandes oreilles, semblables à celles d'une chauve-souris, avaient quelque chose d'étrangement familier.

– *Dobby* ? dit Harry d'un ton incrédule.

La petite créature leva la tête et écarta les doigts, révélant d'énormes yeux marron et un nez qui avait la taille et la forme d'une grosse tomate. Ce n'était pas Dobby, mais il s'agissait sans nul doute d'un elfe de maison, tout comme l'avait été Dobby, l'ami de Harry. Harry avait libéré Dobby de ses anciens maîtres, la famille Malefoy.

– Est-ce que le monsieur m'a appelée Dobby ? couina l'elfe en regardant entre ses doigts avec curiosité.

Sa petite voix tremblante était encore plus aiguë que celle de Dobby, et Harry pensa qu'il s'agissait peut-être d'une femelle, même s'il était toujours difficile de savoir à quel sexe appartenaient les elfes de maison. Ron et Hermione se retournèrent brusquement sur leurs chaises pour regarder à leur tour. Harry leur avait beaucoup parlé de Dobby, mais ils ne l'avaient jamais vu. Même Mr Weasley jeta à l'elfe un coup d'œil intéressé.

– Désolé, dit Harry. Je t'ai prise pour quelqu'un que je connais.

– Mais moi aussi, monsieur, je connais Dobby ! couina l'elfe.

Elle se cachait le visage, comme si la lumière l'aveuglait, bien que la loge ne fût pas brillamment éclairée.

– Je m'appelle Winky, monsieur…

Ses yeux sombres s'écarquillèrent comme des soucoupes lorsqu'ils se posèrent sur la cicatrice de Harry.

– Vous êtes sûrement Harry Potter !

– Oui, c'est moi, répondit Harry.

– Oh, mais Dobby parle tout le temps de vous, monsieur ! dit Winky en baissant légèrement les mains, l'air stupéfait et impressionné.

– Comment va-t-il ? demanda Harry. Est-ce que la liberté lui convient ?

– Ah, monsieur, répondit Winky en hochant la tête. Ah, monsieur, je ne veux pas vous manquer de respect, mais je ne sais pas si vous avez rendu service à Dobby, monsieur, quand vous l'avez libéré.

– Pourquoi ? s'étonna Harry. Qu'est-ce qui ne va pas ?

– La liberté monte à la tête de Dobby, monsieur, dit Winky avec tristesse. Il se croit plus haut qu'il n'est. Il n'arrive plus à trouver de place, monsieur.

– Pourquoi ? demanda Harry.

La voix de Winky baissa d'une demi-octave.

– *Il veut être payé pour son travail, monsieur*, murmura-t-elle.

– Payé ? répéta Harry sans comprendre. Mais… pourquoi ne serait-il pas payé ?

Winky parut horrifiée à cette idée et referma légèrement les doigts, cachant à moitié son visage.

– Les elfes de maison ne sont jamais payés, monsieur ! dit-elle d'une petite voix étouffée. Non, non, non. J'ai dit à Dobby, je lui ai dit, Dobby, trouve-toi une bonne petite famille où tu puisses mener une petite vie tranquille. Mais il n'arrête pas de faire les quatre cents coups, monsieur, et ce n'est pas bien pour un elfe de maison. Continue à te faire remarquer comme ça, Dobby, je lui ai dit, et tu vas te retrouver devant le Département de contrôle et de régulation des créatures magiques, comme n'importe quel gobelin.

– Bah, il faut bien qu'il s'amuse un peu, dit Harry.

– Les elfes de maison n'ont pas à s'amuser, Harry Potter, répondit Winky d'un ton ferme, derrière ses mains qui cachaient toujours son visage. Les elfes de maison doivent faire ce qu'on leur dit de faire. Je n'aime pas du tout l'altitude, Harry Potter…

Elle jeta un coup d'œil par-dessus la balustrade qui entourait la loge et eut un haut-le-corps.

– … mais mon maître m'a envoyée dans la tribune officielle et donc, j'y suis allée, monsieur…

– Pourquoi t'a-t-il envoyée ici, s'il sait que tu n'aimes pas l'altitude ? demanda Harry en fronçant les sourcils.

– Mon… mon maître veut que je lui garde un siège, Harry Potter, il est très occupé, dit Winky en inclinant la tête vers l'espace vide, à côté d'elle. Winky aimerait bien retourner dans la tente de son maître, Harry Potter, mais Winky fait ce qu'on lui dit de faire. Winky est une bonne elfe de maison.

Elle jeta un nouveau coup d'œil apeuré vers la balustrade et se cacha les yeux derrière ses mains. Harry se retourna vers les autres.

– Alors, c'est ça, un elfe de maison ? murmura Ron. Bizarre comme créature…

– Dobby était encore plus bizarre, répondit Harry avec conviction.

Ron sortit ses Multiplettes et les braqua sur la foule qui occupait les gradins, de l'autre côté du stade.

– Extraordinaire ! dit-il en tournant la molette qui permettait de repasser les images. J'arrive à voir de nouveau ce vieux bonhomme se mettre les doigts dans le nez… encore une fois… et encore une…

Pendant ce temps, Hermione parcourait avec avidité son programme à la couverture de velours agrémentée d'un pompon.

– « Les mascottes des deux équipes présenteront un spectacle avant le match », lut-elle à haute voix.

– Ça vaut la peine d'être vu, dit Mr Weasley. Les équipes nationales amènent des créatures typiques de leurs pays d'origine pour faire un peu de spectacle.

Autour d'eux, la loge se remplit peu à peu au cours de la demi-heure qui suivit. Mr Weasley ne cessait de serrer la main de gens qui occupaient à l'évidence de hautes fonctions dans le monde de la sorcellerie. Chaque fois, Percy se levait d'un bond, comme s'il avait été assis sur un porc-épic. À l'arrivée de Cornelius Fudge, le ministre de la Magie, Percy s'inclina si bas que ses lunettes tombèrent et se cassèrent. Horriblement gêné, il les répara d'un coup de baguette magique et resta ensuite assis sur sa chaise, jetant des regards jaloux à Harry que Cornelius Fudge avait salué comme un vieil ami. Ils s'étaient déjà rencontrés et Fudge serra la main de Harry d'un air paternel, lui demanda comment il allait et le présenta aux sorciers assis à ses côtés.

– Harry Potter, vous savez..., dit-il d'une voix forte au ministre bulgare, qui portait une magnifique robe de sorcier en velours noir ourlé d'or, et ne paraissait pas comprendre un mot d'anglais. *Harry Potter*, voyons, insista Fudge, je suis sûr que vous *savez* qui c'est... Le garçon qui a survécu à Vous-Savez-Qui... Vous savez forcément qui c'est...

Le sorcier bulgare vit soudain la cicatrice de Harry et se mit à parler très fort d'un ton surexcité en la montrant du doigt.

– Je savais que ça finirait comme ça, dit Fudge à Harry d'un ton las. Je ne suis pas très doué pour les langues étrangères, j'ai besoin de Barty Croupton dans ces cas-là. Ah, je vois que son elfe de maison lui a gardé une chaise... C'est une bonne chose, ces zigotos de Bulgares ont essayé de quémander toutes les meilleures places... Ah, voici Lucius !

Harry, Ron et Hermione tournèrent vivement la tête. Se glissant le long du deuxième rang en direction de trois chaises vides, derrière Mr Weasley, ils virent arriver les anciens maîtres de Dobby, l'elfe de maison : Lucius Malefoy, son fils Drago et une femme qui devait être la mère de ce dernier.

Harry et Drago Malefoy étaient ennemis depuis leur tout premier voyage à Poudlard. Le teint pâle, le nez pointu, les cheveux d'un blond presque blanc, Drago ressemblait beaucoup à son père. Sa mère était blonde, elle aussi. Grande et mince, elle aurait pu paraître séduisante si elle n'avait pas eu l'air d'être sans cesse incommodée par une odeur pestilentielle.

— Ah, Fudge, dit Mr Malefoy en tendant la main au ministre de la Magie. Comment allez-vous ? Je crois que vous ne connaissez pas mon épouse, Narcissa ? Ni notre fils, Drago ?

— Mes hommages, madame, dit Fudge avec un sourire, en s'inclinant devant Mrs Malefoy. Permettez-moi de vous présenter Mr Oblansk... Obalonsk... Mr... enfin bref, le ministre bulgare de la Magie. De toute façon, il est incapable de comprendre un traître mot de ce que je dis, alors peu importe. Et, voyons, qui y a-t-il encore ? Vous connaissez Arthur Weasley, j'imagine ?

Il y eut un moment de tension. Mr Weasley et Mr Malefoy échangèrent un regard et Harry se rappela en détail la dernière fois où ils s'étaient trouvés face à face. C'était à la librairie Fleury et Bott et ils en étaient venus aux mains. Les yeux gris et froids de Mr Malefoy se posèrent sur Mr Weasley puis balayèrent le premier rang.

— Seigneur ! dit-il à voix basse. Qu'avez-vous donc vendu pour obtenir des places dans la tribune officielle ? Votre maison n'aurait certainement pas suffi à payer le prix des billets ?

Fudge, qui n'écoutait pas, reprit la parole :

— Lucius vient d'apporter une contribution très généreuse à

l'hôpital Ste Mangouste pour les maladies et blessures magiques, Arthur. Il est mon invité.

– Ah, bien… très bien…, dit Mr Weasley avec un sourire forcé.

Les yeux de Mr Malefoy étaient revenus sur Hermione qui rosit légèrement mais soutint son regard. Harry savait très bien pourquoi Mr Malefoy pinçait les lèvres. Les Malefoy tiraient fierté de leur sang pur ; en d'autres termes, quiconque descendait de parents moldus, comme Hermione, leur apparaissait comme un sorcier de seconde classe. Mr Malefoy n'osa cependant rien dire en présence du ministre de la Magie. Il adressa un signe de tête dédaigneux à Mr Weasley et suivit la rangée de chaises jusqu'aux places qui lui étaient réservées. Drago lança à Harry, Ron et Hermione un regard méprisant, puis s'assit entre son père et sa mère.

– Crétins visqueux, marmonna Ron.

Harry, Hermione et lui se tournèrent à nouveau vers le terrain. Un instant plus tard, Ludo Verpey entra en trombe dans la loge.

– Tout le monde est prêt ? demanda-t-il, son visage rond luisant comme un gros fromage de Hollande. Monsieur le ministre, on peut y aller ?

– Quand vous voudrez, Ludo, dit Fudge, très à son aise.

Verpey sortit aussitôt sa baguette magique, la pointa sur sa gorge et s'exclama :

– *Sonorus !*

Il parla alors par-dessus le tumulte qui emplissait à présent le stade plein à craquer et sa voix tonitruante résonna sur tous les gradins :

– Mesdames et messieurs, permettez-moi de vous souhaiter la bienvenue ! Bienvenue à cette finale de la quatre cent deuxième Coupe du Monde de Quidditch !

Les spectateurs se mirent à hurler et à applaudir. Des milliers de drapeaux s'agitèrent, mêlant les hymnes nationaux des deux équipes dans une cacophonie qui s'ajouta au vacarme. Le dernier message publicitaire (*Les Dragées surprises de Bertie Crochue – prenez le risque à chaque bouchée !*) s'effaça de l'immense tableau qui affichait à présent BULGARIE : ZÉRO, IRLANDE : ZÉRO.

– Et maintenant, sans plus tarder, permettez-moi de vous présenter… Les mascottes de l'équipe bulgare !

La partie droite des gradins, entièrement colorée de rouge, explosa en acclamations.

– Je me demande ce qu'ils ont amené, dit Mr Weasley qui se pencha en avant. Aaah !

Il enleva brusquement ses lunettes et les essuya sur sa robe de sorcier.

– Des *Vélanes* !

– Qu'est-ce que c'est que des Vél…

Mais une centaine d'entre elles venaient de faire leur apparition sur le terrain et la question de Harry trouva sa réponse. Les Vélanes étaient des femmes… Les plus belles femmes que Harry eût jamais vues… sauf qu'elles n'étaient pas – qu'elles ne pouvaient être – humaines. Cette constatation rendit Harry perplexe et il essaya de déterminer ce qu'elles étaient exactement. Comment se pouvait-il que leur peau scintille ainsi comme un clair de lune, que leurs cheveux d'or blanc volent derrière elles, alors qu'il n'y avait pas le moindre vent… Mais à ce moment, la musique retentit et Harry ne se soucia plus de savoir à quel genre d'êtres il avait affaire – d'ailleurs, il ne se soucia plus de rien du tout.

Les Vélanes s'étaient mises à danser et la tête de Harry se vida aussitôt. Il n'éprouva plus rien d'autre qu'une totale félicité. Désormais, la seule chose au monde qui lui importait, c'était de continuer à regarder les Vélanes. Car si elles cessaient de danser, il ne pourrait en résulter que de grands malheurs…

Tandis que les Vélanes se trémoussaient au rythme d'une musique de plus en plus vive, des pensées folles, insaisissables, tournoyaient dans l'esprit hébété de Harry. Il avait envie de faire, à l'instant même, quelque chose de spectaculaire, d'impressionnant. Par exemple, sauter de la loge et atterrir en vol plané au milieu du stade lui paraissait une bonne idée… Mais serait-ce suffisant ?

– Harry, qu'est-ce que tu fais ? demanda la voix lointaine d'Hermione.

La musique cessa. Harry cligna des yeux. Il s'était levé et avait commencé à enjamber la balustrade de la loge. À côté de lui, Ron était figé dans l'attitude de quelqu'un qui s'apprête à s'élancer d'un plongeoir.

Des cris de fureur s'élevaient dans le stade. Les spectateurs refusaient de laisser partir les Vélanes et Harry ne pouvait que les approuver. Il était évident, à présent, qu'il allait soutenir l'équipe bulgare et il se demanda vaguement pourquoi il avait un grand trèfle vert épinglé sur sa poitrine. Pendant ce temps, Ron, d'un air distrait, déchirait en lambeaux les trèfles qui ornaient son chapeau. Mr Weasley, un vague sourire aux lèvres, se pencha vers Ron et lui prit le chapeau des mains.

– Tu en auras besoin, dit-il, quand l'Irlande aura dit son mot.

– Hein ? marmonna Ron, bouche bée, le regard fixé sur les Vélanes qui s'étaient alignées d'un côté du terrain.

D'un air réprobateur, Hermione tendit la main et ramena Harry vers sa chaise.

– Non mais vraiment ! dit-elle.

– Et maintenant, rugit la voix amplifiée de Ludo Verpey, veuillez s'il vous plaît lever vos baguettes… pour accueillir les mascottes de l'équipe nationale d'Irlande !

Un instant plus tard, quelque chose qui ressemblait à une grande comète vert et or surgit dans le stade. Elle fit un tour complet du terrain, puis se sépara en deux comètes plus petites, chacune se précipitant vers les buts. Un arc-en-ciel se déploya brusquement d'un bout à l'autre du stade, reliant entre elles les deux comètes lumineuses. Des « Aaaaaaaaah » et des « Ooooooooh » retentirent dans la foule comme à un spectacle de feu d'artifice. Puis l'arc-en-ciel s'effaça et les deux comètes se réunirent et se fondirent à nouveau en une seule, formant à présent un grand trèfle scintillant qui s'éleva dans le ciel et vola au-dessus des tribunes. Une sorte de pluie d'or semblait en tomber…

— Magnifique ! s'écria Ron lorsque le trèfle vola au-dessus d'eux, répandant une averse de pièces d'or qui rebondissaient sur leurs chaises et sur leurs têtes. Harry observa le trèfle en clignant des yeux et s'aperçut qu'il était composé de milliers de tout petits bonshommes barbus, vêtus de gilets rouges, et portant chacun une minuscule lanterne verte ou dorée.

— Des farfadets ! s'exclama Mr Weasley, au milieu des applaudissements déchaînés des spectateurs dont beaucoup s'affairaient autour de leurs sièges pour ramasser les pièces d'or tombées à leurs pieds.

— Et voilà ! s'écria Ron d'un ton réjoui, en fourrant une poignée d'or dans la main de Harry. Pour les Multiplettes ! Mais maintenant, il faudra que tu m'achètes un cadeau à Noël !

Le trèfle géant se dispersa, les farfadets se laissèrent tomber en douceur sur le terrain, de l'autre côté des Vélanes, et s'assirent en tailleur pour assister au match.

— Et maintenant, mesdames et messieurs, nous avons le plaisir d'accueillir… l'équipe nationale de Quidditch de Bulgarie ! Voici… Dimitrov !

Sous les applaudissements déchaînés des supporters bulgares, une silhouette vêtue de rouge, à califourchon sur un balai, surgit d'une des portes qui donnaient sur le terrain en volant si vite qu'on avait du mal à la suivre des yeux.

– Ivanova !

Un deuxième joueur en robe rouge fila dans les airs.

– Zograf ! Levski ! Vulchanov ! Volkov ! Eeeeeeeeeet voici... *Krum !*

– C'est lui ! C'est lui ! hurla Ron, suivant Krum à l'aide de ses Multiplettes.

Harry le regarda à son tour à travers les siennes.

Viktor Krum était mince, le teint sombre et cireux, avec un grand nez arrondi et d'épais sourcils noirs. On aurait dit un grand oiseau de proie. Il était difficile de croire qu'il avait seulement dix-huit ans.

– Et maintenant, accueillons... l'équipe nationale de Quidditch d'Irlande ! s'époumona Verpey. Voici... Connolly ! Ryan ! Troy ! Mullet ! Morane ! Quigley ! Eeeeeeeeeet... *Lynch !*

Sept traînées vertes jaillirent sur le terrain. Harry tourna une petite molette sur le côté de ses Multiplettes et regarda les joueurs passer au ralenti : il vit alors le mot « Éclair de feu » gravé sur chacun de leurs balais et leurs noms brodés en lettres d'argent dans leur dos.

– Et voici, arrivant tout droit d'Égypte, notre arbitre, l'estimé président-sorcier général de l'Association internationale de Quidditch, Hassan Mostafa !

Un petit sorcier efflanqué, complètement chauve mais doté d'une moustache qui aurait pu rivaliser avec celle de l'oncle Vernon, s'avança à grands pas sur le terrain. Un sifflet d'argent dépassait de sous sa moustache ; sous un bras, il portait une grosse caisse en bois et sous l'autre, son balai volant. Harry remit sur la vitesse normale le cadran de ses Multiplettes, regardant attentivement Mostafa enfourcher son balai et ouvrir la caisse d'un coup de pied. Quatre balles en surgirent aussitôt : le Souafle écarlate, les deux Cognards noirs et (Harry ne l'aperçut qu'un très bref instant avant qu'il s'envole hors de sa vue) le minuscule Vif d'or pourvu de petites ailes d'argent. Soufflant d'un coup sec dans son sifflet, Mostafa s'éleva dans les airs, derrière les balles.

– C'eeeeeeeest PARTI ! hurla Verpey. Le Souafle à Mullet qui passe à Troy ! Morane ! Dimitrov ! Mullet à nouveau ! Troy ! Levski ! Morane !

C'était du Quidditch comme Harry n'en avait encore jamais vu. Il pressait si fort ses Multiplettes contre ses yeux que la monture de ses lunettes lui écorcha l'arête du nez. Les joueurs filaient à une vitesse incroyable. Les poursuiveurs se passaient le Souafle avec une telle rapidité que Verpey avait tout juste le temps de dire leur nom. Harry tourna la molette du ralenti, sur le côté droit de ses Multiplettes, pressa le bouton « image par image », juste au-dessus, et vit alors le match au ralenti, avec des explications qui s'affichaient sur les lentilles en lettres violettes étincelantes. Dans les tribunes, le vacarme de la foule déchaînée malmenait ses tympans.

« *Attaque en faucon* », lut-il en voyant les trois poursuiveurs irlandais foncer côte à côte, Troy au centre, Mullet et Morane légèrement en retrait, dans une attaque contre les Bulgares. Les mots « *Feinte de Porskoff* » s'affichèrent ensuite sur les lentilles de ses Multiplettes lorsque Troy fit semblant de monter en chandelle avec le Souafle, entraînant dans son sillage la poursuiveuse bulgare Ivanova, puis laissa tomber le Souafle que rattrapa Morane. L'un des batteurs bulgares, Volkov, frappa vigoureusement avec sa batte un Cognard qui passait devant lui, l'envoyant sur la trajectoire de Morane. Celle-ci se baissa pour l'éviter et lâcha le Souafle ; Levski fonça et le rattrapa.

– TROY MARQUE ! rugit Verpey et tout le stade trembla sous les applaudissements et les acclamations. Dix-zéro en faveur de l'Irlande !

– Quoi ? s'exclama Harry, lançant des regards frénétiques

117

autour de lui à travers ses Multiplettes. C'est Levski qui avait le Souafle !

— Harry, si tu ne regardes pas le match à la vitesse normale, tu vas manquer des tas de choses, cria Hermione qui sautillait sur place en agitant les bras pendant que Troy faisait un tour d'honneur.

Harry regarda par-dessus ses Multiplettes et vit que les farfadets qui regardaient le match depuis les lignes de touche s'étaient à nouveau envolés pour reconstituer le grand trèfle scintillant. De l'autre côté du terrain, les Vélanes les regardaient d'un air boudeur.

Furieux contre lui-même, Harry ramena la molette sur la position « vitesse normale » lorsque le match reprit.

Il connaissait suffisamment bien le Quidditch pour pouvoir apprécier l'extraordinaire virtuosité des poursuiveurs irlandais. Il y avait entre eux une parfaite harmonie. À en juger par la façon dont ils se plaçaient, on aurait dit qu'ils lisaient dans les pensées les uns des autres et la rosette épinglée sur la poitrine de Harry ne cessait de couiner leurs noms : « *Troy – Mullet – Morane !* » Moins de dix minutes plus tard, l'Irlande avait marqué deux autres buts, faisant monter le score à trente-zéro et déclenchant un tonnerre de vivats et d'applaudissements chez les supporters vêtus de vert.

Le match devint encore plus rapide et plus brutal. Volkov et Vulchanov, les batteurs bulgares, frappaient les Cognards avec férocité en les envoyant sur les poursuiveurs irlandais et parvenaient à perturber leurs plus belles trajectoires. À deux reprises, les Irlandais furent contraints de rompre leur formation et Ivanova finit par franchir leur défense, feinter le gardien, Ryan, et marquer le premier but bulgare.

— Bouchez-vous les oreilles ! cria Mr Weasley tandis que les Vélanes se mettaient à danser pour célébrer l'exploit.

Harry se cacha également les yeux. Il voulait rester

concentré sur le jeu. Quelques instants plus tard, il risqua un regard vers le terrain. Les Vélanes avaient cessé de danser et le Souafle était à nouveau entre les mains des joueurs bulgares.

— Dimitrov ! Levski ! Dimitrov ! Ivanova – oh, là, là ! rugit Verpey.

Cent mille sorcières et sorciers retinrent leur souffle en voyant les deux attrapeurs, Krum et Lynch, foncer en piqué au milieu des poursuiveurs, à une telle vitesse qu'ils semblaient avoir sauté d'un avion sans parachute. Harry suivit leur descente à travers ses Multiplettes, plissant les yeux pour essayer d'apercevoir le Vif d'or.

— Ils vont s'écraser ! hurla Hermione, à côté de Harry.

Elle eut à moitié raison. À la toute dernière seconde, Viktor Krum redressa son balai et remonta en chandelle. Lynch, en revanche, heurta le sol avec un bruit sourd qu'on entendit à travers tout le stade. Une immense plainte s'éleva des gradins occupés par les Irlandais.

— Quel idiot ! gémit Mr Weasley. C'était une feinte de Krum.

— Temps mort ! cria la voix de Verpey. Des Médicomages se précipitent sur le terrain pour examiner Aidan Lynch !

— Ça va aller, il s'est simplement un peu planté, dit Charlie à Ginny qui était penchée par-dessus la balustrade de la loge, l'air terrifié. C'est ce que voulait Krum, bien sûr…

Harry se hâta d'appuyer sur les boutons « répétition » et « image par image » de ses Multiplettes, tripota la molette de ralenti et regarda à nouveau l'action.

Au ralenti, il revit la descente en piqué de Krum et Lynch. « *Feinte de Wronski – dangereuse manœuvre de diversion de l'attrapeur* », lut Harry en lettres lumineuses. Il remarqua le visage de Krum, tendu par la concentration, tandis qu'il remontait en chandelle au dernier moment alors que Lynch s'écrasait à terre et il comprit : Krum n'avait pas du tout vu le Vif d'or, il voulait simplement inciter Lynch à l'imiter. Harry n'avait jamais vu personne voler comme ça. On aurait presque dit que Krum évoluait sans balai : il se déplaçait si facilement dans les airs qu'il semblait n'avoir besoin d'aucun support, comme s'il n'était pas soumis à l'attraction terrestre. Harry remit ses Multiplettes en position normale et les braqua sur Krum. Il décrivait des cercles loin au-dessus de Lynch que les Médicomages étaient en train de ranimer à l'aide de potions. Harry fit le point sur le visage de Krum et vit ses yeux sombres lancer des regards rapides sur toute la surface du terrain qui s'étendait trente mètres au-dessous de lui. Il profitait du temps passé à ranimer Lynch pour essayer de repérer le Vif d'or sans aucune interférence des autres joueurs.

Lynch se releva enfin sous les acclamations des supporters vêtus de vert, enfourcha son Éclair de feu et s'élança à nouveau dans les airs. Son retour sembla donner un regain d'ardeur à l'Irlande. Lorsque Mostafa siffla la reprise du match, les poursuiveurs passèrent à l'action avec une habileté que Harry jugea sans égale.

Au bout d'un nouveau quart d'heure de fureur et de prouesses, l'Irlande avait pris le large en marquant dix nouveaux buts. Son équipe menait à présent par cent trente points à dix. Et le jeu commençait à tourner mal.

Lorsque Mullet s'élança à nouveau vers les buts en serrant le Souafle sous son bras, le gardien bulgare, Zograf, se porta à sa rencontre. L'action fut si rapide que Harry ne vit pas très bien ce qui s'était passé, mais le hurlement de rage qui retentit chez les supporters irlandais et le long coup de sifflet de Mostafa lui indiquèrent qu'il y avait eu faute.

– Et Mostafa donne un avertissement au gardien bulgare pour brutalité – usage excessif des coudes ! annonça Verpey aux spectateurs qui hurlaient de toutes parts. Et… Oui, un penalty en faveur de l'Irlande !

Les farfadets qui s'étaient élancés dans les airs avec colère, tel un essaim de frelons scintillants, lorsque Mullet avait été victime du gardien bulgare, se regroupaient à présent pour former les lettres « HA ! HA ! HA ! ». De l'autre côté du terrain, les Vélanes se levèrent d'un bond, firent onduler leur chevelure en remuant la tête d'un air furieux et se remirent à danser.

D'un même mouvement, les Weasley et Harry se bouchèrent les oreilles mais Hermione, qui était restée immobile, tira soudain Harry par le bras. Il se retourna et elle lui ôta elle-même les doigts des oreilles d'un geste impatient.

— Regarde l'arbitre ! dit-elle en pouffant de rire.

Harry baissa les yeux vers le terrain et vit un étrange spectacle : Hassan Mostafa avait atterri devant les Vélanes et faisait rouler ses muscles en lissant sa moustache d'un air surexcité.

— On ne peut pas tolérer ça ! s'exclama Ludo Verpey, tout en ayant l'air de s'amuser beaucoup. Que quelqu'un aille donner une gifle à l'arbitre !

Un Médicomage traversa le terrain en se bouchant les oreilles et donna un grand coup de pied dans les tibias de Mostafa. Celui-ci sembla revenir à lui. Regardant à nouveau à travers ses Multiplettes, Harry vit qu'il avait l'air très gêné. Il cria quelque chose aux Vélanes qui avaient cessé de danser, prêtes à se rebeller.

— À moins que je ne me trompe, il semble que Mostafa s'efforce de renvoyer dans leur coin les mascottes de l'équipe bulgare, commenta la voix de Verpey. Et maintenant, voici quelque chose qu'on n'avait encore jamais vu… Oh, oh, la situation pourrait bien se gâter…

Ce fut le cas : les batteurs bulgares, Volkov et Vulchanov,

atterrirent de chaque côté de Mostafa et commencèrent à se déchaîner contre lui, gesticulant en direction des farfadets qui avaient à présent formé dans le ciel les mots « HI HI HI ». Mais Mostafa ne se laissa pas impressionner par les protestations bulgares. Il pointa le doigt en l'air en leur ordonnant visiblement de reprendre leur vol et, devant leur refus, lança deux brefs coups de sifflet.

– Deux penaltys en faveur de l'Irlande ! s'écria Verpey, déclenchant des hurlements furieux parmi les supporters bulgares. Volkov et Vulchanov feraient bien de remonter sur leurs balais… Oui… Ça y est, c'est ce qu'ils font… Et c'est Troy qui prend le Souafle…

Le jeu atteignait maintenant un niveau de férocité qu'on n'avait encore jamais vu. Les batteurs de chaque équipe se montraient sans merci : Volkov et Vulchanov en particulier agitaient violemment leurs battes sans se soucier de savoir si elles frappaient des Cognards ou des joueurs. Dimitrov fonça sur Morane qui était en possession du Souafle, manquant de la faire tomber de son balai.

– Faute ! hurlèrent les supporters irlandais d'une même voix en se dressant d'un bond dans une grande vague verdoyante.

– Faute ! répéta en écho la voix magiquement amplifiée de Ludo Verpey. Dimitrov vole délibérément sur Morane en cherchant à provoquer le choc, et nous devrions avoir un autre penalty… Oui, voilà le coup de sifflet !

Les farfadets s'étaient à nouveau élancés dans les airs et, cette fois, ils formaient une main géante qui faisait un signe obscène en direction des Vélanes. Celles-ci perdirent alors tout contrôle. Elles se précipitèrent sur le terrain et se mirent à jeter sur les farfadets des poignées de flammes. En les observant à travers ses Multiplettes, Harry remarqua qu'elles avaient perdu toute beauté. Leurs visages s'étaient allongés et ressemblaient à présent à des têtes d'oiseaux au bec cruel, tandis que des ailes couvertes d'écailles jaillissaient de leurs épaules.

– Et ça, mes enfants, s'exclama Mr Weasley dans le tumulte qui remplissait le stade, c'est la preuve qu'il ne faut jamais se fier à l'apparence !

Des sorciers du ministère envahirent le terrain pour essayer, sans grand succès, de séparer les Vélanes des farfadets. Mais la bataille qui avait lieu sur le sol n'était rien en comparaison de celle qui se déroulait dans les airs. À travers ses Multiplettes, Harry regardait de tous côtés, suivant le Souafle qui changeait de mains à la vitesse d'une balle de fusil...

– Levski – Dimitrov – Morane – Troy – Mullet – Ivanova – Morane à nouveau – Morane... MORANE QUI MARQUE !

Mais les cris de joie des supporters irlandais s'entendirent à peine parmi les hurlements perçants des Vélanes, les détonations produites par les baguettes magiques des représentants du ministère et les rugissements de fureur des Bulgares. Le jeu reprit aussitôt. Levski s'empara du Souafle, le passa à Dimitrov...

Quigley, le batteur irlandais, brandit sa batte et frappa de toutes ses forces un Cognard en direction de Krum qui ne se baissa pas assez vite et le reçut en pleine figure.

Un grondement assourdissant monta de la foule. Le nez de Krum semblait cassé, il avait du sang partout, mais Hassan Mostafa ne donna aucun coup de sifflet. Il avait d'autres soucis et personne ne pouvait lui reprocher de n'avoir pas réagi : l'une des Vélanes venait en effet de lui jeter une poignée de flammes qui avaient mis le feu à son balai.

Harry espérait que quelqu'un allait s'apercevoir que Krum était blessé. Tout en étant supporter de l'Irlande, il considérait Krum comme le joueur le plus fascinant qu'il ait jamais vu et Ron, de toute évidence, avait la même opinion.

– Temps mort, voyons ! Il ne peut pas jouer comme ça…

– *Regarde Lynch !* s'écria Harry.

L'attrapeur irlandais descendait en piqué et Harry était sûr qu'il ne s'agissait pas d'une feinte de Wronski. Cette fois-ci, c'était bien le Vif d'or…

– Il l'a vu ! s'exclama Harry. Il l'a vu ! Regarde-le !

Une bonne moitié des spectateurs semblaient avoir compris ce qui se passait. Les supporters irlandais se levèrent comme un raz de marée d'un vert étincelant en poussant des cris d'encouragement à l'adresse de leur attrapeur… Mais Krum le suivait de près. Harry se demanda comment il arrivait encore à voir où il allait. Des gouttes de sang jaillissaient dans son sillage mais il avait rattrapé Lynch, à présent, et tous deux, côte à côte, fonçaient à nouveau vers le sol…

– Ils vont s'écraser ! hurla Hermione.

– Non ! rugit Ron.

– Lynch est fichu ! s'écria Harry.

Et il avait raison : pour la deuxième fois, Lynch heurta le sol de plein fouet et fut aussitôt piétiné par une horde de Vélanes déchaînées.

– Le Vif d'or, où est le Vif d'or ? vociféra Charlie.

– Il l'a eu ! Krum l'a eu ! C'est fini ! s'exclama Harry.

Krum, sa robe rouge luisante du sang qui coulait de son nez, remontait lentement dans les airs, le poing serré, une lueur dorée nimbant sa main.

Le grand panneau afficha en lettres lumineuses : BULGARIE : CENT SOIXANTE, IRLANDE : CENT SOIXANTE-DIX. Dans les gradins, la foule semblait ne pas avoir encore réalisé ce qui venait de se passer. Puis, peu à peu, comme les réacteurs d'un énorme avion s'apprêtant à décoller, le grondement des supporters irlandais augmenta d'intensité et explosa tout à coup en hurlements d'allégresse.

– L'IRLANDE A GAGNÉ ! s'écria Verpey qui, comme les

Irlandais, semblait avoir été pris de court par la soudaine issue du match. KRUM A ATTRAPÉ LE VIF D'OR, MAIS C'EST L'IRLANDE QUI GAGNE ! Seigneur, qui donc pouvait s'attendre à ça ?

– Pourquoi est-ce qu'il a attrapé le Vif d'or ? cria Ron, tout en sautant sur place et en applaudissant avec les mains au-dessus de la tête. Il a mis fin au match alors que l'Irlande avait cent soixante points d'avance, l'imbécile !

– Il savait qu'ils ne pouvaient plus remonter, lui répondit Harry, en criant lui aussi pour couvrir le vacarme, mais sans cesser d'applaudir bruyamment. Les poursuiveurs irlandais étaient trop forts… Il voulait que le match finisse à son avantage, voilà tout…

– Il a été très courageux, non ? dit Hermione en se penchant en avant pour regarder Krum atterrir tandis qu'une nuée de Médicomages se frayait un chemin vers lui, au milieu des Vélanes et des farfadets qui se livraient bataille. Il n'a pas l'air en bon état…

Harry regarda à nouveau à travers ses Multiplettes. Il était difficile de voir ce qui se passait, à cause des farfadets fous de joie qui volaient en tous sens au-dessus du terrain, mais il parvint quand même à apercevoir Krum entouré de Médicomages. Il avait l'air plus renfrogné que jamais et refusait qu'ils épongent le sang de sa figure. Ses coéquipiers s'étaient rassemblés autour de lui, hochant la tête, l'air abattu. Un peu plus loin, les joueurs irlandais dansaient joyeusement sous la pluie d'or que déversaient leurs mascottes. Des drapeaux s'agitaient d'un bout à l'autre du stade, l'hymne national irlandais retentissait de toutes parts. Les Vélanes avaient retrouvé leur beauté habituelle, mais paraissaient tristes et accablées.

– Nous nous sommes battus avec grrrrand courrrage, soupira d'un ton mélancolique une voix derrière Harry.

Il se retourna : c'était le ministre bulgare de la Magie.

– Mais !… Vous parlez notre langue ! s'exclama Fudge, indigné. Et vous m'avez laissé parler par gestes toute la journée !

– C'était vrrrraiment trrrrès drrrrôle, répondit le ministre bulgare avec un haussement d'épaules.

– Et pendant que l'équipe d'Irlande accomplit un tour d'honneur, flanquée de ses mascottes, la Coupe du Monde de Quidditch est apportée dans la tribune officielle ! rugit Verpey.

Harry fut soudain ébloui par une lumière blanche éclatante : la loge venait de s'illuminer par magie pour que tout le monde, sur les gradins, puisse voir ce qui s'y passait. Deux sorciers essoufflés apportèrent alors une immense coupe d'or qu'ils tendirent à Cornelius Fudge. Celui-ci paraissait toujours furieux d'avoir dû passer la journée à parler inutilement par signes.

– Et maintenant, applaudissons bien fort les courageux perdants – l'équipe de Bulgarie ! s'écria Verpey.

Montant l'escalier qui menait à la loge, les sept joueurs bulgares firent leur entrée. Des applaudissements s'élevèrent de la foule pour saluer les vaincus et Harry vit des milliers de Multiplettes scintiller dans leur direction.

Un par un, les Bulgares s'avancèrent dans les travées et Verpey donna le nom de chacun d'entre eux tandis qu'ils serraient la main de leur propre ministre, puis celle de Fudge. Krum, le dernier de la file, tenait toujours le Vif d'or dans son poing et paraissait dans un état épouvantable. Deux yeux au beurre noir, particulièrement spectaculaires, étaient apparus sur son visage ensanglanté. Harry remarqua que ses mouvements semblaient moins harmonieux lorsqu'il était au sol. Il avait le dos rond et des pieds légèrement écartés qui l'obligeaient à marcher en canard. Mais, lorsque son nom fut prononcé, le stade tout entier explosa en acclamations assourdissantes.

Ce fut ensuite le tour de l'équipe irlandaise. Aidan Lynch était soutenu par Morane et Connolly. Sa seconde chute l'avait étourdi et ses yeux au regard étrange semblaient avoir du mal à faire le point. Il eut cependant un large sourire lorsque Troy et Quigley levèrent la coupe à bout de bras et que la foule manifesta son enthousiasme dans une longue ovation qui fit trembler le stade comme un tonnerre. Harry ne sentait plus ses mains à force d'applaudir.

Enfin, lorsque les joueurs irlandais eurent quitté la loge pour accomplir un autre tour d'honneur sur leurs balais (Aidan Lynch, monté sur celui de Connolly, se cramponnait à sa taille en continuant de sourire d'un air absent), Verpey pointa sa baguette vers sa gorge et murmura :

— *Sourdinam*. On parlera de ce match pendant des années, dit-il d'une voix enrouée. Quel coup de théâtre, ce... dommage que ça n'ait pas duré plus longtemps... Ah, oui, c'est vrai... je vous dois... combien ?

Fred et George venaient d'enjamber le dossier de leurs chaises et se tenaient à présent devant Ludo Verpey avec un grand sourire et la main tendue.

9

LA MARQUE DES TÉNÈBRES

– Ne dites pas à votre mère que vous avez parié de l'argent, implora Mr Weasley en s'adressant à Fred et à George, pendant qu'ils redescendaient l'escalier tous ensemble.

– Ne t'inquiète pas, papa, répondit Fred d'un ton ravi. On a de grands projets pour utiliser cet argent et on n'a pas du tout envie qu'il soit confisqué.

Mr Weasley sembla sur le point de demander de quelle nature étaient ces grands projets mais, à la réflexion, il estima préférable de ne rien savoir.

Ils furent bientôt pris dans le flot de la foule qui sortait du stade pour revenir sur le terrain de camping. Sur le chemin du retour, l'air de la nuit leur apportait l'écho de chansons hurlées à tue-tête et des farfadets filaient au-dessus d'eux, en poussant des cris et en agitant leurs lanternes. Lorsqu'ils arrivèrent enfin devant leurs tentes, personne n'avait la moindre envie de dormir et, compte tenu du vacarme qui régnait autour d'eux, Mr Weasley fut d'accord pour qu'ils boivent une dernière tasse de chocolat avant d'aller se coucher. Bientôt, ils se plongèrent dans une discussion allègre et passionnée sur les meilleurs moments du match. Mr Weasley n'était pas d'accord avec Charlie sur « l'usage excessif des coudes » sanctionné par l'arbitre mais, lorsque Ginny tomba endormie devant la petite table de camping et qu'elle renversa du chocolat partout, il déclara qu'il n'était plus temps de refaire le match et insista pour que tout le monde aille dormir. Hermione et Ginny allèrent se coucher dans la tente voisine et Harry et les autres Weasley, après avoir mis leurs pyjamas, se répartirent dans les lits superposés. Des supporters continuaient de chanter de l'autre côté du camping et l'on entendait retentir de temps à autre la détonation d'une baguette magique.

– Je suis content de ne pas être de service, marmonna Mr Weasley d'une voix ensommeillée. Je n'aimerais pas être obligé d'aller dire aux Irlandais de cesser de faire la fête.

Harry, qui était couché dans le lit au-dessus de celui de Ron, contemplait la toile de la tente, suivant des yeux la lueur que projetait parfois la lanterne d'un farfadet volant aux alentours. En même temps, il repassait dans sa tête les trajectoires les plus spectaculaires de Krum. Il avait hâte de remonter sur son propre Éclair de feu pour essayer la feinte de Wronski... Avec tous ses tableaux et ses diagrammes animés, Olivier Dubois n'avait jamais été capable d'expliquer en quoi consistait exactement cette figure... Harry se voyait déjà vêtu d'une robe de Quidditch avec son nom inscrit dans le dos et il imagina la sensation qu'il éprouverait en entendant les acclamations d'une foule de cent mille personnes lorsque Ludo Verpey annoncerait d'une voix retentissante : « Et voici maintenant... *Potter !* »

Harry ne sut jamais s'il s'était endormi pour de bon – s'imaginer volant sur son balai à la manière de Krum avait peut-être fini par devenir un véritable rêve –, la seule chose certaine, c'était que Mr Weasley avait brusquement poussé de grands cris.

– Debout ! Ron ! Harry ! Vite ! Debout ! C'est urgent !

Harry se redressa aussitôt, sa tête heurtant la toile de la tente.

– Qu'est-ce qu'il y a ? demanda-t-il.

Il eut la vague impression qu'il se passait quelque chose d'anormal. Les bruits qui provenaient du terrain de camping avaient changé de nature. On n'entendait plus de chansons, mais des hurlements et des pas précipités.

Il se glissa à bas de son lit et tendit la main vers ses vêtements mais Mr Weasley, qui avait mis son jean par-dessus son pantalon de pyjama, l'arrêta d'un geste :

– Pas le temps, dit-il. Prends ton blouson et sors ! Vite !

Harry obéit et se précipita hors de la tente, Ron sur ses talons.

À la lueur des quelques feux qui continuaient de brûler, il voyait des gens courir vers le bois, fuyant quelque chose qui traversait le pré dans leur direction, quelque chose qui émettait d'étranges éclats de lumière et lançait des détonations semblables à des coups de feu. Des exclamations moqueuses, des explosions de rire, des vociférations d'ivrogne leur parvenaient. Enfin, une puissante lumière verte illumina la scène.

Une foule serrée de sorciers, avançant d'un même pas, la baguette magique pointée en l'air, traversait lentement le pré. Harry plissa les yeux pour mieux les voir... Ils semblaient dépourvus de visages... et il comprit alors que leurs têtes étaient recouvertes de cagoules. Loin au-dessus d'eux, flottant dans l'air, quatre silhouettes se débattaient, ballottées en tous sens dans des positions grotesques. On aurait dit que les sorciers masqués étaient des marionnettistes et les deux silhouettes suspendues au-dessus de leurs têtes de simples pantins animés par des fils invisibles qu'actionnaient les baguettes magiques. Deux des silhouettes étaient toutes petites.

D'autre sorciers se joignaient à la troupe masquée, montrant du doigt avec de grands éclats de rire les quatre corps qui flottaient dans les airs. Des tentes s'effondraient sur le chemin de la foule en marche qui ne cessait de grossir à mesure qu'elle avançait. Une ou deux fois, Harry vit un sorcier cagoulé détruire d'un coup de baguette magique une tente qui se trouvait sur son passage. Plusieurs d'entre elles prirent feu et les hurlements augmentèrent d'intensité.

Les quatre malheureux qui flottaient en l'air furent soudain éclairés par une tente en flammes et Harry reconnut l'un d'eux : c'était Mr Roberts, le directeur du camping. Les trois autres devaient être sa femme et ses enfants. D'un coup de baguette magique, l'un des marcheurs fit basculer Mrs Roberts la tête en bas. Sa chemise de nuit se retourna, laissant voir une culotte d'une taille impressionnante. Elle se débattit furieusement pour essayer de se couvrir pendant que la foule au-dessous criait et sifflait dans un déchaînement d'allégresse.

— C'est répugnant, murmura Ron en regardant le plus petit des enfants moldus qui s'était mis à tourner comme une toupie à vingt mètres au-dessus du sol, sa tête ballottant de tous côtés. C'est vraiment répugnant...

Hermione et Ginny coururent les rejoindre, enfilant une veste par-dessus leurs chemises de nuit. Mr Weasley se trouvait juste derrière elles. Au même moment, Bill, Charlie et Percy émergèrent de la tente des garçons, entièrement habillés, les manches relevées, brandissant leur baguette magique.

— On va aider les gens du ministère, cria Mr Weasley dans le tumulte, en relevant ses manches à son tour. Vous, allez vous réfugier dans le bois et *restez ensemble*. Je viendrai vous chercher quand tout sera terminé.

Bill, Charlie et Percy couraient déjà à la rencontre des marcheurs. Mr Weasley se précipita à leur suite. Des sorciers du ministère arrivaient de tous côtés tandis que la foule des sorciers se rapprochait, la famille Roberts toujours suspendue au-dessus de leurs têtes.

– Viens, dit Fred en prenant la main de Ginny qu'il entraîna en direction du bois.

Harry, Ron, Hermione et George les suivirent. Arrivés à la lisière des arbres, ils se retournèrent pour voir ce qui se passait. La foule des sorciers était plus nombreuse que jamais. Les représentants du ministère se frayaient un chemin parmi la cohue, essayant de s'approcher des sorciers cagoulés, mais leurs efforts restaient vains. Ils semblaient avoir peur de lancer un sort qui puisse provoquer la chute brutale de la famille Roberts.

Les lanternes colorées qui avaient éclairé le chemin du stade étaient à présent éteintes. Des silhouettes sombres trébuchaient parmi les arbres ; des enfants pleuraient ; des cris angoissés, des voix paniquées retentissaient autour d'eux dans l'air froid de la nuit. Harry se sentait poussé en tous sens par des gens dont il n'arrivait pas à voir le visage. Puis il entendit Ron lancer un cri de douleur.

– Qu'est-ce qui se passe ? demanda Hermione d'une voix inquiète en s'arrêtant si brusquement que Harry la heurta de plein fouet. Ron, où es-tu ? Oh, c'est idiot… *Lumos !*

Elle fit jaillir de sa baguette un rayon lumineux et éclaira le chemin. Ron était étendu de tout son long par terre.

– J'ai trébuché sur une racine, dit-il avec colère en se relevant.

– Avec des pieds de cette taille, c'est difficile de faire autrement, dit une voix traînante derrière eux.

Harry, Ron et Hermione se retournèrent et virent Drago Malefoy, seul, appuyé contre un arbre, l'air parfaitement détendu. Les bras croisés, il avait dû regarder ce qui se passait sur le camping à l'abri des arbres.

Ron conseilla à Malefoy de faire quelque chose qu'il n'aurait sûrement pas osé répéter devant Mrs Weasley, Harry en était convaincu.

– Surveille un peu ton langage, Weasley, dit Malefoy, une lueur étincelante dans ses yeux pâles. Vous feriez peut-être mieux de vous dépêcher. J'imagine que vous n'avez pas envie qu'*elle* se fasse repérer.

Il fit un signe de tête en direction d'Hermione. Au même moment, une détonation aussi puissante que celle d'une bombe retentit dans le camping et un éclair de lumière verte illumina brièvement les arbres qui les entouraient.

– Qu'est-ce que tu veux dire ? lança Hermione d'un air de défi.

– Granger, je te signale qu'ils sont décidés à s'en prendre aux *Moldus*, répondit Malefoy. Tu as envie de montrer ta culotte en te promenant dans les airs ? Si c'est ça que tu veux, tu n'as qu'à rester où tu es… Ils viennent par ici et je suis sûr que ça nous ferait tous bien rire.

– Hermione est une sorcière, répliqua Harry avec colère.

– Pense ce que tu voudras, Potter, dit Malefoy avec un sourire mauvais. Si tu crois qu'ils ne sont pas capables de repérer une Sang-de-Bourbe, restez donc ici, tous les trois.

– Fais attention à ce que tu dis ! s'exclama Ron.

Tous savaient que « Sang-de-Bourbe » était une façon très insultante de désigner une sorcière ou un sorcier d'ascendance moldue.

– Laisse tomber, Ron, dit précipitamment Hermione en le retenant par le bras alors qu'il faisait un pas vers Malefoy.

Une nouvelle explosion, encore plus forte, retentit de l'autre côté des arbres, provoquant des hurlements autour d'eux.

Malefoy eut un petit rire.

– Ils ont vite peur, dit-il d'un ton nonchalant. J'imagine que votre père vous a dit de vous cacher ? Qu'est-ce qu'il fabrique ? Il essaye d'aider les Moldus ?

– Et tes parents, où sont-ils ? lança Harry, qui commençait

à perdre patience. Là-bas, avec une cagoule sur la tête, pro-bablement ?

Malefoy, toujours souriant, se tourna vers lui.

– Si c'était vrai, tu penses bien que je ne te le dirais pas, Potter, tu t'en doutes ?

– Bon, ça suffit, dit Hermione en lançant à Malefoy un regard dégoûté. Allons rejoindre les autres.

– Tu ferais mieux d'aller te cacher, avec ta grosse tête mal coiffée, lança Malefoy d'un ton méprisant.

– Venez, répéta Hermione, en entraînant Harry et Ron.

– Je te parie ce que tu veux que son père est là-bas, avec une cagoule sur la tête ! s'emporta Ron.

– Espérons qu'il se fera prendre par les gens du ministère, dit Hermione avec fougue. Mais où sont donc passés les autres ?

Fred, George et Ginny étaient introuvables. Une foule nombreuse avait cependant envahi le chemin, tout le monde lançant des regards inquiets vers le camping, toujours plongé dans le tumulte.

Un peu plus loin, des vociférations s'élevaient d'un groupe de jeunes. Lorsqu'ils virent Harry, Ron et Hermione, une fille aux épais cheveux bouclés se tourna vers eux.

– Enfin, c'est incroyable ! s'exclama-t-elle. Qu'est-ce que c'est que cette organisation ? *Où est Madame Maxime ? Nous l'avons perdue !* Faites quelque chose, voyons !

– Pardon ? dit Ron.

– Il ne comprend rien, celui-là, dit la fille aux cheveux bouclés en tournant le dos à Ron.

Tandis qu'ils continuaient d'avancer, ils l'entendirent dis-tinctement parler de « Potdelard ».

– Beauxbâtons, murmura Hermione.

– Comment ? dit Harry.

– Ils doivent venir de Beauxbâtons. Tu sais, Beauxbâtons, l'académie de magie… Ce sont des Français… J'ai lu quelque chose là-dessus dans *Le Guide des écoles de sorcellerie en Europe.*

– Ah, oui, d'accord…, dit Harry.

– Fred et George n'ont pas pu aller si loin, dit Ron.

Il sortit sa baguette magique et l'alluma comme celle d'Hermione, scrutant le chemin. Harry fouilla les poches de son blouson à la recherche de sa propre baguette – mais elle n'y était pas. Il trouva seulement ses Multiplettes.

– Oh, non ! C'est incroyable !… J'ai perdu ma baguette !

– Tu plaisantes ?

Ron et Hermione levèrent leurs baguettes pour éclairer le sol un peu plus loin. Harry regarda tout autour de lui, mais il ne vit pas trace de sa baguette magique.

– Tu l'as peut-être laissée dans la tente, dit Ron.

– Ou alors elle est tombée de ta poche pendant que tu courais ? suggéra Hermione d'une voix anxieuse.

– Oui, dit Harry, peut-être…

Jamais il ne se séparait de sa baguette, lorsqu'il était dans le monde des sorciers, et en être privé en un moment aussi dramatique lui donnait un sentiment de vulnérabilité.

Un bruissement les fit sursauter. Ils virent Winky, l'elfe de maison, sortir des broussailles à côté d'eux. Elle avait une étrange façon de marcher, chacun de ses mouvements paraissait difficile, comme si une main invisible la tirait en arrière.

– Il y a des mauvais sorciers, ici ! couina-t-elle, affolée.

Elle se pencha en avant et continua d'avancer à pas pesants.

– Et des gens qui volent très haut dans les airs… très haut ! Winky ne veut pas rester ici !

Elle disparut alors parmi les arbres, de l'autre côté du chemin, poussant de petits cris d'une voix haletante, tandis qu'elle essayait de combattre la force qui la retenait.

– Qu'est-ce qu'elle a ? dit Ron en la suivant des yeux d'un

regard intrigué. Pourquoi n'arrive-t-elle pas à courir normalement ?

—Elle n'a sans doute pas demandé la permission d'aller se cacher, dit Harry.

Il songeait à Dobby. Chaque fois qu'il essayait de faire quelque chose qui aurait déplu aux Malefoy, il ne pouvait s'empêcher de se donner des coups.

—Tu sais, les elfes de maison n'ont pas la vie facile ! s'exclama Hermione avec indignation. En fait, c'est de l'esclavage, rien d'autre ! Ce Mr Croupton l'a obligée à monter tout en haut du stade alors qu'elle avait le vertige et il l'a ensorcelée au point qu'elle n'arrive même plus à courir quand les tentes sont piétinées ! Pourquoi est-ce que personne ne fait *rien* contre ça ?

—Bah, les elfes sont heureux de leur sort, non ? dit Ron. Tu as entendu Winky avant le match... « Les elfes de maison n'ont pas à s'amuser »... C'est ça qui lui plaît, obéir...

—C'est à cause de gens comme toi, Ron, que des systèmes injustes et révoltants continuent d'exister, s'emporta Hermione, simplement parce qu'ils sont trop paresseux...

Une nouvelle explosion retentit à la lisière du bois.

—Si on continuait d'avancer ? suggéra Ron.

Harry vit qu'il regardait Hermione d'un air inquiet. Peut-être y avait-il du vrai dans ce que Malefoy avait dit. Peut-être Hermione courait-elle un plus grand danger qu'eux-mêmes. Ils repartirent aussitôt, Harry continuant de fouiller ses poches bien qu'il sût que sa baguette n'y était pas.

Ils suivirent le chemin obscur qui s'enfonçait dans le bois, cherchant des yeux Fred, George et Ginny. Ils passèrent devant un groupe de gobelins qui se disputaient à grands cris un sac d'or gagné sans aucun doute en pariant sur le match. Apparemment, l'agitation qui régnait sur le camping les laissait indifférents. Plus loin sur le chemin, Harry, Ron et Hermione traversèrent soudain une tache de lumière argentée. En regardant à travers les arbres, ils virent trois magnifiques Vélanes, debout dans une clairière, entourées d'une horde de jeunes sorciers qui parlaient tous très fort.

– Je gagne à peu près cent sacs de Gallions par an, criait l'un d'eux. Je travaille comme tueur de dragons auprès de la Commission d'examen des créatures dangereuses.

– Non, ce n'est pas vrai ! s'exclama son ami, tu laves la vaisselle au *Chaudron Baveur*… Moi, je suis chasseur de vampires, j'en ai tué environ quatre-vingt-dix jusqu'à maintenant…

Un troisième sorcier, le visage couvert de boutons nettement visibles, même dans la faible lueur argentée que répandaient les Vélanes, intervint à son tour :

– Moi, je vais bientôt devenir le plus jeune ministre de la Magie qu'on ait jamais connu, vous allez voir.

Harry étouffa un éclat de rire en reconnaissant le sorcier boutonneux : il s'appelait Stan Rocade et était en réalité contrôleur du Magicobus.

Il se tourna vers Ron pour le lui dire, mais le visage de celui-ci était devenu étrangement flasque et, un instant plus tard, il se mit à hurler :

– Est-ce que je vous ai dit que j'ai inventé un balai qui peut voler jusqu'à Jupiter ?

– *Non mais vraiment !* répéta Hermione.

Harry et elle saisirent fermement Ron, chacun par un bras, et l'éloignèrent de force. Lorsque les voix des Vélanes et de leurs admirateurs se furent dissipées dans la nuit, Harry, Ron et Hermione avaient atteint le plein cœur du bois. Ils semblaient seuls à présent ; tout était beaucoup plus silencieux.

Harry regarda autour de lui.

– Le mieux, c'est d'attendre ici, dit-il. Si quelqu'un vient, on l'entendra à des kilomètres.

Il avait à peine fini sa phrase que Ludo Verpey surgit de derrière un arbre, juste en face d'eux.

Même à la faible lueur des deux baguettes magiques, Harry remarqua que Verpey avait considérablement changé. Il semblait avoir perdu sa joyeuse humeur et son teint rose. Il marchait à présent d'un pas lourd, le visage livide et tendu.

— Qui est là ? demanda-t-il en clignant des yeux pour essayer de les reconnaître. Qu'est-ce que vous faites ici tout seuls ?

Ils échangèrent un regard surpris.

— C'est la panique, là-bas, dit Ron.

Verpey le regarda fixement.

— Quoi ?

— Sur le camping… Il y a des sorciers masqués qui ont pris une famille de Moldus…

Verpey lança un juron sonore.

— Les imbéciles ! dit-il, l'air affolé.

Il y eut un simple « pop » et il disparut en transplanant, sans ajouter un mot.

— On ne peut pas dire qu'il soit très efficace, Verpey, dit Hermione en fronçant les sourcils.

— Peut-être, mais il a été un grand batteur, en son temps, fit remarquer Ron.

Il les emmena à l'écart du chemin, dans une petite clairière, et s'assit dans l'herbe, au pied d'un arbre.

— Les Frelons de Wimbourne ont gagné le championnat trois fois de suite quand il jouait avec eux.

Il sortit de sa poche sa petite figurine représentant Krum, la posa par terre et la regarda marcher de long en large. À l'image du vrai Krum, la figurine avait les pieds légèrement écartés, le dos rond et paraissait beaucoup moins impressionnante sur le sol qu'en plein vol sur un balai. Harry tendait l'oreille pour essayer d'entendre ce qui se passait du côté du camping. Tout paraissait silencieux. L'émeute était peut-être terminée.

—J'espère que les autres n'ont pas eu d'ennuis, dit Hermione au bout d'un moment.

—Je ne m'inquiète pas pour eux, assura Ron.

—Imagine que ton père prenne Lucius Malefoy sur le fait, dit Harry en s'asseyant à côté de lui pour regarder la figurine de Krum se promener sur les feuilles mortes de sa démarche de canard. Il a toujours dit qu'il aimerait bien le coincer.

—Drago rigolerait beaucoup moins, c'est sûr, dit Ron.

—Ces pauvres Moldus, quand même…, s'inquiéta Hermione. Qu'est-ce qui va se passer s'ils n'arrivent pas à les faire redescendre ?

—Ils y arriveront, la rassura Ron. Ils trouveront bien un moyen.

—C'est vraiment fou de faire une chose pareille alors que tous les gens du ministère sont là ! s'exclama Hermione. Ils ne s'imaginent quand même pas qu'ils vont pouvoir s'en tirer comme ça ? Tu crois qu'ils ont trop bu ou simplement que… ?

Elle s'interrompit soudain et regarda par-dessus son épaule. Harry et Ron se retournèrent également. On aurait dit que quelqu'un avançait vers eux en titubant. Ils attendirent, écoutant les bruits de pas irréguliers qui provenaient de derrière les arbres plongés dans l'obscurité. Soudain, les pas s'arrêtèrent.

—Il y a quelqu'un ? cria Harry.

Personne ne répondit. Harry se releva et regarda de l'autre côté du tronc d'arbre. Il faisait trop sombre pour voir très loin, mais il sentait la présence de quelqu'un, tapi dans l'ombre, au-delà de son champ de vision.

—Qui est là ? demanda-t-il.

Puis, brusquement, sans le moindre avertissement, une voix très différente de celles qu'ils avaient entendues s'élever dans les bois déchira le silence. Cette fois, ce ne fut pas un cri de panique qui retentit, mais quelque chose qui ressemblait à un sortilège :

– MORSMORDRE !

Une forme immense, verte et brillante, jaillit alors de l'obscurité, s'envola au-dessus des arbres, et monta vers le ciel.

– Qu'est-ce que… ? balbutia Ron en se relevant d'un bond, le regard fixé sur la chose qui venait d'apparaître.

Pendant une fraction de seconde, Harry pensa qu'il s'agissait d'un autre vol de farfadets. Puis il s'aperçut que la forme représentait une gigantesque tête de mort, composée de petites lumières semblables à des étoiles d'émeraude, avec un serpent qui sortait de la bouche, comme une langue. Sous leur regard stupéfait, la tête de mort s'éleva de plus en plus haut, étincelant dans un halo de fumée verdâtre, se découpant sur le ciel noir comme une nouvelle constellation.

Et soudain, une explosion de cris retentit dans le bois alentour. Harry ne comprit pas pourquoi, mais seule la brusque apparition de la tête de mort pouvait avoir déclenché tous ces hurlements. La forme verte s'était élevée suffisamment haut à présent pour illuminer le bois tout entier, telle une sinistre enseigne au néon. Harry regarda parmi les arbres pour essayer d'apercevoir celui qui avait fait surgir la tête de mort, mais il ne vit personne.

– Qui est là ? cria-t-il à nouveau.

– Harry, viens, *dépêche-toi* !

Hermione l'avait attrapé par le dos de son blouson et le tirait en arrière.

– Qu'est-ce qu'il y a ? s'étonna Harry, surpris par la pâleur de son visage et son expression terrifiée.

– C'est la Marque des Ténèbres, Harry ! gémit Hermione en le tirant vers elle de toutes ses forces. Le signe de Tu-Sais-Qui !

– *Voldemort ?...*

– *Harry, viens !*

Harry se retourna. Ron se hâta de ramasser sa figurine et tous trois s'enfuirent en courant. Mais à peine avaient-ils fait quelques pas qu'une vingtaine de sorciers surgirent de nulle part, dans une série de détonations, et les encerclèrent aussitôt. Tournant sur lui-même, Harry s'aperçut en une fraction de seconde que chacun des sorciers pointait sa baguette magique sur eux.

– BAISSEZ-VOUS ! s'écria-t-il.

Il attrapa les deux autres par la manche et les projeta à terre.

– STUPÉFIX ! rugirent en **même** temps les vingt sorciers.

Il y eut une série d'éclairs aveuglants et Harry sentit ses cheveux s'ébouriffer comme si une puissante bourrasque venait de balayer la clairière. Relevant la tête de quelques millimètres, il vit des traits de lumière rouge feu jaillir des baguettes magiques et voler au-dessus d'eux en se croisant les uns les autres pour aller rebondir sur les troncs d'arbres et se perdre dans l'obscurité des sous-bois.

– Arrêtez ! hurla une voix que Harry reconnut aussitôt. *ARRÊTEZ ! C'est mon fils !*

Le souffle qui agitait les cheveux de Harry s'évanouit. Il releva la tête un peu plus haut. Le sorcier qui lui faisait face avait abaissé sa baguette magique. Harry roula sur lui-même et vit Mr Weasley qui s'avançait vers eux à grands pas, l'air terrifié.

– Ron... Harry... Hermione... Vous n'avez rien ?

Sa voix tremblait.

– Écartez-vous, Arthur, dit une voix sèche et glaciale.

C'était Mr Croupton. Accompagné d'autres sorciers du ministère, il s'avançait vers eux. Harry se releva pour leur faire face. Le visage de Mr Croupton était crispé par la rage.

– Lequel d'entre vous a fait ça ? lança-t-il d'un ton sec, son regard aigu allant de l'un à l'autre. Lequel d'entre vous a fait apparaître la Marque des Ténèbres ?

– Ce n'est pas nous ! protesta Harry.

– On n'a rien fait du tout ! dit Ron qui se frottait le coude et regardait son père d'un air indigné. Pourquoi nous avez-vous attaqués ?

– Ne mentez pas, jeune homme ! s'écria Mr Croupton.

Il pointait toujours sa baguette magique sur Ron et les yeux lui sortaient de la tête, lui donnant l'air un peu fou.

– Vous avez été pris sur les lieux du crime !

– Barty, murmura une sorcière vêtue d'une longue robe de soirée, ils sont trop jeunes. Voyons, Barty, jamais ils ne seraient capables de…

– D'où est sortie la Marque ? demanda précipitamment Mr Weasley.

– De là-bas, répondit Hermione d'un ton tremblant, en montrant l'endroit d'où s'était élevée la voix. Il y avait quelqu'un derrière les arbres… Il a prononcé un mot… Une incantation…

– Quelqu'un qui se trouvait là-bas ? Vraiment ? dit Mr Croupton en tournant ses yeux exorbités vers Hermione, avec une expression de totale incrédulité. Et il a prononcé une incantation, c'est bien cela ? Vous me semblez très bien informée sur la façon de faire apparaître la Marque, mademoiselle…

Mais apparemment, en dehors de Mr Croupton, aucun autre sorcier du ministère n'estimait vraisemblable que Harry, Ron ou Hermione ait pu faire surgir la tête de mort. Au contraire, en entendant ce qu'avait dit Hermione, ils avaient levé à nouveau leurs baguettes magiques et les avaient pointées dans la direction indiquée, scrutant les arbres.

– Nous sommes arrivés trop tard, dit la sorcière en robe de soirée. Ils ont tous transplané.

– Je ne crois pas, répliqua un sorcier avec une barbe sombre et hirsute.

C'était Amos Diggory, le père de Cedric.

– Nos éclairs de stupéfixion sont passés à travers ces arbres… Il y a de bonnes chances pour qu'ils aient touché quelqu'un…

– Amos, fais attention ! s'exclamèrent quelques-uns de ses collègues d'un ton alarmé.

Mais Amos Diggory rentra la tête dans les épaules, leva sa baguette magique et traversa la clairière d'un pas décidé. Les mains sur la bouche, Hermione le regarda disparaître parmi les arbres.

Quelques instants plus tard, ils entendirent Mr Diggory pousser un cri.

– Oui, on les a eus ! Il y a quelqu'un, ici ! Évanoui ! C'est… Ma parole…

– Vous avez attrapé quelqu'un ? s'exclama Mr Croupton qui ne semblait pas du tout y croire. Qui ? De qui s'agit-il ?

Ils entendirent des branches craquer, un bruissement de feuilles, puis les pas de Mr Diggory qui ressortait du bois. Il portait dans ses bras une minuscule silhouette inanimée. Harry reconnut aussitôt le torchon à vaisselle. C'était Winky.

Mr Croupton ne fit pas un geste, ne dit pas un mot, lorsque Mr Diggory déposa son elfe à ses pieds. Les autres sorciers du ministère avaient tous les yeux fixés sur Mr Croupton. Pendant quelques instants, celui-ci resta stupéfait, le visage livide, son regard étincelant posé sur Winky. Puis il sembla revenir à la vie.

– Ce… n'est… pas… possible, dit-il d'une voix hachée. Non…

Il contourna Mr Diggory et s'avança à grands pas vers l'endroit où il avait découvert Winky.

–Inutile, Mr Croupton, cria Mr Diggory. Il n'y a personne d'autre, là-bas.

Mais Mr Croupton semblait décidé à vérifier par lui-même. Ils l'entendaient s'affairer derrière les arbres, chercher dans les buissons en écartant les branches.

–C'est un peu embarrassant, dit Mr Diggory d'un air sombre, en regardant la silhouette toujours inanimée de Winky. L'elfe de maison de Barty Croupton… Je dois dire que…

–Allons, l'interrompit Mr Weasley à voix basse, tu ne crois tout de même pas que c'est l'elfe qui a fait ça ? La Marque des Ténèbres est un signe de sorcier. Il faut une baguette magique pour la faire apparaître.

–Oui, dit Mr Diggory, et elle en avait une

–*Quoi ?* s'exclama Mr Weasley.

–Regarde.

Mr Diggory lui montra une baguette magique.

–Elle l'avait à la main, dit-il. Ce qui viole l'article trois du Code d'utilisation des baguettes magiques. *Aucune créature non humaine n'est autorisée à détenir une baguette magique.*

À cet instant, il y eut une autre détonation et Ludo Verpey apparut en transplanant juste à côté de Mr Weasley. Essoufflé et désorienté, il tourna sur place, levant ses yeux ronds vers la tête de mort couleur d'émeraude.

–La Marque des Ténèbres ! haleta-t-il en manquant de trébucher sur le corps inerte de Winky. Qui a fait ça ? demanda-t-il à ses collègues. Vous les avez attrapés ? Barty ! Qu'est-ce qui se passe ?

Mr Croupton était revenu bredouille. Il avait toujours une pâleur de spectre. Ses mains et sa moustache étaient agitées de tics.

–Où étiez-vous passé, Barty ? demanda Verpey. Pourquoi n'avez-vous pas assisté au match ? Votre elfe vous avait gardé une place, pourtant… Sac à gargouilles !

Verpey venait seulement de remarquer Winky, allongée à ses pieds.

– Qu'est-ce qui lui est arrivé ?

– J'ai eu beaucoup de choses à faire, Ludo, répondit Mr Croupton, qui parlait de la même façon hachée en remuant à peine les lèvres. Quant à mon elfe, elle a été stupéfixée.

– Stupéfixée ? Vous voulez dire… par vous tous ? Mais pourquoi ?

L'expression du visage rond et luisant de Verpey indiqua qu'il venait enfin de comprendre. Il leva les yeux vers la tête de mort, puis regarda Winky et enfin Mr Croupton.

– *Non !* s'exclama-t-il. Winky ? Faire apparaître la Marque des Ténèbres ? Elle en serait incapable ! D'abord, il lui faudrait une baguette magique !

– Elle en avait une, dit Mr Diggory. Quand je l'ai trouvée, elle avait une baguette à la main, Ludo. Si vous êtes d'accord, Mr Croupton, je pense que nous pourrions écouter ce qu'elle a à dire.

Mr Croupton n'eut aucune réaction, et Mr Diggory interpréta son silence comme une approbation. Il leva sa baguette, la pointa sur Winky et dit :

– *Enervatum !*

Winky remua faiblement. Elle ouvrit ses grands yeux marron et battit des paupières à plusieurs reprises, l'air hébété. Sous le regard des sorciers silencieux, elle se redressa en position assise, le corps tremblant. Elle vit alors les pieds de Mr Diggory et, lentement, avec une expression craintive, elle leva les yeux vers son visage. Puis, encore plus lentement, elle regarda vers le ciel. Harry vit la tête de mort gigantesque se refléter deux fois dans ses énormes yeux vitreux. Elle étouffa une exclamation, regarda tout autour d'elle la clairière pleine de monde et éclata en sanglots terrifiés.

– Elfe ! dit Mr Diggory d'un ton grave. Sais-tu qui je suis ? Je fais partie du Département de contrôle et de régulation des créatures magiques !

Toujours assise par terre, Winky se mit à se balancer d'avant en arrière, la respiration saccadée. En la voyant, Harry ne put s'empêcher de penser à Dobby, que sa propre désobéissance remplissait de terreur.

– Comme tu le vois, elfe, la Marque des Ténèbres est apparue tout à l'heure, reprit Mr Diggory. Et on t'a trouvée juste en dessous quelques instants plus tard ! Alors ? Explication, s'il te plaît !

– Ce… ce… ce… n'est pas moi, monsieur ! balbutia Winky. Je ne sais pas le faire, monsieur !

Mr Diggory brandit une baguette magique devant Winky.

– Tu avais cette baguette à la main quand on t'a trouvée ! aboya-t-il.

La lumière verte qui émanait de la tête de mort éclaira alors la baguette magique et Harry la reconnut aussitôt.

– Hé ! Mais c'est la mienne ! s'exclama-t-il.

Tous les regards se tournèrent vers lui.

– Pardon ? dit Mr Diggory, incrédule.

– C'est ma baguette, assura Harry. Elle était tombée de ma poche !

– Tombée de ta poche ? répéta Mr Diggory, stupéfait. S'agit-il d'un aveu ? Tu l'as jetée après avoir fait apparaître la Marque ?

– Amos, souviens-toi à qui tu parles ! intervint Mr Weasley avec fureur. Est-ce que *Harry Potter* ferait apparaître la Marque des Ténèbres ?

– Heu… Non, bien sûr, marmonna Mr Diggory. Désolé… Je me suis laissé emporter.

– De toute façon, ce n'est pas là que je l'ai perdue, dit Harry en montrant du pouce les arbres qui s'étendaient sous la tête de mort. Je me suis aperçu de sa disparition juste après être entré dans le bois.

— Alors, reprit Mr Diggory, en posant un regard sévère sur Winky, recroquevillée à ses pieds, tu as donc trouvé cette baguette, n'est-ce pas, elfe ? Tu l'as ramassée et tu as pensé que tu allais pouvoir t'amuser avec, c'est bien ça ?

— Je n'ai pas fait de magie, monsieur ! couina Winky, des larmes coulant de chaque côté de son gros nez écrasé. Je l'ai… je l'ai… je l'ai simplement ramassée, monsieur ! Ce n'est pas moi, la Marque des Ténèbres, monsieur, je ne sais pas le faire !

— Ce n'est pas elle ! affirma Hermione.

Elle avait l'air intimidée devant tous ces sorciers du ministère, mais elle était décidée à parler coûte que coûte.

— Winky a une petite voix aiguë or la voix que nous avons entendue prononcer l'incantation était beaucoup plus grave !

Elle se tourna vers Harry et Ron pour les appeler à la rescousse.

— Ce ne pouvait pas être la voix de Winky, vous l'avez entendue comme moi ?

— C'est vrai, ce n'était pas une voix d'elfe, approuva Harry en hochant la tête.

— C'était une voix humaine, assura Ron.

— Nous allons voir cela, grogna Mr Diggory qui ne semblait pas impressionné. Il existe un moyen très simple de savoir quel est le dernier sortilège qu'a lancé une baguette magique, elfe, tu le savais ?

Winky fut secouée de tremblements et hocha frénétiquement la tête, ses oreilles battant comme des ailes, tandis que Mr Diggory levait sa baguette magique et la mettait bout à bout contre celle de Harry.

— *Prior Incanto !* rugit Amos Diggory.

Harry entendit Hermione étouffer un cri d'horreur lorsqu'une gigantesque tête de mort à langue de serpent jaillit à la jonction des deux baguettes, pourtant ce n'était qu'une pâle réplique de la tête de mort verdâtre qui flottait au-dessus d'eux. On aurait dit qu'elle était constituée d'une épaisse fumée grise, comme un fantôme de sortilège.

– *Destructum !* s'écria Mr Diggory.

Et la tête de mort se dissipa aussitôt dans une volute de fumée.

– Alors ? dit Mr Diggory d'un ton brutal et triomphant en regardant Winky, toujours agitée de tremblements convulsifs.

– Ce n'est pas moi ! cria-t-elle de sa petite voix aiguë, en roulant des yeux terrifiés. Je ne sais pas, je ne sais pas, je ne sais pas le faire ! Je suis une bonne elfe, je n'ai pas de baguette magique, je ne sais pas le faire !

– *Tu as été prise la main dans le sac, elfe !* gronda Mr Diggory. *Avec la baguette fautive à la main !*

– Amos, dit Mr Weasley d'une voix forte. Réfléchis un peu… Il n'y a que très peu de sorciers qui savent jeter un tel maléfice… Où aurait-elle appris à le faire ?

– Amos insinue peut-être, intervint Mr Croupton en détachant chaque syllabe sur un ton de colère froide, que j'ai coutume d'enseigner à mes serviteurs comment faire apparaître la Marque des Ténèbres ?

Un silence particulièrement gênant s'installa.

Amos Diggory parut horrifié.

– Mr Croupton, voyons, ce n'est pas cela du tout…

– Vous avez été tout près d'accuser les deux personnes parmi nous qui sont *le moins* susceptibles de faire apparaître cette Marque ! rugit Mr Croupton. Harry Potter… et moi-même ! J'imagine que vous connaissez l'histoire de ce garçon, Amos ?

– Bien sûr, tout le monde la connaît, marmonna Mr Diggory, d'un air déconfit.

– Et je ne doute pas que vous gardez en mémoire les nombreuses preuves que j'ai données, au cours d'une longue carrière, du mépris et de l'aversion que m'inspirent la magie noire et ceux qui la pratiquent ? s'écria Mr Croupton, les yeux à nouveau exorbités.

– Mr Croupton, je… je n'ai jamais laissé entendre que vous aviez quoi que ce soit à voir avec tout cela ! balbutia Amos Diggory qui rougissait sous sa barbe hirsute.

– Si vous accusez mon elfe, c'est moi que vous accusez, Diggory ! s'exclama Mr Croupton. Où donc aurait-elle pu apprendre à faire une chose pareille ?

– Elle… *elle aurait pu trouver ça n'importe où…*

– Précisément, Amos, répliqua Mr Croupton, elle aurait pu trouver ça n'importe où… Winky ? demanda-t-il avec douceur, mais l'elfe se recroquevilla comme si lui aussi avait crié contre elle. Où exactement as-tu trouvé la baguette magique de Harry Potter ?

Winky tordait l'ourlet de son torchon avec tant de force qu'il s'effilochait entre ses doigts.

– Je… je l'ai trouvée… là-bas, monsieur, murmura-t-elle. Dans… dans les arbres, monsieur…

– Tu vois bien, Amos ? dit Mr Weasley. Celui qui a fait surgir la Marque aurait très bien pu disparaître en transplanant et laisser la baguette de Harry sur place. C'était habile pour le coupable d'utiliser une autre baguette magique que la sienne. Et Winky a eu la malchance de trouver cette baguette tout de suite après.

– Mais dans ce cas, elle devait être à quelques mètres du vrai coupable ! s'exclama Mr Diggory d'un ton impatient. Elfe ! As-tu vu quelqu'un ?

Winky se mit à trembler plus violemment que jamais. Ses yeux immenses papillonnèrent de Mr Diggory à Ludo Verpey, puis se tournèrent vers Mr Croupton.

Elle avala avec difficulté, avant de répondre :

149

– Je… je n'ai vu personne, monsieur… personne…

– Amos, dit Mr Croupton d'un ton sec, je sais parfaitement que, conformément à la procédure normale, vous souhaiteriez emmener Winky dans votre département pour lui faire subir un interrogatoire. Mais je vous demande de me laisser le soin de m'en occuper moi-même.

Mr Diggory n'avait pas l'air enchanté par cette proposition, mais Harry vit clairement que l'importance de Mr Croupton dans la hiérarchie du ministère lui interdisait de la refuser.

– Vous pouvez être certain qu'elle sera sanctionnée, assura Mr Croupton d'une voix glaciale.

– Mmmaître…, bredouilla Winky en levant vers Mr Croupton des yeux larmoyants. Mmmaître, sss'il vous plaît…

Mr Croupton la regarda à son tour, le visage durci, comme si chacun de ses traits s'était brusquement accentué. Il n'y avait aucune pitié dans ses yeux.

– Winky s'est conduite ce soir d'une manière que je n'aurais pas crue possible, déclara-t-il avec lenteur. Je lui avais dit de rester sous la tente. Je lui avais dit de ne pas bouger pendant que je m'occupais de rétablir l'ordre. Et je m'aperçois qu'elle m'a désobéi. Cela signifie qu'elle va recevoir des vêtements.

– Non ! hurla Winky de sa petite voix suraiguë, en se prosternant aux pieds de Mr Croupton. Non, Maître ! Pas de vêtements ! Pas de vêtements !

Harry savait que la seule façon d'accorder la liberté à un elfe de maison consistait à lui offrir des vêtements normaux et il était impossible de ne pas ressentir de la pitié pour Winky en la voyant se cramponner à son torchon et sangloter aux pieds de Mr Croupton.

– Elle a eu peur ! C'est pour ça qu'elle est partie ! s'écria Hermione avec colère en lançant à Mr Croupton un regard indigné. Votre elfe a le vertige et ces sorciers masqués faisaient léviter leur victimes ! Vous ne pouvez pas lui reprocher d'avoir voulu s'enfuir !

Mr Croupton fit un pas en arrière pour se dégager de Winky et la contempla avec mépris, comme s'il s'était agi d'une immondice qui menaçait de salir ses chaussures trop bien cirées.

– Je n'ai pas besoin d'un elfe de maison qui me désobéit, dit-il avec froideur en tournant son regard vers Hermione. Je n'ai que faire d'une servante qui oublie ses devoirs envers son maître et ne se soucie pas de sa réputation.

Winky pleurait si fort que ses sanglots résonnaient dans toute la clairière.

Le silence très désagréable qui suivit fut rompu par Mr Weasley.

– Si personne n'y voit d'inconvénient, je crois que je vais retourner à ma tente, dit-il à voix basse. Amos, nous n'avons plus rien à apprendre de cette baguette magique… Si tu voulais bien la rendre à Harry…

Mr Diggory tendit sa baguette à Harry qui la glissa dans sa poche.

– Venez, tous les trois, dit Mr Weasley, toujours à voix basse.

Mais Hermione n'avait pas l'air de vouloir bouger. Elle n'arrivait pas à détacher son regard de l'elfe qui continuait à sangloter.

– Hermione ! dit Mr Weasley d'un ton plus pressant.

Elle tourna enfin les talons et suivit Ron et Harry parmi les arbres.

– Que va-t-il arriver à Winky ? s'inquiéta Hermione dès qu'ils eurent quitté la clairière.

– Je n'en sais rien, répondit Mr Weasley.

– La façon dont ils l'ont traitée ! s'emporta Hermione. Mr Diggory qui l'appelait tout le temps « elfe »… Et Mr Croupton ! Il sait parfaitement que ce n'est pas elle la coupable mais il veut quand même la renvoyer ! Il s'en fiche qu'elle ait eu peur, qu'elle soit bouleversée… C'est comme si elle n'était pas humaine !

– Justement, elle ne l'est pas, fit remarquer Ron.

Hermione se tourna vers lui.

– Ça ne veut pas dire qu'elle n'a pas de sensibilité, Ron. C'est répugnant de voir comment…

– Hermione, je suis d'accord avec toi, dit précipitamment Mr Weasley en lui faisant signe de continuer à avancer. Mais ce n'est pas le moment de parler des droits des elfes. Je voudrais que nous retournions dans nos tentes aussi vite que possible. Qu'est-il arrivé aux autres ?

– On les a perdus dans le noir, répondit Ron. Papa, pourquoi est-ce que tout le monde était tellement crispé à cause de cette tête de mort ?

– Je vous expliquerai tout ça quand nous serons sous la tente, dit Mr Weasley, l'air tendu.

Mais lorsqu'ils eurent atteint la lisière du bois, il leur fut impossible d'aller plus loin.

Une foule nombreuse de sorcières et de sorciers visiblement terrifiés s'était rassemblée là, et plusieurs d'entre eux se précipitèrent aussitôt sur Mr Weasley.

– Qu'est-ce qui se passe là-bas ? Qui l'a fait apparaître ? Arthur, ce n'est quand même pas… *lui* !

– Bien sûr que non, ce n'est pas lui, répliqua Mr Weasley d'un ton agacé. Nous ne savons pas qui c'est, il semble que le coupable ait transplané. En tout cas, rassurez-vous, personne n'a été blessé. Et maintenant, excusez-moi, mais j'aimerais bien aller me coucher.

Suivi de Harry, Ron et Hermione, il se fraya un chemin parmi la foule et retourna sur le terrain de camping. Tout était paisible, à présent. Il n'y avait plus trace des sorciers masqués, mais plusieurs tentes ravagées par les flammes laissaient encore échapper des filets de fumée.

La tête de Charlie apparut sous l'auvent de la tente des garçons.

—Papa, qu'est-ce qui se passe ? demanda-t-il. Fred, George et Ginny sont rentrés, mais les autres...

—Ils sont avec moi, le rassura Mr Weasley en se penchant pour entrer dans la tente.

Harry, Ron et Hermione le suivirent à l'intérieur. Bill était assis devant la petite table de camping, tenant un drap autour de son bras qui saignait abondamment. La chemise de Charlie était déchirée et Percy saignait du nez. Fred, George et Ginny semblaient indemnes, mais secoués.

—Vous l'avez attrapé ? demanda aussitôt Bill. Celui qui a fait apparaître la Marque ?

—Non, répondit Mr Weasley. On a trouvé l'elfe de Mr Croupton avec la baguette de Harry à la main, mais on n'en sait pas plus sur l'identité du coupable.

—Quoi ? s'exclamèrent d'une même voix Bill, Charlie et Percy.

—La baguette de Harry ? dit Fred.

—*L'elfe de Mr Croupton ?* s'écria Percy, comme frappé par la foudre.

Avec l'aide de Harry, Ron et Hermione, Mr Weasley leur expliqua ce qui s'était passé dans le bois. Lorsqu'ils eurent raconté toute l'histoire, Percy se gonfla d'indignation.

—Mr Croupton a parfaitement raison de se débarrasser d'un elfe comme ça ! dit-il. S'enfuir alors qu'il lui avait donné l'ordre de ne pas bouger... Le mettre dans l'embarras devant les membres du ministère... Imaginez le scandale si elle avait dû être interrogée par le Département de contrôle et de régulation...

—Elle n'a rien fait du tout ! Elle était simplement au mauvais endroit au mauvais moment ! l'interrompit sèchement Hermione.

Percy parut interloqué. Hermione s'était toujours bien entendue avec lui – beaucoup mieux que les autres.

– Hermione, un sorcier de son niveau ne peut se permettre d'avoir un elfe de maison qui se met à faire n'importe quelle folie avec une baguette magique ! répondit Percy en reprenant son air important.

– Elle n'a fait aucune folie ! s'écria Hermione. Elle a simplement ramassé la baguette !

– Est-ce que quelqu'un pourrait enfin nous expliquer ce que signifie cette tête de mort ? s'impatienta Ron. Elle n'a fait de mal à personne… Pourquoi tout ce tremblement ?

– Je t'ai dit que c'est le symbole de Tu-Sais-Qui, Ron, répondit Hermione avant que quiconque ait pu prononcer un mot. J'ai lu ça dans *Grandeur et décadence de la magie noire*.

– Et ça fait treize ans qu'on ne l'avait pas vue, dit Mr Weasley à voix basse. Rien d'étonnant à ce que tout le monde ait été pris de panique… C'est comme si on avait vu Vous-Savez-Qui revenir.

– Je ne comprends pas, dit Ron en fronçant les sourcils. Après tout… ce n'est qu'une forme dans le ciel…

– Ron, il faut que tu saches que les fidèles de Tu-Sais-Qui faisaient apparaître la Marque des Ténèbres chaque fois qu'ils tuaient quelqu'un, dit Mr Weasley. Tu n'as pas idée de la terreur qu'elle inspirait… Tu es trop jeune. Imagine que tu rentres chez toi et que tu voies la Marque des Ténèbres flotter au-dessus de ta maison en sachant ce que tu vas trouver à l'intérieur…

Mr Weasley fit une grimace.

– C'était la pire terreur de tout le monde… La pire…

Il y eut un moment de silence.

Puis Bill enleva le drap qui lui entourait le bras pour jeter un coup d'œil à sa blessure et dit :

– En tout cas, celui qui l'a fait apparaître ne nous a pas aidés. Dès qu'ils l'ont vue, les Mangemorts ont été terrorisés. Ils ont tous transplané sans qu'on ait eu le temps d'en démasquer un seul. Mais on a réussi à rattraper la famille Roberts avant qu'elle tombe par terre. On est en train de leur faire subir des sortilèges d'Amnésie.

– Les Mangemorts ? s'étonna Harry. Qu'est-ce que c'est que ça, les Mangemorts ?

– C'est le nom que se donnaient les partisans de Tu-Sais-Qui, répondit Bill. Ce soir, on a vu les derniers d'entre eux. Ceux qui ont réussi à ne pas se faire enfermer à Azkaban.

– On n'a aucune preuve que c'était eux, Bill, dit Mr Weasley. Mais c'est sûrement vrai, ajouta-t-il d'un ton désenchanté.

– Ça, j'en suis sûr ! dit soudain Ron. On a rencontré Drago Malefoy dans le bois et il a presque avoué que son père était un des cinglés en cagoules ! D'ailleurs, on sait bien que les Malefoy étaient du côté de Vous-Savez-Qui !

– Mais qu'est-ce que cherchaient les partisans de Voldemort… commença Harry.

Tout le monde tressaillit. Comme la plupart des sorciers, les Weasley évitaient toujours de prononcer le nom de Voldemort.

– Désolé, dit précipitamment Harry. Qu'est-ce que cherchaient les partisans de Vous-Savez-Qui en faisant léviter des Moldus ? À quoi ça pouvait bien leur servir ?

– Leur servir ? dit Mr Weasley avec un rire sans joie. C'est leur façon de se distraire, Harry. La moitié des meurtres de Moldus qui ont eu lieu lorsque Tu-Sais-Qui était au pouvoir ont été commis par simple amusement. Ce soir, ils ont dû boire un peu trop et n'ont pas pu résister au plaisir de nous faire savoir qu'ils sont toujours là, en liberté. Pour eux, c'était une agréable petite réunion entre amis, conclut-il avec dégoût.

— Mais si c'étaient eux, les Mangemorts, pourquoi ont-ils transplané en voyant la Marque des Ténèbres ? s'étonna Ron. Ils auraient dû être contents de la voir, au contraire.

— Fais un peu fonctionner ta cervelle, Ron, dit Bill. Les Mangemorts ont eu beaucoup de mal à éviter de se retrouver à Azkaban quand Tu-Sais-Qui a perdu le pouvoir. Ils ont raconté toutes sortes de mensonges en prétendant que c'était lui qui les obligeait à tuer et à répandre la souffrance. J'imagine qu'ils auraient encore plus peur que nous de le voir revenir. Ils ont toujours nié leurs liens avec lui lorsqu'il a été privé de ses pouvoirs et qu'ils ont dû retourner à leur vie quotidienne... Donc, ça m'étonnerait qu'il soit très content d'eux, tu comprends ?

— Mais alors... celui qui a fait apparaître la Marque des Ténèbres, dit lentement Hermione, voulait-il manifester sa sympathie aux Mangemorts ou leur faire peur ?

— Nous n'en savons pas plus que toi, Hermione, répondit Mr Weasley. Une chose est sûre, en tout cas : seuls les Mangemorts savaient faire apparaître la Marque des Ténèbres. Je serais très étonné que le coupable n'ait pas été lui-même un Mangemort à un moment de sa vie, même s'il ne l'est plus... Écoute-moi, maintenant, il est très tard et si jamais Molly apprend ce qui s'est passé, elle va se faire un sang d'encre. Nous allons dormir quelques heures et nous essayerons d'attraper un Portoloin demain matin de bonne heure pour rentrer à la maison.

Harry retourna dans son lit, l'esprit en effervescence. Il savait qu'il aurait dû être épuisé : il était près de trois heures du matin. Mais il se sentait parfaitement éveillé – éveillé et inquiet.

Trois jours plus tôt – on aurait dit qu'il s'était passé plus de temps, mais trois jours seulement s'étaient écoulés –, une douleur à sa cicatrice l'avait réveillé brusquement. Et ce soir, pour la première fois depuis treize ans, la Marque de Lord Voldemort était apparue dans le ciel. Que signifiait tout cela ?

Il repensa à la lettre qu'il avait écrite à Sirius avant de quitter Privet Drive. L'avait-il déjà reçue ? Quand y répondrait-il ? Harry resta étendu à contempler la toile de la tente mais, à présent, il ne s'imaginait plus en train de faire des prouesses sur un balai volant, et ce fut longtemps après que Charlie eut commencé à ronfler qu'il finit enfin par s'endormir.

10
TEMPÊTE AU MINISTÈRE

Ils n'avaient dormi que quelques heures lorsque Mr Weasley les réveilla. Il eut recours à la magie pour démonter et plier les tentes et ils se hâtèrent de quitter le camping, passant devant Mr Roberts, debout à la porte de sa maisonnette. Mr Roberts avait un étrange regard hébété et il les salua d'un geste de la main en murmurant un vague « Joyeux Noël ».

– Il va se remettre, assura Mr Weasley à voix basse tandis qu'ils s'avançaient sur la lande. Parfois, quand on modifie les souvenirs d'une personne, elle est un peu désorientée pendant quelque temps... Et c'était très difficile de lui faire oublier une chose pareille.

En approchant de l'endroit où se trouvait le Portoloin, ils entendirent des voix affolées et virent une foule de sorcières et de sorciers rassemblés autour de Basil, le responsable des transports : tous exigeaient de partir le plus vite possible. Mr Weasley eut une rapide conversation avec Basil ; ils rejoignirent ensuite la file d'attente et un vieux pneu usé les ramena sur la colline de Têtafouine avant le lever du soleil. Dans la lumière de l'aube, ils traversèrent le village de Loutry Ste Chaspoule en direction du Terrier. Ils étaient trop épuisés pour parler et ne pensaient plus qu'à s'asseoir devant un bon petit déjeuner. Lorsqu'ils eurent franchi la dernière courbe que décrivait le chemin de terre humide avant d'arriver chez eux, ils entendirent un grand cri :

– Oh, merci, merci, au nom du ciel, merci !

Mrs Weasley, qui les avait attendus devant la maison, se précipita vers eux, encore chaussée de ses pantoufles, le teint pâle, les traits tirés, la main crispée sur un exemplaire froissé de *La Gazette du sorcier*.

– Arthur ! J'étais si inquiète ! *Si inquiète !*

Elle sauta au cou de Mr Weasley et *La Gazette du sorcier* tomba par terre. Jetant un coup d'œil au journal, Harry vit un gros titre : SCÈNES DE TERREUR LORS DE LA COUPE DU MONDE DE QUIDDITCH, au-dessus d'une photo en noir et blanc qui montrait la Marque des Ténèbres scintillant au-dessus de la cime des arbres.

– Vous n'avez rien eu ? murmura Mrs Weasley, affolée, en relâchant son mari puis en les regardant l'un après l'autre, les yeux rougis. Vous êtes tous vivants... Oh, mes enfants...

À la grande surprise de tout le monde, elle saisit Fred et George par le cou et les étreignit avec tant de force que leurs têtes se cognèrent l'une contre l'autre.

– Aïe ! Maman, tu nous étrangles...

– Je vous ai grondés quand vous êtes partis ! dit Mrs Weasley en se mettant à sangloter. Je n'ai pas cessé d'y penser ! Si Vous-Savez-Qui vous avait fait du mal alors que la dernière chose que je vous ai dite, c'est que vous n'aviez pas eu assez de BUSE... Oh, Fred... George...

– Allons, Molly, tu vois bien que nous sommes en parfaite santé, dit Mr Weasley d'un ton apaisant.

Il l'arracha aux jumeaux et l'emmena vers la maison.

– Bill, dit-il à voix basse, ramasse le journal, je voudrais voir ce qu'il raconte...

Lorsqu'ils se furent tous serrés dans la minuscule cuisine et qu'Hermione eut préparé à Mrs Weasley une tasse de thé très fort dans lequel Mr Weasley insista pour verser un doigt d'Ogden's Old Firewhisky, Bill tendit le journal à son père. Mr Weasley parcourut la première page tandis que Percy lisait par-dessus son épaule.

– J'en étais sûr, soupira Mr Weasley. *Nombreuses bévues du ministère… Les coupables n'ont pas été retrouvés… De graves négligences dans la sécurité… Des mages noirs se déchaînent… Une honte pour le pays… Qui a écrit ça ?* Ah, bien sûr… Rita Skeeter.

– Celle-là, elle a une dent contre le ministère de la Magie ! dit Percy avec fureur. La semaine dernière, elle a écrit que nous perdions notre temps à pinailler sur l'épaisseur des fonds de chaudron au lieu de faire la chasse aux vampires ! Comme s'il n'était pas spécifiquement indiqué dans l'article douze du *Règlement concernant le traitement des créatures partiellement humaines…*

– Fais-nous plaisir, Perce, dit Bill en bâillant, tais-toi un peu.

– Elle parle de moi, dit Mr Weasley.

Ses yeux s'agrandirent derrière ses lunettes lorsqu'il lut la fin de l'article.

– Où ça ? s'exclama Mrs Weasley en avalant son thé de travers. Si je l'avais vu, j'aurais tout de suite su que tu étais vivant !

– Elle ne cite pas mon nom, dit Mr Weasley. Écoutez ça : *Si les sorcières et sorciers qui s'étaient rassemblés dans l'angoisse à la lisière du bois attendaient quelques paroles rassurantes de la part des représentants du ministère de la Magie, ils en auront été pour leurs frais. Un membre du ministère est en effet arrivé un bon moment après l'apparition de la Marque des Ténèbres, en affirmant que personne n'avait été blessé mais en refusant de donner davantage d'informations. Cette déclaration suffira-t-elle à dissiper les rumeurs selon lesquelles plusieurs corps auraient été découverts dans le bois une heure plus tard ? Il est permis d'en douter. Et* alors ? s'exclama Mr Weasley d'un ton exaspéré en tendant le journal à Percy. C'est vrai que personne n'a été blessé, qu'est-ce qu'elle voulait que je dise ? *Les rumeurs selon lesquelles plusieurs corps auraient été découverts...* Maintenant qu'elle a écrit ça, c'est sûr qu'il va y en avoir, des rumeurs.

Il poussa un profond soupir.

— Molly, il faut que j'aille au bureau. Nous risquons d'avoir beaucoup de travail pour arranger tout ça.

— Je viens avec toi, père, dit Percy d'un air important. Mr Croupton aura besoin de tout le monde. Comme ça, je pourrai lui remettre mon rapport sur les chaudrons en main propre.

Et il sortit en trombe de la cuisine.

Mrs Weasley avait l'air désemparé.

— Arthur, tu es censé être en vacances ! Tu n'as rien à voir avec cette histoire, ils peuvent sûrement s'en occuper sans toi.

— Je dois y aller, Molly, dit Mr Weasley. Les choses ont empiré à cause de moi. Le temps de me changer et j'y vais...

— Mrs Weasley, dit soudain Harry, trop impatient pour attendre plus longtemps, Hedwige ne serait pas venue m'apporter une lettre, par hasard ?

— Hedwige ? dit Mrs Weasley d'un air étonné. Non... Non, il n'y a pas eu de courrier du tout.

Ron et Hermione observèrent Harry avec curiosité. Celui-ci leur lança un regard appuyé et dit :

— Ça ne t'ennuie pas que j'aille mettre mes affaires dans ta chambre, Ron ?

— Pas du tout. D'ailleurs, je crois que je vais monter aussi, répondit aussitôt Ron. Hermione ?

— Je viens avec vous, dit-elle.

Et tous trois sortirent de la cuisine en direction de l'escalier.

– Qu'est-ce qui se passe, Harry ? demanda Ron dès qu'ils eurent refermé derrière eux la porte du grenier.

– Il y a quelque chose que je ne vous ai pas dit, répondit Harry. Dimanche matin, je me suis réveillé et ma cicatrice a recommencé à me faire mal.

La réaction de Ron et d'Hermione fut à peu de chose près celle qu'il avait imaginée dans sa chambre de Privet Drive. Hermione eut un haut-le-corps et fit aussitôt quelques suggestions, énumérant de nombreux titres d'ouvrages de référence et citant les noms d'à peu près tout le monde depuis Albus Dumbledore jusqu'à Madame Pomfresh, l'infirmière de Poudlard.

Ron, quant à lui, semblait abasourdi.

– Mais… Il n'était pas là, quand même ? Je veux dire, Tu-Sais-Qui… La dernière fois que ta cicatrice t'a fait mal, il était à Poudlard, non ?

– Je suis sûr qu'il n'était pas à Privet Drive, dit Harry. Mais je rêvais de lui… De lui et de Peter – tu sais, Queudver. Je ne me souviens plus des détails, maintenant, mais ils étaient en train de faire des projets pour… pour tuer quelqu'un.

Pendant un instant, il avait été sur le point de dire « pour me tuer », mais il ne pouvait se résoudre à aggraver l'expression d'horreur qu'il voyait sur le visage d'Hermione.

– Ce n'était qu'un rêve, dit Ron d'un ton assuré. Un simple cauchemar.

– Ouais, mais je finis par me demander…, répondit Harry en se tournant vers la fenêtre pour regarder le ciel qui commençait à s'éclairer. C'est bizarre, non ? Ma cicatrice me fait mal et, trois jours plus tard, les Mangemorts défilent et le signe de Voldemort réapparaît devant tout le monde.

– Ne-prononce-pas-son-nom ! siffla Ron entre ses dents serrées.

– Et vous vous souvenez de ce qu'avait dit le professeur

162

Trelawney ? poursuivit Harry sans tenir compte de l'intervention de Ron. À la fin de l'année dernière ?

Le professeur Trelawney enseignait la divination à Poudlard.

Le regard terrifié d'Hermione s'effaça aussitôt et elle laissa échapper une exclamation dédaigneuse.

— Harry, tu ne vas quand même pas accorder la moindre importance à ce que dit cette vieille folle ? Elle n'a jamais raconté que des mensonges.

— Tu n'étais pas là, répliqua Harry. Tu ne l'as pas entendue. Cette fois, c'était différent. Je t'ai dit qu'elle était entrée en transe… Une vraie transe. Et elle a dit que le Seigneur des Ténèbres surgirait à nouveau… *plus puissant et plus terrible que jamais*… D'après elle, il allait y parvenir parce que son serviteur s'apprêtait à le rejoindre… Et, la nuit suivante, Queudver s'est enfui.

Il y eut un silence pendant lequel Ron tripota distraitement un trou dans son couvre-lit à l'image des Canons de Chudley.

— Pourquoi as-tu demandé si Hedwige était venue, Harry ? dit Hermione. Tu attends une lettre ?

— J'ai parlé à Sirius de ma cicatrice, expliqua Harry en haussant les épaules. J'attends sa réponse.

— C'est une très bonne idée ! s'exclama Ron dont le visage s'éclaira soudain. Je suis sûr que Sirius saura ce qu'il faut faire !

— J'espérais qu'il me répondrait vite.

— Mais on ignore où il est… Peut-être en Afrique ou ailleurs… Hedwige ne pourrait pas faire un tel voyage en quelques jours, dit Hermione avec raison.

— Je sais, admit Harry, mais il eut l'impression d'avoir un poids dans l'estomac lorsqu'il regarda par la fenêtre et vit le ciel vide, sans la moindre trace d'Hedwige à l'horizon.

— Viens, Harry, on va faire une partie de Quidditch dans le

verger, proposa Ron. Trois contre trois. Bill, Charlie, Fred et George joueront avec nous... Tu pourras essayer la feinte de Wronski...

— Ron, dit Hermione d'un ton sous-entendant qu'elle était décidément la seule à se montrer raisonnable, Harry n'a pas du tout envie de jouer au Quidditch maintenant... Il est inquiet, il est fatigué... Nous avons tous besoin d'aller nous coucher...

— C'est une bonne idée de faire une partie de Quidditch, dit soudain Harry. Je vais chercher mon Éclair de feu.

Et Hermione quitta la pièce en marmonnant quelque chose du genre : « *Ah, les garçons !* »

Au cours de la semaine qui suivit, ni Mr Weasley ni Percy ne furent très présents à la maison. Tous deux partaient chaque matin avant que le reste de la famille se lève et rentraient chaque soir bien après l'heure du dîner.

— C'est une véritable tempête, leur expliqua Percy d'un air important la veille de leur retour à Poudlard. J'ai passé la semaine à essayer de calmer les choses. Les gens ne cessent de nous envoyer des Beuglantes et, comme vous le savez, les Beuglantes, quand on ne les ouvre pas tout de suite, elles explosent. Il y a des marques de brûlure sur toute la surface de mon bureau et ma meilleure plume a été réduite en cendres.

— Pourquoi ils envoient des Beuglantes ? demanda Ginny qui était assise devant la cheminée du salon, en train de rafistoler avec du Sorcier Collant son exemplaire de *Mille herbes et champignons magiques*.

— Pour se plaindre de la sécurité pendant la Coupe du Monde, répondit Percy. Ils veulent des dédommagements pour leurs tentes saccagées. Mondingus Fletcher a déposé une réclamation pour se faire rembourser une tente de douze pièces, cuisine, salle de bains avec Jacuzzi, mais je le connais, celui-là, je sais parfaitement qu'il couchait sous une cape tendue sur des piquets.

Mrs Weasley jeta un coup d'œil à l'horloge de grand-mère qui se trouvait dans un coin du salon. Harry aimait particulièrement cette horloge. Elle était complètement inutile si on voulait savoir l'heure, mais elle donnait d'autres informations très précieuses. Elle avait neuf aiguilles d'or dont chacune portait le nom d'un des Weasley. Le cadran ne comportait aucun chiffre mais des indications sur les endroits où pouvaient se trouver les membres de la famille. « À la maison », « à l'école », « au travail » étaient bien sûr mentionnés, mais on pouvait également lire « perdu », « à l'hôpital », « en prison » et, à la place où aurait dû normalement figurer le douze de midi, « en danger de mort ».

Huit des aiguilles étaient pointées sur « à la maison », mais celle de Mr Weasley, qui était la plus longue, indiquait toujours « au travail ».

– La dernière fois que votre père était obligé d'aller au bureau le week-end, c'était au temps de Vous-Savez-Qui, soupira Mrs Weasley. Ils le font beaucoup trop travailler. Son dîner sera immangeable s'il ne revient pas très vite.

– Père sait bien qu'il lui faut rattraper l'erreur commise le jour du match, déclara Percy. Pour dire la vérité, il était un peu imprudent de sa part de faire une déclaration publique sans s'être d'abord concerté avec le directeur de son département...

– Je t'interdis de critiquer ton père à cause de ce qu'a écrit cette horrible petite Rita Skeeter ! s'emporta Mrs Weasley.

– Si papa n'avait rien dit, la vieille Rita aurait simplement écrit qu'il était scandaleux qu'aucun membre du ministère n'ait fait de commentaire, intervint Bill qui jouait aux échecs avec Ron. Avec Rita Skeeter, tout le monde a toujours tort. Tu te souviens, un jour, elle a interviewé les briseurs de sortilèges de chez Gringotts et elle a dit que j'étais un « benêt aux cheveux longs ».

– C'est vrai qu'ils sont un peu longs, mon chéri, fit remarquer Mrs Weasley avec douceur. Si tu voulais bien que je...

– *Non*, maman !

La pluie martelait les fenêtres du salon. Hermione était plongée dans *Le Livre des sorts et enchantements, niveau 4*, dont Mrs Weasley avait acheté plusieurs exemplaires pour Harry, Ron et elle sur le Chemin de Traverse. Charlie était en train de raccommoder une cagoule à l'épreuve du feu. Harry astiquait son Éclair de feu à l'aide du nécessaire à balai qu'Hermione lui avait offert pour son treizième anniversaire et Fred et George, assis dans un coin, à l'autre bout de la pièce, parlaient en chuchotant, une plume à la main, la tête penchée sur un morceau de parchemin.

– Qu'est-ce que vous fabriquez, tous les deux ? dit sèchement Mrs Weasley, en fixant les jumeaux.

– On fait nos devoirs, répondit Fred d'un air vague.

– Ne sois pas ridicule. Vous êtes encore en vacances, répliqua Mrs Weasley.

– On avait pris un peu de retard, dit George.

– Vous ne seriez pas en train de refaire des bons de commande, par hasard ? demanda Mrs Weasley d'un ton inquisiteur. Vous n'auriez quand même pas l'intention de recommencer cette histoire de *Farces pour sorciers facétieux* ?

– Écoute, maman, répondit Fred en levant vers elle un regard attristé. Si demain, le Poudlard Express déraille et qu'on est tués tous les deux, George et moi, imagine dans quel état tu seras en pensant que, la dernière fois que tu nous as adressé la parole, c'était pour nous accuser injustement ?

Tout le monde éclata de rire, même Mrs Weasley.

– Ah, votre père arrive ! dit-elle soudain en regardant à nouveau l'horloge.

L'aiguille de Mr Weasley avait soudain bondi de « au travail » à « en déplacement » ; une seconde plus tard, elle rejoignit les huit autres, pointées sur « à la maison », et ils l'entendirent leur dire bonjour depuis la cuisine.

– J'arrive, Arthur ! s'écria Mrs Weasley en se précipitant hors de la pièce.

Quelques instants plus tard, Mr Weasley entra dans le salon confortable et chaleureux, portant son dîner sur un plateau. Il avait l'air complètement épuisé.

– Cette fois-ci, ça chauffe vraiment, dit-il à son épouse tandis qu'il s'asseyait dans un fauteuil auprès de la cheminée pour grignoter sans enthousiasme le chou-fleur un peu racorni que contenait son assiette. Rita Skeeter a passé la semaine à fureter un peu partout pour voir si le ministère n'avait pas commis d'autres bévues qu'elle pourrait rapporter dans ses articles. Et maintenant, elle a découvert la disparition de cette pauvre Bertha. Ce sera en première page demain dans *La Gazette*. Pourtant, je n'ai cessé de répéter à Verpey qu'il aurait dû envoyer quelqu'un à sa recherche.

– Ça fait des semaines que Mr Croupton dit la même chose, s'empressa de rappeler Percy.

– Croupton a beaucoup de chance que Rita ne sache rien de ce qui s'est passé avec Winky, répliqua Mr Weasley d'un ton irrité. Elle aurait de quoi faire une semaine de gros titres avec l'histoire de son elfe de maison trouvée en possession de la baguette magique qui a fait apparaître la Marque des Ténèbres.

– Je croyais que nous étions tous d'accord pour dire que, même si elle a eu une conduite irresponsable, ce n'est pas son elfe qui a fait surgir la Marque ? lança Percy d'un ton ardent.

– Si tu veux mon opinion, Mr Croupton a aussi beaucoup de chance que personne, à *La Gazette du sorcier*, ne sache à quel point il est cruel avec ses elfes ! intervint Hermione avec colère.

– Bon, alors, maintenant, écoute-moi bien, Hermione !
répliqua Percy. Un haut fonctionnaire du ministère comme
Mr Croupton est en droit d'attendre que ses serviteurs lui
obéissent scrupuleusement…

– Ses serviteurs ? Ses esclaves, tu veux dire, l'interrompit
Hermione d'une voix perçante. Il ne la paye pas, Winky, que
je sache ?

– Je crois que vous feriez bien d'aller vérifier vos bagages !
dit Mrs Weasley pour couper court à la discussion. Allez, tout
le monde, montez donc dans vos chambres…

Harry rangea son nécessaire à balai, mit son Éclair de feu
sur son épaule et monta l'escalier en compagnie de Ron. Le
bruit de la pluie était encore plus intense au dernier étage,
ponctué par les gémissements du vent, sans parler des hurlements que poussait de temps à autre la goule qui habitait le
grenier. Lorsqu'ils entrèrent dans la chambre, Coquecigrue se
mit à pépier et à voleter en tous sens dans sa cage. La vue des
valises et des malles à moitié faites semblait l'avoir plongé
dans une véritable frénésie.

– Donne-lui un peu de Miamhibou, dit Ron en lui lançant
un paquet à travers la pièce. Ça va peut-être le calmer.

Harry glissa quelques biscuits de Miamhibou à travers les
barreaux de la cage de Coquecigrue, puis s'occupa de finir ses
bagages. À côté de lui, la cage d'Hedwige était toujours vide.

– Ça fait plus d'une semaine, dit Harry en regardant le perchoir de sa chouette. Tu ne crois pas qu'ils auraient capturé
Sirius ?

– Non, bien sûr, on l'aurait su par *La Gazette du sorcier*,
répondit Ron. Les gens du ministère ne perdraient pas une
occasion de faire savoir qu'ils ont réussi à attraper *quelqu'un*,
tu penses bien…

– Tu dois avoir raison…

– Tiens, voilà tous les trucs que ma mère t'a achetés sur le

Chemin de Traverse. Elle est allée te chercher de l'or dans ton coffre, aussi... Et puis elle a lavé toutes tes chaussettes.

Il déposa une pile de paquets sur le lit de Harry ainsi qu'un sac d'or et un tas de chaussettes. Harry commença à déballer les paquets. En dehors du *Livre des sorts et enchantements, niveau 4*, par Miranda Fauconnette, il découvrit un assortiment de plumes neuves, une douzaine de rouleaux de parchemin et des ingrédients pour son nécessaire à potions – il n'avait presque plus d'épines de poisson-diable ni d'essence de belladone. Il était en train d'entasser des sous-vêtements dans son chaudron lorsque Ron lança soudain une exclamation de dégoût.

– Qu'est-ce que c'est que ce machin-là ?

Il tenait entre ses mains une longue robe de velours violet, ornée d'un jabot de dentelle un peu moisie et de manchettes assorties.

On frappa à la porte et Mrs Weasley entra, les bras chargés de robes de Poudlard fraîchement nettoyées.

– Et voilà, dit-elle en les séparant en deux piles. Faites attention de bien les ranger pour qu'elles ne se froissent pas.

– Maman, tu m'as donné la nouvelle robe de Ginny, se plaignit Ron en lui montrant la robe de velours.

– Bien sûr que non, répondit Mrs Weasley. C'est ta robe de soirée.

– Quoi ? s'exclama Ron, horrifié.

– Ta robe de soirée, répéta Mrs Weasley. Cette année, tu dois avoir une tenue de soirée, c'est écrit dans la liste envoyée par l'école... Pour les cérémonies officielles.

– Tu plaisantes, dit Ron, incrédule. Il n'est pas question que je porte ça !

– Tout le monde en a, Ron ! répliqua Mrs Weasley avec colère. Elles sont toutes comme ça ! Ton père en a aussi pour les soirées mondaines !

– Je préfère me promener tout nu plutôt que de mettre un truc pareil, dit Ron d'un air buté.

– Ne sois pas idiot, protesta Mrs Weasley. Je te dis que les robes de soirée sont obligatoires cette année ! Regarde ta liste ! J'en ai aussi pris une pour Harry... Montre-lui, Harry...

Avec une certaine appréhension, Harry ouvrit le dernier paquet qui se trouvait sur son lit. Mais ce qu'il y découvrit ne fut pas aussi terrible que ce qu'il redoutait. Sa robe de soirée ne comportait aucune dentelle. En fait, elle ressemblait plus ou moins à celle de l'école, sauf qu'elle était vert bouteille au lieu d'être noire.

– J'ai pensé qu'elle mettrait tes yeux en valeur, dit Mrs Weasley d'un ton affectueux.

– La sienne, ça va ! dit Ron avec colère en regardant la robe de Harry. Pourquoi est-ce que je n'en ai pas une comme ça ?

– Parce que... j'ai été obligée d'acheter la tienne d'occasion et qu'il n'y avait pas beaucoup de choix ! répondit Mrs Weasley en rougissant.

Harry regarda ailleurs. Il aurait volontiers partagé avec les Weasley tout l'or que contenait sa chambre forte à Gringotts, mais il savait qu'ils n'auraient jamais accepté.

– Je ne porterai jamais ça, insista Ron. Jamais.

– Très bien, répliqua sèchement Mrs Weasley. Dans ce cas, promène-toi tout nu. Harry, tu n'oublieras pas de prendre une photo de lui. J'ai bien besoin de rire un peu de temps en temps.

Et elle sortit de la pièce en claquant la porte. Ils entendirent alors un étrange crachotement derrière eux. Coquecigrue, qui avait mangé un trop gros morceau de Miamhibou, s'était coincé le bec et était en train de s'étrangler.

– Pourquoi est-ce qu'on me donne toujours ce qu'il y a de plus ridicule ? dit Ron avec fureur, en s'avançant à grands pas vers la cage pour aider Coquecigrue à décoincer son bec.

11
À BORD DU POUDLARD EXPRESS

Lorsque Harry se réveilla le lendemain matin, il régnait dans la maison une triste atmosphère de fin de vacances. Une pluie drue continuait de marteler les carreaux tandis qu'il s'habillait d'un jean et d'un pull. Il fallait attendre d'être à bord du Poudlard Express pour se changer et mettre la robe de sorcier qu'ils devaient porter au collège.

Fred, George, Ron et lui descendirent prendre leur petit déjeuner. Au moment où ils arrivaient au premier étage, Mrs Weasley apparut au pied de l'escalier, l'air exaspéré.

– Arthur ! appela-t-elle. Arthur ! Un message urgent du ministère.

Harry se plaqua contre le mur pour laisser passer Mr Weasley qui surgit de sa chambre à pas précipités, sa robe à l'envers, et disparut dans l'escalier. Lorsqu'ils entrèrent dans la cuisine, ils virent Mrs Weasley fouiller fébrilement les tiroirs du buffet – « J'avais mis une plume quelque part » – et Mr Weasley, penché devant le feu de la cheminée, en train de parler à…

Harry ferma les yeux et les rouvrit pour être sûr qu'ils ne le trahissaient pas.

La tête d'Amos Diggory était posée au milieu des flammes, comme un gros œuf barbu. Il parlait très vite, indifférent aux étincelles qui volaient devant lui et au feu qui lui léchait les oreilles.

– … Des voisins moldus ont entendu des explosions et des cris, alors ils ont fait venir les… comment on les appelle déjà ? Les «Gentes Dames», c'est ça ? Arthur, il faut absolument que tu ailles là-bas…

– Ah, la voilà, dit Mrs Weasley, le souffle court, en donnant à Mr Weasley un morceau de parchemin, une bouteille d'encre et une plume froissée.

– C'est vraiment un coup de chance que j'en aie entendu parler, dit la tête de Mr Diggory. Je devais aller au bureau de bonne heure pour envoyer deux ou trois hiboux et je suis tombé sur les gens du Service des usages abusifs de la magie qui partaient sur place. Si jamais Rita Skeeter apprend ça, Arthur…

– Qu'est-ce qui s'est passé, d'après Fol Œil ? demanda Mr Weasley.

Il dévissa le couvercle de la bouteille d'encre, remplit sa plume et se prépara à noter.

La tête de Mr Diggory roula les yeux.

– Il dit qu'il a entendu quelqu'un s'introduire dans son jardin et s'approcher de sa maison, mais que ses poubelles l'ont arrêté.

– Qu'est-ce qu'elles ont fait, les poubelles ? demanda Mr Weasley, en écrivant précipitamment.

– Elles ont fait un bruit d'enfer et ont jeté des ordures partout. Apparemment, l'une d'elles était encore en train de lancer des déchets à l'arrivée des Gentes Dames…

Mr Weasley poussa un grognement.

– Et la personne qui a essayé d'entrer ?

– Arthur, tu connais Fol Œil, dit la tête de Mr Diggory en roulant à nouveau les yeux. Tu imagines quelqu'un s'introduisant dans son jardin en pleine nuit ? J'ai plutôt l'impression qu'à l'heure qu'il est, il doit y avoir un chat complètement hagard, couvert d'épluchures de pommes de terre, qui erre quelque part sans comprendre ce qui lui est arrivé. Mais si le Service des usages abusifs de la magie met la main sur Fol Œil, avec le dossier qu'il a, son compte est bon. Il faut absolument le tirer de là et réduire l'affaire à un délit mineur, quelque chose qui dépende de ton département. Ça va chercher dans les combien, des poubelles explosives ?

– On peut régler ça avec un simple avertissement, répondit Mr Weasley en écrivant très vite, le front plissé. Fol Œil n'a pas fait usage de sa baguette magique ? Il n'a attaqué personne ?

– J'imagine qu'il a dû sauter de son lit et jeter des sorts sur tout ce qu'il pouvait atteindre depuis sa fenêtre, mais ils auront du mal à le prouver. Il n'y a aucun blessé.

– Très bien, j'y vais, dit Mr Weasley.

Il fourra son morceau de parchemin dans sa poche et se rua hors de la cuisine.

La tête de Mr Diggory tourna les yeux vers Mrs Weasley.

– Excusez-moi pour tout ce dérangement, Molly, dit-il plus calmement. Venir vous importuner si tôt le matin… Mais Arthur est le seul qui puisse sortir Fol Œil de ce mauvais pas et comme Fol Œil doit commencer son nouveau travail aujourd'hui. Quelle idée d'aller faire toute cette histoire la veille…

– Ce n'est pas grave, Amos, assura Mrs Weasley. Vous ne voulez pas un petit toast avant de partir ?

– Oh, pourquoi pas, après tout, dit Mr Diggory.

Mrs Weasley prit un morceau de toast beurré, le saisit avec les pincettes et le mit dans la bouche de Mr Diggory.

– Merfi, dit celui-ci d'une voix étouffée.

Puis, avec une petite détonation, il disparut.

Harry entendit Mr Weasley dire précipitamment au revoir à Bill, Charlie, Percy et les filles. Cinq minutes plus tard, il était de retour dans la cuisine, sa robe à l'endroit, passant un peigne dans ses cheveux.

—Je ferais bien de me dépêcher. Je vous souhaite une bonne rentrée, les garçons, dit-il à Harry et à ses fils.

Il mit une cape sur ses épaules et se prépara à transplaner.

—Molly, tu pourras te débrouiller pour emmener les enfants à King's Cross ?

—Bien sûr, répondit Mrs Weasley. Va vite t'occuper de Fol Œil, tout ira très bien pour nous.

Au moment où Mr Weasley disparaissait, Bill et Charlie entrèrent dans la cuisine.

—Quelqu'un a parlé de Fol Œil ? demanda Bill. Qu'est-ce qu'il a encore fait ?

—Il dit que quelqu'un a essayé de s'introduire chez lui la nuit dernière, répondit Mrs Weasley.

—Maugrey Fol Œil ? dit George d'un air songeur en étalant de la marmelade sur un toast. Ce n'est pas ce cinglé…

—Ton père a beaucoup d'estime pour lui, dit Mrs Weasley d'un ton grave.

—Oui, d'accord, mais papa collectionne bien les prises de courant, non ? dit Fred à voix basse, tandis que Mrs Weasley sortait de la cuisine. Qui se ressemble…

—Maugrey a été un grand sorcier en son temps, dit Bill.

—C'est un vieil ami de Dumbledore, je crois ? dit Charlie.

—Justement, Dumbledore n'est pas vraiment quelqu'un qu'on pourrait qualifier de *normal*, déclara Fred. Je sais bien que c'est un génie, mais…

—Qui est Fol Œil ? demanda Harry.

—Il est à la retraite, maintenant. Avant, il travaillait pour le ministère, expliqua Charlie. Je l'ai rencontré une fois quand j'ai commencé à travailler avec papa. C'était un Auror – l'un des meilleurs… Un chasseur de mages noirs, ajouta-t-il en remarquant le regard interrogateur de Harry. La moitié des prisonniers d'Azkaban sont là-bas grâce à lui. Mais, bien sûr, il s'est fait des quantités d'ennemis… Surtout les familles des gens qu'il a capturés... Et j'ai entendu dire qu'il était devenu nettement paranoïaque sur ses vieux jours. Il ne fait plus confiance à personne. Il voit des mages noirs partout.

Bill et Charlie décidèrent de les accompagner à la gare de King's Cross, mais Percy, se répandant en excuses, déclara qu'il devait absolument aller travailler.

— Je ne peux vraiment pas me permettre de prendre du temps libre en ce moment, leur dit-il. Mr Croupton compte de plus en plus sur moi.

— Tu sais quoi, Percy ? dit George très sérieusement. Un de ces jours, il finira par savoir ton nom.

Mrs Weasley avait courageusement affronté le téléphone, au bureau de poste du village, et avait commandé trois taxis moldus pour les conduire à Londres.

— Arthur a essayé d'emprunter des voitures au ministère, murmura Mrs Weasley à l'oreille de Harry, mais il n'y en avait plus.

Debout devant la porte de la maison, ils attendaient sous la pluie que les trois chauffeurs hissent les valises et les malles dans leurs voitures.

— Oh, là, là, ils n'ont pas l'air très content…, remarqua Mrs Weasley.

Harry répugnait à expliquer à Mrs Weasley que les chauffeurs de taxi moldus avaient rarement l'occasion de transporter dans leurs voitures des hiboux surexcités. Or, Coquecigrue faisait un vacarme infernal et l'atmosphère ne se détendit guère lorsque la malle de Fred s'ouvrit d'un coup en provoquant l'explosion de plusieurs pétards mouillés du Dr Flibuste. Le chauffeur poussa un cri horrifié qui se transforma en hurlement de douleur quand Pattenrond, pris de panique, lui grimpa le long de la jambe, toutes griffes dehors.

Le trajet fut très inconfortable. Ils étaient en effet coincés à l'arrière des taxis avec leurs bagages qui occupaient une bonne partie de l'espace. Pattenrond mit un certain temps à se remettre de la frayeur causée par l'explosion des pétards et, lorsqu'ils arrivèrent à Londres, Harry, Ron et Hermione avaient reçu chacun une bonne quantité de coups de griffes. Aussi furent-ils grandement soulagés de sortir enfin des voitures devant la gare de King's Cross, même si la pluie qui tombait plus fort que jamais les trempa jusqu'aux os pendant qu'ils traversaient la rue, chargés de leurs bagages.

Harry était habitué à emprunter le quai de la voie 9 3/4. Il suffisait d'avancer droit sur la barrière apparemment solide qui séparait les voies 9 et 10. La seule difficulté, c'était de le faire discrètement pour ne pas attirer l'attention des Moldus. Ce jour-là, ils se rassemblèrent par groupes. Harry, Ron et Hermione (qu'on remarquait plus que les autres à cause de Coquecigrue et de Pattenrond) passèrent les premiers. Ils s'appuyèrent d'un air désinvolte contre la barrière en bavardant avec insouciance et glissèrent imperceptiblement au travers... pour se retrouver aussitôt sur le quai 9 3/4.

Le Poudlard Express, avec sa locomotive à vapeur d'un rouge étincelant, était déjà là, projetant des panaches de fumée qui transformaient les élèves et les parents présents sur le quai en silhouettes sombres et fantomatiques. Lorsqu'il entendit les autres hiboux hululer dans les tourbillons de vapeur, Coquecigrue se mit à piailler plus fort que jamais. Harry, Ron et Hermione cherchèrent des places assises et trouvèrent un compartiment libre au milieu du convoi. Ils rangèrent leurs bagages puis redescendirent sur le quai pour dire au revoir à Mrs Weasley ainsi qu'à Bill et à Charlie.

– On se reverra peut-être plus tôt que tu ne le penses, dit Charlie avec un sourire en serrant Ginny dans ses bras.

– Pourquoi ? demanda Fred avec curiosité.

– Tu verras, répondit Charlie. Mais surtout, ne dis pas à Percy que je vous en ai parlé. Après tout, « c'est une information classée confidentielle jusqu'à ce que le ministère décide de la rendre publique ».

– Moi, j'aimerais bien retourner à Poudlard, cette année, dit Bill, les mains dans les poches, en regardant le train d'un air presque nostalgique.

– Pourquoi ? demanda Ron d'un ton impatient.

– Vous allez avoir une année vraiment intéressante, dit Bill, les yeux brillants. Peut-être même que je prendrai un peu de temps libre pour venir voir ça…

– Voir *quoi* ? insista Ron.

Mais à ce moment, un coup de sifflet retentit et Mrs Weasley les poussa vers le train.

Les trois amis se hâtèrent de monter dans leur wagon, refermèrent la portière et se penchèrent à la fenêtre.

– Merci de nous avoir invités chez vous, Mrs Weasley, dit Hermione.

– Oui, merci pour tout, Mrs Weasley, ajouta Harry.

– C'était un plaisir, mes chéris, répondit Mrs Weasley. Je vous inviterais bien à revenir pour Noël, mais… j'imagine que vous préférerez rester à Poudlard avec… avec tout ça.

– Maman ! s'exclama Ron d'un ton agacé. Qu'est-ce que vous nous cachez, tous les trois ?

– Vous le saurez certainement ce soir, dit Mrs Weasley en souriant. Vous allez voir, ce sera passionnant. Et je suis bien contente qu'ils aient modifié les règles…

– Quelles règles ? demandèrent d'une même voix Harry, Ron, Fred et George.

– Le professeur Dumbledore vous expliquera tout, j'en suis sûre… Et ne faites pas de bêtises, n'est-ce pas ? *N'est-ce pas,* Fred ? Et toi, George ?

Les pistons émirent un sifflement sonore et le train s'ébranla.

– Dis-nous ce qui doit se passer à Poudlard ! cria Fred à la fenêtre tandis que les silhouettes de Mrs Weasley, de Bill et de Charlie s'éloignaient d'eux. Qu'est-ce qu'ils ont changé comme règles ?

Mais Mrs Weasley se contenta de sourire en agitant la main et, avant que le train eût franchi le premier virage, Bill et Charlie avaient transplané.

Harry, Ron et Hermione retournèrent dans leur compartiment. La pluie dense qui s'écrasait contre les vitres ne permettait pas de voir grand-chose du paysage. Ron ouvrit sa malle, sortit sa robe violette et en entoura la cage de Coquecigrue pour étouffer ses hululements.

— Verpey était prêt à nous dire ce qui allait se passer à Poudlard, grommela-t-il avec mauvaise humeur en s'asseyant à côté de Harry. À la Coupe du Monde, tu te souviens ? Mais ma propre mère refuse de me dire quoi que ce soit. Je me demande ce que…

— Chut ! murmura soudain Hermione, un doigt sur les lèvres, un autre pointé vers le compartiment voisin.

Tendant l'oreille, Harry et Ron entendirent une voix traînante et familière qui leur parvenait par la porte ouverte.

— … En fait, mon père avait envisagé de m'envoyer faire mes études à Durmstrang plutôt qu'à Poudlard. Le directeur est un de ses amis. Vous savez ce qu'il pense de Dumbledore – ce type adore les Sang-de-Bourbe – et Durmstrang ne laisse pas entrer ce genre de racaille. Mais ma mère n'aimait pas l'idée que j'aille faire mes études dans un endroit éloigné. Mon père pense que Durmstrang a une position beaucoup plus sensée en ce qui concerne la magie noire. Là-bas, les élèves l'*étudient*. Ils n'ont pas ces cours idiots de défense contre les forces du Mal qu'on est obligés de subir à Poudlard…

Hermione se leva, traversa le compartiment sur la pointe des pieds, et ferma la porte, faisant taire la voix de Malefoy.

– Alors, comme ça, il pense qu'il aurait été mieux à Durmstrang ? dit-elle avec colère. J'aurais préféré qu'il y aille, ça nous aurait évité de l'avoir sur le dos.

– Durmstrang, c'est une autre école de sorcellerie ? demanda Harry.

– Oui, répondit Hermione d'un air dédaigneux. Elle a une horrible réputation. D'après *Le Guide des écoles de sorcellerie en Europe*, elle accorde beaucoup d'importance à la magie noire.

– Je crois que j'en ai entendu parler, dit Ron d'un ton vague. Où est-elle ? Dans quel pays ?

– Personne ne le sait vraiment, répondit Hermione en haussant les sourcils.

– Et, heu… pourquoi ? s'étonna Harry.

– Il y a toujours eu une tradition de rivalité entre toutes les écoles de sorcellerie. Durmstrang et Beauxbâtons ne veulent pas révéler l'endroit où elles se trouvent pour que personne ne puisse leur voler leurs secrets, expliqua Hermione.

– Qu'est-ce que tu racontes ? dit Ron en éclatant de rire. Durmstrang doit avoir à peu près la même taille que Poudlard, comment peut-on cacher un grand château comme ça ?

– Justement, Poudlard est caché, répondit Hermione d'un air surpris. Tout le monde le sait… En tout cas, ceux qui ont lu *L'Histoire de Poudlard*.

– Tu es donc la seule à le savoir, répliqua Ron. Alors, explique-nous comment on fait pour cacher un endroit comme Poudlard ?

– Le château est ensorcelé. Si un Moldu le regarde, il ne verra qu'une vieille ruine moisie avec un écriteau au-dessus de l'entrée qui signale : DÉFENSE D'ENTRER, DANGER.

– Durmstrang apparaît aussi comme un tas de ruines à ceux qui n'en font pas partie ?

– C'est possible, dit Hermione en haussant les épaules. Ou

peut-être qu'ils l'ont entouré d'un sortilège Repousse-Moldu, comme le stade de la Coupe du Monde. Et pour empêcher les autres sorciers de le trouver, ils l'ont sans doute rendu incartable.

– Pardon ?

– Grâce à certains sortilèges, un édifice peut devenir impossible à indiquer sur une carte, tu comprends ?

– Si tu le dis… admit Harry.

– À mon avis, Durmstrang doit se trouver quelque part dans le Grand Nord, reprit Hermione d'un air songeur. Dans un endroit très froid parce que leurs uniformes comportent des capes de fourrure.

– Ah, imagine un peu, dit Ron, le regard rêveur, il aurait été si facile de pousser Malefoy du haut d'un glacier en faisant passer ça pour un accident. Dommage que sa mère tienne tellement à lui…

À mesure que le train poursuivait sa route vers le nord, la pluie tombait de plus en plus dru. Le ciel était si noir, la buée si épaisse sur les vitres, qu'on avait dû allumer les lanternes. Le chariot à friandises passa en tintinnabulant dans le couloir et Harry acheta une bonne quantité de Fondants du Chaudron.

Au cours de l'après-midi, plusieurs de leurs amis vinrent les voir dans leur compartiment, notamment Seamus Finnigan, Dean Thomas et Neville Londubat, un garçon au visage rond, extrêmement étourdi, qui avait été élevé par sa grand-mère, une redoutable sorcière. Seamus portait toujours sa rosette aux couleurs de l'Irlande dont les propriétés magiques semblaient s'être un peu dissipées : elle continuait de couiner « *Troy ! Mullet ! Morane !* » mais beaucoup plus faiblement, comme si elle était épuisée. Au bout d'une demi-heure, Hermione, lassée d'entendre sans cesse parler de Quidditch, se plongea à nouveau dans *Le Livre des sorts et enchantements, niveau 4* pour essayer d'apprendre le sortilège d'Attraction.

Neville écoutait d'un air jaloux la conversation qui faisait revivre le match de la Coupe du Monde.

—Grand-mère a refusé qu'on y aille, dit-il d'un ton dépité. Elle ne voulait pas acheter de billets. Ça devait pourtant être fantastique.

—Ça, c'est sûr, dit Ron. Regarde ça, Neville...

Il fouilla dans sa malle et en sortit la figurine de Viktor Krum.

—Eh ben, dis donc ! s'exclama Neville avec envie tandis que Ron posait la figurine au creux de sa main potelée.

—Et on l'a vu d'aussi près en vrai, dit Ron. On était dans la loge officielle...

—Pour la première et la dernière fois de ta vie, Weasley.

Drago Malefoy venait d'apparaître dans l'encadrement de la porte. Derrière lui se tenaient Crabbe et Goyle, ses deux énormes amis à l'air patibulaire qui ne le quittaient jamais. Tous deux semblaient avoir grandi d'au moins trente centimètres au cours de l'été. Apparemment, ils avaient entendu la conversation à travers la porte du compartiment que Dean et Seamus avaient laissée entrouverte.

—Il ne me semble pas qu'on t'ait invité, Malefoy, dit Harry d'une voix glaciale.

—Weasley... qu'est-ce que c'est que ça ? demanda Malefoy en montrant la cage de Coquecigrue.

Une manche de la robe de soirée de Ron pendait de la cage et se balançait au rythme du train, exhibant la manchette de dentelle moisie.

Ron se précipita pour ranger la robe, mais Malefoy fut plus rapide : il attrapa la manche et la tira d'un coup sec.

—Non mais, regardez-moi ça ! s'exclama Drago Malefoy d'un ton extasié, en déployant la robe de Ron pour la montrer à Crabbe et Goyle. Weasley, tu n'avais quand même pas l'intention de mettre ça ? C'était sûrement à la pointe de la mode en 1890, mais enfin…

– Va te faire cuire une bouse de dragon, répliqua Ron dont le teint avait pris la même couleur que la robe.

Il l'arracha des mains de Malefoy qui éclata d'un grand rire, ponctué par les gloussements stupides de Crabbe et de Goyle.

– Au fait… Tu as l'intention de t'inscrire, Weasley ? Tu vas essayer d'apporter un peu de gloire à ta famille ? Il y a aussi de l'argent en jeu… Imagine que tu gagnes, tu pourrais enfin t'offrir des vêtements convenables…

– De quoi tu parles ? répondit sèchement Ron.

– Est-ce que tu as l'intention de t'inscrire ? répéta Malefoy. J'imagine que toi, tu ne vas pas t'en priver, Potter ? Tu ne rates jamais une occasion de faire le malin…

– Soit tu nous expliques de quoi tu parles, soit tu t'en vas, Malefoy, dit Hermione avec mauvaise humeur en levant le nez du *Livre des sorts et enchantements, niveau 4.*

Un sourire réjoui s'étala sur le visage blafard de Malefoy.

– Ne me dites pas que vous n'êtes pas au courant ? s'écriat-il d'un ton ravi. Weasley, tu as un père et un frère qui travaillent au ministère et tu ne *sais* même pas ? Mon Dieu, mais mon père m'en a parlé il y a une éternité… C'est Cornelius Fudge qui le lui a dit. Évidemment, mon père a toujours affaire aux plus hauts représentants du ministère… Peut-être que ton père à toi n'est pas à un niveau suffisamment élevé pour être au courant de ces choses-là, Weasley… Oui, ça doit être ça, ils n'abordent sûrement pas de sujets importants devant lui…

Avec un nouveau rire sonore, Malefoy fit signe à Crabbe et à Goyle de le suivre et tous trois disparurent dans le couloir.

Ron se leva et referma la porte du compartiment avec tant de force que la vitre se brisa.

– *Ron !* dit Hermione sur un ton de reproche.

Elle sortit sa baguette magique et marmonna :

—*Reparo*.

Aussitôt, les débris de verre reformèrent une vitre intacte qui reprit sa place dans le cadre de la porte.

—Celui-là, il faut toujours qu'il fasse comme s'il savait tout et les autres rien… grogna Ron. *Mon père a toujours affaire aux plus hauts représentants du ministère*… Papa pourrait avoir de l'avancement quand il veut… Simplement, ça lui plaît de rester là où il est.

—Et il a bien raison, dit tranquillement Hermione. Ne te laisse pas faire par Malefoy.

—Me laisser faire ? Par lui ? Pour qui tu me prends ? s'exclama Ron en prenant un Fondant du Chaudron qu'il écrasa dans sa main.

La mauvaise humeur de Ron persista jusqu'à la fin du voyage. Il ne parla guère pendant qu'ils revêtaient leurs robes de sorcier et ses yeux étincelaient encore de fureur lorsque le Poudlard Express ralentit enfin et s'arrêta dans la gare de Pré-au-Lard plongée dans les ténèbres.

Quand les portières du train s'ouvrirent, un coup de tonnerre retentit au-dessus d'eux. Hermione emmitoufla Pattenrond dans sa cape et Ron laissa sa robe de soirée autour de la cage de Coquecigrue. Sur le quai, la tête baissée, les yeux plissés, ils durent affronter une pluie battante. Il tombait un tel déluge qu'ils avaient l'impression de recevoir sur la tête des seaux d'eau glacée.

—Bonjour, Hagrid ! s'écria Harry en apercevant une silhouette gigantesque à l'autre bout du quai.

—Ça va, Harry ? lança Hagrid avec un geste de la main. On se voit au dîner si on n'est pas noyés d'ici là !

Il était de tradition que Hagrid amène lui-même les élèves de première année au château en leur faisant traverser le lac sur des barques.

— Je n'aimerais pas me retrouver sur le lac par ce temps, dit Hermione, parcourue d'un frisson.

Ils avançaient lentement au milieu de la foule massée sur le quai obscur. Une centaine de diligences sans chevaux les attendaient devant la gare. Harry, Ron, Hermione et Neville furent soulagés de pouvoir monter dans l'une d'elles. La portière se referma d'un coup sec et la longue procession des diligences s'ébranla brutalement, dans un grincement de roues et des gerbes d'eau, le long du chemin qui menait au château de Poudlard.

12
LE TOURNOI
DES TROIS SORCIERS

Avançant avec difficulté, les diligences franchirent le grand portail, flanqué de statues représentant des sangliers ailés, et remontèrent l'allée du château dans une véritable tempête qui les faisait osciller dangereusement. Appuyé contre la vitre, Harry regardait s'approcher Poudlard dont les fenêtres illuminées scintillaient, brouillées par l'épais rideau de pluie. Des éclairs traversèrent le ciel lorsque leur diligence s'arrêta devant les grandes portes de chêne auxquelles on accédait par un large escalier de pierre. Les passagers des premières diligences montaient déjà les marches quatre à quatre pour entrer au plus vite dans le château. Harry, Ron, Hermione et Neville sautèrent de leur diligence et se précipitèrent à leur tour en haut de l'escalier, ne relevant la tête que lorsqu'ils furent parvenus dans l'immense hall d'entrée, éclairé par des torches enflammées, avec son magnifique escalier de marbre.

— Nom d'un vampire ! s'exclama Ron en secouant ses cheveux qui projetèrent de l'eau tout autour de lui. Si ça continue comme ça, le lac va déborder. Je suis trempé ! ARGH !

Un gros ballon rouge plein d'eau venait de tomber du plafond et d'exploser sur la tête de Ron. Ruisselant, crachotant, Ron tituba et heurta Harry au moment où tombait une deuxième bombe à eau qui manqua de peu Hermione. La bombe explosa aux pieds de Harry, dont les chaussures furent submergées par une vague d'eau glacée qui pénétra jusque dans ses chaussettes. Autour d'eux, des élèves s'enfuyaient en tous sens, se poussant les uns les autres, lançant des cris stridents. Harry leva les yeux et vit Peeves, l'esprit frappeur, qui flottait à cinq ou six mètres au-dessus du sol. Il avait l'apparence d'un petit homme coiffé d'un chapeau à clochettes, une cravate orange autour du cou, son gros visage malveillant tendu par la concentration tandis qu'il visait à nouveau.

– PEEVES ! hurla une voix furieuse. Peeves, descends IMMÉDIATEMENT !

Le professeur McGonagall, directrice-adjointe de Poudlard et chef de la maison Gryffondor, venait de sortir en trombe de la Grande Salle. Elle glissa sur le sol humide et saisit Hermione par le cou pour se rattraper.

– Aïe… Désolée, Miss Granger…

– Il n'y a pas de mal, professeur ! bredouilla Hermione en se massant la gorge.

– Peeves, descends TOUT DE SUITE ! aboya le professeur McGonagall.

Elle redressa son chapeau pointu et lança à l'esprit frappeur un regard noir derrière ses lunettes rectangulaires.

– Je ne fais rien de mal, caqueta Peeves.

Il jeta une nouvelle bombe sur un groupe de filles qui se ruèrent en hurlant dans la Grande Salle.

– Ils sont déjà mouillés, non ? Petits morveux ! Ha ! Ha !

Et il lança une autre bombe sur des élèves de deuxième année qui venaient d'arriver.

– Je vais appeler le directeur ! s'écria le professeur McGonagall. Je te préviens, Peeves !

L'esprit frappeur lui tira la langue, jeta en l'air la dernière de ses bombes à eau et fila dans l'escalier de marbre en glapissant comme un fou.

– Bon, allons-y, maintenant ! dit sèchement le professeur McGonagall à la foule en désordre des élèves. Tout le monde dans la Grande Salle !

Harry, Ron et Hermione traversèrent le hall d'entrée, glissant et trébuchant sur le sol mouillé, et franchirent les doubles portes qui donnaient sur la Grande Salle. Ron marmonnait d'un air furieux en relevant ses cheveux trempés qui lui tombaient sur le front.

La Grande Salle était toujours aussi splendide avec ses décorations en l'honneur du festin de début d'année. Assiettes et gobelets d'or scintillaient à la lumière de centaines de chandelles qui flottaient en l'air au-dessus des convives. Des élèves bavardaient autour des quatre longues tables qui représentaient chacune une des quatre maisons de Poudlard. À l'extrémité de la salle, une cinquième table avait été dressée pour les professeurs, face à leurs élèves. Il faisait beaucoup plus chaud, ici. Harry, Ron et Hermione passèrent devant les tables des Serpentard, des Serdaigle et des Poufsouffle, puis allèrent s'asseoir avec les autres Gryffondor à l'autre bout de la salle, près de Nick Quasi-Sans-Tête, le fantôme de Gryffondor. D'un blanc nacré, à demi transparent, Nick était vêtu de son habituel pourpoint, orné d'une fraise impressionnante qui avait la double fonction de souligner le caractère festif de cette soirée et d'empêcher sa tête de trop vaciller sur son cou presque entièrement tranché.

– Belle soirée, n'est-ce pas ? lança-t-il, avec un grand sourire.

– À qui le dites-vous ! répondit Harry en enlevant ses chaussures qu'il vida de leur eau. J'espère qu'ils vont se dépêcher de faire la Répartition, je meurs de faim.

La Répartition des nouveaux élèves dans les quatre maisons de Poudlard avait lieu au début de chaque année mais, par un malheureux concours de circonstances, Harry n'y avait plus assisté depuis sa propre entrée au collège et il était content de pouvoir être là ce soir.

À cet instant, une voix haletante et surexcitée l'appela au bout de la table :

– Salut, Harry !

C'était Colin Crivey, un élève de troisième année aux yeux de qui Harry apparaissait comme un héros.

– Salut, Colin, dit Harry d'un ton méfiant.

– Harry, tu sais quoi ? Tu sais quoi, Harry ? Mon frère entre en première année ! Mon frère Dennis !

– Ah… Très bien, dit Harry.

– Il est vraiment fou de joie ! assura Colin en sautant quasiment sur sa chaise. J'espère qu'il va être à Gryffondor ! Croise les doigts, hein, Harry ?

– Heu… Ouais, c'est ça, répondit Harry.

Il se tourna vers Ron, Hermione et Nick Quasi-Sans-Tête.

– Les frères et sœurs vont généralement dans la même maison, non ? dit-il.

Il avait tiré cette conclusion du fait que les Weasley étaient allés tous les sept à Gryffondor.

– Oh, non, pas nécessairement, répondit Hermione. La jumelle de Parvati Patil est à Serdaigle et pourtant elles sont parfaitement identiques. On aurait pu penser qu'elles resteraient ensemble, non ?

Harry regarda la table des professeurs. Il semblait y avoir plus de chaises vides que d'habitude. Hagrid, bien sûr, était encore sur le lac, en train de braver les éléments pour amener au château les élèves de première année. Le professeur McGonagall devait sans doute veiller à ce que le sol du hall d'entrée soit essuyé mais il restait encore une chaise inoccupée et il se demanda qui d'autre pouvait bien être absent.

– Où est le nouveau professeur de défense contre les forces du Mal ? demanda Hermione qui observait également la table.

Aucun de leurs professeurs de défense contre les forces du Mal n'était resté en poste plus d'une année. Le préféré de Harry était, de loin, le professeur Lupin, qui avait donné sa démission l'année précédente. Harry regarda attentivement les professeurs assis à la longue table. Aucun doute possible : il n'y avait pas de tête nouvelle.

– Ils n'ont peut-être pas réussi à en trouver un ! dit Hermione, l'air anxieux.

Le minuscule professeur Flitwick, qui enseignait les enchantements, était assis sur une épaisse pile de coussins, à côté de Mrs Chourave, professeur de botanique, qui portait un chapeau posé de travers sur ses cheveux gris en désordre. Elle bavardait avec le professeur Sinistra, chargée de l'astronomie. De l'autre côté, on apercevait le visage cireux, au nez busqué, de Rogue, le maître des Potions – la personne que Harry aimait le moins, à Poudlard. Son aversion pour Rogue n'avait d'égale que la haine de celui-ci envers Harry, une haine qui – si c'était possible – s'était encore intensifiée l'année précédente, lorsque Harry avait aidé Sirius Black à s'enfuir sous le gros nez de Rogue. Rogue et Sirius étaient ennemis depuis l'époque où ils avaient été eux-mêmes élèves à Poudlard.

À côté de Rogue, il y avait une chaise vide, qui devait être celle du professeur McGonagall. Au centre de la table, vêtu de sa magnifique robe de sorcier vert foncé brodée d'étoiles et de lunes, était assis le professeur Dumbledore, le directeur du collège, ses longs cheveux et sa barbe argentés scintillant à la lumière des chandelles. Dumbledore avait joint ses longs doigts fins sous son menton et contemplait le plafond à travers ses lunettes en demi-lune, comme perdu dans ses pensées. Harry leva également les yeux vers le plafond enchanté qui reproduisait exactement l'aspect du ciel au-dehors. Jamais Harry ne l'avait vu aussi sombre et orageux. Des nuages noirs et pourpres s'y entremêlaient et, lorsqu'un coup de tonnerre retentit au-dessus du château, un éclair fourchu traversa le plafond magique.

– Bon, ils se dépêchent, oui, grommela Ron, à côté de Harry. J'ai tellement faim que je pourrais manger un hippogriffe.

Il avait à peine achevé sa phrase que les portes de la Grande Salle s'ouvrirent et le silence se fit. Le professeur McGonagall entra, à la tête d'une longue file d'élèves de première année qu'elle amena au bout de la salle, près de la table des professeurs. Si Harry, Ron et Hermione étaient mouillés, ce n'était rien comparé au spectacle qu'offraient les malheureux nouveaux. On aurait dit qu'ils avaient traversé le lac à la nage plutôt qu'en barque. Lorsqu'ils se mirent en rang face aux autres élèves, tous frissonnaient de froid et d'anxiété. Tous, sauf un : un garçon aux cheveux clairs et ternes, plus petit que les autres, enveloppé dans le manteau en peau de taupe de Hagrid. Le manteau était si grand pour lui qu'il paraissait enroulé dans une tente de fourrure. Son visage, qui dépassait tout juste du col, exprimait une telle excitation qu'elle en paraissait presque douloureuse. Quand il eut rejoint le rang de ses camarades terrorisés, le garçon croisa le regard de Colin Crivey, leva le pouce par deux fois et ses lèvres formèrent silencieusement les mots : « Je suis tombé dans le lac ! », ce qui semblait le plonger dans la plus totale félicité.

Le professeur McGonagall posa alors sur le sol un tabouret à trois pieds et y plaça un très vieux chapeau de sorcier, sale et rapiécé. Les nouveaux élèves, comme les anciens, l'observèrent attentivement. Pendant un moment, il y eut un grand silence. Puis une déchirure dans l'étoffe élimée du chapeau, tout près du bord, s'ouvrit comme une bouche et le chapeau se mit à chanter :

Voici un peu plus de mille ans,
Lorsque j'étais jeune et fringant,
Vivaient quatre illustres sorciers
Dont les noms nous sont familiers :
Le hardi Gryffondor habitait dans la plaine,
Poufsouffle le gentil vivait parmi les chênes,
Serdaigle le loyal régnait sur les sommets,
Serpentard le rusé préférait les marais.
Ils avaient un espoir, un souhait et un rêve,
Le projet audacieux d'éduquer des élèves,
Ainsi naquit Poudlard
Sous leurs quatre étendards.
Chacun montra très vite
Sa vertu favorite
Et en fit le blason
De sa propre maison.
Aux yeux de Gryffondor, il fallait à tout âge
Montrer par-dessus tout la vertu de courage,
La passion de Serdaigle envers l'intelligence
Animait son amour des bienfaits de la science,
Poufsouffle avait le goût du travail acharné,
Tous ceux de sa maison y étaient destinés,
Serpentard, assoiffé de pouvoir et d'action,
Recherchait en chacun le feu de l'ambition.
Ainsi, tout au long de leur vie,
Ils choisirent leurs favoris,
Mais qui pourrait les remplacer
Quand la mort viendrait les chercher ?
Gryffondor eut l'idée parfaite
De me déloger de sa tête,
Les quatre sorciers aussitôt
Me firent le don d'un cerveau
Pour que je puisse sans erreur

Voir tout au fond de votre cœur
Et décider avec raison
Ce que sera votre maison.

Lorsque le Choixpeau magique eut fini sa chanson, la Grande Salle éclata en applaudissements.

– Ce n'est pas la même que celle qu'il a chantée pour notre première année, dit Harry en applaudissant avec les autres.

– Il en chante une différente chaque fois, dit Ron. Ça ne doit pas être très drôle, comme vie, d'être un chapeau. J'imagine qu'il doit passer toute l'année à préparer la prochaine chanson.

Le professeur McGonagall déroulait à présent un grand rouleau de parchemin.

– Quand j'appellerai votre nom, vous mettrez le chapeau sur votre tête et vous vous assiérez sur le tabouret, dit-elle aux nouveaux. Lorsque le chapeau annoncera le nom de votre maison, vous irez prendre place à la table correspondante. Je commence : Ackerley, Stewart !

Un garçon s'avança, tremblant de la tête aux pieds, prit le Choixpeau, le posa sur sa tête et s'assit sur le tabouret.

– *Serdaigle !* cria le Choixpeau.

Stewart Ackerley ôta le chapeau et se précipita à la table des Serdaigle, où tout le monde l'applaudit. Harry aperçut Cho, l'attrapeuse de l'équipe des Serdaigle, qui accueillait le nouveau avec des cris de joie. Pendant un instant, Harry éprouva l'étrange désir d'aller lui aussi s'asseoir à leur table.

– Baddock, Malcolm !

– *Serpentard !*

Des acclamations enthousiastes retentirent à la table située de l'autre côté de la salle. Harry vit Malefoy applaudir Baddock qui rejoignait les Serpentard. Harry se demanda si Baddock savait que Serpentard avait produit plus d'adeptes

de la magie noire qu'aucune autre maison. Fred et George sif-
flèrent Baddock lorsqu'il s'assit à la table.

– Branstone, Eleanor !

– *Poufsouffle* !

– Cauldwell, Owen !

– *Poufsouffle* !

– Crivey, Dennis !

Le minuscule Dennis Crivey s'avança d'un pas titubant, se
prenant les pieds dans le manteau de Hagrid, tandis que
Hagrid lui-même entrait dans la Grande Salle en se glissant
par une porte située derrière la table des professeurs. À peu
près deux fois plus grand qu'un homme normal et au moins
trois fois plus large, Hagrid, avec sa barbe et ses cheveux noirs
et hirsutes, avait l'air un peu inquiétant – mais c'était une
apparence trompeuse : Harry, Ron et Hermione savaient qu'au
contraire il était d'une nature particulièrement généreuse. Il
leur lança un clin d'œil en s'asseyant au bout de la table des
professeurs et regarda Dennis Crivey coiffer le Choixpeau
magique. La déchirure, près du bord, s'ouvrit largement :

– *Gryffondor* ! s'écria le Choixpeau.

Hagrid applaudit en même temps que les élèves de Gryffondor lorsque Dennis Crivey, le visage rayonnant, ôta le
Choixpeau magique, le reposa sur le tabouret et se hâta d'aller s'asseoir à la table où se trouvait déjà son frère.

– Colin, je suis tombé dedans ! s'exclama-t-il d'une voix
perçante en se jetant sur une chaise vide. C'était formidable !
Et il y a quelque chose dans l'eau qui m'a attrapé et m'a remis
dans le bateau !

– Super ! dit Colin du même ton enthousiaste. C'était sans
doute le calmar géant !

– Wouaoh ! s'écria Dennis comme si on ne pouvait rêver
mieux que de tomber dans les eaux déchaînées d'un lac
insondable et d'en être rejeté par un monstre aquatique.

– Dennis ! Dennis ! Tu vois ce garçon, là-bas ? Celui avec les cheveux noirs et les lunettes ? Tu le vois ? *Et tu sais qui c'est, Dennis ?*

Harry détourna les yeux et fixa son regard sur le Choix-peau magique qui choisissait la maison d'Emma Dobbs.

La Répartition se poursuivit. Garçons et filles, dont le visage exprimait divers degrés d'appréhension, s'appro-chaient un par un du tabouret à trois pieds, la file diminuant lentement à mesure que le professeur McGonagall avançait dans l'alphabet. Elle en était à présent aux noms qui com-mençaient par un M.

– Qu'elle se dépêche, marmonna Ron en se passant une main sur le ventre.

– Allons, Ron, la Répartition est beaucoup plus impor-tante que de manger, fit remarquer Nick Quasi-Sans-Tête pendant que « Madley, Laura ! » était envoyée à Poufsouffle.

– Bien sûr, quand on est mort, répliqua Ron.

– J'espère que les nouveaux Gryffondor de l'année seront à la hauteur, dit Nick Quasi-Sans-Tête en applaudissant « McDonald, Natalie ! » qui venait de rejoindre leur table. Il faut continuer à gagner, n'est-ce pas ?

Au cours des trois dernières années, c'était Gryffondor qui avait gagné la Coupe des Quatre Maisons.

– Pritchard, Graham !

– *Serpentard !*

– Quirke, Orla !

– *Serdaigle !*

Enfin avec « Whitby, Kevin ! » (« *Poufsouffle !* »), la Répar-tition se termina. Le professeur McGonagall prit le Choix-peau et le tabouret et les remporta.

– Il était temps, dit Ron qui saisit son couteau et sa four-chette, et posa sur son assiette d'or un regard avide.

Le professeur Dumbledore s'était levé. Adressant un sourire chaleureux aux élèves rassemblés, il ouvrit largement les bras dans un geste de bienvenue.

– Je n'ai que deux mots à vous dire, déclara-t-il, sa voix grave résonnant dans toute la salle : *Bon appétit !*

– Bravo ! Bien dit ! s'exclamèrent Harry et Ron d'une même voix, tandis que les plats vides se remplissaient par magie sous leurs yeux.

Nick Quasi-Sans-Tête regarda d'un air attristé Harry, Ron et Hermione remplir leurs assiettes.

– Ah, cha commenche déjà à aller mieux, dit Ron, la bouche pleine de purée.

– Vous avez de la chance que le festin ait pu avoir lieu, dit alors Nick Quasi-Sans-Tête. Il y a eu des ennuis à la cuisine, cet après-midi.

– Ah, bon ? Qu'est-che qui ch'est paché ? demanda Harry qui mâchait un impressionnant morceau de steak.

– C'est la faute de Peeves, bien sûr, répondit Nick Quasi-Sans-Tête en remuant sa tête qui oscilla dangereusement.

Il remonta un peu sa fraise.

– La discussion habituelle. Il voulait assister au festin. Impossible, bien entendu, vous le connaissez, il est incapable d'avoir des manières civilisées, il ne peut pas voir une assiette pleine sans la jeter par terre. Nous avons tenu un conseil des fantômes : le Moine Gras voulait lui donner une chance, mais le Baron Sanglant s'y est formellement opposé, ce qui est beaucoup plus sage, à mon avis.

Le Baron Sanglant était le fantôme des Serpentard, un spectre émacié et silencieux couvert de taches de sang argentées. C'était la seule personne, à Poudlard, qui avait de l'autorité sur Peeves.

– Oui, Peeves paraissait fou de rage, on a vu ça, dit Ron d'un air sombre. Qu'est-ce qu'il a fait, dans la cuisine ?

– Oh, comme d'habitude, répondit Nick Quasi-Sans-Tête

en haussant les épaules. Il a tout mis sens dessus dessous. Il y avait des marmites et des casseroles partout. Le carrelage était inondé de soupe. Il a terrifié les elfes de maison...

Dans un bruit de métal, Hermione reposa brutalement son gobelet, répandant du jus de citrouille sur la nappe de lin blanc qui fut soudain constellée de taches orange. Mais Hermione n'y prêta aucune attention.

– Il y a des elfes de maison, *ici* ? dit-elle en regardant Nick Quasi-Sans-Tête d'un air horrifié. Ici, à *Poudlard* ?

– Bien sûr, répondit le fantôme, surpris de sa réaction. Il y en a même plus que dans n'importe quelle autre résidence de Grande-Bretagne. Je crois qu'ils sont plus d'une centaine.

– Je n'en ai jamais vu un seul ! dit Hermione.

– Ils ne quittent presque jamais la cuisine en plein jour, expliqua Nick Quasi-Sans-Tête. Ils sortent la nuit pour nettoyer un peu... s'occuper de mettre des bûches dans le feu, et tout le reste... On n'est pas censé les voir, n'est-ce pas ? Le propre d'un bon elfe de maison, c'est de faire oublier sa présence.

Hermione le regarda fixement.

– Mais... on les *paye* ? demanda-t-elle. On leur donne des *vacances* ? Et... des congés maladie, des retraites et tout ça ?

Nick Quasi-Sans-Tête se mit à pouffer de rire si fort que sa fraise glissa et sa tête tomba de côté, retenue par les quelques centimètres de peau et de muscles fantomatiques qui la rattachaient encore à son cou.

– Des congés maladie et des retraites ? dit-il en remettant sa tête sur ses épaules et sa fraise autour de son cou. Mais les elfes de maison ne veulent pas de congés maladie ni de retraites !

Hermione baissa les yeux sur son assiette qu'elle avait à peine touchée, puis elle y posa son couteau et sa fourchette et la repoussa.

– Allons, Her-mignonne, dit Ron qui renversa malencontreusement de la sauce de rosbif sur Harry. Oups ! Excuse-moi, Harry – il avala sa bouchée de viande. Ce n'est pas en mourant de faim que tu leur obtiendras des congés maladie !

– C'est de l'esclavage, répliqua Hermione, la respiration sifflante. C'est grâce à ça qu'on a eu ce dîner, grâce à des *esclaves*.

Et elle refusa d'avaler quoi que ce soit d'autre.

La pluie continuait de crépiter contre les hautes fenêtres sombres. Un nouveau coup de tonnerre ébranla les vitres et le plafond au ciel d'orage fut traversé d'un éclair qui illumina les assiettes d'or au moment où les restes du plat de viande disparaissaient, immédiatement remplacés par des gâteaux.

– C'est de la tarte à la mélasse, Hermione, annonça Ron en lui faisant sentir l'appétissant fumet qui s'en dégageait. Et regarde, il y a aussi du pudding aux raisins secs et du gâteau au chocolat !

Mais Hermione lui lança un regard qui lui rappelait tellement le professeur McGonagall qu'il préféra ne pas insister.

Lorsque les gâteaux eurent été engloutis et que les assiettes, nettoyées de leurs dernières miettes, eurent retrouvé tout leur éclat, Albus Dumbledore se leva à nouveau. Presque aussitôt, la rumeur des conversations s'évanouit et l'on n'entendit bientôt plus que le gémissement du vent et le martèlement de la pluie.

– Et voilà ! dit Dumbledore avec un grand sourire, maintenant que nous avons été nourris et abreuvés (« Humph ! » dit Hermione), je dois, une fois de plus, vous demander votre attention afin de vous donner quelques informations. Mr Rusard, le concierge, m'a demandé de vous avertir que la liste des objets interdits dans l'enceinte du château comporte également cette année les Yo-Yo hurleurs, les Frisbee à dents de serpent et les boomerangs à mouvement perpétuel. La liste complète comprend quatre cent trente-sept articles, si mes souvenirs sont exacts, et peut être consultée dans le bureau de Mr Rusard, pour ceux qui seraient intéressés.

Les coins de la bouche de Dumbledore tressaillirent.

– Je voudrais également vous rappeler, poursuivit-il, que, comme toujours, la forêt est interdite à tous les élèves et le village de Pré-au-Lard à celles et ceux qui n'ont pas encore atteint la troisième année d'études. Je suis également au regret de vous annoncer que la Coupe de Quidditch des Quatre Maisons n'aura pas lieu cette année.

– *Quoi ?* bredouilla Harry.

Il se tourna vers Fred et George, ses coéquipiers de l'équipe de Quidditch de Gryffondor. Trop effarés pour pouvoir parler, ils regardaient Dumbledore avec des yeux ronds, leurs lèvres remuant silencieusement.

– Cela est dû, continua Dumbledore, à un événement particulier qui commencera en octobre et se poursuivra tout au long de l'année scolaire, en exigeant de la part des professeurs beaucoup de temps et d'énergie. Mais je suis persuadé que vous en serez tous enchantés. J'ai en effet le grand plaisir de vous annoncer que cette année, à Poudlard…

Mais, au même instant, un coup de tonnerre assourdissant retentit et les portes de la Grande Salle s'ouvrirent à la volée.

Un homme se tenait sur le seuil, appuyé sur un grand bâton et enveloppé d'une cape de voyage noire. Toutes les têtes se tournèrent vers le nouveau venu, soudain illuminé par un éclair qui zébra le plafond magique. L'homme ôta son capuchon, secoua une longue crinière de cheveux gris sombre, puis s'avança en direction de la table des professeurs.

Un claquement sourd, régulier, résonnait en écho dans la Grande Salle, ponctuant ses pas. Lorsqu'il eut atteint l'extrémité de la table des professeurs, il se dirigea vers Dumbledore d'un pas lourd et claudicant. Un autre éclair illumina le plafond et Hermione eut un haut-le-corps.

L'éclair avait jeté une lumière crue sur le visage de l'étranger. Un visage comme celui-là, Harry n'en avait encore jamais vu. On aurait dit qu'il avait été taillé dans un vieux morceau de bois usé, par quelqu'un qui n'aurait eu qu'une très vague idée de la physionomie humaine et de l'art de la sculpture. Chaque centimètre carré de sa peau paraissait marqué de cicatrices. Sa bouche avait l'air d'une entaille tracée en diagonale et il lui manquait une bonne partie du nez. Mais c'étaient surtout ses yeux qui le rendaient effrayant.

L'un d'eux était petit, sombre, perçant. L'autre était grand, rond comme une pièce de monnaie et d'un bleu vif, électrique. L'œil bleu remuait sans cesse, sans jamais ciller, roulant dans son orbite, d'un côté et d'autre, de haut en bas, totalement indépendant de l'œil normal. Il pouvait également se retourner complètement pour regarder en arrière. On ne voyait plus alors qu'un globe blanc.

L'étranger arriva devant Dumbledore. Il tendit une main aussi labourée de cicatrices que son visage et Dumbledore la serra, en murmurant des paroles que Harry ne put entendre. Il semblait demander quelque chose à l'homme qui hocha la tête sans sourire et répondit à voix basse. Dumbledore approuva et lui fit signe de s'asseoir sur une chaise vide, du côté droit de la table.

L'homme s'assit, secoua sa crinière grise pour dégager son visage, tira vers lui une assiette de saucisses, la leva vers ce qui restait de son nez et renifla. Il sortit ensuite de sa poche un petit couteau, en planta la pointe dans une des saucisses et commença à manger. Son œil normal était fixé sur son assiette, mais l'œil bleu ne cessait de s'agiter dans son orbite, embrassant du regard la Grande Salle et les élèves assis autour des tables.

– Je vous présente notre nouveau professeur de défense contre les forces du Mal, déclara Dumbledore d'une voix claire qui rompit le silence. Le professeur Maugrey.

D'habitude, les nouveaux professeurs étaient salués par des applaudissements. Cette fois, pourtant, ni les élèves ni les professeurs n'applaudirent, à l'exception de Dumbledore et de Hagrid. Mais il y avait quelque chose de lugubre dans ces quelques battements de mains dont l'écho résonna dans le silence général et ils n'insistèrent pas. Tous les autres semblaient tellement pétrifiés par l'étrange apparence du professeur Maugrey qu'ils se contentaient de le regarder fixement.

– Maugrey ? murmura Harry à l'oreille de Ron. *Maugrey Fol Œil* ? Celui que ton père est allé aider ce matin ?

– Sans doute, répondit Ron d'une voix basse et intimidée.

– Qu'est-ce qui lui est arrivé ? chuchota Hermione. Qu'est-ce qui est arrivé à son *visage* ?

– Sais pas, dit Ron en regardant Maugrey d'un air fasciné.

Le professeur Maugrey paraissait totalement indifférent à cet accueil peu chaleureux. Négligeant le pichet de jus de citrouille posé devant lui, il fouilla à nouveau dans la poche de sa cape, en sortit une flasque et but une longue gorgée de son contenu. Lorsqu'il tendit le bras pour boire, sa cape se souleva du sol de quelques centimètres et Harry aperçut sous la table l'extrémité d'une jambe de bois sculptée, terminée par un pied doté de griffes.

Dumbledore s'éclaircit à nouveau la gorge.

– Comme je m'apprêtais à vous le dire, reprit-il, en souriant à la foule des élèves qui contemplaient toujours Maugrey Fol Œil d'un air stupéfait, nous allons avoir l'honneur d'accueillir au cours des prochains mois un événement que nous n'avons plus connu depuis un siècle. J'ai le très grand plaisir de vous annoncer que le Tournoi des Trois Sorciers se déroulera cette année à Poudlard.

– Vous PLAISANTEZ ! s'exclama Fred Weasley.

L'atmosphère de tension qui s'était installée dans la salle depuis l'arrivée de Maugrey se dissipa soudain.

Presque tout le monde éclata de rire et Dumbledore lui-même pouffa d'un air amusé.

– Non, je ne plaisante pas, Mr Weasley, dit-il. Mais si vous aimez la plaisanterie, j'en ai entendu une très bonne, cet été. C'est un troll, une harpie et un farfadet qui entrent dans un bar…

Le professeur McGonagall s'éclaircit bruyamment la gorge.

– Heu… c'est vrai…, dit Dumbledore. Le moment n'est peut-être pas venu de… Où en étais-je ? Ah, oui, le Tournoi des Trois Sorciers… Certains d'entre vous ne savent pas en quoi consiste ce tournoi, je demande donc à ceux qui *savent* de me pardonner d'avoir à donner quelques explications. Pendant ce temps-là, ils sont autorisés à penser à autre chose. Le Tournoi des Trois Sorciers a eu lieu pour la première fois il y a quelque sept cents ans. Il s'agissait d'une compétition amicale entre les trois plus grandes écoles de sorcellerie d'Europe – Poudlard, Beauxbâtons et Durmstrang. Un champion était sélectionné pour représenter chacune des écoles et les trois champions devaient accomplir trois tâches à caractère magique. Chaque école accueillait le tournoi à tour de rôle tous les cinq ans et tout le monde y voyait un excellent moyen d'établir des relations entre jeunes sorcières et sorciers de différentes nationalités – jusqu'à ce que le nombre de morts devienne si élevé que la décision fut prise d'interrompre le tournoi.

– *Le nombre de morts ?* chuchota Hermione, effarée.

Mais ses appréhensions ne semblaient pas partagées par la majorité des élèves présents. Beaucoup d'entre eux se parlaient à voix basse d'un air enthousiaste et Harry lui-même avait hâte d'en savoir plus sur le tournoi, indifférent aux victimes qu'il avait pu faire des centaines d'années auparavant.

– Au cours des siècles, il y a eu plusieurs tentatives pour rétablir le tournoi, poursuivit Dumbledore, mais aucune n'a rencontré un grand succès. Cette année, pourtant, notre

Département de la coopération magique internationale et celui des jeux et sports magiques ont estimé que le moment était venu d'essayer de le faire revivre. Nous avons tous beaucoup travaillé au cours de l'été pour nous assurer que, cette fois, aucun champion ne se trouvera en danger de mort. Les responsables de Beauxbâtons et de Durmstrang arriveront en octobre avec une liste de candidats et la sélection des trois champions aura lieu le jour de Halloween. Un juge impartial décidera quels sont les élèves qui sont le plus dignes de concourir pour le Trophée des Trois Sorciers, la gloire de leur école et une récompense personnelle de mille Gallions.

— Moi, je me lance ! chuchota Fred Weasley, enthousiasmé par la perspective de tant de gloire et de richesses.

Il n'était pas le seul à s'imaginer champion de Poudlard. À chaque table, Harry voyait des élèves chuchoter avec ferveur à l'oreille de leurs voisins ou regarder Dumbledore d'un air extatique. Mais, dès que Dumbledore reprit la parole, un silence total revint dans la salle.

— Je sais que vous êtes tous impatients de rapporter à Poudlard le Trophée des Trois Sorciers, dit-il, mais les responsables des trois écoles en compétition, en accord avec le ministère de la Magie, ont jugé qu'il valait mieux, cette année, imposer de nouvelles règles concernant l'âge des candidats. Seuls les élèves majeurs – c'est-à-dire qui ont dix-sept ans ou plus – seront autorisés à soumettre leur nom à la sélection. Il s'agit là – Dumbledore haussa légèrement la voix car plusieurs élèves poussaient des exclamations scandalisées et les jumeaux Weasley paraissaient soudain furieux – il s'agit là, dis-je, d'une mesure que nous estimons nécessaire, compte tenu de la difficulté des tâches imposées qui resteront dangereuses en dépit des précautions prises. Il est en effet hautement improbable que des élèves n'ayant pas encore atteint la sixième ou la septième année d'études puissent les accomplir sans risques. Je m'assurerai personnellement qu'aucun élève d'âge inférieur à la limite imposée ne puisse tricher sur son âge pour essayer de se faire admettre comme champion de Poudlard par notre juge impartial.

Ses yeux bleu clair étincelèrent en se posant sur Fred et George dont le visage exprimait ouvertement leur sentiment de révolte.

– Je vous demande donc de ne pas perdre votre temps à essayer de vous porter candidat si vous avez moins de dix-sept ans. Comme je vous l'ai déjà dit, les délégations des écoles de Beauxbâtons et de Durmstrang arriveront en octobre et resteront parmi nous pendant la plus grande partie de l'année scolaire. Je ne doute pas que vous manifesterez la plus grande courtoisie envers nos hôtes étrangers tout au long de leur séjour et que vous apporterez votre entier soutien au champion de Poudlard lorsqu'il – ou elle – aura été désigné. Mais il se fait tard, à présent, et je sais combien il est important que vous soyez frais et dispos pour vos premiers cours, demain matin. Alors, tout le monde au lit ! Et vite !

Dumbledore se rassit et se tourna vers Maugrey Fol Œil. Tous les élèves se levèrent dans le vacarme des chaises qui glissaient sur le sol et se dirigèrent en masse vers la double porte donnant sur le hall d'entrée.

– Ils ne peuvent pas nous faire ça ! s'exclama George Weasley qui n'avait pas encore rejoint la foule des élèves et restait là à regarder Dumbledore d'un air furieux. On va avoir dix-sept ans en avril, pourquoi est-ce qu'on ne pourrait pas tenter notre chance ?

– Ils ne m'empêcheront pas d'être candidat, dit Fred d'un air buté, en lançant également un regard indigné à la table des professeurs. Les champions vont pouvoir faire plein de choses qui sont interdites en temps normal. Et en plus il y a mille Gallions à gagner !

– Ouais, dit Ron d'un air rêveur. Mille Gallions…

– Allez, venez, dit Hermione. Si vous ne bougez pas d'ici, on va être les derniers.

Harry, Ron, Hermione, Fred et George se dirigèrent à leur tour vers le hall d'entrée. Les jumeaux se demandaient quels moyens Dumbledore avait pu mettre en œuvre pour empêcher les élèves en dessous de dix-sept ans de soumettre leur candidature.

– Et qui est ce juge impartial chargé de choisir les noms des champions ? demanda Harry.

– Sais pas, dit Fred, mais c'est lui qu'il va falloir berner. Quelque gouttes de potion de Vieillissement devraient faire l'affaire, qu'est-ce que tu en penses, George ?

– Dumbledore sait très bien que vous n'avez pas l'âge, fit remarquer Ron.

– Oui, mais ce n'est pas lui qui doit désigner le champion, dit Fred d'un air rusé. À mon avis, une fois que ce fameux juge connaîtra les noms des candidats, il choisira le meilleur de chaque école sans se préoccuper de son âge. Dumbledore essaye simplement de nous empêcher d'être candidats.

– N'oubliez quand même pas qu'il y a des gens qui en sont morts ! dit Hermione d'une voix inquiète, tandis qu'ils franchissaient une porte masquée par une tapisserie et montaient un autre escalier plus étroit.

– Oui, bien sûr, répondit Fred d'un ton dégagé, mais c'était il y a longtemps. D'ailleurs, si on veut vraiment s'amuser, il faut bien qu'il y ait un peu de risques. Hé, Ron, imagine qu'on trouve un moyen de contourner l'interdiction, est-ce que tu aurais envie d'être candidat ?

– Qu'est-ce que tu en penses ? demanda Ron à Harry. Ce serait bien d'essayer, non ? Mais je pense qu'ils veulent quelqu'un de plus âgé… Je ne crois pas qu'on sache assez de choses…

—Moi, c'est sûr que je n'en serais pas capable, dit la voix triste de Neville, derrière Fred et George. Ma grand-mère voudrait sûrement que j'essaye, elle n'arrête pas de me répéter que je devrais faire honneur à la famille. Il faudra simplement que je... Oups...

Le pied de Neville venait de passer à travers un trou, à mi-hauteur de l'escalier. Il n'était pas rare que les escaliers du château réservent des surprises de ce genre et les plus anciens élèves de Poudlard avaient pris l'habitude d'enjamber cette marche particulière sans même y penser. Mais Neville était connu pour sa mémoire défaillante. Harry et Ron le saisirent chacun par un bras et le hissèrent hors du trou tandis qu'une armure, en haut de l'escalier, se mettait à grincer en éclatant d'un rire guttural.

—Tais-toi, toi, dit Ron en rabattant au passage la visière de l'armure.

Ils continuèrent de monter jusqu'à la tour de Gryffondor dont l'entrée était cachée par un grand tableau représentant une grosse dame dans une robe de soie rose.

—Le mot de passe ? demanda-t-elle en les voyant approcher.

—Fariboles, répondit George. C'est un préfet qui me l'a donné.

Le tableau bascula, laissant apparaître un trou dans le mur. Ils s'y engouffrèrent, pénétrant dans la salle commune où les attendaient des fauteuils confortables et un feu qui craquait dans la cheminée. Hermione regarda les flammes d'un air sombre et Harry l'entendit marmonner : « De l'esclavage ! » Puis elle leur dit bonsoir et disparut par la porte qui donnait accès au dortoir des filles.

Harry, Ron et Neville montèrent le dernier escalier en colimaçon qui menait à leur dortoir, situé au sommet de la tour. Cinq lits à baldaquin aux rideaux cramoisis étaient alignés le long des murs, et les bagages de chacun avaient été déposés à leur pied. Dean et Seamus se préparaient déjà à se coucher. Seamus avait épinglé sa rosette d'Irlande à la tête de son lit et Dean avait accroché un poster représentant Viktor Krum au-dessus de sa table de chevet. Sa vieille affiche de l'équipe de football de West Ham était collée juste à côté.

– Vraiment ridicule ! soupira Ron en hochant la tête à la vue des joueurs de football complètement immobiles.

Harry, Ron et Neville enfilèrent leurs pyjamas et se mirent au lit. Quelqu'un – un elfe de maison, sans doute – avait glissé des bouillottes entre les draps. S'allonger dans les lits tièdes en écoutant l'orage qui se déchaînait au-dehors procurait une sensation de confort extrême.

– J'aimerais bien être candidat, dit la voix ensommeillée de Ron dans l'obscurité, si Fred et George trouvent le moyen... Le tournoi... On ne sait jamais, tu ne crois pas ?

– Peut-être...

Harry se retourna dans son lit. Des images étourdissantes défilaient dans sa tête... Il avait réussi à faire croire au juge impartial qu'il avait dix-sept ans... Il était devenu le champion de Poudlard... Les bras levés en signe de triomphe, il était acclamé par toute l'école réunie dans le parc... Il venait de remporter le Tournoi des Trois Sorciers... Dans la foule indistincte, le visage de Cho lui apparaissait nettement, le regard brillant d'admiration...

La tête dans l'oreiller, Harry eut un large sourire. Pour une fois, il était content que Ron ne puisse pas voir ce que lui-même voyait.

13
MAUGREY FOL ŒIL

Le lendemain matin, l'orage s'était éloigné, mais le plafond de la Grande Salle restait sombre. D'épais nuages d'un gris d'étain défilaient au-dessus des têtes tandis que Harry, Ron et Hermione, assis à la table du petit déjeuner, étudiaient leur emploi du temps. Un peu plus loin, Fred, George et Lee Jordan discutaient des meilleures méthodes qui pourraient les vieillir et leur permettre d'être admis comme candidats au Tournoi des Trois Sorciers.

— Pas mal, le programme de ce matin, on va être dehors toute la journée, dit Ron en parcourant son emploi du temps. On a botanique avec les Poufsouffle et ensuite, soins aux créatures magiques... Nom d'un dragon, on est encore avec les Serpentard pour ce cours-là...

— Double cours de divination, cet après-midi, grogna Harry.

La divination était la matière qu'il aimait le moins, en dehors des potions. Le professeur Trelawney ne cessait de lui annoncer sa mort prochaine, ce que Harry trouvait à la longue singulièrement agaçant.

— Tu aurais dû laisser tomber, comme moi, dit vivement Hermione en se beurrant un toast. Ça t'aurait permis de faire quelque chose de plus intelligent à la place, l'arithmancie, par exemple.

– Tiens, tu as recommencé à manger, on dirait, fit remarquer Ron en voyant Hermione étaler une épaisse couche de confiture sur son toast beurré.

– J'ai décidé qu'il y avait de meilleurs moyens de prendre la défense des elfes, répliqua Hermione d'un ton hautain.

– Ouais… et en plus, tu avais faim, dit Ron avec un sourire

Il y eut un soudain bruissement d'ailes au-dessus d'eux et une centaine de hiboux chargés de lettres et de paquets s'engouffrèrent dans la salle en passant par les fenêtres ouvertes. Instinctivement, Harry leva les yeux, mais il ne vit pas la moindre trace de plumage blanc dans cette masse de hiboux et de chouettes aux plumes grises ou marron. Les hiboux décrivaient des cercles au-dessus des tables, cherchant leurs destinataires. Une grande chouette hulotte fondit sur Neville Londubat et déposa un paquet sur ses genoux – Neville oubliait presque toujours quelque chose quand il faisait ses bagages. De l'autre côté de la salle, le hibou grand duc de Drago Malefoy s'était posé sur son épaule, apportant son habituel colis de friandises et de gâteaux envoyés par sa famille. Essayant d'oublier sa déception, Harry reporta son attention sur son assiette de porridge. Était-il possible que quelque chose soit arrivé à Hedwige et que Sirius n'ait même pas reçu sa lettre ?

Il était toujours aussi inquiet lorsqu'il suivit le chemin détrempé qui menait à la serre numéro trois. Le cours de botanique parvint cependant à lui changer les idées. Le professeur Chourave montra aux élèves les plantes les plus laides que Harry eût jamais vues. En fait, elles ressemblaient moins à des plantes qu'à de grosses limaces noires et épaisses qui dépassaient verticalement de leurs pots. Elles se tortillaient légèrement et étaient couvertes de grosses pustules brillantes apparemment pleines de liquide.

– Ce sont des Bubobulbs, annonça vivement le professeur

Chourave. Vous allez percer leurs vésicules pour recueillir le pus…

—Le *quoi* ? s'écria Seamus Finnigan d'un ton dégoûté.

—Le pus, Finnigan, le pus, répéta le professeur Chourave. Et c'est une substance extrêmement précieuse, alors n'en perdez pas, surtout. Vous allez donc recueillir ce pus dans des bouteilles. Mettez vos gants en peau de dragon, car le pus de Bubobulb peut avoir quelquefois des effets bizarres s'il entre en contact avec la peau sans avoir été dilué.

Percer les pustules de Bubobulbs était assez répugnant mais procurait également une étrange satisfaction. Chaque fois qu'une des vésicules éclatait, il s'en échappait une grande quantité d'un épais liquide d'une couleur vert jaunâtre, qui dégageait une forte odeur d'essence. Les élèves le faisaient couler dans les bouteilles que le professeur Chourave leur avait données et, à la fin du cours, ils en avaient recueilli plusieurs litres.

—Voilà qui va faire plaisir à Madame Pomfresh, dit le professeur Chourave en enfonçant un bouchon de liège dans le goulot de la dernière bouteille. Le pus de Bubobulb est un excellent remède contre les formes les plus persistantes d'acné. Avec ça, les élèves de Poudlard devraient cesser de recourir à des méthodes désespérées pour se débarrasser de leurs boutons.

—Comme cette pauvre Éloïse Midgen, dit à voix basse Hannah Abbot, une élève de Poufsouffle. Elle a essayé d'enlever les siens en leur jetant un sort.

—Quelle idiote, soupira le professeur Chourave en hochant la tête. Heureusement que Madame Pomfresh a réussi à lui remettre le nez en place.

Une cloche retentit avec force dans le château, annonçant la fin du cours et les élèves des deux maisons se séparèrent, les Poufsouffle montant l'escalier de pierre pour aller en classe de métamorphose et les Gryffondor prenant la direction de la cabane en bois où habitait Hagrid, à la lisière de la Forêt interdite.

Hagrid les attendait devant sa cabane, une main sur le collier de Crockdur, son énorme chien noir. À ses pieds, plusieurs caisses en bois étaient posées sur le sol et Crockdur tirait sur son collier en gémissant, apparemment impatient d'en examiner le contenu de plus près. Lorsqu'ils approchèrent, ils entendirent un raclement ponctué de petites explosions.

– Bonjour ! lança Hagrid en souriant à Harry, Ron et Hermione. On va attendre les Serpentard, ça au moins, ça va leur plaire… des Scroutts à pétard !

– Vous pouvez répéter ? demanda Ron.

Hagrid montra les caisses.

– Beuârk ! s'écria Lavande Brown en faisant un bond en arrière.

« Beuârk » était le mot qui pouvait le mieux définir les Scroutts à pétard aux yeux de Harry. On aurait dit des homards difformes, dépourvus de carapace, d'une pâleur horrible, d'aspect gluant, avec de petites pattes qui dépassaient aux endroits les plus inattendus et sans tête visible. Il y en avait environ une centaine dans chaque caisse. Longs d'une quinzaine de centimètres, ils rampaient les uns sur les autres, se cognant contre les parois, comme s'ils étaient aveugles, et dégageaient une forte odeur de poisson pourri. De temps à autre, des étincelles jaillissaient à l'extrémité de l'une des créatures qui se trouvait alors propulsée de plusieurs centimètres en avant.

– Ils viennent d'éclore, dit fièrement Hagrid. Vous allez pouvoir les élever vous-mêmes ! J'ai pensé que ça ferait un bon projet !

– Et pourquoi est-ce qu'on aurait *envie* de les élever ? dit une voix glaciale.

Les Serpentard étaient arrivés. C'était Drago Malefoy qui venait de parler. Crabbe et Goyle ponctuèrent son intervention d'un petit rire.

Hagrid parut pris de court par la question.

—Qu'est-ce qu'ils font, ces animaux-là ? demanda Malefoy. À quoi servent-ils ?

Hagrid ouvrit la bouche. Apparemment, il réfléchissait. Il y eut quelques instants de silence, puis il répondit d'un ton brusque :

—Ça, ce sera pour le prochain cours, Malefoy. Aujourd'hui, il faut les nourrir, c'est tout. On va essayer différentes sortes d'aliments. C'est la première fois que j'en ai, de ceux-là, je ne sais pas très bien ce qui peut leur plaire. J'ai apporté des œufs de fourmi et des foies de grenouille et puis un morceau de couleuvre. Vous n'aurez qu'à essayer de leur donner un peu de chaque.

—D'abord, du pus, et maintenant, ça, marmonna Seamus.

Seule la profonde affection qu'ils éprouvaient pour Hagrid décida Harry, Ron et Hermione à prendre chacun une poignée de foies de grenouille visqueux et à les agiter au-dessus des Scroutts à pétard pour essayer de les mettre en appétit. Harry ne pouvait s'empêcher de se demander si tout cela n'était pas parfaitement inutile, étant donné que les Scroutts ne semblaient pas avoir de bouche.

—Ouïe ! s'écria Dean Thomas, une dizaine de minutes plus tard. Il m'a eu !

Hagrid se précipita vers lui d'un air inquiet.

—Il a explosé ! expliqua Dean d'un ton furieux en montrant à Hagrid une brûlure sur sa main.

—Ah, oui, ça, ce sont des choses qui arrivent, dit Hagrid avec un hochement de tête.

—Beuârk ! répéta Lavande Brown. Hagrid, qu'est-ce que c'est que cette chose pointue, là ?

— Il y en a qui ont des dards, répondit Hagrid avec enthousiasme. (Lavande retira vivement sa main de la boîte.) Je pense que ce sont les mâles… Les femelles ont une espèce de ventouse sur le ventre… Ça doit être pour sucer le sang.

— Je comprends maintenant pourquoi il est si important de les maintenir en vie, dit Malefoy d'un ton sarcastique. Qui n'a jamais rêvé d'avoir des animaux de compagnie qui brûlent, piquent et sucent le sang ?

— Ce n'est pas parce qu'ils ne sont pas très beaux qu'ils ne peuvent pas être utiles, répliqua sèchement Hermione. Le sang de dragon a des vertus magiques prodigieuses, mais il n'empêche qu'on n'a pas très envie d'avoir un dragon à la maison.

Harry et Ron eurent un sourire et échangèrent avec Hagrid un coup d'œil amusé. Le plus cher désir de Hagrid était précisément d'avoir un dragon chez lui. Harry, Ron et Hermione étaient bien placés pour le savoir, car il en avait eu un pendant une brève période, au cours de leur première année d'études à Poudlard, un Norvégien à crête, passablement agressif, du nom de Norbert. D'une manière générale, Hagrid avait une passion pour les créatures monstrueuses — plus elles étaient dangereuses, plus il les aimait.

— Au moins, les Scroutts ne sont pas très grands, dit Ron lorsque, à la fin du cours, ils retournèrent au château pour aller déjeuner.

— Ils ne le sont pas, *aujourd'hui*, fit remarquer Hermione d'un ton exaspéré, mais quand Hagrid aura trouvé ce qu'ils aiment manger, ils grandiront et finiront peut-être par mesurer deux mètres de long.

— Ça n'aura pas d'importance si on découvre qu'ils guérissent le mal de mer ou je ne sais quoi d'autre, répliqua Ron en lui adressant un sourire moqueur.

— Tu sais très bien que j'ai dit ça uniquement pour faire

taire Malefoy, dit Hermione. Mais en fait, je pense qu'il a raison. Il vaudrait mieux se débarrasser de ces créatures avant qu'elles commencent à nous attaquer.

Ils s'assirent à la table des Gryffondor et remplirent leurs assiettes de côtelettes d'agneau accompagnées de pommes de terre. Hermione se mit alors à manger si vite que Harry et Ron la regardèrent d'un air intrigué.

– Heu… c'est ta nouvelle façon de lutter pour les droits des elfes ? s'étonna Ron. Tu as l'intention de te rendre malade ?

– Non, répondit Hermione avec toute la dignité dont elle était encore capable en parlant la bouche pleine de choux de Bruxelles. Je veux simplement aller à la bibliothèque.

– Quoi ? s'exclama Ron d'un air incrédule. Hermione, c'est le premier jour de classe ! On n'a pas encore eu un seul devoir !

Hermione haussa les épaules et continua à engloutir le contenu de son assiette comme si elle n'avait rien mangé depuis plusieurs jours. Puis elle se leva d'un bond et dit :

– On se voit ce soir au dîner !

Et elle se hâta de quitter la Grande Salle.

Lorsque la cloche sonna pour annoncer le début des cours de l'après-midi, Harry et Ron prirent la direction de la tour nord où, tout en haut d'un escalier en colimaçon, une échelle d'argent permettait d'accéder à une trappe circulaire aménagée dans le plafond. C'était par là qu'on entrait dans la pièce où habitait le professeur Trelawney et où elle donnait ses cours.

Lorsqu'ils émergèrent de la trappe, ils sentirent aussitôt l'habituel parfum douceâtre qui émanait du feu, dans la cheminée. Comme toujours, les rideaux étaient tirés devant les fenêtres. La pièce circulaire baignait dans une faible lumière rouge que répandaient de nombreuses lampes enveloppées de châles et d'écharpes. Harry et Ron se faufilèrent parmi les fauteuils et les poufs recouverts de chintz où les élèves étaient assis et allèrent s'installer à une table ronde.

— Je vous souhaite le bonjour, dit la voix mystérieuse du professeur Trelawney, juste derrière Harry qui sursauta.

C'était une femme mince, avec des lunettes énormes qui faisaient paraître ses yeux beaucoup trop grands pour son visage. Elle regarda Harry avec l'expression tragique qui était la sienne chaque fois qu'elle le voyait. Son habituelle débauche de perles, de chaînes et de bracelets scintillait à la lueur des flammes.

— Vous êtes préoccupé, mon pauvre chéri, dit-elle à Harry d'un ton lugubre. Mon troisième œil voit derrière votre visage une âme troublée. Et j'ai le regret de vous dire que vos inquiétudes ne sont pas sans fondement. Je vois des moments difficiles qui vous attendent, hélas… très difficiles… Ce que vous redoutez va se produire, je le crains… Et peut-être plus tôt que vous ne le pensez…

Sa voix se transforma presque en un murmure. Ron tourna les yeux vers Harry qui paraissait imperturbable. Le professeur Trelawney passa devant eux et alla s'installer dans un grand fauteuil à côté de la cheminée, face à la classe. Lavande Brown et Parvati Patil, qui éprouvaient pour le professeur Trelawney une admiration éperdue, étaient assises tout près d'elle, sur des poufs.

— Mes chéris, dit le professeur, il est temps pour nous de nous intéresser aux étoiles, au mouvement des planètes et aux mystérieux présages qu'elles révèlent exclusivement à ceux qui sont capables de comprendre la chorégraphie de la danse céleste. On peut connaître la destinée humaine en déchiffrant la façon dont les rayonnements planétaires s'interpénètrent…

Mais Harry avait la tête ailleurs. Le parfum qui se dégageait du feu le rendait toujours un peu somnolent et émoussait son esprit. En outre, les bavardages du professeur Trelawney sur l'art de prédire l'avenir ne l'avaient jamais vraiment fasciné. Pourtant, il ne pouvait s'empêcher de repenser à ce qu'elle venait de lui dire. « *Ce que vous redoutez va se produire, je le crains…* »

Mais Hermione avait raison, pensa Harry avec agacement, le professeur Trelawney n'avait jamais raconté que des mensonges. Il ne redoutait rien du tout en ce moment… si l'on mettait à part ses craintes que Sirius ait été capturé… mais qu'en savait donc le professeur Trelawney ? Depuis longtemps, Harry en était arrivé à la conclusion qu'elle devait sa réputation de voyante à quelques coups de chance dans ses prédictions et à son comportement soigneusement étudié pour faire froid dans le dos.

Il fallait mettre à part, bien sûr, le jour où, à la fin de l'année précédente, elle avait prédit le retour de Voldemort… Lorsque Harry lui avait raconté ce qui s'était passé, Dumbledore lui-même avait dit que, cette fois, il s'était agi d'une véritable transe…

– *Harry !* chuchota Ron.

– Quoi ?

Harry jeta un coup d'œil autour de lui et vit que toute la classe le regardait. Il se redressa en s'apercevant qu'il s'était presque assoupi, perdu dans ses pensées et engourdi par la chaleur ambiante.

– J'étais en train de dire, mon pauvre garçon, que vous êtes né, de toute évidence, sous l'influence maléfique de Saturne, déclara le professeur Trelawney, avec une nuance de reproche dans la voix pour lui avoir témoigné si peu d'attention.

– Né sous… quoi, pardon ? dit Harry.

– Saturne, mon garçon, la planète Saturne ! répéta-t-elle, manifestement agacée de constater que la nouvelle le laissait toujours aussi indifférent. Je disais que Saturne occupait certainement une position dominante dans le ciel au moment de votre naissance... Vos cheveux noirs... votre taille moyenne... Une perte tragique à un âge si jeune... Je pense ne pas me tromper, mon pauvre chéri, en affirmant que vous êtes né en plein hiver ?

– Je suis né en juillet, dit Harry.

Ron se mit à tousser pour dissimuler un éclat de rire.

Une demi-heure plus tard, chacun d'eux avait un graphique circulaire sous les yeux et s'efforçait de déterminer la position des planètes au moment de sa naissance. C'était un travail fastidieux qui obligeait à consulter sans cesse des éphémérides et à calculer des angles compliqués.

– J'ai deux Neptune, dit Harry au bout d'un moment, fronçant les yeux devant son morceau de parchemin. Il doit y avoir une erreur, non ?

– Aaaaah, dit Ron en imitant le murmure mystérieux du professeur Trelawney, quand deux Neptune apparaissent dans le ciel, c'est le signe qu'un nain à lunettes est en train de naître, mon pauvre garçon...

Seamus et Dean, qui se trouvaient tout près d'eux, éclatèrent de rire, mais pas assez fort pour couvrir les petits cris surexcités de Lavande Brown.

– Oh, professeur, regardez ! s'écria-t-elle. Je crois que j'ai une planète bizarre ! Oooh, qu'est-ce que c'est, professeur ?

– C'est la Lune, ma chérie, répondit le professeur Trelawney en regardant sa carte du ciel.

– Est-ce que je pourrais voir ta lune, Lavande ? demanda Ron.

Par malchance, le professeur Trelawney l'entendit et ce fut sans doute la raison pour laquelle elle leur donna à la fin du cours un devoir aussi difficile.

– Vous me ferez une analyse détaillée de la façon dont les mouvements planétaires vous affecteront le mois prochain, en référence à votre thème personnel, lança-t-elle d'un ton sec qui ressemblait beaucoup plus à celui du professeur McGonagall qu'à son habituelle voix éthérée. Je veux ça pour lundi sans faute !

— Vieille chouette rabougrie ! grommela Ron avec amertume, tandis qu'ils descendaient dans la Grande Salle pour aller dîner. Ça va nous prendre tout le week-end, ce truc-là…

— Beaucoup de devoirs ? dit Hermione d'un ton claironnant en les rattrapant dans l'escalier. Le professeur Vector ne nous en a pas donné du tout !

— Tant mieux, vive le professeur Vector, répondit Ron avec mauvaise humeur.

Le hall était rempli d'élèves qui faisaient la queue pour entrer dans la Grande Salle. Ils venaient de se mettre au bout de la file lorsqu'une voix sonore retentit derrière eux :

— Weasley ! Hé, Weasley !

Harry, Ron et Hermione se retournèrent. Malefoy, Crabbe et Goyle arrivaient derrière eux, l'air ravi.

— Qu'est-ce qu'il y a ? demanda sèchement Ron.

— Ton père est dans le journal, Weasley ! dit Malefoy.

Il brandissait un exemplaire de *La Gazette du sorcier* en parlant le plus fort possible pour que tout le monde l'entende.

— Écoute un peu ça !

NOUVELLES BÉVUES AU MINISTÈRE DE LA MAGIE

Il semble que les ennuis du ministère de la Magie soient loin d'être terminés, écrit notre envoyée spéciale, Rita Skeeter. Récemment montré du doigt pour l'insuffisance de son service d'ordre lors de la Coupe du Monde de Quidditch, et toujours incapable de donner la moindre explication concernant la disparition de l'une de ses sorcières, le ministère se voit à nouveau plongé dans l'embarras à la suite des fantaisies d'Arnold Weasley, du Service des détournements de l'artisanat moldu.

217

Malefoy releva la tête.

– Tu te rends compte, Weasley, croassa-t-il, ils ne connaissent même pas son nom exact, c'est comme si ton père n'avait aucune existence.

Dans le hall, à présent, tout le monde écoutait. D'un geste théâtral, Malefoy déplia le journal et reprit sa lecture :

Arnold Weasley, qui fut poursuivi il y a deux ans pour possession d'une voiture volante, s'est trouvé impliqué hier dans un incident qui l'a opposé à des représentants de l'ordre moldu (appelés gendarmes) à propos de poubelles particulièrement agressives. Il semblerait que Mr Weasley se soit précipité au secours de Maugrey « Fol Œil », un ex-Auror d'un âge avancé, qui fut mis à la retraite par le ministère lorsqu'il apparut qu'il était devenu incapable de faire la différence entre une poignée de main et une tentative de meurtre. Comme on pouvait s'y attendre, en arrivant devant la maison transformée en camp retranché de Mr Maugrey, Mr Weasley fut bien obligé de constater que l'ancien Auror avait une fois de plus déclenché une fausse alerte. Avant de pouvoir échapper aux gendarmes, Mr Weasley s'est vu contraint de lancer plusieurs sortilèges d'Amnésie afin de modifier la mémoire des témoins. Il a cependant refusé de répondre aux questions de La Gazette du sorcier *qui souhaitait lui demander pourquoi il avait cru bon d'impliquer le ministère de la Magie dans cette bouffonnerie peu digne d'un de ses représentants, et dont les conséquences pourraient se révéler fort embarrassantes.*

– Et il y a une photo, Weasley ! dit Malefoy en agitant le journal qu'il tenait bien en vue. Une photo de tes parents devant leur maison – si on peut appeler ça une maison ! Ta mère aurait peut-être intérêt à perdre quelques kilos, tu ne crois pas ?

Ron tremblait de fureur. Tous les élèves avaient les yeux fixés sur lui.

– Va te faire voir, Malefoy, dit Harry. Viens, Ron...

– Ah oui, c'est vrai que tu es allé chez eux, cet été, Potter, lança Malefoy d'un air dédaigneux. Alors, dis-moi, est-ce que sa mère ressemble vraiment à un cochonnet ou bien c'est simplement la photo qui fait ça ?

Harry et Hermione retinrent Ron par le dos de sa robe pour l'empêcher de se ruer sur Malefoy.

– Et ta mère *à toi*, Malefoy, répliqua Harry, pourquoi est-ce qu'elle avait l'air d'avoir une bouse de dragon sous le nez, quand je l'ai vue ? Elle est toujours comme ça ou bien c'est simplement parce que tu étais avec elle ?

Le teint pâle de Malefoy rosit légèrement.

– Ne t'avise pas d'insulter ma mère, Potter !

– Dans ce cas, ferme-la, répliqua Harry en s'en allant.

BANG !

Plusieurs élèves poussèrent des cris et Harry sentit quelque chose de brûlant lui frôler la joue. Il plongea la main dans sa poche pour saisir sa baguette magique mais, avant qu'il ait eu le temps de la toucher, il entendit un second « BANG » et un rugissement qui résonna dans tout le hall d'entrée :

– PAS DE ÇA, MON BONHOMME !

Harry fit volte-face. Le professeur Maugrey descendait en claudiquant les marches de l'escalier de marbre. Il avait sorti sa baguette magique et la pointait droit sur une fouine qui tremblait de tout son corps sur le sol recouvert de dalles, à l'endroit exact où s'était trouvé Malefoy quelques instants auparavant.

Un silence terrifié régna soudain dans le hall. À part Maugrey Fol Œil, personne n'osait faire un geste. Maugrey regarda Harry – de son œil normal, l'autre étant tourné vers l'arrière de sa tête.

– Tu as été touché ? grogna Maugrey.

Sa voix était grave et rocailleuse.

– Non, répondit Harry, il m'a raté.

– LAISSE-LE ! s'écria Maugrey.

– Laisse quoi ? demanda Harry, sans comprendre.

– Pas toi, lui ! gronda Maugrey en montrant du pouce par-dessus son épaule Crabbe, qui venait de s'immobiliser au moment où il s'apprêtait à ramasser la fouine.

Apparemment, l'œil mobile de Maugrey était magique et lui permettait de voir derrière sa tête.

Maugrey s'avança en boitant vers Crabbe, Goyle et la fouine qui poussa un couinement terrifié et fila vers l'escalier qui menait au sous-sol du château.

– Non, pas par là ! rugit Maugrey en pointant à nouveau sa baguette magique sur la fouine qui fit un bond de trois mètres, retomba avec un bruit sourd sur le sol, puis s'éleva à nouveau dans les airs. Je n'aime pas les gens qui attaquent par-derrière, grogna-t-il, tandis que la fouine faisait des bonds de plus en plus hauts en lançant des cris de douleur. C'est lâche, c'est minable, c'est répugnant…

La fouine fut à nouveau projetée en l'air, agitant inutile-ment sa queue et ses pattes.

– Ne-refais-jamais-ça ! lança Maugrey, en détachant cha-que mot au rythme des bonds et des chutes de la fouine.

– Professeur Maugrey ! s'exclama une voix d'un ton scan-dalisé.

Le professeur McGonagall descendait l'escalier de marbre, les bras chargés de livres.

– Bonjour, professeur, dit calmement Maugrey, qui conti-nuait de faire bondir l'animal de plus en plus haut.

– Que… Qu'est-ce que vous faites ? balbutia le professeur McGonagall en suivant des yeux l'animal qui se tortillait dans les airs.

– J'enseigne, répondit-il.

– Vous ens… Maugrey, *c'est un élève ?* s'écria le professeur
McGonagall d'une voix suraiguë en laissant tomber ses livres
par terre.

– Ouais, dit Maugrey.

– Non ! hurla McGonagall qui dévala l'escalier, sa baguette
magique en avant.

Un instant plus tard, il y eut un craquement sonore et
Drago Malefoy réapparut, recroquevillé sur le sol, ses cheveux
blonds et soignés tombant sur son visage qui était devenu
d'un rose brillant. Il se releva en faisant la grimace.

– Maugrey, nous n'avons jamais recours à la métamorphose
pour infliger des punitions ! dit le professeur McGonagall
d'une voix faible. Le professeur Dumbledore vous l'a sûrement précisé ?

– Il y a peut-être fait allusion, c'est possible, répondit Maugrey en se grattant le menton d'un air indifférent. Mais j'ai
pensé qu'un bon traitement de choc…

– Nous donnons des retenues, Maugrey ! Ou nous parlons
avec le responsable de la maison à laquelle appartient l'élève
fautif !

– D'accord, c'est ce que je ferai, dit-il en regardant Malefoy
d'un air dégoûté.

Malefoy, dont les yeux pâles étaient encore humides de
douleur et d'humiliation, lança un regard hostile à Maugrey
et marmonna quelques paroles inaudibles, parmi lesquelles
seuls les mots « mon père » furent prononcés distinctement.

– Ah ouais ? dit tranquillement Maugrey en avançant d'un
pas claudicant, ponctué par le claquement régulier de sa
jambe de bois qui résonnait dans tout le hall. Je le connais
depuis longtemps, ton père, mon bonhomme… Tu n'as qu'à
lui dire que Maugrey surveille son fils de près… Dis-lui ça de
ma part… Le responsable de ta maison, c'est Rogue, non ?

– Oui, répondit Malefoy d'un ton hargneux.

—Encore un vieil ami, grogna Maugrey. Ça fait longtemps que j'ai envie de bavarder avec le vieux Rogue... Allez, viens un peu par là...

Il saisit Malefoy par le bras et l'entraîna en direction du sous-sol.

Le professeur McGonagall les regarda s'éloigner d'un air anxieux, puis elle agita sa baguette magique vers ses livres qui reprirent tout seuls leur place entre ses bras.

—Ne me parlez surtout pas, dit Ron à voix basse en s'adressant à Harry et à Hermione, lorsqu'ils furent installés à la table des Gryffondor.

Tout autour d'eux, les élèves commentaient d'un air surexcité ce qui venait de se passer.

—Et pourquoi est-ce qu'on ne doit pas te parler ? s'étonna Hermione.

—Parce que je veux graver ça à tout jamais dans ma mémoire, répondit Ron, les yeux fermés, une expression d'extase sur le visage. Drago Malefoy, l'extraordinaire fouine bondissante...

Ils éclatèrent de rire tandis qu'Hermione remplissait leurs assiettes de ragoût de bœuf.

—N'empêche qu'il aurait pu lui faire vraiment mal, dit-elle. Heureusement que le professeur McGonagall l'a arrêté à temps...

—Hermione ! s'exclama Ron avec fureur, en rouvrant soudain les yeux. Tu es en train de gâcher le plus beau moment de ma vie !

Hermione, toujours aussi impatiente, recommença à manger à toute vitesse.

—Ne me dis pas que tu retournes à la bibliothèque ce soir ? dit Harry en la regardant dévorer son ragoût.

—Il le faut, répondit-elle, la bouche pleine. J'ai beaucoup de choses à faire.

—Mais tu nous as dit que le professeur Vector...

—Ce n'est pas du travail scolaire, dit-elle.

Quelques minutes plus tard, elle avait vidé son assiette et quitté la Grande Salle.

À peine était-elle partie que Fred Weasley vint s'asseoir à sa place.

—Maugrey ! dit-il. Vous le trouvez bien ?

—Mieux que bien, dit George en s'asseyant en face de Fred.

—Super bien, renchérit le meilleur ami des jumeaux, Lee Jordan, en se glissant sur la chaise à côté de George. On l'a eu cet après-midi, ajouta-t-il à l'adresse de Harry et de Ron.

—Comment c'était ? demanda avidement Harry.

Fred, George et Lee échangèrent des regards éloquents.

—On n'a jamais eu un cours comme ça, dit Fred.

—Ce type-là *sait*, dit Lee.

—Qu'est-ce qu'il sait ? demanda Ron en se penchant vers eux.

—Il sait ce que ça veut dire que de *faire* les choses, déclara George d'un ton impressionnant.

—Faire quoi ? demanda Harry.

—Combattre les forces du Mal, répondit Fred.

—Il a vraiment vu ce que c'était, dit George.

—Incroyable, ajouta Lee.

Ron plongea dans son sac pour y prendre son emploi du temps.

—On ne l'a que jeudi prochain ! dit-il d'un ton déçu.

14
LES SORTILÈGES
IMPARDONNABLES

Les deux jours suivants se passèrent sans incidents notables, à part le fait que Neville fit fondre son sixième chaudron pendant le cours de potions. Le professeur Rogue, dont la hargne semblait avoir atteint de nouveaux sommets au cours de l'été, lui donna une retenue. Neville revint de sa punition au bord de la crise de nerfs : il avait dû éviscérer tout un tonneau plein de crapauds cornus.

– Tu sais pourquoi Rogue est d'une humeur aussi massacrante ? dit Ron à Harry en regardant Hermione apprendre à Neville un sortilège de Récurage pour enlever les morceaux d'intestin de crapaud qui s'étaient glissés sous ses ongles.

– Oui, répondit Harry. C'est à cause de Maugrey.

Il était de notoriété publique que Rogue convoitait depuis longtemps le poste de professeur de défense contre les forces du Mal et, pour la quatrième année consécutive, il n'était toujours pas parvenu à l'obtenir. Rogue avait éprouvé la plus vive antipathie pour les anciens professeurs en cette matière et ne s'était pas privé de le montrer mais, étrangement, il s'efforçait de ne pas manifester son animosité envers Maugrey Fol Œil. Chaque fois que Harry les voyait ensemble – pendant les repas ou en les croisant dans un couloir –, il avait la très nette impression que Rogue évitait le regard de Maugrey, celui de son œil magique comme celui de son œil normal.

– Je crois que Rogue a un peu peur de lui, dit Harry d'un air songeur.

– Imagine que Maugrey transforme Rogue en crapaud cornu, dit Ron, le regard rêveur, et qu'il le fasse rebondir devant toute la classe...

Le jeudi, les Gryffondor de quatrième année attendaient leur premier cours avec Maugrey avec tant d'impatience qu'ils arrivèrent en avance, juste après le déjeuner, et se mirent en rang devant la salle de classe avant même que la cloche eût retenti.

La seule personne absente était Hermione qui arriva juste à temps pour le début du cours.

– J'étais à...

– ... la bibliothèque, acheva Harry à sa place. Dépêche-toi, si tu veux qu'on ait de bonnes places.

Ils se précipitèrent sur les trois tables qui faisaient face au bureau professoral, sortirent leurs exemplaires de *Forces obscures : comment s'en protéger* et attendirent dans un silence inhabituel. Bientôt, ils entendirent le son caractéristique du pas de Maugrey. Le claquement de sa jambe de bois sur le sol résonna en écho dans le couloir et il entra dans la classe, la physionomie aussi étrange et effrayante qu'à l'ordinaire. Dépassant sous sa robe de sorcier, on apercevait son pied en bois, doté de griffes.

– Les livres, vous pouvez les ranger, grogna-t-il, en allant s'installer à son bureau. Vous n'en aurez pas besoin.

Ils remirent aussitôt leurs manuels dans leurs sacs. Ron avait l'air enthousiasmé.

Maugrey sortit un registre, secoua sa longue crinière de cheveux gris pour dégager son visage tordu et couturé, puis commença à faire l'appel, son œil normal suivant la liste des noms tandis que l'œil magique tournait dans son orbite, se fixant sur chaque élève qui répondait «présent».

– Bien, dit-il, lorsqu'il eut terminé. J'ai reçu une lettre du professeur Lupin au sujet de cette classe. Il semble que vous ayez acquis de bonnes bases en ce qui concerne la protection contre les créatures maléfiques. Vous avez vu notamment les Épouvantards, les Pitiponks, les Strangulots, les loups-garous et quelques autres, c'est bien cela ?

Il y eut un murmure d'approbation.

– Mais vous êtes en retard – très en retard – en matière de défense contre les mauvais sorts, poursuivit Maugrey. Donc, je suis là pour vous remettre au niveau en vous enseignant les sortilèges dont se servent les sorciers entre eux. J'ai un an pour vous montrer comment vous y prendre avec les maléfices qui…

– Quoi, vous ne serez plus là l'année prochaine ? l'interrompit Ron.

L'œil magique de Maugrey pivota pour se poser sur Ron. Celui-ci parut d'abord un peu mal à l'aise mais, au bout d'un moment, Maugrey eut un sourire. C'était la première fois que Harry le voyait sourire. Son visage barré de cicatrices parut plus tordu que jamais mais il était rassurant de le voir manifester un signe de bienveillance, même s'il ne s'agissait que d'un simple sourire. Ron sembla profondément soulagé.

– Tu es le fils d'Arthur Weasley, c'est ça ? dit Maugrey. Ton père m'a tiré d'un très mauvais pas, il y a quelques jours… Oui, je ne vais rester qu'un an, ensuite je retournerai à la quiétude de ma retraite.

Il éclata d'un rire rocailleux puis joignit ses mains noueuses.

– Alors, allons-y. Les mauvais sorts. Ils peuvent prendre les formes les plus diverses et leur puissance varie considérablement, selon les cas. Si l'on s'en tient aux recommandations du ministère de la Magie, j'ai pour mission de vous apprendre quelques sortilèges de défense, rien de plus. Je ne suis pas censé vous montrer comment les maléfices interdits se manifestent tant que vous n'aurez pas atteint la sixième année. En attendant, on vous estime trop jeunes pour les connaître en détail. Mais le professeur Dumbledore se fait une plus haute idée de votre caractère et pense que vous êtes capables d'en apprendre davantage. J'ajoute que, plus vite vous saurez ce qui vous attend, mieux ça vaudra. Comment pourriez-vous vous défendre contre quelque chose que vous n'auriez jamais vu ? Si un sorcier s'apprête à vous jeter un sort interdit, il ne va pas vous avertir de ses intentions. Il ne fera pas ça gentiment et poliment. Il faut que vous soyez préparés à réagir. Vous devrez être attentifs, toujours sur vos gardes. Miss Brown, vous n'avez pas besoin de regarder ça pendant que je parle.

Lavande sursauta et rougit. Elle était en train de montrer à Parvati sous son pupitre l'horoscope qu'elle avait achevé. Apparemment, l'œil magique de Maugrey arrivait à voir à travers le bois aussi bien que derrière sa tête.

– Alors… Quelqu'un peut-il me dire quels sont les maléfices que les lois de la sorcellerie répriment avec le plus de sévérité ?

Plusieurs mains se levèrent timidement, y compris celles de Ron et d'Hermione. Maugrey montra Ron du doigt, bien que son œil magique fût toujours fixé sur Lavande.

– Heu…, dit Ron, d'une voix mal assurée, mon père m'a parlé d'un maléfice… Ça s'appelle le sortilège de l'Imperium, ou quelque chose comme ça…

– Ah, oui, dit Maugrey d'un air appréciateur, c'est sûr que ton père le connaît, celui-là. À une certaine époque, il a donné beaucoup de fil à retordre aux gens du ministère, l'Imperium.

Maugrey se leva avec lenteur, ouvrit le tiroir de son bureau et en sortit un bocal en verre. À l'intérieur, trois grosses araignées s'agitaient en tous sens pour essayer de sortir. Harry

sentit Ron se tasser légèrement sur sa chaise, à côté de lui –
Ron détestait les araignées.

Maugrey plongea une main dans le bocal, attrapa une des
araignées et la posa au creux de sa main pour que tout le
monde puisse la voir.

Puis il pointa sa baguette magique sur elle et murmura :

– *Impero !*

L'araignée sauta alors de sa main, se laissa descendre le
long d'un imperceptible fil de soie et commença à se balancer
comme si elle exécutait un numéro de trapèze. Puis elle tendit les pattes et fit un saut périlleux en arrière, rompant le fil
et tombant sur le bureau où elle se mit à faire la roue en décrivant des cercles. Maugrey agita sa baguette magique et l'araignée se dressa sur ses pattes de derrière en sautillant comme
un danseur de claquettes.

Tout le monde se mit à rire. Tout le monde, sauf Maugrey.

– Vous trouvez ça drôle, hein ? grogna-t-il. Ça vous plairait
que je vous oblige à faire la même chose ?

Les rires s'évanouirent presque instantanément.

– Contrôle total, dit Maugrey à voix basse tandis que l'araignée se recroquevillait et roulait sur elle-même d'un bout à
l'autre du bureau. Je pourrais lui ordonner de se jeter par la
fenêtre, de se noyer, ou de sauter dans la gorge de l'un ou
l'une d'entre vous…

Ron fut parcouru d'un frisson.

– Il y a des années, nombre de sorcières et de sorciers se
sont retrouvés soumis à un sortilège d'Imperium, dit Maugrey.

Harry savait qu'il parlait du temps où Voldemort avait été
tout-puissant.

– Les gens du ministère ont eu bien du travail pour déterminer qui avait été forcé d'agir sous la contrainte et qui avait
agi de sa propre volonté. L'Imperium peut être combattu, et je
vais vous apprendre comment, mais il faut une vraie force de

caractère pour s'y opposer et tout le monde n'en est pas capable. Il vaut mieux éviter d'en être victime si c'est possible. VIGILANCE CONSTANTE ! aboya-t-il, et tout le monde sursauta.

Maugrey prit l'araignée sauteuse et la remit dans le bocal.

– Quelqu'un peut-il me citer un autre sortilège interdit ?

La main d'Hermione se tendit à nouveau, mais également, à la surprise de Harry, celle de Neville. En général, le seul cours où Neville proposait des réponses aux questions du professeur était celui de botanique, de très loin sa matière préférée. Neville parut surpris de sa propre audace.

– Oui ? dit Maugrey, son œil magique se tournant vers lui.

– Il y en a un… Le sortilège Doloris, dit Neville d'une petite voix que l'on entendit quand même distinctement.

Maugrey regarda fixement Neville, avec ses deux yeux, cette fois.

– Tu t'appelles Londubat ? dit-il, son œil magique se posant à nouveau sur le registre des noms.

Neville, mal à l'aise, approuva d'un signe de tête, mais Maugrey ne lui posa aucune autre question. Se tournant vers la classe tout entière, il plongea une nouvelle fois la main dans le bocal et prit une autre araignée qu'il posa sur le bureau où elle resta immobile, apparemment trop terrifiée pour bouger.

– Le sortilège Doloris, dit Maugrey. Il va falloir l'agrandir un peu pour que vous compreniez mieux le principe.

Il pointa sa baguette sur l'araignée.

– *Amplificatum !* marmonna-t-il.

L'araignée enfla aussitôt. Elle était à présent plus grosse qu'une tarentule. Renonçant à dissimuler sa répulsion, Ron recula sa chaise aussi loin que possible du bureau de Maugrey.

Celui-ci leva à nouveau sa baguette, la pointa sur l'araignée et murmura :

– Endoloris !

Les pattes de l'araignée cédèrent alors sous son corps. Elle roula sur elle-même, agitée d'horribles convulsions, se balançant de tous côtés. Elle n'avait aucune possibilité d'émettre le moindre son mais Harry était sûr que, si elle avait eu une voix, elle aurait poussé des hurlements déchirants. Maugrey tint sa baguette immobile et l'araignée fut parcourue de spasmes et de tremblements de plus en plus violents.

– Arrêtez ! s'écria Hermione d'une voix perçante.

Harry se tourna vers elle. Ce n'était pas l'araignée qu'elle regardait, mais Neville, dont les mains étaient crispées sur le bord de sa table, ses jointures livides, ses yeux écarquillés de terreur.

Maugrey leva sa baguette. Les pattes de l'araignée se détendirent, mais elle continua de se convulser.

– Reducto, murmura Maugrey.

L'araignée retrouva instantanément sa taille normale et Maugrey la remit dans le bocal.

– La douleur, dit-il à voix basse. On n'a besoin d'aucune arme pour faire mal à quelqu'un quand on est capable de jeter le sortilège Doloris... Celui-là aussi a été très utilisé à une certaine époque. Quelqu'un peut-il me citer d'autres sortilèges interdits ?

Harry regarda autour de lui. À en juger par l'expression qu'il voyait sur les visages de ses camarades, tout le monde se demandait ce qui allait bien pouvoir arriver à la dernière araignée. La main d'Hermione tremblait légèrement lorsqu'elle la leva pour la troisième fois.

– Oui ? dit Maugrey en la regardant.

– Avada Kedavra, mumura Hermione.

Plusieurs élèves, dont Ron, la regardèrent d'un air anxieux.

– Ah, dit Maugrey en esquissant un nouveau sourire qui

230

tordit sa bouche asymétrique. Oui, le dernier et le pire. Avada Kedavra… Le sortilège de la mort.

Il glissa la main dans le bocal et, comme si elle devinait le sort qui l'attendait, la troisième araignée se mit à courir frénétiquement au fond du récipient pour essayer de lui échapper. Mais Maugrey l'attrapa et la posa à son tour sur le bureau où elle recommença à courir, en proie à une véritable panique.

Maugrey leva sa baguette et Harry fut parcouru d'un frisson comme s'il éprouvait soudain un mauvais pressentiment.

– *Avada Kedavra !* rugit Maugrey.

Il y eut un éclair aveuglant de lumière verte et un bruit semblable à une rafale de vent, comme si quelque chose d'invisible et d'énorme avait brusquement pris son vol. Aussitôt, l'araignée roula sur le dos. Elle était apparemment intacte mais il n'y avait aucun doute : elle était morte sur le coup. Dans la classe, plusieurs filles étouffèrent un cri. Ron se rejeta en arrière et faillit tomber avec sa chaise lorsque l'araignée morte glissa vers lui.

D'un geste de la main, Maugrey balaya le bureau, jetant par terre le cadavre de l'araignée.

– Pas très agréable, dit-il d'une voix calme. Pas amusant du tout. Et il n'existe aucun moyen de conjurer ce sortilège. Impossible de le neutraliser. On ne connaît qu'une seule personne qui ait jamais réussi à y survivre et cette personne est assise devant moi.

Harry se sentit rougir lorsque les deux yeux de Maugrey fixèrent les siens. Il devinait les autres regards également tournés vers lui. Harry contempla le tableau noir entièrement vierge, comme s'il lui trouvait soudain un intérêt fascinant, mais sans le voir vraiment…

C'était donc ainsi que ses parents étaient morts… exactement de la même façon que cette araignée. Toute blessure leur avait-elle également été épargnée ? Avaient-ils simplement vu l'éclair de lumière verte, entendu la mort arriver comme une bourrasque, avant que la vie s'échappe de leurs corps ?

Harry avait souvent essayé de se représenter la mort de ses parents, depuis le jour où, trois ans plus tôt, il avait appris qu'ils avaient été assassinés, et depuis le soir de l'année précédente où il avait su ce qui s'était passé cette nuit-là : comment Queudver avait révélé à Voldemort où étaient ses parents ; comment celui-ci s'était introduit dans leur maison ; comment il avait tué d'abord le père de Harry ; comment James Potter avait essayé de le retenir en criant à sa femme de prendre Harry et de s'enfuir... Comment Voldemort s'était avancé vers Lily Potter, et lui avait ordonné de s'écarter pour qu'il puisse tuer Harry... Comment elle l'avait supplié de la tuer elle, à la place de son fils, comment elle avait continué jusqu'au bout à le protéger... et comment Voldemort l'avait tuée, elle aussi, avant de tourner sa baguette magique vers Harry...

Harry connaissait tous ces détails pour avoir entendu la voix de ses parents lorsque, l'année précédente, il avait dû affronter les Détraqueurs, ces créatures aveugles qui avaient le terrible pouvoir de forcer leurs victimes à revivre les plus mauvais souvenirs de leur vie en les plongeant, impuissantes, dans leur propre désespoir...

Harry entendit à nouveau la voix de Maugrey, mais elle lui paraissait très lointaine. Il fit un effort considérable pour revenir au moment présent et écouter ce qu'il disait.

– Avada Kedavra est un maléfice qui exige une grande puissance magique. Si vous sortiez tous vos baguettes en cet instant et que vous les pointiez sur moi en prononçant la formule, je ne sais même pas si vous arriveriez à me faire saigner du nez. Mais peu importe, je ne suis pas là pour vous apprendre à jeter ce sort. Alors, me direz-vous, s'il n'existe aucun moyen de s'en protéger, pourquoi nous le montrer ? *Parce qu'il faut que vous sachiez.* Vous devez mesurer ce que signifie le pire. Et ne pas vous mettre dans une situation où vous auriez à le subir. VIGILANCE CONSTANTE ! rugit-il et toute la classe sursauta à nouveau. Sachez maintenant que ces trois sorts – Avada Kedavra, Imperium et Doloris – sont appelés les Sortilèges Impardonnables. Utiliser l'un d'eux contre un autre être humain est passible d'une condamnation à vie à la prison d'Azkaban. Voilà les forces maléfiques que vous devrez affronter, celles que je dois vous apprendre à combattre. Vous aurez besoin pour cela de préparation. Vous aurez besoin d'acquérir les armes nécessaires. Mais surtout, vous devrez faire preuve d'une vigilance constante. Prenez vos plumes et écrivez...

Ils passèrent le reste du cours à prendre des notes sur chacun des trois Sortilèges Impardonnables et personne ne songea à dire le moindre mot jusqu'à ce que la cloche retentisse. Mais lorsqu'ils eurent quitté la classe, tout le monde se mit à parler en même temps. La plupart commentaient ce qui s'était passé d'une voix qui trahissait un mélange d'effroi et d'admiration :

– Tu as vu cette araignée se tordre de douleur ?

– Et quand il a tué l'autre ? Comme ça, sans la toucher !

Ils parlaient du cours comme s'il s'était agi d'une sorte de spectacle, pensa Harry, mais lui n'y avait rien vu d'amusant. Hermione non plus, semblait-il.

– Dépêchez-vous, dit-elle à Harry et à Ron d'un air tendu.

– Tu ne vas pas nous refaire le coup de la bibliothèque ? dit Ron.

– Non, répliqua sèchement Hermione en montrant un couloir latéral. Regardez Neville.

Seul au milieu du couloir, Neville regardait fixement le

mur qui lui faisait face avec la même expression horrifiée que lorsque Maugrey leur avait montré les effets du sortilège Doloris.

—Neville ? dit Hermione avec douceur.

Il se tourna vers eux.

—Ah, c'est vous, dit-il, la voix beaucoup plus aiguë que d'habitude. Intéressant comme cours, non ? Je me demande ce qu'il y a au dîner, ce soir, je… je meurs de faim, pas vous ?

—Neville, ça va ? s'inquiéta Hermione.

—Oh, oui, oui, tout va bien, répondit-il précipitamment de cette même voix étrangement aiguë. Très intéressant, ce dîner… je veux dire, ce cours… Qu'est-ce qu'on mange ?

Ron jeta à Harry un regard surpris.

—Neville, qu'est-ce que… ?

Un claquement sec et régulier retentit dans leur dos et ils virent arriver le professeur Maugrey qui s'avançait vers eux de sa démarche claudicante. Tous les quatre se turent en l'observant avec inquiétude mais, lorsqu'il leur parla, ce fut d'une voix beaucoup plus douce qu'à l'ordinaire :

—Ne t'inquiète pas, fils, dit-il à Neville. Si tu veux, tu peux passer dans mon bureau, d'accord ? Allez, viens, on prendra une tasse de thé…

Neville parut encore plus apeuré à la perspective de boire une tasse de thé avec Maugrey. Il n'osa ni bouger ni parler.

Maugrey tourna vers Harry son œil magique.

—Ça va, Potter ?

—Bien sûr, répondit Harry, presque avec défi.

L'œil bleu de Maugrey tressaillit légèrement en observant Harry.

—Il faut que tu saches, dit alors Maugrey. C'est peut-être un peu brutal, *mais tu dois savoir*. Ça ne sert à rien de faire semblant… Allez, viens, Londubat. J'ai quelques livres qui pourraient t'intéresser.

Neville lança à ses amis un regard implorant, mais comme aucun des trois n'ouvrait la bouche, il se résolut à suivre Maugrey qui l'entraînait déjà, une main noueuse posée sur son épaule.

– De quoi parlait-il ? dit Ron en les regardant disparaître tous deux à l'angle du couloir.

– Je ne sais pas, répondit Hermione, l'air songeur.

– En tout cas, ça, c'était un cours, non ? dit Ron à Harry, tandis qu'ils se dirigeaient vers la Grande Salle. Fred et George avaient raison. Il sait de quoi il parle, Maugrey. Quand il a lancé l'Avada Kedavra, vous avez vu un peu comment cette araignée est morte ? Liquidée en un ins…

Mais Ron s'interrompit soudain en voyant l'expression de Harry et ne prononça plus un mot jusqu'à ce qu'ils soient arrivés dans la Grande Salle.

– On ferait bien de commencer le devoir pour le professeur Trelawney dès ce soir, dit alors Ron. Ça va nous prendre des heures pour arriver au bout…

Au cours du dîner, Hermione ne se mêla pas à la conversation. Elle se contenta d'engloutir son repas à une vitesse ahurissante puis se leva pour retourner à la bibliothèque. Harry et Ron prirent la direction de la tour de Gryffondor et Harry, qui n'avait pensé à rien d'autre pendant tout le dîner, ramena lui-même la conversation sur le sujet des Sortilèges Impardonnables.

– Tu ne crois pas que Maugrey et Dumbledore auraient des ennuis avec le ministère si on apprenait que les trois sortilèges nous ont été montrés en classe ? dit-il alors qu'ils approchaient du portrait de la grosse dame.

– Si, sans doute, répondit Ron. Mais Dumbledore a toujours fait les choses à sa manière, non ? Et Maugrey n'arrête pas d'avoir des ennuis depuis quelques années. Il commence par attaquer et pose des questions ensuite. Souviens-toi du coup des poubelles. Fariboles, ajouta-t-il à l'adresse de la grosse dame.

Le portrait pivota, dégageant l'ouverture et ils pénétrèrent dans la salle commune, bondée et bruyante.

— Alors, on va chercher nos affaires pour le devoir de divination ? dit Harry.

— Il faut bien, grogna Ron.

Ils montèrent dans le dortoir pour prendre leurs livres et leurs cartes du ciel et y trouvèrent Neville, seul, qui lisait, assis sur son lit. Il paraissait beaucoup moins nerveux qu'à la fin du cours de Maugrey, mais pas encore dans son état normal. Harry et Ron remarquèrent qu'il avait les yeux rouges.

— Ça va, Neville ? lui demanda Harry.

— Oui, oui, répondit Neville, ça va très bien. Je lis un livre que le professeur Maugrey m'a prêté…

Il leur montra le volume : *Propriétés des plantes aquatiques magiques du bassin méditerranéen.*

— Apparemment, le professeur Chourave a dit au professeur Maugrey que j'étais vraiment bon en botanique, expliqua Neville avec une nuance de fierté que Harry n'avait encore jamais perçue chez lui. Alors, il a pensé que ce livre pourrait m'intéresser.

Répéter à Neville ce que le professeur Chourave avait dit de lui était une façon délicate de l'encourager, pensa Harry. Neville ne s'était jamais entendu dire qu'il était bon à quoi que ce soit. C'était le genre de chose que le professeur Lupin aurait faite, lui aussi.

Harry et Ron prirent leur manuel de divination intitulé *Lever le voile du futur* et l'emportèrent dans la salle commune où ils s'installèrent à une table libre pour essayer d'établir leur horoscope du mois suivant. Une heure plus tard, ils n'étaient pas beaucoup plus avancés, bien que leur table fût jonchée de morceaux de parchemin remplis d'additions et de symboles.

Harry avait le cerveau aussi embrumé que s'il avait respiré à pleins poumons les fumées dégagées par la cheminée du professeur Trelawney.

— Je n'ai pas la moindre idée de ce que tout ça peut bien signifier, dit-il en contemplant une longue colonne de calculs.

— Tu sais, répondit Ron, les cheveux dressés sur sa tête à force d'y avoir passé la main dans des gestes d'exaspération, je crois qu'il vaut mieux revenir à la bonne vieille méthode de divination sans peine…

— Tu veux dire… Tout inventer ?

— Exactement.

Il balaya d'un geste les morceaux de parchemin griffonnés, trempa sa plume dans l'encre et se mit à écrire.

— Lundi prochain, dit-il tout en écrivant, il y a de fortes chances que j'attrape une mauvaise toux en raison de la conjonction défavorable de Mars et de Jupiter.

Il leva les yeux vers Harry.

— Tu la connais, avec elle, il suffit de raconter tout un tas de malheurs et elle gobe tout.

— Tu as raison, approuva Harry.

Il chiffonna son premier jet et en fit une boulette qu'il jeta dans le feu, par-dessus la tête d'un groupe d'élèves de première année qui bavardaient devant la cheminée.

— Bon, alors… dit-il, lundi, je vais probablement subir… heu… voyons… des brûlures.

— Ça, ça risque d'être vrai, dit Ron d'un air sombre. Lundi, on va retrouver les Scroutts à pétard. Passons à mardi, maintenant… Je vais… heu…

— Perdre un objet auquel tu tiens, suggéra Harry qui feuilletait *Lever le voile du futur* en quête d'idées.

— Parfait, approuva Ron en écrivant. Ce sera à cause de… heu… Mercure. Tiens, et si tu étais trahi par quelqu'un que tu considérais comme un ami ?

– Ah oui, très bien…, dit Harry qui écrivit à son tour. Ce sera parce que… parce que Vénus se trouvera dans ma douzième maison.

– Ah, et mercredi, je crois que je vais me faire casser la figure dans une bagarre.

– Moi aussi, je voulais faire le coup de la bagarre. On va remplacer par un pari que j'aurai perdu.

– Oui, parce que tu auras parié que ce serait moi qui sortirais vainqueur de la bagarre…

Ils passèrent encore une heure à aligner des prédictions (de plus en plus tragiques) pendant que les autres élèves quittaient peu à peu la salle commune pour aller se coucher. Pattenrond s'approcha, sauta en souplesse sur une chaise vide et les observa d'un regard impénétrable, un peu comme aurait pu les regarder Hermione si elle avait su qu'ils bâclaient leurs devoirs.

Regardant autour de lui en quête d'une calamité à laquelle il n'aurait pas encore pensé, Harry vit Fred et George assis côte à côte à l'autre bout de la salle, une plume à la main, la tête penchée sur le même morceau de parchemin. Il n'était guère courant de les voir à l'écart des autres, en train de travailler en silence. D'habitude, ils préféraient être au cœur des événements et attirer bruyamment l'attention sur eux. En les observant ainsi, entourés de secret, Harry se souvint de leur attitude mystérieuse dans le salon du Terrier, lorsque Mrs Weasley leur avait demandé ce qu'ils fabriquaient à écrire dans leur coin. À ce moment-là, il avait pensé qu'ils préparaient un nouveau bon de commande pour les *Sorciers facétieux* mais, ce soir, c'était différent : s'il s'était agi de cela, ils auraient invité Lee Jordan à se joindre à eux. Harry se demanda s'ils n'étaient pas plutôt occupés à trouver le moyen de se porter candidats au Tournoi des Trois Sorciers.

Harry vit George hocher la tête et barrer quelque chose d'un trait de plume. Puis il s'adressa à Fred en parlant tout bas mais, dans la salle quasiment déserte, Harry parvint quand même à entendre ce qu'il disait :

— Non... On aurait l'air de l'accuser. Il faut faire attention...

George leva alors les yeux et croisa le regard de Harry qui lui adressa un sourire et se hâta de retourner à ses prédictions ; il ne voulait pas laisser George penser qu'il l'espionnait. Quelques instants plus tard, les jumeaux roulèrent leur parchemin, dirent bonsoir à Harry et à Ron puis montèrent se coucher.

Fred et George étaient partis depuis une dizaine de minutes lorsque le portrait de la grosse dame pivota pour laisser entrer Hermione. Elle avait une liasse de parchemins dans une main et dans l'autre une boîte remplie d'objets qu'on entendait remuer au rythme de ses pas. Pattenrond se leva et se mit à ronronner en la voyant approcher.

— Salut ! dit-elle. Ça y est, j'ai fini !

— Moi aussi ! répondit Ron d'un air triomphant en posant sa plume.

Hermione s'assit, posa dans un fauteuil vide ce qu'elle avait apporté et lut le parchemin sur lequel Ron avait écrit ses prédictions.

— Tu ne vas pas passer un mois très agréable, on dirait..., commenta-t-elle d'un ton ironique tandis que Pattenrond se pelotonnait sur ses genoux.

— Au moins, je suis prévenu, dit Ron en bâillant.

— Apparemment, tu vas te noyer deux fois, fit remarquer Hermione.

— Ah bon ? s'étonna Ron.

Il jeta un coup d'œil à ses prédictions.

— Tu as raison, il vaudrait mieux enlever une des noyades...

À la place, je me ferai piétiner par un hippogriffe déchaîné.

— Tu ne crois pas qu'on voit tout de suite que tout est inventé ? dit Hermione.

— Comment oses-tu ? s'exclama Ron, d'un air faussement outré. On a travaillé comme des elfes de maison !

Hermione haussa les sourcils.

— Enfin, c'est une façon de parler, ajouta précipitamment Ron.

Après avoir écrit sa dernière prédiction qui prévoyait sa propre mort par décapitation, Harry posa également sa plume.

— Qu'est-ce qu'il y a, dans cette boîte ? demanda-t-il.

— C'est drôle que tu me le demandes, répondit Hermione en jetant à Ron un regard mauvais.

Elle ouvrit la boîte et leur montra son contenu. À l'intérieur, il y avait une cinquantaine de badges de différentes couleurs qui portaient tous les mêmes lettres : S.A.L.E.

— Sale ? dit Harry en prenant un des badges pour l'examiner. Qu'est-ce que c'est que ça ?

— Pas *sale*, répliqua Hermione, d'un ton agacé. Il faut dire S-A-L-E. Ça signifie Société d'Aide à la Libération des Elfes.

— Jamais entendu parler, dit Ron.

— Bien sûr que non, répondit sèchement Hermione. C'est moi qui viens de la créer.

— Ah bon ? dit Ron, vaguement surpris. Et tu as combien de membres ?

— Si vous adhérez, ça fera trois.

— Et tu crois qu'on va se promener avec des badges sur lesquels il est écrit « sale » ? dit Ron.

— S-A-L-E ! répéta Hermione avec ardeur. Au début, je voulais l'appeler : Arrêtons les Mauvais Traitements Scandaleusement Infligés à nos Amies les Créatures Magiques et Luttons pour un Changement de leur Statut, mais les badges étaient trop petits. J'ai donc fini par choisir ce nom-là et voici notre profession de foi.

Elle brandit sous leur nez la liasse de parchemins.

— J'ai fait des recherches poussées à la bibliothèque. L'esclavage des elfes a commencé il y a des siècles, je n'arrive pas à croire que personne n'ait jamais rien fait contre jusqu'à aujourd'hui.

— Hermione, ouvre un peu tes oreilles, dit Ron d'une voix forte. Ils-aiment-ça. Ils *aiment* vivre en esclavage !

— Notre objectif à court terme, répliqua Hermione, d'une voix encore plus forte, en faisant mine de ne pas l'avoir entendu, consiste à obtenir que les elfes bénéficient de salaires et de conditions de travail convenables. Notre objectif à long terme sera la modification de la loi sur l'interdiction des baguettes magiques et la nomination d'un elfe au Département de contrôle et de régulation des créatures magiques, car leur sous-représentation est proprement scandaleuse.

— Et comment on fait tout ça ? demanda Harry.

— Nous commençons par recruter de nouveaux membres, répondit Hermione d'un ton joyeux. Une contribution de deux Mornilles par adhérent donnera droit à un badge et permettra de financer une campagne de tracts. Ron, tu seras trésorier. J'ai une boîte en fer, là-haut, pour récolter les fonds et toi, Harry, tu seras secrétaire. D'ailleurs, tu devrais peut-être prendre en note tout ce que je dis pour faire le compte rendu de notre première réunion.

Hermione s'interrompit, le visage rayonnant et Harry resta immobile, partagé entre l'exaspération qu'elle lui inspirait et son amusement devant l'expression de Ron. Il avait l'air tellement abasourdi qu'il n'arrivait plus à ouvrir la bouche. Ce ne fut donc pas lui qui rompit le silence, mais un léger « tap, tap » au carreau. Harry se tourna vers la fenêtre qui se trouvait de l'autre côté de la salle commune, à présent vide, et aperçut à la lueur du clair de lune une chouette blanche perchée sur le rebord.

—Hedwige! s'écria-t-il.

Il bondit de sa chaise et courut ouvrir la fenêtre. Hedwige prit son vol et se posa sur la table, au beau milieu des prédictions de Harry.

—Il était temps! s'exclama Harry qui se dépêcha de la rejoindre.

—Elle rapporte une réponse! dit Ron d'un air surexcité en montrant le morceau de parchemin chiffonné attaché à une patte de la chouette.

Harry s'empressa de le détacher et s'assit pour le lire. Hedwige se percha sur ses genoux en hululant doucement.

—Qu'est-ce qu'il dit? demanda Hermione d'un ton haletant.

La lettre était brève et semblait avoir été écrite dans la précipitation. Harry la lut à haute voix:

Harry,

Je m'envole immédiatement vers le nord. Ce que tu me dis sur ta cicatrice n'est que le dernier élément en date d'une série d'étranges rumeurs qui me sont parvenues jusqu'ici. Si elle te fait à nouveau mal, va tout de suite voir Dumbledore. On me dit qu'il a sorti Maugrey Fol Œil de sa retraite, ce qui signifie qu'il a su lire les signes, même s'il est le seul.

Je te contacterai bientôt. Mes amitiés à Ron et à Hermione. Et ouvre l'œil, Harry.

Sirius

Harry échangea un regard avec Ron et Hermione.

—Il s'envole vers le nord? murmura Hermione. Il *revient* **ici?**

– Qu'est-ce qu'il a lu, comme signes, Dumbledore ? dit Ron, l'air perplexe. Harry... Qu'est-ce qui te prend ?

Harry venait de se frapper le front avec le poing, faisant perdre l'équilibre à Hedwige.

– Je n'aurais jamais dû le lui dire ! s'exclama-t-il avec fureur.

– De quoi tu parles ? s'étonna Ron.

– C'est pour ça qu'il a voulu revenir ! dit Harry en tapant du poing sur la table.

Hedwige sursauta et alla se poser sur le dossier de la chaise de Ron avec un hululement indigné.

– Il revient parce qu'il croit que j'ai des ennuis ! Alors que tout va bien pour moi ! Et je n'ai rien du tout à te donner, ajouta Harry d'un ton sec à l'adresse d'Hedwige qui faisait claquer son bec avec espoir. Si tu veux manger quelque chose, va à la volière.

Hedwige lui jeta un regard offensé et s'envola par la fenêtre en lui donnant au passage un coup d'aile sur la tête.

– Harry, dit Hermione d'un ton qui se voulait apaisant.

– Je vais me coucher, répliqua sèchement Harry. À demain.

Dans le dortoir, il mit son pyjama et se coucha dans son lit à baldaquin, mais il ne se sentait pas du tout fatigué.

Si Sirius revenait et se faisait prendre, ce serait à cause de lui. Pourquoi n'avait-il pu se taire ? Quelques instants de douleur avaient suffi à le faire bavarder... Si seulement il avait eu assez de bon sens pour ne rien dire...

Un peu plus tard, il entendit Ron qui montait à son tour dans le dortoir, mais il ne lui parla pas. Pendant un long moment, il demeura étendu les yeux ouverts à contempler le dais sombre de son lit. Un silence total régnait dans le dortoir et s'il avait été moins préoccupé, Harry se serait aperçu que l'absence des habituels ronflements de Neville signifiait qu'il n'était pas le seul à rester éveillé.

15
BEAUXBÂTONS
ET DURMSTRANG

Le lendemain matin de bonne heure, Harry se réveilla avec un plan en tête, comme si son cerveau y avait travaillé toute la nuit pendant son sommeil. Il se leva, s'habilla dans la lueur pâle de l'aube, sortit du dortoir sans réveiller Ron et descendit dans la salle commune entièrement déserte. Là, il prit un morceau de parchemin sur la table où il avait laissé son devoir de divination et écrivit la lettre suivante :

Cher Sirius,
Je crois bien que la douleur de ma cicatrice n'était qu'un effet de mon imagination. J'étais à moitié endormi la dernière fois que je t'ai écrit. Il n'y a aucune raison pour que tu reviennes, tout va très bien, ici. Ne t'inquiète pas pour moi, je n'ai plus du tout mal à la tête.

Harry

Il sortit ensuite de la salle, traversa le château silencieux (où il ne rencontra que Peeves qui essaya de lui renverser un énorme vase sur la tête, au milieu du couloir du quatrième étage) et arriva enfin à la volière, située au sommet de la tour ouest.

La volière était une pièce circulaire aux murs de pierre, plutôt froide et traversée de courants d'air, car aucune de ses fenêtres n'avait de carreaux. Le sol était entièrement recouvert de paille, de fientes de hibou et de squelettes de souris ou de campagnol régurgités. Des centaines de hiboux et de chouettes de toutes espèces se tenaient sur des perchoirs qui s'élevaient jusqu'au sommet de la tour. Tous étaient endormis mais, parfois, un œil rond, couleur d'ambre, lançait un regard courroucé à Harry. Il repéra Hedwige, perchée entre une chouette effraie et une chouette hulotte, et se précipita vers elle en glissant un peu sur des fientes d'oiseau.

Lorsqu'il parvint à la réveiller, Hedwige s'obstina à lui tourner le dos et il fallut un certain temps pour la convaincre de tourner la tête vers lui. De toute évidence, elle lui en voulait toujours de s'être montré si ingrat la veille. Finalement, Harry dut recourir à la ruse en suggérant à haute voix qu'elle était peut-être trop fatiguée et qu'il ferait mieux de demander à Ron de lui prêter Coquecigrue. Ce fut seulement à ce moment-là qu'Hedwige consentit enfin à tendre une patte pour qu'il y attache la lettre à Sirius.

— Essaye de le trouver, d'accord ? dit Harry.

Il lui caressa le dos en la portant sur son bras jusqu'à l'une des fenêtres.

— Sinon, ce sont les Détraqueurs qui le trouveront…

Hedwige lui mordilla les doigts, sans doute un peu plus fort qu'à l'ordinaire mais elle hulula avec douceur, comme pour le rassurer. Puis elle déploya ses ailes et s'envola dans le soleil levant. Harry la suivit des yeux jusqu'à ce qu'elle disparaisse à l'horizon, éprouvant à nouveau au creux de l'estomac cette sensation de malaise qui lui était familière. Jamais il ne lui serait venu à l'idée que la réponse de Sirius augmenterait ses craintes au lieu de les apaiser.

— C'est un mensonge, Harry, dit Hermione d'un ton abrupt, à la table du petit déjeuner.

Il venait de lui raconter, ainsi qu'à Ron, ce qu'il avait fait le matin même.

— La douleur de ta cicatrice n'était pas du tout un effet de ton imagination, tu le sais très bien.

— Et alors ? répondit Harry. Je ne veux pas qu'il retourne à Azkaban à cause de moi.

— Laisse tomber, dit sèchement Ron à Hermione lorsqu'elle ouvrit la bouche pour répliquer.

Pour une fois, Hermione obéit et se tut.

Au cours des deux semaines suivantes, Harry fit de son mieux pour essayer de ne pas trop s'inquiéter au sujet de Sirius. Bien sûr, chaque matin, il ne pouvait éviter de jeter des regards anxieux aux hiboux qui apportaient le courrier. Le soir, avant de s'endormir, il ne pouvait non plus s'empêcher d'imaginer Sirius cerné par les Détraqueurs dans une rue obscure de Londres. Mais, entre ces moments-là, il s'efforçait de ne pas penser à son parrain. Il aurait bien voulu se distraire en jouant au Quidditch. À ses yeux, il n'existait pas de meilleur remède contre les soucis qu'une bonne séance d'entraînement dont on sortait épuisé, l'esprit en paix. D'un autre côté, le travail scolaire devenait plus difficile que jamais, surtout les cours de défense contre les forces du Mal.

À leur grande surprise, le professeur Maugrey leur annonça qu'il allait leur faire subir à tour de rôle le sortilège de l'Imperium, afin de montrer la puissance de ses effets et de voir s'ils parvenaient à y résister.

— Mais... vous nous avez expliqué que c'était interdit, professeur, dit Hermione d'une voix mal assurée, tandis que Maugrey repoussait les tables d'un coup de baguette magique pour aménager un espace libre au milieu de la classe. Vous avez dit que... l'utiliser contre un autre être humain...

— Dumbledore veut que vous sachiez quel effet ça fait, répliqua Maugrey, son œil magique se tournant vers Hermione et la fixant d'un regard inquiétant, sans le moindre cillement. Si vous préférez l'apprendre d'une manière plus brutale – le jour où quelqu'un vous le jettera pour de bon et vous imposera totalement sa volonté –, je n'y vois aucun inconvénient. Vous pouvez même sortir immédiatement, je vous dispense de cours.

Il montra la porte de son doigt noueux. Le teint d'Hermione vira au rose vif et elle s'empressa de balbutier qu'elle n'avait jamais eu l'intention de partir. Harry et Ron échangèrent un sourire. Ils savaient qu'Hermione préférerait avaler du pus de Bubobulb plutôt que de manquer un cours d'une telle importance.

Maugrey appela les élèves à tour de rôle et leur jeta le sortilège de l'Imperium. Harry observa ses camarades qui, les uns après les autres, se mettaient à faire les choses les plus inattendues sous l'influence du sortilège. Dean Thomas fit trois fois le tour de la classe en sautant et en chantant l'hymne national. Lavande Brown imita un écureuil. Neville enchaîna d'incroyables mouvements de gymnastique qu'il aurait été certainement incapable d'exécuter dans son état normal. Aucun d'entre eux n'eut la force de combattre les effets du sortilège. Ils ne retrouvaient leur liberté de mouvement que lorsque Maugrey annulait le mauvais sort.

– Potter, grogna Maugrey. À toi, maintenant.

Lorsque Harry se fut avancé au centre de la classe, Maugrey leva sa baguette magique, la pointa sur lui et prononça la formule :

– *Impero !*

Harry éprouva aussitôt une sensation extraordinaire. Il avait l'impression que tous ses soucis lui sortaient peu à peu de la tête, laissant place à une sorte d'euphorie indéfinissable. Dans un état de parfaite décontraction, il resta debout au milieu de la salle, sentant vaguement les regards des autres fixés sur lui.

Il entendit alors la voix de Maugrey qui résonnait quelque part au loin dans son cerveau vide. *Saute sur le bureau... Saute sur le bureau...*

Obéissant, Harry fléchit les genoux et se prépara à sauter. *Saute sur le bureau...*

Mais après tout, pourquoi sauter sur le bureau ?

Une autre voix s'était éveillée au fond de sa tête. Ce serait vraiment stupide, disait-elle.

Saute sur le bureau...

Non, je ne crois pas que je vais le faire, désolé, dit l'autre voix, d'un ton un peu plus ferme... Non, en fait, je n'en ai pas très envie...

Saute ! MAINTENANT !

Harry éprouva alors une terrible douleur. Il avait sauté tout en s'efforçant de ne pas sauter : résultat, il était tombé à plat ventre sur le bureau qui s'était renversé sous le choc. Et, à en juger par ce qu'il ressentait aux jambes, il avait dû se fracturer les deux rotules.

— Voilà, c'est mieux comme ça ! grogna la voix de Maugrey.

Harry sentit soudain disparaître l'impression de vide dans son cerveau. Il se rappelait très précisément ce qui s'était passé et la douleur de ses genoux redoubla d'intensité.

— Regardez bien, vous autres... Potter s'est battu ! Il a résisté au sortilège et il a presque réussi à le repousser ! On va encore essayer, Potter, et vous, faites bien attention, regardez attentivement ses yeux, c'est là qu'on voit ce qui se passe. Très bien, Potter, vraiment très bien ! Ils vont avoir du mal à te contrôler, *toi* !

— Il a une façon de présenter les choses, marmonna Harry à la fin du cours, en sortant de la classe d'un pas chancelant. On dirait qu'on va tous se faire attaquer d'une minute à l'autre.

Maugrey avait insisté pour faire subir le sortilège à Harry quatre fois de suite, jusqu'à ce qu'il parvienne à en neutraliser complètement les effets.

– Ouais, c'est vrai, dit Ron qui marchait à moitié à cloche-pied.

Il avait eu beaucoup plus de mal que Harry à résister au sortilège mais Maugrey lui avait assuré que ses effets se seraient dissipés à l'heure du déjeuner.

– En parlant de paranoïa…

Il jeta des regards inquiets autour de lui pour être certain que Maugrey ne pouvait les entendre et reprit :

– Pas étonnant qu'ils aient été contents de s'en débarrasser, au ministère. Tu l'as entendu raconter à Seamus ce qu'il a fait à cette sorcière qui avait crié : « Bouh ! » dans son dos le 1er avril ? Mais quand est-ce qu'on va avoir le temps de s'entraîner à combattre l'Imperium avec tous les autres devoirs qu'on a à faire ?

Les élèves de quatrième année avaient été frappés par l'augmentation sensible de la quantité de travail qu'on leur imposait. Le professeur McGonagall leur en expliqua la raison après que toute la classe eut accueilli d'un grognement particulièrement sonore l'annonce des devoirs de métamorphose qu'elle avait décidé de leur donner.

– Vous entrez désormais dans une phase très importante de votre apprentissage de la magie ! leur dit-elle, le regard dangereusement étincelant derrière ses lunettes rectangulaires. Vos Brevets Universels de Sorcellerie Élémentaire approchent…

– On n'a pas de BUSE à passer avant la cinquième année ! s'indigna Dean Thomas.

– C'est possible, Thomas, mais croyez-moi, vous avez grand besoin de vous y préparer ! Miss Granger est la seule élève de cette classe qui ait réussi à transformer un hérisson en une pelote d'épingles acceptable. Je vous rappellerai, Thomas, que votre pelote *à vous* se recroqueville de terreur dès qu'on l'approche avec une épingle !

Hermione, dont le teint avait de nouveau viré au rose, s'efforça de ne pas avoir l'air trop satisfaite d'elle-même.

Harry et Ron eurent du mal à ne pas éclater de rire lorsque le professeur Trelawney leur annonça qu'ils avaient obtenu la note maximale pour leur devoir de divination. Elle lut à haute voix de longs extraits de leurs prédictions en les félicitant d'accepter ainsi sans sourciller les horreurs qui les attendaient, mais ils eurent beaucoup moins envie de rire quand elle leur demanda de faire le même devoir pour le mois d'après. Tous deux commençaient à être à court d'idées en matière de catastrophes.

Dans le même temps, le professeur Binns, le fantôme qui enseignait l'histoire de la magie, leur faisait faire chaque semaine une dissertation sur la révolte des gobelins au XVIIIe siècle. Le professeur Rogue, quant à lui, les forçait à rechercher des antidotes, une obligation qu'ils prenaient très au sérieux car il avait laissé entendre qu'il pourrait empoisonner l'un d'eux avant Noël pour en tester l'efficacité. Enfin, le professeur Flitwick leur avait demandé de lire trois livres supplémentaires afin de mieux se préparer au cours sur les sortilèges d'Attraction.

Même Hagrid leur imposait un surcroît de travail. Les Scroutts à pétard grandissaient à une vitesse étonnante, compte tenu du fait que personne n'avait encore découvert en quoi consistait leur régime alimentaire. Hagrid était enchanté et suggéra, dans le cadre de leur « projet », qu'ils viennent le soir à tour de rôle jusqu'à sa cabane pour observer les Scroutts et prendre des notes sur leur extraordinaire comportement.

— Il n'en est pas question, dit Drago Malefoy d'un ton catégorique lorsque Hagrid eut proposé l'idée avec l'expression du père Noël sortant de sa hotte un jouet inattendu. Je vois suffisamment ces bestioles répugnantes pendant les cours, merci bien.

Le sourire de Hagrid s'évanouit.

– Tu vas faire ce qu'on te dit, grogna-t-il, sinon, je pourrais bien suivre l'exemple du professeur Maugrey... Il paraît que tu fais très bien la fouine, Malefoy.

Les élèves de Gryffondor éclatèrent d'un grand rire. Malefoy rougit de colère mais le souvenir du châtiment de Maugrey restait suffisamment cuisant pour le retenir de répondre. À la fin du cours, Harry, Ron et Hermione revinrent au château d'excellente humeur. Voir Hagrid rabattre le caquet de Malefoy était d'autant plus satisfaisant que ce dernier avait tout fait l'année précédente pour essayer de provoquer le renvoi de Hagrid.

À leur arrivée dans le hall d'entrée, il y avait un tel monde qu'ils eurent du mal à avancer. Les élèves étaient agglutinés autour d'une grande pancarte installée au pied de l'escalier de marbre. Ron, qui était le plus grand des trois, se dressa sur la pointe des pieds pour essayer de lire par-dessus les têtes ce qui était écrit sur la pancarte :

TOURNOI DES TROIS SORCIERS

Les délégations de Beauxbâtons et de Durmstrang arriveront le vendredi 30 octobre à 18 heures. En conséquence, les cours prendront fin une demi-heure plus tôt que d'habitude.

– Magnifique ! s'exclama Harry. Le dernier cours qu'on a, vendredi, c'est potions ! Rogue n'aura pas le temps de nous empoisonner !

Les élèves rapporteront leurs affaires dans les dortoirs et se ras-
sembleront devant le château pour accueillir nos invités avant le
banquet de bienvenue.

— Plus qu'une semaine ! dit Ernie MacMillan, un élève de
Poufsouffle, le regard brillant. Je me demande si Cedric est au
courant ? Je ferais bien d'aller le lui dire…

Et il partit en courant.

— Cedric ? dit Ron d'un air étonné.

— Diggory, répondit Harry. Il doit être candidat au tournoi.

— Cet idiot, champion de Poudlard ? s'indigna Ron tandis
qu'ils se frayaient un chemin parmi la foule en direction de
l'escalier.

— Ce n'est pas un idiot, protesta Hermione. Tu ne l'aimes
pas, simplement parce qu'il a battu Gryffondor au Quidditch.
J'ai entendu dire que c'était un très bon élève. Et en plus, il
est préfet, ajouta-t-elle comme si ce simple fait mettait fin à
toute discussion.

— Tu l'aimes bien parce qu'il est *beau*, c'est tout, dit Ron
d'un ton cinglant.

— Je te demande pardon, mais je ne suis pas du genre à
aimer quelqu'un parce qu'il est « beau » ! s'emporta Hermione.

Ron fit semblant de tousser, d'une toux étrange qui laissa
deviner le nom de « Lockhart », un ancien professeur de
Poudlard beaucoup plus soucieux de son apparence physique
que de la qualité de ses cours.

L'apparition de la pancarte dans le hall d'entrée eut un
effet spectaculaire. Au cours de la semaine qui suivit, il semblait n'y avoir plus qu'un seul sujet de conversation, quel que
fût l'endroit où Harry se trouvait : le Tournoi des Trois Sorciers. Les rumeurs circulaient parmi les élèves à la vitesse
d'une épidémie : qui allait se porter candidat au titre de

champion de Poudlard, quelles seraient les épreuves imposées aux concurrents, à quoi ressemblaient les élèves de Beauxbâtons et de Durmstrang, étaient-ils très différents d'eux ?

Harry remarqua également que le château était soumis à un nettoyage exceptionnel. Plusieurs portraits un peu crasseux avaient subi un récurage que ne semblaient guère apprécier leurs sujets. Réfugiés dans un coin de leur cadre, ils marmonnaient des protestations d'un air sombre et faisaient la grimace en effleurant du bout des doigts leurs joues rose vif. Les armures avaient soudain retrouvé tout leur éclat et remuaient sans grincer. Quant à Argus Rusard, le concierge, il se montrait si féroce envers les élèves qui oubliaient d'essuyer leurs pieds en entrant que deux filles de première année avaient été prises d'une véritable crise de terreur.

Certains professeurs paraissaient étrangement tendus, eux aussi.

– Londubat, vous serez bien aimable de ne révéler à *aucun* des élèves de Durmstrang que vous êtes incapable de réussir un simple sortilège de Transfert ! lança le professeur McGonagall au terme d'un cours particulièrement difficile pendant lequel Neville avait accidentellement transplanté ses propres oreilles sur un cactus.

Lorsqu'ils descendirent prendre leur petit déjeuner au matin du 30 octobre, ils découvrirent que la Grande Salle avait été décorée au cours de la nuit. D'immenses banderoles de soie étaient accrochées aux murs, chacune représentant l'une des maisons de Poudlard – une rouge avec un lion d'or pour Gryffondor, une bleue avec un aigle de bronze pour Serdaigle, une jaune avec un blaireau noir pour Poufsouffle et une verte avec un serpent argenté pour Serpentard. Derrière la table des professeurs, la plus grande des banderoles portait les armoiries de Poudlard : lion, aigle, blaireau et serpent entourant un grand P.

Harry, Ron et Hermione aperçurent Fred et George à la table des Gryffondor. Cette fois encore, contrairement à leur habitude, ils étaient assis à l'écart et parlaient à voix basse. Ron s'approcha d'eux, suivi de Harry et d'Hermione.

— C'est pénible, d'accord, disait George à Fred d'un air grave. Mais s'il ne veut pas nous parler en personne, il faudra bien lui envoyer la lettre. Ou alors on la lui donnera en main propre. Il ne peut quand même pas nous éviter sans arrêt.

— Qui est-ce qui vous évite ? dit Ron en s'asseyant à côté d'eux.

— Pas toi, hélas ! répliqua Fred qui paraissait agacé par son interruption.

— Qu'est-ce qui est pénible ? demanda Ron à George.

— D'avoir un idiot de frère qui se mêle de tout, répliqua George.

— Vous avez eu des idées pour le Tournoi des Trois Sorciers ? demanda Harry. Vous avez trouvé un moyen d'être candidats ?

— J'ai demandé à McGonagall comment les champions devaient être choisis, mais elle n'a rien voulu dire, répondit George d'un ton amer. Elle m'a simplement conseillé de me taire et de continuer à métamorphoser mon raton laveur en silence.

— Je me demande quelles tâches les champions auront à accomplir, dit Ron d'un air songeur. Tu sais, Harry, je suis sûr qu'on arriverait à s'en sortir, on a déjà fait des trucs dangereux…

— Pas devant une assemblée de juges, répliqua Fred. McGonagall dit qu'on attribue des points aux champions en fonction de la façon dont ils ont réalisé les tâches imposées.

— Et qui sont les juges ? demanda Harry.

— Les directeurs des écoles participantes font toujours partie du jury, dit Hermione.

Tout le monde se tourna vers elle, avec une certaine surprise.

— Les trois directeurs ont été blessés au cours du tournoi de 1792 lorsqu'un Cocatris que les champions devaient attraper a réussi à s'échapper, expliqua Hermione.

Voyant leurs regards fixés sur elle, elle ajouta, de son ton agacé, qu'avec tous les livres qu'elle avait lus, il était normal qu'elle en sache plus qu'eux.

— Tout ça figure dans *L'Histoire de Poudlard*, dit-elle. Oh, bien sûr, ce n'est pas un livre auquel on peut entièrement se fier. *L'Histoire révisée de Poudlard* serait un titre beaucoup plus approprié. Ou même *Une histoire très partiale et incomplète de Poudlard, qui laisse dans l'ombre les aspects les moins reluisants de l'école.*

— De quoi tu parles ? demanda Ron.

Harry, lui, savait où elle voulait en venir.

— *Les elfes de maison !* répondit Hermione d'une voix forte, confirmant ce que Harry attendait. Pas une seule fois dans tout le livre, il n'est indiqué que nous contribuons tous à l'oppression d'une centaine d'esclaves !

Harry hocha la tête et reporta son attention sur ses œufs brouillés. Le peu d'enthousiasme que Ron et lui avaient manifesté pour son association n'avait en rien ébranlé la détermination d'Hermione à réclamer justice pour les elfes. Certes, ils avaient tous deux payé deux Mornilles pour l'achat d'un badge S.A.L.E. mais c'était simplement pour avoir la paix. Leurs Mornilles n'avaient d'ailleurs servi à rien. Pire, elles avaient eu pour seul effet de rendre Hermione plus virulente que jamais. Depuis, elle ne cessait de harceler Harry et Ron pour qu'ils portent leur badge et s'efforcent de convaincre d'autres élèves de les imiter. Chaque soir, elle faisait également le tour de la salle commune de Gryffondor dans un bruit de ferraille, en agitant sous le nez de ses camarades sa boîte en fer destinée à recueillir des fonds.

—Est-ce que tu te rends compte que tes draps sont changés, ton feu allumé, tes salles de classe nettoyées et tes repas cuisinés par des créatures magiques qu'on ne paye pas et qu'on traite comme des esclaves ? répétait-elle d'un air féroce.

Certains, comme Neville, avaient payé simplement pour qu'Hermione cesse de leur lancer des regards furieux. Quelques-uns semblaient vaguement intéressés par ce qu'elle avait à dire mais répugnaient à jouer un rôle plus actif dans la diffusion de ses idées. Quant aux autres, ils ne voyaient là qu'une aimable plaisanterie.

Ron, exaspéré, leva les yeux vers le plafond qui répandait sur eux sa lumière d'automne et Fred s'intéressa de très près à son lard grillé (les jumeaux avaient tous deux refusé d'acheter un badge S.A.L.E.). George se pencha cependant vers Hermione.

—Dis-moi, Hermione, est-ce que tu as déjà mis les pieds dans les cuisines de Poudlard ?

—Bien sûr que non, répliqua-t-elle sèchement. Je ne crois pas que les élèves aient le droit d'y descendre…

—Eh bien, nous, on y est allés, dit George. Et même très souvent pour y voler des choses à manger. On les a rencontrés, les elfes, et crois-moi, ils sont très heureux. Ils sont même convaincus qu'ils font le plus beau métier du monde…

—C'est parce qu'ils n'ont pas reçu d'éducation et qu'on leur a fait subir un lavage de cerveau ! s'emporta Hermione.

Mais ses paroles furent noyées dans un bruit soudain de battements d'ailes : les hiboux venaient d'entrer dans la Grande Salle pour apporter le courrier. Harry leva aussitôt les yeux et vit Hedwige fondre sur lui. Hermione s'interrompit. Ron et elle regardèrent d'un air anxieux Hedwige se poser sur l'épaule de Harry, replier ses ailes et tendre sa patte d'un geste las.

Harry prit la lettre de Sirius et donna la couenne de son lard à Hedwige qui la mangea avec reconnaissance. Puis, après s'être assuré que Fred et George étaient absorbés dans leurs considérations sur le Tournoi des Trois Sorciers, il lut la lettre de son parrain dans un murmure tout juste audible par Ron et Hermione.

Bien essayé, Harry,

Je suis de retour au pays et bien caché. Je veux que tu me tiennes au courant de tout ce qui se passe à Poudlard. N'utilise plus Hedwige, change toujours de hibou et ne t'inquiète pas pour moi, fais plutôt attention à toi. Et n'oublie pas ce que je t'ai dit au sujet de ta cicatrice.

Sirius

— Pourquoi changer de hibou ? demanda Ron à voix basse.

— Hedwige finirait par attirer l'attention, répondit aussitôt Hermione. Elle est trop visible. Une chouette blanche qui retournerait plusieurs fois à l'endroit où il se cache, ça finirait par éveiller les soupçons... Ce ne sont pas des oiseaux très courants, ici.

Harry roula la lettre et la glissa dans une poche de sa robe en se demandant s'il était plus ou moins inquiet qu'avant. Le fait que Sirius ait réussi à revenir sans se faire prendre était une bonne chose et il ne pouvait nier qu'il était rassuré de le savoir plus près de lui. Au moins, il n'aurait plus à attendre ses réponses aussi longtemps, lorsqu'il lui écrirait.

— Merci, Hedwige, dit Harry en la caressant.

Elle hulula d'un air ensommeillé, trempa brièvement son bec dans le gobelet de jus d'orange que lui tendait Harry, puis s'envola à nouveau, n'ayant manifestement plus d'autre désir que d'aller faire un bon somme dans la volière.

Ce jour-là, il régnait à Poudlard une agréable atmosphère

d'attente. Personne ne prêta grande attention à ce qui se passait pendant les cours : seule l'arrivée, le soir même, des délégations de Beauxbâtons et de Durmstrang occupait les esprits. Même le cours de potions parut plus supportable qu'à l'ordinaire, surtout parce qu'il devait être abrégé d'une demi-heure. Lorsque la cloche sonna, Harry, Ron et Hermione se précipitèrent dans la tour de Gryffondor, déposèrent sacs et livres dans leurs dortoirs, jetèrent leurs capes sur leurs épaules et redescendirent l'escalier quatre à quatre jusqu'au hall d'entrée.

Les responsables des différentes maisons firent mettre leurs élèves en rangs.

— Weasley, redressez votre chapeau, dit sèchement à Ron le professeur McGonagall. Miss Patil, ôtez de vos cheveux cet accessoire ridicule.

Parvati fit la moue et enleva le papillon qui ornait sa natte.

— Suivez-moi, s'il vous plaît, dit le professeur McGonagall. Les première année, passez devant… Ne poussez pas…

Ils descendirent les marches qui menaient au-dehors et s'alignèrent devant le château en rangées successives. La soirée était fraîche et lumineuse. Le jour tombait lentement et une lune si pâle qu'elle en semblait transparente brillait déjà au-dessus de la Forêt interdite. Harry, qui se trouvait au quatrième rang entre Ron et Hermione, aperçut, dans la file des première année, la silhouette minuscule de Dennis Crivey qui tremblait littéralement d'impatience.

— Il est presque six heures, dit Ron en jetant un coup d'œil à sa montre, puis à l'allée qui menait au portail. Comment tu crois qu'ils vont venir ? En train ?

— Ça m'étonnerait, dit Hermione.

— Alors, comment ? Sur des balais ? suggéra Harry en levant les yeux vers le ciel où commençaient à briller des étoiles.

— Je ne crois pas… Pas de si loin…

— Avec un Portoloin, peut-être ? dit Ron. Ou bien ils pourraient transplaner. Chez eux, on a peut-être le droit avant dix-sept ans.

— On ne peut pas transplaner dans l'enceinte de Poudlard, combien de fois faudra-t-il que je te le répète ? répliqua Hermione, agacée.

Ils scrutèrent le parc qui commençait à s'obscurcir, mais rien ne bougeait. Tout était tranquille, silencieux et presque comme d'habitude. Harry avait un peu froid. Il aurait bien aimé qu'ils se dépêchent... Leurs hôtes préparaient peut-être une arrivée spectaculaire... Il se souvenait de ce que Mr Weasley avait dit au camping, avant la Coupe du Monde de Quidditch : « Toujours pareil, on ne peut pas résister à l'envie d'épater le voisin quand on est tous ensemble... »

— Ah ! Si je ne m'abuse, la délégation de Beauxbâtons arrive ! lança Dumbledore, qui était au dernier rang avec les autres professeurs.

— Où ? demandèrent avidement plusieurs élèves en regardant dans toutes les directions.

— *Là-bas !* s'écria un élève de sixième année en montrant la Forêt interdite.

Quelque chose de très grand, beaucoup plus grand qu'un balai volant – ou même que cent balais volants – approchait du château, dans le ciel d'un bleu sombre. On voyait sa silhouette grandir sans cesse.

— C'est un dragon ! hurla une élève de première année, prise de panique.

— Ne dis pas de bêtises... C'est une maison volante ! répliqua Dennis Crivey.

Dennis était plus proche de la vérité... La gigantesque forme noire qui avançait au-dessus de la cime des arbres fut peu à peu éclairée par les lumières du château et ils distinguèrent alors un immense carrosse bleu pastel tiré par des chevaux géants. Le carrosse avait la taille d'une grande maison et

259

volait vers eux, tiré dans les airs par une douzaine de chevaux ailés, tous des palominos, chacun de la taille d'un éléphant.

Les élèves des trois premiers rangs reculèrent en voyant le carrosse descendre du ciel à une vitesse terrifiante. Enfin, dans un fracas si impressionnant que Neville fit un bond en arrière et retomba sur les pieds d'un Serpentard de cinquième année, les sabots des chevaux, plus grands que des assiettes, se posèrent sur le sol dans un nuage de poussière. Un instant plus tard, le carrosse atterrit à son tour, rebondissant sur ses roues démesurées tandis que les chevaux couleur d'or agitaient leurs énormes têtes en roulant des yeux flamboyants.

Harry eut tout juste le temps d'apercevoir des armoiries – deux baguettes d'or croisées qui lançaient chacune trois étoiles – gravées sur la portière du carrosse avant que celle-ci ne s'ouvre.

Un garçon vêtu d'une robe de sorcier bleu clair sauta à terre, se pencha en avant, tripota maladroitement quelque chose sur le plancher du carrosse puis déplia un marchepied d'or. Il fit respectueusement un pas en arrière et Harry vit briller une chaussure noire à haut talon qui émergea du carrosse – une chaussure qui avait la taille d'une luge d'enfant. La chaussure fut presque immédiatement suivie par la plus immense femme que Harry eût jamais vue. La taille du carrosse et des chevaux s'expliquait mieux, à présent. Quelques élèves étouffèrent une exclamation de surprise.

Harry ne connaissait qu'une seule personne aussi grande. C'était Hagrid. Tous deux devaient avoir exactement la même taille. Pourtant – peut-être parce qu'il était habitué à la silhouette de Hagrid – cette femme (qui avait maintenant descendu le marchepied et regardait la foule des élèves aux yeux écarquillés) lui semblait d'une taille encore plus considérable, encore plus surnaturelle. Lorsqu'elle pénétra dans la clarté que répandait la lumière du hall d'entrée, tout le monde put voir son beau visage au teint olivâtre, ses grands yeux noirs et humides et son nez en forme de bec d'oiseau. Ses cheveux tirés en arrière étaient noués en un chignon serré qui brillait sur sa nuque. Elle était vêtue de satin noir de la tête aux pieds et de magnifiques opales scintillaient autour de son cou et à ses doigts épais.

Dumbledore se mit à applaudir et les élèves l'imitèrent avec ardeur. Nombre d'entre eux s'étaient dressés sur la pointe des pieds, ce qui était sans nul doute la meilleure façon de regarder cette femme.

Celle-ci eut un sourire gracieux et s'avança vers Dumbledore en tendant une main étincelante de bijoux. Bien qu'il fût lui-même très grand, Dumbledore n'eut presque pas besoin de se pencher pour lui faire un baisemain.

– Ma chère Madame Maxime, dit-il, je vous souhaite la bienvenue à Poudlard.

– Mon cheur Dambleudore, répondit Madame Maxime d'une voix grave, je suis ravie de constateu que vous aveu l'eur en parfeute santeu.

– Ma santé est parfaite, en euffeut… heu… en effet, assura Dumbledore.

– Je vous preusente meus euleuves, dit Madame Maxime en agitant d'un geste désinvolte l'une de ses énormes mains par-dessus son épaule.

Harry, dont l'attention avait été entièrement occupée jusqu'alors par Madame Maxime, remarqua qu'une douzaine de filles et de garçons – tous âgés de dix-sept ou dix-huit ans – étaient sortis du carrosse et se tenaient à présent derrière leur directrice. Ils frissonnaient, ce qui n'avait rien d'étonnant quand on voyait les robes de soie fine qu'ils portaient sans aucune cape pour les protéger. Quelques-uns d'entre eux s'étaient enveloppé la tête d'écharpes ou de châles et d'après ce que Harry pouvait voir de leurs visages (ils se tenaient dans l'ombre immense de Madame Maxime), ils contemplaient le château d'un air anxieux.

— À queul moment Karkaroff doit-il arriveu ? demanda Madame Maxime.

— Il ne devrait pas tardeu... heu... tarder, répondit Dumbledore. Souhaitez-vous l'attendre ici ou préférez-vous entrer à l'intérieur pour vous réchauffer quelque peu ?

— Meu reuchauffeu queulqueu peu, queulle bonne ideu, mon cheur Dambleudore, approuva Madame Maxime. Meus qui va s'occupeu de meus cheveux ?

— Vos cheveux sont coiffés à la perfection, assura galamment Dumbledore.

— Dambleudore, queul pleusantin vous feutes ! s'exclama Madame Maxime en pouffant de rire. Je vouleus parleu deus cheveux de mon carrosse...

— Ah, vos chevaux ! Oui, bien sûr, notre professeur de soins aux créatures magiques sera ravi de veiller à leur bien-être, déclara Dumbledore. Dès qu'il aura réglé les petits problèmes que lui ont posés certains de ses... heu... protégés...

— Les Scroutts, murmura Ron à l'oreille de Harry avec un grand sourire.

— S'occupeu deus meus eutalons neuceussite, heu... une grande force musculeure..., avertit Madame Maxime qui semblait douter qu'un professeur de soins aux créatures magiques de Poudlard soit à la hauteur de la tâche. Ils ont une vigueur peu ordineure...

— Je puis vous assurer que Hagrid saura s'y prendre, dit Dumbledore en souriant.

— Treus bien, répondit Madame Maxime en s'inclinant légèrement. Vous voudreuz bien preuciseu à ceut Agrid que meus cheveux ne boivent que du whisky pur malt.

— Nous ferons le nécessaire, assura Dumbledore qui s'inclina à son tour.

— Veuneuz, vous autres, dit Madame Maxime à ses élèves d'un ton impérieux et ceux de Poudlard s'écartèrent pour leur permettre de gravir les marches du château.

— À votre avis, ils vont être grands comment, les chevaux de Durmstrang ? demanda Seamus Finnigan en se penchant vers Harry et Ron, derrière le dos de Lavande et de Parvati.

— S'ils sont plus gros que ceux-là, même Hagrid n'arrivera pas à les tenir, dit Harry. Mais d'abord, il faut qu'il arrive à se débarrasser de ses Scroutts. Je me demande où il en est avec eux.

— Ils se sont peut-être échappés, dit Ron avec espoir.

— Ne dis pas ça ! s'exclama Hermione, parcourue d'un frisson. Imagine qu'ils se promènent en liberté dans le parc...

Ils restèrent là, grelottant dans le froid qui s'installait, et attendirent l'arrivée de la délégation de Durmstrang. La plupart des élèves regardaient le ciel, pleins d'espoir. Pendant quelques instants il régna un grand silence que seuls venaient troubler les bruits de sabots et les hennissements des immenses chevaux de Madame Maxime.

— Tu entends quelque chose ? demanda soudain Ron.

Harry écouta. Un bruit étrange, sonore et inquiétant, leur parvenait dans l'obscurité. C'était une sorte de grondement étouffé auquel se mêlait un bruit de succion, comme si on avait passé un gigantesque aspirateur au fond d'une rivière...

— Le lac ! s'écria Lee Jordan en le montrant du doigt. Regardez le lac !

De l'endroit où ils se trouvaient, au sommet de la pelouse en pente douce dominant le parc, ils voyaient nettement la surface lisse et noire de l'eau qui, soudain, ne fut plus lisse du tout. De grosses bulles se formèrent et des vagues vinrent lécher les rives boueuses du lac. Enfin, un tourbillon apparut en son centre, comme si on venait d'ôter une bonde géante, au fond de l'eau...

263

La forme noire d'un long mât s'éleva lentement au milieu du tourbillon... et Harry distingua le gréement...

– C'est un bateau ! dit-il à Ron et à Hermione.

Lentement, majestueusement, un vaisseau émergea alors de l'eau, dans le scintillement argenté du clair de lune. Il avait quelque chose d'étrangement spectral, telle une épave sauvée d'un naufrage, et les faibles lueurs qui brillaient derrière ses hublots, comme enveloppées de brume, ressemblaient à des yeux de fantôme. Enfin, dans un bruit de cascade, le vaisseau apparut entièrement, tanguant sur les eaux tumultueuses du lac, et glissa vers la rive. Quelques instants plus tard, ils entendirent l'ancre tomber dans l'eau et le bruit mat d'une passerelle qu'on abaissait sur le rivage.

Les passagers débarquaient, défilant à la lueur des hublots. Tous semblaient avoir été bâtis sur le modèle de Crabbe et Goyle, remarqua Harry. Mais lorsqu'ils approchèrent de la lumière qui s'échappait du hall d'entrée, il vit que leurs silhouettes massives étaient dues aux capes de fourrure épaisse et compacte dont ils étaient vêtus. L'homme qui était à leur tête portait une fourrure différente, lisse et argentée, comme ses cheveux.

– Dumbledore ! s'écria-t-il avec chaleur en s'avançant sur la pelouse. Comment allez-vous, mon cher ami, comment allez-vous ?

– Le mieux du monde, merci, professeur Karkaroff, répondit Dumbledore.

Karkaroff avait une voix suave et bien timbrée. Il était grand et mince, comme Dumbledore, mais ses cheveux blancs étaient coupés court et son bouc (qui se terminait par une petite boucle de poils) n'arrivait pas à cacher entièrement un menton plutôt fuyant. Lorsqu'il fut devant Dumbledore, il serra ses deux mains dans les siennes.

– Ce cher vieux Poudlard, dit-il en regardant le château avec un sourire.

Il avait des dents jaunâtres et Harry remarqua que, en dépit de son sourire, ses yeux restaient froids et son regard perçant.

– Quelle joie d'être ici, quelle joie, vraiment… Viktor, venez donc vous réchauffer… Ça ne vous ennuie pas, Dumbledore ? Viktor est légèrement enrhumé…

Karkaroff fit signe à l'un de ses élèves de le rejoindre. Lorsque le garçon passa devant eux, Harry aperçut un nez arrondi et d'épais sourcils noirs. Il n'eut pas besoin du coup de coude que lui donna Ron pour reconnaître aussitôt ce profil.

– Harry… C'est *Krum* ! murmura inutilement Ron à son oreille.

16

LA COUPE DE FEU

— Je n'arrive pas à y croire ! dit Ron, abasourdi, tandis que les élèves de Poudlard remontaient les marches du château derrière la délégation de Durmstrang. Krum, Harry ! C'est *Viktor Krum !*

— Pour l'amour du ciel, Ron, c'est un simple joueur de Quidditch, répliqua Hermione.

— *Un simple joueur de Quidditch ?* s'exclama Ron en la regardant comme s'il n'en croyait pas ses oreilles. Hermione, c'est l'un des meilleurs attrapeurs du monde ! Je ne me serais jamais douté qu'il faisait encore ses études !

Alors qu'ils traversaient le hall en direction de la Grande Salle, Harry vit Lee Jordan sauter sur place pour essayer de mieux voir la tête de Krum qui lui tournait le dos. Plusieurs filles de sixième année fouillaient frénétiquement dans leurs poches.

— Oh, non, ce n'est pas vrai ! Je n'ai pas la moindre plume sur moi !

— Tu crois qu'il accepterait de signer mon chapeau avec mon rouge à lèvres ?

— *Non, mais vraiment…* dit Hermione d'un air hautain en passant devant les deux filles qui se disputaient à présent le tube de rouge à lèvres.

— Moi, je tiens à avoir son autographe, si je peux, dit Ron. Tu n'aurais pas une plume, Harry ?

– Non, elles sont toutes là-haut, dans mon sac, répondit Harry.

Ils allèrent s'asseoir à la table des Gryffondor. Ron prit soin de s'installer du côté qui faisait face au hall, car Krum et ses condisciples de Durmstrang étaient toujours regroupés à côté de la porte, ne sachant pas très bien où s'asseoir. Les élèves de Beauxbâtons s'étaient installés à la table des Serdaigle et regardaient la Grande Salle d'un air maussade. Trois filles avaient gardé sur la tête des écharpes et des châles.

– Il ne fait quand même pas *si* froid, dit Hermione en leur jetant un regard irrité. Elles n'avaient qu'à emporter des capes.

– Ici ! Viens t'asseoir ici ! dit Ron d'une voix sifflante. Ici ! Hermione, pousse-toi un peu, fais de la place…

– Quoi ?

– Trop tard, dit Ron avec amertume.

Viktor Krum et ses camarades de Durmstrang s'étaient assis à la table des Serpentard. Harry vit Malefoy, Crabbe et Goyle afficher aussitôt un petit air supérieur. Malefoy se penchait déjà vers Krum pour lui parler.

– C'est ça, vas-y, Malefoy, essaye de te faire bien voir, dit Ron d'un ton acerbe. Je suis sûr que Krum a tout de suite vu à qui il avait affaire… Il doit être habitué aux flatteries… Où crois-tu qu'ils vont dormir ? On pourrait peut-être lui faire de la place dans notre dortoir, Harry… Moi, je veux bien lui donner mon lit, je dormirai sur un lit de camp.

Hermione haussa les épaules d'un air dédaigneux.

– Ils ont l'air beaucoup plus contents que ceux de Beauxbâtons, remarqua Harry.

Les élèves de Durmstrang avaient ôté leurs grosses fourrures et contemplaient d'un air intéressé le plafond étoilé. Deux d'entre eux, apparemment impressionnés, examinaient les assiettes et les gobelets d'or.

Rusard, le concierge, était occupé à ajouter des chaises autour de la table des professeurs. Il avait revêtu pour l'occasion son habit râpé à queue de pie. Harry fut étonné de le voir apporter quatre chaises supplémentaires, dont deux de chaque côté de celle de Dumbledore.

– Il n'y a pourtant que deux personnes en plus, dit Harry. Pourquoi est-ce que Rusard ajoute quatre chaises ? Qui d'autre doit venir ?

– Hein ? répondit Ron d'une voix distraite.

Il continuait de regarder Krum avec des yeux avides.

Lorsque tous les élèves se furent assis à leurs tables respectives, les professeurs firent leur entrée et allèrent s'installer autour de la grande table. Le professeur Dumbledore, le professeur Karkaroff et Madame Maxime fermaient la marche. Lorsque leur directrice apparut, les élèves de Beauxbâtons se levèrent d'un bond, déclenchant quelques éclats de rire dans les rangs de Poudlard. Ils n'en ressentirent apparemment aucune gêne et ne se rassirent que lorsque Madame Maxime eut pris place à la gauche de Dumbledore. Celui-ci resta debout, et le silence se fit dans la Grande Salle.

– Mesdames, mesdemoiselles, messieurs, chers fantômes et, surtout, chers invités, bonsoir, dit Dumbledore en adressant aux élèves étrangers un sourire rayonnant. J'ai le très grand plaisir de vous souhaiter la bienvenue à Poudlard. J'espère et je suis même certain que votre séjour ici sera à la fois confortable et agréable.

L'une des filles de Beauxbâtons, qui avait toujours un cache-nez enroulé autour de la tête, éclata d'un rire ouvertement moqueur.

– Personne ne t'oblige à rester ! murmura Hermione, exaspérée.

– Le tournoi sera officiellement ouvert à la fin de ce banquet, annonça Dumbledore. Mais pour l'instant, je vous invite à manger, à boire et à considérer cette maison comme la vôtre !

Il s'assit et Harry vit Karkaroff se pencher aussitôt vers lui pour engager la conversation.

Comme d'habitude, les plats disposés devant eux se remplirent de mets divers. Les elfes de la cuisine s'étaient surpassés. Harry n'avait jamais vu une telle variété de plats, dont certains appartenaient de toute évidence à des cuisines d'autres pays.

— Qu'est-ce que c'est que *ça* ? demanda Ron en montrant une grande soupière remplie d'un mélange de poissons, à côté d'un ragoût de bœuf et de rognons.

— Bouillabaisse, dit Hermione.

— À tes souhaits, dit Ron.

— C'est *français*, précisa Hermione. J'en ai mangé un jour en vacances, il y a deux ans. C'est très bon.

— Je te crois sur parole, répondit Ron en se servant une bonne part de ragoût bien anglais.

Il semblait y avoir beaucoup plus de monde que d'habitude dans la Grande Salle, même si l'on ne comptait guère qu'une vingtaine d'élèves en plus. Peut-être était-ce en raison de leurs uniformes colorés qui se remarquaient davantage à côté des robes noires de Poudlard. Sous les fourrures qu'ils avaient ôtées, les élèves de Durmstrang portaient des robes d'une intense couleur rouge sang.

Le banquet avait commencé depuis une vingtaine de minutes lorsque Hagrid se faufila à l'intérieur de la salle en passant par une porte située derrière la table des professeurs. Il se glissa à sa place et salua Harry, Ron et Hermione en agitant une main entourée de bandages.

— Les Scroutts vont bien, Hagrid ? lança Harry depuis la table des Gryffondor.

— En pleine forme, répondit Hagrid d'un air ravi.

—Rien d'étonnant, dit Ron à voix basse. Apparemment, la nourriture qui leur convient le mieux, ce sont les doigts de Hagrid.

À cet instant, ils entendirent une voix demander :

—Excusez-moi, vous avez fini avec la bouillabaisse ?

C'était la fille de Beauxbâtons qui avait ri pendant le discours de bienvenue de Dumbledore. Elle s'était enfin décidée à retirer son cache-nez, libérant une cascade de cheveux d'un blond argenté qui lui tombaient presque jusqu'à la taille. Elle avait de grands yeux d'un bleu foncé et des dents très blanches, parfaitement régulières.

Ron devint écarlate. Il la regarda, ouvrit la bouche et bredouilla :

—La bouba... la boubaliaisse... La baillouibaisse...

—Bouillabaisse, rectifia-t-elle.

—Bouba... boubia..., balbutia Ron.

—Tu n'as pas l'air très doué pour les langues étrangères... s'impatienta la fille aux cheveux blonds. Alors, vous avez fini, oui ou non, avec cette bouillabaisse ?

—Oui, dit Ron, le souffle coupé. Oui, c'était... c'était excellent.

Elle prit la soupière et l'emporta avec précaution à la table de Serdaigle. Ron continuait de la regarder les yeux exorbités, comme si c'était la première fois de sa vie qu'il voyait une fille. Harry éclata de rire et Ron sembla redescendre sur terre.

—C'est une Vélane, dit-il à Harry d'une voix rauque.

—Bien sûr que non ! coupa sèchement Hermione. Personne d'autre ne la regarde d'un air idiot !

Mais elle se trompait. Lorsque la fille aux cheveux blonds traversa la salle, de nombreux garçons tournèrent la tête vers elle et semblèrent eux aussi perdre momentanément l'usage de la parole.

—Je te dis que ce n'est pas une fille normale ! insista Ron

en se penchant de côté pour continuer à la suivre des yeux. On n'en fait pas des comme ça, à Poudlard !

– On en fait des très bien, à Poudlard, dit Harry d'un air absent.

Cho Chang était assise un peu plus loin que la fille aux cheveux blonds.

– Quand vous aurez de nouveau les yeux en face des trous, tous les deux, dit Hermione d'un ton brusque, vous verrez peut-être qui vient d'arriver.

Elle montrait du doigt la table des professeurs. Les deux chaises restées vides étaient à présent occupées. Ludo Verpey était assis à côté du professeur Karkaroff tandis que Mr Croupton, le patron de Percy, avait pris place à côté de Madame Maxime.

– Qu'est-ce qu'ils font ici ? s'étonna Harry.

– Ce sont eux qui ont organisé le Tournoi des Trois Sorciers, non ? dit Hermione. J'imagine qu'ils voulaient être là au moment où il s'ouvre officiellement.

Lorsque les desserts furent servis, ils remarquèrent divers gâteaux qu'ils ne connaissaient pas. Ron examina de près une espèce de crème blanchâtre puis la glissa vers la droite pour qu'elle soit bien visible depuis la table des Serdaigle. Mais la fille qui ressemblait à une Vélane semblait avoir assez mangé et ne vint pas la prendre.

Dès que les assiettes d'or eurent été vidées et nettoyées, Dumbledore se leva à nouveau. Il régnait à présent dans la Grande Salle une atmosphère d'attente. Harry fut parcouru d'un frisson d'excitation en se demandant ce qui allait se passer. Un peu plus loin à leur table, Fred et George, penchés en avant, observaient Dumbledore avec la plus grande attention.

– Le moment est venu, dit Dumbledore en souriant largement à tous les visages tournés vers lui. Le Tournoi des Trois

Sorciers va commencer. Mais je voudrais donner quelques explications avant qu'on apporte le reliquaire...

– Le quoi ? murmura Harry.

Ron haussa les épaules.

– ... afin de clarifier la procédure que nous suivrons cette année. Pour commencer, permettez-moi de présenter à ceux qui ne les connaissent pas encore Mr Bartemius Croupton, directeur du Département de la coopération magique internationale – il y eut quelques applaudissements polis – et Ludo Verpey, directeur du Département des jeux et sports magiques.

Cette fois, les applaudissements furent beaucoup plus nourris, sans doute en raison de la réputation de Verpey comme batteur, ou simplement parce qu'il paraissait beaucoup plus sympathique. Il répondit avec un geste chaleureux de la main alors que Bartemius Croupton n'avait ni souri ni adressé le moindre signe au public à l'annonce de son nom. Harry se souvenait de son costume impeccable, le jour de la Coupe du Monde de Quidditch, et il lui trouva l'air bizarre dans sa robe de sorcier. Sa moustache en brosse à dents et sa raie bien nette paraissaient très étranges à côté de la barbe et des longs cheveux blancs de Dumbledore.

– Mr Verpey et Mr Croupton ont travaillé sans relâche au cours de ces derniers mois pour préparer le Tournoi des Trois Sorciers, poursuivit Dumbledore, et ils feront partie avec Madame Maxime, le professeur Karkaroff et moi-même du jury chargé d'apprécier les efforts des champions.

Dès que le mot « champions » fut prononcé, l'attention des élèves sembla s'intensifier.

Il avait dû remarquer leur soudaine immobilité car il eut un sourire lorsqu'il demanda :

– Le reliquaire, s'il vous plaît, Mr Rusard.

Argus Rusard, qui s'était tenu à l'écart dans un coin de la

salle, s'avança vers Dumbledore en portant un grand coffre de bois incrusté de pierres précieuses. Le coffre paraissait très ancien et son apparition déclencha un murmure enthousiaste parmi les élèves. Dennis Crivey était monté sur sa chaise pour mieux le voir mais il était si minuscule qu'il ne dépassait guère la tête de ses camarades restés assis.

– Les instructions concernant les tâches que les champions devront accomplir cette année ont été soigneusement établies par Mr Croupton et Mr Verpey, reprit Dumbledore pendant que Rusard déposait délicatement le coffre sur la table, juste devant lui. Et ils ont pris toutes les dispositions nécessaires au bon déroulement de cette compétition. Trois tâches auront donc lieu à divers moments de l'année et mettront à l'épreuve les qualités des champions... Leurs capacités magiques – leur audace – leur pouvoir de déduction – et, bien sûr, leur aptitude à réagir face au danger.

Ces derniers mots provoquèrent un silence absolu, comme si plus personne n'osait même respirer.

– Comme vous le savez, trois champions s'affronteront au cours de ce tournoi, poursuivit Dumbledore d'un ton très calme, un pour chacune des écoles participantes. Ils seront notés en fonction de leurs performances dans l'accomplissement de chacune des tâches et le champion qui aura obtenu le plus grand nombre de points sera déclaré vainqueur. Les trois champions seront choisis par un juge impartial... La Coupe de Feu.

Dumbledore prit sa baguette magique et en tapota le coffre à trois reprises. Dans un grincement, le couvercle s'ouvrit avec lenteur et Dumbledore sortit du reliquaire une grande coupe de bois grossièrement taillé. La coupe en elle-même n'aurait rien eu de remarquable s'il n'en avait jailli une gerbe de flammes bleues qui dansaient comme dans l'âtre d'une cheminée.

Dumbledore referma le reliquaire et, avec des gestes précautionneux, posa la Coupe dessus pour que chacun puisse la contempler tout à loisir.

– Quiconque voudra soumettre sa candidature pour être choisi comme champion devra écrire lisiblement son nom et celui de son école sur un morceau de parchemin et le laisser tomber dans cette Coupe de Feu, expliqua Dumbledore. Les aspirants champions disposeront de vingt-quatre heures pour le faire. Demain soir, jour de Halloween, la Coupe donnera les noms des trois personnes qu'elle aura jugées les plus dignes de représenter leur école. Dès ce soir, la Coupe sera placée dans le hall d'entrée et sera libre d'accès à celles et ceux qui souhaiteront se présenter. Pour garantir qu'aucun élève qui n'aurait pas atteint l'âge requis succombe à la tentation, poursuivit Dumbledore, je me chargerai moi-même de tracer une Limite d'Âge autour de la Coupe de Feu lorsqu'elle aura été placée dans le hall d'entrée. Il sera impossible à toute personne d'un âge inférieur à dix-sept ans de franchir cette limite. Enfin, pour terminer, je voudrais avertir les candidats qu'on ne saurait participer à ce tournoi à la légère. Une fois qu'un champion a été sélectionné par la Coupe, il – ou elle – a l'obligation de se soumettre aux épreuves du tournoi jusqu'à son terme. Déposer votre nom dans la Coupe constitue un engagement, une sorte de contrat magique. Une fois que quelqu'un a été nommé champion, il n'est plus question de changer d'avis. En conséquence, réfléchissez bien avant de proposer votre nom, il faut que vous ayez de tout votre cœur le désir de participer. Voilà. À présent, je crois que le moment est venu d'aller dormir. Bonne nuit à tous.

– Une Limite d'Âge ! dit Fred, les yeux étincelants, tandis que la foule des élèves se dirigeait vers le hall d'entrée. Il devrait suffire d'une potion de Vieillissement pour arriver à la franchir, non ? Et une fois que ton nom est dans la Coupe, comment savoir si tu as dix-sept ans ou pas ?

– Je ne crois pas que quelqu'un qui a moins de dix-sept ans puisse avoir la moindre chance de gagner, dit Hermione. Nous n'en savons pas assez, tout simplement…

– Parle pour toi ! répliqua sèchement George. Harry, tu vas essayer, non ?

Harry repensa aux paroles de Dumbledore lorsqu'il avait insisté pour que personne au-dessous de dix-sept ans ne soumette sa candidature mais, très vite, il s'imagina à nouveau vainqueur du tournoi… Il se demanda quel serait le degré de fureur de Dumbledore si quelqu'un de moins de dix-sept ans parvenait à franchir la Limite d'Âge…

– Où est-il ? demanda Ron, qui n'écoutait pas un mot de la conversation, trop occupé à scruter la foule pour essayer de voir où se trouvait Krum. Dumbledore ne nous a pas dit où dormaient les élèves de Durmstrang. Vous avez une idée, vous ?

Il eut presque aussitôt la réponse à sa question. Au moment où ils passaient devant la table des Serpentard, Karkaroff se précipita vers ses élèves.

– On remonte tout de suite à bord du vaisseau, dit-il. Viktor, comment vous sentez-vous ? Vous avez assez mangé ? Vous voulez que je demande à la cuisine de vous préparer du vin chaud ?

Harry vit Krum hocher la tête en remettant sa fourrure.

– Prrrofesseurrr, *moi*, je voudrrrais bien du vin chaud, dit d'un ton plein d'espoir l'un des autres élèves de Durmstrang.

– Ce n'est pas à *vous* que je l'ai proposé, Poliakoff, répondit sèchement Karkaroff, en perdant le ton chaleureux et paternel sur lequel il avait parlé à Krum. En plus, vous avez mangé si salement que votre robe est toute tachée. Vous êtes dégoûtant, mon garçon…

Karkaroff emmena ses élèves vers la sortie et atteignit les portes de la Grande Salle en même temps que Harry, Ron et Hermione. Harry s'arrêta pour le laisser passer.

— Merci, dit Karkaroff d'un ton distrait en lui jetant un coup d'œil.

Soudain, il se figea sur place, tourna à nouveau la tête vers Harry et le regarda fixement comme s'il n'arrivait pas à en croire ses yeux. Derrière leur directeur, ses élèves s'immobilisèrent à leur tour. Les yeux de Karkaroff remontèrent lentement et s'arrêtèrent sur la cicatrice de Harry. Les élèves de Durmstrang, eux aussi, l'observaient avec curiosité. Du coin de l'œil, Harry vit que certains d'entre eux avaient déjà compris qui il était. Le garçon à la robe tachée de sauce donna un coup de coude à la fille qui se trouvait à côté de lui et montra ouvertement du doigt le front de Harry.

— Ouais, c'est Harry Potter, grogna une voix derrière eux.

Le professeur Karkaroff fit volte-face. Maugrey Fol Œil se tenait devant lui, appuyé de tout son poids sur son bâton, son œil magique fixant sans ciller le directeur de Durmstrang.

Harry vit Karkaroff pâlir. Une terrible expression de fureur mêlée de crainte apparut sur son visage.

— Vous ! dit-il en regardant Maugrey comme s'il n'était pas certain que ce soit vraiment lui.

— Moi, répondit Maugrey d'un air sinistre. Et à moins que vous ayez quelque chose de précis à dire à Potter, Karkaroff, il vaudrait mieux dégager le passage. Vous bloquez la sortie.

C'était vrai. La moitié des élèves restés dans la Grande Salle attendaient derrière eux, se dressant sur la pointe des pieds pour essayer de voir ce qui les empêchait de passer.

Sans ajouter un mot, le professeur Karkaroff fit alors signe à ses élèves de le suivre. Maugrey le regarda s'éloigner, fixant son dos de son œil magique, avec une expression d'intense antipathie sur son visage mutilé.

Le lendemain étant un samedi, la plupart des élèves auraient dû descendre prendre leur petit déjeuner plus tard que d'habitude. Mais Harry, Ron et Hermione ne furent pas les seuls à se lever beaucoup plus tôt. Lorsqu'ils descendirent dans le hall d'entrée, ils virent une vingtaine de personnes, certaines un toast à la main, rassemblées autour de la Coupe de Feu pour l'examiner de plus près. Elle avait été installée au milieu du hall, sur le tabouret qui servait habituellement de socle au Choixpeau magique. Une mince ligne dorée avait été tracée sur le sol, formant un cercle d'environ trois mètres de rayon tout autour de la Coupe.

– Est-ce que quelqu'un a déjà mis son nom dedans ? demanda Ron avec curiosité à une fille de troisième année.

– Tous les élèves de Durmstrang, répondit celle-ci. Mais je n'ai encore vu personne de Poudlard s'en approcher.

– Je parie qu'il y en a qui sont allés déposer leur nom cette nuit, quand les autres dormaient, dit Harry. C'est ce que j'aurais fait si j'avais voulu être candidat… Je n'aurais pas aimé que tout le monde me voie. Imagine que la Coupe te rejette ton nom à la figure ?

Quelqu'un éclata de rire derrière Harry. Il se retourna et vit Fred, George et Lee Jordan qui descendaient l'escalier en courant, l'air surexcité.

– Ça y est, murmura Fred d'un ton triomphant. On vient de la prendre.

– Quoi ? demanda Ron.

– La potion de Vieillissement, tête de nouille, répondit Fred.

– Une goutte chacun, dit George en se frottant les mains avec une expression réjouie. On n'a besoin que de quelques mois de plus.

– Si l'un de nous gagne, on partagera les mille Gallions en trois, dit Lee avec un large sourire.

– Je ne suis pas du tout sûre que ça marche, les avertit Hermione. Dumbledore y a certainement pensé avant vous.

Mais Fred, George et Lee ne tinrent aucun compte de son intervention.

– Prêts ? dit Fred aux deux autres qui frémissaient d'excitation. Allons-y, je passe le premier.

Fasciné, Harry regarda Fred sortir de sa poche un morceau de parchemin sur lequel était écrit : « Fred Weasley – Poudlard. » Fred s'avança jusqu'à la ligne et s'arrêta devant, en se balançant sur la pointe des pieds comme un plongeur qui s'apprête à faire un saut de quinze mètres. Puis, sous les regards tournés vers lui, il prit une profonde inspiration et franchit la ligne.

Pendant une fraction de seconde, Harry crut qu'il avait réussi – George en était sûrement convaincu car il poussa un cri de triomphe et sauta par-dessus la ligne à la suite de Fred – mais un instant plus tard, il y eut une sorte de grésillement et les jumeaux furent rejetés hors du cercle comme s'ils avaient été catapultés par un invisible lanceur de poids. Ils atterrirent douloureusement trois mètres plus loin, sur le sol de pierre froide et, pour ajouter le ridicule au châtiment, deux longues barbes blanches, exactement semblables, poussèrent aussitôt sur leurs visages avec un bruit de pétard.

Le hall résonna alors de grands éclats de rire. Fred et George eux-mêmes ne purent s'empêcher de participer à l'hilarité générale en voyant leurs barbes respectives.

– Je vous avais pourtant prévenus, dit une voix grave et amusée.

Tout le monde se retourna et vit le professeur Dumbledore sortir de la Grande Salle.

– Je vous conseille d'aller faire un tour chez Madame Pomfresh, dit-il, en regardant les jumeaux d'un œil malicieux. Elle s'occupe déjà de Miss Faucett, de Serdaigle, et de Mr Summers, de Poufsouffle. Eux aussi ont eu l'idée de se vieillir un peu. Mais je dois reconnaître que leurs barbes sont beaucoup moins belles que les vôtres.

Fred et George se dirigèrent vers l'infirmerie, accompagnés par Lee Jordan qui était secoué d'un véritable fou rire. Harry, Ron et Hermione étaient également hilares en allant prendre leur petit déjeuner.

Les décorations de la Grande Salle avaient changé. En l'honneur de Halloween, un nuage de chauves-souris volaient sous le plafond magique tandis qu'aux quatre coins de la salle, des centaines de citrouilles évidées lançaient des regards démoniaques. Suivi de Ron et d'Hermione, Harry s'approcha de Dean et Seamus qui essayaient d'établir la liste des élèves de Poudlard susceptibles de se porter candidats.

— D'après ce qu'on dit, Warrington s'est levé de bonne heure pour aller mettre son nom dans la Coupe, révéla Dean à Harry. Tu sais, ce grand type de Serpentard qui a l'air d'un gros veau.

Harry, qui avait joué au Quidditch contre Warrington, hocha la tête d'un air dégoûté.

— Il ne faut surtout pas que le champion de Poudlard soit un Serpentard ! dit-il.

— Et tous les Poufsouffle parlent de Diggory, ajouta Seamus avec mépris. Mais je ne pensais pas qu'il était prêt à risquer sa belle petite tête dans quelque chose d'aussi dangereux.

— Écoutez ! dit soudain Hermione.

Des acclamations retentissaient dans le hall d'entrée. Ils se retournèrent et virent Angelina Johnson entrer dans la Grande Salle avec un sourire un peu gêné. C'était une grande fille noire qui jouait au poste de poursuiveur dans l'équipe de Quidditch de Gryffondor. Angelina vint s'asseoir auprès d'eux.

— Voilà, c'est fait ! annonça-t-elle. Je viens de mettre mon nom dans la Coupe !

—Sans rire ? dit Ron, impressionné.

—Tu as déjà dix-sept ans ? demanda Harry.

—Évidemment. Tu vois bien qu'elle n'a pas de barbe, dit Ron.

—C'était mon anniversaire la semaine dernière, précisa Angelina.

—Je suis contente que quelqu'un de Gryffondor soit candidat, dit Hermione. J'espère vraiment que tu seras choisie, Angelina !

—Merci, Hermione, répondit Angelina avec un sourire.

—Oui, il vaut mieux que ce soit toi plutôt que ce bellâtre de Diggory, dit Seamus, s'attirant les regards noirs de plusieurs élèves de Poufsouffle qui passaient devant leur table.

—Qu'est-ce qu'on va faire, aujourd'hui ? demanda Ron à Harry et à Hermione lorsqu'ils quittèrent la Grande Salle après avoir terminé leur petit déjeuner.

—On n'est pas encore allés voir Hagrid, dit Harry.

—Bonne idée, approuva Ron, à condition qu'on ne soit pas obligés de sacrifier quelques doigts aux Scroutts.

Le visage d'Hermione s'éclaira soudain.

—Je viens de m'apercevoir que je n'ai pas encore demandé à Hagrid d'adhérer à la S.A.L.E., dit-elle d'un ton enthousiaste. Attendez-moi, je file là-haut chercher des badges.

—Elle est vraiment pénible ! soupira Ron d'un air exaspéré tandis qu'Hermione montait l'escalier en courant.

—Hé, Ron, lança soudain Harry, n'oublie pas que c'est ton amie…

Venant du parc, la délégation de Beauxbâtons entra alors dans le hall. La Vélane était là avec ses camarades. Les élèves de Poudlard, toujours rassemblés autour de la Coupe de Feu, reculèrent pour les laisser passer, le regard avide.

Madame Maxime apparut à son tour et fit mettre ses élèves en rang. Puis, un par un, chacun d'eux enjamba la Limite d'Âge pour aller déposer dans les flammes bleutées un morceau de parchemin portant son nom. Chaque fois, le parchemin devenait écarlate un bref instant et projetait une gerbe d'étincelles.

– À ton avis, qu'est-ce qui va arriver à ceux qui ne seront pas choisis ? murmura Ron à Harry pendant que la Vélane laissait tomber son morceau de parchemin dans la Coupe de Feu. Tu crois qu'ils vont retourner dans leur école ou rester pour assister au tournoi ?

– Je ne sais pas, répondit Harry. Ils vont rester, j'imagine… Madame Maxime fait partie du jury, non ?

Lorsque tous les élèves de Beauxbâtons eurent déposé leur nom dans la Coupe, Madame Maxime les mena à nouveau dans le parc.

– Où est-ce qu'ils *dorment* ? s'interrogea Ron en les regardant s'éloigner.

Un grand bruit de ferraille derrière eux annonça le retour d'Hermione avec sa boîte de badges.

– Ah, tu arrives bien, dépêche-toi, dit Ron.

Il dévala les marches de l'escalier de pierre, le regard fixé sur le dos de la Vélane qui se trouvait à présent au milieu de la grande pelouse, à côté de Madame Maxime.

Lorsqu'ils approchèrent de la cabane de Hagrid, à la lisière de la Forêt interdite, le mystère du logement des Beauxbâtons se trouva résolu. Le gigantesque carrosse bleu pastel était stationné à deux cents mètres de chez Hagrid et les élèves de Beauxbâtons étaient en train de remonter à l'intérieur. Les chevaux volants éléphantesques qui avaient tiré le carrosse broutaient à présent dans un enclos de fortune aménagé à côté.

Harry frappa à la porte de Hagrid, déclenchant les aboiements tonitruants de Crockdur.

– Eh bien, il était temps ! dit Hagrid. Je me demandais si vous n'aviez pas oublié où j'habite !

– On a été très occupés, Hag..., commmença Hermione. Elle s'interrompit en le regardant d'un air stupéfait.

Hagrid portait son meilleur (et horrible) costume marron et pelucheux, agrémenté d'une cravate à carreaux jaunes et orange. Mais ce n'était pas le pire : il avait essayé de coiffer ses cheveux hirsutes à l'aide d'une substance visqueuse qui devait être de l'huile de moteur. Ils étaient à présent tirés en arrière et formaient deux grosses masses informes – peut-être avait-il essayé de se faire un catogan comme celui de Bill, mais il s'était sans doute aperçu qu'il avait trop de cheveux pour ça. Le résultat, en tout cas, était désastreux. Pendant un moment, Hermione le regarda avec des yeux ronds puis, préférant ne faire aucun commentaire, elle se contenta de demander :

– Heu... Où sont les Scroutts ?

– Dans le potager aux citrouilles, répondit Hagrid d'un ton ravi. Ils ont bien grandi, ils doivent faire pas loin de un mètre, maintenant. Le seul ennui, c'est qu'ils ont commencé à s'entre-tuer.

– Non, vraiment ? dit Hermione en lançant un regard réprobateur à Ron qui s'apprêtait visiblement à faire une remarque sur la nouvelle coiffure de Hagrid.

– Oui, soupira Hagrid avec tristesse. Mais ça va mieux, maintenant, je les ai mis dans des boîtes séparées. J'en ai encore une vingtaine.

– C'est une chance, dit Ron.

Mais Hagrid ne sembla pas saisir l'ironie du propos.

Sa cabane ne comportait qu'une seule pièce. Dans un coin, un lit gigantesque était recouvert d'une courtepointe en patchwork. Une table tout aussi immense, entourée de chaises assorties, était installée devant le feu de la cheminée, sous une impressionnante quantité de jambons fumés et d'oiseaux morts qui pendaient du plafond. Harry, Ron et Hermione s'assirent à la table pendant que Hagrid préparait du thé et la conversation s'orienta une fois de plus sur le Tournoi des Trois Sorciers. Hagrid se montra aussi enthousiaste qu'eux.

– Attendez un peu, dit-il avec un sourire. Attendez un peu et vous allez voir quelque chose que vous n'aurez jamais vu. La première tâche… Ah, mais, je n'ai pas le droit de vous le dire…

– Allez-y, Hagrid ! l'encouragèrent Harry, Ron et Hermione d'une seule voix.

Mais il se contenta de hocher la tête en continuant à sourire.

– Je ne veux pas gâcher la surprise, dit Hagrid. Tout ce que je peux vous garantir, c'est que ce sera spectaculaire. Ils vont avoir du fil à retordre, les champions ! Je ne pensais pas que je vivrais assez vieux pour voir renaître le Tournoi des Trois Sorciers !

Ils finirent par rester déjeuner avec Hagrid, sans manger beaucoup, cependant. Hagrid avait cuisiné quelque chose qu'il présenta comme un ragoût de bœuf mais, après qu'Hermione eut découvert dans son assiette une grosse serre d'oiseau de proie, ils perdirent quelque peu leur appétit. Harry, Ron et Hermione conjuguèrent leurs efforts pour essayer de lui faire dire en quoi allaient consister les trois tâches du tournoi, mais sans succès. Ils échangèrent ensuite quelques pronostics sur les noms des champions qui sortiraient de la Coupe de Feu et se demandèrent enfin si Fred et George avaient déjà perdu leur barbe.

Vers le milieu de l'après-midi, une légère pluie s'était mise à tomber. Confortablement installés auprès du feu, ils écoutaient le faible crépitement des gouttes contre les carreaux et regardaient Hagrid qui reprisait ses chaussettes tout en discutant avec Hermione du sort des elfes de maison – il avait catégoriquement refusé d'adhérer à la S.A.L.E. lorsqu'elle lui avait montré les badges.

— Ce ne serait pas une bonne chose pour eux, Hermione, dit-il avec gravité, en faisant passer un épais fil jaune dans le chas d'une aiguille en os. C'est dans leur nature de servir les humains. C'est ça qu'ils aiment, tu comprends ? Tu les rendrais malheureux si tu leur enlevais leur travail et ce serait insultant pour eux d'essayer de les payer.

— Mais Harry a réussi à faire libérer Dobby et il était fou de joie ! répondit Hermione. Maintenant, il paraît qu'il demande à être payé !

— Oh oui, bien sûr, il y a toujours des loufoques partout. Je sais bien qu'on en voit, parfois, des elfes qui ont envie de devenir libres mais la grande majorité d'entre eux ne veut surtout pas en entendre parler. Non, rien à faire, Hermione, ne compte pas sur moi.

Furieuse, elle fourra sa boîte de badges dans la poche de sa cape.

Vers cinq heures et demie, la nuit commença à tomber et Ron, Harry et Hermione décidèrent qu'il était temps de retourner au château pour le festin de Halloween – et surtout pour entendre annoncer les noms des champions.

— Je viens avec vous, dit Hagrid en rangeant son matériel de couture. Une petite seconde et j'arrive.

Il se leva et alla chercher quelque chose dans la commode qui se trouvait près de son lit. Les trois autres n'y prêtèrent pas grande attention jusqu'à ce qu'une odeur épouvantable les fasse à moitié suffoquer.

— Hagrid, qu'est-ce que c'est que ça ? demanda Ron en toussant.

— Quoi ? dit Hagrid en se retournant vers lui, une grande bouteille à la main. Tu n'aimes pas ça ?

–C'est de l'after-shave ? demanda Hermione qui avait du mal à respirer.

–Heu… de l'eau de Cologne, marmonna Hagrid, le teint soudain écarlate. J'en ai peut-être mis un peu trop, ajouta-t-il d'un ton abrupt. Je vais l'enlever, attendez-moi…

Hagrid sortit de la cabane d'un pas pesant et ils le virent se laver vigoureusement dans l'eau d'un tonneau, devant la fenêtre.

–De l'eau de Cologne ? s'étonna Hermione. *Hagrid ?*

–Et tu as vu ses cheveux et son costume ? dit Harry à voix basse.

–Regardez ! dit soudain Ron, en montrant la fenêtre.

Hagrid s'était redressé ; jamais ils ne l'avaient vu rougir à ce point. Se levant discrètement pour qu'il ne les remarque pas, Harry, Ron et Hermione allèrent regarder à travers la fenêtre et virent Madame Maxime et les élèves de Beauxbâtons qui étaient sortis de leur carrosse pour se rendre au festin de Halloween. Hagrid était trop loin pour qu'ils puissent l'entendre mais il s'adressa à Madame Maxime avec un regard humide et une expression d'extase que Harry ne lui avait connue qu'une seule fois jusqu'à ce jour : à l'époque où il s'occupait de Norbert, le bébé dragon.

–Il va au château avec elle ! s'indigna Hermione. Je croyais qu'il nous attendait !

Sans jeter le moindre regard vers sa cabane, Hagrid traversa le parc en compagnie de Madame Maxime. Tous deux avançaient à grandes enjambées et les élèves de Beauxbâtons qui les suivaient devaient presque courir pour ne pas se laisser distancer.

–Ma parole, il est amoureux d'elle ! dit Ron, incrédule. Imagine, s'ils ont des enfants, ils vont battre un record du monde ! Leur bébé pèsera au moins une tonne.

Ils se glissèrent hors de la cabane et refermèrent la porte

derrière eux. Dehors, la nuit était tombée étrangement vite. Resserrant leurs capes autour de leurs épaules, ils remontèrent la pelouse en direction du château.

– Regardez, ce sont eux ! murmura Hermione.

Les élèves de Durmstrang étaient descendus de leur vaisseau et se rendaient également au château. Viktor Krum marchait à côté de Karkaroff. Les autres les suivaient, en ordre dispersé. Ron observait Krum avec le même enthousiasme qu'à l'ordinaire mais Krum ne tourna pas la tête vers lui. Il atteignit les portes du château un peu avant eux et entra dans le hall.

La Grande Salle, éclairée par des chandelles, était quasiment pleine lorsqu'ils y pénétrèrent. La Coupe de Feu avait été déplacée et se trouvait maintenant sur la table des professeurs, devant la chaise vide de Dumbledore. Fred et George – rasés de près – semblaient avoir pris leur déconvenue avec bonne humeur.

– J'espère que ça va être Angelina, dit Fred tandis que Harry, Ron et Hermione s'asseyaient à la table de Gryffondor.

– Moi aussi, dit Hermione, le souffle court. On va bientôt savoir, maintenant.

Le festin de Halloween parut plus long que d'habitude. Peut-être parce qu'il s'agissait de leur deuxième grand repas en deux jours, Harry montra moins d'intérêt que la veille pour les plats raffinés qui s'offraient à lui. Comme tous les autres élèves – à en juger par la façon dont ils tendaient le cou, s'agitaient avec impatience sur leurs chaises, ou se levaient par instants pour voir si Dumbledore avait fini de manger –, Harry n'avait qu'une hâte : que les assiettes se vident et qu'on annonce enfin les noms des champions.

Au bout d'un long moment, les derniers reliefs du festin disparurent de la vaisselle d'or qui retrouva instantanément son éclat. La rumeur des conversations s'intensifia, puis laissa place à un soudain silence lorsque Dumbledore se leva. À ses côtés, le professeur Karkaroff et Madame Maxime semblaient aussi tendus et impatients que les autres. Ludo Verpey, le visage rayonnant, lançait des clins d'œil complices à divers élèves. Seul Mr Croupton paraissait indifférent. Il avait presque l'air de s'ennuyer.

– Voilà, dit Dumbledore, la Coupe de Feu ne va pas tarder à prendre sa décision. Je pense qu'il faudra attendre encore une minute. Lorsque le nom des champions sera annoncé, je demanderai aux heureux élus de venir jusqu'ici et d'aller se regrouper dans la pièce voisine – il indiqua d'un geste la porte située derrière la table des professeurs – où ils recevront leurs premières instructions.

Il prit alors sa baguette magique et fit un grand geste de la main. Aussitôt, toutes les chandelles s'éteignirent, sauf celles qui éclairaient l'intérieur des citrouilles évidées, et la Grande Salle fut plongée dans la pénombre. Les flammes bleues, étincelantes, qui jaillissaient de la Coupe, brillaient à présent avec un tel éclat qu'elles faisaient presque mal aux yeux. Tout le monde regardait, dans l'attente… Quelques élèves jetaient des coups d'œil à leur montre…

– Maintenant, murmura Lee Jordan, assis à proximité de Harry.

Brusquement, les flammes de la Coupe de Feu devinrent à nouveau rouges, projetant une gerbe d'étincelles. Un instant plus tard, une langue de feu jaillit et un morceau de parchemin noirci voleta dans les airs. L'assemblée retint son souffle.

Dumbledore attrapa le morceau de parchemin et le tint à bout de bras pour lire à la lumière des flammes, redevenues bleues, le nom qui y était inscrit.

– Le champion de Durmstrang, annonça-t-il d'une voix forte et claire, sera Viktor Krum.

– Pas de surprise ! s'écria Ron tandis qu'un tonnerre d'applaudissements et d'acclamations retentissait dans la salle.

Harry regarda Viktor Krum se lever de la table des Serpentard et se diriger vers Dumbledore de sa démarche gauche. Il longea la table des professeurs et disparut derrière la porte qui donnait accès à la pièce voisine.

– Bravo, Viktor ! lança Karkaroff d'une voix si tonitruante que chacun put l'entendre distinctement malgré le tumulte des applaudissements. Je savais que vous en étiez capable !

Le silence revint et tout le monde reporta son attention sur la Coupe dont les flammes rougeoyèrent à nouveau. Un deuxième morceau de parchemin en jaillit, projeté par une langue de feu.

– Le champion de Beauxbâtons, annonça Dumbledore, sera une championne. Il s'agit de Fleur Delacour !

– C'est elle, Ron ! s'exclama Harry, alors que la jeune fille qui ressemblait à une Vélane se levait avec grâce, rejetait en arrière son voile de cheveux blond argenté et s'avançait d'une démarche élégante entre les tables des Serdaigle et des Poufsouffle.

– Oh, regarde, il y en a qui sont déçus, dit Hermione dans le vacarme des acclamations, en montrant d'un signe de tête les autres élèves de Beauxbâtons.

« Déçus » était un euphémisme, songea Harry. Deux filles avaient fondu en larmes, sanglotant la tête dans leurs bras.

Lorsque Fleur Delacour eut disparu à son tour dans la pièce voisine, le silence régna à nouveau mais, cette fois, la tension était telle qu'on avait presque l'impression de pouvoir la toucher du doigt. Le prochain champion désigné serait celui de Poudlard...

Une fois de plus, les flammes de la Coupe rougeoyèrent, des étincelles jaillirent, une langue de feu se dressa dans les airs et Dumbledore attrapa du bout des doigts le troisième morceau de parchemin.

– Le champion de Poudlard, annonça-t-il, est Cedric Diggory !

– Oh, non ! s'écria Ron mais personne d'autre que Harry ne l'entendit.

Les acclamations qui s'élevaient de la table voisine étaient trop assourdissantes. Tous les élèves de Poufsouffle s'étaient levés d'un bond, hurlant et tapant des pieds, tandis que Cedric, avec un grand sourire, se dirigeait vers la porte située derrière la table des professeurs. Les applaudissements en son honneur se prolongèrent si longtemps que Dumbledore dut attendre un bon moment avant de pouvoir reprendre la parole.

– Excellent ! s'exclama Dumbledore d'un air joyeux, quand le vacarme eut pris fin. Nous avons à présent nos trois champions. Je suis sûr que je peux compter sur chacune et chacun d'entre vous, y compris les élèves de Durmstrang et de Beauxbâtons, pour apporter à nos champions tout le soutien possible. En encourageant vos champions, vous contribuerez à instaurer...

Mais Dumbledore s'arrêta soudain de parler et tout le monde vit ce qui l'avait interrompu.

Le feu de la Coupe était redevenu rouge. Des étincelles volaient en tous sens et une longue flamme jaillit soudain, projetant un nouveau morceau de parchemin.

D'un geste qui semblait presque machinal, Dumbledore tendit la main et attrapa le parchemin entre ses longs doigts. Il le tint à bout de bras et lut le nom qui y était inscrit. Un long silence s'installa, pendant lequel il continua de fixer le parchemin, tous les regards tournés vers lui. Enfin, Dumbledore s'éclaircit la gorge et lut à haute voix :

– *Harry Potter.*

17
LES QUATRE CHAMPIONS

Harry resta immobile, conscient que toutes les têtes s'étaient à présent tournées vers lui. Il était comme assommé, pétrifié. Il était en train de rêver. Ou bien il avait mal entendu.

Il n'y eut pas le moindre applaudissement. Une sorte de bourdonnement, comme celui d'un essaim d'abeilles en colère, montait peu à peu dans la Grande Salle. Certains s'étaient levés pour mieux voir Harry figé sur sa chaise.

À la Grande Table, le professeur McGonagall se dressa d'un bond et se précipita pour murmurer quelque chose à l'oreille du professeur Dumbledore qui fronça légèrement les sourcils.

Harry se tourna vers Ron et Hermione. Derrière eux, il vit les élèves assis à la longue table de Gryffondor le regarder bouche bée.

– Je n'ai pas mis mon nom dans la Coupe, dit Harry avec un air de totale incompréhension. Je n'ai rien fait, vous le savez bien.

Ron et Hermione le regardèrent avec la même expression ahurie.

À la Grande Table, le professeur Dumbledore adressa un signe de tête approbateur au professeur McGonagall.

– Harry Potter ! répéta-t-il. Harry ! Venez ici, s'il vous plaît !

– Vas-y, murmura Hermione en le poussant avec douceur.

Harry se leva, se prit les pieds dans l'ourlet de sa robe de sorcier et trébucha légèrement. Puis il s'avança entre les tables de Gryffondor et de Poufsouffle. Il eut l'impression de parcourir une distance interminable. La table des professeurs lui paraissait inaccessible et il sentait des centaines de regards posés sur lui, comme des faisceaux de projecteurs. Le bourdonnement augmenta d'intensité. Il lui sembla avoir marché une heure lorsqu'il se retrouva enfin devant Dumbledore, les yeux de tous les professeurs fixés sur lui.

– Dans la pièce voisine, Harry, dit Dumbledore sans le moindre sourire.

Harry longea la table. Hagrid était assis tout au bout et, contrairement à son habitude, il ne lui adressa aucun signe, ni geste de la main, ni clin d'œil. Il avait l'air abasourdi et se contenta, comme les autres, de le regarder passer. Harry ouvrit la porte et se retrouva dans une pièce beaucoup plus petite, dont les murs étaient recouverts de portraits représentant des sorcières et des sorciers. Face à lui, un magnifique feu de bois ronflait dans la cheminée.

Les visages peints sur les tableaux se tournèrent vers lui pour le regarder. Il vit une vieille sorcière desséchée sortir de son cadre et se rendre dans celui d'à côté où elle murmura quelque chose à l'oreille d'un sorcier avec une grosse moustache de morse.

Viktor Krum, Cedric Diggory et Fleur Delacour s'étaient regroupés autour du feu. Leurs silhouettes qui se détachaient contre les flammes avaient quelque chose d'étrangement impressionnant. Krum, le dos voûté, l'air maussade, était appuyé contre le manteau de la cheminée, légèrement à l'écart des deux autres. Cedric, les mains derrière le dos, contemplait le feu. Fleur Delacour se retourna lorsque Harry entra et rejeta en arrière son long voile de cheveux blond argenté.

– Bon, alors, qu'est-ce qui se passe, maintenant ? dit-elle. Il faut revenir dans la salle, ou quoi ?

Apparemment, elle pensait qu'il était venu leur transmettre un message. Harry ne savait comment expliquer ce qui venait de se produire. Il se contenta de rester là, immobile, à regarder les trois champions. Il fut alors frappé de voir qu'ils étaient tous les trois très grands.

Il y eut derrière eux un bruit de pas précipités et Ludo Verpey entra dans la pièce. Prenant Harry par le bras, il l'entraîna vers la cheminée.

– Extraordinaire ! murmura-t-il en lui pressant le bras. Absolument extraordinaire ! Messieurs... Mademoiselle, ajouta-t-il à l'adresse des trois autres, permettez-moi de vous présenter – si incroyable que cela puisse paraître – le quatrième champion du Tournoi des Trois Sorciers !

Viktor Krum se redressa. Son visage renfrogné s'assombrit encore davantage tandis qu'il toisait Harry. Cedric paraissait stupéfait. Il regarda alternativement Verpey et Harry comme s'il avait mal entendu. Fleur Delacour, en revanche, rejeta à nouveau ses cheveux en arrière et sourit.

– Toujours le mot pour rire, mon cher Monsieur Véerpé, dit-elle. C'est ce qu'on appelle l'humour britannique, j'imagine ?

– Pour rire ? répéta Verpey, déconcerté. Mais non, pas du tout ! Le nom de Harry vient de sortir de la Coupe de Feu !

Krum fronça légèrement ses épais sourcils. Cedric avait toujours une expression de stupéfaction polie.

Fleur eut un air choqué.

– Enfin, voyons, c'est insensé, il y a eu une erreur ! Qu'est-ce que c'est que cette organisation ? dit-elle à Verpey d'un ton supérieur. C'est impossible, ce garçon est beaucoup trop jeune.

– Nous sommes tous très étonnés, répondit Verpey en se

caressant le menton et en souriant à Harry. Mais, comme vous le savez, la règle de l'âge minimal n'a été instituée que cette année, par mesure de sécurité. Et comme son nom est sorti de la Coupe... Je pense qu'à ce stade, il n'est plus possible de reculer... C'est dans le règlement, on est obligé de... Harry n'a plus qu'à faire de son mieux pour...

La porte s'ouvrit à nouveau derrière eux et plusieurs personnes entrèrent dans la pièce : le professeur Dumbledore, suivi de près par Mr Croupton, puis le professeur Karkaroff, Madame Maxime, le professeur McGonagall et enfin le professeur Rogue. Harry eut le temps d'entendre le brouhaha qui résonnait dans la Grande Salle avant que le professeur McGonagall referme la porte.

– Madame Maxime ! s'exclama aussitôt Fleur en se précipitant vers sa directrice. Ils viennent de nous dire que ce petit garçon allait participer au tournoi ! Vous vous rendez compte ? C'est insensé !

Malgré son état de choc, Harry sentit monter en lui une bouffée de colère. Un *petit garçon* !

Madame Maxime s'était redressée de toute sa taille immense. Le sommet de sa tête frôla le lustre garni de chandelles qui était suspendu au plafond et sa gigantesque poitrine recouverte de satin noir enfla démesurément.

– Dambleudore, pouveuz-vous me dire ce que signifie ceutte pleusanterie ? demanda-t-elle d'un ton impérieux.

– J'aimerais également le savoir, Dumbledore, ajouta le professeur Karkaroff.

Il avait un sourire figé et ses yeux bleus ressemblaient à deux glaçons.

– *Deux* champions de Poudlard ? Je ne me souviens pas d'avoir entendu dire que l'école d'accueil avait le droit de faire concourir deux champions – ou bien n'aurais-je pas lu le règlement avec suffisamment d'attention ?

Il eut un petit rire sarcastique.

– Tout cela me pareut absolument impossible, dit Madame Maxime, qui avait posé sur l'épaule de Fleur une de ses énormes mains ornées de superbes opales. Potdelard ne peut pas avoir deux champions. Ce sereut beaucoup trop injuste.

– Nous pensions que votre Limite d'Âge suffirait à éloigner les candidats trop jeunes, Dumbledore, dit Karkaroff, avec le même sourire figé, mais le regard plus glacial que jamais. Sinon, nous aurions bien entendu sélectionné un plus grand nombre de candidats dans nos propres écoles.

– Potter est le seul responsable de cette situation, Karkaroff, dit Rogue à voix basse.

Ses yeux étincelaient de méchanceté.

– Dumbledore ne doit pas être tenu pour responsable de l'obstination de Potter à violer les règlements. Depuis qu'il est entré dans cette école, il a consacré la plus grande partie de son temps à dépasser les limites... Il vient d'en franchir une de plus...

– Merci, Severus, dit Dumbledore d'un ton ferme.

Rogue se tut mais ses yeux continuaient à flamboyer de hargne derrière les cheveux noirs et graisseux qui lui tombaient sur le front.

À présent, le professeur Dumbledore s'était tourné vers Harry qui soutint son regard en essayant de déchiffrer ce que ses yeux exprimaient derrière ses lunettes en demi-lune.

– Harry, est-ce que tu as mis ton nom dans la Coupe de Feu ? demanda Dumbledore d'un ton très calme.

– Non, répondit Harry.

Il sentait les regards posés sur lui. Rogue laissa échapper une expression d'incrédulité mêlée d'agacement.

– As-tu demandé à un élève plus âgé de déposer ton nom à ta place dans la Coupe ? interrogea le professeur Dumbledore, sans prêter attention à Rogue.

–*Non!* répondit Harry avec véhémence.

–Enfin, voyons, c'eust insenseu, Dambleudore, ce garçon ment ! s'écria Madame Maxime.

Rogue, à présent, hochait la tête, les lèvres pincées.

–Il n'aurait pas pu franchir la Limite d'Âge, dit sèchement le professeur McGonagall, nous sommes tous d'accord là-dessus…

–Dambleudore a dû commeuttre une eurreur en deussi-nant ceutte ligne, répliqua Madame Maxime avec un hausse-ment d'épaules.

–C'est possible, bien sûr, admit poliment Dumbledore.

–Dumbledore, vous savez parfaitement que vous n'avez commis aucune erreur ! s'indigna le professeur McGonagall. Quelle absurdité, vraiment ! Harry n'aurait pas pu franchir cette ligne lui-même et comme le professeur Dumbledore le croit quand il dit qu'il n'a pas demandé à un élève plus âgé de le faire pour lui, je suis convaincue que cela devrait nous suffire !

Elle lança un regard furieux au professeur Rogue.

–Mr Croupton… Mr Verpey, dit Karkaroff d'une voix à nouveau onctueuse, vous êtes nos… heu… juges impartiaux. Vous reconnaîtrez sûrement avec nous que cette situation n'est pas du tout conforme au règlement ?

Verpey épongea avec un mouchoir son visage rond et juvé-nile et regarda Mr Croupton qui se tenait à l'écart du cercle de lumière que diffusaient les flammes de la cheminée, caché dans l'ombre. Il avait un air un peu inquiétant et paraissait plus âgé dans la demi-obscurité qui donnait à son visage l'ap-parence d'une tête de mort. Lorsqu'il prit la parole, ce fut du même ton cassant qu'à l'ordinaire :

–Nous devons respecter les règles, dit-il, et les règles indi-quent clairement que les candidats dont les noms sortent de la Coupe de Feu doivent participer au tournoi.

– Vous pouvez le croire, Barty connaît le règlement par cœur, dit Verpey, le visage rayonnant, en se tournant vers Karkaroff et Madame Maxime comme si le débat était clos.

– J'insiste pour qu'on soumette à nouveau la candidature de mes autres élèves, dit Karkaroff, qui avait abandonné son ton doucereux.

Il ne souriait plus du tout et une horrible expression était apparue sur son visage.

– Vous allez remettre en place la Coupe de Feu et nous continuerons à y déposer des noms jusqu'à ce que chaque école ait deux champions. Ce n'est que justice, Dumbledore.

– Voyons, Karkaroff, vous savez bien que c'est impossible, dit Verpey. La Coupe vient de s'éteindre, elle ne se rallumera pas avant le début du prochain tournoi…

– … auquel Durmstrang ne participera certainement pas ! s'emporta Karkaroff. Après toutes nos réunions, toutes nos négociations, tous nos compromis, je ne m'attendais pas à voir se produire une chose pareille ! Je me demande si je ne ferais pas mieux de partir tout de suite !

– Des menaces en l'air, Karkaroff, grogna une voix près de la porte. Vous ne pouvez pas retirer votre champion maintenant. Il doit concourir. Tous doivent concourir. Ils sont liés par un contrat magique, comme l'a dit Dumbledore. Pratique, non ?

Maugrey venait d'entrer dans la pièce. Il s'avança vers la cheminée de sa démarche claudicante, ponctuée par le claquement de sa jambe de bois.

– Pratique ? s'étonna Karkaroff. Je ne comprends pas du tout ce que vous voulez dire, Maugrey.

Il s'efforçait d'adopter un ton dédaigneux, comme si ce que disait Maugrey ne méritait pas son attention, mais Harry remarqua que ses mains le trahissaient : il avait serré les poings.

— Vraiment ? reprit Maugrey avec le plus grand calme. C'est pourtant très simple, Karkaroff. Quelqu'un a mis le nom de Harry dans cette Coupe en sachant très bien qu'il serait obligé de concourir s'il était choisi.

— De toute euvidence, c'euteut queulqu'un qui vouleut doubleu leus chances de Potdelard ! dit Madame Maxime.

— Je suis tout à fait d'accord avec vous, Madame Maxime, dit Karkaroff en s'inclinant devant elle. Je vais porter plainte auprès du ministère de la Magie et auprès de la Confédération internationale des mages et sorciers...

— S'il y a quelqu'un qui devrait se plaindre, c'est plutôt Potter, rugit Maugrey. Mais... c'est bizarre... il est le seul que je n'entende pas parler...

— Enfin, c'est insensé ! De quoi se plaindrait-il ? s'écria Fleur Delacour en tapant du pied. Il a la chance de pouvoir concourir ! Pendant des semaines, nous avons tous espéré qu'on nous choisirait ! Pour être l'honneur de notre école ! Et pouvoir en plus gagner mille Gallions... Il y en a qui seraient prêts à mourir pour ça !

— Quelqu'un espère peut-être que Potter va en mourir, en effet, dit Maugrey, d'une voix qui n'était plus qu'un grondement.

Un silence tendu suivit ses paroles.

Ludo Verpey, qui paraissait anxieux, à présent, se mit à sautiller sur place.

— Maugrey, mon vieux..., dit-il. Qu'est-ce que tu nous racontes ?

— Nous savons tous que le professeur Maugrey considère qu'il a perdu sa matinée si, à l'heure du déjeuner, il n'a pas découvert au moins six complots pour le tuer, dit Karkaroff d'une voix forte. Et apparemment, il apprend également à ses élèves à redouter les tentatives d'assassinat. Je ne suis pas sûr que ce soit une grande qualité pour un professeur de défense contre les forces du Mal, Dumbledore, mais il faut croire que vous avez vos raisons.

— Alors, d'après vous, c'est moi qui imagine tout ça ? grogna Maugrey. J'ai des visions ? Vous savez bien qu'il fallait un sorcier expérimenté pour mettre le nom de ce garçon dans la Coupe…

— Queulle preuve pouveuz-vous nous apporteu de ce que vous avanceuz ? demanda Madame Maxime avec un geste dédaigneux d'une de ses immenses mains.

— La personne qui a fait ça a réussi à tromper la vigilance d'un objet d'une grande force magique ! répondit Maugrey. Il faudrait être capable de jeter un très puissant sortilège de Confusion pour embrouiller la Coupe de Feu au point de lui faire oublier que seules trois écoles peuvent participer au tournoi… Je pense qu'on a dû soumettre la candidature de Potter sous le nom d'une quatrième école, pour faire croire qu'il était le seul dans sa catégorie…

— Vous semblez avoir beaucoup réfléchi à la question, Maugrey, fit remarquer Karkaroff d'un ton glacial. C'est en effet une hypothèse très ingénieuse. Mais je crois savoir qu'il y a quelque temps, vous vous êtes mis dans la tête que l'un de vos cadeaux d'anniversaire contenait un œuf de Basilic astucieusement déguisé et que vous l'avez réduit en miettes, avant de vous apercevoir qu'il s'agissait d'un réveil de voyage. Vous comprendrez donc que nous ne vous prenions pas entièrement au sérieux…

— Certains profitent des occasions les plus anodines pour parvenir à leurs fins, répliqua Maugrey d'une voix menaçante. C'est mon travail de penser aux moyens qu'emploient les adeptes de la magie noire, Karkaroff… Vous devriez vous en souvenir…

— Alastor ! dit Dumbledore d'un ton de reproche.

Pendant un instant, Harry se demanda à qui il s'adressait

puis, pour la première fois, il lui vint à l'esprit que « Maugrey » ne pouvait être un prénom, ni « Fol Œil » un nom de famille. Le professeur Maugrey se tut, posant un regard satisfait sur Karkaroff, dont le visage était devenu écarlate.

— Comment cette situation a-t-elle été créée, nous n'en savons rien, dit Dumbledore en s'adressant à l'ensemble des personnes présentes. Il me semble cependant que nous n'avons d'autre choix que de l'accepter. Cedric et Harry ont été choisis tous les deux pour concourir dans le tournoi. C'est donc ce qu'ils vont faire...

— Meus enfin, Dambleudore...

— Ma chère Madame Maxime, si vous avez une autre solution à nous proposer, je serais enchanté de l'entendre.

Dumbledore attendit, mais Madame Maxime resta silencieuse, se contentant de lancer des regards noirs. Elle n'était d'ailleurs pas la seule. Rogue avait l'air furieux, Karkaroff était livide. Seul Verpey paraissait plutôt content.

— Bon, alors, on s'y met ? dit-il avec un grand sourire en se frottant les mains. Il faut qu'on donne leurs instructions aux champions, n'est-ce pas ? Barty, à vous l'honneur.

Mr Croupton sembla émerger d'une profonde rêverie.

— Oui, dit-il, les instructions. C'est ça... La première tâche...

Il s'avança dans la lumière que diffusaient les flammes de la cheminée. Vu de près, Harry pensa qu'il avait l'air malade. Ses yeux étaient soulignés de grands cernes noirs et sa peau ridée avait un teint parcheminé qu'il ne lui avait pas vu le jour de la Coupe du Monde de Quidditch.

— La première tâche aura pour but de mettre votre audace à l'épreuve, poursuivit-il en s'adressant à Harry, Cedric, Fleur et Krum. Nous ne vous dirons donc pas à l'avance en quoi elle consistera. Le courage face à l'inconnu est une qualité très importante pour un sorcier... Très importante... Cette première tâche se déroulera le 24 novembre, devant les autres élèves et devant le jury. Les champions n'ont pas le droit de demander ou d'accepter une quelconque aide de leurs professeurs. Ils affronteront la première épreuve armés seulement de leur baguette magique. Lorsque la première tâche sera terminée, des informations concernant la deuxième tâche leur seront communiquées. Compte tenu du temps et de l'énergie exigés par les diverses épreuves du tournoi, les champions seront dispensés de passer les examens de fin d'année.

Mr Croupton se tourna vers Dumbledore.

– Je pense que c'est tout pour le moment, n'est-ce pas, Albus ?

– Il me semble, répondit Dumbledore qui regardait Mr Croupton d'un air un peu inquiet. Vous êtes sûr que vous ne voulez pas coucher à Poudlard, cette nuit, Barty ?

– Non, Dumbledore, merci, je dois retourner au ministère. C'est une période très difficile, très chargée, en ce moment… J'ai laissé le jeune Wistily s'occuper du département pendant mon absence… C'est un jeune homme très enthousiaste… Et même un peu trop pour dire la vérité…

– Vous prendrez bien un verre avec nous, avant de partir ? proposa Dumbledore.

– Allons, Barty, faites donc comme moi ! Moi, je reste ! dit Verpey d'un air jovial. Tout se passe à Poudlard, maintenant, c'est beaucoup plus excitant que de retourner au bureau !

– Je ne crois pas, Ludo, répliqua Croupton.

Il avait retrouvé le ton d'impatience qu'on lui connaissait.

– Professeur Karkaroff, Madame Maxime, un dernier verre avant d'aller se coucher ? dit Dumbledore.

Mais Madame Maxime avait déjà pris Fleur par les épaules et l'emmenait d'un pas vif. Harry les entendit parler à toute allure tandis qu'elles retournaient dans la Grande Salle. Karkaroff fit signe à Krum et tous deux sortirent à leur tour de la pièce, mais sans échanger un mot.

— Harry, Cedric, je vous suggère d'aller vous coucher, dit Dumbledore en leur adressant un sourire. Je suis sûr que vos camarades de Gryffondor et de Poufsouffle vous attendent pour fêter l'événement et il serait vraiment trop dommage de les priver d'une si belle occasion de faire le plus de désordre et de bruit possible.

Harry lança un coup d'œil à Cedric qui approuva d'un signe de tête et ils sortirent ensemble de la pièce.

La Grande Salle était déserte, à présent. La flamme des chandelles faiblissait, éclairant les sourires en dents de scie des citrouilles d'une lueur incertaine, inquiétante.

— Alors, dit Cedric en esquissant un sourire, on va de nouveau jouer l'un contre l'autre !

— J'imagine, répondit Harry, incapable d'ajouter un mot.

Il se sentait plongé dans un total désarroi, comme si quelque chose lui avait ravagé le cerveau.

— Maintenant, dis-moi... reprit Cedric alors qu'ils atteignaient le hall d'entrée qui n'était plus éclairé que par des torches, en l'absence de la Coupe de Feu. Comment as-tu fait pour mettre ton nom ?

— Ce n'est pas moi qui l'ai mis, répondit Harry en levant les yeux vers lui. Je n'ai pas mis mon nom dans la Coupe. J'ai dit la vérité.

— Ah... D'accord, dit simplement Cedric. Bon... alors, à demain...

Harry se rendit compte qu'il ne le croyait pas.

Cedric se dirigea vers une porte, située à droite de l'escalier de marbre. Harry resta là à l'écouter descendre les marches de pierre, de l'autre côté de la porte puis, lentement, il monta dans les étages.

Est-ce que quelqu'un allait le croire, en dehors de Ron et

d'Hermione, ou bien seraient-ils tous persuadés que c'était lui qui avait déposé son nom dans la Coupe ? Qui pourrait penser qu'il était assez déraisonnable pour vouloir accomplir devant des centaines de personnes des tâches extrêmement périlleuses, face à des concurrents qui avaient fait trois années d'études de plus que lui ? Il y avait pensé, c'était vrai... Il avait laissé son imagination vagabonder... Mais ce n'était qu'une plaisanterie, un rêve éveillé... Il n'avait jamais *sérieusement* envisagé de soumettre sa candidature...

Mais quelqu'un d'autre l'avait envisagé à sa place... Quelqu'un avait voulu qu'il participe au tournoi et s'était arrangé pour que son nom soit choisi. Qui ? Et pourquoi ? Pour lui faire plaisir ? Quelque chose lui disait que ce n'était sûrement pas le cas...

Pour le ridiculiser, alors ? Si c'était cela, ils ne seraient sans doute pas déçus...

Mais pour le *tuer* ? Maugrey n'avait-il manifesté qu'une fois de plus son habituel délire de la persécution ? Après tout, peut-être n'avait-on cherché qu'à lui faire une farce ? Quelqu'un voulait-il vraiment sa mort ?

Harry connaissait la réponse à cette question. Oui, quelqu'un voulait sa mort, quelqu'un voulait sa mort depuis qu'il avait l'âge de un an... Lord Voldemort. Mais comment Voldemort aurait-il pu s'y prendre pour que le nom de Harry soit déposé dans la Coupe de Feu ? Voldemort était censé être très loin d'ici, dans un pays lointain, seul, caché... faible... privé de ses pouvoirs...

Pourtant, dans le rêve que Harry avait fait, juste avant d'être réveillé par cette douleur aiguë à sa cicatrice, Voldemort n'était pas seul... Il parlait à Queudver... Et tous deux projetaient de le tuer...

Harry sursauta en se retrouvant devant la grosse dame. Il avait avancé machinalement sans se rendre compte qu'il était déjà arrivé. Il fut également surpris de voir que la grosse dame n'était pas seule dans son cadre. La sorcière desséchée, qui s'était glissée dans le tableau voisin lorsqu'il avait rejoint les champions dans la petite pièce, était à présent assise à côté d'elle, avec un petit air satisfait. Elle avait dû se précipiter de tableau en tableau, tout au long des portraits accrochés dans l'escalier, pour arriver ici avant lui. Toutes deux le regardaient avec beaucoup d'intérêt.

— Eh bien, eh bien, dit la grosse dame, Violette m'a tout raconté. Alors, qui a été choisi comme champion de l'école ?

— Fariboles, dit Harry d'un air sombre.

— Pas du tout, c'est très sérieux ! s'indigna la sorcière.

— Non, non, Vi, c'est simplement le mot de passe, dit la grosse dame d'un ton apaisant et le portrait pivota pour laisser Harry entrer dans la salle commune.

Le vacarme qui lui frappa les oreilles lorsque le tableau s'écarta faillit le faire tomber en arrière. Un instant plus tard, une vingtaine de mains l'attrapaient par les épaules et l'entraînaient à l'intérieur de la salle commune où tous les élèves de Gryffondor l'accueillirent avec des cris, des applaudissements et des sifflets enthousiastes.

— Tu aurais dû nous le dire que tu avais trouvé le moyen de mettre ton nom dans la Coupe ! s'exclama Fred.

Il avait l'air à la fois un peu agacé et profondément impressionné.

— Comment as-tu réussi à faire ça sans te retrouver avec une barbe ? Remarquable ! rugit George.

— Je n'ai rien fait du tout, répondit Harry. Je ne sais pas ce qui...

Mais Angelina s'était précipitée sur lui.

— Même si ce n'est pas moi, au moins, c'est un Gryffondor qui a été choisi, dit-elle.

— Diggory nous a peut-être battus au Quidditch, mais tu

vas pouvoir prendre ta revanche ! s'écria Katie Bell, qui faisait également partie de l'équipe de Gryffondor.

— On a de bonnes choses à manger, Harry, viens...

— Je n'ai pas faim, j'ai assez mangé pendant le festin...

Mais personne ne voulait l'entendre lorsqu'il disait qu'il n'avait pas faim, ou que ce n'était pas lui qui avait déposé son nom dans la Coupe de Feu ; et personne n'avait remarqué qu'il n'était pas du tout d'humeur à faire la fête... Lee Jordan avait déniché quelque part une bannière de Gryffondor et il insista pour en draper Harry comme d'une cape. Harry ne pouvait s'échapper. Chaque fois qu'il essayait de se glisser vers l'escalier qui menait aux dortoirs, la foule de ses camarades se resserrait autour de lui, le forçant à boire une nouvelle Bièraubeurre, lui remplissant les mains de chips et de cacahuètes... Tout le monde voulait savoir comment il avait réussi ce tour de force, comment il était parvenu à franchir la Limite d'Âge de Dumbledore et à déposer son nom dans la Coupe...

— Ce n'est pas moi, répétait-il inlassablement. Je ne sais pas ce qui s'est passé.

Mais il aurait pu tout aussi bien se taire, car personne ne prêtait attention à ce qu'il disait.

— Je suis fatigué ! s'exclama-t-il enfin au bout d'une demi-heure. Non, vraiment, George, je vais me coucher, maintenant...

Ce qu'il voulait avant tout, c'était retrouver Ron et Hermione, pour avoir une conversation un peu plus raisonnable, mais aucun des deux n'était présent dans la salle commune. Il répéta avec insistance qu'il avait besoin de dormir et, après avoir failli piétiner les deux frères Crivey qui essayaient de le retenir au pied de l'escalier, il parvint enfin à se dégager de la foule et à monter en courant dans son dortoir.

À son grand soulagement, il trouva Ron allongé tout habillé sur son lit. Personne d'autre n'était encore remonté dans le dortoir. Ron leva la tête lorsque Harry referma la porte derrière lui.

– Où étais-tu ? demanda Harry.

– Ah, tiens, salut, dit Ron.

Il souriait, mais son sourire paraissait étrange, crispé. Harry s'aperçut soudain qu'il portait encore la bannière de Gryffondor dont Lee Jordan l'avait enveloppé. Il voulut l'enlever, mais les nœuds étaient très serrés. Ron resta allongé sur le lit et le regarda sans bouger tandis qu'il essayait de se dépêtrer de la bannière.

– Alors, dit-il lorsque Harry eut enfin réussi à s'en débarrasser, félicitations.

– Comment ça, félicitations ? s'étonna Harry.

Il y avait décidément quelque chose de bizarre dans le sourire de Ron : on aurait plutôt dit une grimace.

– Personne n'a réussi à franchir la Limite d'Âge, dit-il. Même pas Fred et George. Comment as-tu fait ? Tu t'es servi de la cape d'invisibilité ?

– La cape ne m'aurait pas permis de passer la ligne, répondit lentement Harry.

– Ah bon…, dit Ron. Je pensais que tu aurais peut-être pu me le dire si tu avais utilisé la cape… parce qu'elle est suffisamment grande pour nous cacher tous les deux, non ? Mais tu as trouvé un autre moyen, on dirait ?

– Écoute, dit Harry, je n'ai pas déposé mon nom dans cette Coupe. Quelqu'un a dû le faire à ma place.

Ron haussa les sourcils.

– Et pourquoi, d'après toi ?

– Je ne sais pas, répondit Harry.

Il pensait qu'il aurait eu l'air trop mélodramatique s'il avait répondu : « pour me tuer ».

Ron levait si haut les sourcils qu'ils disparaissaient presque sous la frange de ses cheveux.

– Tu sais, à *moi*, tu peux dire la vérité, reprit-il. Si tu ne veux pas que les autres le sachent, d'accord, mais je ne vois pas pourquoi tu te donnes la peine de *me* mentir. Finalement, tu n'as eu aucun ennui, non ? Cette amie de la grosse dame, Violette, nous a déjà tout raconté. Elle nous a dit que Dumbledore avait accepté ta participation. Mille Gallions de prime, hein ? Et en plus, tu n'auras même pas besoin de passer les examens de fin d'année…

– Je n'ai pas mis mon nom dans cette Coupe ! répéta Harry qui commençait à sentir la colère monter en lui.

– C'est ça, lança Ron du même ton sceptique que Cedric. Mais ce matin tu as dit que, si tu avais voulu le faire, tu serais descendu la nuit pour que personne ne te voie… Je ne suis quand même pas complètement idiot.

– Tu sais très bien faire semblant, en tout cas, répliqua sèchement Harry.

– Ah ouais ? dit Ron.

Cette fois, il n'y avait plus trace de sourire, même forcé, sur son visage.

– Tu ferais peut-être bien d'aller te coucher, Harry. J'imagine que tu devras te lever tôt demain pour une séance de photos ou quelque chose dans ce genre-là ?

Et il tira d'un coup sec les rideaux de son baldaquin. Debout près de la porte, Harry contempla les rideaux de velours rouge sombre. Ils venaient de se refermer sur l'une des rares personnes à qui il pensait pouvoir dire la vérité en étant sûr d'être cru.

18
L'EXAMEN
DES BAGUETTES

Lorsque Harry se réveilla le dimanche matin, il mit un certain temps à se rappeler pourquoi il se sentait si malheureux. Le souvenir de ce qui s'était passé la veille remonta alors en lui. Il se redressa et écarta les rideaux de son lit, bien décidé à parler à Ron, à l'obliger à le croire… mais le lit de Ron était vide. Il était déjà allé prendre son petit déjeuner.

Harry s'habilla et descendit dans la salle commune. Au moment où il apparut, ceux qui étaient déjà remontés de la Grande Salle le saluèrent d'une nouvelle salve d'applaudissements. La perspective d'aller s'asseoir à la table des Gryffondor, face à ses camarades qui le traiteraient en héros, n'avait rien de très enthousiasmant. Mais s'il restait ici, il serait harcelé par les frères Crivey qui lui adressaient des signes frénétiques pour qu'il vienne les rejoindre. Il s'avança donc résolument vers le portrait, sortit de la salle commune et se retrouva nez à nez avec Hermione.

— Salut, dit-elle.

Elle tenait une pile de toasts qu'elle avait enveloppés dans une serviette de table.

— Je t'ai apporté ça… Tu veux aller faire un tour ?

— Bonne idée, répondit Harry avec reconnaissance.

Ils descendirent l'escalier, traversèrent rapidement le hall d'entrée sans jeter le moindre coup d'œil dans la Grande Salle et sortirent du château en prenant la direction du lac. Le vaisseau de Durmstrang, amarré à la rive, projetait son ombre noire à la surface de l'eau. C'était une matinée fraîche et ils marchèrent d'un pas vif en mâchonnant leurs toasts, tandis que Harry racontait à Hermione tout ce qui s'était passé la veille, depuis le moment où il avait quitté la table des Gryffondor. À son immense soulagement, Hermione crut son histoire sans poser la moindre question.

– Je savais bien que tu n'avais pas déposé ton nom toi-même, dit-elle, lorsqu'il eut terminé son récit. Il fallait voir ta tête quand Dumbledore a prononcé ton nom ! Mais la question est de savoir *qui* l'a déposé à ta place. Maugrey a raison, Harry… Je ne crois pas qu'un élève en ait été capable… Aucun d'entre eux n'aurait pu tromper la vigilance de la Coupe de Feu, ni franchir la…

– Est-ce que tu as vu Ron ? l'interrompit Harry.

Hermione hésita.

– Heu… oui… il est descendu prendre son petit déjeuner, répondit-elle.

– Il croit toujours que c'est moi qui ai mis mon nom dans la Coupe ?

– Non… je ne pense pas… il ne le croit pas *vraiment*, dit Hermione d'un air gêné.

– Qu'est-ce que ça veut dire, pas *vraiment* ?

– Enfin, Harry, c'est évident, non ? s'exclama Hermione d'un ton désespéré. Il est jaloux !

– Jaloux ? répéta Harry, incrédule. Jaloux de quoi ? Il a envie de se ridiculiser à ma place devant toute l'école ?

– Écoute-moi, reprit Hermione patiemment, c'est toujours à toi qu'on s'intéresse, tu le sais bien. D'accord, ce n'est pas ta faute, ajouta-t-elle précipitamment en voyant Harry ouvrir la bouche d'un air furieux. Je sais que tu n'y es pour rien, mais enfin... Ron doit déjà subir la concurrence de ses frères à la maison et, ici, il reste toujours dans l'ombre parce que c'est toi, son meilleur ami, qui es célèbre et qui attires tous les regards. D'habitude, il le supporte sans rien dire, mais j'imagine que, là, c'était une fois de trop...

– C'est parfait, répliqua Harry d'un ton amer. Vraiment parfait. Tu peux lui dire de ma part que je suis prêt à échanger ma place avec lui quand il voudra. Dis-lui que j'en serais ravi... Il verra si c'est tellement agréable... les gens qui ouvrent des yeux ronds en regardant mon front partout où je vais...

– Je ne lui dirai rien du tout. Tu n'as qu'à le lui dire toi-même, c'est la seule façon de régler la question.

– Je n'ai pas l'intention de lui courir après pour essayer de le faire grandir ! s'exclama Harry d'une voix si forte que plusieurs hiboux perchés dans un arbre proche s'envolèrent dans un mouvement de panique. Peut-être sera-t-il enfin convaincu que ce n'est pas une partie de plaisir le jour où je me serai rompu le cou ou que...

– Ce n'est pas drôle, dit Hermione à voix basse. Pas drôle du tout.

Elle avait l'air inquiet.

– Harry, j'ai pensé à quelque chose... Tu sais ce qu'on devrait faire ? Dès qu'on sera rentrés au château ?

– Ouais, donner à Ron un bon coup de pied dans le...

– Écrire à Sirius. Tu dois absolument lui dire ce qui est arrivé. Il t'a demandé de le tenir au courant de tout ce qui se passe à Poudlard... Comme s'il s'attendait à quelque chose dans ce genre-là. J'ai apporté un parchemin et une plume...

– Laisse tomber, répondit Harry en jetant un regard autour de lui pour vérifier que personne ne pouvait les entendre – mais le parc était désert. Il est revenu ici parce que ma cicatrice me faisait un peu mal. Si jamais je lui dis que quelqu'un m'a inscrit au Tournoi des Trois Sorciers, il va sans doute se précipiter au château...

— C'est justement ce genre de choses qu'il veut savoir, répliqua Hermione d'un ton grave. De toute façon, il l'apprendra forcément...

— Comment ?

— Harry, ce n'est pas une nouvelle qui va rester secrète, reprit Hermione d'un ton très sérieux. Ce tournoi est un événement attendu et toi, tu es déjà célèbre. Ça m'étonnerait qu'il n'y ait pas un article sur ta participation dans *La Gazette du sorcier*... On parle déjà de toi dans la moitié des livres consacrés à Tu-Sais-Qui... Et Sirius préférerait l'apprendre par toi, j'en suis sûre.

— D'accord, d'accord, je vais lui écrire, dit Harry, en jetant dans le lac son dernier morceau de toast.

Il flotta un instant à la surface puis un grand tentacule émergea et l'emporta au fond de l'eau.

Harry et Hermione retournèrent au château.

— Qu'est-ce que je vais prendre comme hibou ? demanda Harry tandis qu'ils montaient les marches. Il m'a dit de ne plus utiliser Hedwige.

— Demande à Ron si tu peux lui emprunter...

— Je ne demanderai rien du tout à Ron, dit sèchement Harry.

— Alors, prends un hibou de l'école. Tout le monde peut s'en servir.

Ils montèrent à la volière. Hermione donna à Harry un morceau de parchemin, une plume et une bouteille d'encre puis ils contournèrent les rangées de perchoirs sur lesquels somnolaient chouettes et hiboux, et Harry alla s'asseoir contre un mur pour écrire sa lettre.

Cher Sirius,

Tu m'as dit de te tenir au courant de tout ce qui se passait à Poudlard, alors, allons-y : j'ignore si tu le sais mais le Tournoi des Trois Sorciers va à nouveau avoir lieu cette année et samedi soir, j'ai été désigné comme le quatrième champion en compétition. Je ne sais pas qui a mis mon nom dans la Coupe de Feu, en tout cas, ce n'est pas moi. L'autre champion de Poudlard est Cedric Diggory, de Poufsouffle.

Harry s'interrompit et réfléchit un instant. Il aurait voulu lui parler de l'anxiété que, depuis la veille, il sentait peser comme un poids dans sa poitrine, mais il ne savait pas comment l'exprimer. Finalement, il se contenta de tremper à nouveau sa plume dans l'encre et écrivit :

J'espère que tu vas bien, ainsi que Buck. Harry.

– Terminé, dit-il à Hermione.

Il se releva et épousseta les brins de paille qui s'étaient accrochés à sa robe de sorcier. Hedwige vola alors vers lui et se posa sur son épaule, une patte tendue.

– Je ne peux pas t'envoyer là-bas, lui dit Harry en allant voir les hiboux de l'école. Je dois utiliser un de ceux-là...

Hedwige lança un hululement sonore et s'envola si brusquement que ses serres lui griffèrent l'épaule. Elle lui tourna ostensiblement le dos pendant tout le temps qu'il mit à attacher sa lettre à la patte d'une grande chouette effraie. Lorsque la chouette se fut envolée, Harry tendit la main pour caresser Hedwige mais elle lança de furieux claquements de bec et alla se percher hors d'atteinte, sur un madrier de la charpente.

– D'abord Ron, maintenant toi, dit Harry avec colère. Combien de fois faudra-t-il vous répéter que *ce n'est pas ma faute* ?

Harry avait peut-être imaginé que les choses s'arrangeraient quand tout le monde se serait fait à l'idée que lui aussi
était champion de l'école. Mais la journée du lendemain lui
démontra qu'il se trompait lourdement. Lorsque les cours
reprirent, il lui fut impossible d'éviter les autres élèves – et,
de toute évidence, chacun était persuadé, à Gryffondor
comme dans les autres maisons, que c'était bel et bien lui qui
s'était porté candidat au tournoi. À l'inverse des Gryffondor,
cependant, les élèves des autres maisons ne lui témoignaient
aucune admiration.

Les Poufsouffle, qui étaient d'ordinaire en excellents
termes avec les Gryffondor, manifestaient à présent la plus
grande froideur à leur égard. Le cours de botanique suffit à en
apporter la démonstration. Il ne faisait aucun doute que, aux
yeux des Poufsouffle, Harry avait volé la gloire de leur propre
champion. Ce sentiment était exacerbé par le fait que les
Poufsouffle s'étaient rarement couverts de gloire et que
Cedric était l'un des rares qui leur eût apporté un certain
prestige en battant un jour l'équipe de Gryffondor au Quidditch. Ernie MacMillan et Justin Finch-Fletchley, avec qui
Harry s'entendait très bien d'habitude, refusèrent de lui parler, alors qu'ils rempotaient des Bulbes sauteurs à la même
table – ce qui ne les empêcha pas d'éclater d'un rire passablement désagréable lorsque l'un des Bulbes sauteurs s'échappa
de la main de Harry et lui bondit à la figure. Ron, lui aussi,
refusait de parler à Harry. Hermione, assise entre eux deux, se
forçait à faire la conversation et tous deux lui répondaient
comme si de rien n'était mais en évitant soigneusement de se
regarder. Harry trouva que même le professeur Chourave se
montrait distante avec lui – rien d'étonnant à cela, puisqu'elle était la directrice des Poufsouffle.

En d'autres circonstances, il aurait été impatient de voir
Hagrid, mais le cours de soins aux créatures magiques allait

l'obliger à croiser aussi les Serpentard – ce serait la première fois qu'il se trouverait en leur présence depuis qu'il était devenu champion.

Comme il fallait s'y attendre, Malefoy arborait son habituel sourire narquois lorsqu'il arriva devant la cabane de Hagrid.

– Regardez, c'est le champion, dit-il à Crabbe et à Goyle dès qu'il fut suffisamment près de Harry pour être sûr qu'il l'entende. Vous avez vos carnets d'autographes ? Il vaut mieux lui demander sa signature maintenant, parce que ça m'étonnerait qu'il soit encore là très longtemps... La moitié des champions du Tournoi des Trois Sorciers sont morts pendant les épreuves... Combien de temps croyez-vous que Potter va tenir ? Je suis prêt à parier qu'il ne dépassera pas les dix premières minutes de la première tâche.

Crabbe et Goyle éclatèrent d'un rire servile, mais Malefoy dut s'arrêter là, car Hagrid venait de sortir de sa cabane par la porte de derrière, tenant dans ses bras une pile de boîtes qui oscillait dangereusement. Chacune d'elles abritait un très grand Scroutt à pétard. Sous le regard horrifié de ses élèves, Hagrid expliqua que les malheureuses créatures ne se dépensaient pas assez et que leur excès d'énergie inemployée les avait conduites à s'entre-tuer. La solution, c'était que chaque élève promène un Scroutt au bout d'une laisse pour lui faire faire un peu d'exercice. Le seul aspect positif de cette proposition fut que Malefoy cessa complètement de s'intéresser à Harry.

– Emmener promener une de ces choses ? lança-t-il d'un air dégoûté en regardant une des boîtes. Et où est-ce qu'on est censé attacher la laisse ? Autour du dard, du pétard ou de la ventouse ?

– Au milieu, répondit Hagrid qui fit une démonstration. Heu... vous feriez peut-être bien de mettre vos gants en peau de dragon, c'est plus sûr. Harry, viens m'aider à attacher celui-là...

L'intention réelle de Hagrid, c'était de parler à Harry sans que les autres l'entendent.

Il attendit que tous les élèves soient partis promener les Scroutts, puis il se tourna vers lui.

– Alors... Tu vas participer au tournoi, lui dit-il d'un ton très sérieux. Tu es champion de l'école.

– L'un des champions, rectifia Harry.

Sous ses sourcils en broussaille, les petits yeux noirs de Hagrid le regardèrent d'un air anxieux.

– Tu ne sais pas qui a mis ton nom dans la Coupe ? demanda-t-il.

Harry eut du mal à cacher le sentiment de gratitude qu'il éprouva en entendant les paroles de Hagrid.

– Alors, vous me croyez quand je dis que ce n'est pas moi qui l'ai déposé ?

– Bien sûr que je te crois, grommela Hagrid. Tu as dit que ce n'était pas toi, ça me suffit. Et Dumbledore te croit aussi.

– J'aimerais bien savoir *qui* a fait ça, dit Harry d'un ton amer.

Tous deux contemplèrent la pelouse qui s'étendait devant eux. Les élèves s'y étaient dispersés et paraissaient tous en grande difficulté. Les Scroutts mesuraient à présent près de un mètre de longueur et faisaient preuve d'une force peu commune. Ils n'étaient plus mous ni incolores. Une carapace grise, aussi épaisse qu'une armure, s'était formée autour de leur corps, mais ils n'avaient toujours pas d'yeux ni de tête apparents. On aurait dit un croisement entre des crabes et des scorpions géants et leur force exceptionnelle les rendait très difficiles à maîtriser.

– Ils ont l'air de bien s'amuser, tu ne trouves pas ? dit Hagrid d'un ton joyeux.

Harry comprit qu'il devait parler des Scroutts car ses camarades, eux, ne semblaient pas s'amuser du tout. De temps en temps, avec une détonation inquiétante, l'un des Scroutts à pétard explosait et faisait un bond de plusieurs mètres en avant, traînant à plat ventre au bout de sa laisse l'élève qui essayait vainement de le retenir.

– Ah, là, là, soupira brusquement Hagrid en regardant Harry d'un air inquiet. Champion de l'école... Décidément, il t'en arrive, des choses...

Harry ne répondit rien. Oui, il lui en arrivait, des choses... C'était plus ou moins ce qu'Hermione lui avait dit lorsqu'ils s'étaient promenés autour du lac et, d'après elle, c'était pour cette raison-là que Ron ne lui parlait plus.

Les quelques jours qui suivirent comptèrent parmi les pires qu'il eût jamais passés à Poudlard. Cette période lui rappelait sa deuxième année d'école, au moment où bon nombre de ses condisciples l'avaient soupçonné d'attaquer d'autres élèves. Mais à cette époque, Ron était de son côté. Il aurait eu la force d'affronter l'hostilité des autres si seulement Ron était resté son ami. Il n'était pas question cependant de se réconcilier avec lui tant qu'il refuserait de lui parler. Devant l'antipathie qu'on lui manifestait de toutes parts, il se sentait pourtant bien seul...

Il comprenait l'attitude des Poufsouffle, même s'il en souffrait. Ils avaient leur propre champion à soutenir. De la part des Serpentard, il ne s'attendait qu'à de basses insultes – ils l'avaient toujours détesté, pour avoir si souvent contribué à leur défaite face à Gryffondor, à l'occasion du championnat de Quidditch et de la Coupe des Quatre Maisons. Mais il avait espéré que les Serdaigle le soutiendraient autant que Cedric et il s'était trompé. La plupart des Serdaigle étaient persuadés qu'il avait cherché à s'attirer encore un peu plus de célébrité en trouvant le moyen de déposer son nom dans la Coupe.

Il fallait reconnaître que Cedric avait beaucoup plus l'allure d'un champion. Avec son nez droit, ses cheveux bruns et ses yeux gris, les filles le trouvaient exceptionnellement séduisant et il était difficile de dire qui suscitait le plus d'admiration ces temps-ci, Cedric ou Viktor Krum. Un jour, à l'heure du déjeuner, Harry avait vu les mêmes filles de sixième année, qui s'étaient montrées si avides d'obtenir un autographe de Viktor Krum, supplier Cedric de signer leurs sacs.

Pour l'instant, il n'avait aucune réponse de Sirius, Hedwige refusait de s'approcher de lui, le professeur Trelawney lui prédisait sa mort avec plus de certitude que jamais et il avait tellement raté ses sortilèges d'Attraction pendant le cours du professeur Flitwick que ce dernier lui avait donné des devoirs supplémentaires – seul Neville en avait eu également.

– Ce n'est pas si difficile, Harry, le rassura Hermione à la sortie du cours de Flitwick.

Pendant toute la classe, elle avait fait voler divers objets vers elle, comme si elle avait été une sorte d'aimant bizarre qui attirait irrésistiblement les chiffons à essuyer le tableau, les corbeilles à papiers et les Lunascopes.

– Tu ne t'es pas assez concentré, voilà tout.

– Je me demande bien pourquoi ! dit Harry d'un air sombre, tandis que Cedric Diggory passait devant eux, entouré d'un groupe de filles minaudantes qui regardèrent Harry comme s'il appartenait à une variété particulièrement répugnante de Scroutts à pétard. Mais ça ne fait rien, je me rattraperai au cours de potions, cet après-midi...

Les cours de potions, qui regroupaient les Gryffondor et les Serpentard, avaient toujours constitué une horrible corvée mais, ces jours-ci, c'était devenu une véritable épreuve. Être enfermé dans un cachot pendant une heure avec Rogue et les Serpentard – dont chacun tenait à punir Harry d'avoir été désigné comme champion de l'école – représentait un des plus mauvais moments qu'il puisse imaginer. Le vendredi précédent, il avait déjà eu à subir un cours dans cette atmosphère – Hermione, assise à côté de lui, n'avait cessé de lui répéter à voix basse : « N'y fais pas attention, n'y fais pas attention » – et il n'y avait aucune raison pour que celui d'aujourd'hui soit moins pénible.

Lorsque Hermione et lui arrivèrent devant la classe de Rogue, après le déjeuner, les Serpentard étaient déjà là, chacun exhibant un gros badge sur sa robe de sorcier. Pendant un instant, Harry eut l'idée absurde qu'il s'agissait peut-être des badges de la S.A.L.E., mais il vit qu'ils portaient tous le même message, en lettres rouges et lumineuses qui brillaient dans la pénombre du sous-sol :

Vive CEDRIC DIGGORY
le VRAI champion de Poudlard !

– Ça te plaît, Potter ? lança Malefoy d'une voix sonore en voyant Harry approcher. Et ce n'est pas tout, regarde !

Il appuya sur son badge et le message qu'il portait s'effaça, remplacé par un autre qui scintillait en lettres vertes :

À BAS POTTER

Hurlant de rire, les Serpentard appuyèrent tous sur leurs badges jusqu'à ce que le slogan *À BAS POTTER* étincelle tout autour de Harry qui sentit une bouffée de chaleur lui monter à la tête.

– Oh, mais c'est *très* drôle, ça, dit Hermione d'un ton sarcastique à Pansy Parkinson et ses amies de Serpentard qui riaient plus fort encore que les autres. Vraiment très *spirituel*.

Ron était adossé au mur avec Dean et Seamus. Il ne riait pas mais ne faisait rien non plus pour défendre Harry.

– Tu en veux un, Granger ? demanda Malefoy en tendant un badge à Hermione. J'en ai plein. Mais ne me touche pas la main, je viens de la laver et je ne voudrais pas me salir au contact d'une Sang-de-Bourbe.

La colère que Harry avait accumulée tous ces derniers jours le submergea soudain comme si un barrage venait de céder dans sa poitrine. Il avait sorti sa baguette magique avant même de se rendre compte de ce qu'il faisait. Les élèves qui l'entouraient reculèrent en désordre vers le fond du couloir.

– Harry ! s'écria Hermione en essayant de le retenir.

– Vas-y, Potter, dit tranquillement Malefoy qui avait saisi sa propre baguette. Maugrey n'est pas là pour te protéger, cette fois-ci. Alors, fais-le si tu as quelque chose dans le ventre…

Pendant une fraction de seconde, ils se regardèrent dans les yeux, puis tous deux attaquèrent exactement au même instant.

– *Furunculus !* s'exclama Harry.

– *Dentesaugmento !* s'écria Malefoy.

Des traits de lumière jaillirent des deux baguettes, se heurtèrent en plein vol et ricochèrent en déviant de leur trajectoire. Celui lancé par Harry toucha Goyle au visage et celui de Malefoy atteignit Hermione. Goyle poussa un hurlement en plaquant ses mains sur son nez qui se couvrait d'horribles furoncles. Hermione se tenait la bouche en laissant échapper des gémissements terrifiés.

– Hermione !

Ron s'était précipité à son secours.

Harry se retourna et vit Ron écarter la main qu'Hermione serrait sur sa bouche, révélant un spectacle désolant. Les dents d'Hermione – d'une taille déjà supérieure à la moyenne – grandissaient à une vitesse alarmante. Elle ressemblait de plus en plus à un castor à mesure que ses incisives s'allongeaient vers son menton. Lorsqu'elle prit conscience de ce qui lui arrivait, elle poussa un cri de panique.

— Qu'est-ce que c'est que tout ce bruit ? dit alors une voix doucereuse et menaçante.

Rogue venait d'arriver.

Les Serpentard se mirent à parler tous en même temps pour donner leur version de l'incident. Rogue pointa vers Malefoy un long doigt jaunâtre.

— Expliquez-moi, dit-il.

— Potter m'a attaqué, monsieur...

— Nous nous sommes attaqués en même temps ! s'écria Harry.

— Et il a atteint Goyle... Regardez...

Rogue examina Goyle dont le visage ressemblait aux illustrations d'un livre sur les champignons vénéneux.

— À l'infirmerie, Goyle, dit Rogue d'un ton très calme.

— Malefoy a frappé Hermione, dit Ron. *Regardez !*

Il força Hermione à montrer ses dents à Rogue – elle faisait de son mieux pour les cacher avec ses mains, mais sans grand succès, car elles atteignaient à présent le col de sa robe. Pansy Parkinson et les autres filles de Serpentard, secouées d'un fou rire silencieux, montraient Hermione du doigt derrière le dos de Rogue.

— Je ne vois pas grande différence, dit Rogue en jetant un regard glacial à Hermione.

Les larmes aux yeux, elle laissa échapper un gémissement puis tourna les talons et courut à toutes jambes dans le couloir, disparaissant au loin.

Ce fut sans doute une chance que Harry et Ron se mettent à hurler en même temps à l'adresse de Rogue. Une chance que les parois de pierre du couloir répercutent leurs voix dans un vacarme si confus qu'il lui fut impossible de comprendre exactement de quoi ils le traitaient. Il en perçut cependant l'essentiel.

– Voyons, dit-il de sa voix la plus veloutée. Cinquante points de moins pour Gryffondor et une retenue pour Potter et Weasley. Et maintenant, rentrez en classe ou je vous donne une semaine entière de retenue.

Harry était tellement furieux que ses oreilles tintaient. L'injustice de Rogue lui donnait envie de lui jeter un sort qui l'aurait réduit en une charpie informe et gluante. Il passa devant lui, s'avança avec Ron jusqu'au fond de la classe et posa violemment son sac sur la table. Ron, lui aussi, tremblait de rage. Pendant un moment, il sembla que tout était redevenu normal entre eux, mais Ron se retourna brusquement et alla s'asseoir à côté de Dean et de Seamus, laissant Harry seul à sa table. De l'autre côté de la salle, Malefoy tourna le dos à Rogue et appuya sur son badge avec un sourire narquois. Les mots À BAS POTTER brillèrent à nouveau.

Harry resta immobile, le regard fixé sur Rogue, qui commençait son cours, et imagina toutes les horreurs qu'il aimerait lui faire subir… Si seulement il avait su lancer le sortilège Doloris… Il aurait volontiers envoyé Rogue les quatre fers en l'air, comme cette araignée agitée de convulsions…

– Les antidotes ! dit Rogue en regardant tout le monde de ses yeux noirs et froids, animés d'une lueur inquiétante. Vous devriez tous avoir établi vos recettes, à présent. Je veux que vous les prépariez avec le plus grand soin. Ensuite, nous choisirons quelqu'un pour en essayer une…

Le regard de Rogue croisa celui de Harry qui comprit aussitôt à quoi il devait s'attendre. C'était *lui* que Rogue allait empoisonner. Harry s'imagina saisissant son chaudron, se précipitant à l'autre bout de la classe et l'abattant avec force sur la tête visqueuse de Rogue…

Mais des coups frappés à la porte interrompirent ses pensées.

C'était Colin Crivey. Il se glissa dans la classe, en adressant un grand sourire à Harry, et s'avança vers le bureau de Rogue.

— Oui ? dit sèchement celui-ci.

— Monsieur, s'il vous plaît, je dois emmener Harry Potter en haut.

Rogue baissa les yeux vers Colin dont le sourire disparut aussitôt.

— Potter a un cours de potions à suivre, répliqua Rogue avec froideur. Il ira là-haut à la fin de la classe.

Le teint de Colin devint rose vif.

— Monsieur… heu… c'est Mr Verpey qui veut le voir, dit-il, mal à l'aise. Tous les champions doivent y aller, je crois qu'ils veulent prendre des photos…

Harry aurait volontiers donné tout ce qu'il possédait si cela avait pu empêcher Colin de prononcer ces derniers mots. Il risqua un regard en direction de Ron, mais celui-ci contemplait obstinément le plafond.

— Très bien, très bien, dit Rogue d'un ton sec. Potter, laissez vos affaires ici, je veux que vous reveniez tout à l'heure pour tester votre antidote.

— Heu… Monsieur, s'il vous plaît, il faut qu'il prenne ses affaires, couina Colin. Tous les champions…

— *Très bien*, coupa Rogue. Potter, prenez votre sac et disparaissez de ma vue !

Harry mit son sac sur son épaule, se leva et se dirigea vers la porte. En passant devant les pupitres des Serpentard, il vit briller de toutes parts le slogan *À BAS POTTER*.

— C'est extraordinaire, hein, Harry ? dit Colin dès que Harry eut refermé derrière lui la porte de la classe. C'est vrai, hein ? C'est formidable que tu sois champion !

— Ouais, vraiment formidable, répondit Harry d'un ton las tandis qu'ils montaient les marches en direction du hall d'entrée. C'est quoi, ces photos ?

– C'est pour *La Gazette du sorcier*, je crois !

– Parfait, dit Harry d'un air maussade. Exactement ce qu'il me fallait. Un peu de publicité supplémentaire...

– Bonne chance ! lança Colin lorsqu'ils furent arrivés à destination.

Harry frappa à la porte et entra.

Il se retrouva dans une petite salle de classe. La plupart des tables avaient été repoussées au fond de la pièce, laissant un grand espace libre au milieu. Trois des tables étaient disposées bout à bout devant le tableau noir et recouvertes d'une étoffe de velours. Derrière les tables, cinq chaises étaient alignées. Ludo Verpey, assis sur l'une d'elles, parlait à une sorcière que Harry ne connaissait pas et qui était vêtue d'une robe d'un rose foncé.

Viktor Krum, aussi renfrogné que d'habitude, se tenait debout dans un coin, sans parler à personne. Cedric et Fleur, en revanche, étaient en grande conversation. Fleur avait l'air beaucoup plus heureuse, à présent. Elle ne cessait de rejeter la tête en arrière, faisant briller sa longue chevelure blonde de ses éclats argentés. Un homme à la bedaine avantageuse tenait à la main un gros appareil photo noir d'où s'échappait un filet de fumée et regardait Fleur du coin de l'œil.

Lorsque Verpey vit entrer Harry, il se leva d'un bond et se précipita sur lui.

– Le voilà ! s'exclama-t-il. Le champion numéro quatre ! Entre, Harry, entre... Ne t'inquiète pas, c'est simplement la cérémonie de l'Examen des Baguettes. Les autres membres du jury seront là dans un instant...

– L'Examen des Baguettes ? répéta Harry, mal à l'aise.

– Nous devons vérifier que vos baguettes sont en parfait état de fonctionnement. Ce seront vos instruments les plus importants pour accomplir vos tâches, comprends-tu ? dit Verpey. L'expert est là-haut, avec Dumbledore. Ensuite, on fera une petite photo. Je te présente Rita Skeeter, ajouta-t-il en faisant un geste vers la sorcière vêtue d'une robe rose foncé. Elle va écrire un petit article sur le tournoi dans *La Gazette du sorcier*...

—Peut-être pas si petit que ça, Ludo, dit Rita Skeeter, les yeux fixés sur Harry.

Elle avait une coiffure compliquée, composée de boucles étrangement rigides qui offraient un curieux contraste avec son visage à la large mâchoire. Elle portait des lunettes à la monture incrustée de pierres précieuses et ses doigts épais, crispés sur un sac à main en crocodile, se terminaient par des ongles de cinq centimètres, recouverts d'un vernis cramoisi.

—Est-ce que je pourrais demander quelques petites choses à Harry avant de commencer ? dit-elle à Ludo Verpey, sans cesser de regarder fixement Harry. C'est le plus jeune champion... ça ajouterait un peu de couleur...

—Mais bien sûr ! s'écria Verpey. Si Harry n'y voit pas d'objections ?

—Heu..., dit Harry.

—Merveilleux, coupa Rita Skeeter.

Un instant plus tard, ses ongles rouges en forme de serres se refermaient avec une force surprenante sur le bras de Harry. Elle l'emmena hors de la pièce et ouvrit une petite porte dans le couloir.

—On va trouver un endroit tranquille, dit-elle. Voyons ce qu'il y a là-dedans... Ah, merveilleux, on y sera très bien.

La porte donnait sur un placard à balais. Harry regarda Rita Skeeter d'un air perplexe.

—Viens, mon garçon, c'est merveilleux, ici, répéta-t-elle.

Elle s'assit en équilibre instable sur un seau retourné et poussa Harry vers une boîte en carton. Puis elle ferma la porte, les plongeant dans l'obscurité.

—Alors, voyons... dit-elle.

Elle prit dans son sac en crocodile une poignée de chandelles qu'elle alluma et envoya flotter à mi-hauteur d'un coup de baguette magique, dissipant les ténèbres.

– Ça ne t'ennuie pas que j'utilise une Plume à Papote ? Comme ça, je pourrai te parler sans avoir besoin de prendre de notes...

– Une quoi ? demanda Harry.

Le sourire de Rita Skeeter s'élargit. Harry compta trois dents en or. Elle plongea à nouveau la main dans son sac en crocodile et en sortit une longue plume d'un vert criard, ainsi qu'un rouleau de parchemin qu'elle déroula et posa entre eux, sur une caisse de Nettoie-Tout magique de la Mère Grattesec. Elle mit le bout de la plume verte dans sa bouche, la suçota un moment avec délice puis la planta sur le parchemin où elle resta en équilibre en vacillant légèrement.

– Essai... Je m'appelle Rita Skeeter, reporter à *La Gazette du sorcier*.

Dès que Rita Skeeter eut fini de parler, la plume verte se mit à écrire toute seule, glissant d'un bord à l'autre du parchemin. Harry lut du coin de l'œil :

Séduisante blonde de quarante-trois ans, Rita Skeeter, dont la plume acérée a dégonflé bien des réputations surfaites...

– Merveilleux, dit Rita Skeeter.

Elle déchira le morceau de parchemin, le froissa et le rangea dans son sac à main. Puis elle se pencha vers Harry.

– Alors, Harry, qu'est-ce qui t'a décidé à participer au Tournoi des Trois Sorciers ?

– Heu..., dit Harry, mais son attention était distraite par la plume.

Bien qu'il n'eût pas prononcé un mot, elle écrivait à toute allure sur le parchemin et il put lire la phrase suivante :

*Une horrible cicatrice, souvenir d'un passé tragique, défigure
le visage par ailleurs charmant de Harry Potter dont les yeux...*

— Ne t'occupe pas de la plume, Harry, dit Rita Skeeter d'un
ton ferme.

À contrecœur, Harry leva les yeux vers elle.

— Alors, pourquoi as-tu décidé de participer au Tournoi des
Trois Sorciers ?

— Je n'ai rien décidé du tout, répondit Harry. Je ne sais pas
comment mon nom a été déposé dans la Coupe de Feu. En
tout cas, ce n'est pas moi qui l'y ai mis.

Rita Skeeter haussa un sourcil souligné par un épais trait
de maquillage.

— Allons, Harry, tu n'as aucune raison de craindre des
ennuis. Nous savons tous que tu n'aurais jamais dû poser ta
candidature. Mais ne t'inquiète pas. Nos lecteurs aiment les
esprits rebelles.

— Je vous dis que ce n'est pas moi qui ai mis mon nom dans
la Coupe, répéta Harry. Je ne sais pas qui...

— Quel est ton sentiment quand tu penses aux tâches qui
t'attendent ? demanda Rita Skeeter. Excitation ? Appréhension ?

— Je n'y ai pas vraiment réfléchi... Oui, ça me fait sans
doute un peu peur... dit Harry.

Une impression de malaise s'insinuait en lui à mesure qu'il
parlait.

— Certains champions sont morts dans le passé, dit
brusquement Rita Skeeter. Tu y as pensé ?

— On dit que ce sera beaucoup moins dangereux, cette
année, répondit Harry.

Dans un bruissement, la plume parcourait la surface du
parchemin, comme si elle exécutait des figures de patinage
artistique.

– Bien sûr, il t'est déjà arrivé de regarder la mort en face, n'est-ce pas ? reprit Rita Skeeter en l'observant attentivement. En quoi cela t'a-t-il affecté ?

– Heu..., répéta Harry.

– Penses-tu que le traumatisme que tu as subi dans le passé a pu te donner l'envie irrésistible de montrer de quoi tu étais capable ? D'être à la hauteur de ta réputation ? Crois-tu que tu as été tenté de participer au Tournoi des Trois Sorciers à cause de...

– *Je n'ai pas été tenté de participer*, coupa Harry qui sentait la colère monter en lui.

– Est-ce que tu te souviens de tes parents ? demanda Rita Skeeter en parlant en même temps que lui.

– Non, répondit Harry.

– À ton avis, quelle serait leur réaction s'ils savaient que tu vas concourir dans le Tournoi des Trois Sorciers ? Ils seraient fiers ? Inquiets ? En colère ?

Harry était franchement agacé, à présent. Comment pouvait-il savoir ce que ses parents auraient pensé s'ils avaient été vivants ? Il sentait que Rita Skeeter le fixait intensément. Les sourcils froncés, il évita son regard et jeta un coup d'œil à ce que la plume venait d'écrire :

Des larmes remplissent ces yeux d'un vert étonnant lorsque nous en venons à parler de ses parents dont il ne garde presque aucun souvenir.

– Il n'y a PAS de larmes dans mes yeux ! protesta Harry d'une voix forte.

Avant que Rita Skeeter ait pu ajouter un mot, la porte du placard à balais s'ouvrit. Harry se retourna, clignant des yeux à la lumière du couloir. Albus Dumbledore se tenait sur le seuil et les regardait tous les deux.

– Dumbledore ! s'écria Rita Skeeter, d'un air visiblement enchanté.

Mais Harry remarqua que la plume et le parchemin avaient brusquement disparu de la caisse de Nettoie-Tout magique et que les ongles acérés de Rita venaient de refermer précipitamment le sac en peau de crocodile.

– Comment allez-vous ? dit-elle en se levant et en tendant à Dumbledore une de ses grandes mains masculines. J'espère que vous avez lu ce que j'ai écrit cet été sur la réunion de la Confédération internationale des mages et sorciers ?

– Merveilleusement fielleux, répondit Dumbledore, le regard pétillant. J'ai particulièrement apprécié la formule que vous avez employée à mon sujet : « Un vieil ahuri d'un autre âge. »

Rita Skeeter ne sembla pas gênée le moins du monde.

– Je voulais simplement attirer l'attention sur le fait que certaines de vos idées sont complètement dépassées, Dumbledore, et que le sorcier de la rue...

– Je serais ravi de connaître le raisonnement qui se cache derrière l'insulte, l'interrompit Dumbledore en s'inclinant galamment, un large sourire aux lèvres, mais je crains que nous ne devions remettre cette conversation à plus tard. L'Examen des Baguettes est sur le point de commencer et il ne pourra pas se dérouler normalement si l'un de nos champions est caché dans un placard à balais.

Très content de se débarrasser de Rita Skeeter, Harry se hâta de retourner dans la classe. Les autres champions étaient à présent assis sur des chaises, à côté de la porte, et il prit place à côté de Cedric. Quatre des cinq juges s'étaient installés derrière la table recouverte de velours – le professeur Karkaroff, Madame Maxime, Mr Croupton et Ludo Verpey. Rita Skeeter alla s'asseoir dans un coin. Harry la vit ressortir son matériel, sucer l'extrémité de sa Plume à Papote et la poser à nouveau en équilibre sur le parchemin.

– Je vous présente Mr Ollivander, dit Dumbledore en s'adressant aux champions.

Il s'était assis à la table avec les autres juges.

– Mr Ollivander va vérifier vos baguettes magiques pour s'assurer qu'elles sont en bon état de fonctionnement avant le tournoi.

Harry regarda autour de lui et vit avec une réaction de surprise un vieux sorcier aux grands yeux pâles qui se tenait debout près de la fenêtre. Harry avait déjà eu l'occasion de rencontrer Mr Ollivander – c'était dans sa boutique qu'il avait acheté sa baguette magique trois ans auparavant, sur le Chemin de Traverse.

– Mademoiselle Delacour, pourriez-vous venir la première, s'il vous plaît ? demanda Mr Ollivander en s'avançant dans l'espace libre aménagé au milieu de la pièce.

Fleur Delacour s'approcha de Mr Ollivander et lui tendit sa baguette.

– Mmmmmm..., murmura-t-il.

Il fit tourner la baguette magique entre ses longs doigts, comme un bâton de majorette. La baguette projeta des étincelles rose et or.

– Oui, dit-il à voix basse, en l'examinant soigneusement. Vingt-trois centimètres trois quarts... très rigide... Bois de rose... Avec, à l'intérieur... oh, mais oui...

– Un cheveu de Vélane, dit Fleur. Il appartenait à ma grand-mère.

Ainsi donc, Fleur était en partie Vélane, songea Harry qui se promit de le dire à Ron... avant de se rappeler que Ron ne lui adressait plus la parole.

– Oui, dit Mr Ollivander, oui, je n'ai jamais utilisé moi-même de cheveux de Vélane, bien entendu. Je trouve qu'ils donnent aux baguettes un très mauvais caractère... Mais chacun ses préférences et si celle-ci vous convient...

Du bout des doigts, Mr Ollivander caressa la baguette sur toute sa longueur, vérifiant qu'elle ne comportait ni bosses ni éraflures. Puis il murmura :

– *Orchideus !* et un bouquet de fleurs jaillit à son extrémité. Très bien, très bien, elle fonctionne parfaitement, dit Mr Ollivander qui prit le bouquet et le donna à Fleur en même temps que sa baguette. Mr Diggory, à vous, s'il vous plaît.

Fleur retourna s'asseoir et sourit à Cedric en le croisant.

– Ah, celle-ci, c'est l'une des miennes, n'est-ce pas ? dit Mr Ollivander d'un ton beaucoup plus enthousiaste lorsque Cedric lui eut tendu sa baguette. Oui, je m'en souviens très bien. Elle contient un seul crin d'une licorne mâle particulièrement magnifique... Un animal qui mesurait plus de quatre mètres de longueur. Il a failli m'éventrer avec sa corne lorsque je lui ai arraché un crin de sa queue. Voyons cette baguette... Trente centimètres et demi... en frêne... d'une très agréable souplesse. Elle est en excellent état... Vous l'entretenez régulièrement ?

– Je l'ai cirée la nuit dernière, dit Cedric avec un sourire.

Harry contempla sa propre baguette. Elle était pleine de traces de doigts. Il prit un pan de sa robe et essaya de la nettoyer subrepticement. Des étincelles dorées jaillirent à son extrémité et il finit par renoncer en voyant le regard condescendant que lui jetait Fleur Delacour.

Mr Ollivander fit sortir de la baguette de Cedric des anneaux de fumée argentée, déclara qu'elle était en excellent état et demanda :

– Mr Krum, s'il vous plaît.

Viktor Krum se leva et s'avança vers Mr Ollivander de sa démarche gauche, les épaules voûtées, les pieds en canard. Il tendit sa baguette et resta là, l'air maussade, les mains dans les poches de sa robe de sorcier.

– Mmmmm..., murmura Mr Ollivander. À moins que je ne

me trompe, il s'agit d'une création de Gregorovitch ? Un excellent fabricant de baguettes, bien que son style ne soit jamais vraiment ce que je... enfin...

Il leva la baguette et l'examina minutieusement en la retournant lentement devant ses yeux.

– Oui... Bois de charme avec un nerf de cœur de dragon ? lança-t-il à Krum qui approuva d'un signe de tête. Plus épaisse que la moyenne... Très rigide... Vingt-cinq centimètres et demi... Avis !

Avec une détonation semblable à celle d'un pistolet, la baguette en bois de charme projeta une volée de petits oiseaux qui s'envolèrent en pépiant et s'échappèrent par la fenêtre ouverte dans le ciel humide, où brillait un soleil d'automne.

– Bien, dit Mr Ollivander en rendant sa baguette à Krum. Il ne nous reste donc plus que... Mr Potter.

Harry se leva et s'avança vers Mr Ollivander à qui il tendit sa baguette.

– Aaaah, oui, dit Mr Ollivander, ses yeux pâles brillant d'un éclat soudain. Oui, oui, oui, je m'en souviens très bien.

Harry aussi se souvenait. Il s'en souvenait même comme si c'était hier...

Quatre ans plus tôt, en été, le jour de son onzième anniversaire, il était entré dans la boutique de Mr Ollivander avec Hagrid pour y acheter une baguette magique. Mr Ollivander avait pris ses mesures puis lui avait donné plusieurs baguettes à essayer. Harry avait eu l'impression de voir passer entre ses mains toutes les baguettes de la boutique jusqu'à ce qu'il trouve enfin celle qui lui convenait. Elle était en bois de houx, mesurait vingt-sept centimètres et demi et contenait une unique plume de phénix. Mr Ollivander avait été très surpris que cette baguette soit si bien adaptée à Harry. « Étrange », avait-il dit, « très étrange », et lorsque Harry lui avait demandé ce qu'il y avait de si étrange, Mr Ollivander lui avait expliqué que la plume de phénix, à l'intérieur de sa baguette, venait du même oiseau que celle qui se trouvait au cœur de la baguette magique de Lord Voldemort.

Harry n'avait jamais révélé cette particularité à personne. Il aimait beaucoup sa baguette magique et n'y pouvait rien si elle avait un lien avec celle de Voldemort – de même qu'il n'y pouvait rien s'il était parent avec la tante Pétunia. Il espérait cependant que Mr Ollivander n'allait pas en parler devant tout le monde. Il avait la bizarre impression que, s'il le faisait, la Plume à Papote de Rita Skeeter en exploserait de ravissement.

Mr Ollivander passa plus de temps à examiner la baguette de Harry que celle des autres. Finalement, il en fit jaillir une fontaine de vin et la rendit à Harry en déclarant qu'elle était en parfait état.

– Merci à tous, dit Dumbledore en se levant à la table des juges. Vous pouvez retourner en classe, à présent – ou peut-être vaudrait-il mieux que vous alliez directement dîner puisque les cours sont sur le point de se terminer...

Soulagé qu'il y ait eu au moins une chose qui se soit bien passée ce jour-là, Harry se prépara à partir, mais l'homme qui avait un appareil photo à la main se leva d'un bond et toussota.

– Les photos, Dumbledore, les photos ! s'écria précipitamment Verpey. Les juges et les champions ensemble. Qu'est-ce que vous en pensez, Rita ?

– Heu... Oui, d'accord, commençons par les photos de groupe, dit Rita Skeeter, dont le regard s'était à nouveau posé sur Harry. Et ensuite, on prendra peut-être quelques photos individuelles.

La séance de pose dura longtemps. Madame Maxime projetait son ombre sur tout le monde, quel que fût l'endroit où elle se plaçait et le photographe ne parvenait pas à prendre suffisamment de recul pour l'avoir tout entière dans son cadre. Finalement, elle dut s'asseoir au milieu des autres qui restèrent debout. Karkaroff ne cessait d'entortiller l'extrémité de son bouc autour de son doigt pour former une boucle bien nette. Krum, dont Harry aurait pensé qu'il était habitué à ce genre d'exercice, essayait de se dérober en se cachant à moitié derrière les autres. Le photographe tenait beaucoup à avoir Fleur en premier plan, mais Rita Skeeter ne cessait de pousser Harry en avant pour être sûre qu'il soit bien mis en valeur. Puis elle insista pour qu'on prenne des photos individuelles de chacun des champions. Enfin, au bout d'un long moment, tout le monde put repartir.

Harry descendit dîner mais ne vit pas Hermione. Il pensa qu'elle devait être restée à l'infirmerie pour faire arranger ses dents. Il mangea seul, au bout de la table, puis retourna dans la tour de Gryffondor, en pensant à tout le travail supplémentaire qu'il avait à faire sur les sortilèges d'Attraction. Dans le dortoir, il tomba sur Ron.

– Tu as du courrier, dit Ron d'un ton brusque en le voyant entrer.

Il montra l'oreiller de Harry. La chouette effraie de l'école l'y attendait.

– Ah, très bien, dit Harry.

– Et on devra faire nos retenues demain soir, dans la classe de Rogue, ajouta Ron.

Puis il sortit du dortoir sans un regard vers Harry. Pendant un instant, Harry hésita à le suivre – il ne savait plus très bien s'il avait envie de lui parler ou de lui taper dessus, l'un et l'autre semblaient également tentants – mais il voulait avant tout lire la réponse de Sirius. Il s'approcha donc de la chouette, détacha la lettre fixée à sa patte et la déroula.

Harry,

Je ne peux pas dire tout ce que je voudrais dans une lettre, ce serait trop risqué au cas où la chouette serait interceptée – il faut absolument que nous nous parlions face à face. Peux-tu te trouver seul devant la cheminée de la tour de Gryffondor à une heure du matin, dans la nuit du 21 au 22 novembre ?

Je sais mieux que tout le monde que tu es capable de te défendre tout seul et, tant que tu te trouveras à proximité de Dumbledore et de Maugrey, je ne pense pas que quiconque pourra te faire du mal. Mais quelqu'un paraît quand même bien décidé à essayer. Déposer ta candidature à ce tournoi a dû être très risqué, surtout sous le nez de Dumbledore.

Sois sur tes gardes, Harry. Je veux que tu continues à me tenir au courant de tout ce qui se passe d'inhabituel. Confirme-moi la date du 22 novembre le plus vite possible.

Sirius

19
LE MAGYAR À POINTES

La perspective de parler face à face avec Sirius aida Harry à mieux supporter les quinze jours qui suivirent. C'était l'unique rayon de lumière dans un horizon qui ne lui avait jamais paru aussi sombre. Le choc de se découvrir champion de l'école malgré lui s'était un peu atténué pour faire place à la crainte de ce qui l'attendait. La date de la première tâche se rapprochait inexorablement. Il avait l'impression qu'elle le guettait dans l'ombre, comme un horrible monstre qui lui barrait le chemin. Il n'avait jamais été dans un tel état d'énervement. C'était bien pire qu'avant n'importe quel match de Quidditch, même le dernier, celui qui les avait opposés à l'équipe de Serpentard et qui devait désigner le vainqueur du championnat. Harry avait du mal à penser à l'avenir, il lui semblait que toute sa vie n'avait eu pour seul but que de le mener à cette première tâche qui en marquerait la fin...

Il ne voyait pas comment Sirius pourrait l'aider à se sentir plus détendu à l'idée de devoir accomplir devant des centaines de personnes une prouesse de haute magie qui le mettrait en danger de mort, mais la simple vue d'un visage ami serait déjà réconfortante. Harry répondit à Sirius en lui confirmant qu'il se trouverait bien devant la cheminée de la salle commune au moment indiqué. Hermione et lui étudièrent ensuite divers plans destinés à convaincre les derniers traînards qui pourraient encore se trouver dans la salle cette nuit-là de déguerpir. Dans le pire des cas, ils envisageaient de faire exploser quelques Bombabouses, mais ils espéraient ne pas en être réduits à cette extrémité – Rusard les aurait écorchés vifs.

En attendant, la vie quotidienne au château empirait pour Harry. Rita Skeeter avait publié son article sur le Tournoi des Trois Sorciers mais le tournoi n'y occupait qu'une place secondaire : il s'agissait en fait d'une histoire haute en couleur de la vie de Harry. Une photo de lui s'étalait en première page et l'article (qui continuait en pages deux, six et sept) lui était entièrement consacré, les noms des champions de Beauxbâtons et de Durmstrang (mal orthographiés) ne figurant qu'à la dernière ligne. Quant à celui de Cedric, il n'était même pas mentionné.

L'article avait paru dix jours plus tôt et Harry ne pouvait s'empêcher d'éprouver un cuisant sentiment de honte au creux de l'estomac chaque fois qu'il y repensait. Rita Skeeter lui avait prêté toutes sortes de propos qu'il ne se souvenait pas d'avoir jamais tenus dans sa vie, et encore moins dans ce placard à balais.

Je pense que ma force me vient de mes parents. Je sais qu'ils seraient très fiers de moi s'ils pouvaient me voir maintenant... Oui, parfois, la nuit, il m'arrive encore de pleurer en pensant à eux, je n'ai aucune honte à l'avouer... Je sais que je ne risque rien au cours de ce tournoi, car ils veillent sur moi...

Mais Rita Skeeter avait fait pire que de transformer ses « heu... » en longues phrases grandiloquentes. Elle avait également interviewé d'autres personnes pour les faire parler de lui.

Harry a enfin trouvé l'amour à Poudlard, écrivait-elle. Colin Crivey, un de ses très proches amis, nous a confié qu'on voit rarement Harry sans Hermione Granger, une jeune fille d'une beauté éblouissante, d'origine moldue, qui, tout comme Harry, est une des meilleures élèves de l'école.

À compter du moment où le journal avait paru, Harry avait dû subir sur son passage les commentaires narquois des autres élèves – et surtout des Serpentard.

– Tu veux un mouchoir, Potter, au cas où tu aurais une petite crise de larmes pendant le cours de métamorphose ?

– Depuis quand est-ce que tu es devenu un des meilleurs élèves de l'école, Potter ? À moins qu'il s'agisse d'une autre école que tu as fondée avec Neville ?

– Hé, Harry !

– Oui, oui, c'est ça, s'exclama Harry en faisant volte-face. Cette fois, il en avait assez.

– Je n'arrête pas de pleurer la mort de ma mère et, d'ailleurs, je m'apprêtais à aller sangloter dans un coin, histoire d'entretenir les bonnes habitudes…

– Non, c'est simplement que… tu as laissé tomber ta plume.

C'était Cho. Harry se sentit rougir.

– Ah, oui, c'est vrai, excuse-moi…, marmonna-t-il en ramassant la plume.

– Heu… bonne chance pour mardi, dit-elle. J'espère que tout ira bien pour toi.

Et Harry la regarda s'éloigner avec le sentiment d'être un parfait idiot.

Hermione aussi recevait sa part de remarques désagréables, mais elle n'en était pas encore à crier à tort et à travers en s'en prenant à des innocents. En fait, Harry admirait la façon dont elle affrontait la situation.

– D'une beauté éblouissante ? Elle ? s'était écriée Pansy Parkinson la première fois qu'elle s'était trouvée face à Hermione après la publication de l'article. Par rapport à qui ? À un castor ?

– Ne fais pas attention, avait dit Hermione avec dignité, en passant la tête haute devant les filles de Serpentard, comme si elle n'entendait pas leurs ricanements. Ne fais pas attention, Harry.

Mais Harry n'avait pas la même faculté d'indifférence. Ron ne lui avait plus dit un mot depuis le jour où il lui avait parlé des retenues de Rogue. Harry avait eu le vague espoir que les choses s'arrangeraient pendant les deux heures qu'ils avaient passées dans le vieux cachot de Rogue à mettre des cerveaux de rat dans de la saumure. Mais c'était le jour où l'article de Rita Skeeter avait paru, et Ron paraissait plus que jamais convaincu que Harry prenait plaisir à toute cette publicité.

Hermione était furieuse contre eux. Elle allait de l'un à l'autre en essayant de les forcer à se parler à nouveau, mais Harry se montrait intraitable : il n'accepterait d'adresser à nouveau la parole à Ron que le jour où celui-ci reconnaîtrait que ce n'était pas Harry qui avait déposé son nom dans la Coupe de Feu. Il exigeait également que Ron lui présente des excuses pour l'avoir traité de menteur.

– Ce n'est pas moi qui ai commencé, répétait Harry d'un ton buté. C'est son affaire.

– Tu sais bien que ça te rend triste, de ne plus lui parler, répliquait Hermione d'un air agacé. Et je *sais* que lui aussi, ça le rend triste...

– Ça ne me rend pas triste du tout ! tranchait Harry d'une voix ferme.

C'était un pur et simple mensonge, bien entendu. Harry aimait beaucoup Hermione, mais ce n'était pas comme avec Ron. Quand on avait Hermione comme meilleure amie, on riait beaucoup moins et on passait beaucoup plus de temps à la bibliothèque. Harry ne maîtrisait toujours pas les sortilèges d'Attraction, comme s'il y avait un blocage qui l'empêchait de les réussir, et Hermione l'avait persuadé que l'étude de la théorie l'aiderait à progresser. Ils passaient donc beaucoup de temps, pendant l'heure du déjeuner, à consulter des livres sur la question.

Viktor Krum, lui aussi, passait un temps considérable à la bibliothèque et Harry se demandait ce qu'il pouvait bien y faire. Étudiait-il ou cherchait-il quelque chose qui puisse l'aider à accomplir la première tâche ? Hermione se plaignait souvent de la présence de Krum – non parce qu'il les importunait mais à cause des filles qui venaient l'observer en se cachant derrière les rayons. Le bruit de leurs gloussements incessants la dérangeait.

– Il n'est même pas beau ! marmonna-t-elle un jour en lançant un regard furieux vers le profil de Krum. Elles l'aiment simplement parce qu'il est célèbre ! Elles ne le regarderaient même pas s'il n'était pas capable de faire la pente de Gros Ski...

– La feinte de Wronski, rectifia Harry entre ses dents.

Il n'aimait pas qu'on écorche les termes de Quidditch mais surtout, il ne put s'empêcher de ressentir un pincement au cœur en imaginant la tête que Ron aurait faite s'il avait entendu Hermione parler des « pentes de Gros Ski ».

Par un étrange phénomène, plus on redoute un événement, plus le temps qui nous en sépare prend un malin plaisir à passer le plus rapidement possible, alors qu'on donnerait n'importe quoi pour qu'il ralentisse. Les derniers jours avant la date de la première tâche semblaient défiler comme si quelqu'un s'était ingénié à faire tourner les horloges deux fois plus vite. Le sentiment de quasi-panique qu'éprouvait Harry ne le quittait jamais. Il était aussi présent que les sarcasmes de ses condisciples qui ne se lassaient pas de commenter l'article de *La Gazette du sorcier*.

Le samedi qui précédait la première tâche, tous les élèves de l'école, à partir de la troisième année, furent autorisés à se rendre dans le village de Pré-au-Lard. Hermione assura Harry que rien ne pourrait lui faire plus grand bien que de quitter un peu le château et Harry se laissa facilement convaincre.

– Et Ron, alors ? dit-il. Tu ne veux pas y aller avec lui ?

– Oh, heu… balbutia Hermione, le teint légèrement rose, j'ai pensé que nous pourrions peut-être le retrouver aux Trois Balais…

– Non, dit Harry d'un ton abrupt.

– Oh, Harry, tout cela est tellement stupide…

– Je vais au village, mais je n'irai pas voir Ron et je mettrai ma cape d'invisibilité.

– Très bien, d'accord, répliqua sèchement Hermione, mais je déteste parler avec toi quand tu portes cette cape, je ne sais jamais si je te regarde ou pas.

Harry alla donc mettre sa cape d'invisibilité dans le dortoir, puis il descendit rejoindre Hermione et tous deux prirent la direction de Pré-au-Lard.

Sous sa cape, Harry ressentit une merveilleuse impression de liberté. En observant les autres élèves qui les croisaient dans le village, il vit que la plupart portaient des badges sur lesquels on pouvait lire VIVE CEDRIC DIGGORY mais, cette fois, personne ne lui adressait de commentaires désobligeants et il n'entendait plus parler de ce stupide article.

– Maintenant, c'est moi que les gens regardent, dit Hermione avec mauvaise humeur, lorsqu'ils sortirent de la confiserie Honeydukes en mangeant de gros chocolats à la crème. Ils croient que je parle toute seule.

– Ne remue pas tant les lèvres.

– Allez, enlève un peu ta cape. Personne ne viendra t'embêter ici.

– Tu crois ? dit Harry. Regarde donc un peu derrière toi.

Rita Skeeter et son ami photographe venaient de sortir du pub des Trois Balais. Parlant à voix basse, ils croisèrent Hermione sans lui accorder le moindre regard. Harry se plaqua contre la façade du pub pour éviter de prendre un coup de sac en crocodile au passage.

– Elle s'est installée au village, dit Harry lorsqu'ils se furent éloignés. Je parie qu'elle veut assister à la première tâche.

En prononçant ces mots, il sentit une vague de panique l'envahir, mais il n'en parla pas. Hermione et lui ne s'étaient pas demandé en quoi pouvait bien consister cette première tâche. Harry avait le sentiment qu'elle préférait ne pas y penser.

– Elle est partie, dit Hermione qui scrutait la grand-rue à travers Harry. Si on allait boire une Bièraubeurre ? Il fait un peu froid, tu ne trouves pas ? Tu n'es pas obligé de parler à Ron ! ajouta-t-elle d'un ton irrité.

Elle avait très bien interprété son silence.

Les Trois Balais étaient bondés. La clientèle, composée pour l'essentiel d'élèves de Poudlard venus profiter de leur après-midi libre, comportait également divers personnages qui appartenaient au monde de la magie et que Harry avait rarement eu l'occasion de voir ailleurs. Pré-au-Lard étant le seul village de Grande-Bretagne exclusivement habité et fréquenté par des sorciers, c'était sans doute une sorte de havre pour des créatures telles que les harpies qui n'étaient pas aussi habiles que les sorciers dans l'art du déguisement.

Il était très difficile de se déplacer au milieu d'une foule quand on portait une cape d'invisibilité. Marcher par inadvertance sur les pieds de quelqu'un pouvait susciter des questions gênantes. Aussi Harry prit-il mille précautions pour se faufiler jusqu'à la table libre qu'il avait repérée dans un coin de la salle, pendant qu'Hermione allait chercher des boissons au comptoir. En traversant le pub, Harry aperçut Ron qui était assis avec Fred, George et Lee Jordan. Résistant à l'envie d'aller lui donner un bon coup derrière la tête, il arriva enfin devant la table libre et s'y installa sans remuer la chaise.

Hermione le rejoignit quelques instants plus tard et lui glissa une Bièraubeurre sous sa cape.

— J'ai vraiment l'air d'une idiote assise là toute seule, murmura-t-elle. Heureusement que j'ai apporté quelque chose à faire.

Elle sortit alors un carnet dans lequel elle avait noté la liste des membres de la S.A.L.E. Harry vit son nom et celui de Ron en tête de la très courte colonne. Le jour où Hermione était arrivée dans la salle commune, pendant qu'ils faisaient ensemble leurs prédictions fantaisistes, et les avait nommés d'office secrétaire et trésorier lui paraissait désormais très lointain.

— Je devrais peut-être demander à des habitants du village s'ils ne veulent pas adhérer à la S.A.L.E., dit Hermione d'un air pensif en jetant un regard autour d'elle.

— C'est ça, bonne idée, dit Harry.

Il but une gorgée de Bièraubeurre sous sa cape.

— Hermione, quand est-ce que tu vas arrêter ces histoires de S.A.L.E. ?

— Quand les elfes de maison auront obtenu des salaires et des conditions de travail convenables ! répondit-elle entre ses dents. Tu sais, je crois que le moment est venu d'entreprendre des actions plus concrètes. Je me demande comment on fait pour accéder aux cuisines de l'école.

— Aucune idée, demande à Fred et à George, dit Harry.

Hermione plongea dans un silence songeur tandis que

Harry buvait sa Bièraubeurre en observant les clients du pub. Tous avaient l'air joyeux et détendu. Ernie MacMillan et Hannah Abbot échangeaient des cartes de Chocogrenouille à une table proche. Chacun avait un badge VIVE CEDRIC DIGGORY épinglé à sa cape. Près de la porte, il vit Cho en compagnie de ses amis de Serdaigle. Heureusement elle ne portait pas de badge pour soutenir Cedric, ce qui lui remonta un peu le moral...

Que n'aurait-il pas donné pour être comme tous les autres, assis avec une bande d'amis, à boire, à rire et sans autre souci que ses devoirs à faire ? Il imagina le plaisir qu'il aurait eu à se trouver dans cette salle si seulement son nom n'était pas sorti de la Coupe de Feu. Pour commencer, il n'aurait pas été obligé de porter sa cape d'invisibilité. Ron serait assis entre Hermione et lui, et tous trois s'amuseraient sans doute à imaginer les dangers mortels qui attendaient les champions le mardi suivant. Il aurait été impatient de savoir quels exploits on leur demanderait d'accomplir... Paisiblement installé au fond des tribunes, il aurait assisté au spectacle en acclamant Cedric, comme tous les autres élèves de Poudlard...

Il se demanda ce que ressentaient les autres champions. Chaque fois qu'il avait rencontré Cedric, ces derniers temps, il était entouré d'admiratrices et semblait éprouver un mélange d'excitation et d'appréhension. Parfois, dans les couloirs, Harry apercevait Fleur Delacour qui avait exactement le même air tranquille et hautain que d'habitude. Quant à Krum, il se contentait d'aller s'asseoir à la bibliothèque pour étudier des livres.

Harry pensa à Sirius et le nœud qu'il sentait au creux de l'estomac parut se détendre un peu. Dans une douzaine d'heures, il allait lui parler, puisque leur rendez-vous devait avoir lieu la nuit suivante – en admettant que tout se passe bien, ce qui n'avait guère été le cas récemment...

– Regarde, c'est Hagrid ! dit Hermione.

Hagrid leur tournait le dos. Son énorme tête aux cheveux hirsutes – il avait fort heureusement renoncé à les coiffer – émergea de la foule. Harry s'étonna d'avoir mis si longtemps à remarquer sa présence, étant donné sa taille immense mais, en se levant avec précaution, il vit qu'il s'était penché pour parler au professeur Maugrey. Comme d'habitude, Hagrid avait son immense chope devant lui, mais Maugrey préférait boire au goulot de sa flasque, ce qui semblait déplaire singulièrement à Madame Rosmerta, la jolie patronne du pub. En ramassant les verres des tables voisines, elle lançait à Maugrey des regards en coin. Sans doute voyait-elle là une insulte à son hydromel maison, mais Harry, lui, savait pourquoi il agissait ainsi. Lors du dernier cours de défense contre les forces du Mal, Maugrey leur avait expliqué qu'il préférait toujours préparer lui-même ce qu'il mangeait ou buvait car il était trop facile pour un mage noir d'empoisonner un verre ou une assiette laissés sans surveillance.

Harry vit Hagrid et Maugrey se lever pour partir. Il agita la main, puis se rappela que Hagrid ne pouvait pas le voir. Maugrey, cependant, s'immobilisa en tournant son œil magique de son côté. Il donna alors une petite tape dans les reins de Hagrid (il n'était pas assez grand pour atteindre son épaule), lui murmura quelque chose à l'oreille et tous deux traversèrent la salle en direction de la table de Harry et d'Hermione.

– Ça va Hermione ? dit Hagrid d'une voix forte.

– Bonjour, répondit Hermione en souriant.

Maugrey contourna la table de son pas claudicant et se pencha. Harry crut qu'il voulait lire le carnet portant les noms des adhérents de la S.A.L.E., mais il l'entendit murmurer :

– Très belle, cette cape, Potter.

Harry le regarda avec stupéfaction. D'aussi près, il voyait

343

nettement qu'il lui manquait décidément une bonne partie du nez. Maugrey sourit.

— Votre œil peut… Je veux dire, vous arrivez à…

— Ouais, j'arrive à voir à travers les capes d'invisibilité, dit Maugrey à voix basse. Et je peux te dire que c'est parfois très utile.

Hagrid, lui aussi, souriait largement à Harry. Celui-ci savait qu'il ne pouvait pas le voir mais, de toute évidence, Maugrey lui avait dit qu'il était là.

Hagrid se pencha à son tour en faisant semblant de lire le carnet de la S.A.L.E. et murmura si bas que seul Harry pouvait l'entendre :

— Harry, viens à ma cabane ce soir à minuit. Et mets ta cape.

Puis Hagrid se redressa et dit à voix haute :

— J'étais content de te voir, Hermione.

Il lui fit un clin d'œil et s'en alla, suivi par Maugrey.

— Pourquoi est-ce qu'il veut que j'aille à sa cabane à minuit ? dit Harry, surpris.

— C'est ce qu'il t'a dit ? s'étonna Hermione. Je me demande ce qu'il prépare, encore. Je ne sais pas si tu dois y aller, Harry…

Elle jeta un rapide coup d'œil autour d'elle, puis ajouta entre ses dents :

— Ça risque de te mettre en retard pour Sirius.

Il était vrai qu'aller voir Hagrid à minuit lui laissait peu de temps pour revenir au château à une heure. Hermione suggéra d'envoyer Hedwige porter un mot à Hagrid pour lui dire qu'il ne pouvait pas y aller – en admettant que la chouette accepte de le faire. Mais Harry jugea préférable d'aller voir Hagrid le plus brièvement possible. Il était très curieux de savoir ce qu'il lui voulait. Jamais il ne lui avait demandé de lui rendre visite si tard.

À onze heures et demie, ce soir-là, Harry, qui avait fait semblant d'aller se coucher de bonne heure, revêtit la cape d'invisibilité et redescendit l'escalier sans bruit. Il y avait encore pas mal de monde dans la salle commune. Les frères Crivey avaient réussi à s'emparer d'une bonne quantité de badges VIVE CEDRIC DIGGORY et essayaient de les ensorceler pour leur faire dire VIVE HARRY POTTER à la place. Mais, jusqu'à présent, ils n'avaient réussi qu'à les bloquer sur À BAS POTTER. Harry passa sans bruit devant eux et traversa la salle jusqu'au portrait de la grosse dame. Il attendit là pendant environ une minute, en jetant des coups d'œil à sa montre. Enfin, Hermione arriva dans le couloir et fit pivoter le tableau comme ils l'avaient prévu. Il se glissa alors par l'ouverture en lui murmurant : « Merci ! » et descendit au rez-de-chaussée.

Le parc était plongé dans le noir. Harry marcha en direction des lumières qui brillaient dans la cabane de Hagrid. L'intérieur de l'immense carrosse de Beauxbâtons était également éclairé et, à travers une fenêtre, Harry vit Madame Maxime qui parlait à quelqu'un. Parvenu à la cabane, il frappa à la porte.

– C'est toi, Harry ? murmura Hagrid qui ouvrit la porte et jeta un coup d'œil au-dehors.

– Oui.

Harry se glissa à l'intérieur de la cabane et enleva sa cape.

– Alors, qu'est-ce qui se passe ? demanda-t-il.

– J'ai quelque chose à te montrer, répondit Hagrid, l'air surexcité.

Il portait à la boutonnière une fleur qui ressemblait à un artichaut gigantesque. Apparemment, il avait renoncé à se mettre de l'huile de moteur dans les cheveux, mais il avait quand même essayé de les coiffer – Harry vit des dents de peigne cassées qui s'étaient prises dans sa tignasse.

– Qu'est-ce que vous voulez me montrer ? dit Harry avec méfiance.

Il se demandait si les Scroutts avaient pondu des œufs ou si Hagrid avait réussi à acheter un autre chien géant à trois têtes à un quelconque voyageur rencontré dans un pub.

– Viens avec moi, ne fais pas de bruit et couvre-toi bien avec ta cape, dit Hagrid. On ne va pas emmener Crockdur, il n'aimerait pas ça…

– Écoutez, Hagrid, je ne peux pas rester longtemps… Il faut absolument que je sois de retour au château à une heure…

Mais Hagrid ne l'écoutait pas. Il avait ouvert la porte de la cabane et s'enfonçait dans la nuit. Harry se hâta de le suivre et s'aperçut, à sa grande surprise, qu'il l'emmenait vers le carrosse de Beauxbâtons.

– Hagrid, qu'est-ce que..

– Chut ! dit Hagrid.

Et il frappa trois fois à la portière du carrosse, ornée des baguettes d'or croisées.

Madame Maxime lui ouvrit, un châle de soie drapé autour de ses épaules massives. En le voyant, elle eut un sourire.

– Ah, Agrid… Vous arriveuz juste à l'heure… Queulle ponctualiteu !

– Madame, qu'il me soit permis de vous souhaiter le bonsoir, dit Hagrid d'un ton ampoulé.

Il lui adressa un large sourire et lui tendit la main pour l'aider à descendre le marchepied d'or du carrosse.

Madame Maxime referma la portière derrière elle. Hagrid lui offrit son bras et ils contournèrent tous deux l'enclos où étaient gardés les gigantesques chevaux volants. Stupéfait, Harry fut obligé de courir pour arriver à suivre leurs grandes enjambées. Hagrid avait-il voulu lui montrer Madame

Maxime? Il pouvait la voir n'importe quand... Elle passait difficilement inaperçue...

Mais il semblait que Hagrid réservait à Madame Maxime la même surprise qu'à Harry car, au bout d'un moment, elle demanda d'un ton badin :

— Meus où donc m'emmeneuz-vous, Agrid ?

— Ça va vous plaire, j'en suis sûr, répondit Hagrid d'un ton qui avait retrouvé sa rudesse habituelle. Ça vaut le coup d'œil, vous pouvez me croire. Mais attention, hein ? N'allez surtout pas dire que je vous l'ai montré, d'accord ? Normalement, vous ne devriez pas être au courant.

— Oh, meus bien sûr, Agrid, vous pouveuz compteu sur moi, assura Madame Maxime avec un battement de ses longs cils noirs.

Et ils continuèrent à marcher. Harry, de plus en plus agacé, les suivait toujours au pas de course, jetant de temps à autre des regards à sa montre. Il s'agissait sans doute d'une des habituelles lubies de Hagrid, qui allait lui faire rater son rendez-vous avec Sirius. S'ils n'arrivaient pas bientôt à destination, il ferait demi-tour et retournerait directement au château en laissant Hagrid poursuivre tranquillement sa promenade au clair de lune avec Madame Maxime...

Mais lorsqu'ils eurent marché assez loin autour de la Forêt interdite pour que le château et le lac soient hors de vue, Harry entendit soudain quelque chose. C'étaient des voix d'hommes qui criaient... Puis un rugissement assourdissant retentit dans la nuit...

Hagrid entraîna Madame Maxime derrière un bosquet d'arbres et s'arrêta là. Harry les rattrapa et attendit derrière eux. Pendant un instant, il crut voir des feux de joie autour desquels plusieurs personnes s'affairaient. Mais en regardant mieux, il resta bouche bée.

Des dragons.

Quatre énormes dragons à l'air féroce se dressaient sur leurs pattes de derrière à l'intérieur d'un enclos fermé par d'épaisses planches de bois. Le cou tendu, ils rugissaient, mugissaient, soufflant par leur gueule ouverte, hérissée de crocs acérés, des torrents de feu qui jaillissaient vers le ciel noir à quinze mètres au-dessus du sol. L'un d'eux, d'une couleur bleu argenté, les cornes pointues, grognait et claquait des mâchoires en essayant de mordre les sorciers qui l'entouraient. Un autre, aux écailles vertes et lisses, se tortillait en tous sens, piétinant le sol de toute sa puissance. Un troisième, de couleur rouge, la tête couronnée d'une curieuse frange d'épines dorées, crachait des nuages de feu en forme de champignon. Enfin, celui qui se trouvait le plus près d'eux était noir, gigantesque, et sa silhouette ressemblait à celle d'un dinosaure.

Une trentaine de sorciers, sept ou huit pour chaque dragon, essayaient de les contrôler, tirant sur les chaînes attachées à d'épaisses sangles de cuir qui leur entouraient les pattes et le cou. Fasciné, Harry leva la tête et vit, loin au-dessus de lui, les yeux du dragon noir, les pupilles verticales comme celles d'un chat, exorbités par la peur ou la rage, il n'aurait su le dire… La créature produisait un bruit horrible, un hurlement aigu, lugubre…

– Attention Hagrid, n'approchez pas ! cria un sorcier près de la palissade, tirant de toutes ses forces sur la chaîne qu'il tenait entre ses mains. Ils peuvent cracher du feu jusqu'à une distance de six mètres ! Ce Magyar à pointes peut même aller jusqu'à douze mètres.

– C'est magnifique ! dit Hagrid d'une voix émue.

– Il faut les calmer ! s'exclama un autre sorcier. Sortilèges de Stupéfixion ! Je compte jusqu'à trois !

Harry vit chacun des sorciers qui entouraient les dragons sortir sa baguette magique.

– *Stupéfix* ! crièrent-ils à l'unisson.

Les sortilèges de Stupéfixion jaillirent de leurs baguettes comme des fusées enflammées, explosant en gerbes d'étoiles sur les écailles des quatre dragons.

Harry vit celui qui était le plus proche d'eux osciller dangereusement sur ses pattes de derrière. Ses mâchoires s'ouvrirent largement et son hurlement s'évanouit dans le silence. Ses narines fumaient toujours mais ne jetaient plus de flammes. Puis, très lentement, l'énorme masse de muscles et d'écailles du dragon noir s'affaissa et s'effondra sur le sol dans un bruit mat. Harry aurait juré que sa chute avait fait trembler les arbres, derrière lui.

Les gardiens des dragons abaissèrent leurs baguettes magiques et s'avancèrent vers les créatures inertes dont chacune avait la taille d'une petite colline. Ils se hâtèrent de resserrer les chaînes et de les attacher soigneusement à des piquets en fer qu'ils enfoncèrent profondément dans le sol à l'aide de leurs baguettes magiques.

– Vous voulez regarder de plus près ? demanda Hagrid à Madame Maxime d'un ton enthousiaste.

Tous deux s'approchèrent de la palissade et Harry les suivit. Le sorcier qui avait averti Hagrid de rester à distance se retourna et Harry le reconnut aussitôt : c'était Charlie Weasley.

– Ça va, Hagrid ? demanda-t-il, essoufflé, en s'avançant vers eux. Ça devrait bien se passer, maintenant. On leur a fait prendre une potion de Sommeil pour les amener ici. On pensait que ce serait mieux qu'ils se réveillent dans le noir et dans le calme. Mais, comme vous avez vu, ils n'étaient pas contents, pas contents du tout...

– Qu'est-ce que vous avez comme espèces ? demanda Hagrid en regardant le plus proche des dragons – celui qui était noir – avec une expression proche de la vénération.

Les yeux de la créature étaient encore entrouverts et Harry vit un éclat jaune briller sous sa paupière noire et plissée.

—Ça, c'est un Magyar à pointes. Le plus petit, là-bas, c'est un Vert gallois commun, celui qui a une couleur gris-bleu, c'est un Suédois à museau court et le rouge, c'est un Boutefeu chinois.

Charlie regarda autour de lui. Madame Maxime longeait la palissade en observant avec intérêt les dragons stupéfixés.

—Je ne savais pas que vous alliez venir avec elle, Hagrid, dit Charlie, les sourcils froncés. Les champions ne doivent pas savoir ce qui les attend. Elle va sûrement avertir la concurrente de Beauxbâtons, vous ne croyez pas ?

—J'ai seulement pensé que ça lui ferait plaisir de les voir, répondit Hagrid avec un haussement d'épaules, en contemplant les dragons d'un air extasié.

—Vraiment très romantique, comme promenade au clair de lune, fit remarquer Charlie en hochant la tête.

—Quatre dragons... dit Hagrid. Alors, il y en a un pour chaque champion, c'est ça ? Qu'est-ce qu'ils doivent faire ? Les combattre ?

—Simplement réussir à passer devant eux, je crois, répondit Charlie. Nous serons prêts à intervenir avec des sortilèges d'Extinction si les choses tournent mal. Ce sont toutes des femelles. Ils voulaient des mères en train de couver, je ne sais pas pourquoi... En tout cas, je n'aimerais pas être à la place de celui qui tombera sur le Magyar à pointes. Il est aussi dangereux derrière que devant. Regardez...

Charlie montra la queue du Magyar et Harry vit qu'elle était hérissée de longues pointes couleur bronze qui se dressaient sur toute sa longueur, séparées de quelques centimètres les unes des autres.

Cinq des camarades de Charlie s'approchèrent du dragon en vacillant sous le poids d'un tas d'énormes œufs semblables à des pierres grises, qu'ils portaient sur une couverture déployée dont chacun tenait un bout. Ils déposèrent délicatement la couverture à côté du Magyar à pointes, sous les yeux de Hagrid qui laissa échapper un gémissement d'envie.

— Je les ai fait compter, Hagrid, dit Charlie d'un ton très sérieux. Comment va Harry ? ajouta-t-il.

— Très bien, répondit Hagrid sans quitter du regard les œufs de dragon.

— J'espère qu'il ira toujours aussi bien après avoir affronté ça, dit Charlie d'un air sombre, en contemplant les créatures enfermées dans l'enclos. Je n'ai pas osé raconter à ma mère ce qu'il devait accomplir comme première tâche, elle se fait déjà un sang d'encre pour lui.

Charlie se mit alors à imiter la voix anxieuse de Mrs Weasley :

— *Comment ont-ils pu le laisser participer à ce tournoi ! Il est beaucoup trop jeune ! Je croyais qu'ils ne risquaient rien, je croyais qu'il y avait un âge minimum !* Elle était en larmes après avoir lu l'article sur lui dans *La Gazette du sorcier. Il pleure toujours en pensant à ses parents ! Oh, le pauvre garçon, je ne savais pas !*

Harry en avait assez entendu. Voyant que Hagrid était suffisamment occupé par les quatre dragons et par Madame Maxime pour ne pas se soucier de lui, il fit demi-tour sans bruit et reprit le chemin du château.

Il ne savait pas encore s'il était content ou pas d'avoir vu ce qui l'attendait. C'était peut-être mieux ainsi. Le premier choc était passé. Peut-être que s'il avait découvert les dragons pour la première fois mardi, il serait tombé raide évanoui devant toute l'école... D'ailleurs, c'était peut-être ce qui allait se passer... Il ne serait armé que de sa seule baguette magique – en cet instant, elle ne lui semblait rien de plus qu'un petit morceau de bois –, face à un dragon de quinze mètres de haut, avec une peau recouverte d'écailles et de pointes, et une énorme gueule qui crachait des torrents de feu. Il faudrait qu'il passe devant ce monstre sans se faire carboniser, et sous les yeux de toute l'école, en plus. *Comment allait-il s'y prendre ?*

Harry hâta le pas en longeant la lisière de la forêt. Il lui restait moins de un quart d'heure pour retourner près de la cheminée de la salle commune et y retrouver Sirius. Il ne se souvenait pas d'avoir jamais eu autant envie de parler à quelqu'un qu'en cet instant. Soudain, sans avoir rien vu, il heurta quelque chose de solide.

Sous le choc, Harry tomba en arrière, les lunettes de travers, serrant sa cape autour de lui.

– Ouille ! Qui est là ? s'exclama une voix.

Harry vérifia que la cape le recouvrait entièrement et resta étendu, parfaitement immobile, observant la silhouette sombre du sorcier contre lequel il venait de se cogner. Il reconnut le bouc… C'était Karkaroff.

– Qui est là ? répéta Karkaroff d'un ton soupçonneux en scrutant l'obscurité autour de lui.

Harry resta immobile et silencieux. Au bout d'une minute environ, Karkaroff sembla croire qu'il avait heurté un animal. Il regardait un peu partout, penché en avant, comme s'il s'attendait à voir un chien. Puis il retourna à l'abri des arbres et avança à pas de loup en direction de l'enclos où étaient parqués les dragons.

Lentement, prudemment, Harry se releva et poursuivit son chemin aussi vite qu'il le pouvait sans faire trop de bruit, retournant vers le château à travers l'obscurité.

Il se doutait de ce que Karkaroff manigançait. Il avait dû quitter son vaisseau en cachette pour essayer de découvrir la nature de la première tâche. Il avait peut-être vu Hagrid et Madame Maxime se diriger vers la forêt. Ils n'étaient pas très difficiles à repérer, même de loin… À présent, tout ce que Karkaroff avait à faire, c'était de suivre le bruit des voix. Ainsi, il saurait, tout comme Madame Maxime, ce qui attendait les champions. Apparemment, le seul concurrent qui devrait affronter l'inconnu, mardi prochain, serait Cedric.

Harry arriva au château, se glissa dans le hall d'entrée et monta l'escalier de marbre. Il était hors d'haleine mais n'osait pas ralentir l'allure… Il lui restait moins de cinq minutes pour arriver devant la cheminée…

— Fariboles ! haleta-t-il, lorsqu'il fut parvenu devant la grosse dame qui somnolait dans son cadre.

— Si c'est vous qui le dites, murmura-t-elle d'une voix ensommeillée, sans même ouvrir les yeux.

Et le tableau bascula pour le laisser entrer. Harry se faufila par l'ouverture et pénétra dans la salle commune qui était déserte. À en juger par l'odeur parfaitement normale qui y régnait, Hermione n'avait pas eu besoin de recourir aux Bombabouses pour s'assurer que Harry et Sirius ne seraient pas dérangés.

Harry enleva sa cape d'invisibilité et se jeta dans un fauteuil, devant le feu qui brûlait dans la cheminée. La pièce était plongée dans la pénombre. Seules les flammes qui dansaient dans l'âtre projetaient un peu de lumière alentour. Sur une table, les badges VIVE CEDRIC DIGGORY que les frères Crivey avaient essayé de transformer brillaient à la lueur du feu. À présent, on pouvait y lire À BAS L'AFFREUX POTTER. Harry tourna à nouveau son regard vers la cheminée et sursauta.

La tête de Sirius venait d'apparaître au milieu des flammes. Si Harry n'avait pas vu Mr Diggory faire la même chose dans la cuisine des Weasley, il en aurait été paralysé de terreur. Au contraire, pour la première fois depuis des jours et des jours, il eut enfin une raison de sourire. Bondissant de son fauteuil, il s'accroupit devant l'âtre et chuchota :

— Sirius, comment ça va ?

Sirius Black paraissait différent du souvenir que **Harry** en avait gardé. Lorsqu'ils s'étaient quittés, son visage était creusé, émacié, encadré d'une masse de cheveux longs, noirs, emmêlés. Mais, à présent, ses cheveux étaient propres et coupés court, son visage avait perdu sa maigreur et il paraissait plus jeune. En cet instant, il ressemblait davantage à la photo que Harry avait de lui, celle qui avait été prise le jour du mariage de ses parents.

– Moi, ça n'a pas d'importance, mais *toi*, comment vas-tu ? répondit Sirius d'un ton grave.

– Je vais...

Pendant un instant, Harry essaya de dire « bien », mais il n'y parvint pas et se mit à parler plus qu'il n'avait parlé depuis des jours. Il raconta tout : que personne ne voulait croire qu'il n'avait pas mis lui-même son nom dans la Coupe, que Rita Skeeter avait menti à son sujet dans *La Gazette du sorcier*, qu'il ne pouvait faire un pas dans un couloir sans être l'objet de moqueries – et il parla aussi... de Ron, Ron qui ne le croyait pas, Ron qui était jaloux...

– Et maintenant, Hagrid vient de me montrer ce qui m'attendait pour ma première tâche. Un dragon, Sirius ! C'est comme si j'étais déjà mort, acheva-t-il d'un air désespéré.

Sirius l'observa, les yeux remplis d'inquiétude, des yeux qui n'avaient pas encore perdu le regard que leur avait donné la prison d'Azkaban – un regard voilé, hanté. Il avait laissé Harry parler jusqu'au bout sans aucune interruption. Mais cette fois, ce fut lui qui prit la parole :

– Les dragons, on peut les affronter, Harry, mais nous en parlerons dans un instant. Je ne peux pas rester longtemps... Je me suis introduit dans une maison de sorciers pour utiliser la cheminée, mais ils peuvent revenir à tout moment. Il faut que je te prévienne de certaines choses.

– Lesquelles ? dit Harry en sentant son moral descendre de plusieurs crans.

Pouvait-il exister d'autres dangers encore pires que de se retrouver face à un dragon ?

— Karkaroff, répondit Sirius. Harry, il faut que tu le saches, c'était un Mangemort. Tu sais qui sont les Mangemorts ?

— Oui… il… quoi ?

— Il s'est fait prendre. Il était à Azkaban avec moi mais ils l'ont relâché. Je parie ce que tu voudras que c'est la raison pour laquelle Dumbledore a voulu qu'il y ait un Auror à Poudlard, cette année – pour l'avoir à l'œil. C'est Maugrey qui a capturé Karkaroff. Lui qui l'a envoyé à Azkaban.

— Karkaroff a été relâché ? dit Harry lentement.

Son cerveau avait besoin de faire un effort pour absorber cette nouvelle information alarmante.

— Pourquoi l'ont-ils relâché ?

— Il a conclu un marché avec le ministère de la Magie, répondit Sirius d'un ton amer. Il a prétendu avoir compris les erreurs qu'il avait commises et il a dénoncé des complices… Il a fait envoyer beaucoup de monde à Azkaban à sa place… Il n'est pas très aimé, là-bas, je peux te le dire. Et depuis qu'il est sorti de prison, il a enseigné la magie noire à tous les élèves qui sont passés par son école. Alors, fais aussi attention au champion de Durmstrang.

— D'accord, dit lentement Harry. Mais… est-ce que tu veux dire que c'est Karkaroff qui a mis mon nom dans la Coupe ? Parce que, dans ce cas, c'est vraiment un très bon acteur. Il avait l'air furieux. Il voulait m'empêcher de concourir.

— Tout le monde sait que c'est un très bon acteur, répondit Sirius. Il a réussi à convaincre le ministère de la Magie de le faire libérer… Autre chose, maintenant : j'ai regardé ce que disait *La Gazette du sorcier*…

— Tu n'es pas le seul, dit amèrement Harry.

— … et en lisant entre les lignes l'article qu'a écrit cette

Rita Skeeter le mois dernier, j'ai vu que Maugrey avait été attaqué la veille de son arrivée à Poudlard. Je sais, elle a affirmé que c'était encore une fausse alerte, ajouta précipitamment Sirius en voyant que Harry s'apprêtait à dire quelque chose, mais je ne crois pas que ce soit vrai. Je pense que quelqu'un a voulu l'empêcher d'aller à Poudlard. Quelqu'un qui savait que ses projets seraient beaucoup plus difficiles à mener à bien avec Maugrey dans les parages. Mais personne n'ira enquêter de trop près, Fol Œil a tendance à se croire attaqué un peu trop souvent. Ce qui ne veut pas dire qu'il soit incapable de reconnaître une véritable attaque quand elle a lieu. Maugrey était le meilleur Auror que le ministère ait jamais eu.

– Alors, à ton avis, Karkaroff veut essayer de me tuer ? dit lentement Harry. Mais pourquoi ?

Sirius hésita.

– J'ai entendu dire des choses très étranges, répondit-il. Ces temps derniers, les Mangemorts paraissent avoir été plus actifs que d'habitude. Ils se sont manifestés pendant la Coupe du Monde de Quidditch, n'est-ce pas ? Quelqu'un a fait apparaître la Marque des Ténèbres... et aussi... As-tu entendu parler de cette sorcière du ministère de la Magie qui a disparu ?

– Bertha Jorkins ?

– C'est ça... Elle s'est volatilisée en Albanie et c'est précisément là que se serait caché Voldemort, si l'on en croit les rumeurs... Or, elle savait forcément que le Tournoi des Trois Sorciers aurait bientôt lieu, non ?

– Oui, mais... il y a peu de chances qu'elle soit tombée par hasard sur Voldemort, fit remarquer Harry.

– Écoute, je connaissais Bertha Jorkins, dit Sirius d'un air sombre. J'étais élève à Poudlard en même temps qu'elle. Elle avait quelques années de plus que ton père et moi. Et c'était une idiote. Toujours à fouiner partout, mais sans aucune cervelle. La curiosité et la bêtise ne font pas très bon ménage. À mon avis, il ne serait pas du tout difficile de l'attirer dans un piège.

— Alors… Voldemort aurait pu apprendre que le tournoi devait avoir lieu à Poudlard ? s'inquiéta Harry. C'est ce que tu veux dire ? Tu penses que Karkaroff pourrait être là sur ses ordres ?

— Je ne sais pas, répondit Sirius, avec lenteur. Je n'en sais rien du tout… Karkaroff ne me semble pas être le genre de personnage qui reviendrait vers Voldemort, à moins que Voldemort ne retrouve suffisamment de puissance pour assurer sa protection. Mais la personne qui a déposé ton nom dans la Coupe avait ses raisons et je ne peux pas m'empêcher de penser que le tournoi serait un très bon moyen de préparer un attentat contre toi en faisant croire à un accident.

— De mon point de vue, je trouve que c'est un très bon plan, dit Harry d'un ton sinistre. Il leur suffit de laisser le dragon faire le travail.

— Ah oui, les dragons, dit Sirius qui parlait très vite à présent. Il y a un moyen de les neutraliser, Harry. N'essaye pas de le stupéfixer – les dragons sont très forts et possèdent trop de pouvoir magique pour être assommés par un seul sortilège de Stupéfixion. Il faut une demi-douzaine de sorciers qui lancent ce sortilège en même temps pour obtenir un résultat…

— Je sais, je viens de le voir, dit Harry.

— Mais tu peux quand même t'en sortir tout seul, dit-il. Tu n'as besoin que d'une seule formule. Il suffit de…

Harry leva alors la main pour l'interrompre. Son cœur s'était mis à battre comme s'il cherchait à sortir de sa poitrine. Il avait entendu des pas descendre l'escalier en colimaçon, derrière lui.

– Va-t'en, murmura-t-il à Sirius. *Vite !* Quelqu'un vient !

Harry se releva d'un bond, cachant les flammes. Si quelqu'un voyait le visage de Sirius dans l'enceinte de Poudlard, c'était le scandale assuré… le ministère serait impliqué… on interrogerait Harry pour qu'il révèle sa cachette…

Il entendit une faible détonation dans la cheminée et n'eut pas besoin de se retourner pour savoir que Sirius était reparti. Il regarda l'escalier en colimaçon en se demandant qui donc avait décidé d'aller se promener à une heure du matin, juste au moment où Sirius s'apprêtait à lui dire comment faire pour neutraliser un dragon.

C'était Ron. Vêtu de son pyjama violet, il se figea sur place en voyant Harry et jeta un coup d'œil autour de la salle.

– À qui tu parlais ? demanda-t-il.

– Ça te regarde ? grogna Harry. Qu'est-ce que tu fais là à cette heure-ci ?

– Je me demandais où tu…

Ron s'interrompit et haussa les épaules.

– Ça ne fait rien, je remonte me coucher, dit-il.

– Tu voulais simplement venir fouiner ? s'écria Harry.

Il savait que Ron n'avait aucune idée de ce qu'il découvrirait en descendant dans la salle commune, il savait qu'il ne l'avait pas fait exprès, mais tant pis : en cet instant, il détestait cordialement tout ce qui avait trait à Ron, même ses chevilles qui dépassaient de son pyjama trop court.

– Désolé, répliqua Ron, le visage rougissant de colère. J'aurais dû savoir que tu ne voulais pas être dérangé. Je vais te laisser t'entraîner en paix pour ta prochaine interview.

Harry saisit sur la table l'un des badges qui portaient les mots À BAS L'AFFREUX POTTER et le jeta de toutes ses forces à travers la pièce. Le badge atteignit Ron au front, rebondit et tomba par terre.

– Voilà quelque chose que tu pourras porter mardi prochain. Peut-être même que tu auras une cicatrice, maintenant, si tu as de la chance... C'est ça que tu veux, non ?

Il traversa la salle commune en direction de l'escalier, espérant vaguement que Ron l'arrêterait. Il aurait même voulu qu'il lui donne un coup de poing, mais Ron se contenta de rester immobile dans son pyjama trop court et Harry monta les marches quatre à quatre. Furieux, il resta longtemps étendu dans son lit sans dormir et n'entendit pas Ron remonter dans le dortoir.

20
LA PREMIÈRE TÂCHE

Harry se leva le dimanche matin et s'habilla si distraitement qu'il lui fallut un certain temps pour s'apercevoir qu'il essayait d'enfiler son chapeau sur son pied au lieu d'une chaussette. Lorsqu'il eut enfin réussi à mettre tous ses vêtements à l'endroit prévu, il se hâta d'aller chercher Hermione et la vit assise dans la Grande Salle, à la table des Gryffondor, où elle prenait son petit déjeuner en compagnie de Ginny. Il avait l'estomac trop noué pour avoir envie de manger quoi que ce soit et attendit qu'Hermione ait avalé sa dernière cuillerée de porridge avant de la traîner dans le parc pour une nouvelle promenade. Pendant qu'ils faisaient le tour du lac, il lui raconta l'épisode des dragons et tout ce que Sirius lui avait dit.

Hermione fut effarée par ses révélations sur Karkaroff mais elle pensait à juste titre que c'étaient les dragons qui constituaient la menace prioritaire.

— On va commencer par essayer de te garder en vie jusqu'à mardi soir, dit-elle d'un ton où perçait le désespoir. Ensuite, seulement, on s'inquiétera de Karkaroff.

Ils firent trois fois le tour du lac en s'efforçant de trouver un sortilège qui suffirait à neutraliser un dragon, mais rien ne leur venait à l'esprit et ils finirent par se réfugier à la bibliothèque. Harry prit tous les livres qu'il put trouver sur les dragons et ils se mirent à parcourir des centaines de pages.

– Sortilèges Coupe-Griffes… Traitements contre la gale des écailles… Ça, c'est pour les cinglés dans le genre de Hagrid qui veulent les conserver en bonne santé…

– Les dragons sont extrêmement difficiles à abattre en raison d'une très ancienne protection magique qui imprègne leur peau épaisse que seuls les sortilèges les plus puissants peuvent arriver à percer… Pourtant Sirius t'a dit qu'il était très facile de s'en débarrasser…

– Dans ce cas, essayons des livres sur les sortilèges les plus simples, dit Harry en refermant Les hommes qui aimaient trop les dragons.

Il revint à la table avec une pile de livres de sortilèges divers et commença à les feuilleter systématiquement. À côté de lui, Hermione chuchotait d'incessants commentaires :

– Ça, ce sont des sortilèges de Transfert. Mais à quoi ça pourrait bien servir ? À moins de lui transférer de la guimauve à la place des crocs pour le rendre moins dangereux… L'ennui, c'est que, comme il était dit dans l'autre livre, il n'y a pas grand-chose qui puisse percer une peau de dragon… Tu pourrais toujours essayer un sortilège de Métamorphose, mais comment faire pour transformer quelque chose d'aussi gros ? Je ne suis même pas sûre que le professeur McGonagall y parviendrait… À moins qu'on s'applique le sortilège à soi-même ? Pour acquérir des pouvoirs exceptionnels, par exemple ? Mais ce sont des sorts très compliqués à jeter, nous ne les avons encore jamais étudiés en classe. Je les connais simplement parce que j'ai passé des examens blancs pour me préparer aux BUSE…

– Hermione, dit Harry entre ses dents serrées, est-ce que tu voudrais bien te taire, s'il te plaît ? J'essaye de me concentrer.

Mais lorsque Hermione cessa de parler, Harry sentit son cerveau envahi d'une sorte de bourdonnement sans fin qui ne laissait aucune place à la concentration. Il consulta inutilement l'index des *Maléfices de base pour sorciers pressés et contrariés* : *Arrachage instantané des cheveux*… Mais les dragons n'avaient pas de cheveux… *Haleine pimentée*… Cela ne ferait qu'accroître la puissance de feu du dragon… *Langue de corne*… Il n'aurait plus manqué que ça, donner au monstre une arme supplémentaire…

— Oh non, le revoilà, pourquoi est-ce qu'il ne reste pas sur son stupide bateau pour lire ? dit Hermione d'un ton irrité.

Viktor Krum venait d'entrer dans la bibliothèque de sa démarche traînante. Il leur jeta un regard maussade et alla s'installer à l'autre bout de la salle avec une pile de livres.

— Viens, Harry, on retourne à la salle commune… Son fanclub ne va pas tarder à débarquer et à nous glousser dans les oreilles…

En effet, lorsqu'ils sortirent de la bibliothèque, une bande de filles les croisa sur la pointe des pieds. L'une d'elles portait autour de la taille une écharpe aux couleurs de la Bulgarie.

Harry dormit à peine, cette nuit-là. Lorsqu'il se réveilla, le lundi matin, il envisagea sérieusement, pour la première fois depuis qu'il y était entré, de s'enfuir de Poudlard. Mais en contemplant la Grande Salle, pendant le petit déjeuner, il comprit ce que quitter le château signifierait pour lui et sut qu'il ne pourrait jamais s'y résoudre. C'était le seul endroit où il avait jamais été heureux… Sans doute avait-il également été heureux avec ses parents, mais c'était une période de sa vie dont il ne gardait aucun souvenir.

D'une certaine manière, avoir la certitude qu'il préférait encore être ici face à un dragon que de se retrouver à Privet Drive avec Dudley avait quelque chose de réconfortant et il se sentit un peu plus calme. Il avala avec difficulté ses œufs au lard (sa gorge était un peu serrée) et vit Cedric Diggory quitter la table de Poufsouffle tandis que lui-même et Hermione se levaient pour partir.

Cedric ne savait toujours rien des dragons... C'était le seul champion qui ignorait encore ce qui l'attendait, si toutefois Harry ne se trompait pas en pensant que Madame Maxime et Karkaroff avaient également averti Fleur et Krum...

— Hermione, je te retrouve à la serre, dit Harry qui venait de prendre sa décision en voyant Cedric sortir de la Grande Salle. Vas-y, je te rejoins.

— Harry, tu vas être en retard, la cloche est sur le point de sonner...

— Je te rejoins, d'accord?

Lorsque Harry fut arrivé au pied de l'escalier de marbre, Cedric en avait déjà monté les marches, entouré d'un groupe d'amis de sixième année. Harry ne voulait pas lui parler devant eux. Ils faisaient en effet partie de ceux qui ne perdaient jamais une occasion de lui citer des passages de l'article de Rita Skeeter. Il suivit Cedric de loin et vit qu'il se dirigeait vers le couloir des Enchantements. Harry eut alors une idée. Il s'arrêta à bonne distance, sortit sa baguette magique et visa soigneusement.

— *Cracbadabum!* murmura-t-il.

Aussitôt, le sac de Cedric se déchira en deux. Les rouleaux de parchemin, les plumes et les livres qu'il contenait se répandirent sur le sol et des bouteilles d'encre se brisèrent en tombant.

— Laissez, je m'en occupe, dit Cedric d'un ton exaspéré à ses amis qui se penchaient pour l'aider à ramasser ses affaires. Dites à Flitwick que j'arrive, allez-y...

C'était exactement ce que Harry avait espéré. Il remit sa baguette dans sa poche, attendit que les amis de Cedric aient disparu dans leur salle de classe et courut le long du couloir.

— Salut, dit Cedric en ramassant son *Manuel de métamor-*

phose avancée qui était à présent taché d'encre. Mon sac vient de se déchirer... Un sac tout neuf...

— Cedric, dit Harry. La première tâche, c'est d'affronter des dragons.

— Quoi ? dit Cedric en levant la tête.

— Des dragons, répéta Harry en parlant très vite au cas où le professeur Flitwick sortirait dans le couloir pour voir où était Cedric. Il y en a quatre, un pour chacun et il faut arriver à passer devant eux sans se faire brûler.

Cedric le regarda fixement et Harry vit briller dans ses yeux gris un peu de la panique qu'il avait lui-même ressentie depuis la nuit de samedi.

— Tu es sûr ? dit Cedric à voix basse.

— Absolument certain, je les ai vus.

— Mais comment l'as-tu découvert ? Normalement, on ne doit pas savoir...

— Peu importe, dit précipitamment Harry.

Il savait que Hagrid aurait des ennuis s'il révélait la vérité.

— Mais je ne suis pas le seul à savoir, poursuivit-il. Fleur et Krum doivent sûrement être au courant à l'heure qu'il est. Maxime et Karkaroff ont vu les dragons, eux aussi.

Cedric se releva, les mains pleines de plumes, de parchemins et de livres tachés d'encre, son sac déchiré pendant à son épaule. Il regarda Harry droit dans les yeux d'un air perplexe, presque soupçonneux.

— Pourquoi tu me dis ça ? demanda-t-il.

Harry le contempla d'un air incrédule. Il était convaincu que Cedric ne lui aurait pas posé cette question si lui-même avait vu les dragons. Harry n'aurait jamais laissé personne, même son pire ennemi, affronter ces monstres sans s'y être préparé... Sauf peut-être Rogue ou Malefoy...

— C'est simplement... plus juste, non ? dit-il. Maintenant, on sait tous ce qui nous attend... Nous sommes à égalité...

Cedric continuait de le regarder d'un air un peu méfiant lorsque Harry entendit derrière lui un claquement familier. Il se retourna et vit Maugrey Fol Œil sortir d'une salle de classe.

— Viens avec moi, Potter, grogna-t-il. Toi, tu t'en vas, Diggory.

Harry regarda Maugrey avec appréhension. Avait-il surpris leur conversation ?

— Heu… professeur, j'ai un cours de botanique…

— Aucune importance, Potter. Viens dans mon bureau…

Harry le suivit en se demandant ce qui allait lui arriver. Et si Maugrey voulait absolument savoir comment il avait découvert les dragons ? Irait-il voir Dumbledore pour dénoncer Hagrid ou se contenterait-il de transformer Harry en fouine ? Peut-être serait-il plus facile de passer devant un dragon sous forme de fouine, pensa sombrement Harry. Il serait beaucoup plus petit, plus difficile à voir d'une hauteur de quinze mètres…

Maugrey le fit entrer dans son bureau et referma la porte. Puis il se tourna vers Harry et le regarda, ses deux yeux, le magique et le normal, fixés sur lui.

— C'était très loyal de ta part, ce que tu viens de faire, Potter, dit Maugrey à voix basse.

Harry ne sut que répondre. Il ne s'était pas du tout attendu à une telle réaction.

— Assieds-toi, dit Maugrey.

Harry obéit en jetant un coup d'œil autour de lui.

Il était déjà venu dans ce bureau en compagnie de deux de ses précédents occupants. Au temps du professeur Lockhart, les murs étaient recouverts de photos de Lockhart lui-même souriant et lançant des clins d'œil à ses visiteurs. Lorsque c'était Lupin qui y habitait, on y trouvait plus volontiers une quelconque créature maléfique dont il s'était procuré un spécimen pour l'étudier en classe. À présent, le bureau était

365

plein d'objets extrêmement étranges que Maugrey avait dû utiliser à l'époque où il était Auror.

Il y avait sur sa table une sorte de grosse toupie en verre craquelé. Harry reconnut aussitôt un Scrutoscope. Il en possédait un lui-même, mais beaucoup moins grand que celui-là. Dans un coin, sur une petite table, était posé un objet qui ressemblait à une antenne de télévision en or, particulièrement contournée, qui émettait un léger bourdonnement. Un miroir, ou quelque chose de semblable, était accroché au mur, mais il ne reflétait rien. On y voyait se mouvoir des silhouettes sombres dont aucune ne se dessinait nettement.

– Tu t'intéresses à mes détecteurs de magie noire ? dit Maugrey qui observait Harry avec beaucoup d'attention.

– Qu'est-ce que c'est que ça ? demanda Harry en montrant l'antenne d'or.

– Un Capteur de Dissimulation. Il se met à vibrer dès qu'il décèle mensonges ou trahison… Ici, bien sûr, il ne sert à rien. Il y a trop d'interférences – c'est plein d'élèves qui inventent des mensonges pour essayer de ne pas faire leurs devoirs. Il n'a pas arrêté de bourdonner depuis que je suis arrivé au château. Et j'ai dû neutraliser mon Scrutoscope parce qu'il sifflait sans cesse. Il est très sensible, il peut capter ce qui se passe à plus de un kilomètre à la ronde. Bien entendu, il est possible qu'il capte aussi d'autres choses que de simples histoires de collégiens, ajouta-t-il dans un grognement.

– Et le miroir, il sert à quoi ?

– Oh, ça, c'est une Glace à l'Ennemi. Tu les vois, là, qui rôdent tout autour ? Je ne risque pas grand-chose tant que je ne vois pas le blanc de leurs yeux. Et à ce moment-là, j'ouvre ma malle.

Il laissa échapper un petit rire guttural en montrant du doigt la grande malle qui se trouvait sous la fenêtre. Elle comportait sept serrures alignées les unes à côté des autres. Harry se demandait ce qu'il y avait dedans lorsque Maugrey lui posa une question qui le ramena brutalement sur terre.

— Alors... Tu es au courant, pour les dragons ?

Harry hésita. C'était la question qu'il redoutait. Mais il n'avait pas dit à Cedric que Hagrid avait violé le règlement et il ne le dirait pas davantage à Maugrey.

— Oh, ça n'a pas d'importance, reprit Maugrey qui s'assit et poussa un grognement en tendant sa jambe de bois. Tricher fait partie des traditions du Tournoi des Trois Sorciers. Personne ne s'en est jamais privé.

— Je n'ai pas triché, répliqua sèchement Harry. Je l'ai découvert par... par une sorte de hasard.

Maugrey eut un sourire.

— Je ne t'accuse pas, mon bonhomme. Je l'ai dit à Dumbledore dès le départ, il peut avoir toute l'élévation morale qu'il voudra, ce n'est pas pour ça que Karkaroff et Madame Maxime chercheront à l'imiter. Ils ont sûrement dit tout ce qu'ils savaient à leurs champions. Ils veulent gagner. Ils veulent battre Dumbledore. Ils aimeraient bien prouver que ce n'est qu'un homme.

Maugrey eut un rire rocailleux et son œil magique se mit à tourner à une telle vitesse que Harry en avait le vertige.

— Alors, tu as une idée de la façon dont tu vas t'y prendre pour affronter ton dragon ? demanda Maugrey.

— Non, avoua Harry.

— Bon, je ne vais pas te donner le moyen d'y arriver, dit Maugrey d'un ton bourru. Je ne veux pas faire de favoritisme, moi. Je vais simplement te donner des conseils d'ordre général. La première chose, c'est d'*exploiter tes propres forces*.

— Je n'en ai pas, dit Harry presque machinalement.

— Je te demande pardon, grogna Maugrey, si je te dis que tu en as, c'est que tu en as. Réfléchis un peu. En quoi es-tu le meilleur ?

Harry essaya de se concentrer. En *quoi* était-il le meilleur ? La réponse n'était pas difficile…

— En Quidditch, dit-il d'un air sombre. Et je ne vois pas en quoi ça peut m'aider…

— Exact, dit Maugrey en le regardant fixement, son œil magique presque immobile. Tu sais magnifiquement voler sur un balai, d'après ce qu'on m'a dit.

— Oui, mais… Je n'ai pas le droit d'avoir un balai, je n'aurai que ma baguette magique…

— Mon deuxième conseil, l'interrompit Maugrey d'une voix forte, c'est d'utiliser un sortilège très simple qui te permettra d'*obtenir ce dont tu as besoin*.

Harry le regarda sans comprendre. De quoi aurait-il besoin ?

— Allons, mon bonhomme, murmura Maugrey. Essaye de relier les choses entre elles… Ce n'est pas si difficile…

Et le déclic se fit. C'était sur un balai volant qu'il était le meilleur. Il devait donc choisir la voie des airs pour passer devant le dragon. Pour cela, il aurait besoin de son Éclair de feu. Et pour avoir son Éclair de feu, il lui faudrait…

— Hermione, murmura Harry lorsqu'il se fut précipité à la serre numéro trois quelques minutes plus tard en s'excusant rapidement auprès du professeur Chourave pour son retard, Hermione… Il faut absolument que tu m'aides.

— Et qu'est-ce que j'essaye de faire, à ton avis ? chuchota-t-elle.

Ses yeux ronds lui lancèrent un regard anxieux par-dessus la plante à Pipaillon qu'elle était en train de tailler.

— Hermione, il faut que demain après-midi, je sois capable d'utiliser convenablement un sortilège d'Attraction.

Ils se mirent donc au travail. Renonçant à déjeuner, ils allèrent s'enfermer dans une classe libre où Harry essaya de toutes ses forces de faire voler des objets vers lui. Mais il avait toujours de sérieuses difficultés. Les livres et les plumes semblaient perdre courage à mi-chemin et tombaient sur le sol comme des pierres.

– Concentre-toi, Harry, *concentre-toi...*

– Et qu'est-ce que tu crois que je fais ? répliqua Harry avec colère. Je ne sais pas pourquoi, j'ai une très nette tendance à voir un gros dragon répugnant dans ma tête... Bon, je recommence...

Il voulait sauter le cours de divination pour s'entraîner plus longtemps, mais Hermione refusa tout net de manquer son cours d'arithmancie et il ne servait à rien de continuer sans elle. Il lui fallut donc supporter pendant plus d'une heure le professeur Trelawney qui passa la moitié du cours à expliquer que l'actuelle position de Mars par rapport à Saturne signifiait que les gens nés en juillet se trouvaient en grand danger de mourir brusquement d'une mort violente.

– Très bien, dit Harry, en perdant son calme. Du moment que ça va vite, c'est tout ce que je demande. Je n'ai pas envie de souffrir.

Pendant un instant, Ron donna l'impression qu'il allait éclater de rire. Pour la première fois depuis longtemps, il croisa le regard de Harry, mais celui-ci lui gardait encore trop de rancune pour y faire attention. Harry passa le reste du cours à agiter sa baguette magique sous la table pour essayer d'attirer vers lui de petits objets. Il parvint à faire voler une mouche droit dans sa main, mais il n'était pas sûr que le sortilège d'Attraction y soit pour quelque chose – la mouche était peut-être tout simplement stupide.

Après le cours de divination, il s'obligea à manger quelque chose, puis retourna dans la classe vide avec Hermione, se couvrant de la cape d'invisibilité pour ne pas être vu des professeurs. Ils continuèrent à s'entraîner jusqu'après minuit. Ils seraient restés plus longtemps, mais Peeves surgit et fit mine de croire que Harry avait envie qu'on lui lance des objets à la figure. Trop heureux de pouvoir se livrer à son passe-temps favori, il se mit à jeter des chaises à travers la pièce, obligeant Harry et Hermione à fuir à toutes jambes avant que le vacarme n'attire Rusard. Ils retournèrent directement dans la salle commune de Gryffondor qui, à leur grand soulagement, était vide.

À deux heures du matin, Harry, debout près de la cheminée, était entouré d'un amas d'objets – livres, plumes, chaises renversées et le crapaud de Neville, Trevor. Ce ne fut qu'au cours de la dernière heure d'entraînement qu'il parvint enfin à maîtriser le sortilège d'Attraction.

– C'est mieux, Harry, beaucoup mieux, dit Hermione qui paraissait épuisée mais ravie.

– Maintenant, on sait ce qu'il reste à faire la prochaine fois que je n'arriverai pas à apprendre un sortilège, dit Harry en lançant à Hermione un dictionnaire de runes pour faire un nouvel essai. Il suffit de me menacer avec un dragon. Bon, allons-y…

Il leva à nouveau sa baguette.

– *Accio dictionnaire !* dit-il.

Le lourd volume s'échappa des mains d'Hermione et vola à travers la pièce en direction de Harry qui l'attrapa.

– Harry, je crois que cette fois, ça y est ! dit Hermione d'un ton réjoui.

– Espérons que ça marchera demain, soupira Harry. L'Éclair de feu se trouvera beaucoup plus loin que les objets qui sont dans cette pièce. Il sera dans le château et moi je serai à l'autre bout du parc…

– Ça ne fait rien, dit fermement Hermione. Du moment que tu te concentres vraiment bien, il arrivera. Et maintenant, allons dormir, tu en as bien besoin.

Cette nuit-là, Harry avait tellement dirigé son attention sur la pratique du sortilège que sa panique s'était un peu dissipée. Mais le lendemain matin, elle se manifesta à nouveau dans toute son ampleur. Il régnait dans le château une atmosphère de tension mêlée d'excitation. Les cours devaient cesser à midi pour donner aux élèves tout le temps de se rendre à l'enclos des dragons – mais, bien entendu, ils ignoraient encore ce qu'ils allaient découvrir là-bas.

Harry avait l'impression qu'une étrange distance le séparait des autres, ceux qui lui souhaitaient bonne chance comme ceux qui lançaient sur son passage : « *On va préparer une boîte de mouchoirs pour te pleurer, Potter.* » Il se trouvait dans un tel état de nervosité qu'il se demandait s'il n'allait pas perdre la tête et jeter des sorts à tout le monde quand on essayerait de l'emmener face à son dragon.

Le temps lui paraissait plus bizarre que jamais, il passait par à-coups comme s'il avait cessé de s'écouler régulièrement. Ainsi, Harry eut l'impression d'être transporté instantanément du cours d'histoire de la magie à la Grande Salle où il se retrouva à la table des Gryffondor pour déjeuner… Puis, brusquement (Où avait donc filé la matinée ? Où s'étaient enfuies les dernières heures sans dragon ?), le professeur McGonagall se précipita sur lui alors qu'il était encore à table. Il sentit tous les regards se tourner vers lui.

– Potter, dit-elle, les champions doivent se rendre dans le parc dès maintenant… Vous devez vous préparer pour votre première tâche.

– D'accord, dit Harry en se levant.

Sa fourchette tomba sur son assiette avec un petit bruit métallique.

– Bonne chance, Harry, lui murmura Hermione. Tu verras, tout se passera très bien.

—Ouais, répondit Harry d'une voix qui lui sembla très différente de la sienne.

Il quitta la Grande Salle avec le professeur McGonagall. Elle aussi semblait très différente. Elle avait l'air aussi anxieuse qu'Hermione et, lorsqu'ils furent sortis dans la fraîcheur de novembre, elle lui mit une main sur l'épaule.

—Ne paniquez surtout pas, dit-elle. Gardez la tête froide… Il y a des sorciers qui sont là pour contrôler la situation si les choses ne se passent pas bien… L'essentiel, c'est que vous fassiez de votre mieux, personne n'aura une mauvaise opinion de vous si vous ne réussissez pas… Ça va, Potter, vous êtes bien ?

—Ça va très bien, répondit machinalement Harry.

Elle l'emmenait à présent vers l'endroit où étaient rassemblés les dragons, à la lisière de la forêt mais, quand ils s'approchèrent du bosquet d'arbres derrière lequel se trouvait l'enclos, Harry vit qu'une tente avait été dressée, cachant les dragons.

—Vous devrez entrer là avec les autres champions et attendre votre tour, Potter, dit le professeur McGonagall d'une voix un peu tremblante. Mr Verpey vous attend sous la tente… Il va vous expliquer la… la procédure à suivre… Bonne chance.

—Merci, répondit Harry, d'une voix blanche et lointaine.

Le professeur McGonagall le laissa devant la tente et Harry entra à l'intérieur.

Fleur Delacour était assise dans un coin, sur un tabouret de bois. Le front moite, elle avait perdu son air assuré et paraissait plutôt pâle. Viktor Krum semblait plus renfrogné que jamais, ce qui devait être sa façon d'exprimer son appréhension, songea Harry. Cedric, lui, faisait les cent pas. Lorsque Harry entra, il lui adressa un petit sourire. Harry sourit à son tour, mais il en ressentit une certaine raideur dans les muscles de son visage, comme s'ils n'étaient plus habitués à ce mouvement.

– Ah, mais qui voilà ! Harry ! s'exclama Verpey d'un ton joyeux en se tournant vers lui. Entre, entre, fais comme chez toi !

Au milieu de tous ces champions au teint livide, Verpey avait l'air d'un personnage de dessin animé haut en couleur. Cette fois encore, il était vêtu de sa vieille robe de l'équipe des Frelons.

– Ça y est, tout le monde est là. Il est donc temps de vous mettre au courant ! dit Verpey d'un ton enjoué. Lorsque le public se sera installé, je vous demanderai de piocher à tour de rôle dans ce sac.

Il leur montra un petit sac de soie pourpre qu'il agita devant eux.

– Vous y prendrez chacun un modèle réduit de la chose que vous devrez affronter tout à l'heure ! Il y en a différentes... heu... variétés, vous verrez. Il faut aussi que je vous dise autre chose... oui... voilà... votre tâche consistera à vous *emparer de l'œuf d'or* !

Harry regarda autour de lui. Cedric hocha la tête pour montrer qu'il avait compris et recommença à faire les cent pas. Il avait le teint légèrement verdâtre. Fleur Delacour et Krum n'eurent aucune réaction. Ils craignaient peut-être que le seul fait d'ouvrir la bouche les rende malades. C'était en tout cas ce que Harry lui-même ressentait. Mais eux, au moins, s'étaient portés volontaires pour le tournoi...

Et soudain, des centaines d'élèves affluèrent au-dehors. On entendait le martèlement de leurs pas devant la tente, leurs conversations surexcitées, leurs rires, leurs plaisanteries... Harry se sentait si loin d'eux qu'il avait l'impression d'appartenir à une autre espèce. Entre l'arrivée du public et le moment où Verpey ouvrit le sac de soie pourpre, il lui sembla qu'il s'était écoulé tout juste une seconde.

— Les dames d'abord, dit Verpey en présentant le sac à Fleur Delacour.

Elle y plongea une main tremblante et en retira un minuscule modèle miniature de dragon, parfaitement imité – c'était un Vert gallois. Le chiffre « deux » était accroché autour de son cou. Devant l'expression de Fleur, qui ne manifesta aucune surprise mais plutôt une détermination résignée, Harry sut qu'il avait vu juste : Madame Maxime lui avait dit ce qui l'attendait.

Il se produisit la même chose avec Krum. Il sortit le Boutefeu chinois aux couleurs écarlates. Le chiffre « trois » était accroché autour de son cou. Krum n'eut même pas un battement de cils, il se contenta de regarder le sol.

À son tour, Cedric glissa la main dans le sac et en sortit le Suédois à museau court, aux couleurs gris-bleu. Il portait le chiffre « un » autour du cou. Sachant ce qui restait, Harry plongea la main dans le sac et prit le Magyar à pointes, qui portait le numéro « quatre ». Lorsque Harry le regarda, le dragon miniature étendit ses ailes et lui montra ses crocs minuscules.

— Eh bien, nous y voilà ! dit Verpey. Vous avez chacun tiré au sort le dragon que vous devrez affronter et le chiffre que chacun porte autour du cou indique l'ordre dans lequel vous allez accomplir cette première tâche. Maintenant, il va falloir que je vous quitte car c'est moi qui fais le commentaire. Mr Diggory, vous êtes le premier. Lorsque vous entendrez un coup de sifflet, vous sortirez de la tente et vous entrerez dans l'enclos où vous attendra le dragon, d'accord ? Harry ? Est-ce que je pourrais te voir un instant ?

— Heu… oui, dit Harry en se demandant ce qu'il lui voulait.

Il sortit de la tente avec Verpey qui l'amena un peu à l'écart, parmi les arbres, puis se tourna vers lui avec une expression paternelle.

— Ça va, Harry, tu te sens bien ? Je peux faire quelque chose pour toi ?

— Comment ? dit Harry. Je… Non, rien…

— Tu as un plan ? demanda Verpey en baissant la voix d'un ton de conspirateur. Si tu as besoin de quelques tuyaux, n'hésite pas… Tu es l'outsider…, poursuivit Verpey en baissant la voix encore davantage. Si je peux t'aider…

— Non, répondit Harry si précipitamment qu'il eut conscience d'avoir été impoli. Non… Je… J'ai déjà décidé ce que j'allais faire, merci.

— Personne n'en saurait rien, Harry, insista Verpey en lui adressant un clin d'œil.

— Je vous assure que je vais très bien, dit Harry.

Il se demanda pourquoi il s'obstinait à donner cette réponse à tout le monde et se demanda également s'il s'était jamais senti aussi mal.

— Je sais déjà ce que je vais faire, répéta-t-il. Je…

Il fut interrompu par un coup de sifflet.

— Mon Dieu, il faut que je file ! s'exclama Verpey qui s'éloigna en toute hâte.

Harry retourna vers la tente et vit Cedric qui en sortait, le teint plus verdâtre que jamais. Harry essaya de lui souhaiter bonne chance en le croisant mais il ne parvint à émettre qu'une sorte de grognement rauque.

Harry rejoignit Fleur et Krum sous la tente. Quelques secondes plus tard, ils entendirent les acclamations de la foule, ce qui signifiait que Cedric venait de pénétrer dans l'enclos et se trouvait face au dragon, qui n'avait plus rien d'une miniature, à présent…

C'était pire que tout ce que Harry avait imaginé. Assis là,

immobile, il entendait la foule crier... hurler... pousser des exclamations... retenir son souffle au spectacle des efforts de Cedric pour passer sans dommage devant le Suédois à museau court. On aurait dit que les spectateurs ne formaient plus qu'une seule et même entité aux têtes multiples qui réagissaient toutes d'une même voix. Krum continuait de regarder le sol. Fleur, elle aussi, s'était mise à faire les cent pas autour de la tente, sur les traces de Cedric. Et les commentaires de Verpey ne parvenaient qu'à rendre les choses plus terribles encore... D'horribles images se formèrent dans la tête de Harry lorsqu'il entendit : « Oh, là, là ! C'était tout juste, vraiment tout juste... On peut dire qu'il prend des risques, celui-là ! Très belle tentative. Dommage qu'elle n'ait rien donné ! »

Enfin, un quart d'heure plus tard, Harry entendit le rugissement assourdissant de la foule qui ne pouvait signifier qu'une seule chose : Cedric avait réussi à passer devant le dragon et à s'emparer de l'œuf d'or.

– Bravo ! Vraiment très bien ! hurlait Verpey. Voyons maintenant les notes des juges !

Mais il n'annonça pas les notes. Harry supposa que les juges devaient les écrire sur des panneaux qu'ils montraient au public

– Encore trois autres concurrents, à présent ! s'écria Mr Verpey tandis que retentissait un autre coup de sifflet. Miss Delacour, s'il vous plaît !

Fleur tremblait de la tête aux pieds. En la voyant sortir de la tente la tête haute, la main crispée sur sa baguette magique, Harry ressentit plus de sympathie pour elle qu'il n'en avait éprouvé jusqu'à présent. Krum et lui restèrent seuls, chacun de son côté, évitant le regard l'un de l'autre.

Et tout recommença...

– Oh, voilà qui n'était peut-être pas très prudent ! entendaient-ils Verpey crier d'un ton ravi. Oh, là, là... presque !

Attention, maintenant… Mon Dieu, j'ai bien cru que ça y était !

Dix minutes plus tard, Harry entendit une nouvelle fois la foule exploser en un tonnerre d'applaudissements… Fleur avait dû également réussir. Il y eut un silence pendant qu'on montrait les notes qu'elle avait obtenues… puis de nouveaux applaudissements… et enfin, un troisième coup de sifflet retentit.

– Voici à présent Mr Krum ! s'exclama Verpey.

Krum sortit de son pas traînant, laissant Harry seul dans la tente.

Il avait une plus grande conscience de son corps qu'à l'ordinaire : son cœur battait plus vite, ses doigts étaient parcourus de fourmillements, comme si la peur circulait dans ses veines… pourtant, il avait en même temps l'impression d'être ailleurs, hors de lui-même. La toile de la tente, les réactions de la foule lui paraissaient très lointaines…

– Très audacieux ! s'écria Verpey.

Harry entendit le Boutefeu chinois émettre un horrible hurlement tandis que la foule retenait son souffle.

– On peut dire qu'il n'a pas froid aux yeux… et… Mais oui, il a réussi à s'emparer de l'œuf !

Les applaudissements retentirent avec tant de force dans l'atmosphère glacée de l'hiver qu'ils semblèrent la briser comme du cristal. Krum avait fini. À tout moment, ce serait le tour de Harry.

Il se leva avec l'impression d'avoir les jambes en guimauve et attendit. Quelques instants plus tard, le coup de sifflet retentit et il sortit de la tente dans un crescendo de panique. Il passa devant le bosquet d'arbres, puis franchit une ouverture dans la palissade qui entourait l'enclos.

Tout ce qu'il voyait devant lui avait l'air de sortir d'un rêve aux couleurs aveuglantes. Des centaines et des centaines de visages le regardaient dans les tribunes qui avaient été dressées par magie depuis la nuit où il était venu ici pour la première fois. Le Magyar à pointes lui faisait face, à l'autre bout de l'enclos. Le dragon – ou plutôt la dragonne – couvait ses œufs, les ailes à demi refermées, ses yeux jaunes, féroces, fixés sur lui. Tel un monstrueux lézard aux écailles noires, elle agitait sa queue hérissée de pointes qui imprimaient dans le sol dur des marques longues et profondes. La foule s'époumonait dans un grand tumulte. Harry ignorait si ces cris lui étaient favorables ou hostiles, et peu lui importait. Le moment était venu de faire ce qu'il avait à faire... de concentrer pleinement, totalement, son esprit sur ce qui représentait sa seule chance...

Il leva sa baguette magique.

– *Accio Éclair de feu !* cria-t-il.

Puis il attendit, espérant, priant, de toutes les fibres de son corps... Et si le sortilège échouait... Si l'Éclair de feu ne venait pas... Tout ce qu'il voyait autour de lui semblait déformé par une sorte de barrière transparente, scintillante comme une brume de chaleur, derrière laquelle les centaines de visages qui l'entouraient avaient l'air de flotter étrangement...

Enfin, il l'entendit, fendant les airs derrière lui. Il se retourna et vit l'Éclair de feu contourner la lisière de la forêt, foncer vers l'enclos et s'arrêter net à mi-hauteur, juste à côté de lui, attendant qu'il l'enfourche. Le tumulte de la foule s'amplifia... Verpey cria quelque chose... Mais les oreilles de Harry n'étaient plus en état d'entendre ce qu'il disait... Il ne servait à rien de l'écouter...

Harry monta sur son balai et s'envola aussitôt. Il se produisit alors un phénomène qui tenait du miracle...

Lorsqu'il s'éleva dans les airs, lorsqu'il sentit le vent ébouriffer ses cheveux, lorsque les visages de la foule ne furent plus que des têtes d'épingle au-dessous de lui, lorsque la dragonne se trouva réduite à la taille d'un chien, il se rendit compte que ce n'était pas seulement le sol qu'il venait de quitter, mais aussi sa peur... Tout à coup, il retrouvait son élément familier...

Il s'agissait d'un nouveau match de Quidditch, rien de plus... Un simple match de Quidditch et cette dragonne n'était qu'une équipe adverse particulièrement repoussante...

Il regarda la couvée d'œufs que le Magyar à pointes protégeait entre ses pattes avant et repéra l'œuf d'or qui étincelait au milieu des autres, semblables à des pierres grises.

« Très bien, pensa Harry. Une petite tactique de diversion... Allons-y... »

Et il plongea en piqué. La tête de la dragonne suivit sa trajectoire. Il savait ce qu'elle allait faire et il remonta en chandelle juste à temps : un jet de flammes jaillit à l'endroit où il s'était trouvé une seconde plus tôt... Mais Harry n'était pas inquiet... Ce n'était pas plus difficile que d'éviter un Cognard...

— Mille méduses ! Voilà qui s'appelle savoir voler ! s'écria Verpey, tandis que la foule poussait un hurlement puis retenait son souffle. Vous avez vu cela, Mr Krum ?

Harry reprit de l'altitude et vola en cercle. La dragonne le suivait toujours des yeux, sa tête tournant sur son long cou. S'il continuait comme ça, elle ne tarderait pas à avoir le vertige, mais il valait mieux ne pas poursuivre ce manège trop longtemps, sinon elle allait à nouveau cracher du feu.

Harry fondit en piqué au moment où la dragonne ouvrait sa gueule. Cette fois, cependant, il eut moins de chance. Il parvint à échapper aux flammes mais la queue hérissée fendit l'air comme un fouet et, au moment où il virait sur sa gauche, l'une des longues pointes lui érafla l'épaule, déchirant l'étoffe de sa robe de sorcier.

Il sentit la douleur, entendit les cris et les grognements qui s'élevaient de la foule, mais la blessure ne paraissait pas très profonde... Il contourna par-derrière le Magyar à pointes et eut alors une idée...

Apparemment, la dragonne n'avait pas l'intention de s'envoler, elle tenait trop à ses œufs. Elle se tortillait, se contorsionnait, dépliant puis rabattant ses ailes, ses horribles yeux jaunes toujours fixés sur Harry, mais elle avait peur de s'éloigner de sa couvée... Il fallait pourtant qu'il la force à s'en écarter, sinon il n'arriverait jamais à s'approcher de l'œuf d'or... Il devait agir prudemment, progressivement.

Il se mit à changer sans cesse de direction, en restant à distance pour éviter les jets de flammes mais en s'approchant suffisamment près pour qu'elle se sente menacée et continue de le suivre des yeux. La créature penchait la tête d'un côté, puis de l'autre, montrant ses crocs, ses pupilles verticales fixées sur lui...

Il prit peu à peu de l'altitude et la tête de la dragonne s'éleva en même temps que lui, son cou tendu continuant d'osciller comme un cobra devant un charmeur de serpents...

Harry s'éleva encore un peu et elle laissa échapper un rugissement exaspéré. Pour elle, il était un peu comme une mouche, une mouche qu'elle avait hâte d'écraser. Sa queue battit l'air à nouveau, mais Harry était hors d'atteinte... Elle cracha un jet de feu qu'il parvint à éviter... Le monstre ouvrit une gueule béante...

— Allez, viens, dit Harry entre ses dents, en tournoyant au-dessus de sa tête pour l'attirer. Viens, viens m'attraper... Allez, remue-toi...

Elle se dressa alors sur ses pattes de derrière, déployant enfin ses grandes ailes noires et brillantes, aussi larges que celles d'un petit avion, et Harry plongea. Avant que la dragonne ait compris ce qu'il était en train de faire et où il était passé, il piqua vers le sol de toute la vitesse de son balai, en direction des œufs qu'elle ne protégeait plus de ses pattes aux longues griffes. Harry avait lâché le manche de l'Éclair de feu – et il venait de saisir l'œuf d'or...

Il remonta en chandelle puis, dans une nouvelle accélération fulgurante, s'envola vers les tribunes, l'œuf d'or serré sous son bras indemne. Ce fut alors comme si quelqu'un avait brusquement mis le volume à fond. Pour la première fois depuis qu'il avait pénétré dans l'enclos, il prit conscience du bruit de la foule qui hurlait et applaudissait aussi fort que les supporters irlandais de la Coupe du Monde...

– Regardez ça ! Non mais regardez ça ! hurlait Verpey. Notre plus jeune champion a été le plus rapide pour s'emparer de son œuf ! Voilà qui va faire monter les paris sur Mr Potter !

Harry vit les gardiens des dragons se précipiter pour neutraliser le Magyar à pointes. Là-bas, à l'entrée de l'enclos, le professeur McGonagall, le professeur Maugrey et Hagrid se précipitaient vers lui avec de grands gestes de la main et des sourires si larges qu'on les voyait de loin. Il fit demi-tour au-dessus des stands, le vacarme de la foule résonnant à ses oreilles, et atterrit en douceur, le cœur enfin léger... Il avait accompli la première tâche, il avait survécu...

– C'était remarquable, Potter ! s'écria le professeur McGonagall, ce qui, venant de sa part, constituait un éloge extraordinaire.

Harry remarqua que la main du professeur McGonagall tremblait lorsqu'elle montra du doigt son épaule blessée.

– Il faut que vous alliez voir Madame Pomfresh avant que les juges donnent leurs notes... Allez-y, elle a déjà soigné Diggory...

– Tu as réussi, Harry ! dit Hagrid d'une voix rauque. Tu as

réussi ! Et contre le Magyar, en plus ! Tu sais que Charlie a dit que c'était le pi...

– Merci, Hagrid, l'interrompit vivement Harry pour lui éviter de commettre une gaffe en révélant qu'il lui avait montré les dragons avant l'épreuve.

Le professeur Maugrey avait l'air ravi, lui aussi. Son œil magique semblait danser dans son orbite.

– C'était vite fait bien fait, Potter, grogna-t-il.

– Allez-y, Potter, la tente des premiers secours est par là..., dit le professeur McGonagall.

Encore essoufflé, Harry sortit de l'enclos et vit Madame Pomfresh, l'air inquiet, à l'entrée d'une deuxième tente.

– Des dragons ! s'exclama-t-elle, d'un ton dégoûté en entraînant Harry à l'intérieur.

La tente avait été divisée en plusieurs espaces à l'aide de paravents de toile. Harry distingua la silhouette de Cedric à travers l'un d'eux, mais il ne semblait pas gravement blessé. Au moins, il était assis, pas couché. Madame Pomfresh examina l'épaule de Harry sans cesser de ronchonner.

– L'année dernière, les Détraqueurs, cette année des dragons, qu'est-ce qu'ils vont nous amener la prochaine fois ? Tu as beaucoup de chance... La blessure est très superficielle... Il faut la désinfecter avant que je la soigne...

Elle nettoya la coupure avec une compresse imbibée d'un liquide violet qui fumait et piquait la peau, puis elle lui toucha l'épaule avec sa baguette magique et il sentit que sa blessure guérissait instantanément.

– Maintenant, reste tranquillement assis pendant une minute... Je t'ai dit de rester *assis* ! Ensuite tu pourras aller voir ton score.

Elle sortit en hâte et rejoignit Cedric, juste à côté. Harry l'entendit demander :

– Comment te sens-tu, maintenant, Diggory ?

Harry n'avait aucune intention de rester assis. Il y avait trop d'adrénaline en lui pour supporter l'idée de se tenir immobile. Il décida d'aller voir ce qui se passait au-dehors mais, avant qu'il ait atteint l'entrée de la tente, deux personnes s'étaient précipitées à l'intérieur – c'était Hermione, suivie de près par Ron.

– Harry, tu as été formidable ! s'écria Hermione d'une voix perçante.

Terrorisée par l'affrontement avec la dragonne, elle s'était enfoncé les ongles dans la peau et son visage en portait encore les marques.

– Tu as été extraordinaire ! Tu peux me croire !

Mais Harry ne l'écoutait pas. Il regardait Ron qui était livide et le fixait comme s'il avait été un fantôme.

– Harry, dit-il d'un ton grave. Je ne sais pas qui a déposé ton nom dans la Coupe mais c'est quelqu'un qui veut ta peau !

Tout à coup, ce fut comme si les quelques semaines qui venaient de s'écouler n'avaient jamais existé – comme si Harry revoyait Ron pour la première fois après avoir été désigné comme champion.

– On dirait que tu as fini par comprendre, lança Harry d'un ton glacial. Il t'aura fallu du temps.

Hermione, mal à l'aise, se tenait entre eux, son regard passant de l'un à l'autre. Ron ouvrit la bouche d'un air hésitant. Harry savait qu'il s'apprêtait à lui faire des excuses mais il se rendit soudain compte qu'il n'avait plus envie de les entendre.

– Bon, ça va, dit-il, avant que Ron ait pu prononcer un mot. N'en parlons plus.

– Non, répondit Ron, j'aurais dû…

– *N'en parlons plus*, je te dis…

Ron eut un sourire gêné, Harry lui rendit son sourire et Hermione fondit en larmes.

— Il n'y a aucune raison de pleurer ! s'exclama Harry, déconcerté.

— Vous êtes tellement *bêtes* ! s'écria Hermione en tapant du pied, des larmes coulant sur sa robe.

Puis, avant que Ron et Harry aient pu faire un geste, elle les serra contre elle et s'enfuit à toutes jambes en continuant de pleurer à grand bruit.

— Complètement cinglée, dit Ron en hochant la tête. Viens, Harry, ils vont donner tes notes...

Jamais Harry n'aurait pu croire, une heure auparavant, qu'il se sentirait aussi euphorique en cet instant. Il prit l'œuf d'or et son Éclair de feu, puis il sortit de la tente, en compagnie de Ron qui lui raconta précipitamment ce qui s'était passé pour les autres.

— Tu as été le meilleur, ça ne fait aucun doute. Cedric a fait un truc bizarre. Il a métamorphosé une pierre qui se trouvait par terre... Il l'a transformée en chien... Il voulait que le dragon s'intéresse au chien plutôt qu'à lui. Comme métamorphose, c'était sacrément réussi et ça a failli très bien marcher. Il est arrivé à prendre l'œuf, mais il s'est quand même fait brûler. Le dragon a brusquement changé d'avis et il a décidé qu'il préférait s'occuper de lui plutôt que du labrador. Mais Cedric s'en est quand même sorti. Après, il y a eu la fille de Beauxbâtons, Fleur... Elle a utilisé une sorte d'enchantement pour faire tomber le dragon en transe. Ça aussi, ça a plus ou moins marché. Le dragon s'est assoupi mais il s'est mis à ronfler et il a craché un long jet de flammes qui a mis le feu à sa robe. Heureusement, elle a pu l'éteindre en faisant couler de l'eau de sa baguette magique. Et Krum, c'est incroyable, il n'a même pas pensé à se servir de son balai volant ! Mais c'est lui qui a été le meilleur, après toi. Il lui a jeté un sort en plein dans l'œil. L'ennui, c'est que le dragon avait tellement mal qu'il s'est mis à donner des coups de patte dans tous les sens en cassant la moitié de ses vrais œufs. Les juges lui ont enlevé des points à cause de ça. Selon le règlement, les œufs devaient rester intacts.

En arrivant devant l'enclos des dragons, Ron reprit son souffle. Le Magyar à pointes avait été emmené ailleurs et Harry aperçut à l'autre bout du terrain les cinq juges assis dans de hauts fauteuils drapés d'étoffe d'or.

– Chaque juge met une note sur dix, dit Ron.

Harry plissa les yeux et vit le premier juge – Madame Maxime – lever sa baguette magique d'où s'échappa un long ruban d'argent qui s'entortilla pour former un grand huit.

– Pas mal, dit Ron, au milieu des applaudissements de la foule. Elle a dû enlever des points à cause de ta blessure à l'épaule…

Ce fut ensuite au tour de Mr Croupton de se prononcer. Il lança en l'air le chiffre neuf.

– Ça se présente bien ! s'exclama Ron en donnant une grande claque dans le dos de Harry.

Dumbledore, lui aussi, donna la note neuf. Les applaudissements de la foule redoublèrent d'intensité.

Ludo Verpey – *dix*.

– Dix ? dit Harry d'un ton incrédule. Mais… j'ai été blessé… À quoi joue-t-il ?

– Harry, ne te plains pas ! dit Ron d'une voix enthousiaste.

Ce fut ensuite Karkaroff qui leva sa baguette. Il réfléchit un moment, puis fit à son tour jaillir un chiffre – quatre.

– Quoi ? s'indigna Ron, furieux. *Quatre ?* Cette espèce de crapule pleine de poux ! Il a donné dix à Krum !

Mais Harry n'en avait que faire. Même si Karkaroff lui avait mis un zéro, il n'y aurait accordé aucune importance. À ses yeux, l'indignation de Ron et son ardeur à le défendre valaient au moins cent points. Il garda cela pour lui, bien sûr, mais il se sentit soudain le cœur léger en quittant l'enclos. Et ce n'était pas seulement grâce à Ron... Car il se rendait compte que les Gryffondor n'étaient pas les seuls à l'acclamer dans les tribunes. Lorsqu'ils avaient vu l'adversaire qu'il devait affronter, la grande majorité des élèves de l'école l'avaient soutenu, autant qu'ils avaient soutenu Cedric... Désormais, les Serpentard pourraient dire ce qu'ils voudraient, il resterait indifférent à leurs moqueries.

– Tu es premier *ex æquo* avec Krum, Harry ! annonça Charlie Weasley qui courait à leur rencontre. Il faut que je me dépêche, je dois absolument envoyer un hibou à maman, je lui ai promis de lui raconter ce qui se passerait. Mais c'est vraiment incroyable ! Ah, au fait, on m'a chargé de te dire que Verpey voulait te voir là-bas, dans la tente.

Ron lui proposa de l'attendre dehors et Harry retourna dans la tente qui lui paraissait à présent chaleureuse et accueillante. Il compara ce qu'il avait ressenti au moment où il esquivait les jets de flammes et les coups de queue du Magyar à pointes à l'angoisse qu'il avait éprouvée avant d'affronter le monstre... Il n'y avait aucun doute possible, l'attente avait été infiniment plus pénible que l'action ellemême.

Fleur, Cedric et Krum entrèrent ensemble.

Tout un côté du visage de Cedric était couvert d'une épaisse pâte de couleur orange qui devait sans doute guérir les brûlures. Il eut un sourire en voyant Harry.

– Bravo, dit-il.

– Et bravo à toi, répondit Harry en souriant à son tour.

– Bravo à vous *tous* ! s'exclama Ludo Verpey qui venait de surgir dans la tente d'un pas bondissant.

Il avait la mine aussi réjouie que si c'était lui qui avait réussi à arracher un œuf d'or à un dragon.

– Et maintenant, quelques petites précisions très rapidement, dit-il. Vous allez avoir largement le temps de souffler avant la deuxième tâche qui aura lieu le 24 février à neuf heures et demie du matin – mais, entre-temps, on va vous donner de quoi réfléchir un peu ! Si vous regardez bien les œufs d'or qui sont en votre possession, vous constaterez qu'on peut les ouvrir… Vous voyez les charnières, là ? Alors écoutez bien : ces œufs contiennent une énigme que vous devrez élucider pour savoir en quoi consistera la deuxième tâche et comment vous y préparer. Tout est clair ? Vous êtes sûrs ? Très bien, vous pouvez partir !

Harry rejoignit Ron qui l'attendait devant la tente et tous deux reprirent la direction du château. Harry voulait avoir davantage de détails sur la façon dont les champions s'y étaient pris pour s'emparer des œufs. Mais lorsqu'ils contournèrent le bosquet qui masquait l'enclos, une sorcière surgit de derrière un arbre et se précipita vers eux.

C'était Rita Skeeter. Ce jour-là, elle était vêtue d'une robe d'un vert criard, parfaitement assorti à la Plume à Papote qu'elle tenait à la main.

– Félicitations, Harry ! lança-t-elle en lui adressant un grand sourire. Je voulais te demander si tu pouvais simplement me dire un mot ? Qu'as-tu ressenti en affrontant le dragon ? Et que ressens-tu *maintenant*, après avoir vu tes notes ? Tu trouves qu'elles sont justes ?

– Oh oui, je serai ravi de vous dire un mot, répliqua Harry d'un ton féroce. *Au revoir !*

Et il reprit le chemin du château en compagnie de Ron.

21
LE FRONT DE LIBÉRATION
DES ELFES DE MAISON

Ce soir-là, Harry, Ron et Hermione montèrent à la volière pour envoyer Coquecigrue porter une lettre à Sirius. Harry voulait lui écrire tout de suite qu'il avait réussi à affronter le dragon sans dommage. Sur le chemin, Harry raconta à Ron tout ce que Sirius lui avait révélé sur Karkaroff. Ron parut choqué en apprenant que Karkaroff avait été un Mangemort mais, lorsqu'ils furent arrivés dans la volière, il déclara qu'au fond ils auraient dû s'en douter depuis le début.

– C'est logique, non ? dit-il. Tu te souviens de ce que Malefoy a dit dans le train ? Que son père était ami avec Karkaroff ? Maintenant, on sait comment ils se sont connus. Et ils étaient sûrement ensemble avec une cagoule sur la tête, à la Coupe du Monde... En tout cas, si c'est Karkaroff qui a déposé ton nom dans la Coupe, il doit se sentir vraiment bête, maintenant ! Ça n'a pas marché. Tu n'as eu qu'une simple égratignure ! Attends, je m'en occupe.

Coquecigrue était tellement excité à l'idée d'avoir du courrier à porter qu'il voletait autour de la tête de Harry en hululant sans cesse. Ron l'attrapa en plein vol et le maintint immobile pendant que Harry lui attachait la lettre à la patte.

– Les autres tâches ne seront sûrement pas aussi dangereuses, c'est impossible, reprit Ron en emmenant Coquecigrue devant la fenêtre. Tu sais quoi ? Je crois que tu pourrais très bien remporter ce tournoi, Harry, et je parle sérieusement.

Harry savait que Ron disait cela uniquement pour rattraper sa conduite des dernières semaines, mais il fut très touché quand même. Hermione, en revanche, appuyée contre le mur de la volière, croisa les bras et regarda Ron en fronçant les sourcils.

— Il se passera encore beaucoup de choses avant que Harry ait fini ce tournoi, dit-elle d'un ton grave. Si c'était ça, la première tâche, je préfère ne pas penser à ce qui viendra après.

— Toi, au moins, tu sais t'y prendre pour remonter le moral des autres ! dit Ron. Un de ces jours, tu devrais faire équipe avec le professeur Trelawney.

Il lança Coquecigrue au-dehors et le petit hibou tomba de plusieurs mètres avant d'arriver à reprendre son vol : la lettre attachée à sa patte était plus longue, donc plus lourde qu'à l'ordinaire. Harry n'avait pas résisté au plaisir de donner à Sirius un compte rendu détaillé de la façon dont il avait réussi à contourner, éviter, feinter, la dragonne.

Ils regardèrent Coquecigrue disparaître dans l'obscurité, puis Ron reprit la parole :

— On ferait peut-être bien de descendre faire la fête en ton honneur, Harry. Fred et George ont dû rapporter des tas de choses de la cuisine, à l'heure qu'il est.

Lorsqu'ils pénétrèrent dans la salle commune de Gryffondor, il y eut à nouveau une explosion de cris, d'applaudissements, d'acclamations. Les moindres recoins débordaient de gâteaux et de cruches remplies de jus de citrouille ou de Bièraubeurre. Lee Jordan avait allumé quelques pétards mouillés du Dr Flibuste, explosion garantie sans chaleur, qui remplissaient la salle d'étincelles et d'étoiles. Dean Thomas, qu'on savait doué pour le dessin, avait déployé d'impressionnantes banderoles qui représentaient pour la plupart Harry tournoyant sur son Éclair de feu au-dessus de la tête du Magyar à pointes. Deux autres dessins montraient Cedric, la tête en feu.

Harry se servit à manger et s'assit avec Ron et Hermione. Il avait presque oublié ce que signifiait avoir faim et n'arrivait pas à croire à son bonheur. Ron était de nouveau son ami, il avait accompli la première tâche et il avait trois mois libres avant d'affronter la deuxième.

– Oh, là, là, mais c'est lourd, ce truc-là, dit Lee Jordan en soupesant l'œuf d'or que Harry avait posé sur la table. Ouvre-le, Harry! Allez, vas-y, qu'on voie un peu ce qu'il y a là-dedans!

– Il doit en découvrir la signification tout seul, dit précipitamment Hermione. C'est dans le règlement du tournoi…

– Je devais aussi découvrir tout seul le moyen de prendre un œuf au dragon, lui murmura Harry et Hermione eut un sourire un peu coupable.

– Ouais, vas-y, Harry, ouvre-le! lancèrent plusieurs voix.

Lee lui donna l'œuf. Harry glissa un ongle dans la rainure qui l'entourait et parvint à l'ouvrir.

Il était creux et totalement vide mais, dès que Harry l'eut ouvert, un horrible bruit, comme une plainte aiguë et assourdissante, s'éleva dans la salle. La seule chose comparable que Harry eût jamais entendue, c'était l'orchestre de scies musicales qui avait joué le jour de l'anniversaire de mort de Nick Quasi-Sans-Tête.

– Ferme-le! s'écria Fred, les mains plaquées sur ses oreilles.

– Qu'est-ce que c'est que ça? dit Seamus Finnigan en regardant l'œuf que Harry avait refermé d'un coup sec. On aurait dit le spectre de la mort… C'est peut-être lui que tu devras affronter la prochaine fois, Harry!

– On aurait dit qu'on torturait quelqu'un! murmura Neville qui était devenu livide et avait renversé des saucisses par terre. Ils vont te faire subir le sortilège Doloris et tu devras y résister! Ce sera ça, ta deuxième tâche!

– Ne raconte pas de bêtises, Neville, c'est illégal, dit George. Ils n'utiliseraient jamais un sortilège Doloris contre les champions. Moi, ça m'a un peu rappelé la façon de chanter de Percy… Tu devras peut-être l'attaquer pendant qu'il prend sa douche, Harry.

– Tu veux une tarte à la confiture, Hermione ? demanda Fred.

Hermione jeta un regard soupçonneux à l'assiette qu'il lui tendait. Fred eut un sourire.

– Tu peux y aller, dit-il. Je ne leur ai rien fait. Ce sont les crèmes caramel dont il faut se méfier…

Neville, qui venait justement de manger une cuillerée de crème caramel, la recracha en s'étouffant à moitié.

Fred éclata de rire.

– Une simple petite farce, Neville…

Hermione prit une tarte à la confiture.

– C'est à la cuisine que tu es allé chercher tout ça ? demanda-t-elle.

– Ouais, répondit Fred avec un grand sourire.

D'une petite voix aiguë, il se mit alors à imiter un elfe de maison :

– « Dites-nous ce qui vous ferait plaisir, monsieur, nous irons vous chercher ce que vous voudrez ! » Ils se mettent en quatre… Ils seraient capables de me faire rôtir un bœuf entier si je leur disais que j'ai vraiment faim.

– Comment on fait pour aller là-bas ? demanda Hermione d'un air dégagé.

– Oh, c'est facile. Il y a une porte cachée derrière un tableau qui représente une coupe de fruits. Il suffit de chatouiller la poire, elle se met à rigoler et…

Fred s'interrompit, l'air soupçonneux.

– Pourquoi tu veux savoir ça ?

– Oh, pour rien, répondit précipitamment Hermione.

– Tu as l'intention d'encourager les elfes de maison à faire grève ? demanda George. Tu vas leur distribuer des tracts et les inciter à la rébellion ?

Il y eut quelques rires étouffés, mais Hermione resta silencieuse.

– Ne va pas leur mettre des idées en tête en leur disant qu'il leur faut des vêtements et des salaires ! l'avertit Fred. Tu les empêcherais de travailler !

À cet instant, Neville provoqua une petite diversion en se transformant soudain en un gros canari.

– Oh, désolé, Neville ! s'écria Fred parmi les éclats de rire. J'avais oublié de te dire que les crèmes caramel sont ensorcelées…

Quelques instants plus tard, Neville perdit ses plumes jaunes et retrouva son aspect normal. Il se mit même à rire avec les autres.

– Crèmes Canari ! annonça Fred à ses camarades de Gryffondor. C'est George et moi qui les avons inventées. Sept Mornilles pièce, une affaire !

Il était près de une heure du matin lorsque Harry, Ron, Neville, Seamus et Dean montèrent se coucher. Avant de fermer les rideaux de son baldaquin, Harry posa son Magyar à pointes miniature sur sa table de chevet où le minuscule dragon bâilla, se roula en boule et ferma les yeux. En fait, songea Harry en tirant ses rideaux, Hagrid avait raison… Ils étaient finalement très sympathiques, ces dragons…

Le début du mois de décembre apporta du vent et de la neige fondue. En hiver, Poudlard était plein de courants d'air mais, lorsque Harry passait devant le vaisseau de Durmstrang qui tanguait sous les rafales, ses voiles gonflées contre le ciel noir, il était content de se dire que de bons feux de cheminée et des murs bien épais l'attendaient au château. Le carrosse de Beauxbâtons devait être plutôt glacial, lui aussi. Il remarqua que Hagrid fournissait aux chevaux de Madame Maxime de bonnes quantités de whisky pur malt, leur boisson préférée. Les vapeurs d'alcool qui s'échappaient de l'abreuvoir installé dans un coin de leur enclos auraient suffi à faire tourner la tête à toute une classe de soins aux créatures magiques. Ce qui ne les aurait guère aidés, car ils avaient besoin de toutes leurs facultés pour s'occuper des horribles Scroutts. Et justement, le prochain cours était imminent.

– Je ne sais pas s'ils hibernent ou pas, dit Hagrid à ses élèves qui tremblaient de froid dans le potager aux citrouilles. On va les installer confortablement dans leurs boîtes et on verra s'ils ont envie de faire un petit somme…

Il ne restait plus que dix Scroutts. Apparemment, les promenades sur la pelouse n'avaient en rien émoussé leur désir de s'entre-tuer. Chacun d'eux mesurait maintenant près d'un mètre quatre-vingts. Leurs épaisses carapaces grises, leurs pattes puissantes et mobiles, leurs extrémités explosives, leurs dards et leurs ventouses faisaient d'eux les plus répugnantes créatures que Harry ait jamais vues. Toute la classe contempla d'un air découragé les énormes boîtes que Hagrid avait apportées et dans lesquelles il avait disposé des oreillers et d'épaisses couvertures.

– Voilà, vous n'avez qu'à les faire entrer là-dedans et mettre un couvercle par-dessus. On verra ce qui se passera.

Mais il apparut que les Scroutts n'hibernaient pas et n'appréciaient guère d'être enfermés dans des boîtes garnies d'oreillers.

– Allons, pas de panique ! Pas de panique ! s'écria bientôt Hagrid, tandis que les Scroutts ravageaient le potager aux citrouilles jonché de débris de boîtes calcinées et encore fumantes.

La plupart des élèves – Malefoy, Crabbe et Goyle en tête –

étaient allés se réfugier dans la cabane de Hagrid en passant par la porte de derrière et s'étaient barricadés à l'intérieur. En revanche, Harry, Ron, Hermione et quelques autres étaient restés avec Hagrid pour l'aider. En conjuguant leurs efforts, ils avaient réussi à récupérer et attacher neuf des dix Scroutts, au prix de nombreuses brûlures et écorchures. Il n'en restait plus qu'un seul en liberté.

– Ne lui faites pas peur ! cria Hagrid en voyant Ron et Harry lancer sur la créature des jets d'étincelles à l'aide de leurs baguettes magiques.

Le Scroutt s'avançait vers eux d'un air menaçant, son dard frémissant formant un arc sur son dos.

– Essayez seulement de lui passer une corde autour du dard pour qu'il ne puisse pas blesser les autres !

– Oui, ce serait dommage ! s'exclama Ron avec colère.

Harry et lui avaient reculé contre le mur de la cabane, tenant toujours le Scroutt à distance à l'aide d'un jet continu d'étincelles.

– Tiens, tiens, tiens… On a l'air de bien s'amuser, ici.

Rita Skeeter était appuyée contre la clôture du jardin de Hagrid et regardait le désastre. Elle était vêtue d'une épaisse cape rose foncé avec un col de fourrure violette et portait son sac en peau de crocodile sur l'épaule.

Hagrid se jeta sur le Scroutt qui avait coincé Ron et Harry contre le mur et l'immobilisa de tout son poids. Dans un bruit d'explosion, un jet de feu jaillit à son extrémité, carbonisant les citrouilles qui se trouvaient derrière lui.

– Qui êtes-vous ? demanda Hagrid à Rita Skeeter en serrant une corde autour du dard du Scroutt.

– Rita Skeeter, reporter à *La Gazette du sorcier*, répondit Rita avec un grand sourire qui fit étinceler ses dents en or.

– Je croyais que Dumbledore vous avait interdit de revenir à l'école, dit Hagrid en fronçant légèrement les sourcils.

Il se releva et traîna le Scroutt légèrement écrasé en direction de ses congénères.

Rita fit semblant de ne pas avoir entendu ce qu'il avait dit.

— Comment s'appellent ces fascinantes créatures ? demanda-t-elle avec un sourire de plus en plus large.

— Des Scroutts à pétard, grommela Hagrid.

— Vraiment ? dit Rita, très intéressée. Je n'en avais jamais entendu parler... D'où viennent-ils ?

Harry vit Hagrid rougir sous sa grosse barbe hirsute et ressentit un pincement au cœur. La question se posait, en effet : *où* Hagrid avait-il bien pu se procurer les Scroutts ?

Hermione, qui semblait avoir pensé la même chose, s'empressa d'intervenir.

— Ce sont des créatures extrêmement intéressantes ! dit-elle. N'est-ce pas, Harry ?

— Quoi ? Oh, oui... aïe... intéressantes, répondit Harry tandis qu'Hermione lui marchait sur le pied.

— Tiens, tu es là, Harry ! dit Rita Skeeter en se tournant vers lui. Alors, tu aimes bien les cours de soins aux créatures magiques ? C'est une de tes matières préférées ?

— Oui, répondit fermement Harry.

Hagrid lui adressa un grand sourire.

— Merveilleux, dit Rita. Absolument merveilleux. Ça fait longtemps que vous enseignez ? demanda-t-elle à Hagrid.

Harry remarqua qu'elle regardait successivement Dean (qui avait une grosse coupure à la joue), Lavande (dont la robe était roussie en plusieurs endroits), Seamus (qui essayait de soigner ses doigts brûlés), puis les fenêtres de la cabane, derrière lesquelles on apercevait les autres élèves, le nez collé contre les carreaux pour voir si tout danger était écarté.

— C'est ma deuxième année seulement, répondit Hagrid.

— Merveilleux... Est-ce que par hasard vous accepteriez de m'accorder une interview ? Pour nous faire bénéficier de votre

395

expérience en matière de créatures magiques ? Comme vous le savez sûrement, *La Gazette* publie une rubrique zoologique chaque mercredi. Nous aimerions bien parler de ces... heu... Scouts à têtard...

—Scroutts à pétard, rectifia Hagrid. Heu... Oui, pourquoi pas ?

Harry trouvait l'idée très mauvaise mais il était impossible d'adresser le moindre signe à Hagrid sans que la journaliste s'en aperçoive. Il se contenta donc de rester immobile et silencieux tandis que Hagrid et Rita Skeeter fixaient un rendez-vous aux Trois Balais un peu plus tard dans la semaine pour réaliser une longue interview. À cet instant, la cloche sonna dans le château pour signaler la fin du cours.

—Eh bien, au revoir, Harry ! lança Rita Skeeter d'un ton joyeux. Et à vendredi soir, Hagrid !

—Elle va déformer tout ce qu'il dira, murmura Harry.

—Du moment qu'il n'a pas importé ces Scroutts illégalement... dit Hermione d'un ton inquiet.

Ils échangèrent un regard : c'était exactement le genre de chose que Hagrid aurait pu faire.

—Hagrid a souvent eu des tas d'ennuis et Dumbledore ne l'a jamais renvoyé pour autant, fit remarquer Ron en guise de consolation. Le pire qui puisse arriver, c'est que Hagrid soit obligé de se débarrasser des Scroutts. Attends, qu'est-ce que j'ai dit ? Le pire ? Non, je voulais dire le mieux.

Harry et Hermione éclatèrent de rire et allèrent déjeuner en se sentant un peu rassurés.

Cet après-midi-là, Harry fut très content d'aller au cours de divination. Ils devaient toujours établir des cartes du ciel et faire des prédictions mais, maintenant qu'il s'était réconcilié avec Ron, il pouvait recommencer à en rire. Le professeur Trelawney, qui avait été si contente d'eux lorsqu'ils s'étaient prédit des morts atroces, s'irrita de les voir ricaner pendant qu'elle expliquait les différentes façons dont Pluton s'y prenait pour perturber la vie quotidienne.

– J'ai tendance à penser, dit-elle, dans son habituel murmure mystique qui ne parvenait pas à dissimuler son agacement, que *certains* d'entre nous – elle lança un regard appuyé à Harry – se montreraient un peu moins *frivoles* s'ils avaient vu ce que j'ai vu hier soir en consultant ma boule de cristal. J'étais assise ici même, absorbée par mes travaux de couture, lorsque la nécessité absolue de regarder la Sphère m'a littéralement submergée. Je me suis levée, je me suis installée et j'ai scruté les profondeurs cristallines... Et savez-vous qui a croisé mon regard au fond de la boule ?

– Une vieille chauve-souris avec d'énormes lunettes ? murmura Ron entre ses dents.

Harry eut du mal à garder un visage impassible.

– La *mort*, mes enfants...

Horrifiées, Parvati et Lavande plaquèrent leurs mains contre leur bouche.

– Oui, poursuivit le professeur Trelawney en hochant la tête d'un air théâtral, elle vient, elle s'approche de plus en plus près, elle tourne au-dessus de nous comme un vautour, elle vole de plus en plus bas... toujours plus bas au-dessus du château...

Elle fixa Harry qui bâilla longuement et ostensiblement.

– Elle aurait été un peu plus impressionnante si elle ne nous avait pas déjà fait le coup au moins quatre-vingts fois, dit Harry, lorsqu'ils eurent retrouvé un air plus respirable à la sortie de la classe. Si je devais tomber mort chaque fois qu'elle me l'annonce, je serais un cas médical absolument miraculeux.

– Une sorte de superconcentré de fantôme, dit Ron en pouffant de rire, tandis qu'ils croisaient le Baron Sanglant, dont les grands yeux se posèrent sur eux d'un air sinistre.

Enfin, au moins, on n'a pas eu de devoirs à faire. J'espère que le professeur Vector en a donné plein à Hermione. J'adore ne rien faire pendant qu'elle travaille…

Mais Hermione ne se montra pas pendant le dîner et elle n'était pas dans la bibliothèque lorsqu'ils allèrent l'y chercher. Seul Viktor Krum s'y trouvait. Ron l'observa derrière un rayon de livres, interrogeant Harry à voix basse pour savoir si, à son avis, c'était le moment d'aller lui demander un autographe. Mais il s'aperçut bientôt qu'une demi-douzaine de filles, cachées derrière le rayon d'à côté, se posaient la même question, ce qui suffit à refroidir son enthousiasme.

– Je me demande où elle est passée, dit Ron, alors qu'il retournait avec Harry dans la tour de Gryffondor.

– Je ne sais pas… Fariboles.

Le portrait de la grosse dame avait à peine commencé à pivoter qu'ils entendirent derrière eux un pas précipité qui annonçait l'arrivée d'Hermione.

– Harry ! s'écria-t-elle, le souffle court, en s'arrêtant à côté de lui dans un long dérapage.

La grosse dame haussa les sourcils et la regarda d'un air étonné.

– Harry, il faut *absolument* que tu viennes, il s'est passé une chose incroyable… S'il te plaît, viens…

Elle l'attrapa par le bras et essaya de l'entraîner avec elle dans le couloir.

– Qu'est-ce qu'il y a ?

– Je te montrerai quand on sera là-bas. Viens vite…

Harry échangea avec Ron un regard intrigué.

– Bon, d'accord, dit-il, en suivant Hermione dans le couloir.

Ron se dépêcha de les rattraper.

– Surtout, ne faites pas attention à moi ! protesta la grosse dame d'un ton irrité. Ne perdez pas de temps à vous excuser de m'avoir dérangée inutilement ! Je serai ravie de vous tenir la porte grande ouverte jusqu'à votre retour !

– C'est ça, merci, lui cria Ron par-dessus son épaule.

– Hermione, où est-ce qu'on va ? demanda Harry.

Hermione leur avait fait descendre six étages et dévalait à présent les marches de l'escalier de marbre en direction du hall d'entrée.

– Tu vas voir, attends une minute ! répondit-elle d'un ton surexcité.

Elle tourna à gauche au bas de l'escalier et se précipita vers la porte derrière laquelle Cedric avait disparu, le soir où la Coupe de Feu avait donné les noms des champions. Harry n'était encore jamais allé dans cette partie du château. Ron et lui suivirent Hermione qui descendit une volée de marches mais, au lieu de se retrouver dans un sinistre passage souterrain comme celui qui menait au cachot de Rogue, ils découvrirent un large couloir aux murs de pierre, brillamment éclairé par des torches et décoré de tableaux aux couleurs éclatantes qui représentaient surtout des victuailles.

– Attends un peu, Hermione, dit lentement Harry lorsqu'ils furent arrivés au milieu du couloir.

– Quoi ?

Elle se retourna vers lui avec impatience.

– Je sais où tu nous emmènes, dit Harry.

Il donna un petit coup de coude à Ron et montra du doigt le tableau qui se trouvait derrière Hermione. Il représentait une immense coupe en argent débordante de fruits.

– Hermione, dit Ron, qui venait de comprendre à son tour. Tu vas encore nous embarquer dans ton sale truc !

– Non, non, pas du tout, répondit précipitamment Hermione. Et ce n'est pas *sale*, Ron…

– Tu as changé le nom ? demanda-t-il en fronçant les sourcils. Comment ça s'appelle, maintenant ? Le Front de Libération des Elfes de Maison ? Je te préviens, il n'est pas question que j'entre dans cette cuisine pour leur dire d'arrêter de travailler, pas question...

– Je ne te demande rien ! s'emporta Hermione. Je suis descendue tout à l'heure pour parler avec eux et j'ai vu... Viens, Harry, je veux te montrer !

Elle lui saisit à nouveau le bras, le traîna devant le tableau représentant la coupe de fruits géante, tendit le doigt et chatouilla une énorme poire verte. La poire se mit à se trémousser et à glousser puis se transforma soudain en une grande poignée de porte de couleur verte. Hermione actionna la poignée, ouvrit la porte et poussa Harry en avant d'un geste décidé.

Harry eut alors la vision d'une immense salle, très haute de plafond, aussi vaste que la Grande Salle qui se trouvait au-dessus, avec des quantités de casseroles, de marmites, de poêles en cuivre entassées le long des murs et une impressionnante cheminée en brique à l'autre bout. Presque aussitôt, une petite créature se précipita vers lui en s'écriant d'une voix suraiguë :

– Harry Potter ! Monsieur ! *Harry Potter !*

Il eut le souffle coupé lorsque le petit elfe le heurta de plein fouet au creux de l'estomac et le serra si fort que ses côtes lui semblèrent sur le point de se briser.

– D... Dobby ? balbutia Harry.

– Oui, c'est Dobby, monsieur ! couina la petite voix au niveau de son nombril. Dobby a espéré, espéré qu'il reverrait Harry Potter, monsieur, et Harry Potter vient le voir, oh, monsieur !

Dobby le relâcha et recula de quelques pas en lui adressant un grand sourire, ses énormes yeux verts, de la taille d'une balle de tennis, débordant de larmes de joie. Il n'avait presque pas changé depuis la dernière fois que Harry l'avait vu : le nez en forme de crayon, les oreilles semblables à celles d'une chauve-souris, les doigts et les orteils très longs, tout était pareil, sauf les vêtements qui étaient complètement différents.

Lorsque Dobby travaillait pour les Malefoy, il portait toujours la même taie d'oreiller crasseuse. Mais, maintenant, il était habillé d'un étrange assortiment de vêtements, pire encore que tout ce qu'avaient pu trouver les sorciers de la Coupe du Monde pour s'efforcer de ressembler à des Moldus. En guise de chapeau, il s'était coiffé d'un cache-théière sur lequel il avait épinglé toutes sortes de badges aux couleurs brillantes. Il portait également une cravate ornée de fers à cheval sur sa poitrine nue, un short qui devait être une culotte de football pour enfant et des chaussettes dépareillées. L'une d'elles était noire et Harry la reconnut aussitôt : c'était celle qu'il avait enlevée de son propre pied en s'arrangeant pour que Mr Malefoy la donne à Dobby par inadvertance. Malgré lui, il avait ainsi offert la liberté à son elfe. L'autre chaussette était à rayures roses et orange.

– Dobby, qu'est-ce que tu fais là ? dit Harry, stupéfait.

– Dobby est venu travailler à Poudlard, monsieur ! couina l'elfe d'un air tout excité. Le professeur Dumbledore a donné du travail à Dobby et à Winky, monsieur !

– Winky ? Elle est là aussi ? s'étonna Harry.

– Oui, monsieur, oui ! s'exclama Dobby.

Il prit Harry par la main et l'entraîna dans la cuisine, entre quatre longues tables qui étaient disposées exactement de la même façon que les tables des quatre maisons, dans la Grande Salle située à l'étage au-dessus. Pour l'instant, elles étaient vides, le dîner étant terminé, mais Harry supposa qu'une heure auparavant elles avaient dû être couvertes de plats que les elfes envoyaient à travers le plafond, sur les tables des élèves.

Il y avait dans la cuisine une bonne centaine d'elfes qui souriaient, s'inclinaient, faisaient la révérence sur son passage. Tous portaient le même uniforme : un torchon à vaisselle frappé aux armes de Poudlard et drapé comme une toge.

Dobby s'arrêta devant la cheminée et tendit le doigt.

– Winky, monsieur ! dit-il.

Elle était assise sur un tabouret, à côté du feu. À la différence de Dobby, elle n'avait pas cherché à se procurer des vêtements originaux. Elle portait une petite jupe et un corsage, avec un chapeau bleu assorti, dans lequel elle avait découpé des trous pour laisser passer ses grandes oreilles. Alors que l'étrange ensemble de Dobby était d'une propreté impeccable, Winky, de toute évidence, ne prenait aucun soin de sa tenue. Il y avait des taches de soupe partout sur son corsage et une brûlure avait fait un trou dans sa jupe.

– Bonjour, Winky, dit Harry.

Les lèvres de Winky se mirent à trembler, puis elle fondit en larmes qui ruisselèrent de ses grands yeux marron et inondèrent ses vêtements, comme le jour de la Coupe du Monde de Quidditch.

– La pauvre, dit Hermione.

Accompagnée de Ron, elle avait suivi Harry et Dobby au fond de la cuisine.

– Winky, ne pleure pas, ne pleure pas…

Mais Winky pleurait plus fort que jamais. Dobby, lui, regardait Harry, le visage rayonnant.

– Est-ce que Harry Potter voudrait une tasse de thé ? demanda-t-il de sa petite voix aiguë, en criant presque pour couvrir les sanglots de Winky.

– Heu… Oui, d'accord, répondit Harry.

Aussitôt, une demi-douzaine d'elfes de maison arrivèrent à petits pas derrière lui, portant un grand plateau d'argent sur lequel étaient disposés une théière et trois tasses, ainsi qu'un pot de lait et une grande assiette de biscuits.

– Le service est impeccable ! remarqua Ron, impressionné

Hermione le regarda en fronçant les sourcils, mais les elfes avaient l'air ravi. Ils s'inclinèrent et repartirent.

– Ça fait combien de temps que tu es là, Dobby ? demanda Harry tandis que Dobby servait le thé.

– Une semaine seulement, Harry Potter, monsieur ! répondit Dobby d'un ton joyeux. Dobby est venu voir le professeur Dumbledore, monsieur. Vous savez, il est très difficile pour un elfe de maison qui a été renvoyé de trouver un nouveau travail, monsieur, vraiment très difficile…

En entendant ces paroles, Winky se mit à gémir de plus belle. Son gros nez en forme de tomate écrasée coulait abondamment, mais elle ne faisait aucun effort pour arrêter ce flot.

– Dobby a parcouru tout le pays pendant deux années entières, monsieur, pour essayer de trouver du travail ! couina Dobby. Mais Dobby n'a rien trouvé, monsieur, parce que, maintenant, Dobby veut être payé !

Dans toute la cuisine, les elfes de maison, qui regardaient et écoutaient avec beaucoup d'intérêt, détournèrent aussitôt les yeux, comme si Dobby venait de dire quelque chose de grossier et de terriblement gênant.

– Tu as bien raison, Dobby ! approuva Hermione.

– Oh, merci, Miss ! dit Dobby avec un sourire qui découvrit toutes ses dents. Mais les sorciers ne veulent pas d'un elfe de maison qui demande à être payé, Miss. Ils ont dit : « Un elfe de maison n'a pas à recevoir d'argent », et ils ont tous claqué la porte au nez de Dobby ! Dobby aime travailler, mais il veut porter des vêtements et il veut être payé, Harry Potter.. Dobby aime la liberté !

Les autres elfes commençaient à s'éloigner de lui le plus possible, comme s'il était atteint d'une maladie contagieuse.

Winky, en revanche, resta près d'eux, mais ses pleurs redoublèrent d'intensité.

– Alors, Harry Potter, Dobby est allé voir Winky et il a découvert qu'elle aussi avait été libérée, monsieur ! dit Dobby d'un air ravi.

À cet instant, Winky se jeta à plat ventre, tapant de ses petits poings le sol recouvert de dalles et hurlant littéralement de désespoir. Hermione s'agenouilla auprès d'elle pour essayer de la consoler mais rien de ce qu'elle put lui dire n'eut le moindre effet.

Dobby poursuivait son récit, sa petite voix perçante couvrant les lamentations de Winky.

– Alors, Dobby a eu une idée, monsieur ! Pourquoi est-ce que Dobby et Winky ne chercheraient pas du travail ensemble ? s'est dit Dobby. Où y a-t-il suffisamment de travail pour deux elfes de maison ? a dit Winky. Alors, Dobby a réfléchi et il a trouvé, monsieur ! *Poudlard !* Et donc, Dobby et Winky sont allés voir le professeur Dumbledore, monsieur, et le professeur Dumbledore les a engagés !

Le visage de Dobby resplendissait et des larmes de joie apparurent à nouveau dans ses yeux.

– Le professeur Dumbledore a dit qu'il allait payer Dobby, monsieur, si Dobby voulait être payé ! Dobby est un elfe libre et il gagne un Gallion par semaine avec un jour de congé par mois !

– Ce n'est pas beaucoup ! s'indigna Hermione, toujours occupée à essayer de calmer Winky qui continuait de hurler en martelant le sol de ses poings.

– Le professeur Dumbledore a proposé à Dobby dix Gallions par semaine et les week-ends libres, reprit Dobby, soudain parcouru d'un léger frisson, comme si la perspective de tant de richesses et de loisirs avait quelque chose d'effrayant. Mais Dobby a réussi à faire baisser son salaire, Miss... Dobby aime la liberté, Miss, mais il ne veut pas qu'on lui donne trop, il préfère travailler.

— Et toi, Winky, combien te paye le professeur Dumbledore ? demanda Hermione avec douceur.

Si elle avait pensé que parler de son salaire serait une façon de consoler Winky, elle fut très vite détrompée. Certes, Winky cessa aussitôt de pleurer mais, lorsqu'elle se redressa, le visage ruisselant, elle regarda Hermione d'un air furieux.

— Winky est un elfe déchu, mais Winky n'est pas tombée assez bas pour se faire payer ! couina-t-elle. Winky a terriblement honte d'avoir été libérée !

— Honte ? dit Hermione sans comprendre. Enfin, Winky ! C'est Mr Croupton qui devrait avoir honte, pas toi ! Tu n'as rien fait de mal, il a été odieux avec toi...

Winky plaqua ses mains sur les trous de son chapeau en s'aplatissant les oreilles pour ne plus rien entendre et poussa un hurlement suraigu.

— N'insultez pas mon maître, Miss ! N'insultez pas Mr Croupton ! Mr Croupton est un bon sorcier, Miss ! Mr Croupton a eu raison de renvoyer la méchante Winky !

— Winky a du mal à s'adapter, Harry Potter, dit Dobby en confidence. Winky oublie qu'elle n'est plus attachée à Mr Croupton. Elle a le droit de dire ce qu'elle pense, désormais, mais elle n'ose pas.

— Les elfes de maison n'ont donc pas le droit de dire ce qu'ils pensent de leurs maîtres ? s'étonna Harry.

— Oh non, monsieur, oh non, répondit Dobby d'un air soudain grave. Cela fait partie de l'esclavage des elfes, monsieur. Nous devons garder leurs secrets et nous taire, nous devons soutenir l'honneur de la famille et ne jamais dire de mal d'eux. Mais le professeur Dumbledore a dit à Dobby qu'il n'était pas obligé de respecter cette règle. Le professeur Dumbledore a dit que nous sommes libres de... de...

Dobby parut brusquement mal à l'aise et fit signe à Harry de s'approcher. Harry se pencha vers lui.

– Il a dit que nous sommes libres de le traiter de vieux loufoque complètement cinglé si ça nous fait plaisir, monsieur !

Dobby eut une sorte de rire épouvanté.

– Mais Dobby ne veut surtout pas faire ça, Harry Potter, reprit-il d'une voix normale.

Il hocha la tête et ses oreilles remuèrent comme des éventails.

– Dobby aime beaucoup le professeur Dumbledore, monsieur, et il est fier de garder ses secrets.

– Mais tu peux dire ce que tu veux des Malefoy, maintenant ? dit Harry avec un sourire.

Une lueur d'inquiétude passa dans les yeux immenses de Dobby.

– Oh, Dobby… Dobby pourrait, dit-il d'un ton mal assuré.

Il bomba son torse étroit, et reprit :

– Dobby pourrait dire à Harry Potter que ses anciens maîtres sont… sont *de très mauvais sorciers qui pratiquent la magie noire !*

Dobby resta un instant immobile, tremblant de tous ses membres, horrifié par sa propre audace, puis il se précipita vers la table la plus proche et se tapa violemment la tête contre le bord en criant :

– Méchant Dobby ! Méchant Dobby !

Harry attrapa l'elfe par sa cravate et l'écarta de la table.

– Merci, Harry Potter, merci, dit Dobby, hors d'haleine, en se frottant la tête.

– C'est une question d'entraînement, assura Harry.

– D'entraînement ! couina Winky d'un air furieux. Tu devrais avoir honte, Dobby, de parler comme ça de tes maîtres !

– Ce ne sont plus mes maîtres, Winky ! dit Dobby d'un ton de défi. Dobby se fiche de ce qu'ils pensent !

– Tu es un très mauvais elfe, Dobby ! gémit Winky, des larmes coulant à nouveau sur son visage. Mon pauvre Mr Croupton, comment fait-il sans Winky ? Il a besoin de moi, il a besoin de mon aide ! J'ai servi les Croupton toute ma vie, ma mère les a servis avant moi, et ma grand-mère les a servis avant elle... Oh, que diraient-elles, si elles savaient que Winky a été libérée ? Oh, quelle honte, quelle honte !

Elle enfouit son visage dans sa jupe et se remit à hurler.

– Winky, dit Hermione d'un ton ferme. Je suis certaine que Mr Croupton se débrouille parfaitement bien sans toi. On l'a vu, tu sais...

– Vous avez vu mon maître ? dit Winky d'un ton haletant en relevant la tête et en fixant Hermione de ses grands yeux exorbités. Vous l'avez vu ici, à Poudlard ?

– Oui, répondit Hermione. Mr Verpey et lui font partie des juges du Tournoi des Trois Sorciers.

– Mr Verpey est venu aussi ? couina Winky.

À la grande surprise de Harry, Ron et Hermione, elle parut à nouveau en colère.

– Mr Verpey est un mauvais sorcier ! Un très mauvais sorcier ! Mon maître ne l'aime pas, oh non, il ne l'aime pas du tout !

– Verpey ? Un mauvais sorcier ? s'étonna Harry.

– Oh oui, répondit Winky, en hochant furieusement la tête. Mon maître a dit des choses à Winky ! Mais Winky ne répétera pas... Winky... Winky garde les secrets de son maître...

Elle fondit à nouveau en larmes et enfouit la tête dans sa jupe.

– Pauvre maître, pauvre maître, plus de Winky pour l'aider !

Ils ne parvinrent plus à arracher à Winky la moindre

parole sensée et la laissèrent pleurer tout son saoul. Dobby continua de bavarder joyeusement pendant qu'ils buvaient leur thé, parlant de ses projets et de ses revenus.

— Bientôt, Dobby va s'acheter un pull en laine, Harry Potter ! dit-il joyeusement en montrant sa poitrine nue.

— Tiens, justement, dit Ron, qui semblait avoir pris l'elfe en affection, si tu veux, je te donnerai celui que va me tricoter ma mère pour Noël. Elle m'en envoie un chaque année. Ça ne te dérange pas, le violet ?

Dobby était enchanté.

— Il faudra peut-être le rétrécir un peu pour qu'il soit à ta taille, mais il ira très bien avec ton cache-théière.

Lorsqu'ils s'apprêtèrent à partir, de nombreux elfes se précipitèrent vers eux pour leur offrir des choses à emporter. Hermione refusa, visiblement navrée de les voir s'incliner et multiplier les révérences, mais Harry et Ron remplirent leurs poches de gâteaux à la crème et de tartes.

— Merci beaucoup ! lança Harry aux elfes qui s'étaient tous rassemblés autour de la porte pour leur souhaiter bonne nuit. À bientôt, Dobby !

— Harry Potter… Est-ce que Dobby pourra venir vous voir un jour prochain ? se risqua à demander Dobby.

— Bien sûr que tu peux, répondit Harry.

L'elfe eut un sourire rayonnant.

— Vous savez quoi ? dit Ron, alors qu'ils remontaient les marches menant dans le hall d'entrée. Pendant toutes ces années, j'ai été très impressionné par la façon dont Fred et George arrivaient à rapporter des tas de trucs de la cuisine mais, finalement, ce n'est pas vraiment difficile. Ils sont prêts à donner tout ce qu'ils ont !

— Je pense que c'est la meilleure chose qui soit arrivée à ces elfes, dit Hermione. Je veux dire que Dobby soit venu travailler ici. Les autres vont voir à quel point il est heureux d'être libre et, petit à petit, ils finiront par comprendre que c'est ça qu'il leur faut !

– Espérons qu'ils n'iront pas voir Winky de trop près, dit Harry.

– Oh, elle va sûrement retrouver le moral, assura Hermione d'un ton qui ne paraissait pas très convaincu. Une fois que le choc sera passé et qu'elle se sera habituée à Poudlard, elle verra qu'elle est beaucoup mieux sans ce Croupton.

– Elle a l'air de beaucoup l'aimer, dit Ron la bouche pleine (il venait de mordre dans un gâteau à la crème).

– En tout cas, elle n'a pas une très bonne opinion de Verpey, fit remarquer Harry. Je me demande ce que Croupton a dit de lui.

– Sans doute qu'il n'est pas très bon comme directeur de département, répondit Hermione. Et si on regarde les choses en face... il n'a pas vraiment tort, non ?

– J'aimerais quand même mieux travailler pour lui que pour le vieux Croupton, déclara Ron. Au moins, Verpey a le sens de l'humour.

– Ne dis pas ça devant Percy, dit Hermione avec un sourire.

– Oh, de toute façon, Percy ne travaillerait jamais pour quelqu'un qui a le sens de l'humour, répondit Ron, qui s'attaquait à présent à un éclair au chocolat. Si les plaisanteries pouvaient danser toutes nues avec le cache-théière de Dobby sur la tête, il ne les verrait même pas.

22

LA TÂCHE INATTENDUE

– Potter ! Weasley ! Pourriez-vous s'il vous plaît faire un peu *attention* à ce qui se passe ?

La voix irritée du professeur McGonagall claqua comme un fouet pendant le cours de métamorphose du jeudi. Harry et Ron sursautèrent.

C'était la fin de la classe. Le programme du jour était terminé. Les dindes qu'ils avaient transformées en cochons d'Inde avaient été enfermées dans une grande cage posée sur le bureau du professeur McGonagall (le cochon d'Inde de Neville avait encore des plumes, c'était plutôt un cochondinde, comme l'avait fait remarquer le professeur). Ils venaient de recopier dans leurs cahiers de textes les devoirs indiqués au tableau noir (Décrivez en donnant des exemples les diverses façons d'adapter les sortilèges de métamorphose aux transferts inter-espèces) et la cloche n'allait pas tarder à sonner. Harry et Ron, qui s'étaient livrés au fond de la classe à un combat de baguettes farceuses fournies par Fred et George, relevèrent la tête en s'entendant interpeller par le professeur McGonagall. Ron avait à présent un perroquet en fer-blanc à la main et Harry un haddock en caoutchouc.

– Si Potter et Weasley veulent bien être assez aimables pour cesser de se comporter comme des enfants de cinq ans, dit McGonagall avec un regard furieux, tandis que la tête du haddock tombait par terre, tranchée par le bec du perroquet, je pourrai peut-être vous annoncer une nouvelle importante. Le bal de Noël approche. Il s'agit d'une tradition du Tournoi des Trois Sorciers, qui donne l'occasion de mieux connaître nos invités étrangers. Le bal est ouvert à tous les élèves à partir de la quatrième année mais vous avez le droit d'y inviter des élèves plus jeunes, si vous le souhaitez...

Lavande Brown laissa échapper un gloussement suraigu et Parvati Patil lui donna un coup de coude dans les côtes, en ayant elle-même le plus grand mal à ne pas l'imiter. Toutes deux se retournèrent vers Harry. Le professeur McGonagall ne leur prêta aucune attention, ce qui lui parut très injuste, lui-même et Ron ayant été rappelés à l'ordre un instant plus tôt.

– Les tenues de soirée seront obligatoires, poursuivit le professeur McGonagall. Le bal aura lieu dans la Grande Salle, le jour de Noël, il commencera à huit heures du soir et se terminera à minuit.

Le professeur McGonagall lança à toute la classe un regard appuyé.

– Bien entendu, le bal de Noël a toujours quelque chose d'un peu... échevelé, reprit-elle d'un ton désapprobateur.

Lavande se mit à glousser plus fort que jamais, la main plaquée contre sa bouche pour essayer de faire un peu moins de bruit. Cette fois, Harry comprit ce qu'il y avait de drôle : quand on voyait le professeur McGonagall, avec ses cheveux impeccablement tirés en un chignon serré, il était difficile d'imaginer qu'elle ait jamais été échevelée, dans tous les sens du terme.

– Cela ne signifie PAS, poursuivit le professeur McGonagall, que nous tolérerons de la part des élèves de Poudlard une conduite plus relâchée qu'à l'ordinaire. Je serais extrêmement mécontente si jamais je voyais un ou une élève de Gryffondor se comporter d'une manière qui puisse porter atteinte à la réputation de l'école.

La cloche retentit et l'habituel brouhaha s'éleva dans la classe tandis que les élèves rangeaient leurs affaires dans leurs sacs et commençaient à partir.

— Potter, je voudrais vous voir, s'il vous plaît, lança le professeur McGonagall d'une voix suffisamment forte pour couvrir le bruit ambiant.

Imaginant que cette demande n'était pas sans rapport avec le haddock en caoutchouc décapité, Harry s'avança vers l'estrade d'un air sombre.

Le professeur attendit que les autres élèves soient partis avant de déclarer :

— Potter, les champions et leurs partenaires...

— Quels partenaires ? s'étonna Harry.

Le professeur McGonagall le regarda d'un air méfiant, comme si elle le soupçonnait d'essayer d'être drôle.

— Vos partenaires pour le bal, Potter, dit-elle d'un ton glacial. Vos *cavalières*.

Harry eut l'impression que quelque chose se contractait du côté de son estomac.

— Des cavalières ?

Il se sentit rougir.

— Je ne sais pas danser, dit-il précipitamment.

— Oh mais, il faudra bien, répliqua le professeur McGonagall d'un ton agacé. C'est justement ce que je voulais vous dire. Il est de tradition que les champions et leurs partenaires ouvrent le bal.

Harry se vit soudain coiffé d'un haut-de-forme et vêtu d'une queue-de-pie, accompagné d'une fille habillée d'une de ces robes à fanfreluches que la tante Pétunia portait toujours lorsqu'elle accompagnait l'oncle Vernon à un cocktail.

— Je ne sais pas danser, répéta-t-il.

– C'est une tradition, dit le professeur McGonagall d'un ton ferme. Vous êtes un champion de Poudlard et vous allez faire ce que l'on attend de vous en tant que représentant de l'école. Alors, débrouillez-vous pour avoir une partenaire, Potter.

– Mais… Je ne…

– Vous m'avez entendue, Potter ? coupa le professeur McGonagall d'un ton qui ne souffrait aucune réplique.

Une semaine plus tôt, Harry aurait pensé que trouver une cavalière pour un bal n'était rien comparé à l'obligation d'affronter un Magyar à pointes. Mais maintenant qu'il en avait fini avec ce dernier et qu'il lui fallait inviter une des filles de Poudlard à l'accompagner au bal de Noël, il se demandait si un nouveau combat avec un dragon ne serait pas préférable.

Harry n'avait jamais vu autant d'élèves manifester le désir de rester à Poudlard pour Noël. Lui ne quittait jamais le château, pour ne pas être contraint de passer ses vacances dans la maison de Privet Drive mais, jusqu'alors, il avait été un des rares à ne pas vouloir retourner dans sa famille. Cette fois-ci, pourtant, tous les élèves à partir de la quatrième année souhaitaient rester. Ils n'avaient plus que le bal en tête – les filles surtout, et Harry fut stupéfait de voir à quel point elles semblaient soudain nombreuses. Il n'y avait jamais fait attention jusqu'alors mais, à présent, il en voyait partout. Des filles qui gloussaient et murmuraient dans les couloirs, des filles qui se mettaient à hurler de rire quand des garçons passaient devant elles, des filles surexcitées qui comparaient des listes de vêtements pour décider de ce qu'elles allaient mettre le soir de Noël…

– Pourquoi faut-il toujours qu'elles se promènent en troupeaux ? dit Harry à Ron en voyant passer devant eux une douzaine de filles qui pouffaient de rire. Comment on fait pour en prendre une à part et lui demander si elle veut venir au bal ?

—Essaye avec un lasso, suggéra Ron. Tu sais déjà à qui tu vas demander ?

Harry ne répondit pas. Il savait parfaitement à qui il *aimerait* demander, mais encore fallait-il en avoir le courage… Cho avait un an de plus que lui. Elle était très belle. C'était une excellente joueuse de Quidditch et tout le monde l'aimait beaucoup.

Ron semblait deviner ce qui se passait dans la tête de Harry.

—Ça ne devrait pas être très difficile pour toi. Tu fais partie des champions et tu viens de te battre contre un dragon. Elles vont faire la queue pour t'accompagner.

Par égard pour leur récente réconciliation, Ron s'était efforcé de réduire au minimum l'amertume qu'on sentait encore percer dans sa voix. En fait, au grand étonnement de Harry, la suite prouva qu'il avait raison.

Une fille aux cheveux bouclés, élève de troisième année à Poufsouffle et à qui Harry n'avait jamais parlé de sa vie, lui demanda dès le lendemain d'aller au bal avec elle. Harry fut tellement interloqué qu'il répondit « non » avant même d'avoir pris le temps de réfléchir. La fille s'éloigna, vexée, et Harry dut subir les plaisanteries de Dean, de Seamus et de Ron pendant tout le cours d'histoire de la magie. Le lendemain, deux autres filles vinrent se proposer pour l'accompagner au bal. L'une était en deuxième année ; l'autre, une élève de cinquième année, avait (à sa grande horreur) une carrure suffisante pour l'assommer en cas de refus.

—Elle était très jolie, il faut le reconnaître, dit Ron, lorsque son fou rire se fut atténué.

—Elle avait trente centimètres de plus que moi, répondit

Harry, encore sous le coup de l'émotion. Imagine de quoi j'aurais eu l'air si j'avais essayé de danser avec elle.

Les paroles d'Hermione au sujet de Krum lui revenaient sans cesse en mémoire. « Elles l'aiment simplement parce qu'il est célèbre ! » Harry doutait fort que les filles qui lui avaient demandé de l'accompagner auraient eu la même idée s'il n'avait pas été l'un des champions. Ressentirait-il la même gêne si c'était Cho qui le lui demandait ?

Dans l'ensemble, Harry devait admettre que, en dépit de la perspective peu réjouissante d'avoir à ouvrir le bal, sa vie s'était considérablement améliorée depuis qu'il avait accompli la première tâche. Il s'attirait beaucoup moins de réflexions désagréables lorsqu'il marchait dans les couloirs et, à son avis, Cedric n'y était pas étranger. Il n'aurait pas été étonné que Diggory ait dit à ses camarades de Poufsouffle de le laisser tranquille, pour le remercier de l'avoir prévenu au sujet du dragon. Les badges VIVE CEDRIC DIGGORY semblaient également moins nombreux. Bien entendu, Drago Malefoy continuait de lui citer des passages de l'article de Rita Skeeter chaque fois qu'il en avait l'occasion, mais ils provoquaient de moins en moins de rires – et comme pour renforcer ce sentiment de bien-être, aucun article sur Hagrid n'avait paru dans *La Gazette du sorcier*.

Lors du dernier cours de soins aux créatures magiques du trimestre, Harry, Ron et Hermione demandèrent à Hagrid comment s'était passée l'interview avec Rita Skeeter.

– Pour dire la vérité, elle n'avait pas l'air très intéressée par les créatures magiques, répondit Hagrid.

À leur grand soulagement, Hagrid avait renoncé à tout contact direct avec les Scroutts. Ils passèrent le dernier cours derrière sa cabane, assis autour de tables à tréteaux sur lesquelles ils préparèrent de nouvelles sortes de nourritures susceptibles d'allécher les redoutables créatures.

– Elle voulait simplement que je lui parle de toi, Harry, poursuivit Hagrid à voix basse. Je lui ai dit qu'on était amis depuis le jour où j'étais allé te chercher chez les Dursley. Elle m'a posé des questions du genre : « Vous n'avez jamais eu à lui faire de réflexion en quatre ans ? » ou « Il n'a jamais essayé de chahuter pendant vos cours ? » Je lui ai répondu que non mais elle n'avait pas l'air contente du tout comme si elle voulait absolument me faire dire que tu étais un horrible cancre.

– Bien sûr, c'est ce qu'elle veut, dit Harry en jetant des morceaux de foie de dragon dans un grand saladier de métal. Elle ne peut pas écrire indéfiniment que je suis un pauvre petit héros à la vie bien tragique, ça finirait par devenir ennuyeux.

– Elle veut prendre les choses sous un nouvel angle, Hagrid, dit Ron avec pertinence, tout en épluchant des œufs durs de salamandre. Cette fois-ci, vous auriez dû dire que Harry était un dangereux délinquant complètement fou.

– Mais ce n'est pas vrai ! répondit Hagrid, sincèrement choqué.

– Elle aurait dû interviewer Rogue, dit Harry d'un air maussade. Il lui aurait raconté tout ce qu'elle voulait entendre. *Depuis qu'il est entré dans cette école, Potter a consacré la plus grande partie de son temps à dépasser les limites...*

Ron et Hermione éclatèrent de rire.

– Il a dit ça ? s'étonna Hagrid. Tu as peut-être fait quelques entorses au règlement, Harry, mais tu es quelqu'un de bien.

– Merci, Hagrid, dit Harry avec un sourire.

– Vous allez venir au bal, le jour de Noël, Hagrid ? demanda Ron.

– J'irai peut-être y faire un tour, oui, marmonna Hagrid. Ce sera sûrement une belle fête. C'est toi qui ouvriras le bal, Harry ? Avec qui iras-tu ?

– Je ne sais pas encore, répondit Harry qui se sentit à nouveau rougir.

Hagrid n'insista pas.

Au fil des jours, la dernière semaine du trimestre devenait de plus en plus agitée. Des rumeurs sur le bal de Noël couraient de tous les côtés, mais Harry n'en croyait pas la moitié – on disait par exemple que Dumbledore avait acheté huit cents tonneaux d'hydromel à Madame Rosmerta. Il semblait vrai, en revanche, qu'il avait engagé les Bizarr' Sisters. Qui étaient exactement les Bizarr' Sisters, Harry n'en savait rien, n'ayant jamais eu accès à la station de radio des sorciers mais, si l'on en jugeait par l'enthousiasme déchaîné de ceux qui avaient grandi à l'écoute de la RITM (Radio indépendante à transmission magique), c'était un groupe très connu.

Voyant que tout le monde avait l'esprit ailleurs, certains enseignants, comme le petit professeur Flitwick, renonçaient à faire normalement leurs cours. Le mercredi, Flitwick autorisa les élèves à jouer à ce qu'ils voulaient et passa la plus grande partie de l'heure à parler avec Harry du remarquable sortilège d'Attraction dont il avait fait usage pour accomplir la première tâche du tournoi. D'autres professeurs ne faisaient pas preuve de la même indulgence. Ainsi, rien ne pouvait empêcher le professeur Binns de lire d'une voix monocorde ses notes sur les révoltes de gobelins. Même sa propre mort n'avait pas empêché Binns d'enseigner, il ne fallait donc pas s'attendre à ce qu'un événement aussi insignifiant que Noël le détourne de ses habitudes. Il était extraordinaire de voir comment, racontées par lui, les émeutes sanglantes et féroces des gobelins paraissaient aussi ennuyeuses que le rapport de Percy sur l'épaisseur des fonds de chaudron. Les professeurs McGonagall et Maugrey les firent également travailler jusqu'à la toute dernière minute de leurs cours. Quant à Rogue, bien sûr, il était tout aussi impensable d'imaginer qu'il les laisserait jouer pendant sa classe que de lui demander d'adopter Harry. Avec un regard mauvais, il leur annonça qu'il passerait le dernier cours du trimestre à tester leurs antidotes.

– C'est vraiment un affreux bonhomme, dit Ron d'un ton amer, lorsqu'ils furent remontés dans la salle commune de Gryffondor. Nous coller un examen le dernier jour. Nous gâcher ce qui reste du trimestre avec toutes ces révisions.

– Ça n'a pas l'air de trop te fatiguer, fit remarquer Hermione, en levant les yeux de son cahier de potions.

Ron était occupé à construire un château de cartes avec son jeu de bataille explosive – un passe-temps beaucoup plus intéressant que les châteaux de cartes de Moldus, car son échafaudage pouvait exploser à tout moment.

– C'est Noël, Hermione, dit Harry d'un ton nonchalant.

Confortablement installé dans un fauteuil auprès du feu, il relisait pour la dixième fois *En vol avec les Canons*.

Hermione lui lança également un regard sévère.

– J'aurais pensé que tu ferais quelque chose de plus constructif, Harry, même si tu ne veux pas réviser tes antidotes !

– Quoi, par exemple ? demanda Harry en regardant Joey Jenkins de l'équipe des Canons envoyer un Cognard sur le poursuiveur des Chauves-Souris de Fichucastel.

– L'œuf ! murmura Hermione entre ses dents.

– Écoute, Hermione, j'ai jusqu'au 24 février pour y penser.

Il avait rangé l'œuf d'or dans sa valise et ne l'avait plus ouvert depuis la fête qui avait suivi sa première tâche. Après tout, il lui restait encore deux mois et demi avant d'être vraiment obligé de percer le mystère de ces hurlements.

– Mais il te faudra peut-être des semaines pour découvrir ce que ça veut dire ! fit remarquer Hermione. Tu vas avoir l'air d'un parfait idiot si tout le monde sait en quoi consiste la prochaine tâche sauf toi !

– Laisse-le tranquille, Hermione, il a bien mérité de se reposer un peu, dit Ron.

Il posa les deux dernières cartes sur le château qui explosa en lui brûlant les sourcils.

– Bravo, Ron, tu es très bien comme ça... Ça ira à merveille avec ta tenue de soirée !

C'étaient Fred et George. Ils s'assirent avec eux à la table tandis que Ron se tâtait les sourcils pour essayer d'évaluer les dégâts.

– Ron, on peut t'emprunter Coquecigrue ? demanda George.

– Non, il est en train de porter une lettre, répondit Ron. Pourquoi ?

– Parce que George veut l'inviter au bal, dit Fred d'un ton narquois.

– Parce qu'on veut envoyer une lettre, espèce de sombre idiot, dit George.

– À qui vous écrivez comme ça, tous les deux ? demanda Ron.

– Ne mets pas ton nez dans nos affaires, sinon je te le brûle aussi, répliqua Fred en brandissant sa baguette magique d'un air menaçant. Alors... Vous avez des filles pour vous accompagner au bal ?

– Pas encore, dit Ron.

– Tu ferais bien de te dépêcher, vieux, sinon il ne restera plus que les moches, dit Fred.

– Et vous, vous serez avec qui ?

– Angelina, dit aussitôt Fred, sans la moindre gêne.

– Quoi ? s'exclama Ron. Tu lui as déjà demandé ?

– Tiens, tu fais bien de me le rappeler, répondit Fred.

Il se retourna et s'écria :

– Oh, Angelina !

Angelina, qui bavardait près de la cheminée avec Alicia Spinnet, leva les yeux vers lui.

– Quoi ? demanda-t-elle.

– Tu veux venir avec moi au bal ?

Angelina observa Fred comme si elle le jaugeait du regard.

– D'accord, dit-elle, puis elle reprit sa conversation avec Alicia, un petit sourire aux lèvres.

– Et voilà, dit Fred. Ce n'est pas plus difficile que ça.

Il se leva en bâillant et ajouta :

– On ferait peut-être bien de prendre un hibou de l'école, George. Viens…

Et tous deux sortirent de la salle commune. Ron cessa de tâter ses sourcils et regarda Harry par-dessus les débris fumants de son château en ruine.

– Il a raison. On devrait peut-être s'en occuper aussi… de trouver une fille pour le bal. Sinon, on va finir avec une paire de trolls.

Hermione laissa échapper une exclamation indignée.

– Une paire de *quoi* ? Comment tu as dit ?

– Je préférerais encore me retrouver tout seul que d'y aller avec… disons avec Éloïse Midgen, répondit-il en haussant les épaules.

– Son acné s'est beaucoup arrangée ces temps derniers. Et elle est très sympathique !

– Elle n'a pas le nez au milieu de la figure, dit Ron.

– Ah oui, je comprends, répliqua Hermione avec irritation. Donc, en résumé, tu prendras la plus belle fille que tu trouveras même si c'est la pire des chipies ?

– Heu… Oui, c'est à peu près ça, admit Ron.

– Je vais me coucher, lança Hermione d'un ton sec.

Et sans ajouter un mot, elle monta l'escalier qui menait aux dortoirs des filles.

Les responsables de Poudlard, toujours désireux d'impressionner leurs hôtes de Beauxbâtons et de Durmstrang, paraissaient décidés à profiter de Noël pour présenter le château sous son meilleur jour. Lorsque les décorations furent installées, Harry resta bouche bée : il n'en avait jamais vu d'aussi splendides. Des stalactites de glace éternelle avaient été fixées aux rampes de l'escalier de marbre, les traditionnels douze sapins de Noël de la Grande Salle étaient ornés de tout ce qu'on pouvait imaginer de plus spectaculaire, des branches de houx à baies lumineuses ou des hiboux d'or qui poussaient de vrais hululements, et les armures avaient été ensorcelées pour chanter des cantiques de Noël chaque fois que quelqu'un passait devant elles. Entendre chanter *Il est né le divin enfant* par un heaume vide qui ne connaissait que la moitié des paroles constituait un moment inoubliable. À plusieurs reprises, Rusard dut faire sortir Peeves de l'intérieur d'une armure où il s'était caché pour remplacer les paroles manquantes par des couplets de sa propre invention qui offraient un échantillon assez éloquent de sa grossièreté.

Harry n'avait toujours pas demandé à Cho de l'accompagner au bal. Ron non plus n'avait pas de cavalière et tous deux commençaient à s'inquiéter sérieusement, même si, comme le lui avait fait remarquer Harry, Ron aurait l'air beaucoup moins stupide que lui s'il ne trouvait personne. Harry était censé ouvrir le bal avec les autres champions.

— Il y a toujours Mimi Geignarde, dit-il d'un air lugubre, en parlant du fantôme qui hantait les toilettes des filles du deuxième étage.

— Harry, il faut simplement serrer les dents et y aller, dit Ron le vendredi matin, comme s'ils s'apprêtaient à se lancer à l'assaut d'une forteresse inexpugnable. Quand nous reviendrons dans la salle commune, ce soir, nous devrons avoir tous les deux des partenaires. D'accord ?

– Heu… d'accord, dit Harry.

Mais chaque fois qu'il aperçut Cho ce jour-là – pendant la récréation, à l'heure du déjeuner et dans un couloir en allant au cours d'histoire de la magie – elle était entourée d'amies. Elle n'allait donc *jamais* nulle part toute seule ? Peut-être devrait-il se mettre en embuscade sur le chemin des toilettes ? Mais non, même là, elle semblait entourée d'une escorte de quatre ou cinq filles. Pourtant, s'il ne se décidait pas bientôt, quelqu'un d'autre allait inévitablement l'inviter à sa place.

Il eut du mal à se concentrer pendant le cours de Rogue consacré aux antidotes et oublia d'ajouter à sa préparation l'ingrédient essentiel – un bézoard – ce qui lui valut la plus mauvaise note de la classe. Mais peu lui importait : il était trop occupé à rassembler le courage nécessaire pour entreprendre ce qu'il avait décidé de faire. Lorsque la cloche sonna, il prit son sac et se précipita vers la porte.

– Je vous retrouve au dîner, dit-il à Ron et à Hermione avant de monter l'escalier quatre à quatre.

Il lui faudrait simplement demander à Cho s'il pouvait lui dire un mot en particulier, voilà tout… Il se hâta le long des couloirs bondés d'élèves, la cherchant partout, et finit par la trouver plus tôt qu'il ne le pensait, à la sortie de son cours de défense contre les forces du Mal.

– Heu… Cho ? Est-ce que je pourrais te dire un mot ?

En voyant glousser les filles qui l'entouraient, Harry pensa avec fureur que les gloussements devraient être interdits par la loi et punis de fortes amendes. Heureusement, Cho, elle, ne gloussait pas.

– D'accord, dit-elle en le suivant un peu plus loin, là où ses amies ne pouvaient les entendre.

Harry se tourna vers elle et sentit une étrange contraction dans son estomac, comme s'il avait raté une marche en descendant l'escalier.

– Heu..., dit-il.

Il n'arrivait pas à poser la question. C'était impossible.
Pourtant, il le fallait. Cho restait immobile devant lui en le
regardant d'un air perplexe.

Les mots s'échappèrent de ses lèvres avant qu'il ait eu le
temps de les articuler clairement.

– Teuvniaubalecmoi ?

– Pardon ? dit Cho.

– Tu... Tu veux venir au bal avec moi ? répéta-t-il plus
intelligiblement.

Pourquoi fallait-il qu'il rougisse en cet instant ? *Pourquoi ?*

– Oh ! dit Cho, qui rougit à son tour. Oh, Harry, je suis
vraiment désolée – et elle semblait sincère. J'ai déjà accepté
d'y aller avec quelqu'un d'autre.

– Ah bon, dit Harry.

C'était étrange. Un instant auparavant, il avait senti ses
entrailles se tortiller comme des serpents et, soudain, il avait
l'impression de ne plus avoir d'entrailles du tout.

– Ça ne fait rien, dit-il.

– Je suis vraiment désolée, répéta Cho.

– Ce n'est pas grave, assura Harry.

Ils restèrent là à se regarder un moment.

– Bon, ben..., dit enfin Cho.

– Oui, dit Harry.

– Alors, au revoir, dit Cho, les joues toujours très rouges.
Et elle s'éloigna.

Avant d'avoir pu faire l'effort de s'en empêcher, Harry
lança :

– Tu y vas avec qui ?

– Oh, heu... avec Cedric, répondit Cho. Cedric Diggory.

– Ah, d'accord, dit Harry.

Ses entrailles avaient fait leur retour. Mais il lui sembla
qu'elles s'étaient remplies de plomb pendant leur absence.

Oubliant complètement d'aller dîner, il retourna à pas lents dans la tour de Gryffondor, la voix de Cho résonnant dans sa tête à chaque marche qu'il montait. « *Cedric – Cedric Diggory.* » Il avait commencé à trouver Cedric sympathique – il aurait même été prêt à oublier le fait qu'un jour il l'avait battu au Quidditch, prêt aussi à lui pardonner d'être si séduisant, aimé de tous et le champion préféré d'à peu près tout le monde. Mais, à présent, Cedric lui apparaissait comme un bellâtre sans intérêt qui n'avait même pas assez de cervelle pour remplir un coquetier.

– Guirlande, dit-il d'un air sombre à la grosse dame – le mot de passe avait changé la veille.

– Mais bien sûr, mon cher ! répondit-elle d'une voix cristalline en rajustant la guirlande argentée qu'elle portait dans les cheveux.

Et le portrait pivota pour le laisser entrer.

En pénétrant dans la salle commune, Harry jeta un regard autour de lui. À sa grande surprise, il vit Ron assis dans un coin, le visage défait. Ginny se trouvait à côté de lui et lui parlait en essayant apparemment de le consoler.

– Qu'est-ce qui se passe, Ron ? s'inquiéta Harry lorsqu'il les eut rejoints.

Ron leva les yeux vers lui, une expression d'horreur sur le visage.

– Pourquoi est-ce que j'ai fait une chose pareille ? dit-il, effaré. Je ne sais pas ce qui m'a pris !

– Quoi ? dit Harry.

– Il… heu… il vient de demander à Fleur Delacour d'aller au bal avec lui, expliqua Ginny.

Elle eut l'air de réprimer un sourire, mais continua de tapoter le bras de Ron avec douceur.

– Tu as *quoi* ? dit Harry.

– Je ne sais pas ce qui m'a pris ! répéta Ron, le souffle court.

Qu'est-ce que j'avais dans la tête ? Il y avait des gens – tout autour d'elle – j'ai dû devenir fou – devant tout le monde ! Je venais de la croiser dans le hall d'entrée – elle parlait avec Diggory – et j'ai senti quelque chose qui me poussait... Alors, je lui ai demandé...

Ron poussa un gémissement et enfouit son visage dans ses mains. Il continua à parler, mais on avait peine à comprendre ce qu'il disait.

– Elle m'a regardé comme si j'étais un ver de vase. Elle n'a même pas répondu. Alors, tout d'un coup, je ne sais pas ce qui s'est passé, je me suis réveillé et j'ai pris la fuite.

– Elle est en partie Vélane, dit Harry. Tu avais raison. Sa grand-mère en était une. Ce n'est pas ta faute, j'imagine que tu es passé à côté d'elle pendant qu'elle faisait agir son charme magique pour plaire à Diggory et tu as dû prendre une décharge. Mais, de toute façon, elle perdait son temps avec lui. Il va au bal avec Cho Chang.

Ron releva la tête.

– C'est elle qui me l'a dit, précisa Harry d'un ton éteint. Je viens de lui demander de m'accompagner...

Ginny cessa soudain de sourire.

– C'est fou, dit Ron. On est les seuls à n'avoir personne – à part Neville. Devine à qui il a demandé ? À *Hermione* !

– Quoi ? dit Harry, soudain distrait de ses sombres pensées par l'étrange nouvelle.

– Oui, c'est drôle, non ? s'esclaffa Ron dont le visage commençait à reprendre des couleurs. Il m'a raconté ça après le cours de potions ! Il a dit qu'elle avait toujours été gentille avec lui, qu'elle l'aidait dans son travail et tout ça – mais elle lui a répondu qu'elle était déjà prise. Ha, ha ! Tu parles ! Elle ne voulait pas y aller avec Neville... D'ailleurs, qui voudrait ?

– Arrête de rire ! dit Ginny, agacée.

À cet instant, le portrait de la grosse dame pivota et Hermione entra dans la salle commune.

– Pourquoi est-ce que vous n'êtes pas venus dîner ? demanda-t-elle en s'avançant vers eux.

– Parce que – oh, arrêtez de rire, tous les deux – parce qu'ils viennent de se faire envoyer promener par les deux filles à qui ils ont demandé de les accompagner au bal ! dit Ginny.

Harry et Ron cessèrent aussitôt de rire.

– Merci beaucoup, Ginny, dit Ron avec aigreur.

– Alors, toutes les belles filles sont prises ? dit Hermione d'un air hautain. Éloïse Midgen commence à être très jolie, non ? Enfin, je suis sûre que vous finirez par trouver quelqu'un, quelque part, qui acceptera de vous accompagner.

Mais Ron regardait à présent Hermione comme s'il la voyait soudain sous un tout autre angle.

– Hermione, dit-il, Neville a raison, après tout : tu *es* une fille…

– Quel sens de l'observation ! lança Hermione d'un ton acide.

– Alors, tu n'as qu'à venir avec un de nous deux !

– Non, impossible, répondit sèchement Hermione.

– Allez, arrête, dit Ron d'un air agacé. On a besoin de cavalières, on va avoir l'air vraiment idiot si on n'en a pas, tous les autres en ont…

– Je ne peux pas venir avec vous, dit Hermione, qui rougissait à présent. J'y vais déjà avec quelqu'un d'autre.

– Tu parles ! s'exclama Ron. Tu as dit ça simplement pour te débarrasser de Neville.

– Ah, tu crois ça ? répliqua Hermione, avec un regard qui jetait des éclairs inquiétants. Ce n'est pas parce que tu as mis trois ans à t'en apercevoir que *d'autres* n'ont pas vu tout de suite que je suis une fille !

Ron la regarda, puis il sourit à nouveau.

— D'accord, d'accord, on sait que tu es une fille, dit-il. Ça te va ? Alors, tu es d'accord pour venir avec nous, maintenant ?

— Je t'ai déjà dit que c'est impossible ! répondit Hermione avec colère. Je vais au bal avec quelqu'un d'autre !

Et elle se précipita dans l'escalier qui menait aux dortoirs des filles.

— Elle ment, assura Ron en la regardant partir.

— Non, dit Ginny.

— Alors, avec qui elle y va ?

— Je ne te le dirai pas, ça la regarde.

— Très bien, dit Ron, désemparé. Tout ça devient franchement idiot. Ginny, tu n'as qu'à y aller avec Harry et moi, je...

— Je ne peux pas, répondit Ginny en devenant écarlate. J'y vais avec... avec Neville. Il me l'a demandé quand Hermione lui a dit non et j'ai pensé... Tu comprends, sinon, je n'aurais pas pu y aller du tout, je ne suis pas en quatrième année.

Elle semblait totalement déconfite.

— Je crois que je vais aller dîner, dit-elle en s'éloignant vers le portrait, la tête basse.

Ron regarda Harry avec des yeux ronds.

— Qu'est-ce qui leur prend ?

Mais Harry venait de voir Parvati et Lavande entrer dans la salle. Le moment était venu de prendre des mesures énergiques.

— Attends-moi ici, dit-il à Ron.

Il se leva, s'avança d'un pas décidé vers Parvati et lui demanda :

— Parvati, est-ce que tu veux aller au bal avec moi ?

Parvati fut saisie d'une crise de gloussements et Harry dut attendre patiemment qu'elle ait terminé, croisant les doigts dans les poches de sa robe de sorcier.

— Oui, c'est d'accord, répondit-elle enfin, le teint cramoisi.

– Merci, dit Harry, soulagé. Lavande, est-ce que tu veux bien y aller avec Ron?

– Elle y va avec Seamus, répondit Parvati.

Et toutes deux se remirent à glousser de plus belle.

Harry soupira.

– Tu n'as pas une idée pour Ron? demanda-t-il en baissant la voix pour que Ron ne puisse pas l'entendre.

– Pourquoi pas Hermione Granger? suggéra Parvati.

– Elle y va avec quelqu'un d'autre.

Parvati sembla surprise.

– Oooooh… Qui ça? dit-elle avec curiosité.

Harry haussa les épaules.

– Aucune idée, avoua-t-il. Alors, pour Ron?

– Eh bien… dit lentement Parvati. Je pense que ma sœur pourrait… Padma, tu la connais… Elle est à Serdaigle. Je lui demanderai si tu veux.

– Oui, ce serait parfait, dit Harry. Tu me donneras sa réponse, d'accord?

Et il retourna auprès de Ron en se disant que ce bal ne valait sûrement pas la peine de se donner tout ce mal. Il espérait qu'au moins Padma Patil avait le nez au milieu de la figure.

23
LE BAL DE NOËL

Malgré la quantité de devoirs que les élèves de quatrième année avaient à faire pendant les vacances, Harry n'était pas du tout d'humeur à travailler lorsque le trimestre s'acheva et il passa la semaine qui précédait Noël à s'amuser le plus possible avec les autres. Il y avait presque autant de monde qu'en temps normal dans la tour de Gryffondor, mais elle semblait avoir un peu rétréci, en raison du tapage qui y régnait sans cesse. Fred et George avaient eu beaucoup de succès avec leurs crèmes Canari : pendant les deux premiers jours de vacances, il était fréquent de voir des plumes jaunes pousser soudain sur le dos de quelqu'un. Mais les élèves de Gryffondor prirent bientôt l'habitude d'examiner avec beaucoup de précautions tout ce qu'on leur offrait à manger, de peur qu'une crème Canari y soit dissimulée. George confia à Harry que Fred et lui travaillaient maintenant à une nouvelle idée et Harry se promit de ne plus jamais accepter d'eux la moindre chips. Il n'avait toujours pas oublié Dudley et les Pralines Longue Langue.

À présent, la neige tombait dru sur le château et dans le parc. Le carrosse bleu pâle des Beauxbâtons avait l'air d'une grosse citrouille givrée, à côté de la cabane de Hagrid qui ressemblait à un pain d'épice recouvert de sucre glacé. Les hublots et les mâts du vaisseau de Durmstrang étaient eux aussi recouverts de givre. À la cuisine, les elfes de maison se surpassaient, envoyant sur les tables de succulents et réconfortants ragoûts ainsi que des gâteaux plus savoureux que jamais et seule Fleur Delacour arrivait à trouver des raisons de se plaindre.

– Enfin, c'est insensé, c'est beaucoup trop lourd, tout ce qu'on mange à Potdelard, dit-elle un jour avec mauvaise humeur, tandis qu'ils quittaient la Grande Salle (Ron se cacha derrière Harry pour qu'elle ne le voie pas). Je ne vais plus pouvoir rentrer dans mes robes !

– Oh, mais voilà une véritable petite tragédie, dit sèchement Hermione. Elle se prend vraiment pour quelqu'un, celle-là !

– Hermione, avec qui tu vas au bal ? demanda Ron.

Il ne cessait de lui poser la question, espérant obtenir une réponse en la prenant au dépourvu. Mais Hermione se contenta de froncer les sourcils et répondit :

– Je ne te le dirai pas, tu te moquerais de moi.

– Tu plaisantes, Weasley ? dit Malefoy, qui était sorti derrière eux. Tu ne vas quand même pas me dire que quelqu'un a demandé à *ça* de l'accompagner au bal ? Une Sang-de-Bourbe aux dents de lapin ?

Harry et Ron firent brusquement volte-face, mais Hermione agita la main en regardant par-dessus l'épaule de Malefoy et lança :

– Bonjour, professeur Maugrey !

Malefoy devint livide. Il fit un bond en arrière, jetant des regards frénétiques autour de lui pour voir où était Maugrey, mais celui-ci se trouvait toujours à la table des professeurs, où il terminait son assiette de ragoût.

– Tu m'as l'air d'une petite fouine très nerveuse, Malefoy ! dit Hermione d'un ton cinglant.

Tous trois éclatèrent d'un rire sonore en montant l'escalier de marbre.

–Hermione, dit soudain Ron.

Il lui lança un regard en coin, les sourcils froncés.

–Tes dents…

–Qu'est-ce qu'elles ont, mes dents ?

–Elles sont… différentes… Je viens de m'en apercevoir…

–Évidemment qu'elles sont différentes, qu'est-ce que tu crois ? Que j'allais garder ces crochets de serpent qui m'ont poussé à cause de Malefoy ?

–Non, je veux dire qu'elles sont différentes de ce qu'elles étaient avant qu'il te jette le sortilège… Elles sont droites et… d'une taille normale.

Hermione eut soudain un sourire malicieux et Harry le remarqua à son tour : c'était un sourire très différent de celui qu'il connaissait.

–Quand je suis allée voir Madame Pomfresh pour me les faire rétrécir elle m'a mis un miroir devant le nez et je devais lui dire stop quand elles auraient retrouvé leur longueur habituelle, expliqua-t-elle. Mais je l'ai laissée aller un peu plus loin…

Son sourire s'élargit.

–Mes parents ne vont pas être très contents. Depuis des années, j'essaye de les convaincre que je peux les réduire avec un traitement magique mais ils ont toujours voulu que je continue à porter mon appareil. Ils sont dentistes, alors ils pensent que la magie et les dents, ça ne va pas très bien ensem… Oh, regardez ! Coquecigrue est revenu !

Le minuscule hibou de Ron hululait comme un fou au sommet de la rampe ornée de stalactites, un rouleau de parchemin attaché à sa patte. Les élèves qui passaient devant lui le montraient du doigt en éclatant de rire et un groupe de filles de troisième année s'arrêta devant lui.

–Oh, regarde, ce petit hibou ! Il est *trop mignon* ! dit l'une d'elles.

– Espèce de petit imbécile emplumé ! siffla Ron entre ses dents.

Il monta l'escalier quatre à quatre et attrapa Coquecigrue.

– Tu dois apporter les lettres directement à leur destinataire ! On ne te demande pas de te promener partout en faisant le malin !

Coquecigrue lança un hululement joyeux, sa tête dépassant du poing de Ron. Les filles de troisième année eurent l'air choqué.

– Fichez le camp ! leur lança sèchement Ron.

Il brandit le poing dans lequel il tenait Coquecigrue qui hulula plus joyeusement que jamais.

– Tiens, prends ta lettre, Harry, ajouta Ron à mi-voix pendant que les filles s'éloignaient en hâte, l'air scandalisé.

Il détacha de la patte de Coquecigrue la réponse de Sirius et Harry la glissa dans sa poche. Puis ils se hâtèrent de retourner à la tour de Gryffondor pour la lire.

Dans la salle commune, tout le monde était beaucoup trop occupé à s'amuser le plus bruyamment possible pour s'intéresser à ce que faisaient les autres. Harry, Ron et Hermione allèrent s'asseoir à l'écart, près d'une fenêtre dont les carreaux se couvraient peu à peu de neige, et Harry lut la lettre à haute voix :

Cher Harry,

Félicitations pour avoir réussi à prendre un œuf au Magyar à pointes. Celui qui a mis ton nom dans la Coupe ne doit pas être très content à l'heure qu'il est ! Je m'apprêtais à te conseiller un sortilège de Conjonctivite, car le point faible des dragons, c'est leurs yeux...

– C'est ce que Krum a fait ! murmura Hermione.

Mais la façon dont tu t'y es pris est bien meilleure et m'a impressionné.

Ne te repose pas sur tes lauriers, cependant. Tu n'as accompli qu'une seule des trois tâches. Celui qui t'a fait entrer dans ce tournoi aura beaucoup d'autres occasions de te nuire, si telle est son intention. Ouvre l'œil – en particulier lorsque la personne dont nous avons parlé se trouve dans les parages – et fais tout ton possible pour éviter les ennuis.

Continue à m'écrire, je veux toujours que tu me tiennes au courant de tout ce qui se passe d'inhabituel.

Sirius

– Il parle comme Maugrey, dit Harry à voix basse en glissant la lettre dans sa poche. « Vigilance constante ! » Comme si j'allais me promener les yeux fermés en me cognant contre les murs…

– Mais il a raison, Harry, fit observer Hermione, tu as encore deux tâches à accomplir. Tu devrais t'occuper de cet œuf et essayer de découvrir ce qu'il signifie…

– Hermione, il a tout son temps pour ça ! dit Ron. Tu veux faire une partie d'échecs, Harry ?

– Ouais, d'accord.

Voyant l'expression d'Hermione, Harry ajouta :

– De toute façon, comment veux-tu que je me concentre avec tout le bruit qu'il y a ici ? Je n'arriverais même pas à entendre les cris de l'œuf dans ce vacarme.

– Tu dois avoir raison, soupira Hermione.

Elle s'assit et regarda leur partie d'échecs que Ron remporta grâce à deux pions téméraires et un fou qui ne reculait devant aucune violence.

Le jour de Noël, Harry se réveilla en sursaut en se demandant ce qui l'avait si brusquement tiré du sommeil, il ouvrit les paupières et vit deux grands yeux ronds et verts qui le fixaient de tout près dans l'obscurité.

– Dobby ! s'écria Harry en reculant si violemment qu'il faillit tomber du lit. Ne me fais pas ça !

– Dobby est désolé, monsieur ! couina l'elfe d'un air anxieux.

Il avait fait un bond en arrière, ses longs doigts plaqués sur sa bouche.

– Dobby voulait seulement souhaiter un « Joyeux Noël » à Harry Potter et lui apporter un cadeau, monsieur ! Harry Potter a dit que Dobby pouvait venir le voir un jour, monsieur !

– Ce n'est pas grave, répondit Harry, dont la respiration était encore un peu saccadée, tandis que son cœur retrouvait peu à peu un rythme normal. Mais, à l'avenir, donne-moi plutôt un petit coup de coude, d'accord ? Ne te penche pas sur moi comme ça…

Harry ouvrit les rideaux de son baldaquin, prit ses lunettes sur la table de nuit et les mit sur son nez. Son cri avait réveillé Ron, Seamus, Dean et Neville. Tous les quatre, les yeux ensommeillés, les cheveux en bataille, regardaient ce qui se passait par l'entrebâillement de leurs rideaux.

– Quelqu'un t'a attaqué, Harry ? demanda Seamus d'une voix pâteuse.

– Non, c'est Dobby, marmonna Harry. Vous pouvez vous rendormir.

– Non… Les cadeaux ! dit Seamus en montrant les paquets entassés au pied de son lit.

Puisqu'ils étaient réveillés, Ron, Dean et Neville décidèrent d'en profiter pour regarder eux aussi leurs cadeaux. Harry se tourna vers Dobby qui était resté debout à côté de son lit, apparemment inquiet à l'idée de l'avoir mis de mauvaise humeur. Une boule de Noël était attachée sur le cachethéière dont il était toujours coiffé.

– Est-ce que Dobby peut donner son cadeau à Harry Potter ? couina-t-il timidement.

– Bien sûr, répondit Harry. Heu… j'ai aussi quelque chose pour toi.

C'était un mensonge. Il n'avait rien acheté pour Dobby, mais il se hâta d'ouvrir sa grosse valise et en retira une paire de chaussettes qui avaient une drôle de forme. C'étaient les plus vieilles et les plus laides qu'il possédait, elles étaient couleur moutarde et avaient appartenu à l'oncle Vernon. La raison pour laquelle elles avaient une drôle de forme, c'était qu'il y avait rangé son Scrutoscope un an auparavant et ne l'en avait plus sorti depuis. Il ôta le Scrutoscope et donna les chaussettes à Dobby.

– Désolé, j'ai oublié de faire un paquet-cadeau…, dit-il.

Mais Dobby semblait absolument ravi.

– Les chaussettes sont les vêtements préférés de Dobby, monsieur ! dit-il en enlevant ses chaussettes dépareillées pour mettre celles de l'oncle Vernon. J'en ai sept, maintenant, monsieur… Mais… monsieur…, dit-il, les yeux écarquillés après avoir tiré les chaussettes sur toute leur longueur, ce qui les faisait arriver jusqu'à son short, ils ont fait une erreur dans le magasin, Harry Potter, ils vous ont donné les deux mêmes !

– Harry, enfin, comment as-tu pu ne pas t'en apercevoir ! s'exclama Ron, assis sur son lit au milieu de tous les papiers qui avaient enveloppé ses cadeaux. Tiens, Dobby, prends aussi ces deux-là, tu pourras les mélanger avec les autres. Et voilà ton pull.

Il jeta à Dobby une paire de chaussettes violettes qu'il venait de trouver dans un paquet et le pull-over que Mrs Weasley avait tricoté pour lui.

Dobby paraissait au comble de la félicité.

– Oh, monsieur, c'est très gentil ! s'exclama-t-il de sa petite voix aiguë, les yeux à nouveau remplis de larmes, en s'inclinant bien bas devant Ron. Dobby savait que monsieur doit être un grand sorcier, car il est le plus grand ami de Harry Potter, mais Dobby ignorait que c'était un esprit aussi généreux, aussi noble, aussi magnanime…

— Ce ne sont que des chaussettes, dit Ron, dont les oreilles avaient rosi, mais qui semblait quand même flatté. Oh, là, là, Harry !

Il venait d'ouvrir le cadeau que Harry lui avait fait, un chapeau de l'équipe des Canons de Chudley.

— Super !

Il le mit sur sa tête, la couleur du chapeau jurant horriblement avec celle de ses cheveux.

Dobby tendit alors à Harry un petit paquet qui contenait… des chaussettes.

— Dobby les a faites lui-même, monsieur ! dit l'elfe d'un ton satisfait. Il a acheté la laine grâce à son salaire !

L'une des chaussettes était rouge vif avec des motifs en forme de balais volants ; l'autre était verte et ornée de Vifs d'or.

— Elles sont… Elles sont vraiment… Merci, Dobby, dit Harry qui les mit aussitôt.

À nouveau, les yeux de Dobby se remplirent de larmes de bonheur.

— Dobby doit s'en aller, maintenant, on prépare déjà le réveillon dans les cuisines ! dit l'elfe avant de sortir en hâte du dortoir en adressant de grands signes de la main à tout le monde.

Les autres cadeaux de Harry étaient beaucoup plus satisfaisants que les chaussettes dépareillées de Dobby – à l'exception, bien sûr, de celui des Dursley qui lui avaient envoyé un unique mouchoir en papier, un record de mesquinerie : eux aussi devaient se souvenir de la Praline Longue Langue ! Hermione lui avait offert un livre intitulé *Les Équipes de*

Quidditch de Grande-Bretagne et d'Irlande, Ron un grand sac de Bombabouses, Sirius un couteau de poche avec des lames spéciales qui permettaient d'ouvrir n'importe quelle serrure et de défaire n'importe quel nœud, et Hagrid une grande boîte remplie des bonbons préférés de Harry – Dragées surprises de Bertie Crochue, Chocogrenouilles, Bulles baveuses et Fizwiz-biz. Il y avait également l'habituel paquet de Mrs Weasley dans lequel il trouva un pull tricoté main (vert avec une image de dragon, ce qui laissait penser que Charlie lui avait raconté en détail l'épisode du Magyar à pointes) et une grande quantité de petits pâtés.

Harry et Ron retrouvèrent Hermione dans la salle commune et ils descendirent ensemble prendre leur petit déjeuner. Ils passèrent la plus grande partie de la matinée dans la tour de Gryffondor où chacun s'émerveillait de ses cadeaux puis ils retournèrent dans la Grande Salle pour un somptueux déjeuner où furent servis une centaine de dindes et des puddings de Noël, dans les détonations incessantes des pétards surprises.

L'après-midi, ils sortirent dans le parc. La neige était intacte, à part les profonds sillons qu'avaient tracés les pas des élèves de Beauxbâtons et de Durmstrang sur le chemin du château. Hermione préféra assister à la bataille de boules de neige entre Harry et les Weasley plutôt que d'y participer et elle remonta à cinq heures se préparer pour le bal.

– Tu as besoin de trois heures pour ça ? dit Ron en la regardant d'un air incrédule.

Cet instant d'inattention lui valut de prendre sur la tête une grosse boule de neige lancée par George.

– Tu y vas avec qui ? lui cria Ron alors qu'elle s'éloignait, mais elle se contenta de lui adresser un signe de la main et disparut à l'intérieur du château.

Il n'y eut pas de thé de Noël cette année-là car le bal

comportait également un réveillon et à sept heures, lorsque le manque de lumière ne permit plus de viser convenablement, ils mirent fin à la bataille de boules de neige et retournèrent dans la salle commune. La grosse dame était assise dans son cadre en compagnie de son amie Violette. Elles étaient entourées de boîtes vides de chocolats à la liqueur et paraissaient un peu éméchées.

– Grille-langue, c'est bien ça ! gloussa la grosse dame lorsqu'ils prononcèrent le mot de passe et elle pivota pour les laisser passer.

Harry, Ron, Seamus, Dean et Neville montèrent dans le dortoir pour mettre leurs tenues de soirée. Ils avaient l'air mal à l'aise et emprunté mais Ron sembla effaré en se contemplant dans le grand miroir. Quel que fût l'angle sous lequel on la regardait, sa tenue ressemblait plus à une robe de femme qu'à toute autre chose. Dans un effort désespéré pour la rendre plus virile, il en détacha les dentelles à l'aide d'un sortilège de Découpe. Le résultat fut déjà plus satisfaisant. Au moins, les fanfreluches avaient disparu, mais il n'avait pas été très précis dans son découpage et des fils continuaient de pendre tristement du col et des manches.

– Je ne comprends toujours pas comment vous avez fait pour avoir les plus jolies filles de l'école, marmonna Dean tandis qu'ils descendaient l'escalier.

– Question de magnétisme animal, répondit Ron d'un air sombre en tirant les fils de ses manches.

Les élèves vêtus d'étoffes de diverses couleurs, au lieu des habituelles robes uniformément noires, donnaient à la salle commune un aspect étrange. Parvati attendait Harry au bas des marches. Elle était vraiment très jolie dans sa robe rose vif, coiffée d'une longue natte noire entrelacée de fils d'or, des bracelets également en or étincelant à ses poignets. Harry fut soulagé de voir qu'elle ne gloussait pas.

— Tu... heu... ça te va bien, tout ça..., dit-il maladroitement.

— Merci, répondit Parvati. Padma va te retrouver dans le hall d'entrée, ajouta-t-elle en se tournant vers Ron.

— Très bien, dit-il.

Il jeta un regard autour de lui.

— Où est Hermione ?

Parvati haussa les épaules.

— On descend, Harry ? dit-elle.

— D'accord, répondit Harry qui aurait préféré rester dans la salle commune.

Fred lui adressa un clin d'œil lorsqu'il passa devant lui pour sortir dans le couloir.

Le hall d'entrée était bondé. Les élèves piétinaient en attendant que les portes de la Grande Salle s'ouvrent à huit heures précises. Ceux qui venaient de maisons différentes et qui s'étaient donné rendez-vous là se faufilaient parmi la foule, essayant de trouver leur partenaire. Parvati alla chercher sa sœur Padma et l'amena auprès de Harry et de Ron.

— Salut, dit Padma qui était aussi jolie que Parvati dans sa robe turquoise.

Elle n'eut cependant pas l'air très enthousiaste d'avoir Ron pour cavalier. Elle le regarda des pieds à la tête et ses yeux sombres s'attardèrent sur le col et les manches élimés de sa robe.

— Salut, dit Ron en regardant ailleurs. Oh, non...

Il se baissa légèrement pour se cacher derrière Harry. Fleur Delacour venait d'apparaître, resplendissante dans une robe de satin argenté, accompagnée par Roger Davies, le capitaine de l'équipe de Quidditch de Serdaigle. Lorsqu'ils se furent éloignés, Ron se redressa et jeta un coup d'œil dans la foule.

— Mais *où* est Hermione ? répéta-t-il.

Un groupe d'élèves de Serpentard montèrent du sous-sol

où se trouvait leur salle commune. Malefoy était à leur tête. Il était vêtu d'une robe de soirée en velours noir à col dur qui, aux yeux de Harry, lui donnait l'air d'un vicaire. Pansy Parkinson, dans une robe rose pâle surchargée de dentelles, lui tenait étroitement le bras. Crabbe et Goyle étaient tous deux vêtus de vert. On aurait dit deux rochers recouverts de mousse et Harry remarqua avec satisfaction que ni l'un ni l'autre n'avait réussi à se trouver une partenaire.

Les grandes portes de chêne de l'entrée s'ouvrirent et tout le monde se retourna pour voir arriver les élèves de Durmstrang menés par le professeur Karkaroff. Krum était en tête du groupe, accompagné d'une ravissante jeune fille que Harry ne connaissait pas et qui était habillée d'une élégante robe bleue. À travers la porte ouverte, Harry vit qu'une partie de la pelouse avait été transformée en une espèce de grotte qu'éclairaient des guirlandes lumineuses formées par des centaines de fées vivantes, assises dans des massifs de roses ou voletant au-dessus de statues qui représentaient le père Noël et ses rennes.

La voix du professeur McGonagall s'éleva alors dans le hall.

– Les champions, par ici, s'il vous plaît.

Parvati, le visage rayonnant, rajusta ses bracelets. Harry et elle dirent : « À tout à l'heure » à Ron et à Padma puis s'avancèrent parmi la foule qui s'écarta pour les laisser passer. Le professeur McGonagall, qui portait une robe écossaise à dominante rouge et avait accroché une affreuse couronne de chardons, symbole de l'Écosse, autour de son chapeau, leur demanda d'attendre à côté de la porte pendant que les autres élèves entraient dans la Grande Salle. Ils devaient y pénétrer à leur tour, les uns derrière les autres, lorsque leurs camarades seraient installés à leurs tables. Fleur Delacour et Roger Davies attendirent tout près de l'entrée. Davies paraissait si émerveillé d'avoir été choisi comme cavalier par Fleur qu'il ne cessait de la contempler d'un air admiratif. Cedric et Cho étaient également tout près de Harry qui détourna les yeux pour ne pas avoir à leur parler. Son regard se posa alors sur la fille qui accompagnait Krum et il resta bouche bée.

C'était Hermione.

Mais elle ne ressemblait plus du tout à Hermione. Elle avait complètement changé de coiffure. Ses cheveux d'habitude touffus et emmêlés étaient lisses, soyeux et élégamment relevés sur la nuque. Elle portait une robe vaporeuse d'un bleu pervenche et son maintien était différent – peut-être était-ce dû à l'absence de la vingtaine de livres qu'elle portait d'ordinaire sur son dos. Elle souriait – avec une certaine nervosité, il est vrai – et cette fois, on voyait nettement que ses dents avaient bel et bien rétréci. Harry se demandait comment il avait pu ne pas le remarquer avant.

– Salut, Harry ! dit-elle. Salut, Parvati !

Parvati fixait Hermione avec un air d'incrédulité qui n'était guère flatteur. Elle n'était d'ailleurs pas la seule. Lorsque les portes de la Grande Salle s'ouvrirent, les filles du fan-club qui épiait Krum dans la bibliothèque passèrent devant eux en jetant à Hermione des regards dégoûtés. Pansy Parkinson, toujours au bras de Malefoy, ouvrit la bouche de stupeur lorsqu'elle la reconnut et Malefoy lui-même sembla incapable de trouver une insulte à lui lancer. Ron, en revanche, passa devant Hermione sans la voir.

Lorsque tout le monde fut installé dans la Grande Salle, le professeur McGonagall demanda aux champions de se mettre en rang par couples et de la suivre. Tout le monde applaudit leur entrée et ils se dirigèrent vers une grande table ronde au bout de la salle, à laquelle les juges étaient déjà assis.

Les murs de la Grande Salle avaient été recouverts d'un givre argenté étincelant, et des centaines de guirlandes de gui et de lierre s'entrecroisaient sous le plafond parsemé d'étoiles. Les tables des différentes maisons avaient disparu, remplacées par une centaine de tables plus petites, éclairées par des lanternes, autour desquelles pouvaient s'asseoir une douzaine de convives.

Harry se concentra pour ne pas trébucher. Parvati avait l'air de bien s'amuser. Elle adressait à tout le monde des sourires rayonnants et menait Harry avec une telle poigne qu'il avait l'impression d'être un chien savant à qui on faisait faire un numéro. En approchant de la table ronde, il aperçut Ron et Padma. Ron regardait passer Hermione en plissant les yeux et Padma semblait boudeuse.

Dumbledore adressa aux champions un sourire joyeux mais Karkaroff eut une expression très proche de celle de Ron lorsqu'il vit arriver Krum et Hermione. Ludo Verpey, qui portait ce soir-là une robe violette parsemée de grandes étoiles orangées, applaudissait avec le même enthousiasme que les élèves. Madame Maxime, qui avait abandonné son habituel uniforme de satin noir au profit d'une longue robe de soie couleur lavande, se contenta d'applaudir poliment. Harry s'aperçut alors que Mr Croupton n'était pas là. La cinquième place était occupée par Percy Weasley.

Lorsque les champions et leurs partenaires furent arrivés devant la table, Percy recula la chaise vide qui se trouvait à côté de lui en regardant Harry. Celui-ci comprit et alla s'asseoir à côté de lui. Percy avait l'air plus arrogant que jamais, vêtu d'une robe bleu marine toute neuve.

– J'ai été promu, dit-il avant que Harry ait eu le temps de poser la moindre question.

Il n'aurait pas eu un ton différent s'il lui avait annoncé qu'il venait d'être élu chef suprême de l'univers.

– Je suis maintenant l'assistant personnel de Mr Croupton et il m'a chargé de le représenter.

– Pourquoi n'est-il pas venu lui-même ? demanda Harry.

Il n'avait pas l'intention de subir pendant tout le dîner une conférence sur l'épaisseur des fonds de chaudron.

– Je suis navré d'avoir à le dire mais, depuis la Coupe du Monde, Mr Croupton ne se sent pas bien, pas bien du tout. Ce qui n'a rien de surprenant – le surmenage. Il n'est plus si jeune – bien que toujours brillant, cela va sans dire. Son esprit n'a rien perdu de sa profondeur, mais la Coupe du Monde a été un fiasco pour l'ensemble du ministère et, en plus, Mr Croupton a subi un choc personnel considérable en raison du comportement intolérable de son elfe de maison, Whisky, ou je ne sais plus comment elle s'appelle. Bien entendu, il l'a aussitôt renvoyée, mais… il a besoin qu'on s'occupe de lui et je crois que la vie quotidienne est devenue beaucoup plus difficile pour lui depuis le départ de son elfe. En plus, il a fallu organiser le tournoi et affronter les conséquences de la Coupe du Monde – cette épouvantable Rita Skeeter qui n'arrête pas de nous tourner autour. Vraiment, le pauvre homme avait bien le droit de passer un Noël tranquille. Je suis content qu'il sache que quelqu'un en qui il puisse avoir toute confiance est là pour le remplacer.

Harry avait très envie de demander si Mr Croupton avait cessé d'appeler Percy « Wistily », mais il résista à la tentation.

Les assiettes d'or étaient encore vides, mais un menu était posé devant chacune d'elles. Harry prit le sien d'un geste hésitant et jeta un coup d'œil dans la salle – il n'y avait pas de serveurs. Dumbledore, lui, examina attentivement le menu puis, s'adressant à son assiette, dit à haute voix :

– Côtes de porc !

Des côtes de porc apparurent aussitôt. Suivant son exemple, les autres convives passèrent également commande à leurs assiettes. Harry se tourna vers Hermione pour voir ce qu'elle pensait de cette manière nouvelle et plus compliquée d'être servi – les elfes de maison devaient avoir beaucoup de travail supplémentaire ! Mais pour une fois, Hermione semblait ne pas se soucier de la S.A.L.E. Elle était absorbée dans une grande conversation avec Krum et restait indifférente au contenu de son assiette.

Harry se rendit compte qu'il n'avait jamais entendu Krum parler auparavant mais, en cet instant, il paraissait intarissable et même enthousiaste.

– Nous aussi, nous avons un château, mais pas aussi grrrand ni aussi conforrrtable, disait-il à Hermione. Nous avons seulement quatrrre étages et on n'allume les feux dans les cheminées que pourrr la prrratique de la magie. Mais nous avons un parrrc plus grrrand que celui-ci. En hiverrr, il ne fait pas jourrr longtemps et nous ne pouvons pas beaucoup en prrrofiter. Mais en été, nous volons toute la jourrrnée au-dessus des lacs et des montagnes…

– Allons, allons, Viktor ! intervint Karkaroff avec un rire qui ne changea rien à la froideur de son regard, n'en dites pas plus, sinon votre charmante amie n'aura aucun mal à nous trouver !

Dumbledore sourit, les yeux pétillants.

– Igor, pourquoi tout ce secret… On aurait presque l'impression que vous ne voulez pas recevoir de visiteurs.

– Vous savez, Dumbledore, répondit Karkaroff en découvrant toute l'étendue de ses dents jaunâtres, nous tenons tous à protéger notre domaine. N'avons-nous pas le désir de garder jalousement les lieux du savoir qui nous ont été confiés ? N'avons-nous pas raison de tirer fierté d'être les seuls à connaître les secrets de nos écoles, et raison aussi de vouloir les préserver ?

– Oh, je n'aurais jamais la prétention d'affirmer que je connais tous les secrets de Poudlard, Igor, répliqua Dumbledore d'un ton amical. Pas plus tard que ce matin, par exemple, je me suis trompé de chemin en allant aux toilettes et je me suis retrouvé dans une pièce aux proportions admirables que je n'avais encore jamais vue. Or, savez-vous ce qu'il y avait dans cette pièce ? Une magnifique collection de pots de chambre ! Et, quand j'y suis retourné pour l'examiner de plus près, je me suis aperçu que la pièce avait disparu. Mais j'essayerai quand même de la retrouver. Il est possible qu'on ne puisse y accéder qu'à cinq heures et demie du matin. Ou alors, peut-être qu'elle n'apparaît que lorsque la lune est à son premier quartier — ou encore lorsque celui qui la cherche a la vessie particulièrement pleine.

Percy fronça les sourcils et Harry étouffa un rire dans son assiette de goulasch. Il aurait juré que Dumbledore lui avait lancé un très discret clin d'œil.

Pendant ce temps, Fleur Delacour était occupée à faire part à Roger Davies des critiques que lui inspiraient les décorations de Poudlard pour Noël.

— Enfin, regardez-moi ça, c'est insensé, disait-elle d'un ton dédaigneux en jetant un coup d'œil aux murs étincelants de la Grande Salle. Au palais de Beauxbâtons, à Noël, il y a des sculptures de glace tout autour de la grande salle à manger. Bien entendu, elles ne fondent pas, cela va de soi… Ce sont… comment dirais-je ? d'immenses statues de diamant qui étincellent de tous leurs feux. Et la cuisine ! Ce qu'on nous sert là-bas est un véritable enchantement. Sans compter les chœurs de nymphes qui nous donnent la sérénade pendant le réveillon. Nous n'avons pas ces hoRRIbles armures dans les couloirs et, si jamais un esprit frappeur avait l'audace de pénétrer à Beauxbâtons, il serait expulsé comme… comme ça !

Du plat de la main, elle donna une tape sur la table d'un geste impatient.

Roger Davies la regardait parler, l'air si ébahi qu'il n'arrivait même plus à trouver sa bouche pour y mettre ce qu'il y avait au bout de sa fourchette. Harry pensa qu'il était certainement trop occupé à contempler Fleur pour comprendre un mot de ce qu'elle disait.

– On ne saurait mieux dire, répondit précipitamment Davies en tapant à son tour sur la table dans une parfaite imitation du geste de Fleur. Comme *ça*. Exactement.

Harry jeta un coup d'œil dans la Grande Salle. Hagrid était assis à une autre des tables réservées aux professeurs. Il avait remis son horrible costume marron et Harry remarqua qu'il faisait un petit signe de la main en direction de leur table. Il se retourna et vit Madame Maxime répondre à son geste, ses bijoux d'opale scintillant à la lumière des chandelles.

À présent, Hermione était en train d'apprendre à Krum à prononcer convenablement son nom. Il ne cessait de l'appeler « Herrrmion ».

– Her-mio-ne, dit-elle en articulant lentement et distinctement.

– Herrr-mion-neû.

– Pas mal, dit-elle avec un sourire, en échangeant un regard avec Harry.

Lorsque tout le monde eut fini de dîner, Dumbledore se leva et demanda aux élèves d'en faire autant. Puis, répondant à un geste de sa main, les tables allèrent d'elles-mêmes s'aligner le long des murs, dégageant un vaste espace au milieu de la salle. Dumbledore fit alors apparaître contre le mur de droite une estrade sur laquelle étaient disposés une batterie, plusieurs guitares, un luth, un violoncelle et quelques cornemuses.

Les Bizarr' Sisters se précipitèrent sur la scène, accueillies par une salve d'applaudissements frénétiques. Elles avaient toutes des cheveux très longs et étaient vêtues de robes noires qui avaient été savamment déchirées en divers endroits. Elles prirent leurs instruments et Harry, si occupé à les observer qu'il en avait presque oublié le bal, s'aperçut soudain que les lanternes s'étaient éteintes et que les autres champions, accompagnés de leurs partenaires, s'étaient levés.

– Viens ! murmura Parvati. Il faut danser, maintenant !

Lorsqu'il se leva à son tour, Harry se prit les pieds dans sa robe. Les Bizarr' Sisters commencèrent à jouer un air lent et mélancolique et il s'avança vers la piste de danse brillamment éclairée, évitant soigneusement de croiser les regards des autres élèves (il voyait Seamus et Dean ricaner en lui faisant de grands signes). Soudain, Parvati lui prit les mains, en glissa une autour de sa taille et serra l'autre fermement entre ses doigts.

Ce n'était pas aussi terrible qu'il l'avait redouté, songea Harry, en tournoyant lentement sur place (Parvati guidait ses pas). Il continuait de regarder au-dessus des têtes pour essayer de ne voir personne mais, bientôt, d'autres élèves vinrent les rejoindre sur la piste de danse et les champions cessèrent d'être le centre de l'attention générale. Neville et Ginny dansaient un peu plus loin – il vit Ginny faire la grimace, chaque fois que Neville lui marchait sur les pieds – et Dumbledore valsait avec Madame Maxime. Il était si petit à côté d'elle que la pointe de son chapeau lui atteignait à peine le menton. Elle se mouvait cependant avec grâce pour une femme aussi corpulente. Maugrey Fol Œil dansait très maladroitement un pas de polka avec le professeur Sinistra qui se préoccupait surtout d'éviter de se faire écraser le pied par sa jambe de bois.

– Très belles chaussettes, Potter, grogna Maugrey en passant devant lui, son œil magique fixant le bas de sa robe.

– Oui, c'est Dobby, l'elfe de maison, qui me les a tricotées, répondit Harry avec un sourire.

– Il me donne la chair de poule ! murmura Parvati tandis que Maugrey s'éloignait en claudiquant. Ça ne devrait pas être permis, un œil comme *ça* !

Harry entendit avec soulagement la cornemuse lancer une dernière note avec un savant trémolo. Les Bizarr' Sisters s'arrêtèrent de jouer sous les applaudissements et Harry lâcha aussitôt Parvati.

— On va s'asseoir, d'accord ?

— Oh... mais... j'aime beaucoup cet air-là ! dit Parvati.

Les Bizarr' Sisters jouaient à présent l'introduction d'un nouveau morceau sur un rythme beaucoup plus rapide.

— Moi, je ne l'aime pas du tout, mentit Harry.

Et il l'entraîna vers la table à laquelle Ron et Padma étaient assis, passant devant Fred et Angelina qui dansaient avec une telle frénésie que tout le monde s'écartait d'eux pour éviter les coups.

— Comment ça va ? demanda Harry à Ron en s'asseyant et en débouchant une bouteille de Bièraubeurre.

Ron ne répondit pas. L'œil noir, il observait Hermione et Krum qui dansaient un peu plus loin. Padma était assise à côté de lui, bras et jambes croisés, battant la mesure avec son pied. De temps à autre, elle lui jetait un regard mécontent auquel il ne prêtait pas la moindre attention. Parvati s'assit de l'autre côté de Harry. À son tour, elle croisa bras et jambes et, quelques minutes plus tard, un élève de Beauxbâtons l'invita à danser.

— Ça ne te dérange pas, Harry ? demanda-t-elle.

— Quoi ? dit Harry, qui regardait à présent Cho et Cedric.

— Aucune importance, répliqua sèchement Parvati en s'éloignant avec le garçon de Beauxbâtons.

Elle ne réapparut pas à la fin du morceau.

Ce fut Hermione qui vint s'asseoir sur la chaise vide de Parvati. La danse lui avait donné le teint un peu rose.

— Salut, dit Harry.

Ron resta silencieux.

— Il fait chaud, vous ne trouvez pas ? fit remarquer Hermione en s'éventant d'une main. Viktor est allé chercher quelque chose à boire.

Ron lui lança un regard féroce.

– *Viktor*? dit-il. Tu ne l'appelles pas encore *Vicky*?

Hermione eut l'air surpris.

– Qu'est-ce qui t'arrive?

– Si tu ne le sais pas, ne compte pas sur moi pour te le dire, répliqua Ron d'un ton cinglant.

Hermione le regarda sans comprendre puis se tourna vers Harry qui haussa les épaules.

– Ron, qu'est-ce que…?

– Il est à Durmstrang! lança Ron. C'est un adversaire de Harry! Un adversaire de Poudlard! Tu… tu es…

Ron s'interrompit, cherchant des mots suffisamment forts pour qualifier le crime d'Hermione.

– Tu es en train de *fraterniser avec l'ennemi*, voilà ce que tu fais!

Hermione resta bouche bée.

– Ce que tu peux être bête! dit-elle après un moment de stupeur. L'ennemi! Non mais vraiment! Qui est-ce qui était tout excité quand il est arrivé ici? Qui est-ce qui voulait un autographe? Qui est-ce qui a une figurine de lui dans son dortoir?

Ron préféra ne pas répondre.

– J'imagine qu'il t'a demandé de l'accompagner au bal quand vous étiez tous les deux à la bibliothèque?

– Exactement, dit Hermione, les joues de plus en plus roses. Et alors?

– Comment ça s'est passé? Tu as essayé de lui vendre un badge *sale*, c'est ça?

– Pas du tout! Si tu veux vraiment le savoir, il… il a dit qu'il venait tous les jours à la bibliothèque pour essayer de me parler, mais qu'il n'avait jamais osé!

Hermione avait dit cela très vite et son teint devint d'un rose aussi vif que la robe de Parvati.

— Oui, bien sûr, c'est ce qu'il t'a raconté, dit Ron d'un ton mauvais.

— Qu'est-ce que tu veux dire ?

— Évident, non ? C'est un élève de Karkaroff, d'accord ? Il sait très bien qui sont tes amis et il essaie tout simplement de se rapprocher de Harry. Il veut obtenir des informations, ou trouver l'occasion de lui jeter un mauvais sort…

Hermione n'aurait pas eu une expression différente si Ron l'avait giflée.

— Je te signale, dit-elle d'une voix tremblante, qu'il ne m'a pas demandé la *moindre chose* au sujet de Harry, pas la moindre…

Ron changea d'angle d'attaque à la vitesse de la lumière.

— Alors, il espère tout simplement que tu vas l'aider à résoudre l'énigme de l'œuf ! J'imagine que vous avez parlé de choses et d'autres pendant ces charmantes petites séances à la bibliothèque…

— Il ne me viendrait jamais à l'idée de l'aider en quoi que ce soit ! s'insurgea Hermione. Jamais ! Comment peux-tu dire une chose pareille ! Je veux que ce soit Harry qui gagne le tournoi et il le sait très bien, n'est-ce pas, Harry ?

— Tu as une drôle de façon de le montrer, répliqua Ron d'un ton sarcastique.

— Ce tournoi a pour but de rencontrer des sorciers d'autres pays et de nouer des liens d'amitié avec eux ! s'exclama Hermione d'une voix perçante.

— Non, ce n'est pas ça du tout ! s'écria Ron. Il s'agit de gagner, rien d'autre !

Des regards commençaient à se tourner vers eux.

— Ron, dit Harry à voix basse, ça m'est égal qu'Hermione soit venue au bal avec Krum.

Mais Ron ne prêta pas davantage attention à Harry.

– Tu ferais bien de rejoindre Vicky, il va se demander où tu es passée, dit-il à Hermione.

– *Arrête de l'appeler Vicky !*

Hermione se leva d'un bond et se précipita vers la piste de danse en se perdant dans la foule.

Ron la regarda s'éloigner avec un mélange de colère et de satisfaction.

– Est-ce que tu as l'intention de m'inviter à danser ? lui demanda Padma.

– Non, répondit Ron qui cherchait Hermione des yeux, le regard toujours furieux.

– Très bien, dit sèchement Padma.

Elle se leva et alla rejoindre Parvati et le garçon de Beaux-bâtons qui fit apparaître un de ses amis avec une telle soudaineté que Harry le soupçonna d'avoir utilisé un sortilège d'Attraction.

– Où est parrtie Herrr-mion-neû ? demanda une voix.

Krum venait d'arriver devant leur table, une Bièraubeurre dans chaque main.

– Aucune idée, dit Ron d'un air buté en levant les yeux vers lui. Tu l'as perdue ?

Krum se renfrogna à nouveau.

– Si vous la voyez, vous pouvez lui dirrre que j'ai les bièrrres ? marmonna-t-il avant de s'éloigner de sa démarche gauche.

– Alors, on dirait que tu es devenu ami avec Viktor Krum, Ron ?

Percy s'était précipité vers leur table en se frottant les mains d'un air très supérieur.

– Très bien ! C'est ça le but : la coopération magique internationale !

Au grand agacement de Harry, Percy s'assit sur la chaise

que Padma venait de quitter. La table des champions était vide à présent. Le professeur Dumbledore dansait avec le professeur Chourave, Ludo Verpey avec le professeur McGonagall et Madame Maxime et Hagrid tournoyaient dans une valse effrénée, traçant un large chemin parmi la foule des autres danseurs qui s'écartaient prudemment sur leur passage. Karkaroff, lui, n'était pas là. À la fin du morceau suivant, tout le monde applaudit à nouveau et Harry vit Ludo Verpey faire un baisemain au professeur McGonagall puis s'éloigner de la piste de danse. Il fut alors accosté par Fred et George.

– Qu'est-ce qui leur prend, à ces deux-là, d'importuner un haut responsable du ministère ? dit Percy entre ses dents. Ils n'ont vraiment *aucun* respect…

Mais Ludo Verpey se débarrassa rapidement des jumeaux. Apercevant Harry, il lui adressa un signe de la main et s'approcha de leur table.

– J'espère que mes frères ne vous ont pas ennuyé, Mr Verpey ? s'empressa de demander Percy.

– Quoi ? Oh non, pas du tout, pas du tout ! répondit Verpey. Ils voulaient simplement me parler de ces baguettes farceuses qu'ils fabriquent. Ils se demandaient si je pourrais leur donner des conseils sur la façon de les commercialiser. Je leur ai promis de les mettre en relation avec une ou deux personnes que je connais chez Zonko, le magasin de farces et attrapes…

Percy sembla très mécontent et Harry était prêt à parier qu'il s'empresserait de tout raconter à Mrs Weasley dès qu'il serait rentré à la maison. Apparemment, les projets de Fred et de George devenaient de plus en plus ambitieux.

Verpey ouvrit la bouche pour demander quelque chose à Harry mais Percy prit la parole avant lui :

– Que pensez-vous de la façon dont se déroule le tournoi, Mr Verpey ? *Notre* département est très satisfait. Le petit ennui que nous avons eu avec la Coupe de Feu – il lança un coup d'œil à Harry – était certes un peu fâcheux mais, depuis, les choses semblent s'être fort bien arrangées, vous ne croyez pas ?

– Oh, mais oui, bien sûr, répondit Verpey d'un ton joyeux. Nous nous sommes beaucoup amusés. Comment va ce cher vieux Barty ? Dommage qu'il n'ait pas pu venir.

– Oh, je suis certain que Mr Croupton sera très vite remis, assura Percy d'un air important, mais, en attendant, il peut compter sur moi pour remettre les choses en ordre. Bien entendu, ma tâche ne se limite pas à assister à des soirées dansantes – il eut un léger rire. Croyez-moi, il m'a fallu résoudre de nombreux problèmes qui se sont accumulés pendant son absence. Vous avez sans doute appris qu'Ali Bashir a tenté d'introduire en fraude dans le pays une cargaison de tapis volants ? Nous avons dû également essayer de convaincre les Transylvaniens de signer les accords internationaux d'interdiction du duel. Je dois rencontrer leur responsable de la coopération magique au début de la nouvelle année...

– Viens, on va faire un tour, murmura Ron à l'oreille de Harry. J'en ai assez de Percy...

Harry et Ron s'excusèrent en disant qu'ils allaient chercher quelque chose à boire puis ils contournèrent la piste de danse et sortirent dans le hall. La grande porte à double battant était restée ouverte et les fées lumineuses qui voletaient dans le jardin de roses scintillèrent autour d'eux tandis qu'ils descendaient les marches menant au parc. Ils se retrouvèrent entourés de massifs et de buissons parmi lesquels serpentaient des chemins bordés de fleurs et de grandes statues de pierre. Harry entendit l'eau d'une fontaine ruisseler quelque part. Par endroits, des couples étaient assis sur des bancs sculptés. Ron et Harry suivirent un des chemins qui s'enfonçaient parmi les roses mais à peine avaient-ils parcouru quelques dizaines de mètres qu'ils entendirent une voix familière et particulièrement désagréable :

— … Je ne vois aucune raison de faire tant d'histoires, Igor.

— Severus, tu ne peux pas faire comme s'il ne se passait rien !

La voix de Karkaroff semblait anxieuse, étouffée, comme s'il ne voulait pas être entendu.

— Depuis plusieurs mois, on la voit de plus en plus nettement, poursuivit-il. Je commence à être très inquiet, je dois l'avouer…

— Alors, prends la fuite, répliqua sèchement la voix de Rogue. Va-t'en, je trouverai une explication pour justifier ton absence. Moi, en tout cas, je reste à Poudlard.

Rogue et Karkaroff apparurent au détour du chemin. Rogue paraissait de très mauvaise humeur. Il avait sorti sa baguette magique et lançait de petits sortilèges pour écarter les buissons de roses. Des cris aigus s'élevaient des bosquets et des silhouettes sombres en émergeaient.

— Dix points de moins pour Poufsouffle, Faucett ! grogna Rogue en voyant une fille s'enfuir à toutes jambes. Et également dix points de moins pour Serdaigle, Stebbins ! ajouta-t-il à l'adresse du garçon qui courait derrière la fille. Qu'est-ce que vous faites là, tous les deux ?

Cette fois, c'était à Harry et à Ron qu'il parlait. Il venait de les apercevoir un peu plus loin sur le chemin. Harry remarqua le léger trouble de Karkaroff lorsqu'il les vit apparaître. D'un geste nerveux, il enroula à nouveau l'extrémité de son bouc autour de son doigt.

— On se promène, répliqua Ron d'un ton sec. Ce n'est pas interdit, que je sache ?

— Eh bien, continuez à vous promener ! lança Rogue en les croisant d'un pas vif, sa longue cape noire flottant derrière lui.

Karkaroff se hâta de le suivre pendant que Harry et Ron poursuivaient leur chemin.

– Qu'est-ce qui inquiète tant Karkaroff ? murmura Ron.

– Et depuis quand est-ce que Rogue et lui se tutoient ? dit lentement Harry.

Ils étaient arrivés devant une grande statue de renne au-dessus de laquelle ils voyaient scintiller les jets d'eau d'une fontaine. Deux immenses silhouettes se dessinaient un peu plus loin, assises sur un banc de pierre, contemplant la fontaine au clair de lune. Harry entendit alors la voix de Hagrid :

– Dès que je vous ai vue, j'ai compris, disait-il d'une étrange voix rauque.

Harry et Ron s'immobilisèrent. Ce n'était pas le meilleur moment pour se montrer… Harry regarda derrière lui et vit Fleur Delacour et Roger Davies à demi cachés derrière un buisson de roses. Il donna une tape sur l'épaule de Ron et fit un signe de tête dans leur direction pour lui faire comprendre qu'ils pouvaient repartir discrètement par là (Fleur et Davies paraissaient très occupés) mais Ron, les yeux écarquillés d'horreur à la vue de Fleur, hocha vigoureusement la tête et entraîna Harry un peu plus loin à l'ombre du grand renne de pierre.

– Qu'eust-ce que vous aveuz compris, Agrid ? susurra Madame Maxime, d'une voix qui semblait ronronner.

Harry ne voulait surtout pas entendre la suite. Il savait que Hagrid n'aimerait pas du tout être surpris dans une telle situation (vraiment pas du tout). Si cela avait été possible, il se serait bouché les oreilles et aurait chanté très fort pour être sûr de ne rien entendre, mais il était inutile d'y songer. Il essaya plutôt de s'intéresser à un scarabée qui rampait sur la croupe du renne, mais l'insecte n'était pas suffisamment passionnant pour l'empêcher d'entendre ce que disait Hagrid.

–J'ai simplement compris... que vous étiez comme moi... C'était votre mère ou votre père ?

–Je... Je ne seusis pas treus bien ce que vous vouleuz dire, Agrid...

–Moi, c'était ma mère, dit Hagrid en baissant la voix. Elle était l'une des dernières de Grande-Bretagne. Bien sûr, je ne me souviens pas très bien d'elle... Elle est partie, vous comprenez ? Quand j'avais environ trois ans. Elle n'était pas vraiment du genre maternel. Il faut dire que ce n'est pas dans leur nature. Je ne sais pas ce qu'elle est devenue... Elle est peut-être morte...

Madame Maxime ne répondit rien. Harry détacha malgré lui son regard du scarabée et regarda par-dessus la ramure du renne, écoutant... Il n'avait encore jamais entendu Hagrid parler de son enfance.

–Mon père en a eu le cœur brisé quand elle est partie. Il était tout petit, mon père. À six ans, j'arrivais à le soulever et à l'asseoir sur le buffet de la cuisine quand il m'énervait. Ça le faisait rire...

La voix grave de Hagrid se brisa. Madame Maxime écoutait, immobile, contemplant les jets d'eau argentée de la fontaine.

–C'est papa qui m'a élevé... Mais il est mort juste après mon entrée à l'école. Alors, j'ai dû me débrouiller tout seul. Dumbledore m'a bien aidé. Il a été très gentil avec moi...

Hagrid sortit de sa poche un grand mouchoir à pois et se moucha bruyamment.

–Enfin, bon... assez parlé de moi... Et vous ? C'était de quel côté ?

Mais Madame Maxime s'était soudain levée.

–Il feut un peu froid, dit-elle.

Quelle que fût la température, cependant, elle n'aurait pu être aussi froide que sa voix.

– Je crois que je vais rentrer, maintenant.

– Hein ? dit Hagrid, pris au dépourvu. Non, ne partez pas ! Je... je n'en avais encore jamais rencontré d'autre jusqu'à maintenant !

– D'autre quoi, euxactement ? interrogea Madame Maxime d'un ton glacial.

Harry aurait voulu dire à Hagrid de ne surtout pas répondre. Il resta là, dans l'ombre, les dents serrées, espérant contre tout espoir qu'il ne répondrait rien – mais c'était inutile.

– D'autre demi-géant, bien sûr, dit Hagrid.

– Comment oseuz-vous ! s'écria Madame Maxime.

Sa voix explosa comme une corne de brume dans l'atmosphère paisible de la nuit. Derrière lui, Harry entendit Fleur et Roger se redresser dans leur buisson de roses.

– Je n'eu jameus euteu autant insulteu de ma vie ! Une demi-geuante ? Moi ? Sacheuz, monsieur, que j'eu simplement une forte ossature !

Et elle s'en alla d'un pas furieux. Des essaims de fées multicolores s'envolèrent sur son passage tandis qu'elle écartait les buissons à grands gestes rageurs. Hagrid, toujours assis sur son banc, la regarda partir mais il faisait trop sombre pour distinguer l'expression de son visage. Il resta ainsi un long moment, puis il se leva et s'éloigna à grands pas, non en direction du château, mais vers sa cabane plongée dans l'obscurité.

– Viens, chuchota Harry à l'oreille de Ron. Allons-y...

Mais Ron ne bougea pas.

– Qu'est-ce qui se passe ? demanda Harry en le regardant d'un air surpris.

Ron se tourna vers lui. Il avait le visage grave.

– Tu étais au courant ? murmura-t-il. Que Hagrid était un demi-géant ?

– Non, répondit Harry en haussant les épaules. Et alors ?

En voyant le regard que lui lança Ron, il comprit qu'il venait de révéler une fois de plus son ignorance du monde de la magie. Élevé par les Dursley, beaucoup de choses que les sorciers savaient dès l'enfance lui étaient longtemps restées inconnues mais, depuis qu'il avançait dans ses études, ces soudaines révélations devenaient de moins en moins nombreuses. En cet instant, cependant, il comprit que la plupart des autres sorciers n'auraient certainement pas dit : « Et alors ? » en découvrant qu'un de leurs amis avait une géante pour mère.

– Viens, on va rentrer, je t'expliquerai, dit Ron.

Fleur et Roger Davies avaient disparu, sans doute dans un bosquet moins exposé aux regards. Harry et Ron retournèrent dans la Grande Salle. Parvati et Padma étaient à présent assises à une table éloignée, en compagnie d'un groupe de garçons de Beauxbâtons, et Hermione dansait à nouveau avec Krum. Harry et Ron choisirent une table à l'écart de la piste de danse et s'y installèrent.

– Alors ? dit Harry. C'est quoi, le problème des géants ?

– Eh bien, ils sont... ils sont...

Ron chercha ses mots.

– Ils ne sont pas très agréables, dit-il maladroitement.

– Qu'est-ce que ça peut faire ? dit Harry. Hagrid, lui, n'a rien de désagréable.

– Je sais, mais... Ça ne m'étonne pas qu'il n'en parle jamais, reprit Ron en hochant la tête. J'ai toujours pensé qu'il avait dû subir un sortilège d'Empiffrement quand il était enfant ou quelque chose dans ce genre-là et qu'il préférait garder ça pour lui...

– Mais qu'est-ce que ça peut bien faire que sa mère ait été une géante ? dit Harry.

– Pour ceux qui le connaissent, ça n'a pas d'importance,

parce qu'ils savent qu'il n'est pas dangereux, dit Ron avec lenteur. Mais il faut que tu le saches, Harry, ils sont épouvantables, les géants. Comme l'a dit Hagrid, c'est dans leur nature, c'est comme les trolls... Ils aiment tuer, tout le monde sait ça. Enfin, maintenant, il n'y en a plus en Grande-Bretagne.

– Qu'est-ce qui leur est arrivé ?

– Ils étaient en voie de disparition et, en plus, il y en a beaucoup qui ont été tués par des Aurors. Mais on dit qu'il en reste encore dans certains pays... Ils se cachent surtout dans les montagnes...

– Je ne sais pas qui Madame Maxime pense pouvoir tromper, dit Harry en la voyant assise seule à la table des juges, l'air maussade. Si Hagrid est un demi-géant, elle aussi. Une forte ossature... Les seuls qui ont une ossature plus forte que la sienne, ce sont les dinosaures.

Harry et Ron passèrent le reste de la soirée à parler des géants dans leur coin. Ni l'un ni l'autre n'avait envie de danser. Harry essayait de ne pas regarder Cho et Cedric : les voir ensemble lui inspirait une furieuse envie de donner des coups de pied dans quelque chose, ou à quelqu'un.

À minuit, les Bizarr' Sisters cessèrent de jouer. Elles furent saluées par une nouvelle salve d'applaudissements enthousiastes, puis les danseurs commencèrent à quitter la salle. Nombre d'entre eux auraient souhaité que le bal se prolonge, mais Harry était ravi d'aller se coucher. Pour lui, la soirée n'avait rien eu de très amusant.

Dans le hall d'entrée, Harry et Ron virent Hermione dire au revoir à Krum avant qu'il ne retourne à bord du vaisseau de Durmstrang. Elle lança à Ron un regard glacial et monta l'escalier de marbre en passant devant lui sans dire un mot. Harry et Ron la suivirent mais, après avoir monté quelques marches, Harry entendit quelqu'un l'appeler :

– Hé ! Harry !

C'était Cedric Diggory. Cho l'attendait un peu plus loin, dans le hall d'entrée.

– Oui ? dit Harry froidement.

Cedric le rejoignit dans l'escalier mais, apparemment, il voulait lui parler seul à seul. Ron haussa les épaules avec mauvaise humeur et continua de monter les marches.

– Écoute…

Cedric baissa la voix tandis que Ron disparaissait en haut de l'escalier.

– J'ai une dette envers toi pour m'avoir parlé du dragon. Alors, je voulais te dire, au sujet de l'œuf d'or… Est-ce que le tien se met à hurler quand tu l'ouvres ?

– Oui, dit Harry.

– Tu n'as qu'à prendre un bain, d'accord ?

– Quoi ?

– Prends un bain… heu… avec l'œuf et… réfléchis. L'eau chaude t'aidera… Fais-moi confiance.

Harry le regarda.

– Un conseil, poursuivit Cedric. Va dans la salle de bains des préfets. La quatrième porte à droite après la statue de Boris le Hagard, au cinquième étage. Le mot de passe, c'est « Fraîcheur des pins ». Bon, je te quitte, il faut que j'aille dire bonne nuit…

Il sourit à nouveau et redescendit les marches pour aller retrouver Cho.

Harry retourna seul à la tour de Gryffondor. Le conseil que lui avait donné Cedric lui semblait très étrange. Comment se pouvait-il qu'un bain l'aide à comprendre ce que signifiaient les hurlements de cet œuf ? Cedric s'était-il moqué de lui ? Essayait-il de rendre Harry ridicule pour paraître encore plus brillant aux yeux de Cho ?

La grosse dame et son amie Violette dormaient dans le

tableau. Harry dut crier : « Guirlande ! » à plusieurs reprises pour les réveiller et lorsqu'elles consentirent enfin à ouvrir un œil, elles se montrèrent de très mauvaise humeur. Harry se glissa dans la salle commune et retrouva Ron et Hermione qui se disputaient violemment, debout face à face, à trois mètres l'un de l'autre, le visage écarlate.

– Si ça ne te plaît pas, tu sais ce qu'il faudra faire, à l'avenir ! criait Hermione.

Ses cheveux étaient défaits et les traits de son visage déformés par la fureur.

– Ah ouais ? répliqua Ron en criant aussi fort qu'elle. Et qu'est-ce qu'il faudra faire ?

– La prochaine fois qu'il y aura un bal, tu n'auras qu'à me demander d'y aller avec toi avant que quelqu'un d'autre le fasse à ta place et non pas au dernier moment parce que tu n'auras trouvé personne d'autre.

Ron ouvrit silencieusement la bouche, comme un poisson hors de l'eau, tandis qu'Hermione tournait les talons et montait quatre à quatre l'escalier qui menait au dortoir des filles. Ron se tourna vers Harry.

– Alors, ça…, bredouilla-t-il, l'air stupéfait, ça prouve que… elle n'a rien compris du tout…

Harry ne fit aucun commentaire. Il était trop content de s'être réconcilié avec Ron pour oser dire ce qu'il pensait – mais, à son avis, Hermione avait beaucoup mieux compris que Ron.

24
LE SCOOP DE RITA SKEETER

Le lendemain de Noël, tout le monde se leva très tard. La salle commune de Gryffondor était beaucoup plus calme que ces derniers jours. Les conversations traînaient paresseusement, ponctuées de bâillements. Hermione avait à nouveau les cheveux en broussaille et elle avoua à Harry qu'elle avait dû utiliser de généreuses quantités de potion capillaire Lissenplis pour arriver à les coiffer.

— Mais c'est trop de travail, je ne ferais certainement pas ça tous les jours, ajouta-t-elle d'un air dégagé en caressant Pattenrond qui ronronnait sur ses genoux.

Ron et Hermione semblaient s'être mis tacitement d'accord pour ne pas reparler de leur dispute. Leurs relations étaient redevenues très amicales, quoique teintées d'un étrange formalisme. Ron et Harry racontèrent sans tarder à Hermione la conversation qu'ils avaient surprise entre Madame Maxime et Hagrid mais elle fut beaucoup moins choquée que Ron en apprenant que Hagrid était un demi-géant.

— Je m'en doutais, dit-elle avec un haussement d'épaules. Je savais qu'il ne pouvait être un pur géant parce qu'ils mesurent tous dans les six mètres. Mais franchement, je ne comprends pas toutes ces histoires qu'on raconte au sujet des géants. Ils ne peuvent quand même pas être tous épouvantables… C'est le même genre de préjugé qu'on a envers les loups-garous… C'est de l'intolérance, voilà tout.

Apparemment, Ron aurait bien aimé lui lancer une réplique cinglante, mais il ne voulait sans doute pas déclencher une nouvelle dispute et il se contenta de hocher la tête d'un air incrédule pendant qu'Hermione ne le regardait pas.

Il était temps, à présent, de penser aux devoirs qu'ils avaient négligés au cours de la première semaine de vacances. Maintenant que Noël était passé, tout le monde semblait plutôt ramolli – tout le monde sauf Harry qui recommençait à se sentir un peu inquiet.

Vu de ce côté-là de Noël, le 24 février paraissait beaucoup plus proche et il n'avait encore rien fait pour essayer de comprendre l'énigme de l'œuf d'or. Chaque fois qu'il montait dans le dortoir, il le sortait de sa valise, l'ouvrait et écoutait attentivement, espérant comprendre enfin quelque chose. Il cherchait dans sa mémoire ce que ce cri pouvait bien évoquer mais, à part les scies musicales, il n'avait jamais rien entendu de semblable. Il referma l'œuf une nouvelle fois, le secoua vigoureusement et le rouvrit pour entendre si le son avait changé, mais c'était toujours la même chose. Il essaya de poser des questions à l'œuf d'or en criant pour couvrir sa plainte, mais rien ne se produisit. Il finit même par le jeter à travers la pièce – tout en sachant que cela ne lui serait d'aucun secours.

Harry n'avait pas oublié le conseil donné par Cedric, mais l'antipathie qu'il éprouvait pour lui ces temps-ci ne l'incitait guère à accepter son aide, s'il pouvait l'éviter. De toute façon, il estimait que si Cedric avait véritablement voulu lui être utile, il se serait montré beaucoup plus explicite. Harry n'avait pas hésité à lui dire clairement en quoi devait consister la première tâche et, pour le remercier, Cedric lui avait simplement recommandé de prendre un bain. Harry n'avait pas besoin de conseils idiots – encore moins de la part de quelqu'un qui se promenait dans les couloirs main dans la main avec Cho. Au premier jour du nouveau trimestre, Harry retourna donc en classe, chargé de ses habituels livres, plumes et parchemins, mais en sentant également peser sur ses épaules l'énigme non résolue de l'œuf d'or.

La neige était encore épaisse dans le parc et les vitres des serres étaient recouvertes d'une buée si dense qu'il fut impossible de voir au travers pendant la classe de botanique. Par ce temps, personne n'avait très envie d'aller au cours de soins aux créatures magiques. Pourtant, comme le fit remarquer Ron, les Scroutts allaient sans doute les réchauffer agréablement, soit parce qu'il faudrait courir après pour les rattraper, soit parce qu'ils finiraient par mettre le feu à la cabane de Hagrid à force d'exploser de plus en plus fort.

Mais lorsqu'ils arrivèrent chez Hagrid, ils virent devant la porte de la cabane une vieille sorcière aux cheveux gris coupés court, avec un long menton recourbé.

– Dépêchez-vous, ça fait cinq minutes que la cloche a sonné, aboya-t-elle, tandis qu'ils s'approchaient d'elle en pataugeant dans la neige.

– Qui êtes-vous ? demanda Ron en la regardant d'un air surpris. Où est Hagrid ?

– Je suis le professeur Gobe-Planche, répondit-elle sèchement. C'est moi qui vous ferai provisoirement les cours de soins aux créatures magiques.

– Où est Hagrid ? répéta Harry d'une voix forte.

– Il est indisposé, répliqua le professeur d'un ton brusque.

Un petit rire déplaisant retentit derrière Harry. Il se retourna : Drago Malefoy et les autres élèves de Serpentard venaient d'arriver. Ils avaient l'air enchanté et aucun d'eux ne manifesta la moindre surprise en voyant le professeur Gobe-Planche.

— Par ici, s'il vous plaît, dit le professeur en contournant l'enclos où les immenses chevaux de Beauxbâtons tremblaient de froid, serrés les uns contre les autres.

Harry, Ron et Hermione la suivirent et jetèrent au passage un coup d'œil vers la cabane de Hagrid. Tous les rideaux étaient tirés. Hagrid était-il chez lui, seul et malade ?

— Qu'est-ce qu'il a, Hagrid ? demanda Harry au professeur Gobe-Planche.

— Ne vous occupez pas de ça, répondit-elle, comme si elle trouvait sa curiosité déplacée.

— Si, justement, je m'en occupe, dit Harry avec ardeur. Qu'est-ce qui s'est passé ?

Le professeur Gobe-Planche fit mine de ne pas l'avoir entendu et les emmena plus loin, à la lisière de la forêt. Elle s'arrêta alors devant un arbre auquel était attachée une grande et magnifique licorne.

À sa vue, la plupart des filles poussèrent un « Oooohhhh ! » admiratif.

— Qu'est-ce qu'elle est belle ! murmura Lavande Brown. Comment ont-ils fait pour l'attraper ? Il paraît qu'elles sont très difficiles à approcher !

La licorne était d'un blanc si éclatant que la neige autour d'elle paraissait grise. L'air inquiet, elle frappait le sol de ses sabots d'or, rejetant en arrière sa tête dotée d'une unique corne au milieu du front.

— Les garçons, vous restez en arrière ! aboya le professeur Gobe-Planche.

Elle étendit le bras, heurtant Harry en pleine poitrine.

— Les licornes préfèrent la délicatesse féminine. Les filles, mettez-vous au premier rang et faites attention en l'approchant. Allons-y, tout en douceur…

465

Accompagnée des filles de la classe, elle s'avança lentement vers la licorne. Les garçons restèrent en arrière, près de l'enclos des chevaux, et se contentèrent de regarder.

Dès que le professeur Gobe-Planche fut suffisamment loin pour ne pas les entendre, Harry se tourna vers Ron.

– Qu'est-ce qui a bien pu lui arriver ? Tu crois que c'est un Scroutt qui l'aurait… ?

– Oh, personne ne l'a attaqué, Potter, si c'est ça que tu crois, dit Malefoy de sa voix doucereuse. Il a simplement trop honte de montrer son horrible grosse tête.

– Qu'est-ce que tu veux dire ? lança sèchement Harry.

Malefoy plongea la main dans sa poche et en sortit une page de journal soigneusement pliée.

– Tiens, dit-il avec un rire narquois. Désolé de te faire de la peine, Potter…

Harry lui arracha la page des mains, la déplia et lut en même temps que Ron, Seamus, Dean et Neville qui regardaient par-dessus son épaule. C'était un article accompagné d'une photo de Hagrid qui avait le regard extrêmement fuyant.

L'ERREUR GÉANTE DE DUMBLEDORE

Albus Dumbledore, l'excentrique directeur de l'école de sorcellerie de Poudlard, n'a jamais hésité à confier des postes d'enseignant à des personnages très controversés, écrit notre envoyée spéciale Rita Skeeter. Au mois de septembre dernier, il a ainsi engagé, comme professeur de défense contre les forces du Mal, Alastor Maugrey, dit « Fol Œil », l'ex-Auror dont la réputation de maniaque de la baguette magique n'est plus à faire. Une décision qui a fait lever plus d'un sourcil au ministère de la Magie, compte tenu de la tendance bien connue de Maugrey à attaquer férocement quiconque a le malheur de faire un mouvement un peu brusque en sa présence. Pourtant, Maugrey Fol

surveille habituellement de très près. Mais il semble que Hagrid ne se sente nullement concerné par de telles restrictions.

« Je voulais simplement m'amuser un peu », a-t-il déclaré avant de changer précipitamment de sujet.

Comme si ce n'était pas suffisant, La Gazette du sorcier a désormais la preuve que Hagrid n'est pas – comme il l'a toujours prétendu – un sorcier de pure souche. Il n'est d'ailleurs même pas un humain de pure souche. Sa mère, nous pouvons aujourd'hui le révéler en exclusivité, n'est autre que la géante Fridluva dont on ignore où elle se trouve actuellement.

Brutaux, assoiffés de sang, les géants se sont tellement entretués au cours du siècle dernier que leur espèce a fini par s'éteindre. Les quelques individus qui subsistaient ont rejoint les rangs de Celui-Dont-On-Ne-Doit-Pas-Prononcer-Le-Nom et ont été responsables des plus effroyables tueries de Moldus qui ont eu lieu sous son règne de terreur.

Alors que la plupart des géants qui s'étaient mis au service de Celui-Dont-On-Ne-Doit-Pas-Prononcer-Le-Nom étaient tués par les Aurors en lutte contre les forces du Mal, Fridluva, elle, parvenait à s'échapper. Il est possible qu'elle se soit réfugiée dans l'une des communautés de géants qui existent encore dans les montagnes de certains pays étrangers. Quoi qu'il en soit, si l'on en juge par les extravagances de ses cours de soins aux créatures magiques, il semblerait que le fils de Fridluva ait hérité du tempérament brutal de sa mère.

Curieusement, on dit que Hagrid aurait noué d'étroits liens d'amitié avec le garçon qui a mis fin au pouvoir de Vous-Savez-Qui – obligeant ainsi la propre mère de Hagrid, ainsi que tous les autres partisans de Vous-Savez-Qui, à s'enfuir ou à se cacher. Harry Potter ignore peut-être la vérité sur son « grand » ami – mais Albus Dumbledore a sans nul doute le devoir de veiller à ce que Harry Potter, tout comme ses condisciples, soit averti des dangers que présente la fréquentation des demi-géants.

Lorsqu'il eut terminé sa lecture, Harry leva les yeux vers Ron qui était bouche bée.

– Comment a-t-elle pu savoir ? murmura-t-il.

Mais ce n'était pas cela qui tracassait Harry.

– Qu'est-ce que ça signifie « Tout le monde déteste Hagrid » ? lança-t-il à Malefoy. Et qu'est-ce que c'est que cette idiotie sur *lui* – il montra Crabbe – qui aurait été mordu par un Veracrasse ? Les Veracrasses n'ont même pas de dents !

Crabbe ricanait, visiblement très content de lui.

– Je pense que ça devrait mettre un terme à la carrière d'enseignant de ce gros imbécile, répondit Malefoy, le regard étincelant. Un demi-géant... Et moi qui pensais qu'il avait simplement avalé une bouteille de Poussoss quand il était petit... Les mamans et les papas ne vont pas aimer ça du tout... Ils vont avoir peur que leurs enfants se fassent manger. Ha, ha !

– Toi, tu...

– Vous écoutez un peu, là-bas ?

La voix du professeur Gobe-Planche parvint jusqu'à eux. Les filles s'étaient rassemblées autour de la licorne pour la caresser. Harry éprouvait une telle fureur que la page de *La Gazette du sorcier* tremblait entre ses mains. Il regarda sans la voir la licorne dont le professeur Gobe-Planche énumérait les nombreuses propriétés magiques d'une voix forte afin que les garçons puissent également l'entendre.

– J'espère qu'elle va rester comme prof, celle-là ! dit Parvati Patil à la fin du cours. Ça ressemble beaucoup plus à ce que devrait être un cours de soins aux créatures magiques... avec des vraies créatures, comme les licornes, pas des monstres...

– Et Hagrid ? dit Harry avec colère, tandis qu'ils montaient les marches du château.

– Eh bien, quoi ? répondit Parvati d'une voix dure. Il peut toujours être garde-chasse, non ?

Parvati s'était montrée très froide envers Harry depuis le bal. Il pensa qu'il aurait peut-être dû s'occuper un peu plus d'elle, mais elle semblait s'être bien amusée quand même. En tout cas, elle racontait à qui voulait l'entendre qu'elle avait rendez-vous avec le garçon de Beauxbâtons lors du prochain week-end à Pré-au-Lard.

—C'était un excellent cours, dit Hermione lorsqu'ils arrivèrent dans le hall d'entrée. J'ignorais la moitié de tout ce que nous a dit le professeur Gobe-Planche sur les lic...

—Regarde ça ! gronda Harry en lui mettant sous le nez *La Gazette du sorcier*.

Hermione resta interdite en lisant l'article. Sa réaction fut exactement la même que celle de Ron.

—Comment cette horrible bonne femme a-t-elle fait pour savoir ça ? Tu ne crois quand même pas que c'est Hagrid qui le lui aurait dit ?

—Non, répondit Harry.

Il les précéda dans la Grande Salle et se laissa tomber sur une chaise à la table des Gryffondor, l'air furieux.

—Même à nous, il n'en a jamais parlé. Elle devait être tellement folle de rage qu'il ne lui dise pas des tonnes d'horreurs sur moi qu'elle a dû se venger en fouinant partout pour trouver quelque chose sur lui.

—Peut-être qu'elle l'a entendu parler à Madame Maxime pendant le bal, dit Hermione à voix basse.

—On l'aurait vue dans le jardin ! fit remarquer Ron. De toute façon, elle n'a plus le droit de revenir à l'école. Hagrid a dit que Dumbledore lui avait interdit de remettre les pieds ici...

—Elle a peut-être une cape d'invisibilité, dit Harry.

Il tremblait tellement de colère qu'il répandit de la sauce partout en se servant de la fricassée de poulet.

—Exactement le genre de choses qu'elle pourrait faire, se

cacher derrière des buissons et écouter ce que racontent les gens.

– Comme toi et Ron, par exemple ? dit Hermione.

– Nous, on n'essayait pas d'entendre ce qu'il disait ! protesta Ron, indigné. On n'avait pas le choix ! L'imbécile ! Parler de sa mère géante alors que n'importe qui pouvait l'entendre !

– Il faut aller le voir, dit Harry. Ce soir, après la classe de divination. Lui dire qu'on veut qu'il reprenne ses cours... Tu *veux* qu'il reprenne ses cours, non ? lança-t-il à Hermione.

– Je... oh, bien sûr, je n'irai pas jusqu'à affirmer que ce n'était pas une bonne chose d'avoir un vrai cours de soins aux créatures magiques, pour une fois – mais... oui, oui, bien entendu, je veux que Hagrid revienne, sans aucun doute ! s'empressa d'ajouter Hermione, cédant au regard furieux de Harry.

Ce soir-là, après dîner, tous trois sortirent donc du château une fois de plus et traversèrent la pelouse gelée pour aller voir Hagrid dans sa cabane. Ils frappèrent à la porte, déclenchant les aboiements tonitruants de Crockdur.

– Hagrid, c'est nous ! cria Harry en cognant à grands coups. Ouvrez !

Il n'y eut pas de réponse. Ils entendaient Crockdur gémir et gratter derrière la porte, mais elle ne s'ouvrit pas. Ils continuèrent à frapper pendant une bonne dizaine de minutes et Ron alla même taper au carreau d'une des fenêtres, mais sans plus de succès.

– Pourquoi est-ce qu'il refuse de nous voir ? s'étonna Hermione lorsque, après avoir fini par abandonner, ils reprirent le chemin du château. Il n'irait quand même pas penser qu'on attache de l'importance à cette histoire de géant ?

Mais Hagrid, lui, y attachait de l'importance. Pendant toute une semaine, il ne donna pas signe de vie. Il n'apparaissait pas à la table des professeurs au moment des repas, ils ne le voyaient pas dans le parc, occupé à ses besognes de garde-chasse, et le professeur Gobe-Planche continuait d'assurer les cours de soins aux créatures magiques. Chaque fois qu'il en avait l'occasion, Malefoy ne manquait pas de lancer quelques-unes de ses plaisanteries :

— Alors, il vous manque votre copain métis ? murmurait-il sans cesse à Harry, après s'être assuré qu'il y avait un professeur à proximité pour ne pas risquer de représailles. Il vous manque, l'homme-éléphant ?

Une sortie à Pré-au-Lard était prévue vers le milieu du mois de janvier. Hermione se montra surprise lorsque Harry lui annonça qu'il avait l'intention d'y aller.

— Je pensais que tu voudrais profiter du calme de la salle commune, dit-elle. Il faut absolument que tu réfléchisses à ce que signifie cet œuf.

— Oh, je crois que j'ai une idée sur la question, mentit Harry.

— Vraiment ? dit Hermione, impressionnée. Bravo !

Harry éprouva un sentiment de culpabilité qui lui contracta un peu l'estomac, mais il n'y prêta guère attention. Il lui restait encore cinq semaines pour résoudre l'énigme de l'œuf, c'était bien suffisant… Il préférait aller à Pré-au-Lard : s'il y rencontrait Hagrid, il arriverait peut-être à le convaincre de revenir.

Le samedi, les trois amis quittèrent le château et traversèrent le parc humide et froid en direction du grand portail. Lorsqu'ils passèrent devant le vaisseau de Durmstrang amarré sur le lac, ils virent Viktor Krum apparaître sur le pont, vêtu d'un simple maillot de bain. Il était très maigre mais apparemment beaucoup moins fragile qu'il ne le paraissait, car il monta sur le bastingage du navire, tendit les bras au-dessus de sa tête et plongea dans l'eau.

– Il est fou ! s'exclama Harry en voyant la tête de Krum émerger au milieu du lac. Il doit faire un froid glacial, on est en janvier !

– Il fait beaucoup plus froid chez lui, fit remarquer Hermione. L'eau d'ici doit lui paraître tiède.

– Oui, mais il y a quand même le calmar géant, dit Ron.

Ce n'était pas l'inquiétude qui perçait dans sa voix, mais plutôt l'espoir. Hermione s'en rendit compte et fronça les sourcils.

– Il est très sympathique, tu sais, dit-elle. Pour quelqu'un qui vient de Durmstrang, il est très différent de ce qu'on pourrait penser. Il m'a dit qu'il se trouvait beaucoup mieux ici.

Ron ne répondit rien. Il n'avait plus parlé de Viktor Krum depuis le soir du bal mais, le lendemain de Noël, Harry avait trouvé sous son lit un bras miniature apparemment arraché à la figurine qui portait la robe de l'équipe bulgare de Quidditch.

Lorsqu'ils parcoururent la grand-rue du village, recouverte de gadoue, Harry ouvrit l'œil pour essayer d'apercevoir un quelconque signe de la présence de Hagrid. Voyant qu'il n'était dans aucun des magasins qui s'alignaient le long de la rue, il suggéra d'aller faire un tour aux Trois Balais.

Le pub était aussi bondé que d'habitude, mais Hagrid ne s'y trouvait pas. Avec un pincement au cœur, Harry, suivi de Ron et d'Hermione, se fraya un chemin jusqu'au bar et commanda trois Bièraubeurres à Madame Rosmerta. Finalement, pensa-t-il avec tristesse, il aurait peut-être mieux fait de rester au château à écouter les plaintes de l'œuf d'or.

– Il n'est donc *jamais* à son bureau, celui-là ? murmura soudain Hermione. Regardez !

Elle montra le miroir derrière le bar et Harry vit le reflet de Ludo Verpey, assis dans un coin sombre de la salle en compagnie d'une bande de gobelins. Verpey parlait très vite et à voix basse aux gobelins qui l'écoutaient les bras croisés, l'air plutôt menaçant.

Il était très étrange, songea Harry, que Verpey se trouve aux Trois Balais un week-end alors qu'il n'y avait aucune épreuve à juger dans le Tournoi des Trois Sorciers. En l'observant dans le miroir, il remarqua que Verpey paraissait tendu, aussi tendu que le soir où il l'avait vu dans la forêt, avant l'apparition de la Marque des Ténèbres. Brusquement, Verpey tourna les yeux vers le bar, aperçut Harry, et se leva aussitôt. Harry l'entendit dire aux gobelins : « Je reviens tout de suite ! » et le vit traverser la salle pour le rejoindre, son visage juvénile à nouveau souriant.

– Harry ! s'exclama-t-il. Comment vas-tu ? J'espérais justement te voir ! Alors, tout va bien ?

– Très bien, merci, répondit Harry.

– J'aurais voulu te dire un mot en particulier, reprit Verpey d'un air impatient. Je peux vous demander de nous laisser un instant, tous les deux ?

– Heu… oui, d'accord, dit Ron qui s'éloigna en compagnie d'Hermione pour chercher une table.

Verpey entraîna Harry tout au bout du bar, le plus loin possible de Madame Rosmerta.

– Je voulais te féliciter une fois de plus pour ta magnifique performance face au Magyar à pointes, dit Verpey. C'était vraiment remarquable.

– Merci, répondit Harry, en se doutant que Verpey avait autre chose à lui dire, sinon la présence de Ron et d'Hermione ne l'aurait pas tant gêné.

Mais Verpey n'avait pas l'air pressé d'en venir au fait. Harry le voyait jeter des coups d'œil vers le miroir pour regarder les gobelins qui fixaient sur eux leurs petits yeux en amande.

– Un vrai cauchemar, ceux-là, dit Verpey à voix basse en remarquant que Harry les observait aussi. Ils ne parlent pas très bien anglais… J'ai l'impression de me retrouver avec tous ces Bulgares, le jour de la Coupe du Monde… mais *eux* au moins savaient s'exprimer par gestes, tout le monde pouvait les comprendre. Tandis que ceux-là ne baragouinent que le Gobelbabil… Et moi, je ne connais qu'un seul mot en Gobelbabil. *Bladvak.* Ça veut dire « pioche ». Je préfère ne pas l'utiliser, ils croiraient que je les menace.

Il éclata d'un rire bref et sonore.

—Qu'est-ce qu'ils veulent ? demanda Harry qui voyait que les gobelins ne quittaient pas Verpey des yeux.

—Oh, c'est…, répondit Verpey, soudain mal à l'aise. Ils… heu… ils cherchent Barty Croupton.

—Pourquoi est-ce qu'ils le cherchent ici ? Il est au ministère, à Londres, non ?

—Heu… en fait, je n'ai aucune idée de l'endroit où il se trouve, dit Verpey. Il a… cessé de venir au bureau. Ça fait deux semaines qu'on ne le voit plus. D'après le jeune Percy, son assistant, il paraît qu'il est malade. Apparemment, il envoie ses instructions par hibou. Mais je te demande de n'en parler à personne, Harry. Parce que Rita Skeeter continue à fouiner partout où elle peut mettre son nez et je suis prêt à parier qu'elle va transformer la maladie de Croupton en quelque chose d'abominable. Elle dirait sans doute qu'il a disparu comme Bertha Jorkins.

—Vous avez des nouvelles d'elle ? demanda Harry.

—Non, répondit Verpey qui sembla à nouveau tendu. J'ai envoyé des gens à sa recherche, bien sûr… (il était temps, pensa Harry), mais tout cela paraît très étrange. On sait qu'elle est bel et bien arrivée en Albanie, où elle a séjourné chez son cousin. Ensuite, elle est partie voir sa tante, dans le Sud… et c'est sur le chemin qu'elle a disparu sans laisser de traces… Je n'ai aucune idée de ce qui a pu lui arriver… Elle n'est pas du genre à partir avec un amoureux, par exemple…

enfin, je ne sais pas pourquoi je te parle des gobelins et de Bertha Jorkins... Je voulais simplement te demander, reprit Verpey en baissant la voix, comment tu te débrouillais avec ton œuf d'or ?

– Heu... pas mal, mentit Harry.

Verpey parut se rendre compte qu'il ne disait pas la vérité.

– Écoute, Harry, dit-il (toujours à voix basse), ça m'ennuie beaucoup, tout ça... Tu t'es retrouvé embarqué dans ce tournoi sans être volontaire... et si (il parlait tellement bas, à présent, que Harry fut obligé de se pencher vers lui pour comprendre ce qu'il disait)... si je peux t'aider... juste un petit coup de pouce dans la bonne direction... Je te trouve très sympathique, tu sais... La façon dont tu as affronté ce dragon !... Il suffit de me le dire et...

Harry regarda le visage rond et rose de Verpey et ses grands yeux bleus de bébé.

– On est censés résoudre l'énigme nous-mêmes, non ? dit-il en s'efforçant d'adopter un ton dégagé, pour ne pas avoir l'air d'accuser le directeur du Département des jeux et sports magiques de violer le règlement.

– Oui, oui... bien sûr, dit aussitôt Verpey, mais, voyons, Harry, ne nous cachons pas les choses, tout le monde souhaite que Poudlard soit vainqueur, non ?

– Vous avez proposé votre aide à Cedric ? demanda Harry.

Un très léger froncement de sourcils dessina un pli sur le visage lisse de Verpey.

– Non, répondit-il. Je... enfin, comme je te l'ai dit, je te trouve très sympathique et j'ai pensé que je pouvais te proposer de...

– Merci, c'est gentil, dit Harry, mais je crois que j'ai presque résolu l'énigme de l'œuf... Encore un ou deux jours et j'aurai tout trouvé.

Il ne savait pas très bien pourquoi il refusait l'aide de Ver-

pey, en dehors du fait qu'il était presque un inconnu pour lui
et qu'accepter un coup de pouce de sa part ressemblerait
beaucoup plus à une tricherie que de demander conseil à
Ron, Hermione ou Sirius.

Verpey donnait presque l'impression d'avoir essuyé un
affront, mais il ne put rien dire, car Fred et George venaient
d'apparaître auprès d'eux.

– Bonjour, Mr Verpey, lança Fred d'une voix claironnante.
Nous permettrez-vous de vous offrir un verre ?

– Heu... non, répondit Ludo Verpey en jetant un regard
déçu à Harry. Non, merci, mes amis...

Fred et George parurent aussi déçus que Verpey qui continuait de regarder Harry comme si celui-ci l'avait brutalement
laissé tomber.

– Bon, il faut que je file, dit-il. J'ai été ravi de vous voir,
tous les trois. Bonne chance, Harry.

Il se hâta de sortir du pub. Les gobelins se levèrent aussitôt
de leurs chaises et le suivirent au-dehors tandis que Harry
allait rejoindre Ron et Hermione.

– Qu'est-ce qu'il voulait ? demanda Ron dès que Harry se
fut assis.

– Il a proposé de m'aider pour l'œuf d'or.

– Il n'a pas le droit de faire ça ! s'indigna Hermione. C'est
un des juges ! Et de toute façon, tu as déjà trouvé, non ?

– Heu... presque, répondit Harry.

– Je ne pense pas que Dumbledore serait très content s'il
savait que Verpey a voulu t'inciter à tricher ! dit Hermione,
d'un air réprobateur. J'espère qu'il essaye aussi d'aider Cedric !

– Non, je lui ai déjà posé la question.

– En quoi ça nous intéresse que Cedric se fasse aider ? dit
Ron.

Harry approuva silencieusement.

– Ces gobelins n'avaient pas l'air très amicaux, fit remarquer Hermione après avoir bu une gorgée de sa Bièraubeurre. Qu'est-ce qu'ils faisaient là ?

– D'après Verpey, ils cherchaient Croupton, répondit Harry. Il est toujours malade. Il n'est pas retourné travailler.

– Peut-être que Percy essaye de l'empoisonner, dit Ron. Il doit penser que si Croupton se retrouve six pieds sous terre, il pourra prendre sa place comme directeur du Département de la coopération magique internationale.

Hermione lança à Ron un regard du genre « On-ne-plai-sante-pas-avec-ces-choses-là » et dit :

– C'est drôle que des gobelins cherchent Mr Croupton… Normalement, ils devraient plutôt avoir affaire au Département de contrôle et de régulation des créatures magiques.

– Croupton parle toutes sortes de langues, dit Harry. Ils ont peut-être besoin d'un interprète.

– Alors, on se fait du souci pour ces pauvres petits gobelins, maintenant ? demanda Ron à Hermione. Tu pourrais peut-être fonder le R.A.G.E. ou quelque chose comme ça ? Rassemblement pour l'Assistance aux Gobelins Exploités ?

– Ha, ha, ha ! Très drôle, répliqua Hermione d'un ton sarcastique. Figure-toi que les gobelins n'ont pas besoin de protection. Tu n'as donc pas écouté ce que le professeur Binns nous a dit sur les révoltes de gobelins ?

– Non, répondirent Harry et Ron d'une même voix.

– Eh bien, ils sont tout à fait capables de faire face aux sorciers, dit Hermione.

Elle but une nouvelle gorgée de Bièraubeurre.

– Ils sont très intelligents, poursuivit-elle. Pas comme les elfes de maison qui sont incapables de défendre leurs propres intérêts.

– Tiens, tiens, dit Ron en regardant vers la porte.

Rita Skeeter venait de faire son entrée dans la salle, accompagnée de son photographe bedonnant. Ce jour-là, elle portait une robe jaune banane et ses ongles très longs étaient recouverts d'un vernis rose vif. Elle alla chercher des consommations au bar et tous deux se frayèrent un chemin parmi la foule pour aller s'asseoir à une table proche, sous le regard noir de Harry, Ron et Hermione. Elle parlait vite et semblait très satisfaite de quelque chose.

— … n'avait pas l'air très content de nous rencontrer, tu ne trouves pas, Bozo ? Pour quelle raison, à ton avis ? Et qu'est-ce qu'il fabrique avec une bande de gobelins accrochés à ses basques ? Il dit qu'il leur fait visiter le village… Quelle idiotie… Il a toujours été incapable de mentir convenablement. Tu crois qu'il mijote quelque chose ? On devrait peut-être faire notre petite enquête ? Imagine un peu : *Déshonneur pour l'ex-directeur des sports magiques, Ludo Verpey*… Pas mal comme accroche, tu ne trouves pas ? Il suffit de dénicher une histoire qui aille avec…

— Vous essayez encore de briser la vie de quelqu'un ? lança Harry d'une voix forte.

Quelques personnes tournèrent la tête vers lui. Lorsque Rita Skeeter le reconnut, ses yeux s'écarquillèrent derrière ses lunettes incrustées de pierres précieuses.

— Harry ! s'exclama-t-elle avec un grand sourire. C'est merveilleux ! Pourquoi ne viens-tu pas te joindre à…

— Je ne m'approcherais pas de vous même avec un balai de trois mètres, répliqua Harry, furieux. Pourquoi est-ce que vous avez fait ça à Hagrid ?

Rita Skeeter haussa ses sourcils soulignés d'un épais trait de crayon.

— Nos lecteurs ont le droit de connaître la vérité, Harry, je ne fais que mon…

— On s'en fiche qu'il soit un demi-géant ! s'écria Harry. Il n'y a strictement rien à lui reprocher !

Le pub était devenu soudain silencieux. Derrière le bar,

Madame Rosmerta les observait sans se rendre compte que la cruche qu'elle était en train de remplir d'hydromel débordait.

Le sourire de Rita Skeeter sembla s'effacer légèrement puis s'élargit à nouveau, comme si elle l'avait raccroché à ses lèvres. Elle ouvrit d'un coup sec son sac en peau de crocodile et en sortit sa Plume à Papote.

— Et si tu me parlais un peu du Hagrid que tu connais, Harry ? dit-elle. De l'homme qui se cache derrière les muscles ? Des raisons de votre amitié si improbable ? Est-ce que c'est un substitut du père, pour toi ?

Hermione se leva d'un bond, la main crispée sur son verre de Bièraubeurre comme s'il s'agissait d'une grenade.

— Vous êtes horrible ! dit-elle entre ses dents serrées. Vous n'avez aucune considération pour personne, tout ce qui compte pour vous, c'est de trouver quelque chose à écrire sur n'importe qui, même sur Ludo Verpey...

— Assieds-toi donc, espèce de petite sotte et ne parle pas sans savoir, répliqua froidement Rita Skeeter, avec un regard féroce. Je pourrais te raconter sur Ludo Verpey des choses à te faire dresser les cheveux sur la tête... Ce qui leur ferait peut-être du bien, ajouta-t-elle en regardant la tignasse d'Hermione.

— Venez, on s'en va, dit Hermione.

Ils sortirent tous les trois du pub, suivis du regard par les autres clients. Avant de refermer la porte, Harry jeta un coup d'œil derrière lui. La Plume à Papote de Rita Skeeter glissait précipitamment d'un bord à l'autre d'un morceau de parchemin posé sur la table.

— Maintenant, c'est à toi qu'elle va s'en prendre, Hermione, dit Ron d'un air inquiet tandis qu'ils remontaient la rue d'un pas vif.

— Qu'elle essaye ! s'écria Hermione d'une voix perçante, en

tremblant de rage. Je vais lui montrer, moi ! Il paraît que je suis une petite sotte ? Très bien, elle va me le payer ! D'abord Harry, puis Hagrid...

— Il ne faut pas mettre Rita Skeeter en colère, dit Ron, mal à l'aise. Je parle sérieusement, Hermione, elle va dénicher quelque chose sur toi...

— Mes parents ne lisent pas *La Gazette du sorcier*, elle ne me fait pas peur et je n'irai pas me cacher ! assura Hermione en marchant à si grandes enjambées que Harry et Ron avaient du mal à la suivre.

La dernière fois que Harry avait vu Hermione dans une rage semblable, elle avait giflé Malefoy.

— Et Hagrid ne va pas se cacher non plus ! Il n'aurait jamais dû se laisser impressionner par cette pâle imitation d'être humain ! Allez, dépêchez-vous !

Elle les entraîna au pas de course le long de la route, franchit le portail encadré de sangliers ailés et ne s'arrêta que lorsqu'ils furent arrivés devant la cabane de Hagrid.

Les rideaux étaient toujours tirés, mais ils entendirent Crockdur aboyer.

— Hagrid ! cria Hermione, en martelant la porte à coups de poing. Hagrid, ça suffit ! Nous savons que vous êtes là ! Vous n'allez quand même pas vous laisser faire par cette horrible Rita Skeeter ! Hagrid, sortez de là, vous êtes en train de...

La porte s'ouvrit.

— Il était t... dit Hermione qui s'interrompit aussitôt en se retrouvant face à face avec... Albus Dumbledore.

— Bonjour, dit-il avec un grand sourire.

— Nous... heu... nous voulions voir Hagrid, dit Hermione d'une voix devenue soudain timide.

— Oui, c'est ce que j'avais cru comprendre, répondit Dumbledore, le regard pétillant. Mais pourquoi restez-vous dehors ? Entrez donc.

– Ah... heu... oui, d'accord, balbutia Hermione.

Elle entra dans la cabane, suivie des deux autres. Lorsqu'il vit Harry, Crockdur se jeta sur lui en aboyant comme un fou et essaya de lui lécher les oreilles. Harry repoussa le molosse et regarda autour de lui.

Hagrid était assis à sa table sur laquelle étaient posées deux grandes tasses de thé. Il paraissait anéanti. Il avait le visage marbré, les yeux gonflés et ses cheveux, passant d'un extrême à l'autre, n'avaient jamais été aussi hirsutes. On aurait dit un enchevêtrement de fils de fer.

– Bonjour, Hagrid, dit Harry.

Hagrid leva les yeux vers lui.

– 'jour, dit-il d'une voix très rauque.

– Je crois qu'il va falloir refaire un peu de thé, dit Dumbledore en refermant la porte.

Il sortit sa baguette magique et la remua d'un geste négligent. Aussitôt, un plateau à thé apparut dans les airs ainsi qu'une assiette de gâteaux. Le plateau se posa de lui-même sur la table et tout le monde s'assit.

– Est-ce que par hasard vous avez entendu ce que Miss Granger a crié tout à l'heure, Hagrid ? dit Dumbledore après un instant de silence.

Hermione rosit légèrement, mais Dumbledore lui adressa un sourire et poursuivit :

– À en juger par la façon dont ils ont essayé de défoncer la porte, Hermione, Harry et Ron ont toujours envie de vous voir.

– Évidemment qu'on a envie de vous voir ! dit Harry en regardant Hagrid. Vous ne pensez quand même pas que ce qu'a écrit cette grosse truie de Skeeter... Excusez-moi, professeur, ajouta-t-il précipitamment en se tournant vers Dumbledore.

– J'ai eu un soudain accès de surdité et je n'ai aucune idée de ce que tu viens de dire, Harry, répondit Dumbledore en se tournant les pouces, les yeux levés vers le plafond.

– Heu… Je… reprit Harry d'une voix contrite, je voulais simplement dire… Enfin, Hagrid, comment pouvez-vous penser que nous attachons la moindre importance à ce que cette… cette femme… a écrit sur vous.

Deux grosses larmes jaillirent des yeux noirs de Hagrid et coulèrent lentement dans sa barbe en broussaille.

– Voilà la preuve vivante de ce que je vous disais, Hagrid, commenta Dumbledore, qui continuait de fixer attentivement le plafond. Je vous ai montré les innombrables lettres de parents qui se souviennent de leurs années d'école et me font savoir en des termes dénués de toute ambiguïté que, si jamais l'idée me venait de vous renvoyer, ils auraient deux mots à me dire…

– Il y en a d'autres, dit Hagrid d'une voix rauque, d'autres qui ne veulent pas que je reste…

– Écoutez, Hagrid, si vous tenez absolument à susciter une approbation universelle, j'ai bien peur que vous ne soyez contraint de rester très longtemps enfermé dans cette cabane, répliqua Dumbledore qui le regardait à présent d'un air très sérieux par-dessus ses lunettes en demi-lune. Depuis que je suis devenu directeur de cette école, il ne s'est pas passé une seule semaine sans que je reçoive au moins un hibou pour protester contre la façon dont j'assure cette fonction. Alors, que faudrait-il que je fasse ? Que je me barricade dans mon bureau et que je refuse de parler à quiconque ?

– Vous… vous n'êtes pas un demi-géant ! dit Hagrid d'une voix éraillée.

– Hagrid, regardez qui j'ai comme famille ! s'exclama Harry avec fougue. Regardez un peu les Dursley !

– Judicieuse remarque, fit observer le professeur Dumbledore. Mon propre frère, Abelforth, a fait l'objet de poursuites pour avoir pratiqué des sortilèges interdits sur une chèvre. C'était dans tous les journaux, mais est-ce qu'Abelforth est allé se cacher ? Non, pas du tout ! Il a gardé la tête droite et a vaqué à ses occupations habituelles comme si de rien n'était ! Oh bien sûr, je ne suis pas absolument certain qu'il sache lire, sa bravoure n'avait donc peut-être rien à voir là-dedans...

– Revenez faire vos cours, Hagrid, dit Hermione à voix basse. Revenez s'il vous plaît, vous nous manquez.

Hagrid avala avec difficulté. Des larmes coulèrent à nouveau dans sa barbe et Dumbledore se leva.

– Je refuse votre démission, Hagrid, et je veux que vous repreniez votre travail lundi prochain, dit-il. Je vous donne rendez-vous à huit heures et demie dans la Grande Salle pour prendre le petit déjeuner avec moi. Soyez-y sans faute. Je vous salue tous les quatre.

Dumbledore quitta la cabane en s'arrêtant simplement un instant pour caresser Crockdur. Hagrid enfouit son visage dans ses mains, de la taille d'un couvercle de chaudron, et se mit à sangloter. Hermione lui tapota le bras et Hagrid finit par relever la tête, les yeux rougis.

– Un grand homme, Dumbledore..., dit-il, un grand homme...

– Ça, c'est vrai, approuva Ron. Est-ce que je pourrais avoir un de ces gâteaux ?

– Sers-toi, dit Hagrid en s'essuyant les yeux d'un revers de main. Il a raison, bien sûr... Vous avez tous raison... J'ai été stupide... Mon vieux père aurait eu honte de ma conduite...

D'autres larmes coulèrent mais il les essuya avec plus de détermination.

– Je ne vous ai jamais montré de photo de mon vieux père, je crois ?

Hagrid se leva et alla ouvrir un tiroir de sa commode d'où il sortit la photo d'un petit sorcier qui avait les mêmes yeux noirs que Hagrid, avec les mêmes petites rides au coin des paupières. Un grand sourire aux lèvres, il était assis sur l'épaule de son fils. Hagrid devait déjà faire près de deux mètres cinquante, à en juger par le pommier qui se trouvait derrière lui, mais son visage était jeune, rond, lisse, imberbe – il ne semblait pas avoir plus de onze ans.

– Elle a été prise juste après mon entrée à Poudlard, dit Hagrid d'une voix caverneuse. Papa était fou de joie... Il avait peur que je ne sois jamais sorcier, parce que ma mère... enfin bon... Oh, bien sûr, je n'ai jamais été très doué pour la magie... Mais au moins, il n'a pas vécu assez vieux pour me voir renvoyé. Il est mort quand j'étais en deuxième année... C'est Dumbledore qui s'est occupé de moi quand mon père n'était plus là. Il m'a trouvé ce travail de garde-chasse... Il fait confiance aux gens, Dumbledore... Il leur donne une deuxième chance... C'est pour ça qu'il est différent des autres directeurs. Il est prêt à accepter n'importe qui à Poudlard, du moment qu'on est capable de faire quelque chose. Il sait qu'on peut être quelqu'un de bien, même si on vient d'une famille qui n'est pas... disons... très respectable. Mais il y en a qui ne comprennent pas ça. Ceux qui vous en veulent toujours... Et puis il y a aussi ceux qui essayent de faire croire qu'ils ont simplement de gros os au lieu d'avoir le courage de dire : « Je suis ce que je suis et je n'en ai pas honte. » « Ne jamais avoir honte, voilà ce qu'il disait, mon vieux père. Il y en a toujours qui te reprocheront quelque chose, mais ils ne valent pas la peine qu'on y fasse attention. » Et il avait raison, je me suis conduit comme un idiot. Je ne ferai plus jamais attention à *elle*, vous pouvez me croire... Une « forte ossature »... Eh bien, qu'elle la garde, son ossature...

Harry, Ron et Hermione échangèrent des regards gênés. Harry aurait préféré emmener en promenade une cinquantaine de Scroutts à pétard plutôt que d'avouer à Hagrid qu'il avait surpris sa conversation avec Madame Maxime, mais Hagrid continua à parler sans se rendre compte de l'étrangeté des paroles qu'il venait de prononcer:

– Tu sais quoi, Harry? poursuivit-il en levant les yeux de la photo de son père, le regard brillant. Quand je t'ai vu pour la première fois, tu m'as fait un peu penser à moi. Plus de mère, plus de père et l'impression que tu n'arriverais pas à t'adapter à Poudlard, tu te souviens? Tu n'étais pas sûr d'être à la hauteur… Et maintenant, regarde-toi, Harry! Tu es champion de l'école!

Il fixa Harry un long moment, puis reprit d'un ton très sérieux:

– Tu sais ce qui me ferait plaisir, Harry? Que tu gagnes. C'est vraiment ce que je souhaite. Ça leur montrerait un peu, à tous… qu'on n'a pas besoin d'avoir le sang pur pour y arriver. Et qu'on n'a pas à avoir honte de ce qu'on est. Ça leur montrerait que c'est Dumbledore qui a raison en acceptant tous ceux qui ont des dons pour la magie, d'où qu'ils viennent. Au fait, comment tu t'en sors, avec cet œuf?

– Bien, assura Harry. Très bien.

Le visage triste de Hagrid s'éclaira d'un grand sourire.

– Ça, c'est une bonne nouvelle… Montre-leur un peu, Harry, montre-leur. Sois plus fort que tous les autres.

Il était plus difficile de mentir à Hagrid qu'à n'importe qui d'autre. Lorsque Harry retourna au château en compagnie de Ron et d'Hermione, il ne parvint pas à chasser de son esprit l'expression de bonheur qui avait illuminé son visage barbu à l'idée que Harry puisse sortir vainqueur du tournoi. Ce soir-là, le mystère de l'œuf d'or pesa plus lourd que jamais sur sa conscience et, quand il alla se coucher, il avait pris une décision: le moment était venu de mettre son orgueil de côté et de vérifier si le conseil de Cedric valait quelque chose.

25

L'ŒUF ET L'ŒIL

Comme Harry n'avait aucune idée du temps qu'il lui faudrait pour percer le secret de l'œuf d'or, il décida de prendre son bain la nuit, afin de pouvoir rester dans la baignoire aussi longtemps qu'il serait nécessaire. Et malgré ses réticences à accepter les conseils de Cedric, il décida également d'utiliser la salle de bains des préfets. Elle était réservée à quelques rares élus, il courait donc moins de risques d'y être dérangé.

Harry organisa soigneusement son escapade. Il lui était déjà arrivé une fois de se faire prendre par Rusard, le concierge, dans un endroit interdit au milieu de la nuit, et il n'avait aucune envie de renouveler l'expérience. La cape d'invisibilité lui serait bien entendu indispensable et, comme précaution supplémentaire, il avait prévu d'emporter la carte du Maraudeur. En dehors de la cape, c'était l'objet le plus utile qu'il possédait, quand il s'agissait de violer le règlement. La carte représentait l'école tout entière, y compris les raccourcis et les passages secrets mais, plus important encore, elle indiquait la présence de quiconque se trouvait dans le château sous la forme de minuscules points accompagnés du nom de la personne. Ainsi, Harry serait averti si quelqu'un s'approchait de la salle de bains.

Le jeudi soir, Harry monta discrètement dans le dortoir, se recouvrit de la cape d'invisibilité, et redescendit en silence.

Puis, comme il l'avait fait le soir où Hagrid lui avait montré les dragons, il attendit que le portrait de la grosse dame pivote pour lui permettre de sortir. Cette fois, c'était Ron qui se trouvait de l'autre côté et qui avait prononcé le mot de passe (Bananes frites) au moment voulu.

– Bonne chance, murmura Ron en le croisant.

Cette nuit-là, il ne fut pas très facile de se déplacer avec la cape d'invisibilité sur la tête. Harry devait en effet porter le gros œuf d'une main et tenir de l'autre la carte du Maraudeur qu'il consultait à chaque endroit stratégique pour s'assurer qu'il n'y avait personne d'indésirable dans les parages. Par chance, les couloirs éclairés par des rayons de lune étaient déserts et silencieux. Quand il fut arrivé devant la statue de Boris le Hagard, un sorcier à l'air ahuri qui portait ses gants à l'envers, il repéra la porte qu'il cherchait, se pencha en avant et murmura le mot de passe : « Fraîcheur des pins », comme le lui avait indiqué Cedric.

La porte s'ouvrit aussitôt en grinçant. Harry se glissa par l'entrebâillement, ferma le verrou derrière lui et enleva sa cape d'invisibilité.

À en juger par ce qu'il voyait autour de lui, il valait la peine d'être préfet rien que pour avoir le droit d'utiliser cette salle de bains. Un magnifique lustre de chandelles éclairait les lieux d'une lumière douce et tout était en marbre blanc, y compris l'espèce de piscine rectangulaire aménagée dans le sol, au milieu de la pièce. Une centaine de robinets d'or s'alignaient tout autour, chacun incrusté d'une pierre précieuse différente, et il y avait même un plongeoir. De longs rideaux de lin blanc étaient accrochés aux fenêtres, une grande pile de serviettes blanches et moelleuses était posée dans un coin et un unique tableau, entouré d'un cadre doré, ornait le mur. Il représentait une sirène blonde profondément endormie sur un rocher, ses longs cheveux ondulant devant son visage à chaque respiration.

Harry s'avança dans la pièce, ses pas résonnant contre les murs de marbre. Certes, la salle de bains était splendide – et il avait très envie d'essayer quelques-uns de ces robinets – mais maintenant qu'il était là, il n'arrivait pas à se débarrasser de la désagréable impression que Cedric l'avait fait marcher. En quoi cette salle de bains pourrait-elle bien l'aider à découvrir la clé du mystère de l'œuf d'or ? Il prit sur la pile une des serviettes blanches et la posa, avec la cape, la carte et l'œuf, au bord de la baignoire de la taille d'une piscine. Puis il s'agenouilla et ouvrit quelques robinets.

Il en sortit un mélange d'eau et de diverses sortes de bains moussants que Harry n'avait encore jamais vus. De l'un des robinets s'écoulaient des bulles roses et bleues de la taille d'un ballon de football, un autre déversait une mousse d'un blanc de glace, si épaisse que Harry eut l'impression qu'elle aurait pu supporter son poids, et un troisième projetait des nuages pourpres au parfum entêtant qui flottaient à la surface de l'eau. Pendant un moment, Harry s'amusa à ouvrir et fermer plusieurs robinets. Il apprécia particulièrement celui dont le jet rebondissait sur l'eau en décrivant de grands arcs qui jaillissaient dans tous les sens. Lorsque le bassin fut rempli d'eau chaude, de mousse et de bulles (ce qui ne prit guère longtemps, par rapport à sa taille), Harry ferma tous les robinets, enleva sa robe de chambre, ses pantoufles, son pyjama, et se glissa dans l'eau.

Elle était si profonde que ses pieds touchaient à peine le fond et il fit même deux longueurs avant de revenir à l'endroit où il avait posé l'œuf. Il était sans nul doute très agréable de pouvoir nager dans une eau bien chaude, agrémentée de mousse et de nuages multicolores qui flottaient autour de lui, mais aucune idée brillante, aucune révélation soudaine ne vint l'aider à découvrir ce que cachait l'œuf d'or.

Harry tendit les bras, prit l'œuf entre ses mains mouillées

et l'ouvrit. La plainte assourdissante retentit dans la salle de bains, en résonnant contre les murs de marbre, mais resta aussi incompréhensible qu'auparavant, sinon plus, en raison de l'écho. Harry referma l'œuf d'un coup sec, craignant que le bruit n'attire Rusard. Il se demanda même si ce n'était pas ce qu'espérait Cedric. Tout à coup, une voix s'éleva derrière lui et lui fit faire un tel bond que l'œuf lui échappa des mains et roula à l'autre bout de la salle de bains dans un bruit métallique.

– Si j'étais toi, j'essayerais de le mettre dans l'eau.

Sous le choc, Harry avait avalé une bonne quantité de bulles. Il se releva en crachotant et vit le fantôme d'une jeune fille au visage sinistre, assise en tailleur sur l'un des robinets. C'était Mimi Geignarde qu'on entendait habituellement sangloter dans le conduit d'évacuation des toilettes, trois étages plus bas.

– Mimi ! s'exclama Harry, scandalisé. Je… Je n'ai rien sur moi !

La mousse était si épaisse que c'était sans grande importance mais il avait l'impression désagréable que Mimi l'avait espionné, cachée dans un robinet, depuis son arrivée dans la salle de bains.

– J'ai fermé les paupières quand tu t'es mis dans l'eau, dit-elle en clignant des yeux derrière ses épaisses lunettes. Ça fait une *éternité* que tu n'es pas venu me voir.

– Oh, tu sais…, dit Harry en fléchissant un peu les genoux pour être sûr que Mimi ne puisse rien voir d'autre que sa tête, je ne suis pas censé aller dans les toilettes des filles.

– Avant, ça ne te dérangeait pas, répondit Mimi d'un air affligé. Vous veniez sans cesse, tous les trois.

Elle avait raison mais c'était uniquement parce que Harry, Ron et Hermione s'étaient aperçus que les toilettes hors d'usage de Mimi étaient un endroit pratique pour préparer en secret du Polynectar – une potion interdite qui avait permis à Harry et à Ron de se transformer pendant une heure en sosies de Crabbe et de Goyle afin de pouvoir s'introduire dans la salle commune de Serpentard.

– J'ai eu des ennuis parce que j'y étais allé, dit Harry, ce qui était à moitié vrai.

Un jour, en effet, Percy l'avait surpris alors qu'il sortait des toilettes de Mimi Geignarde.

– Après ça, je me suis dit qu'il valait mieux ne pas y retourner.

– Ah bon… Je comprends…, répondit Mimi en tripotant d'un air maussade un bouton qu'elle avait sur le menton. En tout cas, à ta place, j'essayerais de mettre l'œuf dans l'eau. C'est ce qu'a fait Cedric Diggory.

– Lui aussi, tu l'as espionné ? s'indigna Harry. Alors, tu passes tes soirées ici à venir voir les préfets prendre leur bain ?

– Ça m'arrive, avoua Mimi d'un air un peu sournois, mais je n'avais encore jamais parlé à personne.

– C'est un grand honneur pour moi, dit sombrement Harry. Et maintenant, ferme les yeux !

Il attendit que Mimi mette ses mains devant ses lunettes avant de se hisser hors de l'eau. Puis il attacha soigneusement la serviette autour de sa taille et alla chercher l'œuf.

Lorsqu'il fut de retour dans l'immense baignoire, Mimi écarta les doigts et dit :

– Vas-y, maintenant… Ouvre-le sous l'eau !

Harry plongea l'œuf sous la surface recouverte de mousse et l'ouvrit… Cette fois, ce ne fut pas une plainte qui s'en échappa, mais une chanson dont l'eau transformait les paroles en une sorte de gargouillement inintelligible.

– Il faut que toi aussi, tu sois sous l'eau, dit Mimi, apparemment ravie de lui donner des instructions. Allez, vas-y !

Harry prit une profonde inspiration et se laissa glisser dans l'eau. Assis au fond du bassin rempli de bulles, il entendit alors un chœur de voix étranges et un peu effrayantes qui s'élevaient de l'œuf ouvert.

> *Descends nous visiter et entends nos paroles*
> *Nous devons pour chanter être au-dessous du sol.*
> *À présent, réfléchis, exerce ton esprit,*
> *Ce qui t'est le plus cher, nous te l'avons ravi,*
> *Pendant une heure entière il te faudra chercher*
> *Si tu veux retrouver ce qu'on t'a arraché.*
> *Après l'heure écoulée, renonce à tout espoir*
> *Tes efforts seront vains car il sera trop tard.*

Harry se laissa remonter et réapparut à la surface, secouant la tête pour rejeter ses cheveux qui lui tombaient dans les yeux.

– Alors, tu as entendu ? demanda Mimi.

– Oui… « Descends nous visiter et entends nos paroles… » Attends, pour être plus sûr, je vais l'écouter encore une fois…

Et il replongea sous l'eau.

Il lui fallut écouter encore trois fois la chanson de l'œuf avant de la connaître par cœur. Il se mit alors à réfléchir en barbotant dans l'eau, tandis que Mimi restait assise à le regarder.

– Il faut que je rende visite à des gens qui ne peuvent chanter au-dessus du sol…, dit-il lentement. Heu… Qui ça peut être ?

– Tu n'es pas très vif, on dirait ?

Il n'avait jamais vu Mimi Geignarde aussi joyeuse, sauf le jour où Hermione s'était retrouvée avec une tête de chat après avoir bu une dose de Polynectar mal préparé.

Harry regarda tout autour de la salle de bains, cherchant une idée… Si les voix ne pouvaient être entendues que sous l'eau, elles devaient en toute logique appartenir à des créatures aquatiques. Il fit part de cette théorie à Mimi qui eut un petit sourire narquois.

— C'est ce qu'a pensé Cedric Diggory, dit-elle. Il est resté un temps fou à parler tout seul. Vraiment très longtemps. Presque toutes les bulles avaient disparu…

— Sous l'eau… dit Harry avec lenteur. Mimi, qui vit dans le lac, à part le calmar géant ?

— Oh, toutes sortes de créatures, répondit-elle. Parfois je me retrouve là-bas malgré moi… quand quelqu'un tire la chasse d'eau de mes toilettes au moment où je ne m'y attends pas…

Harry essaya de ne pas imaginer Mimi Geignarde entraînée dans un conduit d'évacuation avec le contenu d'une cuvette de toilettes.

— Est-ce qu'il y a quelqu'un dans le lac qui a une voix humaine ? dit Harry. Attends…

Harry venait de poser les yeux sur le tableau de la sirène endormie.

— Mimi, il n'y a pas de *sirènes* dans le lac ?

— Oooh, bravo, dit-elle, le regard pétillant derrière ses grosses lunettes. Diggory a mis beaucoup plus longtemps que toi pour trouver ! Et en plus, elle était réveillée le jour où il est venu.

Mimi montra la sirène d'un signe de tête, une expression de dégoût sur son visage sinistre.

— Elle n'arrêtait pas de glousser, de faire son intéressante, d'exhiber ses nageoires…

— C'est ça, alors ? dit Harry, surexcité. Pour la deuxième tâche, il faut plonger dans le lac et trouver les sirènes et.. et…

Mais il se rendit soudain compte de ce qu'il était en train de dire et sentit l'excitation le quitter comme l'eau d'une baignoire qu'on vide. Il n'était pas très bon nageur. Il n'avait pas souvent eu l'occasion de s'entraîner. Dudley avait pris des leçons de natation quand ils étaient enfants mais la tante Pétunia et l'oncle Vernon, espérant sans doute que Harry finirait par se noyer, ne s'étaient pas souciés de lui en donner. Faire deux longueurs dans ce bain, c'était une chose, mais le lac, lui, était très grand et très profond... Et les sirènes devaient sûrement vivre tout au fond...

— Mimi, dit lentement Harry. Comment je vais faire pour *respirer* sous l'eau ?

Aussitôt, les yeux de Mimi se remplirent à nouveau de larmes.

— Quel manque de tact ! marmonna-t-elle, fouillant dans la poche de sa robe pour y chercher un mouchoir.

— Pourquoi un manque de tact ? s'étonna Harry, déconcerté.

— Parler de respirer devant moi ! s'écria-t-elle d'une voix perçante qui résonna avec force dans toute la salle de bains. Alors que je ne peux... que je n'ai... depuis une éternité...

Elle enfouit son visage dans son mouchoir et se mit à renifler bruyamment.

Harry se souvint que Mimi était très susceptible chaque fois que quelque chose pouvait lui rappeler qu'elle était morte. Heureusement, les autres fantômes du château ne faisaient pas tant d'histoires à ce sujet.

— Désolé, répliqua-t-il d'un ton agacé, je ne voulais pas dire... j'ai simplement oublié...

— Oh, oui, c'est très facile d'oublier que Mimi est morte, dit Mimi Geignarde dans un sanglot en le regardant de ses yeux gonflés de larmes. Je n'ai jamais manqué à personne, même quand j'étais vivante. Ils ont mis des heures et des heures à retrouver mon corps. Je le sais, j'étais assise là à les attendre. Olive Hornby est entrée dans les toilettes. « Ah, tu es encore

494

là à bouder, Mimi ? elle m'a dit. Le professeur Dippet m'a demandé d'aller te chercher... » Et là, elle a vu mon cadavre... Oh, je me suis juré qu'elle s'en souviendrait jusqu'à sa mort... Je l'ai suivie partout pour le lui rappeler... Je me souviens, le jour où son frère s'est marié...

Mais Harry n'écoutait pas. Il repensait à la chanson des sirènes : *« Ce qui t'est le plus cher, nous te l'avons ravi. »* Cela devait signifier qu'ils s'apprêtaient à lui voler quelque chose, quelque chose qu'il devrait récupérer. Qu'allaient-ils donc lui prendre ?

— Alors, bien sûr, elle est allée se plaindre au ministère de la Magie pour que j'arrête de la suivre partout et j'ai donc été obligée de revenir ici et de m'installer dans les toilettes...

— Très bien tout ça, dit Harry d'un ton vague. J'ai quand même beaucoup avancé... Ferme encore les yeux, s'il te plaît, je sors du bain.

Il récupéra l'œuf resté au fond de l'eau, se hissa hors de l'immense baignoire, se sécha et remit son pyjama et sa robe de chambre.

— Tu viendras me voir dans mes toilettes, un de ces jours ? demanda Mimi Geignarde d'un air lugubre tandis que Harry ramassait sa cape d'invisibilité.

— Heu... j'essayerai, répondit Harry, tout en pensant que, s'il devait un jour retourner voir Mimi, ce serait parce que toutes les autres toilettes du château seraient bouchées. À bientôt, Mimi... Merci pour ton aide.

— Au revoir, répondit Mimi, d'une voix sinistre.

Et elle disparut dans l'un des robinets pendant que Harry remettait sa cape d'invisibilité.

Dans le couloir, Harry examina la carte du Maraudeur pour vérifier que la voie était libre. Les points qui représentaient Rusard et Miss Teigne restaient immobiles dans leur bureau... Rien d'autre ne semblait bouger, à part Peeves qui s'agitait dans la salle des trophées, à l'étage au-dessus... Harry venait de faire le premier pas en direction de la tour de Gryffondor lorsque quelque chose, sur la carte, attira son attention... Quelque chose de très étrange.

Peeves n'était pas le seul à bouger. Un autre point s'était animé dans une pièce située dans le coin inférieur gauche de la carte – le bureau de Rogue. Et ce point ne portait pas le nom de Severus Rogue... mais celui de Bartemius Croupton.

Mr Croupton, disait-on, était trop malade pour aller travailler ou pour assister au bal de Noël. Dans ce cas, que faisait-il à rôder dans le château à une heure du matin ? Harry observa attentivement le point qui tournait autour du bureau de Rogue en s'arrêtant ici ou là...

Harry hésita. Il réfléchissait... et sa curiosité finit par l'emporter. Il tourna les talons et repartit dans la direction opposée, décidé à aller voir ce que fabriquait Croupton.

Il descendit l'escalier en s'efforçant de faire le moins de bruit possible, mais les personnages des tableaux tournaient parfois la tête vers lui lorsqu'une lame de parquet grinçait sous ses pas ou qu'ils entendaient le froissement de sa robe de chambre. Il longea un couloir, à l'étage au-dessous, écarta une tapisserie située à mi-chemin et emprunta un autre escalier plus étroit, un raccourci qui lui permettait de descendre deux étages d'un coup. Il jetait sans cesse des regards à la carte, en se posant des questions... Comment imaginer qu'un homme aussi respectueux des règlements que Mr Croupton s'introduise dans le bureau de quelqu'un d'autre en pleine nuit... ?

Parvenu au milieu de l'escalier, Harry, qui ne pensait plus à rien d'autre qu'à l'étrange comportement de Mr Croupton, sentit soudain sa jambe s'enfoncer dans la marche piégée que Neville oubliait toujours de sauter. Il perdit l'équilibre et l'œuf d'or, encore humide de l'eau du bain, glissa de sous son bras. Il essaya de le rattraper, mais trop tard : l'œuf tomba le long de l'escalier, rebondissant sur chaque marche dans un bruit de grosse caisse. La cape d'invisibilité glissa à son tour mais, cette fois, Harry parvint à s'en saisir. En revanche, la carte du Maraudeur lui échappa et voleta un peu plus bas. La jambe enfoncée jusqu'au genou au travers de la marche, il n'arrivait pas à tendre le bras suffisamment loin pour la ramasser.

Arrivé au pied de l'escalier, l'œuf d'or traversa la tapisserie qui masquait le passage secret, s'ouvrit et laissa échapper sa longue plainte dans le couloir de l'étage inférieur. Harry sortit sa baguette magique et s'efforça d'en toucher la carte du Maraudeur pour l'effacer mais il lui fut impossible de l'atteindre.

Remettant la cape d'invisibilité sur sa tête, Harry se redressa, l'oreille aux aguets, le visage tendu par la peur… Et presque aussitôt…

– PEEVES !

Impossible de s'y tromper : c'était le cri de guerre de Rusard, le concierge. Harry entendit ses pas précipités qui se rapprochaient et sa voix sifflante qui résonnait avec fureur dans le couloir.

– Qu'est-ce que c'est que ce vacarme ? Tu veux vraiment réveiller tout le château ? Cette fois, je vais te coincer, Peeves, je vais te coincer… Qu'est-ce que c'est que ça ?

Les pas de Rusard s'arrêtèrent net : il y eut un bruit de métal et la plainte s'interrompit – Rusard avait ramassé l'œuf et l'avait refermé. Harry resta parfaitement immobile, la jambe toujours emprisonnée dans la marche piégée, l'oreille tendue. À tout moment, Rusard allait écarter la tapisserie en s'attendant à voir Peeves… mais il n'y aurait pas de Peeves… En revanche, s'il montait l'escalier, il trouverait la carte du Maraudeur… et cape d'invisibilité ou pas, la carte lui indiquerait que « Harry Potter » se trouvait à quelques pas de lui.

– Un œuf ? murmura Rusard, au pied de l'escalier. Eh bien, ma jolie ! – de toute évidence, Miss Teigne se trouvait avec lui – C'est un des accessoires du tournoi ! Cet œuf appartient à un champion de l'école !

Harry sentit son estomac se retourner et son cœur battre soudain très vite.

– PEEVES ! gronda Rusard d'un ton triomphant. Tu as volé quelque chose !

Il écarta la tapisserie d'un geste brusque et Harry vit apparaître son visage aux horribles bajoues, ses yeux pâles, exorbités, scrutant l'escalier qui, grâce à la cape d'invisibilité, lui semblait désert.

– Tu te caches, n'est-ce pas ? dit-il à voix basse. Mais je vais t'attraper, Peeves... Tu as volé un objet à un champion du tournoi, Peeves... Dumbledore va te renvoyer quand il apprendra ça, espèce d'abominable petit voleur...

Rusard commença à monter les marches, son chat grisâtre et décharné sur ses talons. Comme ceux de son maître, les yeux de Miss Teigne ressemblaient à deux petites lampes braquées sur Harry. Il s'était déjà demandé si la cape d'invisibilité protégeait du regard des chats... Malade de peur, il regardait Rusard s'approcher de plus en plus, vêtu de sa vieille robe de chambre de flanelle. Il essaya désespérément de dégager sa jambe mais il ne réussit qu'à s'enfoncer un peu plus dans le trou. À tout instant, Rusard allait voir la carte du Maraudeur ou se cogner contre lui...

– Rusard ? Qu'est-ce qui se passe ?

Rusard s'arrêta à quelques marches de Harry et se retourna. Au pied de l'escalier se tenait la seule personne qui pouvait encore aggraver la situation : Rogue. Vêtu d'une longue chemise de nuit grise, il avait le teint livide.

– C'est Peeves, professeur, murmura Rusard d'un ton hargneux. Il a jeté cet œuf dans l'escalier.

Rogue monta rapidement les marches et s'arrêta à côté de Rusard. Harry serra les dents, convaincu que le bruit de son cœur qui battait à lui rompre les côtes allait trahir sa présence…

—Peeves ? dit Rogue de sa voix doucereuse en regardant l'œuf que Rusard tenait entre ses mains. Peeves n'aurait certainement pas pu s'introduire dans mon bureau…

—Cet œuf était dans votre bureau, professeur ?

—Bien sûr que non, répliqua sèchement Rogue. J'ai entendu des coups et des cris…

—Oui, professeur, c'était l'œuf…

—Je suis venu voir ce qui se passait…

—Peeves l'a jeté dans l'escalier, professeur…

—Et quand je suis passé devant mon bureau, j'ai vu que les torches étaient allumées et que la porte d'une armoire était entrouverte ! Quelqu'un l'a fouillée !

—Mais Peeves n'aurait pas pu…

—Je le sais bien, Rusard ! lança Rogue d'un ton brusque. Je ferme mon bureau à l'aide d'un sortilège que seul un sorcier a le pouvoir de briser !

Rogue scruta l'escalier en regardant à travers Harry puis tourna la tête vers le couloir, à l'étage inférieur.

—Je veux que vous m'aidiez à chercher ce rôdeur, Rusard.

—Je… Oui, professeur, mais…

Rusard jeta dans l'escalier un regard avide. Harry devinait à son expression qu'il répugnait à laisser échapper une si belle occasion de coincer Peeves. « Vas-y, pensa Harry de toutes ses forces, va avec Rogue… Allez, vas-y… » Derrière les jambes de son maître, Miss Teigne observait l'escalier… Harry avait la très nette impression qu'elle parvenait à sentir son odeur… Pourquoi avait-il rempli son bain avec des mousses aussi parfumées ?

—Il faut comprendre une chose, professeur, dit Rusard

d'une voix plaintive, c'est que monsieur le directeur sera bien obligé de m'écouter, cette fois. Peeves a volé quelque chose à un élève, c'est peut-être ma chance de le faire renvoyer définitivement du château...

— Rusard, je me fiche éperdument de ce misérable esprit frappeur, il s'agit de mon bureau qui a...

Clac ! Clac ! Clac !

Rogue s'arrêta net. Rusard et lui se retournèrent en même temps. Harry vit alors la silhouette claudicante de Maugrey Fol Œil apparaître entre leurs deux têtes. Vêtu de sa vieille cape de voyage qu'il avait mise par-dessus sa chemise de nuit, Maugrey s'arrêta au pied de l'escalier, appuyé sur son habituel bâton.

— Alors, on fait une petite promenade nocturne ? grogna-t-il.

— Le professeur Rogue et moi avons entendu des bruits, professeur, dit aussitôt Rusard. C'était Peeves, l'esprit frappeur, qui jetait des objets, comme d'habitude et, là-dessus, le professeur Rogue s'est aperçu que quelqu'un s'était introduit dans son bur...

— Taisez-vous ! l'interrompit Rogue d'une voix sifflante.

Maugrey s'avança d'un pas. Harry vit son œil magique se poser sur Rogue puis, inévitablement, sur lui-même.

Harry sentit son cœur faire un terrible bond dans sa poitrine. *Maugrey était capable de voir à travers les capes d'invisibilité...* Lui seul pouvait comprendre toute l'étrangeté de la scène... Rogue en chemise de nuit, Rusard serrant l'œuf contre lui et, derrière eux, Harry pris au piège de la marche. L'entaille asymétrique qui tenait lieu de bouche à Maugrey s'ouvrit sous l'effet de la surprise. Pendant quelques secondes, Harry et lui échangèrent un regard. Puis Maugrey referma la bouche et tourna à nouveau son œil bleu vers Rogue.

— Est-ce que j'ai bien entendu, Rogue ? demanda-t-il lentement. Quelqu'un s'est introduit dans votre bureau ?

— Aucune importance, répliqua froidement Rogue.

—Au contraire, grogna Maugrey, c'est très important. Qui donc chercherait à s'introduire dans votre bureau ?

—Un élève, j'en suis convaincu, répondit Rogue.

Harry vit une veine palpiter à la tempe de Rogue.

—Cela s'est déjà produit dans le passé. Des ingrédients entrant dans la composition de certaines potions ont disparu de mon armoire privée... Des élèves qui essayaient de préparer des mélanges interdits, sans aucun doute.

—Et cette fois aussi, vous croyez qu'il s'agissait de voler des ingrédients ? interrogea Maugrey. Vous ne cachez rien d'autre dans votre bureau ?

Harry vit le teint cireux de Rogue prendre une horrible couleur rouge brique et la veine de sa tempe palpiter de plus en plus vite.

—Vous savez très bien que je n'ai rien à cacher, Maugrey, dit-il d'une voix menaçante, puisque vous avez vous-même fouillé minutieusement mon bureau.

Le visage de Maugrey se tordit en un sourire.

—C'est le privilège des Aurors, Rogue. Dumbledore m'a demandé d'ouvrir l'œil...

—Il se trouve que Dumbledore me fait confiance, dit Rogue, les dents serrées. Je refuse de croire qu'il vous ait donné l'ordre de fouiller mon bureau !

—Bien sûr que Dumbledore vous fait confiance, rugit Maugrey. C'est un homme confiant. Il croit qu'on peut donner une deuxième chance à tout le monde. Mais moi, je dis qu'il y a des taches qui ne s'effacent pas, Rogue. Et qui ne s'effaceront jamais, vous voyez ce que je veux dire ?

Rogue eut alors un comportement très étrange. D'un geste convulsif, il saisit son bras gauche avec sa main droite, comme s'il venait d'éprouver une soudaine douleur.

Maugrey éclata de rire.

—Allez donc vous recoucher, Rogue, dit-il.

– Vous n'avez aucune autorité pour me dire ce que je dois faire ! protesta Rogue d'une voix sifflante.

Il lâcha son bras en ayant l'air d'être en colère contre lui-même.

J'ai autant le droit que vous de me promener la nuit dans cette école !

– Eh bien, allez donc vous promener ailleurs, répliqua Maugrey d'une voix pleine de menace. J'aimerais bien vous rencontrer dans un couloir sombre, un de ces jours… Au fait, vous avez perdu quelque chose…

Avec horreur, Harry vit Maugrey montrer du doigt la carte du Maraudeur qui se trouvait toujours sur une marche de l'escalier. Tandis que Rogue et Rusard se retournaient tous deux pour la regarder, Harry risqua le tout pour le tout : il leva les bras sous sa cape et fit des signes frénétiques à Maugrey pour attirer son attention en formant silencieusement sur ses lèvres les mots : « C'est à moi ! À *moi* ! »

Rogue tendit le bras pour la ramasser. Une horrible expression apparut sur son visage : de toute évidence, il commençait à comprendre…

– *Accio parchemin !*

La carte s'envola, glissa entre les doigts de Rogue qui s'apprêtait à s'en saisir et alla atterrir dans la main de Maugrey. Harry se mordit la lèvre. Lorsque son pied était passé à travers la marche, il s'était laissé gagner par la panique et avait vainement essayé d'effacer la carte avec sa baguette magique, sans même penser à utiliser un sortilège d'Attraction pour la récupérer ! Quel idiot !

– Excusez-moi, je me suis trompé, dit alors Maugrey d'une voix tranquille, en fait, ce parchemin est à moi. J'ai dû le laisser tomber tout à l'heure…

Mais les yeux de Rogue se posèrent alternativement sur l'œuf que Rusard avait toujours entre les mains et la carte que tenait Maugrey. Harry voyait qu'il était en train d'établir une relation entre les deux, comme seul Rogue savait le faire…

— Potter, murmura-t-il.

— Qu'est-ce que vous racontez ? dit Maugrey d'une voix paisible en pliant la carte qu'il glissa dans sa poche.

— Potter ! gronda Rogue.

Il tourna la tête et fixa l'endroit où Harry se trouvait comme s'il avait soudain pu le voir.

— Cet œuf, c'est l'œuf de Potter. Ce parchemin appartient également à Potter. Je le reconnais, je l'ai déjà vu ! Potter est ici ! Sous sa cape d'invisibilité !

Rogue tendit les mains en avant comme un aveugle et commença à monter lentement l'escalier. Harry aurait juré que ses narines s'étaient dilatées pour essayer de sentir son odeur. Pris au piège, il se pencha en arrière, essayant d'éviter les doigts de Rogue tendus vers lui, mais à tout instant…

— Il n'y a rien là-haut, Rogue ! aboya Maugrey. Mais je serai heureux de signaler au directeur avec quelle précipitation vous avez pensé à Harry Potter !

— Ce qui signifie ? grogna Rogue en se retournant à nouveau vers Maugrey, les mains toujours tendues à quelques centimètres de la poitrine de Harry.

— Ce qui signifie que Dumbledore sera très intéressé de savoir qui a une dent contre ce garçon ! répliqua Maugrey en se rapprochant un peu plus du pied de l'escalier. Et moi aussi, ça m'intéresse, Rogue… Ça m'intéresse beaucoup…

La lueur de la torche qui tremblotait sur son visage couturé accentuait plus que jamais les contours de ses cicatrices et de son nez mutilé.

Rogue était toujours tourné vers Maugrey, et Harry ne pouvait voir l'expression de son visage. Pendant un instant, plus personne ne bougea et plus un mot ne fut prononcé. Puis, lentement, Rogue baissa les bras.

—Je pensais simplement, dit-il enfin d'une voix qu'il s'efforçait de maîtriser, que si Potter rôdait encore dans le château en pleine nuit… comme il en a pris la fâcheuse habitude… il vaudrait mieux le convaincre d'y renoncer. Pour… sa propre sécurité.

—Ah oui, je comprends, dit doucement Maugrey. Ce qui vous tient le plus à cœur, c'est de défendre les intérêts de Potter, n'est-ce pas ?

Il y eut un moment de silence. Rogue et Maugrey continuaient de se défier du regard. Miss Teigne lança un miaulement sonore sans cesser de fixer l'escalier, cherchant l'origine de cette odeur de bain moussant.

—Je crois que je vais retourner me coucher, dit Rogue d'un ton brusque.

—C'est la meilleure idée que vous ayez eue cette nuit, répliqua Maugrey. Et maintenant, Rusard, si vous voulez bien me donner cet œuf…

—Ah non ! protesta Rusard en serrant l'œuf contre lui comme si c'était son fils nouveau-né. Professeur Maugrey, c'est la preuve de la malfaisance de Peeves !

—Cet œuf est la propriété du champion à qui il l'a volé, dit Maugrey. Alors, donnez-le-moi.

Rogue descendit rapidement les marches et passa devant Maugrey sans dire un mot. Rusard fit un petit bruit avec ses lèvres pour appeler Miss Teigne qui regarda encore Harry pendant quelques instants avant de suivre enfin son maître au bas de l'escalier. La respiration encore haletante, Harry entendit les pas de Rogue s'éloigner dans le couloir. Rusard donna l'œuf à Maugrey et disparut à son tour en marmonnant à l'adresse de Miss Teigne :

—Ça ne fait rien, ma jolie… On ira voir Dumbledore demain matin… On lui dira ce qu'a fait Peeves…

Une porte claqua. Harry resta face à Maugrey qui posa son

bâton sur la première marche de l'escalier et commença à monter laborieusement vers lui, dans le claquement sourd et régulier de sa jambe de bois.

– Tu l'as échappé belle, Potter, murmura-t-il.

– Oui… je… heu… merci…, dit Harry d'une voix faible.

– Qu'est-ce que c'est que ça ? demanda Maugrey en sortant de sa poche la carte du Maraudeur qu'il déplia.

– Une carte de Poudlard, répondit Harry.

Sa jambe lui faisait mal et il avait hâte que Maugrey le libère enfin.

– Par la barbe de Merlin, marmonna Maugrey en contemplant la carte, son œil magique pivotant dans tous les sens. Ça… Ça, c'est une carte, Potter !

– Oui, elle est… très utile, dit Harry.

La douleur de sa jambe était si forte à présent qu'il en avait les larmes aux yeux.

– Heu… professeur Maugrey, est-ce que vous pourriez m'aider ?

– Quoi ? Ah oui… Oui, oui, bien sûr…

Maugrey le prit par le bras et le souleva, libérant la jambe de Harry qui monta sur la marche supérieure.

– Potter, dit lentement Maugrey en regardant à nouveau la carte du Maraudeur. Tu n'aurais pas vu par hasard qui s'est introduit dans le bureau de Rogue ? Sur la carte, je veux dire.

– Heu… si, j'ai vu…, répondit Harry. C'était Mr Croupton.

L'œil magique de Maugrey parcourut rapidement la carte dans son entier. Il eut l'air soudain inquiet.

– Croupton ? dit-il. Tu… Tu es sûr, Potter ?

– Absolument sûr, affirma Harry.

– En tout cas, il n'est plus là, remarqua Maugrey sans détacher son œil de la carte. Croupton… Voilà qui est… très intéressant…

Il resta silencieux près d'une minute en continuant d'examiner la carte. Harry se rendait compte que ce qu'il venait de lui dire avait un sens pour Maugrey et il aurait bien voulu savoir lequel. Il se demanda s'il allait oser lui poser la question. Maugrey lui faisait un peu peur... Pourtant, grâce à lui, il venait d'éviter de très sérieux ennuis...

– Heu... professeur Maugrey... À votre avis, pourquoi Mr Croupton a-t-il voulu fouiller le bureau de Rogue ?

L'œil magique de Maugrey se détacha de la carte et se fixa, frémissant, sur Harry. C'était un regard brillant, pénétrant : Harry avait l'impression que Maugrey le jaugeait en se demandant s'il devait lui répondre ou pas et, si oui, jusqu'où il pouvait aller dans ses confidences.

– On va présenter les choses comme ça, Potter, marmonna-t-il enfin : tout le monde dit que le vieux Fol Œil est obsédé par les adeptes de la magie noire, qu'il essaye de les débusquer partout... mais Fol Œil, ce n'est rien – absolument rien – comparé à Barty Croupton.

Il recommença à examiner la carte, mais Harry brûlait d'en savoir plus.

– Professeur Maugrey, reprit-il, pensez-vous que... que tout cela pourrait avoir un rapport avec... Peut-être que Mr Croupton pense qu'il se passe quelque chose...

– Quoi, par exemple ? dit sèchement Maugrey.

Harry se demanda jusqu'où il oserait aller. Il ne voulait pas laisser entendre à Maugrey qu'il avait une source d'information extérieure à Poudlard, de peur qu'il lui pose des questions délicates au sujet de Sirius.

– Je ne sais pas, murmura Harry. Il s'est produit de drôles de choses, ces temps-ci, non ? On en a parlé dans *La Gazette du sorcier*... La Marque des Ténèbres pendant la Coupe du Monde, les Mangemorts et tout le reste...

Les deux yeux de Maugrey s'écarquillèrent.

– Tu as l'esprit vif, Potter, dit-il.

Son œil magique se posa à nouveau sur la carte du Maraudeur.

– Il se peut que Croupton ait pensé la même chose, poursuivit-il lentement. Très possible... De drôles de rumeurs ont circulé, ces temps derniers – relayées pas Rita Skeeter, bien entendu. Beaucoup de gens sont inquiets, je crois.

Sa bouche se tordit en un sourire sinistre tandis que son œil magique se fixait sur le coin inférieur gauche de la carte.

– S'il y a une chose que je déteste, marmonna-t-il plus pour lui-même que pour Harry, c'est un Mangemort en liberté...

Harry le regarda. Maugrey voulait-il vraiment dire ce qu'il avait l'impression de comprendre ?

– Et maintenant, je vais te poser une question, Potter, reprit Maugrey d'un ton qui était davantage celui d'un professeur.

Harry ressentit un pincement au cœur. Il s'y était attendu. Maugrey allait lui demander où il s'était procuré cette carte, qui était un objet magique des plus suspects. Or la façon dont elle lui était tombée entre les mains impliquait son propre père, Fred et George Weasley et Lupin, leur précédent professeur de défense contre les forces du Mal. Maugrey agita la carte sous le nez de Harry qui se préparait au pire...

– Est-ce que je peux t'emprunter ceci ?

– Oh ! s'exclama Harry.

Il tenait beaucoup à cette carte mais il était profondément soulagé que Maugrey n'ait pas cherché à savoir d'où elle lui venait ; de plus, il avait sans nul doute une dette envers lui.

– Oui, d'accord, répondit-il.

– C'est très gentil à toi, grogna Maugrey. Elle pourrait m'être bien utile... C'est peut-être même exactement ce dont j'avais besoin... Bon, allez, Potter, au lit, maintenant...

Ils montèrent l'escalier ensemble, Maugrey continuant

d'examiner la carte comme s'il s'agissait d'un trésor tel qu'il n'en avait jamais vu. Ils marchèrent en silence jusqu'à la porte du bureau de Maugrey qui s'arrêta et se tourna vers Harry.

— Tu n'as jamais envisagé de faire une carrière d'Auror, Potter ?

— Non, répondit Harry, pris au dépourvu.

— Tu devrais y réfléchir, dit Maugrey en le regardant d'un air songeur. Oui, vraiment… au fait… j'imagine que tu n'as pas emporté cet œuf simplement pour aller te promener ?

— Heu… Non… avoua Harry avec un sourire. J'ai travaillé à résoudre l'énigme.

Maugrey lui lança un clin d'œil, son œil magique recommençant à tourner dans tous les sens.

— Rien de tel qu'une petite balade nocturne pour avoir des idées, Potter… À demain…

Il rentra dans son bureau en regardant à nouveau la carte du Maraudeur et referma la porte derrière lui.

Harry retourna lentement à la tour de Gryffondor, perdu dans ses pensées. Il songeait à Rogue, à Croupton et à ce que tout cela pouvait bien signifier… Pourquoi Croupton faisait-il semblant d'être malade alors qu'il n'avait aucune difficulté à se rendre à Poudlard ? Et qu'espérait-il trouver dans le bureau de Rogue ?

Et Maugrey qui pensait que Harry pourrait faire un bon Auror ! Une idée intéressante… Dix minutes plus tard, lorsqu'il se glissa dans son lit à baldaquin, l'œuf et la cape soigneusement rangés dans sa grosse valise, il songea qu'il vaudrait peut-être mieux regarder d'abord si les autres Aurors avaient autant de cicatrices que Maugrey avant de se lancer dans la carrière.

26
LA DEUXIÈME TÂCHE

– Tu m'avais dit que tu avais déjà résolu l'énigme de cet œuf! s'exclama Hermione d'un ton indigné.

– Ne crie pas comme ça! répondit Harry avec colère. J'ai simplement besoin... d'affiner les choses, d'accord?

Ron, Hermione et lui étaient assis à la même table, tout au fond de la classe d'enchantements. Ce jour-là, ils devaient apprendre le sortilège d'Expulsion – c'est-à-dire le contraire du sortilège d'Attraction. Afin d'éviter tout risque d'accident, le professeur Flitwick leur avait donné une pile de coussins qu'ils pouvaient faire voler à travers la salle sans blesser personne en cas d'erreur de trajectoire. Neville visait si mal, cependant, qu'il envoyait par erreur d'autres projectiles beaucoup plus lourds à l'autre bout de la classe – le professeur Flitwick, par exemple.

– Oublie un peu cet œuf de temps en temps, tu veux bien? murmura Harry tandis que le professeur Flitwick, apparemment résigné, leur passait devant le nez dans un long vol plané et atterrissait au sommet d'une grande armoire. J'essaye de te parler de Rogue et de Maugrey...

C'était le cours idéal pour avoir une conversation privée: les autres s'amusaient tellement qu'ils ne leur prêtaient aucune attention. Harry avait passé la demi-heure précédente à relater en plusieurs épisodes, entrecoupés de lancers de coussins, les événements de la nuit passée.

– D'après Rogue, Maugrey aussi a fouillé son bureau ? chuchota Ron, une lueur de curiosité dans l'œil, tout en projetant un coussin d'un coup de baguette magique (le coussin vola un peu trop bas et fit tomber le chapeau de Parvati). Alors quoi ? Tu crois que Maugrey serait ici pour surveiller Rogue autant que Karkaroff ?

– Je ne sais pas si Dumbledore le lui a demandé mais, en tout cas, c'est ce qu'il fait, répondit Harry.

Il agita machinalement sa baguette magique, envoyant son coussin atterrir mollement sur une table.

– Maugrey prétend que Dumbledore garde Rogue parce qu'il veut lui donner une deuxième chance ou quelque chose dans ce genre-là...

– Quoi ? dit Ron, les yeux écarquillés.

Le coussin qu'il venait de projeter dans les airs d'un coup de baguette magique rebondit sur le lustre et tomba lourdement sur le bureau de Flitwick.

– Harry... Maugrey croit peut-être que c'est *Rogue* qui a mis ton nom dans la Coupe de Feu !

– Allons, Ron, dit Hermione en hochant la tête d'un air sceptique. À un moment, on a cru que Rogue voulait tuer Harry et, en fait, il lui a sauvé la vie, tu te souviens ?

Elle jeta un sortilège d'Expulsion qui envoya un coussin à l'autre bout de la classe où il atterrit impeccablement dans la boîte prévue à cet effet. Harry regarda Hermione et réfléchit à ce qu'elle venait de dire... Il était vrai que Rogue lui avait sauvé la vie, un jour, ce qui paraissait étrange, car Rogue le détestait cordialement, tout comme il avait détesté le père de Harry lorsqu'ils étaient à l'école ensemble. Il aimait pardessus tout ôter des points à Harry et n'avait jamais laissé passer une occasion de lui infliger une punition, ou même de suggérer son renvoi de Poudlard.

– Je m'en fiche de ce que dit Maugrey, poursuivit Hermione. Dumbledore n'est pas idiot. Il a eu raison de faire confiance à Hagrid et au professeur Lupin, alors que beaucoup d'autres ne leur auraient jamais confié le moindre travail. Alors pourquoi n'aurait-il pas aussi raison en ce qui concerne Rogue, même si Rogue est un peu...

– ... malfaisant, dit aussitôt Ron. Réfléchis un peu, Hermione, pourquoi tous ces chasseurs de mages noirs iraient-ils fouiller dans son bureau ?

– Pourquoi Mr Croupton a-t-il fait semblant d'être malade ? reprit Hermione sans prêter attention à ce qu'avait dit Ron. C'est quand même un peu bizarre qu'il ne puisse pas assister au bal de Noël mais qu'il soit capable de venir ici au milieu de la nuit...

– Tu n'aimes pas Croupton à cause de ce qu'il a fait à son elfe, dit Ron en envoyant un coussin s'écraser contre la fenêtre.

– Et toi tu tiens absolument à ce que Rogue mijote quelque chose de louche, répliqua Hermione qui réussit une fois de plus à faire atterrir son coussin dans la boîte.

– J'aimerais simplement savoir ce qu'a fait Rogue quand on lui a donné sa première chance, puisque maintenant, c'est sa deuxième, dit Harry d'un ton sinistre.

À sa grande surprise, son propre coussin vola à travers la salle et alla se poser exactement sur celui d'Hermione.

Obéissant au vœu de Sirius qui voulait être tenu au courant de tout ce qui se passait d'inhabituel à Poudlard, Harry lui envoya ce soir-là une lettre par Scouthibou – un hibou de l'école qui était toujours prêt – pour lui raconter que Mr Croupton s'était introduit dans le bureau de Rogue et lui rapporter en détail la conversation entre Rogue et Maugrey. Harry se concentra ensuite très sérieusement sur le problème le plus urgent auquel il devait faire face : comment survivre en restant une heure sous l'eau le 24 février ?

Ron était partisan d'utiliser à nouveau le sortilège d'Attraction. Harry lui avait en effet parlé des équipements de plongée sous-marine dont se servaient les Moldus et Ron ne voyait pas ce qui l'empêchait d'en faire venir un de la ville moldue la plus proche grâce à un sortilège d'Attraction. Mais Hermione balaya l'idée en faisant observer que, même si Harry apprenait à faire fonctionner des bouteilles à oxygène dans le temps qui lui était imparti, il était sûr d'être disqualifié pour avoir violé le Code international du secret magique : impossible en effet de faire voler un équipement de plongée sous-marine sur des kilomètres sans qu'aucun Moldu ne le remarque.

— Bien sûr, la solution idéale, ce serait de te transformer en sous-marin, ou quelque chose dans ce genre-là, dit-elle. Si seulement nous avions déjà étudié la métamorphose humaine ! Mais on ne l'aborde qu'en sixième année et ça peut tourner très mal quand on ne sait pas bien s'y prendre...

— Oui, je n'ai pas envie de me promener avec un périscope sur la tête, dit Harry. Peut-être que si j'attaque quelqu'un en présence de Maugrey, il fera ça pour moi...

— Je ne pense pas qu'il te laissera choisir en quoi tu veux être transformé, dit Hermione d'un ton très sérieux. Non, je crois que ta seule chance c'est d'utiliser un sortilège.

Ainsi, Harry, qui pensait avoir déjà passé suffisamment de temps à la bibliothèque pour le reste de ses jours, se plongea à nouveau dans des piles de volumes poussiéreux, en quête d'un sortilège qui puisse donner à un être humain la faculté de se passer d'oxygène. Ron, Hermione et lui eurent beau consacrer leurs heures de déjeuner, leurs soirées et des weekends entiers à chercher, ils ne trouvèrent rien qui permette à Harry de rester une heure sous l'eau et d'en sortir vivant — même dans la Réserve de la bibliothèque à laquelle ils avaient accès grâce à un mot du professeur McGonagall, et même après avoir demandé conseil à Madame Pince, l'irritable bibliothécaire à tête de vautour.

Par moments, Harry se sentait pris d'une telle panique qu'il avait du mal à se concentrer pendant les cours. Le lac, qui avait toujours été pour lui un simple élément du paysage, attirait à présent son regard chaque fois qu'il était assis près d'une fenêtre. Sa vaste étendue grise et froide, aux profondeurs sombres et glacées, lui semblait désormais aussi inaccessible que la lune.

De la même manière qu'avant l'épreuve du dragon, le temps filait à toute vitesse comme si on avait ensorcelé montres et pendules pour qu'elles tournent plus vite. Il restait une semaine avant le 24 février (il avait encore du temps)… puis il ne resta plus que cinq jours (il fallait très vite trouver quelque chose)… plus que trois jours (oh, s'il vous plaît, faites que je trouve quelque chose… *s'il vous plaît…*).

Deux jours avant, Harry fut à nouveau incapable de manger. La seule bonne nouvelle, pendant le petit déjeuner du lundi, fut le retour du hibou qu'il avait envoyé à Sirius. Il détacha le parchemin, le déroula et lut le mot le plus court que Sirius lui eût jamais écrit :

Fais-moi savoir la date du prochain week-end à Pré-au-Lard par retour de hibou.

Harry retourna le parchemin mais rien d'autre n'était écrit au verso.

— C'est le week-end après celui qui vient, murmura Hermione, qui avait lu par-dessus son épaule. Tiens, prends ma plume et renvoie-lui immédiatement ce hibou.

Harry griffonna la date au dos du parchemin. Il l'attacha à nouveau à la patte du hibou et le regarda s'envoler. À quoi s'était-il attendu ? À un conseil pour lui indiquer comment respirer sous l'eau ? Il s'était tellement appliqué à raconter à Sirius tout ce qui s'était passé entre Rogue et Maugrey qu'il avait complètement oublié de lui parler de l'œuf d'or.

— Pourquoi est-ce qu'il veut connaître la date du prochain week-end à Pré-au-Lard ? s'étonna Ron.

— Sais pas, répondit Harry, l'air abattu.

Le moment de bonheur qu'il avait ressenti en voyant arriver le hibou s'était évanoui.

— Venez, dit-il, on a un cours de soins aux créatures magiques.

Hagrid voulait-il se faire pardonner la dernière séance avec les Scroutts à pétard – qui, d'ailleurs, n'étaient plus que deux – ou bien essayait-il de prouver qu'il pouvait faire aussi bien que le professeur Gobe-Planche, Harry n'en savait rien mais, en tout cas, depuis qu'il avait recommencé à travailler, il avait poursuivi le cours sur les licornes. Il apparut très vite que Hagrid en savait autant à leur sujet que sur les monstres, même s'il semblait regretter qu'elles soient dépourvues de crochets venimeux.

Ce jour-là, il avait réussi à capturer deux poulains de licorne. À la différence des licornes adultes, ils avaient une couleur d'or pur. Parvati et Lavande éprouvèrent un véritable ravissement en les voyant et même Pansy Parkinson dut faire de sérieux efforts pour ne pas montrer à quel point elle les trouvait adorables.

— Les petits sont plus faciles à repérer que les adultes, expliqua Hagrid. Les licornes prennent une couleur argentée vers l'âge de deux ans et il leur pousse une corne vers quatre ans. Elles ne deviennent complètement blanches qu'à l'âge adulte, c'est-à-dire aux environs de sept ans. Elles sont un peu plus confiantes quand elles sont toutes petites... mais elles n'aiment pas beaucoup les garçons... Venez, approchez-vous,

vous pouvez les caresser si vous voulez... Donnez-leur ces morceaux de sucre...

Tandis que la plupart des élèves se rassemblaient autour des bébés licornes, Hagrid se glissa vers Harry.

— Ça va ? lui demanda-t-il.

— Oui, oui, assura Harry.

— Un peu le trac, sans doute ? dit Hagrid.

— Un peu, avoua Harry.

Hagrid abattit une de ses énormes mains sur son épaule et Harry sentit ses genoux fléchir sous le choc.

— Tu sais, Harry, reprit-il, je me suis fait du souci pour toi avant que tu affrontes le dragon, mais maintenant, je sais que tu es capable de réussir tout ce que tu veux. Je ne suis absolument plus inquiet. Ça se passera très bien. Tu as résolu l'énigme, pas vrai ?

Harry approuva d'un signe de tête, mais il ressentit en même temps un besoin irrépressible d'avouer qu'il n'avait pas la moindre idée de la façon dont on devait s'y prendre pour arriver à passer une heure au fond de l'eau. Il leva les yeux vers Hagrid – peut-être était-il parfois obligé de descendre dans le lac pour s'occuper des créatures qui y vivaient ? Après tout, c'était lui qui prenait soin de tout ce qu'il y avait dans le parc...

— Tu vas gagner, grogna Hagrid, en le gratifiant d'une nouvelle tape sur l'épaule qui donna à Harry l'impression de s'enfoncer de cinq centimètres dans le sol boueux. Je le sais, je le sens. *Tu vas gagner, Harry.*

Le sourire qui éclairait le visage de Hagrid était si heureux, si confiant, que Harry ne put se résoudre à dire quoi que ce soit, de peur de le voir s'effacer. Il se força à sourire également puis, faisant mine de s'intéresser aux jeunes licornes, il s'en approcha à son tour pour les caresser en même temps que les autres.

La veille de la deuxième tâche, Harry eut l'impression d'être prisonnier d'un cauchemar. Il avait parfaitement conscience que, même si par un quelconque miracle il arrivait à trouver un sortilège adéquat, il lui serait très difficile d'apprendre à le maîtriser en une nuit. Comment avait-il pu se mettre dans une telle situation ? Pourquoi n'avait-il pas cherché à résoudre l'énigme de l'œuf plus tôt ? Pourquoi avait-il si souvent négligé d'écouter ce que les professeurs disaient en classe ? Peut-être que l'un d'eux avait un jour parlé d'un moyen de respirer sous l'eau ?

Tandis que le soleil se couchait, Harry, Ron et Hermione, assis dans la bibliothèque, cachés par les immenses piles de livres qui les entouraient, feuilletaient fébrilement des pages et des pages remplies de sortilèges les plus divers. Harry sentait son cœur bondir dans sa poitrine chaque fois qu'il voyait apparaître le mot « eau » mais, la plupart du temps, il s'agissait tout simplement de « mélanger deux pintes d'eau, une demi-livre de feuilles de mandragore hachées et une salamandre… ».

— Je pense que c'est tout simplement impossible, dit soudain Ron à l'autre bout de la table. Il n'y a rien. *Rien*. Ce qui s'en rapprochait le plus, c'était ce truc pour assécher les flaques et les mares, le sortilège de Sécheresse, mais ce n'est pas assez puissant pour vider un lac.

— Il doit sûrement exister quelque chose, marmonna Hermione en approchant une chandelle pour mieux voir.

Elle avait les yeux si fatigués qu'elle était obligée de coller le nez sur les minuscules caractères de *Sorts et enchantements anciens et oubliés* pour arriver à les lire.

— Ils n'auraient jamais imposé une tâche impossible à accomplir, fit-elle remarquer.

— C'est pourtant ce qu'ils ont fait, dit Ron. Harry, demain, tu n'as plus qu'à descendre au bord du lac, plonger la tête dans l'eau, crier aux sirènes de te rendre ce qu'elles t'ont volé et voir si elles acceptent de te le renvoyer. C'est la meilleure chose que tu puisses faire, mon vieux.

— Il y a un moyen d'y arriver ! dit Hermione avec colère. Il y en a forcément un !

Elle semblait considérer le manque d'informations de la bibliothèque sur ce sujet comme une insulte personnelle. Jamais, jusqu'à présent, la bibliothèque ne l'avait trahie.

— Je sais ce que j'aurais dû faire, dit Harry, en s'attardant, la tête penchée, sur *Roueries et fourberies pour sorciers hardis*. J'aurais dû apprendre à être Animagus, comme Sirius.

— Oui, tu aurais pu te transformer en poisson rouge quand tu l'aurais voulu ! dit Ron.

— Ou en grenouille, ajouta Harry en bâillant.

Il était épuisé.

— Il faut des années pour devenir un Animagus et, en plus, on est obligé de se déclarer, dit vaguement Hermione qui consultait l'index de *Dilemmes de la sorcellerie insolite et leurs solutions*. Le professeur McGonagall nous l'a dit, vous vous souvenez... Il faut se faire enregistrer comme tel par le Service des usages abusifs de la magie... Préciser en quel animal on se transforme, indiquer ses signes particuliers, pour qu'on ne puisse pas s'en servir à des fins malhonnêtes...

— Hermione, je plaisantais, dit Harry d'un ton las. Je sais bien que je n'ai aucune chance d'apprendre à me transformer en grenouille d'ici à demain matin...

— Ce livre ne sert à rien, dit Hermione en refermant d'un coup sec les *Dilemmes de la sorcellerie insolite*. Qui donc aurait envie de faire des frisettes à ses poils de nez ?

— Moi, ça me plairait assez, dit la voix de Fred Weasley. C'est un bon moyen de faire parler de soi, non ?

Harry, Ron et Hermione levèrent la tête en même temps. Fred et George avaient surgi de derrière un rayon de livres.

— Qu'est-ce que vous faites là ? demanda Ron.

– On te cherchait, répondit George. McGonagall veut te voir et toi aussi, Hermione.

– Pourquoi ? s'étonna Hermione.

– Sais pas… mais elle avait l'air assez sinistre, dit Fred.

– On est chargés de vous emmener dans son bureau, dit George.

Ron et Hermione regardèrent Harry qui sentit son estomac se retourner. Le professeur McGonagall avait-elle quelque chose à leur reprocher ? Elle avait peut-être remarqué qu'ils passaient beaucoup de temps à l'aider alors qu'il était censé réfléchir tout seul aux moyens d'accomplir sa tâche…

– On se retrouve dans la salle commune, dit Hermione qui se leva en même temps que Ron – tous deux avaient l'air très inquiet. Apporte autant de livres que tu pourras, d'accord ?

– D'accord, répondit Harry, mal à l'aise.

Vers huit heures, Madame Pince avait éteint toutes les lampes et elle chassa Harry de la bibliothèque. Titubant sous le poids des livres qu'il avait emportés – le plus grand nombre possible –, Harry retourna dans la tour de Gryffondor, tira une table dans un coin, à l'écart des autres, et continua à chercher. Il n'y avait rien dans *Magie maboule pour sorciers sonnés*, rien dans le *Guide de la sorcellerie médiévale*… pas la moindre allusion à des exploits sous-marins dans *Anthologie des enchantements au XVIIIe siècle*, ni dans *Créatures abominables des profondeurs*, pas davantage dans *Les pouvoirs que vous avez toujours eus sans le savoir et comment les utiliser maintenant que vous êtes un peu plus sage*.

Pattenrond vint se pelotonner sur les genoux de Harry et se mit à ronronner avec force. La salle commune se vidait peu à peu. Avant de monter dans leurs dortoirs, ses camarades lui souhaitaient bonne chance d'un ton allègre et confiant, comme Hagrid. Apparemment, tout le monde était convaincu qu'il allait réaliser un nouvel exploit éblouissant, comme le jour de la première tâche. Incapable de prononcer un mot, Harry se contentait de répondre d'un signe de tête. Il avait l'impression d'avoir une balle de golf coincée dans la gorge. À minuit moins dix, il demeura seul dans la salle avec Pattenrond. Il avait cherché dans tous les livres qui restaient et Ron et Hermione n'étaient toujours pas revenus.

« C'est fini, se dit-il. Impossible d'y arriver. Il faudra descendre au bord du lac, demain matin, et déclarer forfait devant les juges… »

Il s'imagina en train d'expliquer qu'il était incapable d'accomplir la tâche. Il se représenta le visage aux yeux ronds de surprise de Verpey, le sourire satisfait de Karkaroff découvrant ses dents jaunes. Il avait l'impression d'entendre Fleur Delacour dire : « Enfin, c'est insensé, je le savais bien, il est trop jeune, c'est un petit garçon. Quelle organisation, vraiment ! » Il voyait déjà Malefoy arborer son badge À BAS POTTER au premier rang de la foule, il voyait le visage incrédule, déconfit, de Hagrid…

Oubliant que Pattenrond était sur ses genoux, Harry se leva brusquement. Le chat tomba par terre en crachant avec fureur puis il jeta un regard dégoûté à Harry et s'éloigna la queue dressée. Mais Harry montait déjà quatre à quatre l'escalier du dortoir… Il voulait prendre sa cape d'invisibilité et retourner à la bibliothèque. Il y resterait toute la nuit, s'il le fallait…

– *Lumos*, murmura Harry un quart d'heure plus tard en ouvrant la porte de la bibliothèque.

L'extrémité de sa baguette magique allumée, il se glissa le long des rayonnages, pour prendre d'autres livres – des livres sur les maléfices, les enchantements, les sortilèges, des livres sur les sirènes et les monstres aquatiques, des livres sur les sorcières et les sorciers célèbres, sur les inventions magiques, sur tout ce qui pouvait avoir un rapport quelconque avec la survie sous l'eau. Il emporta la pile de volumes sur une table puis se mit au travail, éclairant les pages avec le mince faisceau lumineux de sa baguette magique, jetant de temps à autre un coup d'œil à sa montre…

Une heure du matin… deux heures du matin… La seule façon de se tenir éveillé, c'était de se répéter inlassablement : « *Dans le prochain livre… il y aura quelque chose dans le prochain livre… le prochain livre…* »

Dans la salle de bains des préfets, la sirène du tableau riait aux éclats. Harry était ballotté comme un bouchon à la surface d'une eau pleine de mousse, juste à côté du rocher sur lequel elle était allongée. D'une main, elle agitait l'Éclair de feu au-dessus de sa tête.

– Allez, attrape-le, disait-elle avec un rire narquois. Vas-y, saute !

– Je ne peux pas, répondait Harry d'un ton haletant.

Il essayait vainement d'attraper l'Éclair de feu en s'efforçant de ne pas couler.

– Rends-le-moi !

Mais elle se contentait de lui donner de petits coups dans les côtes avec le manche du balai et riait de plus belle.

– Ça fait mal… Arrête… Aïe…

– Harry Potter doit se réveiller, monsieur !

– Arrête de me donner des coups…

– Dobby doit donner des coups à Harry Potter, monsieur, il faut qu'il se réveille !

Harry ouvrit les yeux. Il était toujours dans la bibliothèque. La cape d'invisibilité avait glissé quand il s'était endormi et sa tête reposait sur les pages de *Tant qu'il y a de la magie, il y a de l'espoir*. Il se redressa, rajusta ses lunettes et cligna des yeux à la lumière du jour.

– Harry Potter doit se dépêcher ! couina Dobby. La

deuxième tâche commence dans dix minutes et Harry
Potter…

— Dix minutes ? croassa Harry. Dix… *Dix minutes ?*

Il regarda sa montre. Dobby disait vrai. Il était neuf heures
vingt. Harry eut l'impression qu'un grand poids lui tombait
sur l'estomac.

— Dépêchez-vous, Harry Potter ! s'écria Dobby en tirant
Harry par la manche. Il faut descendre au bord du lac avec les
autres champions, monsieur !

— Il est trop tard, Dobby, dit Harry d'une voix désespérée.
Je n'accomplirai pas cette tâche, j'en suis incapable…

— Harry Potter *accomplira* la tâche ! couina l'elfe. Dobby
sait que Harry Potter n'a pas trouvé le bon livre, alors Dobby
a trouvé pour lui !

— Quoi ? s'exclama Harry. Mais tu ne sais pas en quoi
consiste la deuxième tâche…

— Dobby sait, monsieur ! Harry Potter doit plonger dans le
lac et trouver son Whisky…

— Trouver mon quoi ?

— Il doit reprendre son Whisky au peuple des sirènes !

— Un Whisky ? Qu'est-ce que tu racontes ?

— Votre Whisky, monsieur, le Monsieur Whisky qui a
donné à Dobby son pull-over !

Dobby tira sur le pull violet et rétréci qu'il portait maintenant par-dessus son short.

— Quoi ? s'écria Harry. Tu veux dire Weasley ? Ron Weasley ? Ils ont capturé *Ron* ?

— Ce qui est le plus cher à Harry Potter, monsieur ! dit
Dobby. Et après l'heure écoulée…

— *Renonce à tout espoir*, récita Harry, frappé d'horreur. *Tes
efforts seront vains car il sera trop tard…* Dobby… Qu'est-ce
que je dois faire ?

— Il faut manger ceci, monsieur, couina l'elfe.

Il sortit de la poche de son short une boule qui semblait constituée d'un enchevêtrement de queues de rats grises et gluantes.

– Juste avant de plonger dans l'eau, monsieur. Ce sont des Branchiflores !

– Et qu'est-ce que ça fait ? demanda Harry en regardant la boule.

– La Branchiflore permettra à Harry Potter de respirer sous l'eau, monsieur !

– Dobby, dit Harry d'un ton frénétique, tu es sûr de ça ?

Il n'était pas près d'oublier le jour où Dobby avait essayé de « l'aider », et où tous ses os du bras droit avaient disparu.

– Dobby en est absolument sûr, monsieur, répondit l'elfe d'un air très sérieux. Dobby entend des choses, monsieur, c'est un elfe de maison, il va partout dans le château pour allumer les feux et laver par terre. Dobby a entendu le professeur McGonagall et le professeur Maugrey, ils parlaient de la prochaine tâche, dans la salle des professeurs... Et Dobby ne laissera pas Harry Potter perdre son Whisky !

Les derniers doutes de Harry s'évanouirent. Il se leva d'un bond, fourra sa cape d'invisibilité dans son sac, glissa la Branchiflore dans sa poche puis sortit en trombe de la bibliothèque, Dobby sur ses talons.

– Dobby doit très vite retourner aux cuisines, monsieur ! cria l'elfe. On a besoin de Dobby là-bas. Bonne chance, Harry Potter, bonne chance, monsieur !

– À plus tard, Dobby ! lui lança Harry.

Il courut le long du couloir et descendit les marches quatre à quatre.

Dans le hall d'entrée, quelques retardataires sortaient encore de la Grande Salle, où ils venaient de prendre leur petit déjeuner, et se dirigeaient vers le parc pour assister à la deuxième tâche. Ils regardèrent Harry traverser le hall au pas de course et projeter Colin et Dennis Crivey dans les airs tandis qu'il sautait au bas des marches de pierre et se précipitait vers le lac.

Il vit au loin que les tribunes installées autour de l'enclos aux dragons au mois de novembre se dressaient à présent sur la rive opposée du lac. Elles étaient bondées de spectateurs et la rumeur des conversations enthousiastes résonnait étrangement à la surface de l'eau. Harry courut à perdre haleine en direction des juges, assis à une autre table drapée d'or, au bord du lac. Cedric, Fleur et Krum se trouvaient déjà à côté de la table et regardaient Harry se ruer vers eux.

– J'arrive… dit-il d'une voix haletante.

Il s'arrêta en dérapant sur le sol boueux et éclaboussa malencontreusement la robe de Fleur.

– Où étais-tu ? demanda une voix impérieuse et réprobatrice. L'épreuve est sur le point de commencer !

Harry se retourna et vit Percy Weasley assis à la table des juges. Mr Croupton s'était fait remplacer, une fois de plus.

– Allons, allons, Percy ! dit Ludo Verpey qui paraissait profondément soulagé de voir Harry. Laisse-lui le temps de reprendre son souffle !

Dumbledore adressa un sourire à Harry mais Karkaroff et Madame Maxime n'avaient pas du tout l'air contents de le voir apparaître… À en juger par l'expression de leur visage, ils avaient dû penser qu'il ne viendrait pas.

Harry se pencha en avant, les mains sur les genoux, pour reprendre sa respiration. Il avait un point de côté qui lui donnait l'impression d'avoir un couteau planté entre les côtes, mais il n'avait pas le temps d'attendre qu'il disparaisse. Ludo Verpey s'était avancé vers les champions et les disposait à présent le long de la rive à trois mètres de distance les uns des autres. Harry se retrouva à l'autre bout du rang, à côté de Krum qui était en maillot de bain et tenait sa baguette magique prête.

– Ça va, Harry ? demanda Verpey en le poussant un peu plus à l'écart de Krum. Tu sais ce que tu vas faire ?

– Oui, dit Harry, le souffle court.

Il continuait de masser ses côtes douloureuses pour essayer de soulager son point de côté.

Verpey lui serra l'épaule d'un petit geste amical et retourna à la table des juges. Il dirigea alors sa baguette magique vers sa gorge et murmura :

– *Sonorus !*

Aussitôt, sa voix résonna de la surface du lac jusqu'aux tribunes dressées sur la rive opposée.

– Et voilà, dit-il, tous nos champions sont prêts à entreprendre la deuxième tâche qui commencera à mon coup de sifflet. Ils auront exactement une heure pour reprendre ce qui leur a été enlevé. Attention, à trois… Un… deux… *trois !*

Un coup de sifflet strident retentit dans l'air frais du matin. Des applaudissements et des cris explosèrent dans les tribunes. Sans regarder ce que faisaient les autres champions, Harry enleva ses chaussures et ses chaussettes, sortit la Branchiflore de sa poche, la fourra dans sa bouche et entra dans l'eau.

Le lac était si froid qu'il avait l'impression qu'on lui brûlait la peau des jambes. À mesure qu'il s'enfonçait, sa robe mouillée pesait de plus en plus lourd. L'eau lui arrivait à présent au-dessus du genou et ses pieds engourdis glissaient sur des pierres plates, recouvertes de vase et de limon. Il mâchait la Branchiflore qui avait une consistance visqueuse, caoutchouteuse, comme des tentacules de pieuvre. Enfoncé jusqu'à la taille dans l'eau glacée, il s'arrêta, avala et attendit que quelque chose se passe.

Il entendait la foule rire et savait qu'il devait avoir l'air parfaitement stupide à marcher ainsi dans l'eau sans manifester le moindre pouvoir magique. À moitié immergé, une brise cruellement glacée ébouriffant ses cheveux, il tremblait de la tête aux pieds. Harry évita de regarder en direction des tribunes. Les rires étaient de plus en plus bruyants, les Serpentard le sifflaient et se moquaient de lui…

Puis, brusquement, il eut l'impression qu'on lui plaquait un oreiller invisible sur la bouche et sur le nez. Il essaya de reprendre sa respiration, mais ses efforts lui donnèrent le tournis. Ses poumons étaient vides et il éprouva soudain une douleur fulgurante de chaque côté du cou.

Harry porta ses mains à sa gorge et sentit sous ses oreilles deux larges fentes dont les bords palpitaient dans la brise froide… *Il avait à présent des branchies*. Sans prendre le temps de réfléchir, il se jeta dans le lac.

La première gorgée d'eau glacée lui sembla comme un souffle de vie. La tête cessa de lui tourner. Il avala à nouveau une longue gorgée d'eau qu'il sentit ressortir doucement par ses branchies en envoyant au passage de l'oxygène dans son cerveau. Lorsqu'il tendit les mains devant lui, il s'aperçut qu'elles avaient pris une teinte verdâtre, fantomatique, et que ses doigts étaient palmés. En tournant la tête, il vit que ses pieds s'étaient allongés et que ses orteils, eux aussi, étaient palmés. On aurait dit que des nageoires lui étaient poussées.

L'eau avait cessé d'être glacée… Elle semblait au contraire agréablement fraîche et légère… Harry continua d'avancer, s'émerveillant de la vitesse à laquelle ses pieds en forme de nageoire le propulsaient dans l'eau. Il arrivait à voir clairement autour de lui sans avoir besoin de cligner des yeux. Bientôt, il eut nagé si loin qu'il ne distinguait plus le fond du lac. Il bascula alors verticalement et s'enfonça dans les profondeurs.

Le silence devenait de plus en plus épais tandis qu'il découvrait un étrange et sombre paysage nimbé de brume. À présent, sa visibilité était réduite et à mesure qu'il avançait, de nouveaux contours se dessinaient dans les ténèbres : de véritables forêts de plantes aquatiques ondulaient lentement, de larges étendues de boue étaient jonchées de pierres qui miroitaient faiblement dans la pénombre. Il descendit de plus en plus loin vers le cœur du lac, scrutant ses profondeurs grises et inquiétantes, essayant de percer le mystère de ses ombres, là où l'eau devenait opaque.

De petits poissons frétillaient autour de lui, comme des fléchettes d'argent. Par deux fois, il crut voir quelque chose de plus grand bouger un peu plus loin mais, lorsqu'il s'en approcha, il ne découvrit qu'un gros morceau de bois noirci et un enchevêtrement particulièrement dense de plantes aquatiques. Il n'y avait pas trace d'autres champions, ni de sirène, ni de Ron, ni – fort heureusement – de calmar géant.

Des herbes d'un vert pâle, d'une cinquantaine de centimètres de hauteur, s'étendaient devant lui, aussi loin que portait son regard, comme une prairie luxuriante. Les yeux grands ouverts, Harry essayait de distinguer des formes dans l'obscurité… mais soudain, il sentit quelque chose lui saisir la cheville.

Harry se retourna et vit un Strangulot, un démon des eaux doté de petites cornes, qui venait de surgir d'entre les herbes. Ses longs doigts étaient étroitement serrés autour de sa jambe, et il montrait ses dents pointues. Harry glissa sa main palmée dans sa poche, à la recherche de sa baguette magique. Lorsqu'il eut enfin réussi à la saisir, deux autres Strangulots avaient jailli des herbes et s'étaient accrochés à sa robe, essayant de l'attirer vers le fond.

–*Lashlabask !* s'écria Harry, mais aucun son ne sortit de sa bouche.

Seule une grosse bulle s'échappa d'entre ses lèvres et, au lieu de produire des étincelles, la baguette magique projeta sur les Strangulots quelque chose qui devait être un jet d'eau bouillante, car des taches rouges apparurent sur leur peau verte, comme des marques de fureur. Harry arracha sa cheville à l'étreinte de la créature et se mit à nager aussi vite qu'il le pouvait, envoyant régulièrement d'autres jets d'eau bouillante par-dessus son épaule, sans prendre la peine de viser. De temps à autre, il sentait un Strangulot lui attraper à nouveau la cheville et donnait de grands coups de pied pour s'en débarrasser. Finalement, il sentit son pied toucher une tête cornue ; il se retourna et vit un Strangulot étourdi dériver en zigzag, le regard brouillé, tandis que ses congénères menaçaient Harry du poing avant de disparaître à nouveau parmi les herbes.

Harry ralentit un peu l'allure, remit sa baguette dans sa poche et regarda autour de lui, l'oreille aux aguets, en décrivant un cercle complet dans l'eau. Un silence pesant oppressait ses tympans engourdis. Il savait qu'il devait se trouver à une profondeur encore plus grande mais rien ne bougeait, à part les herbes aquatiques qui ondulaient lentement.

– Alors, ça marche ?

Harry crut qu'il allait avoir une crise cardiaque. Il pivota brusquement et vit la silhouette floue de Mimi Geignarde qui flottait devant lui en le regardant à travers ses épaisses lunettes, brillantes comme des perles.

– Mimi ! essaya de s'exclamer Harry – mais, cette fois encore, seule une très grosse bulle sortit de sa bouche.

Mimi Geignarde, en revanche, parvint à pouffer de rire.

– Tu devrais essayer là-bas ! dit-elle en pointant le doigt. Je préfère ne pas venir avec toi, je ne les aime pas beaucoup. Ils me courent toujours après quand je m'approche…

Harry leva le pouce pour la remercier et suivit la direction indiquée en prenant soin de nager plus haut au-dessus des herbes afin d'éviter les Strangulots qui s'y cachaient.

Il nagea ainsi pendant une vingtaine de minutes. Il voyait

défiler de vastes étendues noires d'où s'échappaient des tourbillons de boue dans les remous qu'il provoquait. Enfin, il
entendit un morceau de l'obsédante chanson des sirènes :

Pendant une heure entière, il te faudra chercher
Si tu veux retrouver ce qu'on t'a arraché.

Harry nagea plus vite et vit bientôt un grand rocher se dessiner dans l'eau boueuse. Des dessins de sirènes et de tritons y
étaient gravés. Ils étaient armés de lances et poursuivaient ce
qui paraissait être le calmar géant. Harry passa devant le
rocher en suivant le son de la chanson qu'il continuait d'entendre :

La moitié de ton temps s'est enfuie, hâte-toi
Sinon, ce que tu cherches en ces eaux pourrira…

Des bâtisses rudimentaires de pierre brute, aux murs parse-
més d'algues, apparurent soudain de tous côtés dans la
pénombre. Par endroits, derrière les fenêtres sombres, Harry
apercevait des visages… des visages qui ne ressemblaient en
rien au portrait de la sirène, dans la salle de bains des préfets…
Ces êtres avaient la peau grise et de longs cheveux hirsutes
d'une couleur vert sombre. Leurs yeux étaient jaunes, tout
comme leurs dents cassées, et ils portaient autour du cou de
grosses cordes fabriquées avec des cailloux. Ils lancèrent à
Harry des regards mauvais en le voyant passer et un ou deux
d'entre eux sortirent de leurs repaires pour l'observer de plus
près, une lance à la main, leurs puissantes queues de poisson
argentées battant l'eau avec force.
Harry nagea encore plus vite et, bientôt, les abris de pierre
devinrent de plus en plus nombreux. Certains étaient entourés de jardins de plantes aquatiques et il vit même un Stran-

gulot apprivoisé, attaché à un piquet devant une porte. Les êtres de l'eau sortaient de tous les côtés, à présent. Ils le regardaient avec avidité, montraient ses mains palmées et ses branchies, échangeaient des remarques sur son passage, la main devant la bouche. Harry accéléra l'allure et un très étrange spectacle s'offrit alors à ses yeux.

Une véritable foule était rassemblée devant les bâtisses qui délimitaient une sorte de place de village aquatique. Un chœur composé d'êtres de l'eau chantait au milieu de la place, invitant les champions à s'approcher. Derrière le chœur, grossièrement taillée dans un bloc de rocher, s'élevait une gigantesque statue qui représentait une de ces créatures. Quatre personnes étaient solidement attachées à la queue de poisson de la statue.

Ron était ligoté entre Hermione et Cho Chang. Il y avait aussi une fillette qui ne devait pas avoir plus de huit ans. En voyant ses longs cheveux d'un blond argenté qui flottaient autour d'elle comme un nuage, Harry eut la certitude qu'il s'agissait de la sœur de Fleur Delacour. Tous les quatre semblaient plongés dans un sommeil profond. Leurs têtes ballottaient sur leurs épaules et de minces filets de bulles s'échappaient régulièrement d'entre leurs lèvres.

Harry se précipita vers les prisonniers. Il s'attendait à voir les êtres de l'eau foncer sur lui en brandissant leurs lances, mais ils ne firent pas un geste. Les prisonniers étaient attachés avec de grosses cordes, solides et visqueuses, constituées d'herbes aquatiques entremêlées. Pendant une fraction de seconde, Harry pensa au couteau de poche que Sirius lui avait offert pour Noël – et qui était soigneusement rangé dans sa valise, dans le dortoir de Gryffondor.

Il regarda autour de lui. Pour la plupart, les êtres de l'eau qui l'entouraient étaient armés de lances. Il nagea rapidement vers une sorte de triton de plus de deux mètres de haut, portant une longue barbe verte et un étroit collier de dents de requin, et s'efforça de lui demander par gestes s'il voulait bien lui prêter sa lance. Mais le triton éclata de rire en hochant vigoureusement la tête.

– Non, nous n'aidons personne, dit-il d'une voix rauque et dure.

– Allez, VITE ! dit Harry d'un air féroce (mais seules des bulles lui sortaient de la bouche).

Il essaya de lui arracher la lance des mains, mais le triton dégagea son arme d'un coup sec, en continuant de rire et de hocher la tête.

Harry tourna sur lui-même, jetant des regards partout, à la recherche d'un objet tranchant, n'importe lequel…

Des pierres jonchaient le fond du lac. Il plongea, en ramassa une qui lui paraissait particulièrement acérée et retourna devant la statue. Il entreprit de trancher la corde qui attachait Ron et, après plusieurs minutes d'efforts acharnés, parvint enfin à la sectionner. Ron, inconscient, flotta dans l'eau à quelques centimètres au-dessus du fond, dérivant légèrement au gré des mouvements de l'eau.

Harry regarda dans toutes les directions, mais il n'y avait aucun signe des autres champions. Que fabriquaient-ils ? Qu'attendaient-ils pour se précipiter au secours des prisonniers ? Il se retourna vers Hermione, leva la pierre tranchante et s'attaqua également à ses liens.

Mais aussitôt, des mains solides à la peau grise se saisirent de lui et le tirèrent en arrière. Une demi-douzaine d'êtres de l'eau l'éloignèrent ainsi d'Hermione, hochant leurs têtes aux cheveux verts et riant aux éclats.

– Tu prends ton propre prisonnier, dit l'un d'eux, et tu laisses les autres…

– Certainement pas ! répliqua Harry avec fureur – mais seules deux grosses bulles sortirent de sa bouche.

– Tu as pour mission de délivrer ton ami… Les autres, tu
les laisses…

– Elle aussi, c'est mon amie ! s'écria Harry en faisant de
grands gestes vers Hermione.

Une énorme bulle d'argent s'échappa d'entre ses lèvres.

– Et elle non plus, je ne veux pas qu'elle meure !

La tête de Cho reposait sur l'épaule d'Hermione. La petite
fille aux cheveux d'argent était d'une pâleur fantomatique.
Harry se débattit pour essayer de se dégager mais les êtres de
l'eau resserrèrent leur étreinte en riant plus fort que jamais.
Harry jetait des regards frénétiques autour de lui. Mais où
étaient donc les autres champions ? Aurait-il le temps de
ramener Ron à la surface et de revenir délivrer Hermione et
les autres ? Parviendrait-il à les retrouver ? Il regarda sa
montre pour voir combien de temps il lui restait. Elle s'était
arrêtée.

Soudain, les êtres de l'eau pointèrent le doigt au-dessus de
lui, l'air surexcité. Harry leva les yeux et vit Cedric qui
nageait vers eux. Il avait autour de la tête une énorme bulle
qui élargissait étrangement son visage en déformant ses traits.

– Me suis perdu !

Aucun son n'était sorti de sa bouche, mais Harry avait lu
sur ses lèvres. Cedric avait l'air paniqué.

– Fleur et Krum arrivent !

Harry éprouva un immense soulagement. Il regarda Cedric
sortir un couteau de sa poche, trancher la corde qui retenait
Cho prisonnière, puis l'emmener et disparaître dans l'obscurité du lac.

Où étaient Fleur et Krum ? Il ne restait plus beaucoup de
temps et, si l'on en croyait les paroles de la chanson, au bout
d'une heure, les prisonniers seraient perdus…

Brusquement, les êtres de l'eau se mirent à pousser des cris
perçants. Ceux qui tenaient Harry relâchèrent leur étreinte

en regardant par-dessus leur épaule. Harry se retourna et vit une créature monstrueuse foncer droit sur eux : elle avait un corps humain vêtu d'un maillot de bain et une tête de requin… C'était Krum. Apparemment, il avait essayé de se métamorphoser mais n'avait pas très bien réussi.

L'homme-requin nagea droit sur Hermione et commença à ronger la corde qui l'attachait à la statue. Mais les nouvelles dents de Krum n'étaient pas très pratiques pour mordre quelque chose de plus petit qu'un dauphin et Harry se demanda s'il n'allait pas finir par couper Hermione en deux. Se précipitant vers eux, il donna un grand coup sur l'épaule de Krum et lui tendit la pierre tranchante. Krum la saisit et entreprit de sectionner la corde. Il y parvint en quelques secondes, attrapa Hermione par la taille et, sans un regard en arrière, la remonta rapidement en direction de la surface.

Et maintenant ? pensa Harry désespérément. S'il avait été sûr que Fleur arrivait… Mais il n'y avait toujours aucun signe d'elle. Il fallait faire quelque chose…

Il ramassa la pierre que Krum avait laissée tomber, mais les êtres de l'eau s'avancèrent vers lui et entourèrent Ron et la fillette en hochant la tête.

Harry brandit sa baguette magique.

– Fichez le camp !

Cette fois encore, il ne sortit que des bulles de sa bouche, mais il eut la très nette impression que les êtres de l'eau l'avaient compris car ils cessèrent soudain de rire. Leurs yeux jaunâtres fixés sur la baguette de Harry, ils semblaient avoir peur. Ils étaient sans nul doute beaucoup plus nombreux que lui mais Harry devinait, d'après l'expression de leurs visages, qu'ils n'en savaient pas plus en matière de magie que le calmar géant.

– Je compte jusqu'à trois ! cria Harry.

Une longue traînée de bulles sortit de sa bouche, et il leur montra trois doigts pour être sûr de bien se faire comprendre.

–Un… (il baissa un doigt) – Deux… (il baissa un deuxième doigt).

Les êtres de l'eau s'éloignèrent aussitôt, libérant le passage. Harry se rua en avant et commença à entailler la corde qui attachait la petite fille à la statue. Quelques instants plus tard, il l'avait délivrée. Il saisit la fillette par la taille, attrapa Ron par le col de sa robe et s'élança vers la surface en donnant un grand coup de pied au fond du lac pour prendre de l'élan.

Sa progression fut très lente. Ses mains palmées, occupées à tenir Ron et la fillette, ne lui étaient plus d'aucun secours et il agitait frénétiquement les pieds pour essayer de remonter le plus vite possible. Mais le poids de Ron et de la sœur de Fleur l'attiraient vers le fond… Il leva les yeux avec espoir. Hélas, l'obscurité qui régnait autour de lui ne pouvait laisser aucun doute : il était encore très loin de la surface…

Les êtres de l'eau l'accompagnaient dans sa remontée. Il les voyait tournoyer autour de lui avec aisance en le regardant se débattre… Allaient-ils le ramener au fond du lac lorsque le temps serait écoulé ? Peut-être mangeaient-ils les humains ? Harry sentait ses jambes s'engourdir. À force de tenir à bout de bras Ron et la fillette, ses épaules commençaient à lui faire terriblement mal…

Il avait les plus grandes difficultés à respirer et sentait à nouveau une douleur de chaque côté de son cou… Le flux de l'eau qui coulait dans sa bouche lui semblait de plus en plus perceptible… Mais l'obscurité se dissipait nettement… Il voyait même la lumière du jour au-dessus de lui…

Il agita ses nageoires et s'aperçut qu'elles étaient redevenues de simples pieds… L'eau qui s'engouffrait dans sa bouche descendait à présent dans ses poumons… Il commençait à avoir le tournis mais il savait que l'air et la lumière n'étaient plus qu'à trois mètres au-dessus de sa tête... Il fallait arriver jusque-là... Il le fallait...

Harry remua les jambes si vite et avec tant de force qu'il eut l'impression que ses muscles poussaient des cris de protestation. Son cerveau lui-même paraissait flotter dans l'eau, il n'arrivait plus à respirer, il avait besoin à tout prix d'oxygène, il fallait continuer, continuer, surtout ne pas s'arrêter...

Tout à coup, il sentit sa tête émerger à la surface du lac. De l'air ! Un air frais, lumineux, délectable, qui lui picotait le visage. Il en inspira avidement une longue bouffée, comme si c'était la première fois de sa vie qu'il respirait vraiment puis, hors d'haleine, il hissa Ron et la fillette à la surface. Tout autour de lui, des têtes aux cheveux verts émergèrent à leur tour mais, cette fois, les êtres de l'eau lui souriaient.

Un grand tumulte s'élevait des tribunes. Les spectateurs s'étaient levés, ils criaient, hurlaient, comme s'ils avaient peur que Ron et la fillette soient morts. Ils avaient tort : tous deux venaient d'ouvrir les yeux. La petite fille, apeurée, avait l'air de se demander ce qu'elle faisait là, mais Ron, lui, cracha un long jet d'eau, cligna les yeux et dit à Harry :

— Un peu humide, par ici...

Puis, voyant la sœur de Fleur, il ajouta :

— Pourquoi tu l'as ramenée ?

— Fleur n'arrivait pas, expliqua Harry, la respiration haletante, je ne pouvais pas la laisser.

— Harry, quel idiot tu fais ! s'exclama Ron. Tu n'as quand même pas pris cette chanson au sérieux ? Dumbledore ne nous aurait pas laissés mourir au fond de l'eau !

— Mais la chanson disait...

— C'était simplement pour vous obliger à revenir dans un délai d'une heure ! J'espère que tu n'as pas perdu de temps là-dessous à jouer les héros !

Harry se sentit à la fois stupide et agacé. Pour Ron, c'était facile, il était endormi. Il n'avait pas eu à explorer les profondeurs terrifiantes du lac, entouré d'êtres de l'eau armés de lances et visiblement décidés à s'en servir.

— Tu ferais mieux de m'aider à la sortir de là, dit Harry en montrant d'un signe de tête la sœur de Fleur, elle n'a pas l'air de très bien savoir nager.

Ils ramenèrent la fillette vers la rive où les juges les attendaient. Une vingtaine d'êtres de l'eau les accompagnaient comme une garde d'honneur en chantant d'une voix criarde leurs horribles chansons.

Harry vit Madame Pomfresh s'affairer autour d'Hermione, Krum, Cedric et Cho, tous quatre enveloppés dans d'épaisses couvertures. Dumbledore et Ludo Verpey, debout côte à côte, souriaient à Harry et à Ron qui se rapprochaient de la rive, mais Percy, qui semblait très pâle et soudain plus juvénile qu'à l'ordinaire, se précipita à leur rencontre en pataugeant dans l'eau. Pendant ce temps, Madame Maxime essayait de retenir Fleur Delacour, prise d'une véritable crise de nerfs, qui se débattait comme une diablesse pour retourner dans l'eau.

— Gabrielle ! Gabrielle ! *Elle est vivante ? Elle est blessée ?* Enfin, c'est insensé, lâchez-moi !

— Elle va très bien ! essaya de crier Harry, mais il était tellement épuisé qu'il parvenait à peine à parler, encore moins à crier.

Percy attrapa Ron par les épaules et le traîna jusqu'à la rive (« Fiche-moi la paix, Percy, ça va très bien ! »), Dumbledore et Verpey aidèrent Harry à se relever et Fleur, qui avait réussi à se dégager de Madame Maxime, se précipita sur sa sœur pour la serrer dans ses bras.

— C'est à cause des Strangulots… Ces bestioles sont insensées… Elles m'ont attaquée… Oh, Gabrielle, j'ai cru que… J'ai cru…

— Viens ici, toi, dit la voix de Madame Pomfresh.

Elle prit Harry par le bras et l'amena auprès d'Hermione et des autres. Elle l'enveloppa alors dans une couverture en serrant si fort qu'il eut l'impression de se retrouver dans une camisole de force, puis elle l'obligea à avaler une potion incroyablement pimentée qui lui fit sortir de la vapeur par les oreilles.

– Harry, bravo ! s'écria Hermione. Tu y es arrivé ! Tu as trouvé le moyen tout seul !

– Oh… dit Harry.

Il aurait voulu lui raconter ce qu'avait fait Dobby mais il venait de s'apercevoir que Karkaroff les observait. C'était le seul juge qui n'avait pas quitté la table. Le seul juge qui n'avait manifesté aucun signe de joie ou de soulagement en voyant que Harry, Ron et la sœur de Fleur étaient sortis du lac sains et saufs.

– Oui, c'est ça, j'ai fini par trouver, reprit Harry en élevant légèrement la voix pour que Karkaroff puisse l'entendre.

– Tu as un scarrrabée dans les cheveux, Herrr-mion-neû, dit Krum.

Harry eut l'impression qu'il voulait attirer l'attention d'Hermione sur lui seul. Peut-être pour lui rappeler qu'il venait de la sauver, mais Hermione se contenta de chasser le scarabée d'un geste impatient et dit à Harry :

– L'ennui, c'est que tu as dépassé la limite de temps… Tu as eu tant de mal à nous trouver ?

– Non… Je vous ai trouvés assez facilement…

Harry se sentait de plus en plus stupide. À présent qu'il était sorti de l'eau, il semblait parfaitement évident que Dumbledore avait pris toutes les précautions nécessaires pour s'assurer qu'aucun prisonnier ne risquait de se noyer, même si son champion ne parvenait pas à le délivrer. Pourquoi ne s'était-il pas contenté de ramener Ron ? Il aurait été le premier à revenir… Cedric et Krum, eux, n'avaient pas perdu de temps à se soucier des autres. Ils n'avaient pas pris au sérieux la chanson des êtres de l'eau...

Dumbledore, accroupi sur le rivage, était en grande conversation avec ce qui paraissait être le chef des êtres de l'eau, une sirène à l'aspect particulièrement sauvage et féroce. Dumbledore émettait les mêmes cris perçants que les êtres de l'eau lorsqu'ils s'exprimaient à l'air libre. De toute évidence, il parlait les langues aquatiques. Enfin, il se releva, se tourna vers les autres juges et dit :

— Je demande une réunion du jury avant de donner les notes.

Les juges se rassemblèrent aussitôt, à l'écart des oreilles indiscrètes. Entre-temps, Madame Pomfresh avait arraché Ron aux mains de Percy. Elle le ramena auprès de Harry et des autres, lui donna une couverture et de la Pimentine, puis alla chercher Fleur et sa sœur. Fleur avait de nombreuses écorchures au visage et aux bras, et sa robe était déchirée, mais elle ne semblait pas s'en soucier et refusa de laisser Madame Pomfresh lui administrer des soins.

— Occupez-vous plutôt de Gabrielle, lui dit-elle, puis, se tournant vers Harry, la respiration haletante, elle ajouta : Tu l'as sauvée. Et pourtant, ce n'était pas elle que tu devais délivrer.

— Ouais, répondit Harry, qui regrettait amèrement de ne pas avoir laissé les trois filles attachées à la statue.

Fleur se pencha, embrassa Harry sur chaque joue (il sentit son visage s'embraser et n'aurait pas été surpris que de la vapeur lui sorte à nouveau des oreilles), puis dit à Ron :

— Toi aussi, tu as aidé...

— Oui, répondit Ron, le regard plein d'espoir, oui, un peu...

Elle se pencha également vers lui et l'embrassa à son tour. Hermione avait l'air furieux mais, au même moment, la voix magiquement amplifiée de Ludo Verpey résonna derrière eux et les fit sursauter. Dans les tribunes, la foule se tut aussitôt.

– Mesdames et messieurs, nous venons de prendre une décision. La sirène Murcus, chef des êtres de l'eau, nous a fait le compte rendu détaillé de ce qui s'est passé au fond du lac et, en conséquence, voici les notes, sur cinquante, que nous avons décidé d'accorder à chacun des champions : Miss Fleur Delacour, bien qu'elle ait fait un excellent usage du sortilège de Têtenbulle, a été attaquée par des Strangulots en approchant du but et n'a pas réussi à délivrer sa prisonnière. Nous lui accordons vingt-cinq points.

Des applaudissements s'élevèrent dans les tribunes.

– C'est insensé, je méritais zéro, dit Fleur d'une voix rauque en hochant sa tête aux cheveux magnifiques.

– Mr Cedric Diggory, qui a également fait usage du sortilège de Têtenbulle, a été le premier à revenir avec sa prisonnière, bien qu'il ait dépassé de une minute le temps imparti.

Un tonnerre d'acclamations retentit dans les rangs des Poufsouffle et Harry vit Cho lancer à Cedric un regard brillant.

– Nous lui accordons par conséquent quarante-sept points.

Harry eut un pincement au cœur. Si Cedric avait dépassé la limite de temps, c'était encore pire pour lui.

– Mr Viktor Krum, reprit Ludo Verpey, a eu recours à une forme incomplète de métamorphose, qui s'est quand même révélée efficace puisqu'il a été le deuxième à ramener sa prisonnière. Nous lui accordons quarante points.

L'air très supérieur, Karkaroff applaudit de toutes ses forces.

– Mr Harry Potter a utilisé d'une manière très judicieuse les propriétés de la Branchiflore, poursuivit Verpey. Il est revenu le dernier et bien après la limite de temps. Toutefois, la sirène Murcus nous a informés que Mr Potter a été le premier à arriver auprès des prisonniers et que son retard est dû à la détermination qu'il a manifestée de ramener tous les prisonniers, pas seulement le sien.

Ron et Hermione jetèrent à Harry un regard où se mêlaient l'exaspération et la commisération.

– La plupart des juges – et Ludo Verpey lança alors à Karkaroff un coup d'œil féroce – pensent que cette attitude démontre une grande force morale et aurait mérité la note maximale. Il obtient cependant quarante-cinq points.

Harry sentit son cœur faire un bond – il était à présent premier *ex æquo* avec Cedric. Ron et Hermione, pris au dépourvu, se tournèrent vers Harry, puis éclatèrent de rire et se mirent à applaudir aussi fort que la foule des spectateurs.

– Bravo, Harry ! cria Ron dans le tumulte général. Après tout, tu n'as pas été si idiot que ça – c'était de la force morale, tout simplement !

Fleur, elle aussi, applaudissait avec vigueur. Krum, en revanche, n'avait pas l'air content du tout. Il essaya à nouveau d'engager la conversation avec Hermione, mais elle était trop occupée à acclamer Harry pour l'écouter.

– La troisième et dernière tâche se déroulera le 24 juin au coucher du soleil, reprit Verpey. Les champions seront informés de la nature de cette tâche un mois exactement avant sa date. Merci à tous du soutien que vous avez manifesté aux champions.

C'était terminé, pensa Harry, un peu étourdi, tandis que Madame Pomfresh rassemblait les champions et les prisonniers pour les ramener au château et leur donner des vêtements secs… C'était terminé, il avait passé l'épreuve… Il n'avait plus à se soucier de rien jusqu'au 24 juin…

En remontant les marches du château, il décida que, la prochaine fois qu'il irait à Pré-au-Lard, il achèterait à Dobby une paire de chaussettes pour chaque jour de l'année.

27
LE RETOUR DE PATMOL

Une des conséquences positives de la deuxième tâche fut de permettre à Ron de partager la vedette avec Harry. Tout le monde était avide d'entendre les détails de ce qui s'était passé au fond du lac et Ron se trouvait ainsi sous les feux de la rampe. Harry remarqua que sa version des faits changeait légèrement chaque fois qu'il la racontait. Au début, il avait dit ce qui semblait être la vérité. Son histoire, en tout cas, cadrait avec celle d'Hermione : Dumbledore avait rassemblé dans le bureau du professeur McGonagall ceux qui devaient jouer le rôle des prisonniers et les avait plongés dans un sommeil magique après les avoir assurés qu'ils ne risquaient rien et qu'ils se réveilleraient dès leur remontée à l'air libre. Une semaine plus tard, cependant, Ron faisait un récit beaucoup plus haletant où il était question d'un kidnapping au cours duquel il avait dû affronter seul une cinquantaine d'êtres de l'eau puissamment armés qui avaient fini par l'emporter au terme d'un rude combat et l'avaient solidement ligoté.

– Mais j'avais caché ma baguette magique dans ma manche, affirma-t-il à Padma Patil.

Elle semblait s'intéresser beaucoup plus à Ron depuis qu'il était au centre de l'attention générale et elle ne manquait jamais une occasion de lui parler chaque fois qu'elle le croisait dans un couloir.

— J'aurais pu leur donner une raclée quand je le voulais à ces imbéciles aquatiques.

— Et tu t'y serais pris comment ? Tu leur aurais ronflé à la figure ? dit Hermione d'un ton agacé.

Depuis qu'on savait qu'elle était ce qu'il y avait de plus cher au cœur de Viktor Krum, Hermione avait fait l'objet de tant de moqueries que son humeur s'en ressentait.

Les oreilles de Ron devinrent écarlates et, à compter de ce jour, il s'en tint à la version du sommeil magique.

Lorsque arriva le mois de mars, le temps devint plus sec mais des vents implacables leur écorchaient le visage et les mains chaque fois qu'ils sortaient dans le parc. Le courrier était retardé en raison des bourrasques qui détournaient les hiboux de leurs itinéraires. Le hibou que Harry avait envoyé à Sirius pour lui indiquer la date du prochain week-end à Pré-au-Lard revint le vendredi matin, la moitié de ses plumes retournées. Harry avait à peine détaché de sa patte la réponse de Sirius qu'il s'envola à nouveau, de peur d'avoir à repartir avec une autre lettre.

La lettre de Sirius était presque aussi brève que la précédente.

Trouve-toi devant la clôture, au bout de la route de Pré-au-Lard (après Derviche et Bang) samedi après-midi à deux heures. Apporte autant de provisions que tu le pourras.

— Il n'est quand même pas revenu à Pré-au-Lard ? s'exclama Ron, incrédule.

— On dirait que si, dit Hermione.

— Je n'arrive pas à y croire, murmura Harry d'une voix tendue. S'il se fait attraper…

— Jusqu'à maintenant, il s'est bien débrouillé, non ? fit remarquer Ron. Et il n'y a plus de Détraqueurs pour surveiller le village.

Harry replia la lettre et réfléchit. S'il voulait être honnête avec lui-même, il devait reconnaître qu'il était ravi de revoir Sirius. Il se sentit donc d'une humeur beaucoup plus joyeuse qu'à l'ordinaire lorsqu'il descendit les marches du sous-sol pour assister au dernier cours de l'après-midi – cours commun de potions.

Malefoy, Crabbe et Goyle se trouvaient déjà à l'entrée de la salle en compagnie de Pansy Parkinson et de sa bande de filles de Serpentard. Ils ricanaient bruyamment en regardant quelque chose que Harry ne pouvait voir. La tête de *bull-dog* surexcité de Pansy se pencha derrière la robuste épaule de Goyle, les yeux fixés sur Harry, Ron et Hermione.

– Les voilà ! Les voilà ! gloussa-t-elle.

Le cercle des Serpentard se brisa et Harry vit que Pansy tenait un magazine à la main – *Sorcière-Hebdo*. La photo animée de la couverture montrait une sorcière aux cheveux bouclés qui souriait de toutes ses dents en pointant sa baguette magique sur un énorme gâteau.

– Tiens, Granger, il y a quelque chose qui devrait t'intéresser, là-dedans ! s'exclama Pansy.

Elle jeta le magazine à Hermione qui l'attrapa au vol, l'air surpris. Au même moment, la porte du cachot qui servait de classe s'ouvrit et Rogue leur fit signe d'entrer.

Comme d'habitude, Hermione, Harry et Ron allèrent s'asseoir au fond de la salle. Dès que Rogue eut tourné le dos pour écrire au tableau la liste des ingrédients de la potion du jour, Hermione feuilleta rapidement le magazine sous sa table et finit par trouver ce qu'elle cherchait dans les pages centrales. Harry et Ron se penchèrent pour lire par-dessus son épaule. Une photo en couleurs de Harry accompagnait un court article intitulé :

LA BLESSURE SECRÈTE DE HARRY POTTER
LE MAL-AIMÉ

C'est sans nul doute un garçon différent des autres – mais qui pourtant ressent comme les autres les tourments de l'adolescence, écrit Rita Skeeter. *Privé d'amour depuis la disparition tragique de ses parents, Harry Potter pensait avoir trouvé à quatorze ans une consolation auprès de son amie de cœur, Hermione Granger, issue d'une famille moldue et elle aussi élève au collège Poudlard. Il était loin de se douter qu'il allait bientôt subir un nouveau choc affectif dans une vie déjà marquée par le malheur.*

Miss Granger, une jeune fille ordinaire mais ambitieuse, semble éprouver pour les sorciers célèbres une attirance particulière que Harry ne peut satisfaire à lui tout seul. Depuis l'arrivée à Poudlard de Viktor Krum, l'attrapeur de l'équipe de Quidditch de Bulgarie et héros de la dernière Coupe du Monde, Miss Granger paraît s'amuser beaucoup de l'affection que lui portent les deux garçons. Krum, qui s'est de toute évidence pris de passion pour la tortueuse Miss Granger, l'a déjà invitée à lui rendre visite en Bulgarie pendant les prochaines vacances d'été et ne cesse de lui répéter qu'il n'a « jamais ressenti quelque chose d'aussi fort pour une autre fille *».*

Il n'est toutefois pas certain que ce soit le charme discutable de Miss Granger qui ait eu sur le malheureux un tel pouvoir d'attraction.

« Elle est vraiment laide *», n'hésite pas à affirmer Pansy Parkinson, une jeune fille vive et séduisante, élève de quatrième année. «* Mais elle est très ingénieuse et serait bien capable d'avoir fabriqué un philtre d'amour. Je crois que c'est comme ça qu'elle y arrive. *»*

Bien entendu, les philtres d'amour sont interdits à Poudlard et il ne fait aucun doute qu'Albus Dumbledore s'appliquera à vérifier l'exactitude de ces affirmations. En attendant, les admiratrices de Harry Potter devront espérer qu'à l'avenir il saura mieux choisir l'élue de son cœur.

—Je te l'avais dit ! murmura Ron à Hermione qui contemplait l'article d'un air perplexe. Je te l'avais dit de ne pas contrarier Rita Skeeter ! Maintenant, voilà ce qui arrive : elle te fait apparaître comme une sorte de... de gourgandine !

L'expression de surprise s'effaça du visage d'Hermione et elle réprima un éclat de rire.

—*De gourgandine ?* répéta-t-elle, secouée d'un rire silencieux.

—C'est comme ça que ma mère les appelle, marmonna Ron, les oreilles écarlates.

—Si c'est tout ce que Rita est capable de faire, ça veut dire qu'elle commence à faiblir, murmura Hermione qui continuait de rire sans bruit.

Elle jeta l'exemplaire de *Sorcière-Hebdo* sur une chaise vide à côté d'elle

—Complètement idiot, tout ça.

Elle se tourna vers les Serpentard qui les observaient à l'autre bout de la salle pour voir si l'article de Rita Skeeter avait produit l'effet escompté, et leur adressa un signe de la main, accompagné d'un sourire sarcastique. Puis Harry, Ron et elle sortirent de leurs sacs les ingrédients nécessaires à la fabrication d'une potion d'Aiguise-Méninges.

—Il y a quand même quelque chose de bizarre, dit Hermione une dizaine de minutes plus tard, son pilon suspendu au-dessus d'un bol rempli de scarabées. Comment Rita Skeeter a-t-elle fait pour savoir ?

—Pour savoir quoi ? demanda Ron. Tu n'as quand même pas fabriqué de philtre d'amour, non ?

—Ne dis pas de bêtises, répliqua sèchement Hermione en recommençant à piler ses scarabées. Je me demande simplement comment elle a pu savoir que Viktor m'avait invitée à venir le voir cet été.

Hermione rougit et évita délibérément le regard de Ron.

– Quoi ? dit Ron en lâchant son pilon qui tomba dans son bol avec un bruit sec.

– Il me l'a proposé juste après m'avoir sortie du lac, marmonna Hermione. Quand il a été débarrassé de sa tête de requin, Madame Pomfresh nous a donné des couvertures à tous les deux et là, il m'a entraînée un peu à l'écart et il m'a dit que, si je ne faisais rien de spécial l'été prochain, il aimerait bien que…

– Et qu'est-ce que tu lui as répondu ? demanda Ron.

Il avait repris son pilon mais, trop occupé à regarder Hermione, il l'écrasait consciencieusement sur son bureau sans s'apercevoir que son bol se trouvait à une bonne quinzaine de centimètres.

– Et en plus, il a *vraiment* dit qu'il n'avait jamais ressenti quelque chose d'aussi fort pour une autre fille, reprit Hermione en devenant si écarlate que Harry sentait presque de la chaleur émaner de son visage. Mais comment Rita Skeeter a-t-elle pu l'entendre ? Elle n'était pas là… Ou alors peut-être qu'elle y était quand même ? Peut-être qu'elle a aussi une cape d'invisibilité et qu'elle a réussi à se faufiler dans le parc pour assister à la deuxième tâche…

– Et qu'est-ce que tu lui as *répondu* ? répéta Ron en remuant son pilon si fort qu'il fit une marque dans le bois de la table.

– Oh, j'étais beaucoup trop occupée à regarder si Harry allait enfin te sortir du lac pour…

– Je ne doute pas que votre vie personnelle soit absolument passionnante, Miss Granger, dit une voix glaciale derrière eux, mais je vous demanderai de ne pas choisir mon cours pour en faire bénéficier vos voisins. Dix points de moins à Gryffondor.

Rogue s'était glissé jusqu'à leur table pendant qu'ils bavardaient et toute la classe avait à présent les yeux fixés sur eux. Malefoy profita de l'occasion pour faire étinceler son badge À BAS POTTER en direction de Harry.

– Ah, tiens… vous lisez des magazines en cachette, maintenant, ajouta Rogue en prenant l'exemplaire de *Sorcière-Hebdo*. Dix autres points de moins à Gryffondor… Oh, mais bien sûr…

Les petits yeux noirs de Rogue étincelèrent lorsqu'il tomba sur l'article de Rita Skeeter.

– Je comprends… Potter doit mettre à jour son dossier de presse…

Les rires des Serpentard résonnèrent dans le cachot et un sourire mauvais retroussa les lèvres minces de Rogue. À la grande fureur de Harry, il commença à lire l'article à haute voix :

– *La blessure secrète de Harry Potter le mal-aimé*… Eh bien, eh bien, Potter, qu'est-ce qui ne va pas ? *C'est sans nul doute un garçon différent des autres…*

Harry avait les joues brûlantes. Rogue marquait une pause à la fin de chaque phrase pour laisser le temps aux Serpentard d'éclater d'un grand rire. Lu à haute voix par Rogue, l'article paraissait dix fois pire.

– *Les admiratrices de Harry Potter devront espérer qu'à l'avenir il saura mieux choisir l'élue de son cœur.* Voilà qui est très émouvant, dit-il, en refermant le magazine dans l'hilarité générale des Serpentard. Je crois que je ferais bien de vous séparer, tous les trois, pour que vous puissiez vous concentrer sur vos potions plutôt que sur la complexité de votre vie sentimentale. Weasley, vous restez ici, Miss Granger, vous allez là-bas, à côté de Miss Parkinson et vous, Potter, à la table qui se trouve devant mon bureau. Allez, dépêchez-vous.

Furieux, Harry jeta ses ingrédients et son sac dans son chaudron qu'il traîna jusqu'à la table libre du premier rang. Rogue le suivit, s'assit à son bureau et le regarda vider son chaudron. Bien décidé à ne pas lever les yeux vers lui, Harry recommença à piler ses scarabées en imaginant que chacun d'eux avait le visage de Rogue.

—L'attention de la presse semble avoir fait enfler votre tête qui était déjà très volumineuse, Potter, dit Rogue à voix basse lorsque le reste de la classe se fut remis au travail.

Harry ne répondit pas. Il savait que Rogue essayait de le provoquer. C'était son habitude. Il cherchait un prétexte pour pouvoir retirer cinquante points à Gryffondor avant la fin du cours.

—Vous faites tous les efforts possibles pour vous donner l'illusion que le monde de la sorcellerie a les yeux tournés vers vous, poursuivit Rogue en parlant si bas que personne d'autre ne pouvait l'entendre (Harry continuait de piler ses scarabées, bien qu'il les eût déjà réduits en une poudre très fine), mais peu m'importe combien de fois votre photo apparaîtra dans la presse. Pour moi, Potter, vous ne serez jamais qu'un petit voyou qui se croit au-dessus des règlements.

Harry versa la poudre de scarabée dans son chaudron et commença à couper les racines de gingembre. La colère faisait légèrement trembler ses mains, mais il gardait les yeux baissés, comme s'il n'entendait pas ce que lui disait Rogue.

—Alors, je vous avertis loyalement, Potter, poursuivit Rogue d'une voix encore plus basse et menaçante, malgré votre célébrité de pacotille, si jamais je vous reprends à fouiller mon bureau...

—Je ne me suis jamais approché de votre bureau ! répliqua Harry avec colère, oubliant soudain sa prétendue surdité.

—Ne mentez pas, siffla Rogue, ses yeux noirs, insondables, vrillant ceux de Harry. Peau de serpent d'arbre, Branchiflore. Ces deux ingrédients proviennent de mon armoire personnelle et je sais très bien qui me les a volés.

Harry soutint le regard de Rogue, décidé à ne pas ciller et à ne pas laisser apparaître sur son visage la moindre trace de culpabilité. Il n'avait volé aucun de ces deux ingrédients, c'était la vérité. Hermione avait pris de la peau de serpent d'arbre deux ans auparavant – ils en avaient eu besoin pour préparer du Polynectar – et, bien que Rogue eût soupçonné Harry à l'époque, il n'avait jamais pu apporter la moindre preuve. Quant à la Branchiflore, c'était bien évidemment Dobby qui l'avait volée.

– Je ne sais pas de quoi vous parlez, mentit Harry d'un ton glacial.

– Vous vous promeniez dans les couloirs la nuit où la porte de mon bureau a été forcée ! murmura Rogue d'une voix sifflante. Je le sais, Potter ! Il est possible que Maugrey Fol Œil ait adhéré à votre fan-club, mais je ne tolérerai pas votre conduite pour autant ! Si jamais vous recommencez à traîner la nuit dans mon bureau, vous me le paierez !

– Très bien, dit froidement Harry en revenant à ses racines de gingembre. Je m'en souviendrai si jamais il me prenait l'envie d'aller faire un tour dans votre bureau.

Les yeux de Rogue lancèrent des éclairs et il plongea la main dans une poche de sa robe de sorcier. Pendant un instant de panique, Harry crut que Rogue allait saisir sa baguette magique et lui jeter un sort – mais il le vit sortir un petit flacon de cristal rempli d'une potion claire comme de l'eau. Harry regarda le flacon d'un air intrigué.

– Savez-vous ce qu'est ceci, Potter ? demanda Rogue, le regard à nouveau menaçant.

– Non, répondit Harry, le plus sincèrement du monde, cette fois.

– C'est du Veritaserum – un sérum de vérité si puissant que trois gouttes suffiraient à vous faire révéler vos secrets les plus intimes devant cette classe tout entière, reprit Rogue d'un air cruel. L'usage de cette potion est soumis à un règlement très strict du ministère. Mais si vous ne surveillez pas votre conduite, il se peut très bien que ma main glisse par inadvertance – il secoua légèrement le flacon – au-dessus de votre jus de citrouille. Et alors, Potter… nous saurons enfin si, oui ou non, vous vous êtes introduit dans mon bureau.

Harry ne répondit rien et recommença à couper ses racines de gingembre. Il n'aimait pas du tout cette histoire de sérum de vérité. Il savait que Rogue était capable de lui en faire avaler. Il réprima un frisson d'horreur en pensant aux paroles qui pourraient sortir malgré lui de sa bouche si Rogue mettait sa menace à exécution… En dehors des ennuis qu'il risquait de causer à d'autres – Hermione et Dobby pour commencer –, il y avait également tout ce qu'il cachait… Le fait qu'il était en contact avec Sirius, par exemple… et aussi – il sentit ses entrailles se nouer à cette pensée – les sentiments qu'il éprouvait pour Cho… Il versa les racines de gingembre dans le chaudron et se demanda s'il ne devrait pas imiter Maugrey et ne plus boire que le contenu d'une flasque qu'il garderait dans sa poche.

Quelqu'un frappa à la porte du cachot.

– Entrez, dit Rogue en retrouvant sa voix habituelle.

Toutes les têtes se tournèrent vers la porte et le professeur Karkaroff apparut. Les élèves le suivirent des yeux tandis qu'il s'approchait du bureau de Rogue. Il avait l'air nerveux, tortillant à nouveau l'extrémité de son bouc autour de son index.

– Il faut que nous parlions, dit Karkaroff à Rogue, sans autre préambule.

Il semblait si soucieux de n'être pas entendu des autres qu'il parlait en remuant à peine les lèvres. Il avait l'air d'un ventriloque pas très doué. Harry, l'oreille tendue, garda les yeux fixés sur ses racines de gingembre.

– Nous parlerons après mon cours, murmura Rogue, mais Karkaroff l'interrompit.

– Je veux que nous parlions maintenant, Severus, sinon tu vas encore te défiler. Tu essaies toujours de m'éviter.

– Après le cours, répliqua sèchement Rogue.

Prenant prétexte de vérifier s'il avait versé suffisamment de bile de tatou, Harry leva son verre doseur et en profita pour leur jeter un regard en biais. Karkaroff paraissait extrêmement inquiet et Rogue avait l'air furieux.

Karkaroff resta près du tableau noir, avec l'intention très nette d'empêcher Rogue de filer à la fin de la classe. Curieux d'entendre ce que Karkaroff voulait lui dire, Harry renversa délibérément son flacon de bile de tatou deux minutes avant la fin du cours, ce qui lui donna une excuse pour se pencher derrière son chaudron et éponger le liquide répandu pendant que les autres élèves quittaient bruyamment la salle.

– Qu'est-ce qu'il y a de si urgent ? demanda Rogue entre ses dents.

– Ça, répondit Karkaroff.

Jetant un coup d'œil derrière le chaudron, Harry vit Karkaroff remonter la manche gauche de sa robe et montrer à Rogue quelque chose sur son avant-bras.

– Alors ? dit Karkaroff qui s'efforçait toujours de ne pas remuer les lèvres. Tu as vu ? Elle n'a jamais été aussi nette depuis…

– Cache ça ! lança Rogue, ses yeux noirs balayant la classe.

– Enfin, tu as dû remarquer… commença Karkaroff d'une voix fébrile.

– Nous en reparlerons plus tard ! répliqua Rogue. Potter, qu'est-ce que vous fabriquez ?

– Je nettoie la bile de tatou qui s'est renversée, professeur, répondit Harry d'un ton innocent.

Il se redressa et montra à Rogue le chiffon humide qu'il tenait à la main.

Karkaroff tourna les talons et sortit du cachot, l'air à la fois inquiet et furieux. Peu désireux de rester seul en compagnie d'un Rogue particulièrement énervé, Harry jeta pêle-mêle ses livres et ses ingrédients dans son sac et fila raconter à Ron et à Hermione ce qu'il venait d'entendre.

Le lendemain, ils quittèrent le château à midi, sous le faible soleil aux reflets argentés qui illuminait le parc. Le temps se montra plus clément qu'il ne l'avait été depuis le début de l'année et, lorsqu'ils arrivèrent à Pré-au-Lard, tous trois avaient ôté leurs capes qu'ils avaient jetées sur l'épaule. Les provisions demandées par Sirius se trouvaient dans le sac de Harry. Au cours du déjeuner, ils avaient réussi à subtiliser une douzaine de cuisses de poulet, une miche de pain et une flasque de jus de citrouille.

Ils s'arrêtèrent chez Gaichiffon pour acheter un cadeau à Dobby. Ils s'amusèrent à choisir les chaussettes les plus affreuses qu'ils purent trouver, dont une paire ornée d'étoiles lumineuses or et argent, et d'autres qui se mettaient à hurler lorsqu'elles devenaient trop odorantes. Puis, à une heure et demie, ils se dirigèrent vers la grand-rue, passèrent devant Derviche et Bang et poursuivirent leur chemin vers la sortie de Pré-au-Lard.

Harry ne connaissait pas cette partie du village. Une allée sinueuse les mena dans la campagne luxuriante qui s'étendait alentour. Ici, les maisons étaient moins nombreuses et leurs jardins plus grands. Ils marchèrent vers la montagne qui dominait Pré-au-Lard, puis, au détour d'un virage, ils aperçurent une clôture au bout de l'allée. Les pattes posées sur la plus haute barre de la clôture, un gros chien noir aux longs poils les attendait. Il portait des journaux dans sa gueule et sa silhouette leur était familière...

– Bonjour, Sirius, dit Harry lorsqu'il fut arrivé devant lui.

Le chien noir flaira son sac avec avidité, remua la queue puis fit volte-face et traversa d'un bon pas l'étendue broussailleuse qui montait en pente douce vers la montagne.

Harry, Ron et Hermione passèrent par-dessus la clôture et le suivirent.

Sirius les conduisit au pied de la montagne, sur un terrain couvert de pierres et de rochers. Avec ses quatre pattes, il n'avait aucun mal à avancer, mais Harry, Ron et Hermione furent bientôt hors d'haleine. Sirius les emmena plus haut, à flanc de montagne. Pendant près d'une demi-heure, ils escaladèrent un sentier tortueux et escarpé, suivant la queue touffue du gros chien. Ils ruisselaient de sueur et la courroie du sac de Harry lui meurtrissait l'épaule.

Soudain, Sirius disparut. Ils aperçurent alors une étroite fissure par laquelle il s'était glissé. Ils parvinrent à s'y faufiler à leur tour et se retrouvèrent dans une caverne fraîche et sombre. Buck, l'hippogriffe, moitié cheval, moitié aigle géant, était attaché à une corde nouée à un gros rocher. Ses yeux orange au regard féroce se mirent à étinceler lorsqu'il les vit entrer. Tous trois s'inclinèrent devant lui et, après les avoir regardés pendant un bon moment d'un air impérieux, Buck fléchit ses genoux couverts d'écailles et consentit à laisser Hermione caresser les plumes de son cou. Pendant ce temps, Harry regarda le gros chien noir se métamorphoser en son parrain.

Sirius était vêtu d'une robe grise en lambeaux, celle-là même qu'il portait lorsqu'il s'était évadé d'Azkaban. Ses cheveux noirs, à nouveau sales et hirsutes, étaient plus longs que lorsqu'il était apparu dans la cheminée et Harry fut frappé par sa maigreur.

– Du poulet ! dit-il d'une voix rauque après avoir jeté par terre les vieux numéros de *La Gazette du sorcier* qu'il avait portés dans sa gueule, sous sa forme de chien.

Harry ouvrit son sac et lui donna les cuisses de poulet et le pain, enveloppés dans une serviette.

– Merci, dit Sirius.

Assis sur le sol de la caverne, il déplia la serviette, saisit un pilon et le dévora.

— Jusqu'à maintenant, j'ai surtout mangé des rats. Je ne peux pas me permettre de voler de la nourriture à Pré-au-Lard. Je risquerais de me faire repérer.

Il sourit à Harry qui s'efforça de sourire à son tour, mais sans parvenir à dissimuler son inquiétude.

— Qu'est-ce que tu fais ici ? lui demanda-t-il.

— Mon devoir de parrain, répondit Sirius en rongeant l'os de poulet à la manière d'un molosse affamé. Ne t'inquiète pas pour moi, je fais semblant d'être un gentil chien errant.

Il souriait toujours mais, voyant l'expression anxieuse de Harry, il reprit d'un ton plus sérieux :

— Je tiens à être sur place. Ta dernière lettre… Enfin, disons que les choses semblent de plus en plus louches. J'ai volé *La Gazette* chaque fois que je voyais quelqu'un la jeter et, apparemment, je ne suis pas le seul à m'inquiéter.

Il montra d'un signe de tête les numéros jaunis de *La Gazette du sorcier* qu'il avait jetés par terre. Ron les ramassa et commença à les lire.

— Et si quelqu'un te voit ? Si tu te fais prendre ? dit Harry.

— Vous êtes les seuls, avec Dumbledore, à savoir que je suis un Animagus, répondit Sirius en continuant de dévorer ses cuisses de poulet.

Ron donna un coup de coude à Harry et lui tendit les numéros de *La Gazette du sorcier*. Il y en avait deux. Le premier avait pour titre : *La mystérieuse maladie de Bartemius Croupton*. À la une du deuxième, on pouvait lire : *La sorcière du ministère reste introuvable – Le ministre de la Magie personnellement impliqué*.

Harry parcourut l'article sur Croupton. Des morceaux de phrases lui sautèrent aux yeux : *n'a pas été vu en public depuis le mois de novembre… la maison paraît déserte… L'hôpital Ste*

Mangouste pour les maladies et blessures magiques s'est abstenu de tout commentaire... Le ministère refuse de confirmer les rumeurs de maladie grave...

– Quand on lit ça, on a l'impression qu'il est en train de mourir, dit lentement Harry. Mais il ne doit pas être si malade que ça, s'il a été capable de venir jusqu'ici...

– Mon frère est l'assistant de Mr Croupton, dit Ron à Sirius. D'après lui, Croupton souffre de surmenage.

– En tout cas, il avait vraiment l'air malade quand je l'ai vu de près, le soir où mon nom est sorti de la Coupe..., déclara Harry en continuant de lire l'article.

– Il a eu ce qu'il méritait pour avoir renvoyé Winky, non ? dit froidement Hermione.

Elle caressait Buck qui croquait les os de poulet laissés par Sirius.

– Je suis sûre qu'il le regrette... Il doit sentir la différence maintenant qu'elle n'est plus là pour s'occuper de lui.

– Hermione est obsédée par les elfes de maison, murmura Ron à Sirius.

Mais Sirius semblait intéressé par la nouvelle.

– Croupton a renvoyé son elfe ?

– Oui, le jour de la Coupe du Monde de Quidditch, dit Harry.

Il se lança alors dans le récit de ce qui s'était passé ce soir-là, l'apparition de la Marque des Ténèbres, Winky qu'on avait trouvée en possession de la baguette de Harry, la fureur de Mr Croupton.

Lorsque Harry eut terminé, Sirius s'était relevé et s'était mis à faire les cent pas dans la caverne.

– Résumons-nous, dit-il au bout d'un moment en brandissant une nouvelle cuisse de poulet. D'abord, vous avez vu l'elfe dans la tribune officielle. Elle gardait une place pour Mr Croupton, d'accord ?

– C'est ça, dirent Harry, Ron et Hermione d'une même voix.

– Mais Croupton n'a pas assisté au match ?

– Non, répondit Harry, il a dit qu'il avait trop de travail.

Sirius fit le tour de la caverne en silence. Puis il demanda :

– Harry, est-ce que tu as vérifié si ta baguette était toujours dans ta poche quand tu as quitté la tribune ?

– Heu…

Harry réfléchit longuement.

– Non, dit-il enfin. Je n'ai pas eu besoin de m'en servir avant d'être arrivé dans la forêt. À ce moment-là, j'ai mis ma main dans ma poche et je n'y ai trouvé que mes Multiplettes.

Harry regarda Sirius d'un air interrogateur.

– Tu veux dire que celui qui a fait apparaître la Marque des Ténèbres m'aurait volé ma baguette quand j'étais encore dans la tribune ?

– C'est possible, répondit Sirius.

– Winky n'a pas volé cette baguette ! s'exclama Hermione d'une voix perçante.

– L'elfe n'était pas la seule à se trouver dans la loge, dit Sirius qui continuait de faire les cent pas, le front plissé. Qui d'autre était assis derrière vous ?

– Plein de gens, dit Harry. Des ministres bulgares… Cornelius Fudge, les Malefoy…

– Les Malefoy ! s'écria Ron d'une voix si forte qu'elle se répercuta en écho autour de la caverne.

Surpris, Buck remua la tête d'un air inquiet.

– Je suis sûr que c'est Lucius Malefoy qui a pris ta baguette !

– Il n'y avait personne d'autre ? demanda Sirius.

– Non, répondit Harry.

– Si, Ludo Verpey était là aussi, lui rappela Hermione.

– Ah oui…

– Je ne sais rien de Verpey, sinon qu'il était batteur dans

l'équipe des Frelons de Wimbourne, dit Sirius en faisant toujours les cent pas. C'est quel genre ?

— Il est très bien, assura Harry. Il n'arrête pas de me proposer de m'aider dans le tournoi.

— Ah bon ? s'étonna Sirius en fronçant les sourcils. Et pourquoi donc ?

— Il dit qu'il me trouve sympathique.

— Mmmm, marmonna Sirius, l'air songeur.

— On l'a vu dans la forêt juste avant l'apparition de la Marque des Ténèbres, dit Hermione. Vous vous souvenez ?

— Oui, dit Ron, mais il n'est pas resté dans la forêt. Dès qu'on lui a parlé des incidents avec les Moldus, il a filé vers le terrain de camping.

— Comment tu le sais ? répliqua Hermione. Il a transplané, mais on ne sait pas où.

— Arrête un peu, dit Ron d'un air incrédule, tu ne vas quand même pas prétendre que c'est Ludo Verpey qui a fait apparaître la Marque des Ténèbres ?

— Il serait plus vraisemblable que ce soit lui plutôt que Winky, dit Hermione d'un air buté.

— Qu'est-ce que je disais ? lança Ron à Sirius avec un regard éloquent. Elle est complètement obsédée par les el…

Mais Sirius leva la main pour le faire taire.

— Quand la Marque des Ténèbres est apparue et que l'elfe a été découverte avec la baguette de Harry, qu'est-ce qu'a fait Croupton ?

— Il est allé voir dans les sous-bois, dit Harry, mais il n'y avait personne.

— Bien sûr, marmonna Sirius en continuant de marcher de long en large. Il aurait préféré mettre ça sur le dos de n'importe qui plutôt que de son elfe… Et ensuite, il l'a renvoyée ?

— Oui, dit Hermione d'un ton enflammé. Il l'a renvoyée

simplement parce qu'elle n'était pas restée sous sa tente à attendre de se faire piétiner…

— Hermione, tu vas nous laisser un peu tranquilles, avec tes histoires d'elfe ? s'exclama Ron.

Mais Sirius hocha la tête.

— Elle a beaucoup mieux compris que vous qui était Croupton, Ron. Si tu veux savoir ce que vaut un homme, regarde donc comment il traite ses inférieurs, pas ses égaux.

Il passa une main sur son visage recouvert d'une barbe naissante. De toute évidence, il était plongé dans une profonde réflexion.

— Toutes ces absences de Barty Croupton… Il prend la peine de demander à son elfe de lui garder une place pour la finale de la Coupe du Monde de Quidditch, mais il ne vient pas regarder le match. Il travaille avec acharnement pour faire renaître le Tournoi des Trois Sorciers, mais il ne vient pas non plus y assister… Ça ne ressemble pas à Croupton. Si, au cours de sa carrière, il a manqué une seule journée de travail pour cause de maladie, je suis prêt à manger Buck.

— Tu connais Croupton ? s'étonna Harry.

Le visage de Sirius s'assombrit. Il eut soudain l'air aussi menaçant que le soir où Harry l'avait vu pour la première fois et croyait encore que c'était un assassin.

— Je le connais même très bien, dit Sirius à voix basse. C'est lui qui a donné l'ordre de m'enfermer à Azkaban – sans procès.

— *Quoi ?* s'exclamèrent Ron et Hermione d'une même voix.

— Tu plaisantes ? dit Harry.

— Pas du tout, répondit Sirius en mordant à nouveau dans une cuisse de poulet. À cette époque-là, Croupton était directeur du Département de la justice magique, vous ne le saviez pas ?

Harry, Ron et Hermione hochèrent la tête.

– On le donnait favori comme prochain ministre de la Magie, reprit Sirius. C'est un grand sorcier, Barty Croupton, il a un grand pouvoir magique et le pouvoir, il en est avide. Oh, il n'a jamais été partisan de Voldemort, ajouta-t-il en voyant l'expression de Harry. Non, Barty Croupton a toujours été ouvertement hostile à la magie noire. Mais beaucoup de gens qui étaient opposés à la magie noire... non, vous ne comprendriez pas... vous êtes trop jeunes...

– C'est ce que mon père a dit à la Coupe du Monde, lança Ron avec une pointe d'irritation. Essayez quand même de nous expliquer, on verra bien si on comprend ou pas...

Un sourire apparut sur le visage maigre de Sirius.

– Très bien, je vais essayer...

Il parcourut à nouveau la caverne sur toute sa longueur, puis reprit :

– Imaginez qu'aujourd'hui Voldemort soit au sommet de sa puissance. Vous ne savez pas qui sont ses partisans, vous ne savez pas qui travaille pour lui, mais vous savez qu'il est capable d'exercer son pouvoir sur des gens qu'il oblige à commettre des actes abominables malgré eux. Vous avez peur pour vous-même, votre famille, vos amis. Chaque semaine apporte son lot de nouvelles morts, de nouvelles disparitions, de nouvelles souffrances... Le ministère de la Magie est en plein désarroi, ses responsables ne savent plus quoi faire, ils essayent de tout cacher aux Moldus mais, dans le même temps, des Moldus meurent aussi. La terreur règne partout... la panique... la confusion... C'était comme ça, à l'époque... Des périodes comme celles-là peuvent inciter les uns au meilleur et les autres au pire. Les principes de Croupton étaient peut-être très bons au début – je n'en sais rien. Son ascension au sein du ministère a été très rapide et il a tout de suite pris des mesures radicales contre les partisans de Voldemort. Les Aurors ont reçu de nouveaux pouvoirs – celui de tuer plutôt que de capturer vivant, par exemple. Et je n'ai pas été le seul à être livré aux Détraqueurs sans procès. Croupton a combattu la violence par la violence et a autorisé contre certains suspects l'usage des Sortilèges Impardonnables. Je dirais même qu'il est devenu aussi implacable, aussi cruel, que de nombreux sorciers qui avaient choisi les forces du Mal. Lui aussi avait des partisans – beaucoup pensaient que c'était la bonne méthode et il s'est trouvé de plus en plus de sorciers et de sorcières pour le pousser à devenir ministre de la Magie. Lorsque Voldemort a disparu, tout le monde pensait que Croupton ne tarderait pas à décrocher le poste suprême. Mais il s'est alors passé un événement assez malheureux…

Sirius eut un sourire sinistre.

– Le propre fils de Croupton a été arrêté en compagnie d'un groupe de Mangemorts qui avaient réussi à convaincre leurs juges de ne pas les envoyer à Azkaban. Apparemment, ils essayaient de retrouver Voldemort pour le ramener au pouvoir.

– Le *fils* de Croupton a été arrêté ? murmura Hermione, le souffle coupé.

– Ouais, dit Sirius en jetant son os de poulet à Buck.

Il s'assit à nouveau et s'attaqua cette fois à la miche de pain qu'il rompit en deux.

– Un sale choc pour ce vieux Barty, j'imagine. Il aurait peut-être dû passer un peu plus de temps à s'occuper de sa famille. Il aurait mieux fait de quitter son bureau un peu plus tôt de temps en temps… Ça lui aurait permis de connaître son propre fils.

Il se mit à engloutir de gros morceaux de pain.

– Son fils était vraiment un Mangemort ? demanda Harry.

– Aucune idée, répondit Sirius, la bouche pleine. J'étais moi-même à Azkaban quand il y a été enfermé. Je n'ai appris la plupart des choses que je vous raconte qu'après ma sortie de prison. Ce qui est certain, c'est que le fils Croupton a été pris en compagnie de gens dont je suis sûr et certain qu'ils étaient des Mangemorts – mais peut-être s'est-il trouvé au mauvais endroit au mauvais moment, comme l'elfe de son père.

– Est-ce que Croupton a essayé de faire sortir son fils de prison ? murmura Hermione.

Sirius eut un éclat de rire qui ressemblait plutôt à un aboiement.

– Croupton faire sortir son fils de prison ? Hermione, je croyais que tu avais compris qui était Croupton ! Tout ce qui pouvait menacer de ternir sa réputation devait disparaître. Il consacrait sa vie entière à son unique ambition : devenir ministre de la Magie. Tu l'as vu renvoyer une elfe de maison qui lui était entièrement dévouée simplement parce qu'à cause d'elle on risquait de l'associer à nouveau à la Marque des Ténèbres. Ça suffit à montrer ce qu'il est, non ? L'affection paternelle de Croupton l'a tout juste conduit à assurer un procès à son fils mais, en fait, ce n'était qu'une occasion pour lui de montrer à quel point il haïssait ce garçon... Ensuite, il l'a envoyé droit à Azkaban.

– Il a livré son propre fils aux Détraqueurs ? dit Harry à voix basse.

– Exactement, répondit Sirius qui n'avait plus du tout l'air amusé. J'ai vu les Détraqueurs l'amener à Azkaban, je les ai vus passer devant la porte de ma cellule. Il ne devait pas avoir plus de dix-neuf ans. Ils l'ont enfermé dans une cellule voisine de la mienne. Lorsque la nuit est tombée, il a hurlé en appelant sa mère. Mais au bout de quelques jours, il s'est tu... Tout le monde finissait par se taire... sauf ceux qui hurlaient dans leur sommeil...

Le regard de Sirius s'assombrit comme si un voile était soudain descendu devant ses yeux.

– Il est toujours à Azkaban ? demanda Harry.

– Non, répondit Sirius d'une voix éteinte. Non, il n'y est plus. Il est mort environ un an après son incarcération.

– Il est *mort* ?

– Oh, il n'a pas été le seul à mourir, dit Sirius avec amertume. La plupart des prisonniers deviennent fous et beaucoup finissent par ne plus rien manger. Ils perdent la volonté de vivre. On le savait toujours quand quelqu'un allait mourir : les Détraqueurs le sentaient et ils étaient de plus en plus excités. Ce garçon avait l'air malade quand il est arrivé. Étant donné la position importante de Croupton dans la hiérarchie du ministère, lui et sa femme ont été autorisés à lui rendre une ultime visite sur son lit de mort. C'est la dernière fois que j'ai vu Barty Croupton. Quand il est passé devant ma cellule, sa femme était tellement effondrée qu'il était obligé de la porter à moitié. Elle-même est morte peu après. De chagrin. Elle a dépéri comme son fils. Croupton n'est jamais venu demander le corps de son fils. Les Détraqueurs l'ont enterré devant la forteresse, je les ai vus creuser la tombe.

Sirius posa le morceau de pain qu'il venait de porter à sa bouche et vida d'un trait la flasque de jus de citrouille.

– Ainsi, tout s'est effondré pour le vieux Croupton au moment même où il croyait avoir tout réussi, reprit-il en s'essuyant les lèvres d'un revers de main. Le héros promis au poste de ministre perdait d'un coup son fils et sa femme, l'honneur de sa famille et, d'après ce que j'ai entendu dire depuis mon évasion, sa popularité. En apprenant sa mort, les gens ont commencé à éprouver de la sympathie pour le fils Croupton et se sont demandé comment un garçon si jeune, issu d'une bonne famille, avait pu s'écarter à ce point du droit chemin. Ils ont fini par conclure que le vrai responsable était son père qui ne l'avait jamais beaucoup aimé. Et c'est comme ça que le poste de ministre est revenu à Cornelius Fudge tandis que Croupton était envoyé au Département de la coopération magique internationale.

Il y eut un long silence. Harry repensa aux yeux exorbités de Croupton lorsqu'il s'était déchaîné contre son elfe, le jour de la Coupe du Monde. C'était donc pour cela qu'il avait réagi avec tant de violence lorsque Winky avait été découverte sous la Marque des Ténèbres. L'incident avait ravivé le souvenir de son fils, du scandale, de la disgrâce.

— Maugrey soutient que Croupton est obsédé par la capture des mages noirs, dit Harry à Sirius.

— Oui, j'ai entendu dire que c'était devenu une manie chez lui, répondit Sirius. À mon avis, il pense pouvoir retrouver son ancien prestige en arrêtant un nouveau Mangemort.

— Et il est venu ici en cachette spécialement pour fouiller le bureau de Rogue ! dit Ron d'un air triomphant en se tournant vers Hermione.

— Oui, et tout ça n'a rigoureusement aucun sens, dit Sirius.

— Bien sûr que si ! répliqua Ron avec fougue.

Mais Sirius fit « non » de la tête.

— Écoute-moi bien : si Croupton voulait enquêter sur Rogue, pourquoi n'a-t-il pas occupé sa place de juge pendant le tournoi ? Il aurait eu un prétexte idéal pour venir régulièrement à Poudlard et le surveiller de près.

— Alors, tu crois que Rogue mijote quelque chose ? demanda Harry.

Hermione l'interrompit :

— Tu peux dire ce que tu veux, il n'empêche que Dumbledore fait confiance à Rogue…

— Laisse tomber, Hermione, dit Ron d'un ton agacé. Je sais que Dumbledore est très intelligent et tout ce que tu voudras, mais ça ne veut pas dire qu'un mage noir vraiment habile ne puisse pas le tromper…

— Dans ce cas pourquoi est-ce que Rogue aurait sauvé la vie

de Harry quand on était en première année ? Pourquoi est-ce qu'il ne l'a pas laissé mourir, tout simplement ?

— Sais pas. Peut-être qu'il a eu peur que Dumbledore le renvoie…

— Qu'est-ce que tu en penses, Sirius ? demanda Harry d'une voix forte pour que Ron et Hermione arrêtent de se disputer et écoutent.

— Je crois qu'ils ont raison tous les deux, répondit Sirius en regardant Ron et Hermione d'un air songeur. Depuis que j'ai appris que Rogue était professeur ici, je me suis demandé pourquoi Dumbledore l'avait engagé. Rogue a toujours été fasciné par la magie noire, il était réputé pour ça quand il faisait ses études. Un type répugnant, avec ses airs doucereux et ses cheveux gras.

Harry et Ron échangèrent un sourire.

— Quand il est arrivé à l'école, Rogue connaissait plus de sortilèges que les élèves de septième année et il faisait partie d'une bande de Serpentard qui sont presque tous devenus des Mangemorts.

Sirius cita des noms en comptant sur ses doigts.

— Rosier et Wilkes – ils ont tous les deux été tués par des Aurors un an avant la chute de Voldemort. Les Lestrange – c'est un couple marié – sont à Azkaban. Avery – d'après ce que j'ai entendu dire, il est parvenu à s'en tirer en prétendant qu'il avait agi sous l'influence de l'Imperium et il est toujours en liberté. Mais autant que je le sache, Rogue n'a jamais été accusé d'être un Mangemort – ce qui ne veut pas dire grand-chose. Beaucoup d'entre eux n'ont jamais été pris. Et Rogue est sans aucun doute suffisamment rusé pour avoir réussi à échapper aux soupçons.

— Rogue connaît très bien Karkaroff, mais il préfère qu'on ne le sache pas, dit Ron.

— Oui, tu aurais dû voir la tête de Rogue quand Karkaroff

est arrivé au cours de potions, hier ! dit Harry. Karkaroff voulait parler à Rogue, il lui reprochait de tout faire pour l'éviter. Karkaroff avait l'air vraiment inquiet. Il a montré à Rogue quelque chose qu'il avait sur le bras, mais je n'ai pas vu ce que c'était.

– Il a montré à Rogue quelque chose sur son bras ? dit Sirius, qui semblait déconcerté.

D'un geste machinal, il passa ses doigts dans ses cheveux sales puis haussa les épaules.

– Je ne vois pas ce que ça peut signifier… Mais si Karkaroff est vraiment inquiet et qu'il va demander conseil à Rogue…

Sirius contempla la paroi de la caverne et fit une grimace.

– Bien sûr, Dumbledore fait confiance à Rogue… Dumbledore fait toujours confiance à des tas de gens dont beaucoup d'autres se méfieraient, mais je ne peux pas imaginer qu'il lui ait confié un poste de professeur si jamais Rogue a été au service de Voldemort.

– Dans ce cas, pourquoi Maugrey et Croupton tiennent-ils tant à fouiller son bureau ? s'entêta Ron.

– Maugrey serait bien capable d'avoir fouillé le bureau de tous les professeurs dès son arrivée à Poudlard, dit lentement Sirius. Il prend très au sérieux son cours de défense contre les forces du Mal. Je ne suis pas sûr que *lui* fasse confiance à qui que ce soit, ce qui n'a rien d'étonnant, après tout ce qu'il a vécu. En tout cas, il y a une chose qu'il faut reconnaître à Maugrey, c'est qu'il n'a jamais tué personne quand il pouvait l'éviter. Chaque fois que c'était possible, il ramenait les gens vivants. Il était intraitable mais il n'est jamais descendu au niveau des Mangemorts. Croupton, lui, c'est différent… Est-ce qu'il est vraiment malade ? Si oui, pourquoi a-t-il fait l'effort de se traîner jusqu'au bureau de Rogue ? Et sinon… Que fabrique-t-il ? Qu'avait-il de si important à faire à la Coupe du Monde pour rester absent

564

de la tribune officielle ? Et pourquoi n'est-il pas venu juger le tournoi ?

Sirius se tut, le regard toujours fixé sur la paroi de la caverne. Buck furetait autour de lui, pour voir s'il n'avait pas oublié quelques os de poulet.

Enfin, Sirius se tourna vers Ron.

– Tu dis que ton frère est l'assistant de Croupton ? Tu crois que tu pourrais lui demander s'il a vu Croupton récemment ?

– Je peux toujours essayer, répondit Ron d'un air dubitatif. Mais il ne faut pas lui laisser entendre que Croupton mijote quelque chose de louche. Percy a une véritable vénération pour lui.

– Pendant que tu y es, tu pourrais aussi essayer de savoir où ils en sont de l'enquête sur la disparition de Bertha Jorkins, ajouta Sirius en montrant l'un des numéros de *La Gazette du sorcier*.

– Verpey m'a dit qu'ils n'avaient rien trouvé, répondit Harry.

– Oui, il est cité dans l'article, dit Sirius. Il raconte partout que Bertha a une très mauvaise mémoire. Peut-être qu'elle a changé depuis que je l'ai connue mais, quand elle était jeune, elle n'était pas du tout étourdie – c'était plutôt l'inverse. Elle était un peu idiote, mais elle avait une excellente mémoire quand il s'agissait de colporter des ragots. Ce qui lui a valu pas mal d'ennuis, elle était incapable de se taire quand il l'aurait fallu. J'imagine qu'elle devait représenter plutôt un handicap pour le ministère de la Magie… C'est peut-être pour ça que Verpey ne se donne pas trop de mal pour la chercher…

Sirius poussa un profond soupir et se frotta les yeux.

– Quelle heure est-il ?

Harry regarda sa montre puis se rappela qu'elle ne marchait plus depuis son séjour sous l'eau.

– Trois heures et demie, dit Hermione.

– Vous feriez bien de retourner à l'école, conseilla Sirius en se levant. Et maintenant, écoutez-moi bien…

Il regardait particulièrement Harry.

– Je ne veux pas que vous quittiez le château en cachette pour venir me voir, d'accord ? Envoyez-moi des lettres ici, c'est tout. Il faudra continuer à m'informer de tout ce qui vous paraît bizarre. Mais j'insiste : pas question que vous sortiez de Poudlard sans permission. Ce serait le meilleur moyen de vous faire attaquer.

– Jusqu'ici, personne n'a essayé de m'attaquer à part un dragon et quelques Strangulots, dit Harry.

Sirius le regarda en fronçant les sourcils.

– Peu importe… Je ne serai tranquille que lorsque le tournoi aura pris fin, c'est-à-dire à la fin du mois de juin. Et si jamais vous parlez de moi entre vous, appelez-moi Sniffle, d'accord ?

Il rendit à Harry la flasque vide et la serviette dans laquelle il avait enveloppé les cuisses de poulet puis alla donner une petite caresse à Buck.

– Je vais vous accompagner jusqu'à l'entrée du village pour voir si je peux dénicher un autre journal.

Avant de quitter la caverne, il se transforma à nouveau en un gros chien noir puis ils descendirent tous les quatre le flanc de la montagne et retournèrent devant la clôture. En guise d'au revoir, ils caressèrent la tête du chien qui partit en courant le long du village.

Harry, Ron et Hermione traversèrent Pré-au-Lard en sens inverse et reprirent le chemin du château.

– Je me demande si Percy est au courant de toutes ces histoires sur Croupton, dit Ron. Mais peut-être qu'il s'en fiche… Ou peut-être qu'il l'admire justement pour ça. Percy adore les lois et les règlements. Il trouverait sûrement très bien que Croupton ait refusé de violer la loi, même pour son propre fils.

– Percy ne livrerait jamais quelqu'un de sa famille aux Détraqueurs, dit Hermione d'un ton sévère.

– Je ne sais pas, répondit Ron. S'il pensait qu'on représente un obstacle pour sa carrière... Tu sais, il est vraiment très ambitieux...

Ils montèrent les marches de pierre qui menaient au hall d'entrée où de délicieux fumets en provenance de la Grande Salle annonçaient que le dîner était servi.

– Ce pauvre vieux Sniffle, dit Ron en respirant voluptueusement. Il doit vraiment t'aimer pour faire tout ça, Harry... Tu t'imagines ? Être obligé de manger des rats dans une caverne...

28
LA FOLIE DE MR CROUPTON

Le dimanche, après le petit déjeuner, Harry, Ron et Hermione montèrent à la volière pour envoyer à Percy une lettre dans laquelle ils lui demandaient, comme l'avait suggéré Sirius, s'il avait vu Mr Croupton récemment. Ils confièrent la lettre à Hedwige qui n'avait pas eu l'occasion de travailler depuis longtemps. Lorsqu'elle se fut envolée par la fenêtre, ils descendirent à la cuisine pour donner à Dobby ses nouvelles chaussettes.

Les elfes de maison leur réservèrent un accueil enthousiaste, multipliant courbettes et révérences et s'affairant à leur préparer du thé. Dobby eut une expression d'extase en découvrant son cadeau.

– Harry Potter est trop bon pour Dobby ! couina-t-il, en essuyant les grosses larmes qui coulaient de ses yeux énormes.

– Tu m'as sauvé la vie avec cette Branchiflore, Dobby, dit Harry. C'est vrai, tu sais…

– Il ne resterait pas quelques-uns de ces délicieux éclairs par hasard ? demanda Ron aux elfes radieux qui ne cessaient de s'incliner devant lui.

– Tu viens de prendre ton petit déjeuner ! s'exclama Hermione d'un ton irrité, mais un grand plateau chargé d'éclairs arrivait déjà vers eux, porté par quatre elfes.

– On devrait prendre quelque chose pour Sniffle, murmura Harry.

– Bonne idée, dit Ron. Comme ça, Coq aura un peu de travail. Vous pourriez nous donner des provisions ? demanda-t-il aux elfes qui l'entouraient.

Ceux-ci s'inclinèrent d'un air ravi et s'empressèrent d'aller chercher de quoi le satisfaire.

– Dobby, où est Winky ? interrogea Hermione en regardant autour d'elle.

– Winky est là-bas, près du feu, Miss, répondit Dobby à voix basse, les oreilles légèrement tombantes.

– Oh, là, là, dit Hermione lorsqu'elle l'aperçut.

Harry se tourna lui aussi vers la cheminée. Winky était assise sur le même tabouret que la fois précédente, mais elle était devenue si sale qu'on avait du mal à la distinguer des briques noircies par la suie. Ses vêtements en lambeaux n'avaient pas été lavés depuis des jours. Les yeux fixés sur les flammes, elle vacillait légèrement sur son tabouret, la main crispée sur le goulot d'une bouteille de Bièraubeurre. Soudain, elle laissa échapper un énorme hoquet.

– Winky en est à six bouteilles par jour, murmura Dobby à Harry.

– Oh, ce n'est pas très fort, ce genre de boisson, fit remarquer Harry.

Mais Dobby hocha la tête.

– C'est fort pour un elfe de maison, monsieur, dit-il.

Winky eut un nouveau hoquet. Les elfes qui avaient apporté les éclairs lui lancèrent des regards réprobateurs tandis qu'ils retournaient travailler.

– Winky est rongée de chagrin, Harry Potter, murmura Dobby avec tristesse. Elle veut rentrer à la maison. Winky pense encore que Mr Croupton est son maître, monsieur, et rien de ce que lui dit Dobby ne peut la persuader que son maître, c'est le professeur Dumbledore, maintenant.

– Hé, Winky, dit Harry, frappé par une soudaine inspiration.

Il s'approcha d'elle et se pencha pour lui parler :

– Tu ne saurais pas, par hasard, ce que fait Mr Croupton en ce moment ? Il n'est pas revenu juger le tournoi.

Winky cligna des yeux. Ses énormes pupilles se fixèrent sur Harry. Elle vacilla à nouveau, puis dit :

– M… Mon maître ne – *hic !* – vient plus ?

– Non, répondit Harry, on ne l'a plus vu depuis la première tâche. D'après *La Gazette du sorcier*, il est malade.

Winky vacilla encore davantage et regarda Harry avec des yeux vitreux.

– Mon maître – *hic !* – malade ?

Ses lèvres se mirent à trembler.

– Mais on n'est pas sûrs que ce soit vrai, dit précipitamment Hermione.

– Mon maître a besoin de sa – *hic !* – Winky ! gémit l'elfe. Mon maître ne peut pas – *hic !* – se débrouiller – *hic !* – tout seul…

– Tu sais, Winky, en général, les gens arrivent très bien à s'occuper eux-mêmes de leur maison, dit Hermione d'un air sévère.

– Winky – *hic !* – ne s'occupe pas seulement – *hic !* – de la maison de Mr Croupton ! s'indigna Winky d'une petite voix perçante.

Elle vacilla dangereusement sur son tabouret et renversa de la Bièraubeurre sur son corsage déjà abondamment taché.

– Mon maître a – *hic !* – confié à Winky – *hic !* – le plus important – *hic !* – le plus secret…

– Quoi ? s'exclama Harry.

Mais Winky hocha vigoureusement la tête en signe de dénégation et renversa un peu plus de Bièraubeurre.

– Winky garde – *hic !* – les secrets de son maître, dit-elle d'un air farouche.

Ses yeux louchaient en regardant Harry. Elle se balança de plus en plus et ajouta, les sourcils froncés :

– Vous êtes – *hic !* – un fouineur.

– Winky ne doit pas parler comme ça à Harry Potter ! s'exclama Dobby avec colère. Harry Potter est noble et courageux et ce n'est pas un fouineur !

– Il veut fouiner – *hic !* – dans la vie – *hic !* – privée et les secrets de mon maître – *hic !* Winky est un bon elfe de maison – *hic !* – Winky ne dit rien – *hic !* – aux gens qui essayent de – *hic !* – savoir.

Les paupières de Winky s'abaissèrent et, soudain, elle glissa de son tabouret, s'affala devant la cheminée et se mit à ronfler bruyamment tandis que la bouteille vide de Bièraubeurre roulait sur le sol dallé.

Une demi-douzaine d'elfes se précipitèrent, l'air dégoûté. L'un d'eux ramassa la bouteille, les autres recouvrirent Winky d'une grande nappe à carreaux en la bordant de tous côtés pour la cacher entièrement.

– Nous sommes désolés que vous ayez vu ça, messieurs et Miss ! couina l'un des elfes qui hochait la tête d'un air honteux. Nous espérons que vous ne nous jugerez pas d'après Winky, messieurs et Miss !

– Elle est malheureuse ! répliqua Hermione d'un ton exaspéré. Pourquoi n'essayez-vous pas de lui remonter le moral au lieu de la cacher sous une nappe ?

– Je vous demande pardon, Miss, répondit l'elfe en s'inclinant bien bas, mais les elfes de maison n'ont pas le droit d'être malheureux tant qu'il y a du travail à faire et des maîtres à servir.

– Ça suffit ! dit Hermione avec colère. Écoutez-moi, tous ! Vous avez autant le droit que les sorciers d'être malheureux ! Vous avez droit à un salaire, à des vacances, à des vêtements convenables et vous n'êtes pas obligés de faire

571

tout ce qu'on vous dit de faire ! Regardez Dobby, par exemple !

— Miss, s'il vous plaît, laissez Dobby en dehors de tout ça, marmonna Dobby, l'air apeuré.

Les sourires joyeux avaient disparu des visages. Autour de la cuisine, les elfes regardaient à présent Hermione comme si elle était folle et dangereuse.

— Voici les provisions que vous nous avez demandées ! couina un elfe à côté de Harry en lui mettant dans les bras un gros jambon, une douzaine de gâteaux et des fruits. Au revoir !

Les autres elfes se regroupèrent autour de Harry, de Ron et d'Hermione et entreprirent de les faire sortir de la cuisine, leurs petites mains les poussant au creux des reins.

— Merci pour les chaussettes, Harry Potter ! s'écria Dobby d'une voix consternée.

Il était resté devant la cheminée, à côté de la nappe informe qui recouvrait Winky.

— Tu n'aurais pas pu la fermer, Hermione ? dit Ron d'un ton furieux lorsque la porte de la cuisine se fut brutalement refermée derrière eux. Ils ne voudront plus qu'on vienne les voir, maintenant ! On aurait pu essayer de convaincre Winky de nous en dire plus sur Croupton !

— Comme si ça t'intéressait ! répliqua Hermione d'un air hautain. Tout ce qui t'importe quand tu viens ici, ce sont les gâteaux !

Le reste de la journée se passa dans un climat d'irritabilité. Harry en avait tellement assez d'entendre Ron et Hermione se disputer dans la salle commune de Gryffondor qu'il monta tout seul dans la volière, ce soir-là, pour envoyer à Sirius ses provisions.

Coquecigrue était trop petit pour porter tout seul un jambon entier jusqu'à la montagne de Pré-au-Lard et Harry préféra confier cette mission à deux hiboux petits ducs de l'école.

Lorsqu'ils se furent éloignés dans le crépuscule, volant étrangement de travers sous le poids du gros jambon, Harry resta accoudé au rebord de la fenêtre et regarda le parc, la silhouette sombre des arbres de la Forêt interdite dont la cime oscillait au loin et les voiles du vaisseau de Durmstrang qui ondulaient sous la brise. Il vit un hibou grand duc traverser les volutes de fumée qui s'élevaient de la cheminée de Hagrid. Le hibou vola vers le château, contourna la volière, puis disparut un peu plus loin. Harry baissa les yeux et aperçut Hagrid qui creusait avec énergie devant sa cabane. Il se demanda ce qu'il pouvait bien faire. On aurait dit qu'il préparait un nouveau potager. Madame Maxime sortit alors du carrosse de Beauxbâtons et s'avança vers lui. Elle semblait vouloir engager la conversation mais Hagrid, appuyé sur le manche de sa pelle, n'avait pas l'air disposé à parler très longtemps car Madame Maxime retourna bientôt vers son carrosse.

Harry n'avait pas très envie de revenir à la tour de Gryffondor pour entendre Ron et Hermione se disputer et il préféra rester là à regarder Hagrid creuser la terre jusqu'à ce que sa silhouette disparaisse dans la nuit tombante, tandis que les hiboux de la volière se réveillaient et s'envolaient par la fenêtre dans un bruissement d'ailes.

Le lendemain, au petit déjeuner, la mauvaise humeur de Ron et d'Hermione s'était estompée et, au grand soulagement de Harry, les sombres prédictions de Ron selon lesquelles les elfes de maison leur enverraient désormais des plats de moins bonne qualité pour punir Hermione de les avoir insultés se révélèrent infondées. Le lard, les œufs et les harengs étaient aussi succulents que d'habitude.

Lorsque les hiboux apportèrent le courrier, Hermione leva les yeux d'un air impatient, comme si elle attendait quelque chose.

– Percy n'a pas encore eu le temps de nous répondre, dit Ron. On lui a envoyé Hedwige hier seulement.

– Ce n'est pas ça que j'attends, répondit Hermione. Je me suis abonnée à *La Gazette du sorcier*. J'en ai assez que ce soient toujours les Serpentard qui nous donnent les nouvelles.

– Bonne idée ! dit Harry qui regardait également les hiboux. Tiens, Hermione, je crois que tu as de la chance...

Une chouette lapone descendait vers elle.

– Elle n'a pas de journal, dit Hermione, l'air déçu. C'est...

Elle vit avec surprise la chouette lapone se poser devant son assiette, suivie de près par quatre chouettes effraies et deux hulottes.

– Tu as pris combien d'abonnements ? demanda Harry.

Il eut tout juste le temps d'attraper le gobelet d'Hermione avant qu'il ne soit renversé par les chouettes qui se pressaient vers elle, chacune voulant être la première à lui donner sa lettre.

– Qu'est-ce que c'est que tout ça ? s'étonna Hermione en prenant la lettre attachée à la patte de la chouette lapone.

Elle la retira de son enveloppe et commença à la lire.

– Incroyable ! balbutia-t-elle, le teint rougissant.

– Qu'est-ce qui se passe ? demanda Ron.

– C'est... C'est ridicule...

Elle donna la lettre à Harry qui remarqua qu'elle n'était pas écrite à la main, mais composée à l'aide de lettres apparemment découpées dans *La Gazette du sorcier* et collées les unes à côté des autres.

Espèce de déVergOndée. HaRRy PottEr mérIte Mieux que toI. RetOurne cheZ les mOldus.

– Elles sont toutes comme ça ! s'exclama Hermione d'un air consterné en ouvrant les lettres les unes après les autres. « Harry Potter vaut beaucoup mieux que tes semblables... »

574

« Tu mérites qu'on te fasse bouillir avec des œufs de grenouille… » Ouille !

Lorsqu'elle eut ouvert la dernière enveloppe, un liquide verdâtre dégageant une forte odeur d'essence ruissela sur ses mains qui se couvrirent aussitôt de gros furoncles jaunes.

— C'est du pus de Bubobulb ! dit Ron en reniflant l'enveloppe. Et non dilué en plus !

— Aïe ! s'écria Hermione, les larmes aux yeux.

Elle essaya de s'essuyer les mains avec une serviette, mais ses doigts étaient recouverts de cloques douloureuses. On aurait dit qu'elle avait mis des gants en peau de poulpe.

— Tu ferais mieux d'aller tout de suite à l'infirmerie, dit Harry, tandis que les chouettes reprenaient leur vol. On expliquera au professeur Chourave ce qui t'est arrivé…

— Je l'avais prévenue ! dit Ron en regardant Hermione sortir précipitamment de la Grande Salle. Je lui avais dit de ne pas énerver Rita Skeeter ! Tiens, regarde celle-ci…

Il lut à haute voix l'une des lettres qu'Hermione avait laissées sur la table :

J'ai lu dans Sorcière-Hebdo *comment tu t'es moquée de Harry Potter alors que ce garçon a déjà connu de grands malheurs et je vais t'envoyer un mauvais sort par un prochain courrier dès que j'aurai trouvé une enveloppe assez grande.*

— Eh ben, dis donc, elle a intérêt à faire attention !

Hermione ne se montra pas au cours de botanique. Lorsque Harry et Ron sortirent de la serre pour se rendre au cours de soins aux créatures magiques, ils virent Malefoy, Crabbe et Goyle qui descendaient les marches de pierre du château. Derrière eux, Pansy Parkinson, entourée de ses amies de Serpentard, parlait à voix basse en pouffant de rire. Dès qu'elle aperçut Harry, elle lui lança :

— Potter, tu as rompu avec ta petite amie ou quoi ? Elle n'avait pas l'air contente, ce matin !

Harry ne lui prêta aucune attention. Il ne voulait pas lui donner la satisfaction d'apprendre à quel point l'article de *Sorcière-Hebdo* avait été désastreux.

Hagrid leur avait annoncé lors du dernier cours qu'ils en avaient fini avec les licornes. Il les attendait devant sa cabane, de nouvelles boîtes disposées à ses pieds. Lorsqu'il les vit, Harry ressentit un instant d'angoisse — s'agissait-il d'une nouvelle couvée de Scroutts ? — mais, en s'approchant, il aperçut des animaux à fourrure noire, avec de longs museaux et des pattes avant étrangement plates, comme des pelles. De toute évidence, les créatures ne comprenaient pas l'attention dont elles faisaient l'objet et regardaient les élèves d'un air poliment intrigué.

— Ce sont des Niffleurs, dit Hagrid lorsque tout le monde se fut rassemblé autour de lui. On les trouve principalement dans les mines. Ils aiment bien tout ce qui brille… Tenez, vous voyez !

Pansy Parkinson fit un bond en arrière en poussant un cri perçant. L'un des Niffleurs venait de lui sauter dessus et lui mordillait le poignet pour essayer de lui arracher sa montre.

— Ils sont très utiles pour découvrir des trésors, expliqua Hagrid d'un ton joyeux. J'ai pensé qu'on pourrait s'amuser un peu. Vous voyez, là-bas ?

Il montra le carré de terre que Harry l'avait vu creuser depuis la volière.

— J'ai enterré quelques pièces d'or. J'offre une récompense à qui en déterrera le plus grâce à son Niffleur. Enlevez vos objets de valeur, choisissez chacun un Niffleur et tenez-vous prêts à le lâcher.

Harry ôta de son poignet la montre cassée qu'il continuait de porter par habitude et la glissa dans sa poche. Puis il prit un Niffleur qui lui flaira avidement l'oreille avec son long museau. Il fut surpris de voir à quel point l'animal était affectueux.

– Attendez, dit Hagrid en regardant l'une des boîtes. Il y a un Niffleur en trop… Qui est-ce qui est absent ? Où est Hermione ?

– À l'infirmerie, dit Ron.

– On vous expliquera plus tard, murmura Harry.

Pansy Parkinson écoutait attentivement.

Jamais ils ne s'étaient autant amusés à un cours de soins aux créatures magiques. Les Niffleurs plongeaient dans la terre et en ressortaient avec autant de facilité que si c'était de l'eau, chacun se précipitant vers l'élève qui l'avait choisi pour lui recracher de l'or dans la main. Celui de Ron se montra particulièrement efficace et le couvrit d'or.

– Est-ce qu'on peut en acheter comme animaux de compagnie, Hagrid ? demanda-t-il avec enthousiasme, tandis que son Niffleur se remettait à creuser en l'éclaboussant de terre.

– Ça m'étonnerait que ta mère soit d'accord, répondit Hagrid avec un grand sourire. Les Niffleurs cassent tout quand on les met dans une maison. Je crois qu'ils ont dû tout déterrer, maintenant, ajouta-t-il en faisant le tour du carré de terre. Je n'avais caché qu'une centaine de pièces. Ah, voilà Hermione !

Hermione traversait la pelouse pour les rejoindre, les mains entièrement recouvertes de bandages et l'air abattu. Pansy Parkinson l'observa avec de petits yeux perçants.

– On va voir vos résultats ! dit Hagrid. Comptez vos pièces ! Et ça ne sert à rien d'essayer d'en voler, Goyle, ajouta-t-il avec un regard noir. C'est de l'or de farfadet. Il disparaît tout seul au bout de quelques heures.

Goyle vida ses poches, l'air boudeur. Le Niffleur qui avait déterré le plus de pièces était celui de Ron à qui Hagrid donna la récompense promise : une énorme tablette de chocolat de chez Honeydukes. La cloche retentit, annonçant l'heure du déjeuner, et les élèves reprirent le chemin du château. Mais Harry, Ron et Hermione restèrent avec Hagrid pour l'aider à remettre les Niffleurs dans leurs boîtes. Harry remarqua que Madame Maxime les observait derrière une fenêtre du carrosse.

– Qu'est-ce que tu t'es fait aux mains ? s'inquiéta Hagrid.

Hermione lui parla des lettres de menace qu'elle avait reçues et de l'enveloppe pleine de pus de Bubobulb.

– Bah, ne t'inquiète pas, dit Hagrid d'une voix douce. Moi aussi, j'en ai eu des lettres comme ça, après l'article de Rita Skeeter sur ma mère. Avec des choses du genre « Vous êtes un monstre et on devrait vous abattre » ou encore « Votre mère a tué des innocents et, si vous aviez un peu de dignité, vous vous jetteriez dans le lac. »

– Non ! s'exclama Hermione, outrée.

– Mais si, mais si, dit Hagrid en rangeant les boîtes de Niffleurs le long du mur de sa cabane. Ce sont des cinglés, tout simplement. Ne les ouvre pas si tu en reçois d'autres, jette-les directement au feu.

– Tu as manqué un très bon cours, dit Harry à Hermione, sur le chemin du château. C'est vraiment bien, les Niffleurs, pas vrai, Ron ?

Ron, cependant, fronçait les sourcils en regardant le chocolat que Hagrid lui avait donné. Il avait l'air préoccupé par quelque chose.

– Qu'est-ce qu'il y a ? demanda Harry. Tu ne l'aimes pas, ce chocolat ?

– Ce n'est pas ça, répondit Ron d'un ton brusque. Pourquoi tu ne m'as rien dit à propos de cet or ? L'or de farfadet que je t'ai donné dans la loge pour te rembourser les Multiplettes ? Pourquoi tu ne m'as pas dit qu'il avait disparu ?

Harry dut réfléchir un moment avant de comprendre de quoi Ron voulait parler.

– Ah oui, dit-il, en se rappelant enfin. Je ne sais pas... Je n'avais jamais remarqué qu'il avait disparu. J'étais beaucoup plus inquiet d'avoir perdu ma baguette magique.

Ils montèrent les marches du château et se dirigèrent vers la Grande Salle pour aller déjeuner.

– Ça doit être bien, dit Ron après s'être servi du rosbif et de la sauce, d'avoir tellement d'argent qu'on peut perdre une poignée de Gallions sans même s'en apercevoir.

– Écoute, j'avais d'autres choses en tête, cette nuit-là ! répliqua Harry avec impatience. Tout le monde avait d'autres soucis, tu te souviens ?

– Je ne savais pas que l'or de farfadet disparaissait, marmonna Ron. Je croyais que je t'avais remboursé. Tu n'aurais pas dû m'offrir ce chapeau des Canons de Chudley pour Noël.

– N'y pense plus, d'accord ? dit Harry.

Ron planta sa fourchette dans une pomme de terre et la regarda d'un air furieux. Puis il ajouta :

– J'ai horreur d'être pauvre.

Harry et Hermione échangèrent un regard. Ni l'un ni l'autre ne savait que répondre.

– C'est vraiment lamentable, dit Ron, l'œil toujours fixé sur sa pomme de terre. Je comprends que Fred et George essayent de gagner un peu d'argent en plus. J'aimerais bien pouvoir en faire autant. Si seulement j'avais un Niffleur !

– Comme ça, on saura quoi t'offrir à Noël prochain, dit Hermione d'un air joyeux.

Puis, voyant Ron toujours aussi mélancolique, elle ajouta :

– Allez, Ron, ça pourrait être pire. Toi, au moins, tu n'as pas les doigts pleins de pus.

Les mains d'Hermione étaient si raides et enflées qu'elle avait les plus grandes difficultés à manier son couteau et sa fourchette.

– Je *hais* cette horrible Skeeter ! s'exclama-t-elle avec férocité. Je lui ferai payer ça, même si c'est la dernière chose que je dois faire dans ma vie !

Au cours de la semaine suivante, Hermione continua de recevoir des lettres de menace. Elle avait suivi le conseil de Hagrid et avait cessé de les ouvrir, mais plusieurs de ses correspondants anonymes lui envoyèrent des Beuglantes qui explosèrent à la table des Gryffondor en hurlant des insultes d'une voix si perçante qu'elles résonnaient dans toute la Grande Salle. Même ceux qui ne lisaient pas *Sorcière-Hebdo* furent bientôt au courant du prétendu triangle Harry-Krum-Hermione et Harry en avait assez d'être obligé de répéter sans cesse qu'Hermione n'était pas sa petite amie.

– Si on n'y fait pas attention, ça finira par se calmer, dit-il à Hermione. Les gens ont fini par se lasser de ce qu'elle a écrit sur moi la dernière fois.

– Je veux savoir comment elle s'y prend pour écouter les conversations privées alors qu'elle n'a plus le droit de mettre les pieds à Poudlard ! dit Hermione avec colère.

À la fin du cours de défense contre les forces du Mal, elle alla demander quelque chose au professeur Maugrey pendant que le reste de la classe se ruait vers la sortie avec soulagement. Maugrey les avait soumis à des tests si rigoureux de défense contre les maléfices que beaucoup d'entre eux avaient été légèrement blessés. Harry avait reçu de plein fouet un sortilège de Folloreille particulièrement redoutable qui l'obligeait à garder les mains plaquées de chaque côté de sa tête pour empêcher ses oreilles de s'agiter dans tous les sens.

– On peut être sûrs que Rita n'utilise pas de cape d'invisibilité ! annonça Hermione, le souffle court, en rattrapant Harry et Ron dans le hall d'entrée.

Elle saisit la main de Harry et la tira vigoureusement pour

qu'il puisse l'entendre. Son oreille se remit aussitôt à se tortiller avec frénésie.

– Maugrey m'a dit qu'il ne l'avait vue nulle part pendant la deuxième tâche !

– Hermione, si on te demandait de laisser tomber cette histoire, tu nous écouterais ? dit Ron.

– Non, répondit Hermione d'un air buté. Je veux absolument savoir comment elle s'y est prise pour entendre ma conversation avec Viktor ! Et comment elle a fait pour découvrir qui était la mère de Hagrid !

– Peut-être qu'elle a mis des micros ? suggéra Harry.

– Quoi ? Des p'tits gros ? dit Ron sans comprendre. S'il y avait eu des p'tits gros qu'on ne connaissait pas, on les aurait remarqués…

– Des micros, rectifia Harry. On en trouve qui ne sont pas plus gros que des insectes, impossible de les voir.

Harry lui donna quelques explications sur les micros cachés et les magnétophones.

Ron était fasciné, mais Hermione les interrompit :

– Est-ce qu'*un jour*, vous allez enfin prendre la peine de lire *L'Histoire de Poudlard*, tous les deux ?

– À quoi ça servirait ? dit Ron. Tu connais le bouquin par cœur, il suffit de te demander.

– Tout ce que les Moldus ont inventé pour remplacer la magie – l'électricité, les ordinateurs, les radars et tous ces machins-là – ne peut pas fonctionner à Poudlard. Il y a trop d'ondes magiques dans l'air, ils se détraqueraient complètement. Non, Rita doit se servir d'un artifice de sorcellerie pour écouter les gens, c'est impossible autrement… Si seulement j'arrivais à découvrir ce que c'est… Et si jamais c'est illégal, je la tiens…

– Tu ne trouves pas qu'on a déjà assez de soucis comme ça ? demanda Ron. Tu crois vraiment que c'est le moment de chercher à se venger de Rita Skeeter ?

– Je ne te demande pas de m'aider ! répliqua Hermione d'un ton sec. Je m'en occuperai moi-même !

Elle monta l'escalier de marbre sans un regard en arrière. Harry était sûr qu'elle allait à la bibliothèque.

– Tu paries combien qu'elle revient avec une boîte de badges *Je hais Rita Skeeter* ? dit Ron.

Mais Hermione ne leur demanda pas de l'aider à se venger de Rita Skeeter, ce dont ils lui furent reconnaissants car la quantité de travail qu'ils avaient à faire avant les vacances de Pâques ne cessait d'augmenter. Harry s'émerveillait qu'Hermione trouve le temps de se consacrer à des recherches sur les méthodes d'espionnage magique en plus de tout le reste. Lui-même travaillait jusqu'à l'épuisement pour arriver à finir tous ses devoirs tout en veillant quand même à envoyer régulièrement des provisions dans la caverne où se cachait Sirius. Après l'été qu'il avait passé, il n'avait pas oublié ce que signifiait avoir continuellement faim. Il joignait à ses paquets de victuailles des lettres pour dire à Sirius qu'il ne s'était rien passé d'inhabituel et qu'ils attendaient toujours la réponse de Percy.

Hedwige ne revint qu'à la fin des vacances de printemps. La lettre de Percy se trouvait dans un colis d'œufs de Pâques que Mrs Weasley leur avait envoyé. Ceux de Ron et de Harry étaient aussi gros que des œufs de dragon, et remplis de caramels maison. Celui d'Hermione, en revanche, était plus petit qu'un œuf de poule. En le voyant, elle fit la grimace.

– Ta mère ne lit pas *Sorcière-Hebdo*, par hasard, Ron ? demanda-t-elle à voix basse.

– Si, répondit Ron, la bouche pleine de caramels. Elle l'achète pour les recettes de cuisine.

Hermione regarda avec tristesse son œuf minuscule.

– Tu ne veux pas lire ce qu'a écrit Percy ? lui demanda précipitamment Harry.

La lettre qu'il avait envoyée était courte et sèche :

Comme je ne cesse de le répéter à La Gazette du sorcier, *Mr Croupton prend un repos bien mérité et m'envoie régulièrement ses instructions par hibou. Non, je ne l'ai pas vu, mais je pense qu'on peut me faire confiance pour reconnaître l'écriture de mon propre supérieur. En tout cas, j'ai suffisamment à faire en ce moment pour ne pas perdre de temps à essayer de dissiper ces rumeurs ridicules. Je vous serais donc reconnaissant de ne plus me déranger, à moins que vous n'ayez quelque chose d'important à me dire. Joyeuses Pâques.*

En temps normal, au début du troisième trimestre, Harry aurait dû suivre un entraînement intensif en vue du dernier match de Quidditch de la saison. Mais cette année, c'était à la troisième tâche du Tournoi des Trois Sorciers qu'il devait se préparer, sans savoir toutefois en quoi elle allait consister. Enfin, dans la dernière semaine de mai, le professeur McGonagall le retint à la sortie d'un cours de métamorphose.

– Potter, vous devrez vous rendre au terrain de Quidditch ce soir à neuf heures, lui dit-elle. Mr Verpey vous y attendra pour indiquer aux champions la nature de la troisième tâche.

À huit heures et demie ce soir-là, Harry laissa Ron et Hermione dans la salle commune de Gryffondor et descendit les escaliers. Lorsqu'il arriva dans le hall d'entrée, Cedric apparut à son tour, sortant de Poufsouffle, et ils se rendirent ensemble au terrain de Quidditch, sous le ciel nocturne chargé de nuages.

– Qu'est-ce que ça va être, à ton avis ? demanda Cedric. Fleur est persuadée qu'il va falloir découvrir un trésor caché dans des souterrains.

– Ce ne serait pas trop mal, dit Harry en songeant déjà

qu'il lui suffirait de demander à Hagrid de lui prêter un Niffleur pour faire le travail à sa place.

Ils traversèrent la pelouse plongée dans l'obscurité et entrèrent sur le terrain de Quidditch en passant entre deux rangées de gradins.

– Qu'est-ce qu'ils ont fabriqué ? s'indigna Cedric en s'arrêtant net.

Le terrain avait cessé d'être plat et lisse. Il était sillonné de longs murs bas qui serpentaient et se croisaient en tous sens.

– Ce sont des haies, dit Harry qui s'était penché pour regarder de plus près.

– Bonjour ! lança une voix joyeuse.

Ludo Verpey se tenait au milieu du terrain, en compagnie de Krum et de Fleur. Harry et Cedric s'avancèrent vers eux en enjambant les haies et Fleur fit un grand sourire à Harry. Son attitude envers lui avait complètement changé depuis qu'il avait sorti sa sœur du lac.

– Alors, qu'est-ce que vous en pensez ? dit Verpey d'un air ravi lorsque Harry et Cedric eurent franchi la dernière haie. Elles poussent bien, non ? Encore un mois et, grâce aux bons soins de Hagrid, elles auront atteint six mètres de hauteur. Ne vous inquiétez pas, ajouta-t-il avec un sourire en voyant leur expression déconfite, votre terrain de Quidditch sera remis en état dès que la tâche sera terminée ! J'imagine que vous avez deviné ce qu'on est en train d'installer ?

Pendant un instant, tout le monde resta silencieux. Puis…

– Un labyrinthe, grommela Krum.

– Exactement, approuva Verpey. Un labyrinthe. Le principe de la troisième tâche est tout simple. Le trophée du tournoi sera placé au centre de ce labyrinthe. Le premier champion qui l'atteindra recevra la note maximale.

– Il suffit simplement de trouver son chemin dans le labyrinthe ? demanda Fleur.

– Oh, bien sûr, il y aura des obstacles, répondit Verpey d'un air guilleret en se balançant d'avant en arrière. Hagrid va nous fournir quelques créatures pour pimenter l'épreuve… Il y aura aussi des mauvais sorts qu'il faudra conjurer… des tas de choses dans ce genre-là. Les champions qui ont actuellement le plus grand nombre de points pénétreront les premiers dans le labyrinthe.

Verpey adressa un grand sourire à Harry et à Cedric.

– Ensuite, ce sera au tour de Mr Krum… puis à celui de Miss Delacour. Mais chacun aura sa chance, tout dépendra de la façon dont vous parviendrez à franchir les obstacles. Ça devrait être amusant, non ?

Harry, qui était bien placé pour savoir quel genre de créatures Hagrid était capable de fournir en semblable circonstance, doutait fort qu'ils puissent trouver matière à s'amuser. Mais il se contenta de hocher poliment la tête, comme les autres champions.

– Parfait… Si vous n'avez pas de questions à poser, nous pouvons tout de suite rentrer au château. Il fait un peu froid, dehors…

Tout le monde prit le chemin de la sortie et Verpey se précipita au côté de Harry. Celui-ci s'attendait à ce que Verpey lui propose à nouveau son aide mais, au même instant, il sentit quelqu'un lui tapoter l'épaule. C'était Krum.

– Harrrry, je pourrrrais te parrrler ?

– Oui, bien sûr, répondit Harry, légèrement surpris.

– Allons fairrre un tourrr, tu veux bien ?

– OK, dit Harry avec curiosité.

Verpey eut l'air un peu décontenancé.

– Je t'attends, Harry, d'accord ?

– Oh, ce n'est pas la peine, Mr Verpey, répondit Harry en réprimant un sourire, je crois que je saurai retrouver tout seul le chemin du château.

Harry et Krum quittèrent le stade ensemble, mais Krum ne prit pas la direction du vaisseau de Durmstrang. Il marcha vers la forêt.

– Pourquoi on va par là ? demanda Harry au moment où ils passaient devant la cabane de Hagrid et le carrosse illuminé de Beauxbâtons.

– Je ne voudrrrais pas qu'on surrrprrrenne notrrre converrrsation, répliqua vivement Krum.

Lorsqu'ils eurent enfin atteint un coin suffisamment à l'écart pour ne pas risquer d'être entendus, Krum s'arrêta dans l'obscurité des arbres et se tourna vers Harry.

– Je voudrrrais savoirrr, dit-il, le regard flamboyant, ce qu'il y a entrrre toi et Herrr-mion-neû.

Harry, qui s'était attendu à quelque chose de beaucoup plus sérieux en voyant les airs mystérieux de Krum, le regarda d'un air stupéfait.

– Rien, répondit-il.

Mais le regard de Krum flamboya de plus belle et Harry – qui remarqua une fois de plus à quel point il était grand – lui donna quelques explications :

– Nous sommes amis, mais elle n'est pas ma *petite* amie et elle ne l'a jamais été. C'est cette Rita Skeeter qui a tout inventé.

– Herrr-mion-neû parrrle trrrès souvent de toi, dit Krum en regardant Harry d'un air soupçonneux.

– Oui, dit Harry. C'est parce que nous sommes *amis*.

Il avait du mal à croire qu'il était en train d'avoir une telle conversation avec Viktor Krum, le célèbre joueur de Quidditch international. C'était comme si, à dix-huit ans, Krum considérait Harry comme un égal – un véritable rival…

– Tu n'as jamais… vous n'avez pas… ?

– Non, répondit Harry d'un ton ferme.

Krum parut un peu plus heureux. Il regarda Harry quelques instants, puis dit :

– Tu es trrrès bon surrr un balai. Je t'ai rrregarrrdé pendant la prrremièrrre tâche.

– Merci, répondit Harry avec un grand sourire, et l'impression soudaine d'avoir lui-même grandi de plusieurs centimètres. Moi, je t'ai vu à la Coupe du Monde. La feinte de Wronski, c'était vraiment...

Quelque chose bougea dans les arbres, derrière Krum, et Harry, qui avait l'expérience des créatures que cachait la forêt, saisit instinctivement Krum par le bras et le tira vers lui.

– Qu'est-ce qu'il y a ?

Harry hocha la tête en regardant l'endroit suspect et plongea la main dans sa poche pour prendre sa baguette magique.

Un instant plus tard, un homme sortit en titubant de derrière un grand chêne. Harry ne le reconnut pas immédiatement... puis il comprit qu'il s'agissait de Mr Croupton.

On aurait dit qu'il venait de faire un voyage de plusieurs jours. Sa robe de sorcier était déchirée et tachée de sang à la hauteur des genoux, son visage portait des égratignures, il avait une barbe de plusieurs jours, le teint grisâtre, l'air épuisé. Ses cheveux d'ordinaire si bien coiffés auraient eu besoin d'un shampooing et d'une bonne coupe. Sa moustache elle-même paraissait beaucoup moins nette que d'habitude. Mais son comportement était plus étrange encore que son apparence. Marmonnant, gesticulant, Mr Croupton semblait parler à quelqu'un que lui seul pouvait voir. Il rappelait d'une manière saisissante un vieux clochard que Harry avait vu un jour en allant faire des courses en compagnie des Dursley. Lui aussi parlait tout seul en faisant de grands gestes. La tante Pétunia avait attrapé la main de Dudley et l'avait entraîné sur le trottoir d'en face pour éviter de passer devant lui. L'oncle Vernon avait ensuite gratifié la famille d'un long discours sur le traitement qu'il conviendrait, selon lui, de réserver aux mendiants et aux vagabonds.

– C'est un des juges, non ? dit Krum en regardant attentivement Mr Croupton Il n'était pas avec votrrre ministrrre ?

Harry approuva d'un signe de tête, puis il s'approcha lentement de Mr Croupton qui ne lui prêta aucune attention et continua de parler à l'arbre devant lequel il se tenait.

– Et lorsque vous aurez terminé, Wistily, vous enverrez un hibou à Dumbledore pour lui confirmer le nombre d'élèves de Durmstrang qui assisteront au tournoi. Karkaroff vient de nous informer qu'ils seraient douze…

– Mr Croupton ? dit prudemment Harry.

– Ensuite, vous enverrez un autre hibou à Madame Maxime parce qu'il se peut qu'elle veuille augmenter le nombre des élèves qui l'accompagneront, maintenant que Karkaroff a limité les siens à douze… Faites cela le plus vite possible, Wistily, n'est-ce pas ? N'est-ce… ?

Mr Croupton avait les yeux exorbités. Il fixa le tronc de l'arbre en marmonnant des paroles incompréhensibles, puis vacilla et tomba à genoux.

– Mr Croupton ? dit Harry à haute voix. Que se passe-t-il ?

Les yeux de Barty Croupton roulèrent dans leurs orbites. Harry se tourna vers Krum qui l'avait rejoint et regardait Croupton d'un air anxieux.

– Qu'est-ce qu'il lui arrrive ?

– Aucune idée, murmura Harry. Il faudrait peut-être aller chercher quelqu'un…

– Dumbledore ! dit Mr Croupton d'une voix haletante.

Il tendit la main et s'agrippa à la robe de Harry qu'il tira vers lui, mais ses yeux se fixèrent quelque part au-dessus de sa tête.

– Je dois… voir… Dumbledore…

– D'accord, dit Harry. Si vous voulez bien vous relever, Mr Croupton, je vous accompagnerai au…

– J'ai fait… des choses… stupides… murmura Mr Croupton dans un souffle.

Il avait l'air complètement fou. Ses yeux exorbités continuaient de rouler dans leurs orbites et un filet de salive coulait sur son menton. Chaque mot qu'il prononçait semblait lui coûter un terrible effort.

– Faut… dire… Dumbledore…

– Levez-vous, Mr Croupton, dit Harry à haute et intelligible voix. Levez-vous, je vais vous amener auprès de Dumbledore !

Les yeux de Mr Croupton roulèrent à nouveau avant de se poser sur Harry.

– Qui… vous ? murmura-t-il.

– Je suis un élève de l'école, répondit Harry qui se tourna vers Krum en espérant un peu d'aide, mais Krum restait en retrait, l'air de plus en plus inquiet.

– Vous n'êtes pas… avec *lui* ? murmura Croupton, la mâchoire tombante.

– Non, répondit Harry sans avoir la moindre idée de ce que Croupton voulait dire.

– Du côté… Dumbledore ?

– C'est ça, assura Harry.

Croupton le tira un peu plus vers lui. Harry essaya de lui faire lâcher prise mais sa main serrait sa robe avec une force incroyable.

– Avertir… Dumbledore…

– Si vous me lâchez, je vais aller chercher Dumbledore, promit Harry. Lâchez-moi, Mr Croupton, et je le ramène ici…

– Merci, Wistily, et quand vous aurez fini, j'aimerais bien une tasse de thé. Ma femme et mon fils ne vont pas tarder à arriver, nous devons aller à un concert, ce soir, avec Mr et Mrs Fudge.

Croupton avait recommencé à parler à l'arbre sans aucune difficulté d'élocution et semblait ne plus s'apercevoir de la présence de Harry. Celui-ci fut tellement surpris qu'il ne s'aperçut pas tout de suite que Croupton l'avait lâché.

– Oui, mon fils a obtenu douze BUSE. C'est très satisfaisant, en effet, merci, oui, c'est vrai, je ne vous cache pas que j'en éprouve une certaine fierté. Et maintenant, pourriez-vous m'apporter ce mémorandum du ministre de la Magie d'Andorre, je pense que je vais avoir le temps de rédiger une réponse...

– Reste ici avec lui, dit Harry à Krum. Je vais chercher Dumbledore, ça ira plus vite, je sais où est son bureau.

– Il est fou, dit Krum d'un air dubitatif en regardant Croupton qui continuait de parler à l'arbre, apparemment convaincu qu'il s'agissait de Percy.

– Reste avec lui, répéta Harry.

Il se tourna vers le château, mais le mouvement qu'il fit déclencha un autre changement brusque dans l'attitude de Mr Croupton qui l'attrapa violemment par les genoux et le fit tomber par terre.

– Ne... me... laissez pas ! murmura-t-il, les yeux à nouveau exorbités. Je... me suis enfui... il faut... prévenir... Dumbledore... ma faute... entièrement ma faute... Bertha... morte... ma faute... mon fils... ma faute... dites à Dumbledore... Harry Potter... le Seigneur des Ténèbres... plus puissant... Harry Potter...

– J'irai chercher Dumbledore si vous me lâchez ! s'exclama Harry.

Il jeta un regard furieux à Krum.

– Tu voudrais bien m'aider, s'il te plaît ?

Avec une appréhension extrême, Krum s'avança et s'accroupit à côté de Mr Croupton.

– Fais attention qu'il ne s'en aille pas, dit Harry en se dégageant de l'étreinte de Mr Croupton. Je reviens avec Dumbledore.

– Dépêche-toi, d'accorrrd ? cria Krum tandis que Harry partait en courant vers le château.

Le parc était désert. Verpey, Cedric et Fleur avaient disparu. Harry monta les marches de pierre quatre à quatre, fonça dans le hall d'entrée et s'engouffra dans l'escalier de marbre en direction du deuxième étage.

Cinq minutes plus tard, il se précipita vers une gargouille de pierre située au milieu d'un couloir vide.

– Sorbet citron ! dit-il, hors d'haleine.

Il s'agissait du mot de passe qui donnait accès à l'escalier secret menant au bureau de Dumbledore. Ou plutôt, c'était le mot de passe en vigueur deux ans auparavant mais, de toute évidence, il avait changé car la gargouille resta immobile en regardant Harry d'un air mauvais.

– Bouge ! s'écria Harry. Tu vas bouger, oui ?

Mais rien, à Poudlard, n'avait jamais consenti à bouger d'un millimètre simplement parce qu'on se mettait à crier. Il savait donc qu'il était inutile d'insister. Harry scruta le couloir désert. Peut-être Dumbledore se trouvait-il dans la salle des professeurs ? Il se mit à courir à toutes jambes en direction de l'escalier.

– POTTER !

Harry s'immobilisa en dérapant sur le sol et regarda par-dessus son épaule.

Rogue venait de surgir de l'escalier secret, derrière la gargouille de pierre. Le mur se referma dans son dos en glissant silencieusement tandis que Rogue faisait signe à Harry de s'approcher de lui.

– Qu'est-ce que vous faites ici, Potter ? demanda-t-il.

– Il faut absolument que je voie le professeur Dumbledore, répondit Harry en courant vers Rogue devant qui il s'arrêta dans un nouveau dérapage. C'est à cause de Mr Croupton... Il vient d'arriver... Il est dans la forêt... Il demande...

– Qu'est-ce que vous racontez encore comme bêtises ? coupa Rogue, les yeux noirs et brillants. De quoi parlez-vous ?

– Mr Croupton ! s'écria Harry. Mr Croupton du ministère ! Il est malade ou je ne sais quoi... Il est dans la forêt, il veut voir Dumbledore ! Donnez-moi le mot de passe pour...

– Le directeur est occupé, Potter, dit Rogue, ses lèvres minces retroussées en un horrible sourire.

– Il faut absolument que je parle à Dumbledore ! s'exclama Harry.

– Vous ne m'avez donc pas entendu, Potter ?

Harry sentait que Rogue, en le voyant dans cet état de panique, prenait un plaisir d'autant plus intense à lui refuser ce qu'il demandait.

– Écoutez, dit Harry avec colère. Croupton n'est pas dans son état normal... Il... Il n'a plus toute sa tête... Il dit qu'il veut avertir...

Le mur de pierre s'écarta alors derrière Rogue et Dumbledore apparut dans l'ouverture, vêtu de sa longue robe verte, l'air quelque peu intrigué.

– Y aurait-il un problème ? demanda-t-il en regardant alternativement Harry et Rogue.

– Professeur ! s'écria Harry avant que Rogue ait pu dire un mot. Mr Croupton est ici... Il est dans la forêt, il veut vous parler !

Harry s'attendait à ce que Dumbledore lui pose des questions mais, à son grand soulagement, il n'en fit rien.

– Conduis-moi là-bas, dit-il, en lui emboîtant le pas.

Rogue resta seul devant la gargouille, tellement furieux de

voir Harry obtenir ce qu'il voulait que son visage en devint plus repoussant que jamais.

— Qu'est-ce qu'a dit Mr Croupton ? interrogea Dumbledore, alors qu'ils descendaient rapidement l'escalier de marbre.

— Il a dit qu'il voulait vous avertir… qu'il avait fait quelque chose de terrible… Il a parlé de son fils… et de Bertha Jorkins… et… et de Voldemort… en disant qu'il était devenu plus puissant…

— Vraiment… murmura Dumbledore.

Et il pressa le pas tandis qu'ils s'enfonçaient dans l'obscurité du parc.

— Son comportement n'est pas normal, reprit Harry en marchant plus vite pour se maintenir à la hauteur de Dumbledore. Il a l'air de ne plus savoir où il est. Il parle comme s'il s'adressait à Percy Weasley et puis tout d'un coup, il dit qu'il a besoin de vous… Je l'ai laissé avec Viktor Krum.

— Avec Krum ? répéta Dumbledore d'un ton brusque.

Il se mit à marcher encore plus vite, obligeant Harry à courir pour ne pas se laisser distancer.

— Est-ce que tu sais si quelqu'un d'autre a vu Mr Croupton ?

— Je ne crois pas, répondit Harry. Krum et moi, nous étions en train de parler. Mr Verpey venait de nous expliquer en quoi consistait la troisième tâche, on est restés derrière les autres et c'est à ce moment-là que Mr Croupton est sorti de la forêt…

— Où sont-ils ?

Un peu plus loin, le carrosse de Beauxbâtons se dessinait dans l'obscurité.

— Là-bas, dit Harry en passant devant Dumbledore pour lui montrer le chemin.

Il n'entendait plus la voix de Croupton, mais il savait où il allait. L'endroit se trouvait à proximité du carrosse… quelque part dans les environs…

— Viktor ? cria Harry.

Personne ne répondit.

– C'est là qu'ils étaient, dit Harry. Je les ai laissés tout près d'ici…

– *Lumos*, dit Dumbledore, allumant sa baguette magique qu'il pointa devant lui.

Son mince faisceau de lumière se promena d'un tronc à l'autre en éclairant le sol. Tout à coup, il se posa sur une paire de pieds.

Harry et Dumbledore se précipitèrent. Krum était étendu de tout son long sur le sol de la forêt, apparemment inconscient. Il n'y avait pas trace de Mr Croupton. Dumbledore se pencha sur Krum et releva doucement une de ses paupières.

– Stupéfixé, dit-il à voix basse.

Il scruta l'obscurité qui régnait entre les arbres, ses lunettes en demi-lune scintillant à la lueur de la baguette magique.

– Vous voulez que j'aille chercher quelqu'un ? demanda Harry. Madame Pomfresh ?

– Non, dit Dumbledore, reste ici.

Il leva sa baguette magique et la dirigea vers la cabane de Hagrid. Harry vit sortir de la baguette quelque chose d'argenté qui fila parmi les arbres, comme un oiseau fantomatique. Puis Dumbledore se pencha à nouveau sur Krum, pointa sa baguette vers lui et murmura :

– *Enervatum !*

Krum ouvrit les yeux, l'air hébété. Lorsqu'il vit Dumbledore, il essaya de se redresser, mais Dumbledore posa une main sur son épaule pour le faire tenir tranquille.

– Il m'a agrrressé ! bredouilla Krum, en mettant une main sur son front. Le vieux fou m'a agrrressé ! Je rrregarrrdais pourrr voirrr où était passé Harrrry Potterrr et il m'a attaqué parrr-derrrrrièrrrre !

– Restez tranquille, ne bougez pas pour l'instant, dit Dumbledore.

594

Des bruits de pas qui martelaient le sol comme un tonnerre retentirent alors derrière eux et Hagrid apparut, hors d'haleine, son arbalète à la main, Crockdur sur ses talons.

— Professeur Dumbledore ! s'exclama-t-il, les yeux écarquillés. Harry ! Qu'est-ce que… ?

— Hagrid, il faut que vous alliez chercher le professeur Karkaroff, dit Dumbledore. Son élève a été attaqué. Quand vous l'aurez prévenu, soyez assez aimable pour avertir également le professeur Maugrey…

— Inutile, Dumbledore, grogna une voix essoufflée. Je suis là.

Maugrey s'avança vers eux de son pas claudicant, s'appuyant sur son bâton, sa baguette magique allumée.

— Fichue jambe, marmonna-t-il avec fureur. J'aurais pu être là plus vite… Qu'est-ce qui s'est passé ? Rogue a parlé de Croupton…

— Croupton ? dit Hagrid, déconcerté.

— Hagrid, s'il vous plaît, allez chercher Karkaroff, répéta sèchement Dumbledore.

— Ah oui… Oui, bien sûr, professeur…

Hagrid fit volte-face et disparut dans l'obscurité, suivi par Crockdur.

— J'ignore où est Barty Croupton, dit Dumbledore à Maugrey, mais il faut absolument le retrouver.

— Je m'en occupe, grogna Maugrey.

Il pointa sa baguette magique devant lui et s'enfonça dans la forêt.

Dumbledore et Harry restèrent silencieux jusqu'à ce qu'ils entendent à nouveau le bruit de pas caractéristique de Hagrid qui revenait avec Crockdur. Karkaroff se hâtait derrière eux, vêtu de sa fourrure argentée, le teint pâle, l'air anxieux.

— Qu'est-ce qui s'est passé ? s'écria-t-il lorsqu'il vit Krum étendu sur le sol, Harry et Dumbledore à ses côtés.

– J'ai été agrrressé ! dit Krum qui s'était assis et se massait la tête. C'est ce Mrrrr Crrrroupton…

– Croupton vous a agressé ? Vous avez bien dit *Croupton* ? Le juge du tournoi ?

– Igor, commença Dumbledore.

Mais Karkaroff se redressa, serrant sa fourrure autour de lui, le visage livide.

– Trahison ! s'exclama-t-il, le doigt pointé sur Dumbledore. C'est un complot ! Vous et votre ministre de la Magie m'avez attiré ici sous des prétextes fallacieux, Dumbledore ! Cette compétition n'est pas loyale ! D'abord, vous vous arrangez pour introduire clandestinement Potter dans le tournoi, bien qu'il n'ait pas l'âge minimal ! Et maintenant, l'un de vos amis du ministère essaye de mettre mon champion hors d'état de concourir ! Toute cette affaire est entachée de duplicité et de corruption et vous, Dumbledore, vous, avec vos grands discours sur l'amitié internationale entre sorciers, sur la nécessité de renouer les liens du passé, d'oublier les anciennes différences – voilà ce que je pense de *vous* !

Karkaroff cracha sur le sol, aux pieds de Dumbledore. D'un mouvement vif, Hagrid le saisit aussitôt par le col de sa fourrure, le souleva en l'air et le plaqua contre un tronc d'arbre.

– Des excuses ! exigea Hagrid d'un ton menaçant tandis que Karkaroff, les jambes pendantes, suffoquait, étranglé par le poing massif de Hagrid qui lui écrasait la gorge.

– Hagrid, *non* ! s'exclama Dumbledore, le regard étincelant.

Hagrid lâcha Karkaroff qui glissa le long du tronc et s'effondra par terre en une masse informe. Quelques brindilles et des feuilles d'arbre lui tombèrent sur la tête.

– Hagrid, vous serez aimable de raccompagner Harry au château, dit sèchement Dumbledore.

Respirant profondément, Hagrid lança à Karkaroff un regard noir.

– Je ferais peut-être mieux de rester avec vous, monsieur le directeur…

– Hagrid, vous allez raccompagner Harry au château, répéta Dumbledore d'un ton sans réplique. Emmenez-le directement à la tour de Gryffondor. Et Harry, je veux que tu y restes. Tout ce que tu pourrais avoir envie de faire – envoyer des hiboux, par exemple – attendra jusqu'à demain matin, tu m'as bien compris ?

– Heu… Oui, dit Harry en le regardant d'un air intrigué.

Comment Dumbledore avait-il pu deviner qu'en cet instant précis, il songeait à envoyer Coquecigrue porter une lettre à Sirius pour lui raconter tout ce qui venait de se passer ?

– Je vous laisse Crockdur, monsieur le directeur, dit Hagrid.

Il continuait de lancer des regards menaçants à Karkaroff, toujours étalé par terre, empêtré dans ses fourrures et les racines de l'arbre.

– Tu restes ici, Crockdur. Viens avec moi, Harry.

Ils s'éloignèrent en silence, passèrent devant le carrosse de Beauxbâtons puis traversèrent le parc en direction du château.

– Comment ose-t-il ? grogna Hagrid lorsqu'ils atteignirent la rive du lac. Comment ose-t-il accuser Dumbledore ? Comme si Dumbledore était capable de faire une chose pareille ! Comme si Dumbledore avait voulu que *tu* participes au tournoi. Il y a longtemps que je n'avais pas vu Dumbledore aussi inquiet. Et toi, ajouta brusquement Hagrid en se tournant vers Harry avec colère, qu'est-ce que tu faisais à te balader dehors avec ce fichu Krum ?

Harry le regarda d'un air stupéfait.

– Enfin, rends-toi compte, il vient de Durmstrang ! Il aurait pu te jeter un mauvais sort ! Il ne t'a donc rien appris, Maugrey ? Qu'est-ce que tu as dans la tête ? Tu te laisses entraîner dans un coin désert…

– Krum n'a rien fait de mal ! protesta Harry. Il n'a pas du tout essayé de me jeter un sort, il voulait simplement me parler d'Hermione…

– Elle aussi, j'ai deux mots à lui dire, gronda Hagrid d'un air sévère en montant d'un pas lourd les marches du château. Moins vous fréquenterez ces étrangers, mieux ça vaudra pour vous. On ne peut pas faire confiance à ces gens-là.

– Vous aviez pourtant l'air de bien vous entendre avec Madame Maxime, répliqua Harry, agacé.

– Ah, celle-là, ne m'en parle pas ! lança Hagrid.

Pendant un instant, il parut terrifiant.

– Maintenant, je sais à quoi m'en tenir avec elle ! Elle a essayé de m'amadouer pour que je lui raconte tout ce qui attend les champions dans la troisième tâche. Je te dis qu'on ne peut pas faire confiance à ces gens-là !

Hagrid était de si mauvaise humeur que Harry ne fut pas mécontent de prendre congé de lui devant le portrait de la grosse dame. Il se glissa par l'ouverture qui donnait accès à la salle commune et se hâta d'aller rejoindre Ron et Hermione, assis dans un coin, pour leur raconter ce qui venait de se passer.

29

LE RÊVE

– Il n'y a que deux possibilités, dit Hermione en se frottant le front. Ou bien c'est Mr Croupton qui a attaqué Viktor ou bien c'est quelqu'un d'autre qui les a attaqués tous les deux pendant que Viktor regardait ailleurs.

– C'est sûrement Croupton, affirma Ron. C'est pour ça qu'il n'était plus là quand Harry et Dumbledore sont arrivés. Il avait déjà fichu le camp.

– Je ne crois pas, dit Harry. Il avait l'air très faible. Je ne pense pas qu'il ait été en état de transplaner ou de faire quoi que ce soit.

– On *ne peut pas* transplaner dans l'enceinte de Poudlard, combien de fois faudra-t-il que je vous le répète ? soupira Hermione.

– Attends, j'ai une autre théorie ! s'exclama Ron d'un air enthousiaste. C'est Krum qui a attaqué Croupton – laisse-moi finir – et ensuite, il s'est stupéfixé lui-même !

– Et Mr Croupton s'est volatilisé, c'est ça ? répliqua froidement Hermione.

– Ouais, bon…

C'était l'aube. Harry, Ron et Hermione étaient sortis de leurs dortoirs de très bonne heure et s'étaient hâtés de monter à la volière pour envoyer un mot à Sirius. Accoudés à une

599

fenêtre, ils contemplaient le parc envahi de brume. Tous trois avaient passé une bonne partie de la nuit à parler de Mr Croupton, ce qui expliquait leurs yeux gonflés et leur teint pâle.

– Répète-nous ça encore une fois, Harry, demanda Hermione. Qu'est-ce qu'a dit Croupton exactement ?

– Ça n'avait pas beaucoup de sens. Il disait qu'il voulait avertir Dumbledore de quelque chose. Il parlait de Bertha Jorkins comme si elle était morte. Il n'arrêtait pas de répéter que c'était sa faute... Il parlait aussi de son fils.

– Ça, c'était vraiment sa faute, dit Hermione avec colère.

– Il avait perdu l'esprit, poursuivit Harry. La moitié du temps, il semblait penser que sa femme et son fils étaient toujours vivants et il s'adressait à Percy pour lui parler travail et lui donner des instructions.

– Rappelle-moi ce qu'il a dit à propos de Tu-Sais-Qui ? demanda Ron d'une voix mal assurée.

– Je te l'ai déjà répété, répondit Harry avec lassitude. Il a dit qu'il devenait plus puissant.

Il y eut un silence.

Puis, d'un ton faussement assuré, Ron reprit :

– Il devait délirer, puisque tu nous dis qu'il avait perdu l'esprit...

– Il paraissait plus lucide quand il parlait de Voldemort, fit remarquer Harry sans prêter attention à la grimace de Ron. Il avait du mal à aligner deux mots, mais c'étaient les seuls moments où il avait l'air de savoir où il se trouvait et ce qu'il voulait faire. Il répétait sans cesse qu'il devait absolument voir Dumbledore.

Harry se détourna de la fenêtre et leva les yeux vers la charpente. La moitié des nombreux perchoirs étaient vides. De temps à autre, un hibou s'engouffrait dans la volière, revenant de sa nuit de chasse avec une souris dans le bec.

– Si Rogue ne m'avait pas retenu, dit Harry d'un ton amer, on aurait peut-être pu arriver à temps. « Le directeur est occupé, Potter… Qu'est-ce que vous racontez encore comme bêtises, Potter ? » Si seulement il m'avait laissé passer !

– Peut-être qu'il ne voulait pas que tu voies Dumbledore, dit précipitamment Ron. Peut-être que – attends… À ton avis, combien de temps il lui aurait fallu pour aller jusqu'à la forêt ? Tu crois qu'il aurait pu arriver là-bas avant vous ?

– Non, à moins de se transformer en chauve-souris, répondit Harry.

– Ça ne m'étonnerait pas de lui, marmonna Ron.

– Nous devons voir le professeur Maugrey, dit Hermione. Il faut savoir s'il a retrouvé Croupton.

– S'il avait la carte du Maraudeur sur lui, il n'a pas dû avoir trop de mal, dit Harry.

– Sauf si Croupton n'était plus dans l'enceinte de Poudlard, dit Ron. La carte ne va pas plus loin que…

– Chut ! dit soudain Hermione.

Quelqu'un montait les marches de la volière. Harry entendit deux voix qui se disputaient.

– Ça s'appelle du chantage et on pourrait s'attirer de sacrés ennuis avec ça…

– On a essayé d'être polis, maintenant, on va être beaucoup plus méchants, comme lui. Il n'aimerait sûrement pas que le ministère de la Magie soit au courant de ce qu'il a fait.

– Je te dis que si tu mets ça par écrit, c'est du chantage !

– Peut-être, mais tu ne te plaindras pas si on ramasse un joli petit paquet, non ?

La porte de la volière s'ouvrit avec un grand bruit. Fred et George franchirent le seuil et se figèrent sur place en voyant Harry, Ron et Hermione.

– Qu'est-ce que vous faites ici ? demandèrent Ron et Fred d'une même voix.

– On envoie une lettre, répondirent Harry et George à l'unisson.

– Quoi, à cette heure-ci ? s'exclamèrent ensemble Hermione et Fred.

Fred eut un sourire.

– Très bien, on ne vous demandera pas ce que vous faites si vous non plus, vous ne nous posez pas de questions, dit-il.

Il avait à la main une enveloppe cachetée. Harry y jeta un coup d'œil mais, volontairement ou pas, Fred fit un mouvement qui lui cacha l'adresse.

– On ne veut surtout pas vous retenir, dit-il en s'inclinant avec une politesse feinte, le doigt pointé sur la porte.

Ron ne bougea pas.

– À qui vous faites du chantage ? demanda-t-il.

Le sourire de Fred s'effaça. Harry vit George lui jeter un coup d'œil à peine perceptible, avant d'adresser un sourire à Ron.

– Ne sois pas idiot, c'était une blague, dit-il d'un air dégagé.

– Ça n'en avait pas l'air, répliqua Ron.

Fred et George échangèrent un regard.

– Je te l'ai déjà dit, Ron, reprit soudain Fred, arrête de mettre ton nez partout si tu veux qu'il reste entier. Remarque, ce ne serait pas plus mal d'en enlever un bout, mais…

– Ça me regarde si vous faites du chantage à quelqu'un, l'interrompit Ron. George a raison, vous pourriez avoir de sacrés ennuis.

– Je t'ai dit que c'était une blague, répéta George.

Il prit la lettre des mains de Fred et l'attacha à la patte de la chouette la plus proche.

– Ron, ajouta-t-il, tu commences à parler comme ton frère aîné. Continue comme ça et tu finiras préfet.

– Certainement pas ! s'indigna Ron.

George emmena la chouette près de la fenêtre et la lança au-dehors.

Puis il se tourna vers Ron et lui sourit à nouveau.

– Alors, arrête de te mêler de ce que font les autres. À plus tard.

Suivi de Fred, il sortit de la volière. Harry, Ron et Hermione échangèrent un regard.

– Tu ne crois pas qu'ils sont au courant de quelque chose ? murmura Hermione. À propos de l'histoire Croupton ?

– Non, répondit Harry. Si c'était aussi grave, ils en parleraient à Dumbledore.

Mais Ron paraissait mal à l'aise.

– Qu'est-ce qu'il y a ? lui demanda Hermione.

– Je ne sais pas si… s'ils seraient capables de… dit lentement Ron. Ils sont tellement obsédés par l'argent, ces temps-ci… Je l'ai remarqué, j'étais souvent avec eux au moment… au moment où…

– Où on ne se parlait plus, acheva Harry. D'accord, mais ils n'iraient quand même pas jusqu'au chantage…

– C'est à cause de leur projet de boutique de farces et attrapes, poursuivit Ron. Je croyais qu'ils disaient ça uniquement pour faire enrager ma mère, mais ils ont vraiment l'intention de le faire. Ils n'ont plus que un an à passer à Poudlard, ils n'arrêtent pas de dire qu'il est temps de penser à leur avenir et comme papa ne peut pas les aider, ils ont besoin d'or pour ouvrir leur boutique.

Ce fut au tour d'Hermione d'avoir l'air mal à l'aise.

– Ils ne feraient quand même pas quelque chose d'illégal pour avoir de l'or, non ?

– Tu crois ? dit Ron, sceptique. Je ne sais pas… Ils n'ont jamais beaucoup respecté les règlements…

– Oui, mais là, il s'agit de la *loi*, fit remarquer Hermione, l'air effaré. Ça n'a rien à voir avec les stupides petits règlements de l'école... Le chantage, ça leur coûterait beaucoup plus cher qu'une simple retenue ! Ron... tu ferais peut-être bien d'en parler à Percy...

— Tu es folle ? En parler à Percy ? Il serait bien capable de vouloir jouer les petits Croupton et d'aller immédiatement les dénoncer.

Ron regarda la fenêtre par laquelle la chouette de Fred et de George s'était envolée, puis il ajouta :

— Venez, on va prendre un petit déjeuner.

— Tu crois qu'il est trop tôt pour aller voir le professeur Maugrey ? dit Hermione tandis qu'ils descendaient l'escalier en colimaçon.

— Oui, répondit Harry. Il nous jetterait sans doute un sort à travers la porte si on le réveillait à l'aube. Il penserait que quelqu'un essaye de l'attaquer dans son sommeil. Attendons la récréation.

Le cours d'histoire de la magie avait rarement semblé si long. Harry, qui avait fini par jeter sa montre, regardait sans cesse celle de Ron, mais les aiguilles avançaient avec une telle lenteur qu'elle avait l'air cassée, elle aussi. Tous trois étaient si fatigués qu'ils se seraient volontiers endormis sur leurs tables. Contrairement à son habitude, Hermione elle-même avait renoncé à prendre des notes. La tête dans les mains, elle regardait le professeur Binns d'un œil vitreux.

Lorsque la cloche retentit enfin, ils se précipitèrent dans le couloir, coururent vers la classe de défense contre les forces du Mal et aperçurent le professeur Maugrey qui en sortait.

— Professeur Maugrey ! s'écria Harry en se frayant un chemin parmi la foule des élèves pour le rejoindre.

— Bonjour, Potter, grogna Maugrey.

Il paraissait aussi fatigué qu'eux. La paupière de son œil normal tombait, donnant à son visage un aspect encore plus asymétrique qu'à l'ordinaire. Son œil magique suivit deux élèves de première année qui hâtèrent le pas en passant devant lui, l'air mal à l'aise. L'œil se retourna complètement et les regarda disparaître à l'angle du couloir, dans le dos de Maugrey.

— Venez, dit-il enfin.

Il s'écarta pour les laisser entrer dans la classe vide et les suivit à l'intérieur en refermant la porte derrière lui.

— Vous l'avez retrouvé ? demanda Harry sans autre préambule. Mr Croupton ?

— Non, dit Maugrey.

Il alla s'asseoir derrière son bureau, étendit sa jambe de bois en poussant un léger grognement et tira sa flasque de sa poche.

— Vous vous êtes servi de la carte ? dit Harry.

— Bien sûr, répondit Maugrey après avoir bu une gorgée du contenu de sa flasque. J'ai adopté ta technique, Potter. Je l'ai fait venir de mon bureau jusqu'à la forêt avec un sortilège d'Attraction. Mais Croupton ne figurait pas dessus.

— Donc, il a *vraiment* transplané ? dit Ron.

— *On ne peut pas transplaner dans l'enceinte de Poudlard !* répéta Hermione. Mais il aurait pu disparaître d'une autre manière, n'est-ce pas, professeur ?

L'œil magique de Maugrey se posa sur Hermione en frémissant.

— Toi aussi, tu pourrais songer à te lancer dans la carrière d'Auror, lui dit-il. Tu sais faire fonctionner tes méninges, Granger.

Hermione rougit de plaisir.

— Il n'a pas pu se rendre invisible, dit Harry. La carte montre les gens invisibles. Il a dû sortir du parc.

— La question est de savoir s'il en est sorti tout seul ou si c'est quelqu'un d'autre qui l'en a fait sortir, fit remarquer Hermione.

–Oui, c'est vrai, quelqu'un aurait pu... le mettre sur un balai et s'envoler avec lui, non ? suggéra Ron en regardant Maugrey avec espoir, comme si lui aussi avait envie de s'entendre dire qu'il pourrait faire un bon Auror.

–On ne peut pas exclure un enlèvement, en effet, grogna Maugrey.

–Alors, vous croyez qu'il se trouve quelque part à Pré-au-Lard ? dit Ron.

–Il pourrait être n'importe où, répondit Maugrey en hochant la tête. La seule chose dont on soit sûrs, c'est qu'il n'est pas ici.

Il bâilla longuement. Ses cicatrices s'étirèrent et sa bouche largement ouverte révéla plusieurs dents manquantes.

–D'après ce que m'a dit Dumbledore, reprit-il, il paraît que vous aimez bien jouer les détectives, tous les trois, mais vous ne pourrez rien faire pour Croupton. C'est aux gens du ministère de le rechercher, Dumbledore les a prévenus. Potter, il vaut mieux que tu te concentres sur la troisième tâche.

–Quoi ? dit Harry. Ah oui...

Il n'avait pas pensé une seule fois au labyrinthe depuis qu'il avait quitté Krum, la nuit précédente.

–Tu ne devrais pas avoir trop de mal avec celle-là, dit Maugrey en grattant son menton couturé et mal rasé. Si j'en crois Dumbledore, tu as souvent réussi à te sortir de ce genre de choses. Il paraît que tu t'es débrouillé pour franchir tous les obstacles qui gardaient la Pierre philosophale, dès ta première année ici.

–On l'a aidé, dit aussitôt Ron. Hermione et moi, on l'a aidé.

Maugrey eut un sourire.

–Eh bien, aidez-le encore à s'entraîner cette fois-ci et ça m'étonnerait qu'il ne sorte pas vainqueur. En attendant... vigilance constante, Potter. Vigilance constante.

Il but à nouveau une longue gorgée au goulot de sa flasque et son œil magique pivota vers la fenêtre. On apercevait une partie des voiles du vaisseau de Durmstrang.

– Vous deux – son œil normal s'était posé sur Ron et Hermione –, vous restez auprès de Potter, d'accord ? J'ouvre l'œil, mais on ne sait jamais... Des yeux, il n'y en a jamais assez pour tout surveiller.

Sirius leur renvoya leur hibou le lendemain matin. Il voletait vers Harry au moment même où une chouette hulotte atterrissait devant Hermione en tenant dans son bec un exemplaire de *La Gazette du sorcier*. Hermione prit le journal, parcourut les premières pages et dit :

– Ah ! Elle n'a pas entendu parler de Croupton !

Puis elle se joignit à Ron et à Harry pour lire ce que Sirius avait à dire des mystérieux événements de l'avant-veille.

Harry

Qu'est-ce que c'est que ces histoires de te promener dans la forêt avec Krum ? À quoi joues-tu ? Je veux que tu me promettes, par retour du hibou, que tu ne sortiras plus dans le parc avec qui que ce soit la nuit. Il y a quelqu'un d'extrêmement dangereux à Poudlard. Quelqu'un qui voulait empêcher Croupton de voir Dumbledore et tu n'étais sans doute qu'à quelques mètres de lui. Tu aurais pu te faire tuer.

Ton nom n'a pas été déposé dans la Coupe de Feu par hasard. Si quelqu'un a l'intention de te tuer, c'est maintenant ou jamais qu'il agira. Reste toujours près de Ron et d'Hermione, ne quitte pas la tour de Gryffondor la nuit et prépare-toi très sérieusement à la troisième tâche. Entraîne-toi aux sortilèges de Stupéfixion et de Désarmement. Tu ferais bien d'apprendre également quelques maléfices supplémentaires. En ce qui concerne Croupton, tu ne peux rien faire pour lui. Adopte un profil bas, et prends bien soin de toi. J'attends la lettre dans laquelle tu me promettras de ne plus sortir dans le parc la nuit.

Sirius

– Il est bien placé pour me donner des leçons sur les promenades dans le parc ! dit Harry, vaguement indigné, en glissant la lettre de Sirius dans sa poche. Après tout ce qu'il a fait quand il était élève ici !

– Il s'inquiète pour toi ! dit Hermione d'un ton brusque. Tout comme Maugrey et Hagrid ! Alors, écoute-les !

– Personne n'a essayé de m'attaquer cette année, répliqua Harry. Personne ne m'a rien fait…

– À part mettre ton nom dans la Coupe de Feu ! dit Hermione. Et ce n'était pas par hasard. Sniffle a raison. Celui qui a fait ça attend peut-être son heure. C'est peut-être pendant la prochaine tâche qu'il s'attaquera à toi.

– Écoute, dit Harry d'un ton impatient. Admettons que Sniffle ait raison et que quelqu'un ait stupéfixé Krum pour enlever Croupton. Ça signifie qu'il était caché dans les arbres, tout près de nous, non ? Mais il a attendu que je sois parti pour agir, donc, apparemment, ce n'était pas à moi qu'il en avait.

– Il aurait eu du mal à faire passer ça pour un accident s'il t'avait tué dans la forêt ! fit remarquer Hermione. Mais si tu meurs pendant une tâche…

– Il n'a pas hésité à attaquer Krum, dit Harry. Pourquoi ne m'aurait-il pas supprimé en même temps ? Il aurait pu faire croire que Krum et moi, on s'était battus en duel, par exemple…

– Harry, je ne comprends pas plus que toi, avoua Hermione d'un air désemparé. Tout ce que je sais, c'est qu'il se passe beaucoup de choses bizarres et je n'aime pas du tout ça… Maugrey a raison – Sniffle a raison – il faut que tu t'entraînes dès maintenant pour la troisième tâche. Et tu dois tout de suite écrire à Sniffle pour lui promettre que tu n'iras plus te promener dehors tout seul.

Le parc de Poudlard ne paraissait jamais aussi attirant à Harry que lorsqu'il était obligé de rester à l'intérieur du château. Pendant les jours qui suivirent, il partagea son temps libre entre la bibliothèque, où il étudiait des maléfices avec Ron et Hermione, et des salles de classe vides qui leur servaient à s'exercer. Harry se concentrait particulièrement sur le sortilège de Stupéfixion qu'il n'avait encore jamais pratiqué. Ces séances d'entraînement obligeaient Ron et Hermione à consentir certains sacrifices.

– Tu ne crois pas qu'on pourrait kidnapper Miss Teigne ? suggéra Ron, étalé sur le dos dans la classe d'enchantements, après avoir été stupéfixé puis ranimé par Harry cinq fois de suite. Si on la prenait comme cobaye pour changer un peu ? Ou alors, peut-être que tu pourrais demander à Dobby ? Je suis sûr qu'il serait prêt à faire n'importe quoi pour t'aider. Ce n'est pas que je me plaigne – il se releva avec précaution en se massant le dos – mais j'ai mal partout…

– C'est parce que tu tombes toujours à côté des coussins ! dit Hermione d'un air agacé.

Elle entassa à nouveau sur le sol les coussins dont s'était servi le professeur Flitwick pour le cours sur le sortilège d'Expulsion.

– Essaye de tomber en arrière !

– Quand on est stupéfixé, ce n'est pas très facile de viser ! répliqua Ron avec colère. Pourquoi tu ne prends pas ma place pour changer ?

– De toute façon, je crois que Harry sait très bien le faire, maintenant, dit précipitamment Hermione. Pour le sortilège de Désarmement, pas besoin de s'inquiéter, il y a longtemps

609

qu'il le maîtrise parfaitement… Mais il serait peut-être temps de pratiquer quelques maléfices, à partir de ce soir.

Elle consulta la liste qu'ils avaient faite à la bibliothèque.

—Celui-ci me paraît bien, dit-elle. Le maléfice d'Entrave. Il ralentit tout ce qui essaye de t'attaquer. On va commencer par ça.

La cloche sonna pour annoncer la reprise des cours de l'après-midi. Ils se hâtèrent de ranger les coussins dans l'armoire de Flitwick et sortirent discrètement de la classe.

—On se retrouve au dîner ! dit Hermione qui partit vers son cours d'arithmancie, tandis que Harry et Ron prenaient le chemin de la tour nord, où les attendait le professeur de divination.

Les flots de lumière qui se déversaient par les hautes fenêtres illuminaient les couloirs et le bleu du ciel brillait comme de l'émail.

—On va étouffer dans la classe de Trelawney, dit Ron, elle n'éteint jamais ce fichu feu.

Il avait raison. Il régnait une chaleur suffocante dans la pièce faiblement éclairée. Les vapeurs qui s'échappaient des flammes parfumées étaient plus entêtantes que jamais. Harry avait le tournis lorsqu'il traversa la salle pour aller s'installer près d'une fenêtre masquée par des rideaux. Pendant que le professeur Trelawney était occupée à décrocher son châle d'une lampe, il entrouvrit la fenêtre de quelques centimètres et s'installa dans son fauteuil recouvert de chintz. Une faible brise vint alors lui rafraîchir le visage. Il avait au moins réussi à trouver une position confortable.

Le professeur Trelawney prit place dans un grand fauteuil et regarda longuement ses élèves, les yeux étrangement agrandis.

—Mes chéris, dit-elle, nous avons presque fini notre travail sur les prévisions astrologiques. Aujourd'hui, nous avons toutefois une excellente occasion d'examiner l'influence de

Mars, étant donné sa position particulièrement intéressante en cette période. Si vous voulez bien regarder dans cette direction pendant que j'éteins les lampes…

Elle agita sa baguette magique et les lampes s'éteignirent. La seule source de lumière venait à présent du feu qui continuait de brûler dans la cheminée. Le professeur Trelawney se pencha et tira de sous son fauteuil un modèle miniature du système solaire enfermé dans un dôme de verre. L'objet était magnifique. Suspendues dans les airs, les neuf planètes et leurs lunes scintillaient sous l'éclat d'un soleil flamboyant. Harry regarda paresseusement le professeur montrer l'angle extraordinaire que Mars formait avec Neptune. Les vapeurs entêtantes l'enveloppaient et la brise continuait de lui caresser doucement le visage. Il entendit le faible bourdonnement d'un insecte, quelque part derrière le rideau. Puis, peu à peu, il sentit ses paupières s'alourdir…

Il chevauchait un hibou grand duc qui volait dans le ciel d'un bleu clair vers une vieille maison couverte de lierre, dressée au sommet d'une colline. Le hibou descendait peu à peu vers le sol et Harry sentait le vent lui rafraîchir agréablement le visage. Enfin, ils atteignaient une fenêtre cassée à l'étage de la maison et le hibou s'y engouffrait. Ils volaient à présent le long d'un couloir obscur, en direction d'une pièce située à son extrémité. Lorsqu'ils entraient dans la pièce, elle était plongée dans la pénombre, ses fenêtres condamnées par des planches…

Harry n'était plus sur le dos du hibou… Il le regardait voleter dans la pièce en direction d'un fauteuil qui lui tournait le dos… À côté du fauteuil, il voyait remuer sur le sol deux silhouettes sombres…

L'une des silhouettes était celle d'un énorme serpent… L'autre était celle d'un homme… Un petit homme chauve, avec des yeux larmoyants et un nez pointu… Affalé sur le tapis, devant la cheminée, il sanglotait, la respiration sifflante...

– Tu as de la chance, Queudver, disait une voix aiguë et glacée qui s'élevait du fauteuil sur lequel le hibou venait d'atterrir. Tu as vraiment beaucoup de chance. Ton idiotie n'a pas réussi à tout gâcher. Il est mort.

– Maître ! haletait l'homme recroquevillé par terre. Maître, je suis... Je suis tellement heureux... et tellement désolé...

– Nagini, disait la voix glacée. Toi, en revanche, tu n'as pas de chance. Finalement, je ne vais pas te donner Queudver à manger... Mais ça ne fait rien, ça ne fait rien... Il reste toujours Harry Potter...

Le serpent sifflait. Harry le voyait darder sa langue fourchue.

– Et maintenant, Queudver, reprenait la voix glacée, il est temps de te donner un petit avertissement pour te rappeler que je ne tolérerai plus la moindre erreur...

– Maître... non... je vous en supplie...

L'extrémité d'une baguette magique émergea soudain du fauteuil et se pointa sur Queudver.

– *Endoloris*, disait la voix glacée.

Queudver se mettait alors à hurler, hurler comme si chacun de ses nerfs était en feu. Ses cris transperçaient les tympans de Harry qui sentait sa cicatrice au front redevenir douloureuse... Lui aussi criait, criait si fort que Voldemort allait sûrement l'entendre, s'apercevoir de sa présence...

– Harry ! Harry !

Harry ouvrit les yeux. Les mains plaquées sur son front, il était étendu par terre, dans la classe du professeur Trelawney. Sa cicatrice lui faisait tellement mal qu'il en avait les larmes aux yeux. Cette fois, il ne s'agissait pas d'un rêve, la douleur était bien réelle. Les autres élèves l'entouraient et Ron, agenouillé près de lui, paraissait terrifié.

– Tu te sens bien ? demanda-t-il.

– Évidemment pas ! lança le professeur Trelawney, l'air surexcité.

Harry voyait briller ses grands yeux qui le regardaient fixement.

– Que s'est-il passé, Potter ? Une prémonition ? Une apparition ? Qu'est-ce que vous avez vu ?

– Rien, mentit Harry.

Il se redressa, le corps parcouru de tremblements. Machinalement il regarda autour de lui, scrutant la pénombre de la classe. La voix de Voldemort lui avait paru si proche...

– Vous aviez les mains crispées sur votre cicatrice ! dit le professeur Trelawney. Vous vous rouliez par terre en vous tenant le front ! Nous allons examiner cela de près, Potter, j'ai beaucoup d'expérience dans ce domaine !

Harry leva les yeux vers elle.

– Je crois que je ferais bien d'aller à l'infirmerie, dit-il. J'ai mal à la tête.

– Mon cher, votre clairvoyance a très certainement été stimulée par les extraordinaires vibrations de cette pièce ! assura le professeur Trelawney. Si vous partez maintenant, vous risquez de perdre une occasion unique de voir plus loin que vous ne l'aurez jamais...

– Je ne veux rien voir d'autre qu'un remède contre le mal de tête, l'interrompit Harry.

Il se releva et ses camarades décontenancés s'écartèrent pour libérer le passage.

– À tout à l'heure, murmura-t-il à Ron.

Il prit son sac et se dirigea vers la trappe, sans un regard au professeur Trelawney qui paraissait frustrée, comme si on venait de lui refuser un plaisir rare.

Mais lorsque Harry eut descendu l'échelle, il ne prit pas la direction de l'infirmerie où il n'avait jamais eu l'intention de se rendre. Sirius lui avait dit ce qu'il devait faire si sa cicatrice recommençait à lui faire mal et il s'apprêtait à suivre son conseil : aller voir directement Dumbledore dans son bureau. Il parcourut les couloirs en repensant à son rêve... il lui avait semblé aussi réel que celui qui l'avait réveillé à Privet Drive... Il passa tous les détails en revue pour bien les graver dans sa mémoire... Il avait entendu Voldemort accuser Queudver d'avoir commis une erreur... Mais le hibou qui avait atterri sur le fauteuil était porteur de bonnes nouvelles, l'erreur avait été réparée, quelqu'un était mort... et donc, Queudver n'allait pas être livré au serpent... C'était lui, Harry, qui lui servirait de repas...

Harry était passé sans la remarquer devant la gargouille qui gardait l'entrée du bureau de Dumbledore. Il cligna des yeux, comme s'il venait de se réveiller, jeta un regard derrière lui et revint sur ses pas. Puis il se rappela qu'il ne connaissait toujours pas le mot de passe.

– Sorbet citron ? risqua-t-il.

La gargouille ne bougea pas.

– Très bien, dit Harry en la regardant dans les yeux. Bonbon à la poire... Heu... Baguette réglisse... Fizwizbiz... Bulles baveuses... Dragées surprises de Bertie Crochue... Non, c'est vrai, il n'aime pas ça... Tu ne voudrais pas t'ouvrir, tout simplement ? s'exclama-t-il avec colère. Il faut absolument que je le voie, c'est urgent !

La gargouille resta immobile.

Harry lui donna un coup de pied, qui eut pour seul effet de provoquer une douleur fulgurante dans son gros orteil.

– Chocogrenouille ! s'écria-t-il, furieux, en sautant à cloche-pied. Plume en sucre ! Nids de cafards !

La gargouille s'anima soudain et s'écarta en faisant glisser le mur derrière elle. Harry cligna des yeux.

– Nids de cafards ? répéta-t-il, stupéfait. Je disais ça pour rire...

Il se glissa par l'ouverture et monta sur la première marche d'un escalier en colimaçon qui se mit à tourner lentement sur lui-même pour l'amener en douceur devant une grande porte de chêne avec un heurtoir en cuivre.

Harry entendit des voix derrière la porte. Il s'avança et hésita, tendant l'oreille.

— Dumbledore, j'ai bien peur de ne pas voir le rapport entre les deux, je ne le vois même pas du tout !

Il reconnut la voix de Cornelius Fudge, le ministre de la Magie.

— Ludo dit que Bertha est parfaitement capable de se perdre toute seule. J'admets que nous aurions dû la retrouver à l'heure qu'il est, mais nous n'avons pas la preuve pour autant qu'il se soit passé quelque chose de louche, Dumbledore, pas la moindre preuve. Comment sa disparition pourrait-elle être liée à celle de Barty Croupton ?

— Et, à votre avis, qu'est-ce qui a pu arriver à Barty Croupton ? grogna la voix de Maugrey.

— Je vois deux possibilités, Alastor, répondit Fudge. Ou bien Croupton a fini par perdre la tête — ce qui n'aurait rien d'étonnant, vous en conviendrez, lorsqu'on connaît son histoire personnelle — et il s'est mis à errer au hasard...

— Dans ce cas, il a erré au pas de course, Cornelius, fit remarquer Dumbledore d'une voix très calme.

— Ou alors... mais bon... reprit Fudge d'un ton embarrassé, je préfère réserver mon jugement jusqu'à ce que j'aie vu l'endroit où on l'a trouvé... Vous m'avez dit que c'était à proximité du carrosse de Beauxbâtons ? Dumbledore, vous savez qui est cette femme ?

— Je la considère comme une directrice d'école très compétente... et une excellente danseuse, répondit Dumbledore d'une voix égale.

— Dumbledore, voyons ! s'exclama Fudge avec colère. Vous

615

ne croyez pas que vous avez un préjugé favorable à son égard à cause de Hagrid ? Vous savez, ils ne sont pas tous inoffensifs – si tant est qu'on puisse qualifier Hagrid d'inoffensif, compte tenu de son obsession pour les monstres...

– Je ne soupçonne pas plus Madame Maxime que Hagrid, dit Dumbledore du même ton paisible. Et je n'exclus pas que ce soit vous qui ayez des préjugés, Cornelius.

– Est-ce que nous pourrions mettre un terme à cette conversation ? grogna Maugrey.

– Oui, c'est ça, descendons dans le parc, dit Fudge avec impatience.

– Il ne s'agit pas de ça, reprit Maugrey. C'est simplement parce que Potter veut vous voir, Dumbledore. Il attend devant la porte.

30
LA PENSINE

La porte du bureau s'ouvrit.

— Bonjour, Potter, dit Maugrey. Entre donc.

Harry s'avança à l'intérieur. Il était déjà venu dans le bureau de Dumbledore. C'était une magnifique pièce circulaire aux murs recouverts de portraits d'anciens directeurs et directrices de Poudlard qui dormaient profondément dans leurs cadres. On voyait leurs poitrines se soulever et s'abaisser régulièrement au rythme de leur respiration paisible.

Cornelius Fudge se tenait à côté du bureau de Dumbledore, vêtu de son habituelle cape à fines rayures, son chapeau melon vert à la main.

— Harry ! dit-il d'un ton jovial en s'approchant de lui. Comment vas-tu ?

— Très bien, mentit Harry.

— Nous parlions justement de ce qui s'est passé la nuit où Mr Croupton est apparu dans le parc, reprit Fudge. C'est toi qui l'as trouvé, n'est-ce pas ?

— Oui, répondit Harry.

Puis, sentant qu'il était inutile de faire comme s'il n'avait pas entendu leur conversation, il ajouta :

— Mais je n'ai vu Madame Maxime nulle part et il serait bien étonnant qu'elle ait réussi à se cacher.

Dumbledore, le regard pétillant, lui adressa un sourire derrière le dos de Fudge.

– Oui, bon, dit Fudge, l'air gêné. Nous allons nous rendre sur place pour voir tout ça, Harry, si tu veux bien nous excuser… Tu devrais peut-être retourner en classe…

– Je voulais vous parler, professeur, dit précipitamment Harry en se tournant vers Dumbledore qui lui jeta un regard bref et perçant.

– Tu n'as qu'à m'attendre ici, dit-il. Notre examen des lieux ne sera pas très long.

Ils sortirent en silence et refermèrent la porte derrière eux. Lorsque le claquement de la jambe de bois de Maugrey se fut éloigné dans le couloir du dessous, Harry jeta un regard autour de lui.

– Bonjour, Fumseck, dit-il.

Fumseck, le phénix de Dumbledore, se tenait sur son perchoir d'or, à côté de la porte. Il avait la taille d'un cygne et un magnifique plumage rouge et or. Il agita sa longue queue et adressa à Harry un clin d'œil bienveillant.

Harry s'assit sur une chaise, devant le bureau de Dumbledore. Pendant un bon moment, il resta immobile à regarder les anciens directeurs et directrices dormir dans leurs cadres. Il repensait à ce qu'il venait d'entendre et tâtait de temps à autre sa cicatrice qui avait cessé de lui faire mal.

Maintenant qu'il se trouvait ici, il se sentait beaucoup plus calme, sachant qu'il pourrait bientôt raconter son rêve à Dumbledore. Il tourna son regard vers le mur du fond, derrière le bureau, et vit le Choixpeau magique, usé et rapiécé, posé sur une étagère. À coté, dans une vitrine, était exposée une splendide épée d'argent, à la poignée incrustée de gros rubis. Harry connaissait bien cette arme, il l'avait tirée du Choixpeau magique deux ans auparavant. L'épée avait appartenu jadis à Godric Gryffondor, le fondateur de la maison à laquelle appartenait Harry. Il la contempla longuement en se rappelant comment elle lui avait redonné espoir à un moment où il croyait que tout était perdu. Soudain, il remarqua un reflet d'argent sur le verre de la vitrine. Il se retourna pour chercher l'origine de cette lueur et aperçut un éclat argenté qui brillait dans une petite armoire dont la porte était restée entrouverte. Harry hésita, jeta un coup d'œil à Fumseck, puis se leva et alla ouvrir la porte de l'armoire.

Elle renfermait une sorte de bassine de pierre, peu profonde, dont les bords étaient gravés de signes étranges : des runes et des symboles que Harry était incapable de déchiffrer. La lueur argentée provenait du contenu de la bassine qui ne ressemblait à rien de connu. Il aurait été incapable de dire si cette substance était liquide ou gazeuse. En tout cas, elle était brillante, d'une couleur argent qui tirait sur le blanc, et elle remuait sans cesse. Sa surface ondulait comme de l'eau ridée par le vent puis, tel un nuage, elle se séparait en plusieurs fragments qui tournoyaient lentement en changeant de forme. On aurait dit de la lumière à l'état liquide – ou du vent à l'état solide – Harry n'arrivait pas à se décider.

Il aurait voulu y toucher pour la sentir sous ses doigts mais près de quatre années d'expérience en matière de magie lui avaient appris que mettre la main dans un récipient rempli d'une substance inconnue témoignait d'une totale stupidité. Après avoir jeté derrière lui un regard un peu inquiet, il sortit sa baguette magique et s'en servit pour effleurer le contenu de la bassine. Aussitôt, la surface argentée se mit à tourbillonner très vite.

Harry se pencha davantage, la tête dans l'armoire. La substance était devenue transparente. On aurait dit du verre. Il regarda de plus près mais, au lieu de voir le fond de la bassine, il distingua sous la surface une vaste salle qu'il avait l'impression d'observer à travers une fenêtre circulaire aménagée dans le plafond.

La salle était plongée dans la pénombre. Elle avait même l'air d'être située en sous-sol, à en juger par l'absence de fenêtres. La seule source de lumière provenait de torches fixées aux murs, comme celles qui éclairaient les couloirs de Poudlard. Le visage de Harry n'était plus qu'à deux ou trois centimètres de la substance vitreuse et il apercevait à présent une foule de sorcières et de sorciers assis le long des murs, sur des bancs étagés en gradins. Au centre, il vit un fauteuil qui lui fit froid dans le dos : ses bras comportaient des chaînes, comme si on ne pouvait s'y asseoir sans être attaché.

Où se trouvait cet endroit ? Sûrement pas à Poudlard. Il n'avait jamais vu une telle salle dans le château. D'ailleurs, la foule qui s'y pressait était composée d'adultes et Harry était bien placé pour savoir qu'il n'y avait jamais eu un nombre aussi élevé de professeurs à Poudlard. Ils semblaient tous attendre quelque chose. Harry n'apercevait que la pointe de leurs chapeaux mais tout le monde avait la tête tournée dans la même direction et personne ne se parlait.

La bassine étant ronde et la salle rectangulaire, Harry n'arrivait pas à distinguer ce qui se passait dans les coins. Il pencha la tête un peu plus pour essayer de mieux voir...

Le bout de son nez entra alors en contact avec la mystérieuse substance.

Et tout à coup, ce fut comme si le bureau de Dumbledore basculait brutalement. Harry fut projeté en avant et tomba tête la première dans la bassine de pierre...

Mais il ne heurta pas le fond du récipient. Il fit une longue chute dans une obscurité glacée, comme s'il avait été aspiré par un tourbillon noir...

Puis, soudain, il se retrouva assis sur un banc qui dominait les gradins, tout au bout de la salle qu'il avait observée au fond de la bassine. Il leva les yeux, s'attendant à voir la fenêtre circulaire par laquelle il avait regardé, mais il n'y avait qu'un plafond de pierre sombre, sans la moindre ouverture.

La respiration saccadée, Harry jeta de rapides coups d'œil autour de la salle. Les sorcières et sorciers qui s'y trouvaient rassemblés devaient être au moins deux cents, mais aucun d'entre eux ne lui accorda le moindre regard. Personne ne semblait avoir remarqué qu'un garçon de quatorze ans venait de tomber du plafond et d'atterrir parmi eux. Harry se tourna vers le sorcier assis à côté de lui et laissa échapper un cri de surprise qui résonna dans la salle silencieuse.

C'était Albus Dumbledore.

— Professeur! s'exclama Harry d'une voix étranglée. Je suis désolé... Je ne voulais pas... J'ai simplement jeté un coup d'œil à cette bassine qui se trouvait dans votre armoire... Je... Où sommes-nous?

Mais Dumbledore ne fit pas un geste, ne prononça pas un mot. Il ne prêta aucune attention à Harry. Comme les autres, il avait le regard fixé sur le coin opposé de la salle où se trouvait une porte.

Déconcerté, Harry regarda Dumbledore puis observa un instant la foule silencieuse et attentive. Lorsqu'il posa à nouveau les yeux sur Dumbledore, il commença à comprendre...

Il lui était déjà arrivé, un jour, de se retrouver dans un endroit où personne ne pouvait le voir ni l'entendre. Cette fois-là, il était tombé dans les pages d'un carnet ensorcelé et avait atterri dans la mémoire de quelqu'un d'autre... S'il ne se trompait pas, c'était un phénomène semblable qui venait de se produire...

Harry leva une main, hésita, puis l'agita devant le visage de Dumbledore. Celui-ci ne cilla pas, ne le regarda pas, ne fit pas le moindre mouvement. Harry en conclut qu'il avait vu juste. Jamais Dumbledore ne l'aurait ainsi ignoré en temps normal. Il était donc tombé dans un souvenir et le Dumbledore qui était assis sur ce banc n'était pas celui d'aujourd'hui. Pourtant, il ne devait pas y avoir très longtemps que cette scène s'était déroulée... Le Dumbledore qu'il voyait en cet instant avait déjà les cheveux argentés, comme celui qu'il connaissait. Mais quel était cet endroit ? Et qu'attendaient donc tous ces sorciers ?

Harry observa les lieux plus attentivement. La salle, comme il s'en était déjà douté quand il l'avait regardée d'en haut, était sans nul doute souterraine – probablement un ancien cachot. Il y régnait une atmosphère sinistre, menaçante. Il n'y avait aucun tableau aux murs, pas la plus modeste décoration, simplement ces bancs disposés en gradins pour qu'on puisse, de partout, voir le mieux possible le fauteuil aux bras dotés de chaînes.

Avant que Harry ait eu le temps de se faire la moindre idée sur la nature de cette salle, il entendit des bruits de pas. La porte située dans le coin opposé s'ouvrit alors et trois personnes entrèrent – ou en tout cas un homme, flanqué de deux Détraqueurs.

Harry sentit ses entrailles se glacer. Les Détraqueurs, d'immenses créatures au visage caché par une cagoule, se glissèrent lentement vers le fauteuil, au centre de la salle, chacun tenant l'homme par un bras dans ses mains mortes et décomposées. L'homme semblait sur le point de s'évanouir et Harry le comprenait... Il savait que les Détraqueurs ne pouvaient avoir aucun effet sur lui dans un souvenir, mais il ne se rappelait que trop bien leurs terribles pouvoirs dans la réalité. La foule tressaillit légèrement lorsque les Détraqueurs firent asseoir l'homme dans le fauteuil avant de sortir de la salle. La porte se referma alors sur eux.

Harry regarda l'homme et reconnut Karkaroff.

À la différence de Dumbledore, Karkaroff paraissait beaucoup plus jeune. Ses cheveux et son bouc étaient noirs et il ne portait pas de fourrure mais une robe de sorcier en lambeaux. Il tremblait, tandis que les chaînes du fauteuil, étincelant soudain d'une lueur dorée, s'enroulaient d'elles-mêmes autour de ses bras et l'attachaient solidement.

– Igor Karkaroff, dit une voix sèche, à gauche de Harry.

Il tourna la tête et vit Mr Croupton, debout au milieu du banc, à côté de lui. Les cheveux foncés, le visage beaucoup moins ridé, Croupton avait l'air vif et en pleine santé.

– Igor Karkaroff, vous avez été transféré d'Azkaban jusqu'ici pour témoigner au bénéfice du ministère de la Magie. Vous avez laissé entendre que vous déteniez des informations d'une grande importance pour nous.

Karkaroff, enchaîné au fauteuil, se redressa du mieux qu'il put.

– En effet, monsieur, répondit-il.

La peur faisait trembler sa voix, mais elle conservait le ton onctueux que Harry connaissait bien.

– Je souhaite être utile au ministère. Je souhaite apporter mon aide. Je… je sais que le ministère essaye de… d'appréhender les derniers partisans du Seigneur des Ténèbres et j'espère ardemment pouvoir y contribuer par tous les moyens…

Il y eut un murmure dans la salle. Certains observaient Karkaroff avec intérêt, d'autres avec une méfiance affichée. De l'autre côté de Dumbledore, Harry entendit alors distinctement une voix familière qui grogna :

– Canaille…

Il se pencha et vit Maugrey Fol Œil, assis à côté d'Albus Dumbledore. Maugrey paraissait toutefois très différent. Il n'avait pas encore d'œil magique, mais deux yeux normaux qui fixaient Karkaroff avec un intense dégoût.

– Croupton va le laisser sortir, murmura Maugrey à Dumbledore. Il a conclu un marché avec lui. J'ai passé six mois à

623

le retrouver, mais Croupton va le relâcher s'il lui donne suffisamment de noms. Il vaudrait mieux écouter ce qu'il a à dire et le livrer aux Détraqueurs.

Dumbledore fit la moue pour exprimer sa désapprobation.

– Ah, c'est vrai, j'oubliais… Vous n'aimez pas les Détraqueurs, n'est-ce pas, Albus ? dit Maugrey avec un sourire sardonique.

– Non, répondit Dumbledore d'un ton très calme. Je ne les aime pas, en effet. Je suis convaincu depuis longtemps que le ministère a eu tort de s'allier à de telles créatures.

– Mais pour ce genre de crapule… murmura Maugrey.

– Vous dites que vous avez des noms à nous donner, Karkaroff, reprit Mr Croupton. Nous vous écoutons.

– Il faut bien comprendre, répondit précipitamment Karkaroff, que Celui-Dont-On-Ne-Doit-Pas-Prononcer-Le-Nom a toujours agi dans le plus grand secret… Il préférait que nous – je veux dire ses partisans et aujourd'hui, je regrette très profondément d'avoir compté parmi eux…

– Ça suffit, pas de blabla, marmonna Maugrey d'un air méprisant.

– … Il préférait que nous ne connaissions pas les noms de tous nos camarades. Lui seul savait qui ils étaient…

– Ce qui était très sage car, de cette manière, les gens comme vous, Karkaroff, ne pouvaient pas dénoncer les autres, grommela Maugrey.

– Vous dites cependant que vous avez *certains* noms à nous révéler, reprit Croupton.

– En… en effet, répondit Karkaroff, le souffle court. Et il s'agit de noms importants, je vous le garantis. Des gens que j'ai vus de mes propres yeux exécuter ses ordres. Je donne ces informations pour bien montrer que j'ai totalement et définitivement renoncé à le servir et que mon remords est si grand que je…

– Quels sont ces noms ? l'interrompit sèchement Mr Croupton.

Karkaroff prit une profonde inspiration.

– Il y avait Antonin Dolohov, dit-il. Je… je l'ai vu s'acharner sur d'innombrables Moldus et sur des… des opposants au Seigneur des Ténèbres.

– Et vous l'avez aidé dans sa besogne, murmura Maugrey.

– Nous avons déjà arrêté Dolohov, dit Croupton. Il a été capturé peu après vous.

– Vraiment ? s'étonna Karkaroff, les yeux écarquillés. Je… je suis enchanté de l'apprendre !

Mais il n'en avait pas l'air. Harry voyait que la nouvelle était un coup dur pour lui. L'un de ses noms n'avait plus aucune valeur.

– Qui d'autre ? interrogea Croupton d'une voix glaciale.

– Eh bien… il y avait Rosier, répondit aussitôt Karkaroff. Evan Rosier.

– Rosier est mort, déclara Croupton. Lui aussi a été arrêté peu après vous. Il a préféré résister au lieu de nous suivre docilement et il a été tué dans la bagarre.

– En emportant un souvenir de moi, murmura Maugrey.

Harry se tourna vers lui et le vit montrer à Dumbledore son nez mutilé.

– Rosier ne… ne méritait pas mieux ! assura Karkaroff.

On sentait à présent la panique dans sa voix. Il commençait à se demander si ses dénonciations n'allaient pas se révéler totalement inutiles. Les yeux de Karkaroff se tournèrent vers la porte derrière laquelle les Détraqueurs l'attendaient.

– D'autres noms ? demanda Croupton.

– Oui ! répondit Karkaroff. Il y avait Travers, qui a aidé à assassiner les McKinnon ! Mulciber, qui était spécialisé dans le sortilège de l'Imperium et a obligé des tas de gens à commettre des actes abominables ! Rookwood, qui était un espion et a communiqué à Celui-Dont-On-Ne-Doit-Pas-Prononcer-Le-Nom des informations de la plus grande importance recueillies au sein même du ministère !

Cette fois, Harry vit que Karkaroff avait visé juste. Un murmure parcourut la foule.

— Rookwood ? répéta Mr Croupton.

Il fit un signe de tête à une sorcière assise devant lui, qui se mit à écrire sur un morceau de parchemin.

— Vous voulez dire Augustus Rookwood, du Département des mystères ?

— Lui-même, s'empressa de confirmer Karkaroff. Je suis convaincu qu'il avait organisé un réseau de sorciers bien placés, à l'intérieur et à l'extérieur du ministère, pour rassembler des informations.

— Travers et Mulciber, nous les avions déjà, dit Mr Croupton. Très bien, Karkaroff, si c'est tout, vous allez être ramené à Azkaban pendant que nous prendrons une décision...

— Attendez ! s'écria Karkaroff, l'air désespéré. J'en ai d'autres !

À la lueur des torches, Harry vit qu'il transpirait, la pâleur de son teint contrastant avec sa barbe et ses cheveux noirs.

— Rogue ! s'exclama-t-il. Severus Rogue !

— Rogue a été innocenté par le conseil, répliqua Croupton de sa voix glacée. Albus Dumbledore s'en est porté garant.

— Non ! hurla Karkaroff en tirant sur les chaînes qui le retenaient prisonnier. Je peux vous assurer que Severus Rogue est un Mangemort !

Dumbledore s'était levé.

— J'ai déjà apporté des preuves concernant cette affaire, dit-il avec calme. Il est vrai que Severus Rogue était un Mangemort. Il a cependant rejoint notre camp avant la chute de Lord Voldemort et il s'est mis à notre service comme espion, en courant de grands risques personnels. Aujourd'hui, il n'est pas plus Mangemort que moi.

Harry se tourna vers Maugrey Fol Œil qui affichait un air de profond scepticisme.

– Très bien, Karkaroff, dit froidement Croupton. Vous nous avez été d'une certaine aide. Je vais examiner votre cas. En attendant, vous allez retourner à Azkaban…

La voix de Mr Croupton s'évanouit et Harry vit la salle se dissoudre comme si elle se transformait en fumée. Tout s'estompait autour de lui dans une pénombre tourbillonnante. Seul son propre corps restait bien réel.

Puis le décor réapparut. Cette fois, Harry était assis à un autre endroit. Il se trouvait toujours sur le banc le plus élevé, mais à la gauche de Mr Croupton. L'atmosphère était très différente à présent, plus détendue, et même joyeuse. Les sorcières et les sorciers se parlaient volontiers, comme s'ils s'apprêtaient à assister à un événement sportif. Une sorcière assise à mi-hauteur des gradins, en face de Harry, croisa son regard. Elle avait des cheveux blonds et courts, portait une robe rose vif et suçait l'extrémité d'une plume d'un vert criard. Il s'agissait sans aucun doute de Rita Skeeter avec quelques années de moins. Harry vit que Dumbledore, vêtu d'une robe différente, était à nouveau assis à côté de lui. Mr Croupton paraissait plus fatigué, plus maigre, plus féroce, d'une certaine manière… Harry comprit qu'il s'agissait d'un autre souvenir, d'un autre jour… d'un autre procès.

La porte s'ouvrit dans le coin opposé et Ludo Verpey entra dans la salle.

Mais c'était un Ludo Verpey très différent. Il ne s'était pas encore empâté et avait le physique d'un joueur de Quidditch au meilleur de sa forme. Il était grand, mince, musclé et son nez n'était pas encore cassé. L'air inquiet, il s'assit dans le fauteuil, mais les chaînes ne s'enroulèrent pas autour de ses bras,

627

comme elles l'avaient fait pour Karkaroff. Comme s'il y voyait un signe d'encouragement, Verpey jeta un regard à la foule, adressa un geste de la main à deux ou trois personnes qu'il connaissait et parvint à esquisser un sourire.

– Ludo Verpey, vous comparaissez devant le Conseil de la justice magique pour répondre à des accusations en rapport avec les activités criminelles des Mangemorts, annonça Mr Croupton. Nous avons entendu les témoignages vous concernant et nous nous apprêtons à prononcer notre verdict. Avez-vous quelque chose à ajouter à vos déclarations avant que nous rendions notre jugement ?

Harry n'en croyait pas ses oreilles. *Ludo Verpey, un Mangemort ?*

– Disons simplement que…, répondit Verpey avec un sourire gêné. Enfin bon, je sais que j'ai été un peu idiot…

Quelques personnes assises sur les gradins eurent un sourire indulgent. Mr Croupton, cependant, ne semblait pas partager leurs sentiments. Il regardait Ludo Verpey avec une expression sévère et hostile.

– Tu ne saurais mieux dire, mon bonhomme, marmonna quelqu'un à l'oreille de Dumbledore.

Harry tourna la tête et vit à nouveau Maugrey.

– Si je ne savais pas qu'il n'a jamais été très malin, j'aurais pensé que les Cognards avaient fini par lui abîmer la cervelle…

– Ludovic Verpey, vous avez été surpris à communiquer des informations à des partisans de Voldemort, reprit Mr Croupton. En conséquence, je propose que vous soyez condamné à une peine d'emprisonnement d'au moins…

Il y eut alors une vague de protestation dans le public. Plusieurs personnes se levèrent en hochant la tête d'un air furieux et même en brandissant le poing vers Mr Croupton.

– Mais je vous ai déjà dit que je n'en savais rien ! s'écria

Verpey au milieu du brouhaha, ses yeux bleus encore plus ronds qu'à l'ordinaire. Rien du tout ! Ce vieux Rookwood était un ami de mon père... Il ne m'est jamais venu à l'idée qu'il puisse être en rapport avec Vous-Savez-Qui ! Je pensais que je rassemblais des informations pour notre propre camp ! Et Rookwood n'arrêtait pas de me dire que, plus tard, il m'obtiendrait un emploi au ministère... Quand j'aurais fini ma carrière de joueur de Quidditch, vous comprenez ? Je ne peux quand même pas continuer à me faire taper dessus par des Cognards jusqu'à la fin de mes jours, non ?

Il y eut quelques rires dans la salle.

– La question va être mise aux voix, répliqua Mr Croupton avec froideur.

Il se tourna vers la droite.

– Les jurés voudront bien lever la main... Ceux qui sont en faveur d'une peine d'emprisonnement...

Harry regarda les jurés. Personne ne leva la main. Il y eut de nombreux applaudissements. Dans le jury, une sorcière se leva.

– Oui ? aboya Croupton.

– Nous voudrions simplement féliciter Mr Verpey pour sa remarquable performance au sein de l'équipe d'Angleterre dans son match de Quidditch contre la Turquie samedi dernier, dit la sorcière sans reprendre son souffle.

Mr Croupton avait l'air furieux. Des applaudissements enthousiastes résonnaient à présent dans toute la salle. Verpey se leva et salua, le visage rayonnant.

– Lamentable, lança Mr Croupton à Dumbledore en se rasseyant tandis que Verpey sortait de la salle. Rookwood, lui trouver un emploi, vous imaginez ? Si un jour Ludo Verpey venait travailler chez nous, ce serait une bien triste date pour le ministère...

Et le décor s'effaça à nouveau. Lorsqu'il réapparut, Harry

et Dumbledore étaient toujours assis à côté de Mr Croupton, mais l'atmosphère n'aurait pu être plus différente. Il régnait un silence total, rompu seulement par les sanglots d'une petite sorcière gracile assise de l'autre côté de Mr Croupton. Les mains tremblantes, elle serrait un mouchoir contre sa bouche. En regardant Croupton, Harry vit qu'il avait l'air plus émacié, plus grisâtre que jamais. Un nerf se contractait par moments sur sa tempe.

— Qu'on les fasse entrer, dit-il d'une voix qui se répercuta en écho dans la salle silencieuse.

La porte s'ouvrit dans le coin opposé. Cette fois, six Détraqueurs entrèrent, encadrant quatre accusés. Harry vit alors tous les visages se tourner vers Mr Croupton. Quelques personnes se parlaient à l'oreille.

Quatre sièges pourvus de chaînes occupaient à présent le centre de la salle et les Détraqueurs y firent asseoir chacun des accusés. Un homme solidement bâti leva vers Croupton un regard vide ; un autre plus mince et plus nerveux observait la foule de ses petits yeux mobiles ; une femme aux cheveux bruns, épais et brillants, les paupières lourdes, était assise dans son fauteuil comme si c'était un trône ; enfin, le quatrième accusé, un garçon qui devait être âgé d'un peu moins de vingt ans, semblait pétrifié. Il tremblait de tous ses membres, ses cheveux couleur paille tombant sur son visage, sa peau d'un blanc laiteux constellée de taches de rousseur. À côté de Mr Croupton, la petite sorcière gracile se mit à se balancer d'avant en arrière en gémissant dans son mouchoir.

Croupton se leva et regarda les quatre accusés avec une expression de haine absolue.

— Vous comparaissez devant le Conseil de la justice magique, déclara-t-il d'une voix forte, afin que nous puissions vous juger pour avoir commis un crime si atroce..

– Père, dit le garçon aux cheveux de paille. Père, je t'en suppplie…

– Un crime si atroce que nous avons rarement eu l'occasion d'en juger de semblables devant cette cour, poursuivit Croupton en parlant plus fort pour couvrir la voix de son fils. Nous avons entendu les témoignages retenus contre vous. Vous êtes accusés tous les quatre d'avoir capturé un Auror – Frank Londubat – et de l'avoir soumis au sortilège Doloris en pensant qu'il connaissait l'endroit où s'était réfugié votre maître exilé, Celui-Dont-On-Ne-Doit-Pas-Prononcer-Le-Nom…

– Père, je n'ai rien fait ! s'écria le garçon d'une voix perçante. Je n'ai rien fait, je le jure ! Père, ne me renvoie pas chez les Détraqueurs…

– En outre, vous êtes accusés, s'écria Mr Croupton, d'avoir fait subir le sortilège Doloris à l'épouse de Frank Londubat lorsque vous avez compris qu'il ne vous révélerait pas l'information que vous recherchiez. Vous aviez l'intention de ramener Celui-Dont-On-Ne-Doit-Pas-Prononcer-Le-Nom au pouvoir et de reprendre une existence consacrée à la violence, semblable à celle que vous aviez sans doute menée lorsqu'il était au sommet de sa puissance. Je demande au jury…

– Mère ! s'exclama le garçon.

La petite sorcière gracile assise à côté de Croupton éclata alors en sanglots en se balançant d'avant en arrière.

– Mère, empêche-le ! Mère ! Je n'ai rien fait ! Ce n'était pas moi !

– Je demande aux jurés, reprit Mr Croupton d'une voix tonitruante, de lever la main s'ils estiment, comme moi, que ces crimes méritent la détention à vie dans la prison d'Azkaban.

Tous les jurés levèrent la main en même temps. La foule se mit alors à applaudir, comme elle l'avait fait pour Verpey mais, cette fois, il y avait sur les visages une expression de triomphe empreint de sauvagerie.

Le garçon se mit à hurler :

— Non ! Mère, non ! Je n'ai rien fait, je n'ai rien fait ! Je ne savais pas ! Ne m'envoie pas en prison ! Empêche-le !

Les Détraqueurs étaient à nouveau entrés dans la salle. Les trois autres accusés se levèrent. La femme aux paupières lourdes regarda Croupton et lança :

— Le Seigneur des Ténèbres reviendra, Croupton ! Envoie-nous à Azkaban, nous attendrons ! Il se dressera à nouveau, il viendra nous chercher et nous récompensera plus que tous ses autres partisans ! Nous seuls lui avons été fidèles ! Nous seuls avons tenté de le retrouver !

Le garçon essayait de résister aux Détraqueurs, mais Harry voyait bien que leur pouvoir de vider leurs victimes de toute énergie commençait à agir. La foule conspuait les accusés. Certains s'étaient levés pour mieux voir la femme se faire emmener et le garçon lutter en vain.

— Je suis ton fils ! criait celui-ci à Croupton. Je suis ton fils !

— Non, tu n'es pas mon fils ! s'exclama Croupton, les yeux soudain exorbités. Je n'ai pas de fils !

La petite sorcière, à côté de lui, eut un haut-le-corps et s'effondra sur le banc. Elle s'était évanouie mais Croupton ne semblait pas l'avoir remarqué.

— Emmenez-les ! ordonna-t-il aux Détraqueurs, en postillonnant abondamment. Emmenez-les et qu'ils pourrissent dans leur geôle !

— Père ! Père ! Je n'y suis pour rien ! Non ! Non ! Père, je t'en supplie !

— Je crois qu'il est temps de revenir dans mon bureau, dit une voix douce à l'oreille de Harry.

Celui-ci sursauta. Il se tourna à droite, puis à gauche.

À sa droite, il y avait un Albus Dumbledore qui regardait

le fils Croupton se faire traîner hors de la salle par les Détraqueurs tandis que, à sa gauche, un autre Albus Dumbledore s'adressait à lui.

— Viens, dit le Dumbledore de gauche en le prenant par le bras.

Il se sentit alors projeté dans les airs. Le décor du tribunal s'estompa. Harry se retrouva dans le noir puis il eut l'impression de faire un saut périlleux au ralenti et retomba soudain sur ses pieds dans la lumière aveuglante qui éclairait le bureau de Dumbledore. La bassine de pierre scintillait dans l'armoire, devant ses yeux, et Albus Dumbledore se tenait debout à côté de lui.

— Professeur, dit Harry d'une voix haletante. Je sais que je n'aurais pas dû... Je ne voulais pas... La porte de l'armoire était entrouverte et...

— Je comprends très bien, répondit Dumbledore.

Il souleva la bassine, la posa sur son bureau et s'installa dans son fauteuil en faisant signe à Harry de s'asseoir en face de lui.

Harry prit place sur la chaise, le regard fixé sur la bassine. Son contenu avait repris sa couleur argentée et continuait de tournoyer lentement sous ses yeux.

— Qu'est-ce que c'est ? demanda Harry d'une voix tremblante.

— Ça ? C'est ce qu'on appelle une Pensine, répondit Dumbledore. Parfois, et je suis sûr que tu as déjà éprouvé la même impression, il me semble qu'il y a trop de pensées et de souvenirs qui se bousculent dans ma tête.

— Heu..., dit Harry qui ne pouvait prétendre avoir jamais ressenti quelque chose de semblable.

— Chaque fois que j'ai ce sentiment, reprit Dumbledore en montrant la bassine de pierre, j'ai recours à la Pensine. Il suffit d'extraire les pensées inutiles de son esprit et de les déverser dans cette bassine pour pouvoir les examiner plus tard tout à loisir. Il devient alors plus facile de distinguer les structures et les liens qui les unissent lorsqu'elles se trouvent sous cette forme.

– Vous voulez dire que… ce qu'il y a là-dedans, ce sont vos *pensées*? dit Harry en contemplant la substance qui tournoyait dans la bassine.

– Bien sûr, répondit Dumbledore. Regarde, je vais te montrer.

Dumbledore sortit sa baguette magique d'une poche de sa robe et en posa l'extrémité sur ses cheveux argentés, près de sa tempe. Lorsqu'il écarta la baguette, on aurait dit que des cheveux s'y étaient collés, mais Harry vit qu'il s'agissait en fait de filaments argentés semblables à la substance que contenait la Pensine. Dumbledore y ajouta la pensée qu'il venait d'ôter de sa tête et Harry vit avec stupéfaction son propre visage flotter à la surface.

Puis Dumbledore prit la Pensine et se mit à l'agiter, tel un chercheur d'or en quête de paillettes… Harry vit alors son visage se transformer en celui de Rogue qui ouvrit la bouche et parla au plafond, sa voix résonnant légèrement, comme en écho : « Elle revient…, disait-il… Celle de Karkaroff aussi… plus nette que jamais… »

– Une relation que j'aurais pu établir moi-même, soupira Dumbledore, mais ça ne fait rien.

Il regarda Harry par-dessus ses lunettes en demi-lune. Harry, bouche bée, gardait les yeux fixés sur le visage de Rogue qui continuait de tournoyer dans la bassine.

– J'étais en train de consulter la Pensine lorsque Mr Fudge est arrivé pour notre réunion et j'ai été obligé de la ranger en toute hâte. De toute évidence, je n'ai pas refermé l'armoire convenablement et il n'est pas étonnant que ton attention ait été attirée…

– Je suis désolé, marmonna Harry.

Dumbledore hocha la tête.

— La curiosité n'est pas répréhensible, dit-il, mais nous devrions toujours l'exercer avec prudence... avec prudence...

Les sourcils légèrement froncés, il remua les pensées de la bassine du bout de sa baguette magique. Aussitôt, une silhouette s'éleva devant eux : c'était une jeune fille d'environ seize ans, plutôt replète, le visage renfrogné, qui commença à tourner lentement sur elle-même, les pieds au fond de la Pensine. Elle ne prêta aucune attention à Harry ni à Dumbledore. Lorsqu'elle parla, sa voix résonna en écho, comme celle de Rogue. On aurait dit qu'elle s'élevait des profondeurs de la bassine.

— Il m'a jeté un sort, professeur Dumbledore, pourtant, je n'avais fait que le taquiner. J'avais simplement dit que je l'avais vu embrasser Florence derrière la serre, jeudi dernier...

— Mais enfin, Bertha, dit Dumbledore d'un air attristé en regardant la jeune fille qui continuait de tourner lentement sur elle-même, pourquoi donc avez-vous cherché à le suivre ?

— Bertha ? murmura Harry. C'est... c'était... Bertha Jorkins ?

— Oui, dit Dumbledore.

Il plongea à nouveau l'extrémité de sa baguette dans la bassine et la silhouette de Bertha disparut en se fondant dans les pensées qui reprirent leur couleur argentée.

— C'est Bertha telle que je me souviens d'elle lorsqu'elle était à l'école.

La lueur argentée de la Pensine éclairait le visage de Dumbledore et Harry fut frappé de voir soudain à quel point il était vieux. Il savait, bien sûr, que Dumbledore prenait de l'âge mais jamais il ne l'avait considéré comme un vieil homme.

— Alors, Harry, reprit Dumbledore d'une voix douce, avant

de te perdre dans mes pensées, tu voulais me dire quelque chose ?

– Oui, répondit Harry. Professeur, j'étais au cours de divination et… heu… je me suis endormi…

Il hésita en se demandant s'il allait s'attirer une réprimande, mais Dumbledore se contenta de dire :

– C'est très compréhensible. Vas-y, continue.

– Alors, j'ai fait un rêve, poursuivit Harry. J'ai rêvé de Lord Voldemort. Il s'en prenait à Queudver… Vous savez qui est Queudver…

– Je sais, je sais, dit Dumbledore. Continue.

– Voldemort recevait une lettre apportée par un hibou et il disait que l'erreur de Queudver avait été réparée. Il annonçait que quelqu'un était mort. Puis il ajoutait que Queudver ne serait pas livré au serpent qui se trouvait à côté de son fauteuil. Il disait… Il disait que c'était moi qu'il allait donner à manger au serpent. Ensuite, il a jeté le sortilège Doloris à Queudver et ma cicatrice s'est mise à me faire mal. La douleur était si forte que je me suis réveillé.

Dumbledore le regarda en silence.

– Heu… c'est tout, dit Harry.

– Je vois… dit enfin Dumbledore de sa voix paisible. Est-ce qu'il y a eu un autre moment au cours de l'année où ta cicatrice t'a fait mal, à part le jour où elle t'a réveillé, cet été ?

– Non, je… Comment savez-vous qu'elle m'a réveillé cet été ? demanda Harry, stupéfait.

– Tu n'es pas le seul à échanger du courrier avec Sirius, répondit Dumbledore. Moi aussi, je suis en contact avec lui depuis qu'il a quitté Poudlard, l'année dernière. C'est moi qui lui ai suggéré de se réfugier dans la caverne, au flanc de la montagne. C'est un endroit sûr.

Dumbledore se leva et commença à faire les cent pas derrière son bureau. Par moments, il effleurait sa tempe du bout de sa baguette magique, ôtait de sa tête une autre pensée argentée et la déposait dans la Pensine. Les pensées tournoyaient si vite à présent que Harry n'arrivait plus à distinguer quoi que ce soit. Il ne voyait plus qu'un mélange flou et coloré au fond de la bassine de pierre.

— Professeur ? dit-il à voix basse au bout d'un long moment.

Dumbledore cessa de faire les cent pas et se tourna vers lui.

— Excuse-moi, dit-il en se rasseyant derrière son bureau.

— Est-ce que... Est-ce que vous savez pourquoi ma cicatrice me fait mal ?

Dumbledore regarda longuement Harry.

— J'ai une hypothèse, rien de plus, dit-il enfin. Je crois que ta cicatrice devient douloureuse lorsque Lord Voldemort se trouve à proximité ou qu'il est pris d'un accès de haine particulièrement violente.

— Mais... pourquoi ?

— Parce que toi et lui, vous êtes liés par le sort qu'il t'a jeté et qui a raté. Il ne s'agit pas d'une cicatrice ordinaire.

— Alors, vous pensez que... ce rêve... Ça s'est vraiment passé ?

— C'est possible, répondit Dumbledore. Je dirais même probable. Harry... As-tu vu Voldemort dans ton rêve ?

— Non. Seulement le dos de son fauteuil. De toute façon, il n'y aurait rien eu à voir, n'est-ce pas ? Puisqu'il n'a pas de corps... Pourtant... il tenait sa baguette... comment faisait-il ? dit lentement Harry.

— Oui... comment faisait-il ? murmura Dumbledore. Comment faisait-il ?

Harry et Dumbledore restèrent silencieux pendant un moment. Le regard lointain, Dumbledore continuait de temps à autre d'effleurer sa tempe avec sa baguette magique, ajoutant une pensée argentée à la Pensine dont le contenu frémissait devant lui.

– Professeur, dit enfin Harry. Croyez-vous qu'il est en train de retrouver des forces ?

– Voldemort ?

Dumbledore le regarda par-dessus la Pensine, de ce regard perçant, caractéristique, que Harry avait déjà connu en d'autres circonstances. Un regard qui lui donnait l'impression qu'il voyait à travers lui d'une manière plus pénétrante encore que l'œil magique de Maugrey.

– Une fois de plus, Harry, je ne peux exprimer que des soupçons.

Il soupira à nouveau et parut plus vieux, plus las que jamais.

– L'époque qui a vu l'ascension de Voldemort au pouvoir, reprit Dumbledore, a été marquée par des disparitions. Or, Bertha Jorkins s'est volatilisée sans laisser la moindre trace dans la région où on a de bonnes raisons de penser que Voldemort avait trouvé refuge. Mr Croupton aussi a disparu... dans l'enceinte même de Poudlard. Et il faut ajouter une troisième disparition à laquelle le ministère, j'ai le regret de le dire, n'a accordé aucune importance car elle concerne un Moldu. Il s'appelait Frank Bryce, il habitait le village où le père de Voldemort a grandi et on ne l'a plus revu depuis août dernier. Tu vois, à la différence de la plupart de mes amis du ministère, je lis régulièrement la presse moldue.

Dumbledore regarda Harry avec gravité.

– Ces disparitions me semblent liées. Le ministère n'est pas d'accord – comme tu l'as peut-être entendu toi-même lorsque tu attendais devant la porte de mon bureau.

Harry approuva d'un signe de tête. Le silence s'installa à nouveau tandis que Dumbledore continuait d'ôter par instants des pensées de sa tête. Harry sentait qu'il aurait dû partir, mais la curiosité le retint.

– Professeur ? répéta-t-il.

– Oui, Harry ?

– Heu... Est-ce que je pourrais vous demander ce qu'était... ce tribunal où je me suis retrouvé... quand j'étais dans la Pensine ?

– Bien sûr que tu peux, répondit Dumbledore d'un ton grave. J'ai souvent assisté à ces procès mais certains d'entre eux sont restés plus clairs que d'autres dans ma mémoire... surtout en ce moment...

– Vous savez... le procès pendant lequel vous êtes venu me retrouver... Celui du fils Croupton ? Est-ce qu'ils parlaient des parents de Neville ?

Dumbledore lança à Harry un regard perçant.

– Neville ne t'a jamais raconté pourquoi il a été élevé par sa grand-mère ? dit-il.

Harry fit non de la tête en se demandant pourquoi il ne lui avait jamais posé la question depuis près de quatre ans qu'il le connaissait.

– Oui, ils parlaient des parents de Neville, poursuivit Dumbledore. Frank, son père, était un Auror, comme le professeur Maugrey. Ainsi que tu l'as entendu toi-même, les partisans de Voldemort les ont soumis, sa femme et lui, au sortilège Doloris pour essayer de leur faire révéler où s'était réfugié Voldemort après sa chute. Ils voulaient le rejoindre.

– Alors, ils sont morts ? dit Harry à voix basse.

– Non, répondit Dumbledore avec une amertume que Harry n'avait encore jamais perçue dans sa voix. Ils sont devenus fous. Ils se trouvent tous les deux à l'hôpital Ste Mangouste où l'on soigne les maladies et blessures magiques. Je crois que Neville va les voir avec sa grand-mère pendant les vacances. Mais ils ne le reconnaissent pas.

Harry resta figé sur sa chaise, frappé d'horreur. Il n'avait jamais su... En quatre ans, il n'avait jamais cherché à savoir...

– Les Londubat étaient très aimés, poursuivit Dumbledore. Ils ont été attaqués après la chute de Voldemort, alors que tout le monde pensait qu'ils ne risquaient plus rien. Une attaque qui a déclenché une vague de fureur telle que je n'en avais jamais connue jusqu'alors. Le ministère était soumis à une pression constante pour que les criminels soient retrouvés. Malheureusement, après ce qu'ils avaient subi, les Londubat n'étaient pas en état de témoigner.

– Alors, il est possible que le fils de Mr Croupton n'ait pas été coupable ? dit lentement Harry.

Dumbledore hocha la tête.

– Je n'en ai aucune idée.

Harry resta à nouveau silencieux en regardant tournoyer le contenu de la Pensine. Il brûlait de poser deux autres questions… mais elles portaient sur la culpabilité de personnes encore vivantes… Il se décida pourtant à parler :

– Heu… Mr Verpey…

– … n'a plus jamais été accusé de la moindre activité en matière de magie noire, dit Dumbledore d'une voix tranquille.

– Ah…

Harry baissa à nouveau les yeux sur le contenu de la Pensine dont le mouvement s'était ralenti, à présent que Dumbledore avait cessé d'y ajouter des pensées.

– Et heu…

Mais la Pensine sembla poser la question à sa place. Le visage de Rogue réapparut à la surface. Dumbledore y jeta un coup d'œil puis regarda à nouveau Harry.

– Le professeur Rogue non plus, dit-il.

Harry fixa les yeux bleus de Dumbledore et la question qu'il voulait poser jaillit de ses lèvres avant qu'il ait pu la retenir :

– Qu'est-ce qui vous fait penser qu'il a véritablement cessé de soutenir Voldemort, professeur ?

Dumbledore regarda Harry quelques instants puis répondit :

— Ça, Harry, c'est une affaire entre le professeur Rogue et moi-même.

Harry sut alors que l'entrevue était terminée. Dumbledore ne paraissait pas fâché mais son ton déterminé lui indiqua clairement qu'il était temps de partir.

— Harry, ajouta-t-il, lorsque celui-ci eut atteint la porte. Je te demande de ne parler à personne des parents de Neville. Il a le droit de décider lui-même du moment où il voudra révéler la vérité.

— D'accord, professeur, répondit Harry en ouvrant la porte.

— Je voulais te dire aussi…

Harry se retourna.

Dumbledore se tenait debout devant la Pensine qui projetait sur son visage ses reflets argentés. Jamais il n'avait semblé aussi vieux. Il regarda Harry un instant, puis ajouta :

— Bonne chance pour la troisième tâche

31

LA TROISIÈME TÂCHE

— Alors, Dumbledore pense que Tu-Sais-Qui est en train de reprendre des forces ? murmura Ron.

Tout ce que Harry avait vu dans la Pensine, presque tout ce que Dumbledore lui avait dit et montré ensuite, Harry en avait fait le récit à Ron et à Hermione – et, bien entendu, à Sirius à qui il s'était empressé d'envoyer un hibou. Encore une fois, ce soir-là, Harry, Ron et Hermione restèrent long-temps dans la salle commune, à parler et reparler de tout ce qu'il avait vu et entendu, jusqu'à ce que Harry en ait le tour-nis. Il comprenait maintenant ce que Dumbledore avait voulu dire en parlant d'un trop-plein de pensées qu'on était soulagé de pouvoir déverser quelque part.

Ron contempla le feu qui brûlait dans la cheminée et Harry crut le voir frissonner légèrement, malgré la tiédeur de la température.

— Alors, il fait confiance à Rogue ? dit Ron. Même en sachant que c'était un Mangemort ?

— Oui, répondit Harry.

Il y avait une dizaine de minutes qu'Hermione n'avait pas ouvert la bouche. Elle était assise, le front dans les mains, le regard fixé sur ses genoux. Harry avait l'impression qu'elle aussi aurait eu besoin d'une Pensine.

– Rita Skeeter, murmura-t-elle enfin.

– Comment peux-tu te soucier d'elle en ce moment ? dit Ron, incrédule.

– Je ne m'en soucie pas, répondit Hermione en s'adressant à ses genoux. Je réfléchis… Tu te souviens de ce qu'elle m'a dit aux Trois Balais ? « Je pourrais te raconter sur Ludo Verpey des choses à te faire dresser les cheveux sur la tête… » C'était de ça qu'elle voulait parler, non ? Elle a assisté au procès, elle savait qu'il avait communiqué des informations aux Mange-morts. Et Winky ? Tu te souviens ? « Mr Verpey est un mauvais sorcier. » Mr Croupton devait être furieux qu'il ait été acquitté et il en a sûrement parlé quand il est rentré chez lui.

– D'accord, mais Verpey n'a pas communiqué d'informations volontairement.

Hermione haussa les épaules.

– Et Fudge pense que c'est Madame Maxime qui a attaqué Croupton ? reprit Ron en se tournant vers Harry.

– Oui, mais il a dit ça simplement parce que Croupton n'était pas très loin du carrosse de Beauxbâtons quand il a disparu.

– On n'avait jamais pensé à elle, dit Ron avec lenteur. Il est certain qu'elle a du sang de géant dans les veines, mais elle ne veut pas l'admettre…

– Bien sûr que non, lança Hermione d'un ton brusque en levant enfin les yeux. Regarde ce qui est arrivé à Hagrid quand Rita a découvert qui était sa mère. Regarde Fudge, qui la considère immédiatement comme suspecte sous prétexte qu'elle est à demi géante. Qui aurait envie de prêter le flanc à de tels préjugés ? À sa place, moi aussi, je dirais que j'ai une forte ossature en sachant ce qui m'attendrait si j'avouais la vérité.

Hermione jeta un coup d'œil à sa montre.

– On n'a pas fait la moindre séance d'entraînement ! dit-elle avec effarement. On devait travailler le maléfice d'Entrave ! Il faut absolument s'y mettre demain ! Va te coucher, Harry, tu as besoin de sommeil.

Harry et Ron montèrent lentement dans leur dortoir. En mettant son pyjama, Harry regarda le lit de Neville. Fidèle à sa promesse, il n'avait pas parlé à Ron ni à Hermione des parents de Neville. Harry ôta ses lunettes et se mit au lit en se demandant quel effet cela pouvait faire d'avoir des parents toujours vivants mais incapables de reconnaître leur fils. Souvent, on lui manifestait de la compassion parce qu'il était orphelin, mais il pensa que Neville en méritait plus que lui. Étendu dans l'obscurité, Harry se sentit soudain submergé par une vague de fureur et de haine contre ceux qui avaient infligé de telles souffrances à Mr et Mrs Londubat... Il se rappela les huées de la foule lorsque le fils Croupton et ses compagnons avaient été traînés hors du tribunal par les Détraqueurs... Il comprenait ce que le public avait dû ressentir... Puis il revit le visage d'un blanc laiteux du garçon qui hurlait et ressentit un choc en réalisant soudain qu'il était mort un an plus tard...

Tout était la faute de Voldemort, songea Harry, les yeux fixés sur le dais de son baldaquin, tout remontait toujours à lui... C'était lui qui avait déchiré toutes ces familles, lui qui avait détruit toutes ces vies...

Ron et Hermione étaient censés réviser leurs examens de fin d'année, dont les dernières épreuves se dérouleraient le jour de la troisième tâche, mais ils consacraient la plus grande partie de leur temps libre à aider Harry à se préparer. Celui-ci s'en inquiéta et leur proposa de poursuivre son entraînement tout seul pour leur laisser le temps de travailler.

–Ne t'en fais pas pour nous, répondit aussitôt Hermione. Au moins, on obtiendra la note maximale en défense contre les forces du Mal. On n'aurait jamais appris tous ces maléfices en classe.

– C'est un bon entraînement pour le jour où on sera Aurors, dit Ron avec enthousiasme.

Il lança un maléfice d'Entrave à une guêpe qui venait d'entrer dans la pièce et qui s'arrêta net en plein vol.

Lorsque arriva le mois de juin, une atmosphère de tension et d'excitation régna à nouveau dans le château. Tout le monde attendait avec impatience la troisième tâche qui devait avoir lieu une semaine avant la fin du trimestre. Chaque fois qu'il avait un moment libre, Harry s'entraînait à la pratique des maléfices. Il abordait la troisième tâche avec beaucoup plus de confiance en lui que les deux précédentes. Si dangereuse et difficile qu'elle puisse être, Maugrey avait raison : Harry avait déjà eu l'occasion d'affronter toutes sortes de créatures et d'obstacles magiques depuis qu'il était à Poudlard et, cette fois, il avait eu le temps de se préparer à ce qui l'attendait.

Lassée de toujours tomber sur eux chaque fois qu'elle parcourait les couloirs, le professeur McGonagall avait fini par leur donner la permission d'utiliser la salle de métamorphose à l'heure du déjeuner. Harry ne mit pas longtemps à maîtriser le maléfice d'Entrave – un sortilège destiné à ralentir un adversaire et à l'empêcher d'approcher –, le sortilège de Réduction, grâce auquel il pourrait éliminer de son chemin tout objet solide, et l'enchantement des Quatre-Points, une utile découverte d'Hermione, qui lui permettrait de s'orienter dans la bonne direction lorsqu'il serait dans le labyrinthe. Il avait encore un peu de mal, cependant, avec le charme du Bouclier qui devait dresser provisoirement autour de lui un mur invisible pour détourner les sortilèges mineurs. Hermione parvint à pulvériser sa protection avec un maléfice de Jambencoton et Harry tituba autour de la salle pendant dix bonnes minutes avant qu'Hermione trouve enfin dans son livre le moyen de conjurer ce mauvais sort.

— Tu te débrouilles quand même très bien, assura Hermione d'un ton encourageant.

Elle consulta sa liste et raya les sortilèges qu'ils avaient déjà appris.

— Tu verras, il y en a plusieurs qui te seront très utiles.

— Venez voir ça, dit alors Ron, debout devant la fenêtre. Regardez Malefoy, qu'est-ce qu'il fabrique ?

Harry et Hermione s'approchèrent. Malefoy, Crabbe et Goyle se tenaient à l'ombre d'un arbre. Crabbe et Goyle semblaient faire le guet en ayant l'air de ricaner pendant que Malefoy parlait dans sa main qu'il tenait à hauteur de ses lèvres.

— On dirait qu'il parle dans un talkie-walkie, dit Harry, intrigué.

— Impossible, dit Hermione, je t'ai déjà dit que ce genre d'appareil ne peut pas fonctionner à Poudlard. Viens, Harry, ajouta-t-elle d'un ton brusque en se détournant de la fenêtre, essayons encore une fois le charme du Bouclier.

Sirius envoyait des hiboux quotidiens, à présent. Comme pour Hermione, la seule chose importante à ses yeux, c'était d'aider Harry à accomplir la dernière tâche. Dans chacune de ses lettres, il lui rappelait que ce qui se passait hors de Poudlard ne relevait pas de sa responsabilité et qu'il n'avait pas le pouvoir d'y changer quoi que ce soit.

Si véritablement Voldemort est en train de devenir plus puissant (écrivait-il), *mon souci prioritaire consiste à assurer ta sécurité. Il ne peut espérer mettre la main sur toi tant que tu es sous la protection de Dumbledore mais ce n'est pas une raison pour prendre des risques. Occupe-toi plutôt de sortir de ce labyrinthe sans dommage, nous pourrons ensuite nous intéresser à d'autres sujets.*

Harry se sentait de plus en plus nerveux à mesure qu'approchait le 24 juin, mais ce n'était rien comparé à la panique qu'il avait éprouvée avant les deux tâches précédentes. D'abord, il était sûr que, cette fois, il avait fait tout ce qui était en son pouvoir pour se préparer. Ensuite, c'était la dernière épreuve et, quel qu'en soit le résultat, au moins le tournoi serait terminé, ce qui constituerait un immense soulagement.

Au matin du jour où la troisième tâche devait avoir lieu, un grand vacarme s'élevait de la table autour de laquelle les élèves de Gryffondor prenaient leur petit déjeuner. Lorque les hiboux postaux apparurent, l'un d'eux apporta à Harry une carte de Sirius pour lui souhaiter bonne chance. C'était un simple morceau de parchemin plié en deux qui portait l'empreinte boueuse d'une patte de chien, mais Harry y fut très sensible. Un hibou moyen duc déposa comme d'habitude devant Hermione un exemplaire de *La Gazette du sorcier*. Elle déplia le journal, jeta un coup d'œil à la première page et recracha la gorgée de jus de citrouille qu'elle s'apprêtait à avaler.

— Qu'est-ce qu'il y a ? demandèrent Harry et Ron d'une même voix.

— Rien, répondit précipitamment Hermione en essayant de cacher le journal.

Mais Ron fut plus rapide. Il le lui arracha des mains et lut la manchette.

— Ah non ! s'exclama-t-il. Pas aujourd'hui ! Cette vieille *pie* !

— Quoi ? dit Harry. Encore Rita Skeeter ?

— Non, dit Ron.

Tout comme Hermione, il essaya de cacher le journal.

— On parle de moi ? demanda Harry.

–Non, répondit Ron, d'un ton qui ne pouvait convaincre personne.

Mais, avant que Harry ait eu le temps de réclamer le journal, Malefoy, assis à la table des Serpentard, s'écria à travers la Grande Salle :

–Hé, Potter ! *Potter* ! Comment ça va, la tête ? Tu te sens bien ? J'espère que tu ne vas pas piquer ta crise !

Malefoy, lui aussi, avait à la main un exemplaire de *La Gazette du sorcier*. Avec des sourires narquois, ses camarades se tortillaient sur leurs chaises pour mieux voir la tête de Harry.

–Laisse-moi lire, dit celui-ci à Ron. Donne-moi ça.

Bien malgré lui, Ron lui tendit le journal. Harry regarda la première page et se retrouva face à sa propre photo, sous une manchette qui proclamait :

HARRY POTTER « PERTURBÉ ET DANGEREUX »

Le garçon qui a vaincu Celui-Dont-On-Ne-Doit-Pas-Prononcer-Le-Nom est instable et potentiellement dangereux, écrit Rita Skeeter, notre envoyée spéciale. Des témoignages alarmants concernant l'étrange comportement de Harry Potter font douter de sa capacité à participer à une compétition aussi exigeante que le Tournoi des Trois Sorciers. On peut même se demander s'il est véritablement apte à fréquenter l'école Poudlard.

La Gazette du sorcier est en mesure de révéler en exclusivité à ses lecteurs que Potter est sujet à des évanouissements réguliers et qu'on l'entend souvent se plaindre de douleurs à la cicatrice qu'il porte au front (souvenir du mauvais sort par lequel Vous-Savez-Qui a tenté de le tuer). Lundi dernier, en pleine leçon de divination, l'envoyée spéciale de La Gazette du sorcier a vu Potter quitter la classe en toute hâte en affirmant que sa cicatrice lui faisait trop mal pour qu'il puisse continuer à suivre le cours.

D'après des experts de l'hôpital Ste Mangouste pour les maladies et blessures magiques, il est possible que le cerveau de Potter ait été affecté par l'attaque de Vous-Savez-Qui et que son insistance à se plaindre d'une douleur à sa cicatrice soit en fait une manifestation de sa profonde confusion mentale.

« Il pourrait même s'agir d'une simulation, déclare un spécialiste, une façon d'attirer l'attention sur lui. »

La Gazette du sorcier a cependant découvert certains faits inquiétants qu'Albus Dumbledore, le directeur de Poudlard, a soigneusement cachés au public.

« Potter parle le Fourchelang, révèle Drago Malefoy, un élève de quatrième année. Il y a deux ans, des élèves se faisaient attaquer sans arrêt et nous étions nombreux à penser que c'était lui le coupable. Surtout depuis qu'on l'avait vu se mettre en colère lors d'un club de duel et envoyer un serpent sur un de ses camarades. L'affaire a été étouffée, bien entendu. Mais il a également noué des liens d'amitié avec des loups-garous et des géants. Il serait prêt à n'importe quoi pour avoir la moindre parcelle de pouvoir. »

Le Fourchelang, qui donne la faculté de converser avec les serpents, est depuis longtemps considéré comme une pratique de magie noire. Et il est vrai que le plus célèbre expert en Fourchelang de notre temps n'est autre que Vous-Savez-Qui en personne. Un membre de la Ligue de défense contre la magie noire, qui souhaite garder l'anonymat, déclare que, selon lui, quiconque parle le Fourchelang devrait « faire l'objet d'une enquête. Personnellement, j'aurais les plus grands soupçons à l'égard de quelqu'un qui a la capacité de parler avec les serpents. Les serpents sont en effet utilisés dans les pires pratiques de la magie noire et sont historiquement associés aux adeptes des forces du Mal ». De même, « quiconque recherche la compagnie de créatures aussi malfaisantes que les loups-garous et les géants a forcément un goût prononcé pour la violence ».

Albus Dumbledore devrait sans nul doute se demander s'il est bien raisonnable qu'un garçon présentant une telle personnalité soit autorisé à participer au Tournoi des Trois Sorciers. Certains craignent en effet que Potter ait recours à la magie noire dans une tentative désespérée pour remporter le tournoi, dont la troisième tâche doit avoir lieu aujourd'hui même.

– On dirait qu'elle m'aime un peu moins qu'avant, dit Harry d'un ton léger en repliant le journal.

À la table des Serpentard, Malefoy, Crabbe et Goyle, hilares, se tapotaient la tempe de l'index, faisaient des grimaces de déments et dardaient la langue à la manière d'un serpent.

– Comment a-t-elle su que ta cicatrice te faisait mal pendant le cours de divination ? s'étonna Ron. Elle ne pouvait pas être là, elle ne pouvait pas entendre…

– La fenêtre était entrebâillée, dit Harry. C'est moi qui l'avais ouverte pour respirer.

– Vous étiez au sommet de la tour nord ! fit remarquer Hermione. Ta voix n'aurait pu porter jusque dans le parc !

– C'est toi qui es censée mener des recherches sur les méthodes magiques pour écouter aux portes ! répliqua Harry. Si on ne peut pas poser de micros à Poudlard, c'est à toi de me dire comment elle fait pour cafarder dans son journal !

– J'ai essayé ! assura Hermione, mais je… mais…

Le visage d'Hermione prit soudain une étrange expression, un peu lointaine. Elle leva lentement une main et passa les doigts dans ses cheveux.

– Ça va ? Tu te sens bien ? s'inquiéta Ron en fronçant les sourcils.

– Oui, répondit Hermione, dans un souffle.

Elle se passa une nouvelle fois les doigts dans les cheveux puis elle mit sa main devant ses lèvres, comme si elle parlait dans un talkie-walkie invisible. Harry et Ron échangèrent un regard.

— Je viens d'avoir une idée, dit Hermione, le regard vague. Je crois que je sais… Parce que personne n'aurait pu voir… Même pas Maugrey… Et elle aurait pu se mettre sur le rebord de la fenêtre… Mais elle n'a pas le droit… elle n'a *absolument* pas le droit… Je crois qu'on la tient ! J'ai besoin de passer deux secondes à la bibliothèque, simplement pour être sûre !

Hermione prit son sac et se précipita hors de la Grande Salle.

— Attends ! lui cria Ron. On a un examen d'histoire de la magie dans dix minutes ! Alors, ça, ajouta-t-il en se tournant vers Harry, elle doit vraiment la haïr, cette Rita Skeeter, pour risquer d'être en retard à un examen. Qu'est-ce que tu vas faire pendant la classe de Binns ? Réviser ?

Comme champion du Tournoi des Trois Sorciers, Harry était dispensé d'examens et, pendant que les autres se penchaient sur leurs copies, il restait au fond de la classe à étudier de nouveaux maléfices qui pourraient lui servir dans la troisième tâche.

— Sans doute, répondit Harry.

Mais à cet instant, le professeur McGonagall s'avança vers la table des Gryffondor et s'approcha de lui.

— Potter, dit-elle, les champions doivent se réunir dans la salle du fond juste après le petit déjeuner.

— Mais la tâche n'a lieu que ce soir ! s'exclama Harry.

Il craignit soudain de s'être trompé dans les horaires et, sous le coup de l'émotion, renversa ses œufs brouillés sur sa robe.

— Je le sais très bien, Potter, mais les familles des champions sont invitées à assister à la dernière tâche. Il s'agit simplement d'aller leur dire bonjour.

Elle s'en alla, laissant Harry bouche bée.

— Elle n'imagine quand même pas que les Dursley vont venir ici, non ? demanda-t-il à Ron, l'air interdit.

651

– Je ne sais pas, répondit Ron. Excuse-moi, il faut que je me dépêche, je vais être en retard chez Binns. À tout à l'heure.

Harry termina son petit déjeuner tandis que la Grande Salle se vidait. Il vit Fleur Delacour se lever de la table des Serdaigle et rejoindre Cedric qui se dirigeait vers la salle du fond où ils entrèrent ensemble. De sa démarche gauche, Krum alla les rejoindre quelques instants plus tard. Mais Harry resta où il était. Il n'avait pas la moindre envie d'aller là-bas. Il n'avait pas de famille – aucune famille, en tout cas, qui prendrait la peine de venir jusqu'ici pour le voir risquer sa vie. Mais, au moment où il se levait en pensant qu'il ferait peut-être bien de se rendre à la bibliothèque pour réviser un peu ses formules magiques, la porte du fond s'ouvrit et Cedric passa la tête par l'entrebâillement.

– Harry, viens, ils t'attendent !

Stupéfait, il se dirigea vers la petite salle. Les Dursley n'étaient quand même pas venus à Poudlard ! Il ouvrit la porte et entra. Cedric et ses parents étaient juste derrière. Viktor Krum se trouvait à l'autre bout de la pièce et parlait en bulgare avec sa mère, une femme aux cheveux bruns, et son père dont il avait hérité les traits. De l'autre côté, Fleur bavardait avec sa mère qui tenait par la main sa petite sœur Gabrielle. Elle adressa un geste de la main à Harry qui lui fit signe à son tour. Enfin, il vit Mrs Weasley et Bill, debout devant la cheminée. Le visage rayonnant, ils s'avancèrent vers lui avec un grand sourire.

– Surprise ! s'exclama Mrs Weasley, l'air surexcité. On a pensé que ce serait une bonne idée de venir te voir, Harry !

Elle se pencha et l'embrassa sur la joue.

– Ça va ? lui demanda Bill en lui serrant la main. Charlie aurait bien voulu venir aussi, mais il n'a pas trouvé le temps. Il a dit que tu avais été fantastique face au Magyar à pointes.

Harry remarqua que Fleur regardait Bill avec beaucoup

d'intérêt par-dessus l'épaule de sa mère. De toute évidence, elle n'avait rien contre les cheveux longs ou les boucles d'oreilles avec des crochets de serpent.

— C'est vraiment gentil à vous, murmura Harry à Mrs Weasley. Pendant un moment, j'ai cru que... les Dursley...

— Hmmm, dit Mrs Weasley en pinçant les lèvres.

Elle s'était toujours retenue de critiquer les Dursley devant Harry, mais ses yeux lançaient des éclairs chaque fois que leur nom était prononcé.

— Ça fait plaisir de revenir ici, dit Bill en regardant autour de lui. (Violette, l'amie de la grosse dame, lui fit un clin d'œil dans son cadre.) Il y a cinq ans que je n'y avais pas mis les pieds. Le tableau de ce chevalier fou est toujours là ? Le chevalier du Catogan ?

— Oh oui, répondit Harry qui avait fait la connaissance du chevalier l'année précédente.

— Et la grosse dame ? demanda Bill.

— Elle était déjà là à mon époque, dit Mrs Weasley. Elle m'a passé un sacré savon une nuit où j'étais rentrée au dortoir à quatre heures du matin...

— Et qu'est-ce que tu faisais hors du dortoir à quatre heures du matin ? s'exclama Bill en contemplant sa mère avec stupéfaction.

Mrs Weasley sourit, le regard brillant.

— Ton père et moi, nous étions allés faire une promenade au clair de lune, répondit-elle. Il s'est fait prendre par Apollon Picott — c'était le concierge à l'époque. Ton père en porte encore les marques.

— Tu nous fais faire un tour, Harry ? dit Bill.

— Oui, bien sûr.

Ils se dirigèrent vers la Grande Salle et passèrent devant Amos Diggory qui se tourna vers eux.

— Ah, te voilà, toi, dit-il en toisant Harry. J'imagine que tu dois te sentir un peu moins fier maintenant que Cedric a le même nombre de points que toi, hein ?

—Comment ? s'étonna Harry.

—Ne fais pas attention, dit Cedric à voix basse en regardant son père les sourcils froncés. Il est en colère depuis l'article de Rita Skeeter sur le tournoi – tu sais, quand elle a laissé entendre que tu étais le seul champion de Poudlard.

—Il n'a pas jugé utile de démentir, n'est-ce pas ? dit Amos Diggory suffisamment fort pour que Harry l'entende tandis qu'il s'avançait vers la porte en compagnie de Mrs Weasley et de Bill. Enfin, ça ne t'empêchera pas de lui montrer de quoi tu es capable, Ced. Tu l'as déjà battu une fois, non ?

—Rita Skeeter fait toujours ce qu'elle peut pour causer des ennuis à tout le monde, Amos ! dit Mrs Weasley avec colère. Je croyais que vous saviez ça, vous qui travaillez au ministère !

Mr Diggory sembla sur le point de lancer une réplique cinglante mais sa femme lui posa une main sur le bras et il se contenta de hausser les épaules.

Harry passa une matinée très agréable dans le parc ensoleillé en compagnie de Bill et de Mrs Weasley à qui il montra le carrosse de Beauxbâtons et le vaisseau de Durmstrang. Mrs Weasley fut intriguée par le Saule cogneur qui avait été planté après qu'elle eut terminé ses études et elle leur raconta diverses anecdotes sur le garde-chasse qui avait précédé Hagrid, un certain Ogg.

—Comment va Percy ? demanda Harry alors qu'ils faisaient le tour des serres.

—Pas très bien, dit Bill.

—Il est dans tous ses états, dit Mrs Weasley à voix basse en jetant un regard autour d'elle. Le ministère veut garder la disparition de Mr Croupton secrète, mais Percy a dû répondre à un interrogatoire concernant les instructions qu'il lui envoyait. D'après eux, elles n'auraient pas été écrites de sa main. La situation est très difficile pour Percy. Ils n'ont pas voulu qu'il représente Mr Croupton ce soir pour juger le tournoi. C'est Cornelius Fudge qui va prendre sa place.

Ils retournèrent au château pour déjeuner.

– Maman ! Bill ! s'écria Ron, abasourdi, lorsqu'il eut rejoint la table des Gryffondor. Qu'est-ce que vous faites ici ?

– On est venus voir Harry pour la dernière tâche ! répondit Mrs Weasley d'un ton joyeux. Je dois dire que c'est bien agréable pour une fois de ne pas avoir à faire la cuisine. Comment s'est passé ton examen ?

– Oh… bien, répondit Ron. Je ne me souvenais pas de tous les noms des gobelins révoltés, alors j'en ai inventé quelques-uns. Mais ça ne fait rien.

Il se servit un pâté de viande avec des légumes sous le regard sévère de Mrs Weasley.

– Ce n'était pas difficile, ils ont tous des noms du style Borbog le Barbu ou Eûrk le Crasseux.

Fred, George et Ginny vinrent également s'asseoir à côté d'eux et Harry passa un si bon moment qu'il eut presque l'impression d'être revenu au Terrier. Il ne pensait plus à la troisième tâche qui l'attendait le soir même et seule l'arrivée d'Hermione, au milieu du déjeuner, lui rappela qu'elle avait eu une idée soudaine à propos de Rita Skeeter.

– Au fait, tu vas nous dire ce que…

Mais Hermione hocha vigoureusement la tête et jeta un coup d'œil à Mrs Weasley.

– Bonjour, Hermione, dit celle-ci d'un ton beaucoup moins chaleureux qu'à l'ordinaire.

– Bonjour, dit Hermione.

Son sourire s'évanouit en voyant l'expression glaciale de Mrs Weasley.

Harry les regarda l'une après l'autre, puis décida d'intervenir :

– Mrs Weasley, dit-il, j'espère que vous n'avez pas cru les

bêtises de Rita Skeeter dans *Sorcière-Hebdo* ? Hermione n'a jamais été ma petite amie.

– Ah ? dit Mrs Weasley. Heu… Non, bien sûr, je n'en ai pas cru un mot !

Mais, à partir de cet instant, elle devint beaucoup plus cordiale avec Hermione.

Harry, Bill et Mrs Weasley passèrent l'après-midi à faire une grande promenade dans le parc, puis revinrent dans la Grande Salle pour le grand banquet qui avait lieu ce soir-là. Ludo Verpey et Cornelius Fudge avaient pris place à la table des professeurs. Verpey semblait d'excellente humeur mais Cornelius Fudge, assis à côté de Madame Maxime, avait l'air grave et ne parlait à personne. Madame Maxime se concentrait sur son assiette et Harry eut l'impression qu'elle avait les yeux rouges. À l'autre bout de la table, Hagrid ne cessait de lui jeter des regards.

Il y eut plus de plats que d'habitude mais Harry, qui commençait à se sentir de plus en plus nerveux, ne mangea pas grand-chose. Lorsque le ciel bleu qui s'étendait sous la voûte du plafond magique s'empourpra à l'arrivée du crépuscule, Dumbledore se leva et la Grande Salle plongea aussitôt dans le silence.

– Mesdames, mesdemoiselles, messieurs, dans cinq minutes, je vous demanderai de vous rendre au terrain de Quidditch pour assister à la troisième et dernière tâche du Tournoi des Trois Sorciers. Les champions sont priés de suivre Mr Verpey qui les accompagnera sur place.

Harry se leva. Ses camarades de Gryffondor l'applaudirent, la famille Weasley et Hermione lui souhaitèrent bonne chance et il sortit de la Grande Salle en compagnie de Cedric, Fleur et Krum.

– Ça va, Harry, en forme ? demanda Verpey tandis qu'ils descendaient les marches de pierre. Tu te sens d'attaque ?

—Ça va, répondit Harry.

Ce qui n'était pas faux. Il avait le trac, mais il passa en revue dans sa tête tous les maléfices et sortilèges qu'il avait pratiqués et se sentit rassuré en constatant qu'il se les rappelait tous.

Ils pénétrèrent bientôt sur le terrain de Quidditch qui était à présent méconnaissable. Une haie de six mètres de hauteur l'entourait entièrement avec, face à eux, une unique ouverture qui donnait accès au vaste labyrinthe. Le chemin qui s'y enfonçait paraissait sombre et effrayant.

Cinq minutes plus tard, les tribunes avaient commencé à se remplir. On entendait des exclamations enthousiastes et le martèlement des pas le long des travées. Les premières étoiles étaient apparues dans le ciel d'une couleur bleu foncé. Accompagnés de Hagrid, les professeurs Maugrey, McGonagall et Flitwick firent leur entrée dans le stade et s'approchèrent de Verpey et des champions. Ils arboraient de grandes étoiles rouges et lumineuses sur leurs chapeaux, sauf Hagrid qui les portait au dos de son gilet en peau de taupe.

—Nous allons patrouiller autour du labyrinthe, dit le professeur McGonagall aux champions. Si vous vous trouvez en difficulté et que vous souhaitiez être secouru, envoyez des étincelles rouges en l'air et l'un d'entre nous viendra vous chercher. Compris ?

Les champions approuvèrent d'un signe de tête.

—Alors, allez-y, dit Verpey d'un ton joyeux aux quatre patrouilleurs.

—Bonne chance, Harry, murmura Hagrid et tous quatre partirent dans différentes directions pour prendre position autour du labyrinthe.

Verpey pointa ensuite sa baguette magique sur sa gorge et marmonna :

—*Sonorus.*

Aussitôt, sa voix magiquement amplifiée résonna dans tout le stade.

– Mesdames, mesdemoiselles, messieurs, la troisième et dernière tâche du Tournoi des Trois Sorciers est sur le point de commencer ! Permettez-moi de vous rappeler le classement actuel des concurrents ! À la première place *ex æquo*, avec quatre-vingt-cinq points chacun : Mr Cedric Diggory et Mr Harry Potter, de l'école Poudlard !

Affolés par les applaudissements et les cris de joie, des oiseaux s'envolèrent de la Forêt interdite et disparurent dans le ciel assombri.

– À la troisième place, avec quatre-vingts points : Mr Viktor Krum, de l'institut Durmstrang !

Nouveaux applaudissements.

– Et à la quatrième place : Miss Fleur Delacour, de l'académie Beauxbâtons !

Harry aperçut, au milieu des tribunes, Mrs Weasley, Bill, Ron et Hermione qui applaudissaient poliment Fleur Delacour. Il leur adressa un geste de la main et ils lui firent signe à leur tour, le visage rayonnant.

– Attention… À mon signal, Harry et Cedric ! reprit Verpey. Trois… deux… un…

Il lança un bref coup de sifflet et Harry et Cedric s'engouffrèrent dans le labyrinthe.

Les haies qui les entouraient plongeaient le chemin dans l'obscurité. Était-ce dû à leur hauteur et à leur épaisseur ou bien avaient-elles été enchantées ? En tout cas, dès qu'ils eurent pénétré dans le labyrinthe, ils n'entendirent plus le bruit de la foule. Harry eut presque l'impression d'avoir replongé sous l'eau. Il sortit sa baguette magique de sa poche, murmura « *Lumos* », et entendit Cedric faire la même chose derrière lui.

Au bout d'une cinquantaine de mètres, ils parvinrent à une bifurcation. Ils échangèrent un regard.

– À plus tard, dit Harry en prenant à gauche tandis que Cedric empruntait le chemin de droite.

Harry entendit Verpey donner un deuxième coup de sifflet. Krum venait d'entrer à son tour dans le labyrinthe. Harry pressa le pas. Le chemin qu'il avait choisi semblait complètement désert. Il tourna à droite et avança de plus en plus vite en tenant la baguette au-dessus de sa tête pour essayer de voir le plus loin possible. Mais il n'y avait toujours rien.

Pour la troisième fois, le sifflet de Verpey résonna. À présent, tous les champions avaient pénétré dans le labyrinthe.

Harry ne cessait de regarder derrière lui. Il éprouvait à nouveau le sentiment d'être observé. Le labyrinthe devenait de plus en plus sombre à mesure que la couleur du ciel virait au bleu marine. Il arriva à une nouvelle bifurcation.

– *Pointe au nord*, murmura-t-il à sa baguette magique qu'il posa à plat sur sa main.

La baguette tourna sur elle-même et s'arrêta en pointant sur sa droite, vers la haie. C'était la direction du nord et il savait qu'il devait aller au nord-ouest pour atteindre le centre du labyrinthe. La meilleure chose à faire consistait à prendre à gauche en attendant de pouvoir tourner à droite dès que possible.

Ce chemin-là était également désert. Bientôt, Harry atteignit une autre bifurcation qui lui permit d'aller à droite. Là encore, la voie était libre. Harry ne savait pas pourquoi, mais cette absence d'obstacles le mettait mal à l'aise. Normalement, quelque chose aurait dû lui barrer le chemin. Il avait l'impression que le labyrinthe essayait de lui donner un faux sentiment de sécurité. Il entendit alors un mouvement derrière lui. Il brandit sa baguette, prêt à attaquer, mais ce fut Cedric qui apparut dans le rayon lumineux. Il venait de surgir du chemin de droite. Il avait l'air sérieusement secoué et de la fumée s'élevait de sa manche.

– Les Scroutts à pétard de Hagrid ! dit-il d'une voix sifflante. Ils sont énormes ! Je viens de leur échapper !

Il hocha la tête et disparut le long d'un autre chemin. Soucieux de mettre la plus grande distance entre lui et les Scroutts, Harry repartit d'un pas précipité. Soudain, au détour d'un virage, il vit...

Un Détraqueur qui marchait à sa rencontre ! D'une hauteur de près de quatre mètres, le visage dissimulé par une cagoule, ses mains en décomposition tendues devant lui, il avançait vers Harry à l'aveuglette. Harry entendait sa respiration semblable à un râle. Il sentit une sueur froide se répandre sur tout son corps mais il savait ce qu'il avait à faire...

Il pensa à ce qui pourrait le rendre le plus heureux : sortir de ce labyrinthe et fêter la fin du tournoi en compagnie de Ron et d'Hermione. Il concentra toutes les forces de son esprit sur cette seule pensée, leva sa baguette et s'écria :

– *Spero Patronum !*

Un cerf argenté jaillit alors de la baguette et se mit à galoper en direction du Détraqueur qui recula d'un pas et se prit les pieds dans l'ourlet de sa robe... Harry n'avait encore jamais vu un Détraqueur trébucher.

– Hé, attends ! s'exclama-t-il en s'avançant dans le sillage de son Patronus. Tu es un Épouvantard, toi ! *Riddikulus !*

Il y eut un craquement sonore et le changeur de forme explosa dans un filet de fumée. Le cerf argenté disparut également, au grand regret de Harry qui aurait eu bien besoin d'un peu de compagnie... Tenant à nouveau la baguette magique au-dessus de sa tête, l'oreille tendue, il poursuivit son chemin le plus vite et le plus silencieusement possible.

À gauche... à droite... encore à gauche... Par deux fois, il se retrouva dans un cul-de-sac. Il eut une nouvelle fois recours à l'enchantement des Quatre-Points et s'aperçut qu'il était allé trop loin vers l'est. Il revint sur ses pas, prit un chemin sur sa droite et vit alors une étrange brume dorée qui flottait à quelques mètres devant lui.

Harry s'en approcha avec prudence en l'éclairant de son faisceau lumineux. Il s'agissait sûrement d'un piège et il se demanda s'il allait pouvoir le faire disparaître.

– *Reducto!* dit-il.

Le sortilège de Réduction jaillit de la baguette et traversa le nuage de brume en le laissant intact. Harry se rendit compte de son erreur : le sortilège de Réduction n'avait d'effet que sur les objets solides. Qu'arriverait-il s'il essayait de traverser la brume dorée ? Valait-il la peine de prendre le risque ou ferait-il mieux de repartir en sens inverse ?

Il hésitait toujours lorsqu'un hurlement déchira le silence.

– Fleur ? cria Harry.

Le silence revint et il scruta l'obscurité. Que lui était-il arrivé ? Son cri avait retenti un peu plus loin devant lui. Prenant une profonde inspiration, il décida de traverser en courant la brume magique.

Le monde bascula alors sens dessus dessous. Harry avait l'impression de pendre du sol comme s'il était accroché par les pieds à un plafond. Ses cheveux flottaient au-dessous de lui et ses lunettes pendaient de son nez, menaçant de tomber dans le ciel sans fond. Il les rattrapa de justesse en les maintenant contre son visage et resta suspendu là, immobile et terrifié. Il lui semblait que ses pieds étaient collés au sol devenu plafond. Au-dessous de lui, le ciel parsemé d'étoiles s'étendait à l'infini. Il sentait que, s'il essayait de bouger un pied, il se détacherait de la terre et tomberait dans une chute sans fin.

« Réfléchis, se dit-il tandis que le sang lui descendait à la tête, réfléchis... »

Mais aucun des sortilèges qu'il avait étudiés n'avait la

faculté de remédier à un soudain renversement du ciel et de la terre. Allait-il oser bouger les pieds ? Il sentait le sang battre à ses oreilles. Il n'avait que deux possibilités : essayer de bouger ou envoyer des étincelles rouges pour qu'on vienne le secourir, ce qui entraînerait sa disqualification.

Il ferma les yeux pour ne plus voir l'espace infini qui s'étendait au-dessous de lui et concentra toutes ses forces sur son pied droit qu'il arracha de ce plafond couvert d'herbe.

Aussitôt, le monde se remit dans le bon sens. Harry perdit l'équilibre et tomba à genoux sur le sol merveilleusement compact. Le choc le laissa quelques instants sans force. Il prit une profonde inspiration pour retrouver son calme, puis il se releva et se hâta de poursuivre son chemin. En jetant un coup d'œil par-dessus son épaule, il vit le nuage de brume dorée scintiller paisiblement sous la lune.

Il s'arrêta ensuite à une nouvelle bifurcation et essaya d'apercevoir Fleur. Il était sûr que c'était elle qui avait crié. Sur quoi était-elle tombée ? Avait-elle été blessée ? Il ne voyait pas d'étincelles rouges. Avait-elle réussi à se tirer d'affaire ou bien était-elle dans une situation si délicate qu'elle n'arrivait même plus à attraper sa baguette ? Harry prit le chemin de droite avec un sentiment de malaise grandissant... En même temps, il ne pouvait s'empêcher de penser : *Ça fait un champion de moins...*

Le trophée était quelque part à proximité et il semblait bien que Fleur n'était plus en compétition. Puisqu'il était arrivé jusque-là, pourquoi ne pas essayer de remporter la victoire ? Pendant un bref instant, et pour la première fois depuis qu'il avait été désigné comme champion, il s'imagina à nouveau brandissant le trophée du vainqueur devant toute l'école réunie...

Pendant dix minutes, il ne rencontra pas d'autres obstacles que des culs-de-sac. Par deux fois, il choisit la même mauvaise

662

direction, puis découvrit enfin un autre chemin et se mit à courir. Le rayon lumineux de sa baguette magique tressautait au rythme de ses pas, projetant son ombre tremblotante et déformée à la surface des haies. Il tourna ensuite un autre coin et se retrouva face à... un Scroutt à pétard.

Cedric avait raison : il était véritablement énorme. Long de trois mètres, il ressemblait à un scorpion géant, avec son long dard recourbé sur son dos et son épaisse carapace qui brillait sous le faisceau lumineux de la baguette magique.

– *Stupéfix !*

Le trait lumineux ricocha sur la carapace du Scroutt. Harry se baissa juste à temps mais sentit une odeur de cheveux brûlés. Le sortilège de Stupéfixion lui avait frôlé le sommet du crâne. Un jet de feu s'échappa alors du Scroutt qui se projeta vers lui.

– *Impedimenta !* s'écria Harry.

Le maléfice d'Entrave qu'il venait de lancer ricocha à son tour sur la carapace du monstre. Harry recula en titubant et tomba en arrière.

– *IMPEDIMENTA !*

Le Scroutt n'était plus qu'à quelques centimètres de lui lorsqu'il se figea enfin. Harry avait réussi à diriger le maléfice sur son ventre, à un endroit dépourvu de carapace. La respiration haletante, il se releva et courut à toutes jambes dans la direction opposée. L'effet du maléfice d'Entrave était limité dans le temps et le Scroutt pouvait à tout moment retrouver l'usage de ses pattes.

Harry prit un chemin qui partait vers la gauche et se retrouva dans un cul-de-sac. Le chemin de droite n'avait pas d'issue, lui non plus. Le cœur battant à tout rompre, Harry se força alors à s'arrêter pour recourir à nouveau à l'enchantement des Quatre-Points. Il revint ensuite sur ses pas et choisit un chemin orienté au nord-ouest.

Il suivait cette nouvelle direction depuis quelques minutes lorsqu'il entendit quelque chose qui l'arrêta net. Du chemin parallèle au sien lui parvint la voix de Cedric :

— Qu'est-ce que tu fais ? s'écriait celui-ci. Qu'est-ce qui te prend ? Tu es fou ?

Puis Harry entendit la voix de Krum :

— *Endolorrris !*

Les hurlements de Cedric retentirent alors dans le labyrinthe. Horrifié, Harry se mit à courir, essayant de trouver un passage pour atteindre l'endroit où il l'entendait crier. Mais il n'y en avait pas et il essaya en désespoir de cause un nouveau sortilège de Réduction. Le résultat ne fut pas très concluant mais Harry parvint quand même à brûler suffisamment la haie pour y ménager une petite ouverture qu'il put agrandir à coups de pied, en brisant branches et ronces. Il se glissa au travers, les épines déchirant sa robe, et aperçut Cedric qui se tordait de douleur sur le sol. Krum, debout devant lui, le regardait.

Harry se releva et pointa sa baguette magique sur Krum au moment où il se tournait vers lui. Krum fit volte-face et se mit à courir.

— *Stupéfix !* s'écria Harry.

Le sortilège atteignit Krum dans le dos. Il se figea sur place, tomba en avant et resta immobile, face contre terre. Harry se précipita sur Cedric, qui avait cessé de se tordre de douleur et restait étendu sur le dos, la respiration haletante, les mains sur le visage.

— Ça va ? demanda Harry en saisissant Cedric par le bras.

— Oui, répondit Cedric, le souffle court. Oui… Je n'arrive pas à y croire… Il s'est approché de moi par-derrière… je l'ai entendu, je me suis retourné et il a pointé sa baguette sur moi…

Cedric se releva, encore tremblant. Tous deux regardèrent Krum.

– C'est incroyable… Je croyais qu'il était loyal, dit Harry.

– Moi aussi, murmura Cedric.

– Est-ce que tu as entendu Fleur hurler, tout à l'heure ?

– Oui, répondit Cedric. Tu crois que Krum lui a fait la même chose ?

– Je ne sais pas, dit Harry avec lenteur.

– Qu'est-ce qu'on fait ? On le laisse ici ?

– Non, je crois qu'on devrait envoyer des étincelles rouges. Quelqu'un viendra le chercher… Sinon, il risque de se faire dévorer par un Scroutt.

– Il ne mérite pas mieux, marmonna Cedric mais il leva malgré tout sa baguette et projeta dans les airs une gerbe d'étincelles rouges qui restèrent suspendues en l'air pour indiquer l'endroit où se trouvait Krum.

Harry et Cedric restèrent un instant côte à côte dans l'obscurité, jetant des regards autour d'eux.

– On ferait peut-être bien d'y aller, dit enfin Cedric.

– Quoi ? dit Harry. Ah oui… tu as raison…

Ce fut un moment étrange. Cedric et lui s'étaient momentanément unis contre Krum. À présent, il leur revenait à l'esprit qu'ils étaient adversaires. Ils reprirent donc leur chemin en silence, puis Harry tourna à gauche et Cedric à droite. Harry entendit le bruit de ses pas s'éloigner et se perdre au loin.

Cette fois encore, il recourut à l'enchantement des Quatre-Points pour s'assurer qu'il avançait dans la bonne direction. Désormais tout se jouerait entre Cedric et lui. Son désir d'être le premier à atteindre le trophée était plus intense que jamais, mais il n'arrivait toujours pas à croire ce que Krum avait fait. Utiliser un Sortilège Impardonnable contre un autre être humain valait une condamnation à perpétuité à la prison d'Azkaban, d'après ce que Maugrey leur avait dit. Krum ne pouvait quand même pas convoiter le trophée au point de prendre ce risque… Harry accéléra le pas.

De temps à autre, il se retrouvait dans des culs-de-sac mais l'obscurité grandissante lui donnait la certitude qu'il approchait du cœur du labyrinthe. Tandis qu'il avançait d'un bon pas le long d'un chemin droit, il vit à nouveau quelque chose bouger devant lui et le rayon lumineux de sa baguette magique éclaira une extraordinaire créature qu'il n'avait vue jusqu'alors qu'en image, dans son *Monstrueux Livre des monstres*.

C'était un sphinx. Il avait le corps d'un lion gigantesque, de grandes pattes dotées de griffes et une longue queue jaunâtre qui se terminait par une touffe de crins marron. Quant à sa tête, c'était celle d'une femme. En le voyant s'approcher, la créature tourna ses grands yeux en amande vers Harry qui leva sa baguette sans très bien savoir ce qu'il convenait de faire. Le sphinx bloquait le passage en marchant d'un bord à l'autre du chemin mais ne semblait pas avoir d'intentions agressives.

— Tu es tout près de ton but, dit alors la créature d'une voix grave et rauque. Le moyen le plus rapide d'y arriver, c'est de passer devant moi.

— Dans ce cas… vous voulez bien me laisser passer, s'il vous plaît ? demanda Harry en sachant très bien ce que serait la réponse.

— Non, répondit la créature en continuant de faire les cent pas. À moins que tu saches résoudre mon énigme. Si tu donnes la bonne réponse, je te laisserai passer, si ta réponse est mauvaise, je t'attaquerai férocement. Enfin, si tu ne dis rien, tu pourras repartir sans dommage dans la direction opposée.

Harry eut l'impression que son estomac descendait de plusieurs crans. C'était Hermione qui était douée pour résoudre les énigmes, pas lui. Il réfléchit quelques instants. Si l'énigme était trop difficile, il pourrait toujours rester silencieux et revenir sur ses pas sans se faire attaquer. Il ne lui resterait plus alors qu'à trouver un autre chemin pour parvenir à son but.

– D'accord, dit-il. Est-ce que je peux entendre l'énigme ?

Le sphinx s'assit sur ses pattes de derrière, au milieu du chemin, et récita ces vers :

D'abord, pense au premier de ce qu'il faut apprendre
Lorsque l'on ne sait rien à l'âge le plus tendre.
Ensuite, dis-moi donc ce que fait par naissance
Celui qui, au palais, a élu résidence.
Enfin, pour découvrir la dernière donnée
Il suffit de la prendre à la fin de l'année.
Tu connaîtras ainsi la créature immonde
Que tu n'embrasserais vraiment pour rien au monde.

Harry resta bouche bée.

– Vous pourriez répéter… plus lentement ? demanda-t-il d'une voix timide.

Le sphinx cilla, sourit, puis récita à nouveau le poème.

– Les indices mis bout à bout doivent me permettre de trouver la créature que je ne voudrais pas embrasser ? demanda Harry.

Pour toute réponse, le sphinx lui adressa son sourire le plus mystérieux. Harry pensa que c'était sa manière de dire « oui ». Il y avait beaucoup d'animaux qu'il ne voudrait embrasser pour rien au monde. Il pensa tout d'abord à un Scroutt à pétard, mais quelque chose lui dit que ce n'était pas la bonne réponse. Il allait devoir réfléchir aux indices…

– Ce qu'il faut apprendre à l'âge le plus tendre… murmura Harry en regardant la créature. Il y a tellement de choses à apprendre… Marcher, par exemple. Non, non, ce n'est pas ma réponse ! Il faut apprendre… voyons… l'alphabet… « Le premier de ce qu'il faut apprendre… » La première lettre de l'alphabet ? « A » ? On verra tout à l'heure… Vous pouvez me répéter le deuxième indice ?

Le sphinx répéta les vers suivants.

– Celui qui a élu résidence au palais… dit Harry. Dans un palais, il y a des rois… Je voudrais réentendre la fin.

Le sphinx lui récita les derniers vers.

– La fin de l'année… Noël ? A-roi-Noël ? Ça ne veut rien dire…

Harry se mit lui aussi à faire les cent pas.

– « Ce que fait par naissance celui qui, au palais… » Le roi règne ! s'exclama-t-il soudain.

Le sphinx lui sourit.

– A-règne… année… Je ne voudrais pas embrasser une a-règne… Oui, c'est ça, à la fin de l'année, il y a « ée »… *Araignée* !

Le sourire du sphinx s'élargit. La créature se leva, étira ses pattes avant, puis s'écarta pour le laisser passer.

– Merci ! dit Harry.

Stupéfait d'avoir été aussi brillant, il courut droit devant lui.

Il devait être tout près, maintenant… Sa baguette magique lui indiqua qu'il suivait exactement la bonne direction. S'il ne rencontrait pas d'autres horreurs, il avait une chance d'arriver au but…

Un peu plus loin, il arriva devant une nouvelle bifurcation.

– *Pointe au nord !* murmura-t-il à nouveau à sa baguette.

Après avoir tourné un instant sur elle-même, elle indiqua le chemin de droite. Il s'y précipita et vit alors une lumière devant lui.

Posé sur un piédestal, à une centaine de mètres, le Trophée des Trois Sorciers scintillait dans l'obscurité. Harry s'était mis à courir lorsqu'une silhouette surgit soudain d'un chemin adjacent.

Cedric allait arriver le premier. Il courait de toutes ses forces vers le trophée et Harry savait qu'il ne parviendrait jamais à le rattraper. Cedric était beaucoup plus grand que lui, il avait de plus longues jambes…

Harry vit alors à sa gauche quelque chose d'immense qui dépassait au-dessus de la haie et avançait à toute allure le long d'un chemin perpendiculaire. La chose se déplaçait si vite que Cedric risquait de la heurter de plein fouet. Le regard fixé sur le trophée, il n'avait rien vu…

– Cedric! s'exclama Harry. Attention à gauche!

Cedric tourna la tête juste à temps pour se jeter en avant et passer de justesse devant la chose en évitant la collision mais, dans sa précipitation, il trébucha. Sa baguette magique lui échappa des mains tandis qu'une araignée géante surgissait sur le chemin et fonçait sur lui.

– *Stupéfix!* cria Harry.

Le sortilège atteignit le corps noir, velu, gigantesque de l'araignée mais n'eut pas plus d'effet que s'il lui avait jeté un caillou. La créature sursauta, fit volte-face, et se désintéressa de Cedric pour foncer sur Harry.

– *Stupéfix! Impedimenta! Stupéfix!*

Mais c'était inutile. L'araignée était si grande, ou dotée de tels pouvoirs magiques, que les sortilèges ne faisaient que l'énerver davantage. Harry eut tout juste le temps d'apercevoir ses huit yeux noirs étincelants et ses pinces tranchantes comme des rasoirs avant qu'elle soit sur lui.

Il se sentit soulevé en l'air par les deux pattes avant de l'araignée et se débattit comme un fou en essayant de lui donner des coups de pied. Sa jambe heurta alors une des pinces et il ressentit une terrible douleur. Il entendit Cedric crier à son tour: «*Stupéfix!*» mais, cette fois encore, le sortilège resta sans effet. Harry leva sa baguette magique au moment où l'araignée ouvrait à nouveau ses pinces et cria:

– Expelliarmus !

Cette fois, le sortilège de Désarmement se révéla efficace et l'araignée le lâcha, mais Harry fit une chute de près de quatre mètres et tomba sur sa jambe déjà blessée qu'il sentit s'écraser sous lui. Sans prendre le temps de réfléchir, il pointa sa baguette magique sur le ventre de la créature, comme il l'avait fait pour le Scroutt, et hurla : « *Stupéfix !* » au moment précis où Cedric lançait le même cri.

Les deux sortilèges combinés eurent enfin l'effet escompté : l'araignée s'effondra sur le côté, écrasant une haie proche, dans un enchevêtrement de pattes velues qui s'étendirent en travers du chemin.

– Harry ! s'écria Cedric. Ça va ? Elle n'est pas tombée sur toi ?

– Non, répondit Harry, la respiration haletante.

Il regarda sa jambe. Elle saignait abondamment et il vit sur l'étoffe de sa robe une sorte de sécrétion épaisse et gluante qui provenait des pinces de l'araignée. Il essaya de se relever mais sa jambe tremblait et refusait de supporter son poids. Il s'appuya contre la haie, essayant de reprendre sa respiration, et se tourna vers Cedric.

Celui-ci n'était plus qu'à un ou deux mètres du trophée qui scintillait derrière lui.

– Prends-le, dit Harry, le souffle court. Vas-y, prends-le, tu es tout près.

Mais Cedric ne bougea pas. Il resta immobile à regarder Harry qui se cramponnait à la haie pour ne pas tomber. Puis il tourna la tête et contempla le trophée. À la lueur des reflets d'or qui brillaient sur le Trophée des Trois Sorciers, Harry voyait l'expression de désir sur son visage. À nouveau, Cedric tourna les yeux vers lui.

Il prit une profonde inspiration.

– Prends-le, toi, dit-il. C'est toi qui dois gagner. Tu as sauvé ma peau deux fois dans ce labyrinthe.

–Ce n'est pas comme ça que ça marche, répondit Harry.

Il sentait la colère monter en lui. Sa jambe lui faisait mal, son combat contre l'araignée l'avait laissé pantelant, endolori des pieds à la tête et, après tous ses efforts, Cedric était arrivé avant lui, tout comme il avait été le premier à inviter Cho au bal.

–Celui qui atteint le trophée avant les autres remporte la victoire. C'est toi. Je te garantis que je suis incapable de gagner une course dans l'état où est ma jambe.

Cedric fit quelques pas vers l'araignée, s'éloignant du trophée.

–Non, dit-il en hochant la tête.

–Cesse de faire le chevalier noble et généreux, répliqua Harry d'un ton irrité. Prends ce trophée, qu'on puisse enfin sortir d'ici.

Cedric regarda Harry qui se tenait toujours à la haie pour ne pas tomber.

–C'est toi qui m'as prévenu, pour les dragons, dit-il. J'aurais été éliminé dès la première tâche si tu ne m'avais rien dit.

–Moi aussi, j'ai été aidé, répondit sèchement Harry en essayant d'éponger avec un pan de sa robe le sang qui coulait de sa jambe. Et toi, tu m'as aidé pour l'œuf, on est quittes.

–Pour l'œuf, moi aussi, on m'a aidé, dit Cedric.

–On est quittes quand même, assura Harry.

Avec précaution, il regarda si sa jambe pouvait le porter, mais elle se mit à trembler violemment sous son poids. Il s'était fait une entorse à la cheville en tombant des pattes de l'araignée.

–Tu aurais mérité plus de points pour la deuxième tâche, reprit Cedric avec obstination. Tu es resté sur place pour libérer tous les prisonniers. J'aurais dû faire la même chose.

–J'ai été le seul à être suffisamment idiot pour prendre

cette chanson au sérieux ! s'exclama Harry d'un ton amer. Vas-y, ce trophée est à toi !

– Non, répondit Cedric.

Il enjamba les pattes de l'araignée pour rejoindre Harry qui le regarda s'avancer vers lui avec des yeux ronds. Cedric parlait sérieusement. Il s'éloignait volontairement de la gloire que Poufsouffle n'avait jamais réussi à obtenir depuis des siècles.

– Vas-y, dit Cedric.

Visiblement, ce geste lui coûtait jusqu'aux ultimes forces de sa volonté, mais son visage était ferme, décidé. Les bras croisés, il paraissait inébranlable.

Harry regarda alternativement Cedric et le trophée. Pendant un instant lumineux, il se vit émergeant du labyrinthe, la coupe d'or à la main. Il se vit levant haut au-dessus de sa tête le Trophée du Tournoi des Trois Sorciers, sous les acclamations frénétiques de la foule. Il vit plus nettement que jamais le visage de Cho, éclairé par la lueur d'admiration qui brillait dans son regard... Puis toutes ces images s'évanouirent et il n'eut plus devant les yeux que le visage sombre et obstiné de Cedric.

– Tous les deux, dit alors Harry.

– Quoi ?

– On prend le trophée tous les deux en même temps. Ça restera une victoire de Poudlard. On sera *ex æquo*.

Cedric regarda Harry. Il décroisa les bras.

– Tu... Tu crois ?

– Oui, dit Harry. On s'est aidés l'un l'autre, non ! Et on est arrivés ensemble jusqu'ici. Alors, on n'a qu'à prendre le trophée ensemble.

Pendant un instant, Cedric sembla ne pas en croire ses oreilles. Puis un sourire se dessina sur son visage.

– Tu as raison, dit-il. Viens.

Il prit Harry par le bras et l'aida à avancer en boitillant vers le piédestal sur lequel était posé le trophée. Tous deux tendirent alors la main vers chacune des anses de la coupe qui scintillait sous leurs yeux.

– À trois, d'accord ? dit Harry. Un… Deux… Trois…

D'un même geste, ils saisirent chacun une anse du trophée.

À cet instant, Harry ressentit une secousse quelque part au niveau du nombril. Ses pieds avaient quitté le sol et il n'arrivait plus à lâcher le Trophée des Trois Sorciers qui l'entraîna comme une tornade dans un tourbillon de couleurs. Cedric toujours à côté de lui.

32

LES OS, LA CHAIR, LE SANG

Harry sentit ses pieds atterrir lourdement sur le sol. Sa jambe blessée céda sous lui et il tomba en avant. Cette fois, sa main put enfin lâcher le Trophée des Trois Sorciers.

— Où sommes-nous ? demanda-t-il en redressant la tête.

L'expression de Cedric montrait qu'il n'en savait pas plus que lui. Il se releva, aida Harry à en faire autant et ils regardèrent autour d'eux.

Ils n'étaient plus du tout dans le parc de Poudlard. De toute évidence, ils avaient parcouru des kilomètres – peut-être même des centaines de kilomètres, car les montagnes qui entouraient le château avaient disparu. Ils se trouvaient à présent dans un cimetière obscur, envahi par la végétation. À leur droite, derrière un grand if, se dessinaient les contours d'une petite église. À leur gauche s'élevait une colline et Harry distingua la silhouette d'une belle maison ancienne qui se dressait à son sommet.

Cedric regarda la Coupe des Trois Sorciers, puis leva les yeux vers Harry.

— Est-ce que quelqu'un t'avait dit que le trophée était un Portoloin ? demanda-t-il.

— Non, répondit Harry.

Il contemplait le cimetière dans lequel régnait un silence total, légèrement inquiétant.

– Est-ce que ça fait partie de la tâche ?

– Je ne sais pas, répondit Cedric, l'air pas très rassuré. Tu crois qu'il faut sortir les baguettes ?

– Oui, dit Harry, content que Cedric lui ait évité de faire lui-même cette suggestion.

Ils tirèrent chacun leur baguette magique de leur poche. Harry ne cessait de jeter des coups d'œil de tous côtés. Une fois encore, il avait l'étrange sensation qu'on les observait.

– Quelqu'un vient, dit-il soudain.

Scrutant l'obscurité, ils distinguèrent la silhouette d'un homme qui s'approchait d'eux en marchant parmi les tombes d'un pas assuré. Harry n'arrivait pas à apercevoir son visage mais, à en juger par sa démarche et la manière dont il tenait les bras, il portait visiblement quelque chose devant lui. De petite taille, il était vêtu d'une cape avec un capuchon rabattu sur la tête pour cacher son visage. Lorsqu'il se fut approché davantage, Harry eut l'impression que c'était un bébé qu'il portait dans les bras... Ou peut-être s'agissait-il d'une simple robe de sorcier roulée en boule ?

Harry abaissa légèrement sa baguette et jeta un regard en biais à Cedric qui paraissait perplexe. Tous deux se tournèrent à nouveau vers la silhouette qui continuait d'avancer.

L'homme s'arrêta à côté d'une haute pierre tombale en marbre qui n'était qu'à deux mètres d'eux. Pendant un instant, Harry et Cedric restèrent immobiles face à la silhouette encapuchonnée qui les regardait.

Puis, sans le moindre signe avant-coureur, Harry ressentit brusquement une douleur si insoutenable qu'il eut l'impression que sa cicatrice explosait. De sa vie, il n'avait éprouvé une telle souffrance. Laissant tomber sa baguette, il couvrit son visage de ses mains. Ses genoux fléchirent et il se retrouva à terre, incapable de voir quoi que ce soit. C'était comme si sa tête était sur le point de se fendre en deux.

Très loin au-dessus de lui, il entendit une voix aiguë et glaciale.

– *Tue l'autre*, dit la voix.

Il y eut comme un souffle de vent et une deuxième voix perçante lança dans la nuit ces mots terribles :

– *Avada Kedavra !*

À travers ses paupières fermées, Harry distingua une lueur verte et il entendit un bruit de chute à côté de lui. La douleur de sa cicatrice atteignit une telle intensité qu'il fut pris de nausées. Puis elle diminua enfin. Terrifié à l'idée de ce qu'il allait découvrir, il ouvrit alors ses paupières brûlantes.

Les bras en croix, Cedric était étendu sur le sol à côté de lui. Mort.

Pendant une seconde qui parut une éternité, Harry regarda son visage, ses yeux gris, grands ouverts, dénués d'expression, comme les fenêtres d'une maison abandonnée, ses lèvres entrouvertes qui exprimaient la surprise. Puis, avant que son esprit ait eu le temps d'accepter ce qu'il voyait, avant que tout sentiment autre que l'incrédulité ait pu naître en lui, une main le saisit et l'obligea à se relever.

Le petit homme encapuchonné avait posé son fardeau. Sa baguette magique allumée, il traîna Harry vers la pierre tombale. Avant de se retrouver plaqué contre la surface de marbre, Harry eut tout juste le temps de voir un nom trembloter dans le faisceau lumineux de la baguette magique :

TOM JEDUSOR

L'homme à la cape fit apparaître des cordes qui s'enroulèrent autour de Harry en l'attachant des pieds à la tête à la pierre tombale. Sous le capuchon, Harry entendait une respiration brève, haletante. Il se débattit et l'homme le frappa d'une main. Une main à laquelle il manquait un doigt. Harry sut alors qui se cachait sous le capuchon. C'était Queudver.

– Vous ! s'exclama-t-il.

Queudver, qui avait fini d'attacher Harry, ne répondit pas. Il était occupé à vérifier la solidité des liens, ses doigts saisis de tremblements incontrôlables tripotant maladroitement les nœuds. Lorsqu'il fut certain que Harry ne pouvait plus faire le moindre mouvement, Queudver tira de sa cape un morceau d'étoffe noire qu'il lui fourra dans la bouche en guise de bâillon. Puis, sans un mot, il s'éloigna. Harry n'entendit plus rien. Il ne savait pas où Queudver était allé et n'arrivait même pas à tourner la tête pour regarder derrière la pierre tombale. Il ne pouvait voir que droit devant lui.

Le corps de Cedric était étendu à cinq ou six mètres de lui. Un peu plus loin, le Trophée des Trois Sorciers scintillait à la lueur des étoiles. La baguette magique de Harry était par terre, à ses pieds. La robe de sorcier roulée en boule qu'il avait tout d'abord prise pour un bébé se trouvait près de la tombe. À l'intérieur, quelque chose semblait s'agiter et Harry sentit sa cicatrice lui faire à nouveau mal… Il sut alors qu'il ne voulait surtout pas voir ce qui se cachait dans cette robe… Il ne voulait pas qu'on la déplie devant lui…

Il y eut soudain un bruit à ses pieds. Harry baissa les yeux et vit un gigantesque serpent qui ondulait dans l'herbe, autour de la pierre tombale à laquelle il était attaché. Il entendit la respiration sifflante et saccadée de Queudver s'approcher à nouveau. On aurait dit qu'il traînait derrière lui quelque chose de très lourd. Il revint alors dans le champ de vision de Harry qui le vit pousser un chaudron de pierre contre la tombe. Harry n'avait jamais vu un chaudron aussi grand. C'était un énorme récipient de pierre, arrondi comme un ventre, dans lequel un homme adulte aurait eu la place de s'asseoir. Apparemment, il était rempli d'eau – Harry l'entendait clapoter.

La chose qu'enveloppait la robe roulée en boule s'agitait avec de plus en plus d'insistance, comme si elle essayait de se libérer. À présent, Queudver, une baguette magique à la main, s'affairait autour du chaudron. Soudain, des flammes crépitèrent sous l'énorme récipient et le grand serpent s'éloigna en ondulant dans l'obscurité.

Le liquide qui remplissait le chaudron semblait chauffer très vite. Il se mit à bouillonner en projetant des étincelles enflammées comme s'il avait pris feu. Il s'en échappait une épaisse vapeur, estompant la silhouette de Queudver qui entretenait les flammes. Le ballot d'étoffe parut s'agiter de plus en plus et Harry entendit à nouveau la voix aiguë et glacée :

– *Dépêche-toi*, dit-elle.

À présent, toute la surface du liquide projetait des étincelles, comme si elle était incrustée de diamants.

– C'est prêt, Maître.

– Maintenant…, dit la voix glacée.

Queudver déplia alors la robe, révélant son contenu, et Harry laissa échapper un hurlement étouffé par le morceau de tissu qui le bâillonnait.

C'était comme si Queudver avait soudain renversé une pierre sous laquelle se cachait une chose repoussante, visqueuse, aveugle – mais ce que Harry avait sous les yeux était pire encore, cent fois pire. La chose avait la forme d'un enfant accroupi et, pourtant, rien n'aurait pu paraître plus éloigné d'un enfant. C'était un être entièrement chauve, recouvert d'écailles grossières, d'un noir rougeâtre. Il avait des bras et des jambes frêles, graciles, et un visage plat, semblable à une tête de serpent, avec des yeux rouges et flamboyants – jamais un enfant n'aurait pu avoir un tel visage.

La créature semblait tout juste capable de faire quelques gestes. Elle leva ses bras minces et les passa autour du cou de

Queudver qui la souleva. Dans le mouvement, son capuchon glissa en arrière et Harry vit à la lueur des flammes le visage blafard et souffreteux de Queudver exprimer sa révulsion tandis qu'il transportait la chose auprès du chaudron. Pendant un instant, la tête aplatie, maléfique, fut éclairée par les étincelles qui dansaient à la surface du liquide. Queudver déposa alors la créature dans le chaudron. Il y eut un sifflement et elle disparut sous la surface. Harry entendit son corps frêle heurter avec un bruit sourd le fond du récipient de pierre.

« Que cette chose se noie, pensa Harry, sa cicatrice plus douloureuse que jamais... Qu'elle se noie... »

Queudver parlait. Sa voix tremblait et il semblait fou de terreur. Il leva sa baguette magique, ferma les yeux, puis prononça ces paroles dans la nuit noire :

– *Que les ossements du père, donnés en toute ignorance, fassent renaître son fils !*

Aux pieds de Harry, la tombe grinça. Horrifié, il vit une fine volute de poussière s'élever dans les airs puis, obéissant à Queudver, tomber doucement dans le chaudron. La surface, brillante comme le diamant, s'agita et un long sifflement s'en échappa. Des étincelles jaillirent en tous sens et le liquide prit une couleur bleu vif qui ressemblait à un poison.

Poussant un faible gémissement, Queudver sortit de sous sa cape un long poignard à la fine lame argentée. Des sanglots brisèrent sa voix tandis qu'il prononçait ces paroles :

– *Que la chair – du serviteur – donnée vo-volontairement – fasse – revivre – son maître.*

Il tendit sa main droite devant lui – la main à laquelle il manquait un doigt – puis il serra étroitement le poignard dans sa main gauche et l'éleva au-dessus de lui.

Harry comprit ce qu'il allait faire une seconde avant qu'il accomplisse son geste. Il ferma les yeux, les paupières étroitement closes, mais ne put ignorer le hurlement qui déchira la nuit et transperça Harry comme si lui aussi avait reçu un coup de poignard. Il entendit quelque chose tomber sur le sol puis les halètements angoissés de Queudver, et enfin un bruit d'éclaboussure qui lui retourna l'estomac. Harry ne pouvait se résoudre à rouvrir les yeux, mais une lueur d'un rouge incandescent, qui venait du chaudron, traversa ses paupières closes…

Queudver gémissait de douleur, la respiration précipitée. Ce fut seulement lorsqu'il sentit son souffle sur son visage que Harry prit conscience de la présence de Queudver juste devant lui.

– *Que le s-sang de l'ennemi… pris par la force… ressuscite celui qui le combat.*

Harry ne put rien faire. Il était trop solidement attaché. Se débattant inutilement contre ses liens, il vit le poignard étincelant trembler dans la main désormais unique de Queudver. Puis il sentit la pointe de la lame pénétrer le creux de son bras droit et le sang couler lentement dans la manche de sa robe déchirée. Queudver, haletant sous la douleur, fouilla maladroitement dans sa poche et en tira un flacon dont il appuya le goulot contre la coupure de Harry pour recueillir le sang qui gouttait.

D'un pas chancelant, il retourna ensuite auprès du chaudron et y versa le sang. Le liquide devint aussitôt d'un blanc aveuglant. Sa besogne achevée, Queudver tomba à genoux devant le chaudron, puis s'affaissa sur le flanc et resta étendu sur le sol, agité de spasmes et de sanglots, serrant contre lui le moignon sanglant de son bras mutilé.

Le chaudron bouillonnait, projetant de tous côtés des étincelles semblables à des diamants si brillants que tout le reste paraissait par contraste d'un noir profond. Pendant un long moment, rien ne se produisit…

« Pourvu que la chose se soit noyée, songea Harry, pourvu que tout ait raté… »

Puis soudain, les étincelles qui jaillissaient du chaudron s'éteignirent. Un panache de vapeur s'éleva alors à la surface du liquide en formant un écran de fumée si épais que Harry ne pouvait plus rien voir d'autre, ni Queudver, ni Cedric ni quoi que ce soit… « Tout a raté, pensa-t-il… La chose s'est noyée… Faites que la chose soit morte… »

Mais bientôt, une vague de terreur le glaça des pieds à la tête : à travers le nuage de vapeur, il venait d'apercevoir la silhouette sombre d'un homme grand et squelettique qui s'élevait lentement du chaudron.

– Habille-moi, dit la voix aiguë et glacée au milieu du panache de vapeur.

Secoué de sanglots, Queudver, tenant toujours contre lui son bras mutilé, ramassa la robe noire étalée par terre. Il se releva et, de sa main unique, passa la robe sur la tête de son maître.

L'homme squelettique sortit alors du chaudron. Il regarda Harry… et Harry regarda en face le visage qui avait hanté ses cauchemars pendant trois ans. Plus livide qu'une tête de mort, les yeux écarlates et grands ouverts, le nez plat, avec deux fentes en guise de narines, à la manière des serpents…

Lord Voldemort venait de renaître devant lui.

33
LES MANGEMORTS

Voldemort détourna le regard et commença à examiner son propre corps. Il contempla ses mains, semblables à de grandes araignées blafardes, puis caressa de ses longs doigts blanchâtres sa poitrine, ses bras, son visage. Ses yeux rouges, aux pupilles verticales comme celles d'un chat, paraissaient encore plus brillants dans l'obscurité. Il tendit les mains devant lui, plia et déplia les doigts avec une expression de ravissement. Il n'accorda pas le moindre regard à Queudver qui se tortillait sur le sol, le bras ruisselant de sang, ni au serpent qui était revenu et sifflait en décrivant des cercles autour de Harry. Voldemort glissa dans une poche de sa robe une de ses mains aux doigts d'une longueur surnaturelle et en sortit une baguette magique. Il la caressa doucement, la leva et la pointa sur Queudver qui fut soulevé du sol et projeté contre la pierre tombale à laquelle Harry était attaché. Il s'effondra par terre et resta là, recroquevillé, gémissant. Voldemort tourna alors ses yeux écarlates vers Harry et éclata d'un rire aigu, glacial, sans joie.

Du sang luisait sur la cape de Queudver. Il avait enveloppé son moignon dans un pan d'étoffe.

– Maître…, sanglota-t-il. Maître… vous aviez promis… vous aviez promis…

– Tends ton bras, dit Voldemort d'un ton nonchalant.

– Oh, Maître… Merci, Maître…

Il tendit son moignon sanglant, mais Voldemort éclata d'un nouveau rire.

– L'autre bras, Queudver.

– Maître, s'il vous plaît… *s'il vous plaît*…

Voldemort se pencha et saisit Queudver par son autre bras. Il lui remonta la manche jusqu'au-dessus du coude et Harry vit quelque chose sur sa peau, une sorte de tatouage rouge, éclatant, qui représentait une tête de mort avec un serpent qui sortait de la bouche – la même image qui était apparue dans le ciel le jour de la Coupe du Monde de Quidditch : la Marque des Ténèbres. Voldemort l'examina attentivement, sans prêter attention aux sanglots incontrôlables de Queudver.

– Elle est de retour, dit-il à voix basse. Ils l'auront tous remarquée… Maintenant, nous allons voir… Nous allons savoir…

Il appuya son long index blanchâtre sur la marque que portait le bras de Queudver.

Aussitôt, une douleur aiguë transperça à nouveau la cicatrice de Harry et Queudver poussa un long gémissement. Voldemort retira son doigt. Harry vit alors que la marque était devenue d'un noir de jais.

Avec une expression cruelle et satisfaite, Voldemort se redressa, rejeta la tête en arrière et scruta l'obscurité du cimetière.

– Combien auront le courage de revenir lorsqu'ils la sentiront ? murmura-t-il, ses yeux rouges flamboyant vers les étoiles. Et combien seront assez sots pour rester à l'écart ?

Il se mit à faire les cent pas devant Harry et Queudver, son regard balayant l'étendue du cimetière. Au bout d'un long moment, il se tourna à nouveau vers Harry et un sourire féroce déforma son visage de serpent.

– Harry Potter, tu te tiens sur les restes de mon père, dit-il d'une voix sifflante. C'était un Moldu et un imbécile... très semblable à ta chère mère. Mais tous deux ont eu leur utilité, n'est-ce pas ? Ta mère est morte pour te protéger quand tu étais enfant... et moi, j'ai tué mon père. Mais regarde comme il m'a été utile dans la mort...

Une nouvelle fois, Voldemort éclata de rire. Il recommença à faire les cent pas en jetant des regards tout autour du cimetière et le serpent continua de décrire des cercles dans l'herbe.

– Tu vois cette maison sur la colline, Potter ? Mon père y habitait. Ma mère, une sorcière qui vivait ici, dans ce village, est tombée amoureuse de lui. Mais il l'a abandonnée quand elle lui a révélé ce qu'elle était... Mon père n'aimait pas la magie... Il l'a donc quittée avant même ma naissance pour retourner chez ses parents moldus. Ma mère est morte en me donnant le jour et j'ai été élevé dans un orphelinat moldu... mais j'avais juré de retrouver mon père... et je me suis vengé de lui, de cet idiot qui m'avait donné son nom... *Tom Jedusor*...

Il continuait inlassablement de faire les cent pas, ses yeux rouges allant d'une tombe à l'autre.

– Écoute-moi ça, voilà que je suis en train de revivre l'histoire de ma famille..., dit-il à voix basse. Je deviens sentimental... mais regarde, Harry ! Ma *véritable* famille revient...

S'élevant de partout, Harry entendit soudain des bruissements d'étoffe. Entre les tombes, derrière l'if, dans chaque coin d'ombre, des sorciers vêtus de capes arrivaient en transplanant. Tous avaient le visage masqué par des cagoules. Et un par un, ils s'avançaient... lentement, précautionneusement, comme s'ils avaient du mal à en croire leurs yeux. Debout au milieu du cimetière, Voldemort les regardait venir vers lui. Puis l'un des Mangemorts tomba à genoux, rampa vers Voldemort et embrassa l'ourlet de sa robe.

– Maître... Maître..., murmura-t-il.

Le Mangemort qui se trouvait derrière lui fit de même. Chacun d'eux s'avança ainsi à genoux vers Voldemort, embrassa le bas de sa robe puis rejoignit les autres qui formaient à présent un cercle autour de la tombe de Tom Jedusor, de Harry, et de Queudver qui n'était plus qu'un petit tas de chiffon secoué de sanglots. Les Mangemorts avaient laissé des espaces libres dans leur cercle comme s'ils attendaient de nouveaux arrivants. Voldemort, lui, ne semblait attendre personne d'autre. Il regarda les visages masqués de ses fidèles et, bien qu'il n'y eût pas de vent, un frémissement parcourut le cercle, comme s'il avait été saisi de frissons.

– Soyez les bienvenus, Mangemorts, dit Voldemort à voix basse. Treize ans... Treize ans ont passé depuis la dernière fois que nous nous sommes vus. Pourtant, vous avez répondu à mon appel comme si nous nous étions quittés hier... Cela signifie que nous sommes toujours unis sous la Marque des Ténèbres ! Mais est-ce bien sûr ?

Il rejeta en arrière son horrible tête et renifla, élargissant ses narines en forme de fentes.

– Je sens les effluves de la culpabilité, dit-il. Une terrible culpabilité qui empeste l'atmosphère.

Un nouveau frisson parcourut le cercle, comme si chacun d'eux avait voulu, sans l'oser, faire un pas en arrière.

– Je vous vois tous en parfaite santé, avec des pouvoirs intacts – vous avez été si prompts à transplaner ! – et je me demande... comment se fait-il que tous ces sorciers ne soient jamais venus au secours de leur maître à qui ils avaient juré une fidélité éternelle ?

Personne ne répondit, personne ne fit un geste, à part Queudver qui continuait de sangloter sur le sol en serrant contre lui son moignon sanglant.

– Je peux donner la réponse moi-même, murmura Voldemort. C'est sans doute qu'ils m'ont cru brisé, parti, disparu. Ils sont donc retournés parmi mes ennemis, ils ont plaidé l'innocence, l'ignorance, ils ont prétendu avoir été ensorcelés… Je me demande alors… Comment ont-ils pu penser que je ne reviendrais pas ? Eux qui savaient tout ce que j'ai fait, il y a déjà longtemps, pour me garantir contre la mort ? Eux qui avaient eu la preuve de l'immensité de mes pouvoirs, au temps où j'étais le plus puissant des sorciers ? Cette fois encore, je peux avancer une réponse. Peut-être ont-ils cru qu'un pouvoir plus grand encore pouvait exister, un pouvoir qui aurait pu vaincre Lord Voldemort lui-même… Peut-être ont-ils juré fidélité à un autre ? Peut-être à ce défenseur des gens du commun, des Sang-de-Bourbe et des Moldus, Albus Dumbledore ?

À la mention du nom de Dumbledore, le cercle frémit et certains murmurèrent en hochant la tête.

Mais Voldemort ne leur prêta aucune attention.

– C'est pour moi une déception… Je m'avoue déçu…

L'un des sorciers masqués se jeta alors en avant, brisant le cercle. Le corps parcouru de tremblements, il se laissa tomber aux pieds de Voldemort.

– Maître ! s'exclama-t-il d'une voix perçante. Maître, pardonnez-moi ! Pardonnez-nous !

Voldemort se mit à rire et leva sa baguette.

– *Endoloris !* dit-il.

Le Mangemort se tordit sur le sol en poussant des hurlements. Harry était sûr qu'on devait l'entendre dans toutes les maisons alentour… « Pourvu que la police vienne, songeat-il désespérément… Quelqu'un… Quelque chose… »

Voldemort leva à nouveau sa baguette et le Mangemort endolori resta étendu à plat ventre, la respiration saccadée.

– Lève-toi, Avery, dit Voldemort d'une voix douce. Lève-toi. Tu demandes mon pardon ? Sache que je ne pardonne pas. Et que je n'oublie pas. Treize longues années... Je veux que tu me rendes treize ans avant de te pardonner. Queudver, ici présent, a déjà payé une partie de sa dette, n'est-ce pas, Queudver ?

Il baissa les yeux vers le petit être prostré qui continuait de sangloter.

—Tu es revenu vers moi non par loyauté, mais par crainte de tes anciens amis. Tu as mérité cette souffrance, Queudver. Tu le sais, n'est-ce pas ?

—Oui, Maître, gémit Queudver. S'il vous plaît, Maître... s'il vous plaît...

—Mais tu m'as aidé à retrouver mon corps, poursuivit Voldemort de sa voix glacée en regardant Queudver sangloter par terre. Bien que tu sois une canaille et un traître, tu m'as aidé... et Lord Voldemort récompense ceux qui l'aident...

Une nouvelle fois, Voldemort leva sa baguette et la fit tournoyer au-dessus de sa tête. Une volute qui semblait faite d'argent fondu apparut dans les airs, jaillissant dans le sillage de la baguette magique. La volute tournoya sur elle-même en prenant peu à peu la forme d'une main humaine qui brillait sous la lune. La main fondit alors sur Queudver et se fixa à son moignon sanglant.

Queudver cessa brusquement de sangloter. La respiration rauque et précipitée, il releva la tête et contempla d'un air incrédule la main d'argent attachée à son bras sans qu'on puisse distinguer la moindre cicatrice, comme s'il portait un gant étincelant. Il plia et déplia ses doigts scintillants puis, d'un geste tremblant, il ramassa une brindille sur le sol et la réduisit en poussière.

—Maître, murmura-t-il. Maître... Elle est si belle... Merci... Oh, *merci*...

Il se précipita à genoux et embrassa la robe de Voldemort.

– Que ta loyauté ne vacille plus jamais, Queudver, dit Voldemort.

– Oh non, Maître… Plus jamais, Maître…

Le visage encore luisant de larmes, Queudver se releva et alla prendre sa place dans le cercle, sans quitter des yeux sa nouvelle main à la poigne puissante. Voldemort s'approcha alors de l'homme qui se trouvait à la droite de Queudver.

– Lucius, mon cher ami si fuyant, murmura-t-il en s'arrêtant devant lui. On m'a dit que tu n'as pas renoncé aux anciennes pratiques, bien que tu présentes aux yeux du monde un visage respectable. Tu es toujours prêt à prendre l'initiative quand il s'agit de persécuter des Moldus, semble-t-il ? Pourtant, tu n'as jamais essayé de me retrouver, Lucius… Tes exploits à la Coupe du Monde de Quidditch étaient amusants, je n'en disconviens pas… Mais ton énergie n'aurait-elle pas été mieux employée à tenter de retrouver et d'aider ton maître ?

– Maître, je me tenais prêt à tout moment, répondit précipitamment la voix de Lucius Malefoy sous sa cagoule. Au moindre signe de vous, au moindre murmure qui aurait pu me renseigner sur le lieu de votre refuge, je serais immédiatement accouru, rien n'aurait pu m'empêcher de…

– Et pourtant, tu as pris la fuite devant ma Marque lorsqu'un fidèle Mangemort l'a fait apparaître dans le ciel, l'été dernier ? répliqua Voldemort d'une voix nonchalante qui fit taire Mr Malefoy. Oui, je sais tout cela, Lucius… Tu m'as déçu… J'attends de toi une plus grande fidélité à l'avenir.

– Certainement, Maître, certainement… Je vous remercie de votre clémence…

Voldemort avança d'un pas et s'arrêta, regardant l'espace vide – suffisamment grand pour deux personnes – qui séparait Malefoy de son voisin.

– Ce sont les Lestrange qui devraient se trouver ici, dit

Voldemort. Mais ils sont enfermés à Azkaban. Ils ont été fidèles. Ils ont préféré renoncer à la liberté plutôt que de me renier... Lorsque la prison d'Azkaban aura été ouverte, les Lestrange seront honorés au-delà de toutes leurs espérances. Les Détraqueurs se joindront à nous... Ce sont nos alliés naturels... nous ferons revenir les géants exilés... Tous mes serviteurs dévoués retourneront vers moi, ainsi qu'une armée de créatures redoutées de tous...

Il continua d'avancer le long du cercle. Il passait devant certains sans rien dire, mais s'arrêtait devant d'autres et leur parlait.

— Macnair... Alors, d'après ce que m'a dit Queudver, tu exécutes des créatures dangereuses pour le compte du ministère ? Tu auras bientôt de meilleures victimes, crois-moi. Lord Voldemort te les fournira...

— Merci, Maître... Merci, murmura Macnair.

Voldemort s'approcha ensuite des deux silhouettes les plus massives que comptait le cercle des Mangemorts.

— Ah, voici Crabbe, dit-il. Tu feras mieux, cette fois-ci, n'est-ce pas, Crabbe ? Et toi aussi, Goyle ?

Tous deux s'inclinèrent maladroitement et répondirent dans un murmure à peine audible :

— Oui, Maître...

— Certainement, Maître...

— Même remarque pour toi, Nott, dit Voldemort d'une voix égale en passant devant une silhouette voûtée, dans l'ombre de Goyle.

— Maître, je me prosterne devant vous, je suis votre plus fidèle...

— Ça ira comme ça, coupa Voldemort.

Il atteignit le plus large des espaces qui brisaient le cercle et le contempla de ses yeux rouges, sans expression, comme s'il y voyait quelqu'un.

—Ici, dit-il, il manque six Mangemorts… Trois sont morts à mon service. Un autre a été trop lâche pour revenir… Il le paiera. Un autre m'a quitté définitivement… Il sera tué, bien entendu… Quant au dernier, il reste mon plus fidèle serviteur et travaille déjà pour moi.

Il y eut un mouvement dans le cercle des Mangemorts. Harry les vit échanger des regards sous leurs cagoules.

—Ce fidèle serviteur se trouve à Poudlard et c'est grâce à ses efforts que notre jeune ami est arrivé ce soir…

Un sourire retroussa sa bouche sans lèvres tandis que les Mangemorts tournaient les yeux vers Harry.

—Oui, reprit Voldemort, Harry Potter a eu l'amabilité de se joindre à nous pour fêter ma renaissance. On pourrait même aller jusqu'à le considérer comme mon invité d'honneur.

Il y eut un grand silence. Puis le Mangemort qui se trouvait à la droite de Queudver fit un pas en avant et la voix de Lucius Malefoy s'éleva sous sa cagoule :

—Maître, nous avons hâte de savoir… Nous vous supplions de bien vouloir nous dire… comment vous avez accompli ce… ce miracle… Comment avez-vous réussi à revenir parmi nous… ?

—Ah, c'est toute une histoire, Lucius, répondit Voldemort. Tout commence – et finit – avec mon jeune ami ici présent.

Il s'avança vers Harry d'un pas nonchalant et s'arrêta à côté de lui de sorte que tout le monde puisse les voir en même temps. Le serpent continuait de tourner autour de la tombe.

—Bien entendu, vous savez qu'on attribue ma chute à ce garçon, poursuivit Voldemort, ses yeux rouges fixés sur Harry dont la cicatrice le brûlait si férocement qu'il aurait presque crié de douleur. Vous savez tous que, la nuit où j'ai perdu mes pouvoirs et mon corps, j'avais essayé de le tuer. Sa mère est morte en voulant le sauver et, sans le savoir, elle lui a ainsi assuré une protection que je n'avais pas prévue, je le reconnais... Il m'était impossible de toucher ce garçon.

Voldemort leva un de ses longs doigts et l'approcha tout près de la joue de Harry.

— Sa mère a laissé en lui des traces de son sacrifice... C'est de la vieille magie, j'aurais dû m'en souvenir, j'ai été stupide de ne pas y penser... Mais ça ne fait rien, maintenant, je peux le toucher.

Harry sentit l'extrémité glacée du long doigt blanchâtre toucher sa peau et il eut l'impression que sa tête allait exploser de douleur.

Voldemort eut un petit rire puis il enleva son doigt et s'adressa à nouveau aux Mangemorts :

— J'avais mal évalué la situation, mes amis, je le reconnais. Le sort que j'ai jeté a été dévié par le sacrifice insensé de cette femme et a rebondi sur moi. Aaaah... Douleur des douleurs, mes amis, rien n'aurait pu m'y préparer. Je me suis senti arraché de mon corps, réduit à moins qu'un esprit, moins que le plus infime des fantômes... mais j'étais quand même vivant. Ce que j'étais devenu, moi-même je l'ignore... Moi qui suis pourtant allé plus loin que quiconque sur le chemin qui mène à l'immortalité. Vous connaissez mon but : vaincre la mort. Et maintenant que j'étais mis à l'épreuve, il apparaissait qu'une ou plusieurs de mes expériences avaient porté leurs fruits... car je n'avais pas été tué, alors que le sort qui m'avait frappé était mortel. J'étais cependant aussi dépourvu de force que la plus faible des créatures, et sans aucun moyen d'agir seul... puisque je n'avais plus de corps et que les sortilèges qui auraient pu m'aider nécessitaient l'usage d'une baguette magique... Je me souviens seulement d'avoir lutté, sans repos, sans relâche, instant après instant, pour exister... Je me suis installé dans une forêt lointaine et j'ai attendu... Sans aucun doute, l'un de mes fidèles Mangemorts allait

essayer de me retrouver… L'un d'eux viendrait et accompli-
rait le travail magique que j'étais incapable de faire moi-
même pour me rendre un corps… Mais j'ai attendu en vain.

Un frisson agita à nouveau le cercle des Mangemorts. Voldemort laissa un horrible silence s'installer avant de poursuivre :

— Il ne me restait qu'un seul pouvoir, celui de prendre possession du corps des autres. Mais je n'osais aller dans les
endroits trop fréquentés, car je savais que les Aurors étaient
toujours à ma recherche. Parfois, je m'installais à l'intérieur
d'un animal – les serpents étant, bien sûr, mes préférés – mais
je ne m'y trouvais guère mieux que sous la forme de pur esprit
car leurs corps n'étaient pas adaptés à l'usage de la magie…
et ma présence en eux abrégeait leur vie. Aucun de mes hôtes
n'a duré bien longtemps… Puis, il y a quatre ans… j'ai cru
avoir trouvé le moyen de revenir. Un sorcier – jeune, stupide,
naïf – a croisé mon chemin dans la forêt où je m'étais réfugié.
Il semblait représenter enfin la chance dont j'avais rêvé… car
il était professeur à l'école de Dumbledore… Il n'a pas été très
difficile de le soumettre à ma volonté… Il m'a alors ramené
ici, dans ce pays et, au bout d'un moment, j'ai pris possession
de son corps pour m'assurer qu'il exécutait correctement mes
instructions. Mais mon plan a échoué, je n'ai pas réussi à
m'emparer de la Pierre philosophale. La vie éternelle
m'échappait. J'avais été mis en échec… et cet échec, une fois
de plus, c'était Harry Potter qui me l'infligeait…

Le silence tomba à nouveau. Rien ne bougeait, pas même
les feuilles de l'if. Les Mangemorts restaient parfaitement
immobiles, leurs regards brillants fixés sur Voldemort et
Harry.

— Mon serviteur est mort lorsque j'ai quitté son corps et je
me suis retrouvé aussi faible qu'avant, reprit Voldemort. Je
suis retourné dans mon refuge, très loin d'ici, et je ne vous

cacherai pas que j'ai éprouvé alors la crainte de ne jamais retrouver mes pouvoirs… Cette période a sans doute été la plus sombre de toutes ces années… Je ne pouvais espérer qu'un autre sorcier croise à nouveau mon chemin… et j'avais abandonné tout espoir qu'un de mes Mangemorts se soucie de ce que j'étais devenu…

Dans le cercle des sorciers masqués, quelques mouvements trahirent un certain malaise, mais Voldemort n'y prêta aucune attention.

– Et puis, il y a de cela moins de un an, alors que j'avais presque abandonné tout espoir, cela s'est enfin produit… un serviteur est revenu à moi : Queudver, qui avait fait croire à sa mort pour échapper à la justice, a été arraché de sa cachette par ceux qu'il avait autrefois comptés parmi ses amis et a décidé de retourner auprès de son maître. Il m'a cherché dans le pays où la rumeur disait que je m'étais réfugié… aidé bien sûr par les rats rencontrés sur sa route. Queudver a d'étranges affinités avec les rats, n'est-ce pas, Queudver ? Ses répugnants amis lui ont révélé l'existence, au fond d'une forêt d'Albanie, d'un endroit qu'ils évitaient soigneusement car, souvent, de petits animaux comme eux y mouraient prématurément après qu'une ombre noire eut pris possession de leur corps…

« Mais ce voyage qui devait le ramener vers moi ne s'est pas déroulé sans anicroche, n'est-ce pas, Queudver ? Imaginez-vous qu'un soir, à la lisière de la forêt où il espérait me trouver, il s'est bêtement arrêté dans une auberge, tout simplement parce qu'il avait faim… Et qui croyez-vous qu'il a rencontré dans cette auberge ? Bertha Jorkins, une sorcière du ministère de la Magie !

« Or, voyez comment le destin favorise Lord Voldemort. Cette rencontre aurait pu marquer la fin de Queudver et de mon dernier espoir de régénération. Mais Queudver – faisant preuve d'une présence d'esprit que je n'aurais jamais attendue de lui – a réussi à convaincre Bertha Jorkins de l'accompagner dans une promenade au clair de lune. Il l'a alors neutralisée... puis me l'a amenée. Et la rencontre avec Bertha Jorkins, qui aurait pu tout gâcher, s'est en fait révélée une aubaine qui dépassait mes rêves les plus insensés... car il a suffi d'un peu de persuasion pour qu'elle devienne une véritable mine d'informations.

« Elle m'a ainsi appris que le Tournoi des Trois Sorciers allait à nouveau avoir lieu cette année et qu'il se déroulerait à Poudlard. Elle m'a révélé également qu'elle connaissait un fidèle Mangemort qui ne serait que trop heureux de m'aider si je parvenais à le contacter. Elle m'a dit aussi bien d'autres choses... Mais les sortilèges que j'avais employés pour pénétrer dans sa mémoire étaient très puissants et, après lui avoir soutiré toutes les informations qui pouvaient m'être utiles, son corps et son esprit avaient subi des dommages irréparables. Elle avait rempli son office et, comme je ne pouvais la garder auprès de moi, je m'en suis débarrassé.

Voldemort sourit de son horrible sourire de serpent, ses yeux rouges flamboyant d'un regard impitoyable.

– Bien entendu, le corps de Queudver était mal adapté à la possession, puisque tout le monde croyait qu'il était mort. Il aurait donc beaucoup trop attiré l'attention si on l'avait vu. Il était cependant le serviteur dont j'avais besoin et, bien que très médiocre sorcier, Queudver a été capable de suivre les instructions que je lui donnais pour me rendre un corps faible, rudimentaire, mais un corps que je pourrais habiter en attendant de réunir les éléments qui permettraient ma véritable renaissance... il a suffi d'un ou deux sortilèges de mon invention... et d'un peu d'aide de mon fidèle Nagini – les yeux de Voldemort se posèrent sur le serpent qui continuait de tourner autour de la tombe. Une potion à base de sang de licorne et du venin que me fournissait Nagini... J'ai pu ainsi retrouver une forme presque humaine, suffisamment robuste pour me permettre de voyager.

« Je n'avais plus aucun espoir de dérober la Pierre philosophale, puisque je savais que Dumbledore avait veillé à ce qu'elle soit détruite. Mais j'avais la volonté de revenir à une vie mortelle avant de rechercher à nouveau l'immortalité. J'avais revu mes ambitions à la baisse... Je voulais d'abord retrouver mon ancien corps et mon ancienne force.

« Je savais que pour atteindre cet objectif – la potion qui m'a rendu la vie ce soir appartient à la magie noire traditionnelle –, j'avais besoin de trois puissants ingrédients. L'un d'eux était déjà à portée de main, n'est-ce pas, Queudver ? La chair d'un serviteur...

« Les ossements de mon père signifiaient qu'il nous faudrait revenir ici, où il est enterré. Mais le sang d'un ennemi... Queudver aurait voulu que je prenne celui de n'importe quel sorcier, n'est-ce pas, Queudver ? N'importe quel sorcier, pourvu qu'il m'ait haï... et il y en avait beaucoup. Mais moi, je savais que, si je voulais renaître aussi puissant que je l'avais été, il me fallait le sang de Harry Potter. Je voulais le sang de celui qui m'avait privé de mes pouvoirs treize ans plus tôt car, alors, la protection que sa mère lui avait léguée coulerait également dans mes veines...

« Mais comment m'emparer de Harry Potter ? Il était mieux protégé qu'il ne s'en doutait lui-même, protégé par des moyens que Dumbledore avait lui-même mis en œuvre lorsque la charge lui était revenue d'assurer l'avenir de ce garçon. Dumbledore a eu recours à des méthodes d'ancienne magie qui assurent la sécurité de Harry Potter tant qu'il se trouve auprès de lui. Même moi, je ne peux pas le toucher tant qu'il est là-bas... Bien sûr, il y avait la Coupe du Monde de Quidditch... Je pensais que sa protection y serait plus faible, loin de Dumbledore, mais je n'étais pas encore assez fort pour tenter un enlèvement en plein milieu d'une horde de sorciers du ministère. Ensuite, il allait retourner à Poudlard où, du matin au soir, il resterait sous le nez crochu de cet imbécile amoureux des Moldus. Alors, comment faire pour m'emparer de lui ?

« Eh bien... en me servant des informations révélées par Bertha, bien entendu. Grâce à mon fidèle Mangemort qui se trouvait à Poudlard, le nom de Harry Potter a été déposé dans la Coupe de Feu. Grâce à ce même Mangemort, tout a été fait pour qu'il remporte le tournoi – et qu'il soit le premier à toucher le trophée –, ce trophée que le Mangemort avait transformé en Portoloin, ce qui me permettait de faire venir Harry Potter ici même, où il ne pourrait plus bénéficier de l'aide et de la protection de Dumbledore. Je n'avais plus qu'à l'attendre à bras ouverts. Et le voici... ce garçon dont vous pensiez tous qu'il avait eu raison de moi...

Voldemort s'avança lentement et se tourna pour faire face à Harry. Puis il leva sa baguette.

– *Endoloris !* dit-il.

Jamais Harry n'avait ressenti une telle douleur. Il avait l'impression que ses os étaient en feu, que sa tête se fendait de part et d'autre de sa cicatrice. Ses yeux, devenus comme fous, ne cessaient de rouler dans leurs orbites, il n'avait plus qu'une envie : que tout finisse... que tout sombre dans les ténèbres... plus qu'une seule envie : mourir...

Puis la douleur disparut. Le corps inerte, incapable de se tenir debout, Harry n'était plus retenu que par les cordes qui le liaient à la pierre tombale du père de Voldemort. À travers une sorte de brouillard, il leva le regard vers les yeux rouges et brillants tandis que les rires des Mangemorts résonnaient dans la nuit.

– Vous comprenez maintenant à quel point il était insensé d'imaginer que ce garçon puisse jamais l'emporter sur moi, reprit Voldemort. Que personne ne s'y trompe : seule la chance a permis à Harry Potter de m'échapper. Et je vais faire la démonstration de mon pouvoir sur lui en le tuant ici même, sous vos yeux. Cette fois, Dumbledore ne pourra pas l'aider et sa mère ne sera pas là pour mourir à sa place. Mais je vais quand même lui donner sa chance. Il aura le droit de combattre et vous saurez alors lequel de nous deux est le plus fort. Il te faudra attendre encore quelques instants, Nagini, murmura-t-il.

Le serpent s'éloigna en ondulant dans l'herbe et rejoignit le cercle des Mangemorts avides d'assister au spectacle.

– À présent, détache-le, Queudver, et rends-lui sa baguette magique.

34
« PRIORI INCANTATUM »

Queudver s'approcha de Harry qui s'efforça de se redresser pour pouvoir tenir debout lorsque les cordes auraient été détachées. Queudver leva sa nouvelle main d'argent, ôta le bâillon de la bouche de Harry puis, d'un geste, trancha les liens qui l'attachaient à la pierre tombale.

Pendant une fraction de seconde, Harry eut la vague tentation de s'enfuir, mais sa jambe blessée trembla sous son poids tandis qu'il reprenait son équilibre sur la tombe envahie de végétation. Le cercle des Mangemorts se resserra, effaçant les espaces libres qu'auraient dû occuper les absents. Queudver recula jusqu'à l'endroit où était étendu le corps de Cedric ramassa la baguette magique de Harry et la lui mit brutalement dans la main sans le regarder. Puis il alla reprendre sa place dans le cercle des Mangemorts.

– On t'a appris à te battre en duel, Harry Potter ? dit Voldemort à voix basse, ses yeux rouges étincelant dans l'obscurité.

Harry se rappela le club de duel de Poudlard qu'il avait fréquenté trop peu de temps, deux ans auparavant. Un souvenir si lointain en cet instant qu'il lui semblait provenir d'une vie antérieure… Tout ce qu'il y avait appris, c'était le sortilège de Désarmement, *Expelliarmus*… Mais à quoi cela lui servirait-il, même s'il y parvenait, de priver Voldemort de sa baguette magique, alors qu'il était entouré d'au moins une trentaine de Mangemorts ? Il n'avait jamais rien appris d'autre qui puisse lui être utile dans une telle situation. Il savait qu'il allait devoir affronter ce contre quoi Maugrey les avait toujours mis en garde... le sortilège d'Adava Kedavra qu'il était impossible de conjurer – et Voldemort avait raison : cette fois, sa mère n'était plus là pour mourir à sa place... Il n'avait plus aucune protection...

– Nous devons nous saluer, Harry, dit Voldemort.

Il s'inclina légèrement, sa tête de serpent toujours droite face à Harry.

– Allons, il faut respecter les usages... Dumbledore serait content que tu montres ta bonne éducation... Incline-toi devant la mort, Harry...

Les Mangemorts éclatèrent de rire une nouvelle fois. La bouche sans lèvres de Voldemort s'étira en un sourire. Harry ne s'inclina pas. Il n'avait pas l'intention de laisser Voldemort jouer avec lui avant qu'il ne le tue... Il n'allait pas lui donner cette satisfaction...

– J'ai dit : *incline-toi*, insista Voldemort en levant sa baguette magique.

Harry sentit son échine se courber malgré lui, comme si une main immense et invisible l'avait brutalement obligé à se pencher en avant et les Mangemorts se mirent à rire de plus belle.

– Très bien, dit Voldemort.

Il leva à nouveau sa baguette et la main invisible qui pesait sur le dos de Harry relâcha sa pression.

– Maintenant, affronte-moi comme un homme... Droit et fier, comme est mort ton père... Allez, en garde !

Avant que Harry ait pu faire le moindre geste, il fut une nouvelle fois frappé par le sortilège Doloris. La douleur était si intense, si dévorante, qu'il ne savait plus où il se trouvait...

Des lames chauffées à blanc transperçaient chaque centimètre carré de sa peau et sa tête n'allait pas tarder à exploser. Projeté par terre, il se mit à hurler comme jamais il n'avait hurlé dans sa vie.

Puis la douleur cessa. Harry roula sur lui-même et se releva avec peine. Il était agité de tremblements aussi incontrôlables que ceux qui avaient secoué Queudver lorsqu'il s'était tranché la main. Perdant l'équilibre, il tituba et heurta le mur des Mangemorts qui le repoussèrent vers Voldemort.

– On va faire une petite pause, dit celui-ci, ses narines de serpent dilatées par l'excitation. Ça t'a fait mal, n'est-ce pas, Harry ? Tu n'aimerais pas que je recommence, je crois ?

Harry ne répondit pas. Il allait mourir comme Cedric, il le voyait dans ces yeux rouges au regard impitoyable... Il allait mourir et ne pourrait rien faire pour échapper à son sort... mais il n'allait pas laisser Voldemort jouer avec lui. Il n'allait pas lui obéir... Il n'allait pas le supplier...

– Je t'ai demandé si tu aimerais que je recommence ? reprit Voldemort. Réponds-moi ! *Impero !*

Et, pour la troisième fois de sa vie, Harry éprouva la sensation que son esprit se vidait de toute pensée... C'était une telle félicité de ne penser à rien ! Il avait l'impression de flotter, de rêver... *Réponds « non »... Un simple « non »... Réponds simplement « non »...*

« Je ne répondrai pas, dit une voix plus forte encore, quelque part dans sa tête, je ne répondrai pas... »

Réponds simplement « non »...

« Je ne répondrai pas, je ne dirai rien... »

Réponds simplement « non »...

– JE NE RÉPONDRAI RIEN DU TOUT !

Ces mots avaient brusquement jailli de sa bouche. Ils se répercutèrent en écho dans tout le cimetière et la sensation de rêve s'évanouit aussitôt, comme si on lui avait versé de l'eau glacée sur la tête. Harry ressentit à nouveau les courbatures qu'avait laissées dans tout son corps le sortilège Doloris et reprit conscience de l'endroit où il se trouvait – et de ce qu'il lui fallait affronter…

– Tu ne veux pas répondre ? reprit Voldemort d'une voix très calme.

Les Mangemorts avaient cessé de rire, à présent.

– Tu ne veux pas répondre « non » ? Harry, l'obéissance est une vertu que je vais devoir t'enseigner avant de te tuer… Encore une petite dose de douleur ?

Voldemort leva sa baguette mais, cette fois, Harry se tenait prêt. Avec une rapidité de réflexe qui lui venait de sa pratique du Quidditch, il se jeta de côté sur le sol, roula derrière la pierre tombale et entendit le sortilège fendre le marbre sans l'atteindre.

– On ne joue pas à cache-cache, Harry, dit la voix calme et glacée de Voldemort qui se rapprochait.

Les Mangemorts avaient recommencé à rire.

– Tu ne vas quand même pas te cacher ? Cela voudrait-il dire que tu en as déjà assez de notre duel ? Tu préfères peut-être que j'en finisse dès maintenant avec toi ? Allez, sors de là, Harry… Sors de là et joue le jeu… Ce ne sera pas long… Peut-être même que tu ne souffriras pas… Je n'en sais rien… Je ne suis jamais mort…

Harry s'accroupit derrière la pierre tombale. Il savait que c'était la fin. Il n'y avait plus d'espoir… aucune aide à attendre. Mais, tandis que Voldemort approchait, il fut au moins sûr d'une chose, par-delà toute raison et toute peur : il n'allait pas mourir accroupi là comme un enfant jouant à cache-cache. Il ne mourrait pas à genoux devant Voldemort… Il mourrait debout, comme son père, et il mourrait en essayant de se défendre, même si toute tentative de défense était vouée à l'échec…

Avant que Voldemort ait eu le temps de passer sa tête de serpent derrière la pierre tombale, Harry s'était levé... Il serra sa baguette dans sa main, la tendit en avant et surgit de derrière la tombe, face à Voldemort.

Celui-ci se tenait prêt. Au moment où Harry cria : « *Expelliarmus !* », Voldemort lança : « *Avada Kedavra !* »

Un jet de lumière verte jaillit de la baguette de Voldemort à l'instant même où une lumière rouge fusait de celle de Harry. Les deux traits lumineux se heurtèrent en pleine course et, tout à coup, la baguette de Harry se mit à vibrer comme si elle avait été parcourue d'un courant électrique. Sa main y était collée. Même s'il l'avait voulu, il aurait été incapable de la lâcher. Un étroit faisceau lumineux reliait à présent les deux baguettes magiques, ni rouge ni vert, mais d'une intense couleur or. Harry, stupéfait, suivit des yeux le rayon de lumière et vit que la baguette de Voldemort tremblait et vibrait avec la même intensité entre ses longs doigts crispés.

Puis – c'était la dernière chose à laquelle Harry se serait attendu –, il sentit ses pieds se soulever du sol. Voldemort et lui s'élevèrent en même temps dans les airs, leurs baguettes toujours reliées par ce fil de lumière dorée et tremblante. Ils s'envolèrent lentement au-dessus de la pierre tombale et atterrirent sur un carré d'herbe nue, dépourvu de tombes... Les Mangemorts s'étaient mis à crier, demandant à Voldemort ce qu'ils devaient faire. Ils se rapprochèrent, reformant le cercle autour de Harry et de leur maître, le serpent se tortillant à leurs pieds. Certains d'entre eux avaient sorti leur baguette magique.

Le fil d'or qui unissait Harry et Voldemort se morcela soudain. Leurs baguettes restèrent liées l'une à l'autre, mais des milliers d'autres traits de lumière furent projetés dans les airs, dessinant une multitude d'arcs entrecroisés au-dessus de leurs têtes. Bientôt, Harry et Voldemort se retrouvèrent enfermés sous un dôme d'or, semblable à une immense toile d'araignée lumineuse, au-delà duquel les Mangemorts resserraient leur cercle, tels des chacals, leurs cris étrangement assourdis...

— Ne faites rien ! s'écria Voldemort d'une voix perçante.

Harry voyait ses yeux rouges s'écarquiller de stupéfaction devant ce phénomène. Il le vit s'efforcer de rompre le fil de lumière qui reliait toujours les deux baguettes magiques mais Harry serra sa baguette de plus en plus fort, des deux mains à la fois, et le fil d'or resta intact.

— Ne faites rien tant que je ne vous en aurai pas donné l'ordre ! cria Voldemort à ses fidèles.

Alors, un son magnifique et surnaturel s'éleva dans les airs... Il émanait de chaque fil de la toile lumineuse qui vibrait autour d'eux. C'était un son que Harry reconnut aussitôt, bien qu'il ne l'eût entendu qu'une seule fois dans sa vie... Le chant du phénix...

Pour Harry, ce chant était celui de l'espoir... Le plus beau son qu'il ait jamais entendu... Il eut l'impression que le chant ne résonnait pas seulement autour de lui mais en lui... et qu'il le reliait à Dumbledore, comme si un ami lui parlait à l'oreille...

Ne brise pas le lien.

« Je sais, répondit Harry comme s'il s'adressait à la musique, je sais que je ne dois pas le briser... » Mais à peine avait-il eu cette pensée qu'il lui devint de plus en plus difficile d'y parvenir. Sa baguette se mit à vibrer avec plus de force que jamais... et le rayon lumineux qui l'unissait à Voldemort se transforma lui aussi... On aurait dit que de grosses perles de lumière glissaient dans les deux sens le long du fil d'or. Harry sentit sa baguette trépider entre ses mains tandis que les perles avançaient lentement dans sa direction... Peu à peu, les perles ne glissèrent plus que dans un seul sens, de Voldemort vers lui, et sa baguette se mit à trembler avec fureur...

À mesure que la plus proche des perles de lumière avançait vers lui, il sentait le bois de sa baguette magique devenir si brûlant qu'il eut peur de la voir s'enflammer. Plus la perle se rapprochait, plus la baguette vibrait entre ses mains. Il avait la certitude qu'elle ne résisterait pas à son contact, qu'elle volerait en éclats sous ses doigts si jamais la perle la touchait…

Le regard fixe, animé d'une lueur furieuse, il se concentra de toutes les forces de son esprit pour renvoyer la perle vers Voldemort, tandis que le chant du phénix continuait de résonner à ses oreilles… Alors, lentement, très lentement, les perles de lumière s'immobilisèrent dans un frémissement puis, tout aussi lentement, commencèrent à glisser dans l'autre sens… à présent, c'était la baguette de Voldemort qui vibrait avec une incroyable intensité… Voldemort, qui sembla abasourdi, presque apeuré, en voyant l'une des perles de lumière trembloter à quelques centimètres de sa baguette magique…

Harry ne comprenait pas pourquoi il agissait ainsi, il ne savait pas à quoi cela pourrait bien aboutir… mais il se concentrait comme jamais il ne s'était concentré pour forcer cette perle à retourner dans la baguette de son ennemi… Toujours avec la même lenteur… elle avança peu à peu le long du fil d'or… trembla pendant un moment, puis toucha enfin la baguette…

Aussitôt, la baguette magique de Voldemort émit des hurlements de douleur… Un instant plus tard – les yeux rouges du Seigneur des Ténèbres s'écarquillèrent devant cette vision –, une épaisse fumée en forme de main jaillit à l'extrémité de la baguette et disparut… c'était comme un fantôme de la main qu'il avait offerte à Queudver… il y eut à nouveau des cris de douleur… Puis quelque chose de beaucoup plus grand s'éleva de la baguette, comme une fumée

grise d'une telle densité qu'elle paraissait solide... Une tête
se dessina... puis un torse, des bras... le buste de Cedric
Diggory.

Harry éprouva une telle stupéfaction qu'il aurait pu en
lâcher sa baguette mais, instinctivement, ses mains la serrèrent plus fort que jamais et le fil d'or resta intact tandis que
le fantôme gris de Cedric (mais était-ce un fantôme ? Il
paraissait si réel) surgissait tout entier à l'extrémité de la
baguette magique de Voldemort, comme s'il s'extrayait d'un
tunnel très étroit... Cedric – ou son ombre –, debout entre
eux, suivit des yeux l'arc que formait le fil d'or et parla :

– Tiens bon, Harry, dit-il.

Sa voix était distante, comme répercutée par un écho. Harry
regarda Voldemort... Ses yeux rouges grands ouverts exprimaient l'ahurissement... Il paraissait aussi abasourdi que Harry
lui-même... Harry entendit alors les faibles cris de frayeur des
Mangemorts qui tournaient autour du dôme doré...

D'autres cris de douleur s'élevèrent de la baguette... puis
une autre forme surgit à son extrémité... L'ombre dense d'une
autre tête, suivie d'un torse et de bras... C'était le vieil
homme que Harry avait vu un jour dans un rêve. Il s'extrayait à présent de la baguette magique comme Cedric l'avait
fait avant lui... Ce fantôme, ou cette ombre, ou il ne savait
quoi, rejoignit Cedric puis, appuyé sur sa canne, contempla,
avec une expression un peu surprise, Harry, Voldemort, la
toile d'araignée lumineuse et les deux baguettes unies par le
fil d'or...

– Il était donc vraiment sorcier ? dit le vieil homme en
regardant Voldemort. C'est lui qui m'a tué... À toi de le combattre, mon garçon...

Mais déjà une autre tête apparaissait... Une tête grise,
comme une statue de fumée. Une tête de femme, cette fois...
Harry, ses deux bras parcourus de tremblements tandis qu'il

s'efforçait de maintenir sa baguette immobile, la vit descendre lentement sur le sol et rejoindre les deux autres...

L'ombre de Bertha Jorkins observait le combat avec de grands yeux ronds.

— Ne lâche surtout pas ! s'écria-t-elle.

Comme celle de Cedric, sa voix lointaine résonnait en écho.

— Ne le laisse pas te vaincre, Harry ! Ne lâche pas !

Accompagnée des deux autres silhouettes fantomatiques, elle longea le cercle intérieur que délimitait le dôme d'or, pendant que les Mangemorts s'agitaient à l'extérieur... Tournant autour des deux adversaires, les victimes mortes de Voldemort murmuraient des encouragements à Harry et lançaient d'une voix sifflante à leur assassin d'autres paroles que Harry ne pouvait entendre.

Une autre tête émergeait à présent de la baguette magique de Voldemort... Et Harry sut tout de suite qui allait apparaître... Il le savait comme s'il s'y était attendu dès le moment où Cedric avait lui-même surgi... Il le savait parce que, plus que quiconque, la femme dont le visage se dessinait devant lui avait été présente dans ses pensées cette nuit-là...

L'ombre de la jeune femme aux cheveux longs descendit lentement vers le sol, comme Bertha Jorkins, et le regarda... Harry, les bras plus tremblants que jamais, tourna les yeux vers le visage fantomatique de sa mère.

— Ton père arrive, dit-elle à voix basse. Il veut te voir... Tout ira bien... tiens bon...

Et il apparut à son tour... Sa tête, puis son corps... Grand, les cheveux en bataille comme ceux de Harry, James Potter déploya sa silhouette immatérielle, à l'extrémité de la baguette magique de Voldemort, puis se laissa tomber sur le sol. Il s'approcha tout près de Harry, le regarda dans les yeux, et lui parla de cette même voix lointaine qui résonnait en écho. Il parla à voix basse, pour ne pas être entendu de Voldemort qui était à présent livide de peur...

— Lorsque le lien sera rompu, dit-il, nous ne resterons que quelques instants... Mais nous te donnerons le temps... Il faut que tu retournes auprès du Portoloin, il te ramènera à Poudlard... Tu as compris, Harry ?

— Oui, haleta Harry.

Il luttait pour maintenir sa prise sur la baguette magique qu'il sentait glisser entre ses doigts.

— Harry, murmura la silhouette de Cedric. Ramène mon corps, s'il te plaît. Ramène mon corps auprès de mes parents...

— D'accord, répondit Harry, le visage crispé par l'effort qu'il devait faire pour retenir sa baguette.

— Vas-y maintenant, murmura la voix de son père. Tiens-toi prêt à t'enfuir... Maintenant...

— MAINTENANT ! s'écria Harry.

De toute façon, il n'aurait pas pu tenir sa baguette plus longtemps. Il la leva brutalement, de toutes ses forces, et le fil d'or se brisa. Le dôme de lumière s'évanouit aussitôt, le chant du phénix s'interrompit – mais les silhouettes fantomatiques des victimes de Voldemort étaient toujours présentes et entouraient leur assassin, dérobant Harry à son regard...

Harry courut alors comme il n'avait jamais couru dans sa vie, renversant au passage deux Mangemorts abasourdis. Il courut en zigzag parmi les tombes, sentant derrière lui les sortilèges qu'ils lui lançaient et qui s'écrasaient contre les pierres tombales. Il se précipitait vers le corps de Cedric, tellement concentré sur son but qu'il ne ressentait plus aucune douleur à sa jambe.

— Stupéfixez-le !

C'était la voix de Voldemort qu'il entendait hurler derrière lui.

Parvenu à trois mètres de Cedric, Harry plongea derrière

un angelot de marbre pour éviter les jets de lumière rouge et vit une aile de la statue se fracasser sous le choc des sortilèges. La main serrée sur sa baguette, Harry se rua en avant...

– *Impedimenta !* s'écria-t-il en pointant sa baguette magique à l'aveuglette par-dessus son épaule, en direction des Mangemorts qui le poursuivaient.

Un cri étouffé lui indiqua qu'il en avait arrêté au moins un, mais il n'avait pas le temps de regarder en arrière pour vérifier. Il sauta par-dessus le trophée et se jeta à terre en entendant de nouveaux crépitements derrière lui. D'autres traits de lumière lui passèrent au-dessus de la tête tandis qu'il tombait en avant, tendant la main pour attraper le bras de Cedric.

– Écartez-vous ! Je vais le tuer ! Il est à moi ! hurlait Voldemort d'une voix perçante.

La main de Harry s'était refermée sur le poignet de Cedric. Une seule pierre tombale le séparait à présent de Voldemort mais Cedric était trop lourd pour qu'il puisse le porter et le trophée restait hors d'atteinte.

Les yeux rouges de Voldemort flamboyèrent dans la nuit. Harry vit sa bouche se retrousser en un sourire, sa baguette se lever...

– *Accio !* hurla Harry en pointant sa baguette magique sur la coupe.

Le Trophée des Trois Sorciers s'éleva dans les airs et s'envola vers lui. Harry l'attrapa par une anse.

Il entendit le hurlement de fureur de Voldemort à l'instant même où il sentait, au niveau de son nombril, la secousse qui signifiait que le Portoloin avait fonctionné. Il l'emmenait au loin, dans un tourbillon de couleurs, Cedric à côté de lui... Ils retournaient d'où ils étaient venus...

35

VERITASERUM

Harry sentit qu'il atterrissait à plat ventre, le nez dans l'herbe, dont l'odeur lui emplissait les narines. Il avait fermé les yeux pendant que le Portoloin le transportait et il les garda fermés. Il resta immobile, le souffle coupé. Il avait tellement le tournis que le sol lui paraissait tanguer comme le pont d'un navire. Pour essayer de dissiper cette sensation, il se cramponna au trophée qu'il tenait toujours d'une main et au corps de Cedric dont il serrait le poignet de son autre main. Il lui semblait que, s'il lâchait l'un ou l'autre, il allait sombrer dans les ténèbres qui enveloppaient son cerveau. Le choc, l'épuisement l'empêchaient de bouger. Respirant l'odeur de l'herbe, il attendait... attendait que quelqu'un s'occupe de lui... que quelque chose se passe... et sentait pendant tout ce temps sa cicatrice brûler d'une douleur lancinante...

Soudain, un torrent de sons l'assourdit. Un mélange confus de voix, de bruits de pas, de cris, qui venaient de partout, lui envahit la tête... Il demeura immobile, le visage crispé sous le choc de ce vacarme, comme s'il s'agissait d'un cauchemar qui allait se terminer...

Puis deux mains le saisirent brusquement et le retournèrent sur le dos.

– Harry ! *Harry !*

Il ouvrit les yeux.

Il vit le ciel étoilé et la silhouette d'Albus Dumbledore accroupi à côté de lui. Une foule d'ombres noires l'entourait de toutes parts. Harry sentait le sol vibrer sous leurs pas.

Il se trouvait à l'extérieur du labyrinthe. Il voyait les tribunes, qui s'élevaient sous les étoiles, et des silhouettes bouger le long des bancs.

Harry lâcha le trophée, mais ses doigts se resserrèrent autour du poignet de Cedric. De son autre main, il saisit le bras de Dumbledore dont le visage devenait flou par instants, comme s'il n'arrivait pas à fixer son regard sur lui.

– Il est revenu, murmura Harry. Voldemort est revenu.

– Qu'est-ce qui s'est passé ?

Le visage de Cornelius Fudge apparut à l'envers au-dessus de Harry. Il paraissait livide, effaré.

– Mon Dieu ! Diggory ! murmura-t-il. Dumbledore ! Il est mort !

Ses paroles se répandirent, répétées par les ombres qui se pressaient autour d'eux, dans des murmures d'abord, puis des cris, des hurlements, qui s'élevèrent dans la nuit. « Il est mort ! » « Il est *mort !* » « Cedric Diggory est *mort !* »

– Harry, lâche-le, dit la voix de Fudge.

Harry sentait des doigts qui essayaient de desserrer son étreinte, mais il refusait de lâcher prise.

Puis le visage de Dumbledore, toujours flou, comme entouré de brume, se pencha plus près.

– Harry, tu ne peux plus l'aider, maintenant. C'est fini. Lâche-le.

– Il voulait que je le ramène, murmura Harry – il lui semblait important de donner cette explication –, Cedric voulait que je le ramène auprès de ses parents…

– Ça y est, Harry… Lâche-le, maintenant…

Dumbledore se pencha encore et, avec une force extraordinaire pour un homme aussi mince et aussi âgé, il souleva Harry et le remit debout. Harry chancela. Le sang battait à ses tempes. Sa jambe blessée lui faisait à nouveau mal et refusait de supporter son poids. Les silhouettes sombres se bousculèrent pour s'approcher le plus près possible, se pressant en cercle autour de lui. « Qu'est-ce qui s'est passé ? » « Qu'est-ce qu'il a ? » *« Diggory est mort ! »*

– Il faut l'emmener à l'infirmerie ! dit Fudge d'une voix forte. Il est blessé, malade. Dumbledore, les parents de Diggory, ils sont là, dans les tribunes...

– Je m'occupe de Harry, Dumbledore, je vais l'emmener...

– Non, je préférerais que...

– Dumbledore, Amos Diggory arrive en courant... Vous ne pensez pas que vous devriez lui dire... avant qu'il voie lui-même...

– Harry, reste ici...

Des filles criaient, sanglotaient... Tout vacillait étrangement sous les yeux de Harry...

– Ne t'inquiète pas, je m'occupe de toi... Viens... On va à l'infirmerie...

– Dumbledore m'a dit de rester, répondit Harry d'une voix pâteuse.

La douleur lancinante de sa cicatrice lui donnait envie de vomir. Tout devenait plus flou que jamais autour de lui.

– Tu as besoin de t'allonger... Viens...

Quelqu'un de plus grand, de plus fort que lui, l'emmena, le traînant, le portant à moitié, au milieu de la foule apeurée. Il entendait des exclamations, des cris, des hurlements, tandis que l'homme qui le soutenait se frayait un chemin en direction du château. Ils traversèrent le parc, passant devant le lac et le vaisseau de Durmstrang, et Harry n'entendit bientôt plus rien que la respiration bruyante de l'homme qui l'aidait à marcher.

—Qu'est-ce qui s'est passé, Harry ? lui demanda-t-il enfin, en le soulevant pour lui faire monter les marches de pierre.

Clac. Clac. Clac.

C'était Maugrey Fol Œil.

—Le trophée était un Portoloin, répondit Harry. Il m'a transporté avec Cedric dans un cimetière... Voldemort était là... Lord Voldemort...

Clac. Clac. Clac.

Ils montèrent l'escalier de marbre...

—Le Seigneur des Ténèbres était là ? Qu'est-ce qui s'est passé ensuite ?

—Il a tué Cedric... Tué Cedric...

—Et ensuite ?

Clac. Clac. Clac.

Ils avançaient le long du couloir...

—Il a fabriqué une potion... pour retrouver son corps...

—Le Seigneur des Ténèbres a retrouvé son corps ? Il est revenu ?

—Et les Mangemorts sont arrivés... Et puis, nous nous sommes battus en duel...

—Tu t'es battu en duel avec le Seigneur des Ténèbres ?

—Je me suis enfui... Ma baguette... a fait quelque chose de bizarre... J'ai vu ma mère et mon père... Ils sont sortis de sa baguette magique...

—Entre, Harry... Entre et assieds-toi... Ça va aller mieux, maintenant... Bois ça...

Harry entendit une clé tourner dans une serrure et sentit qu'on lui mettait un gobelet dans les mains.

—Bois... Tu te sentiras mieux... Et maintenant, il faut absolument que je sache ce qui s'est passé...

Maugrey aida Harry à tenir le gobelet et à boire son contenu. Il toussa en sentant un liquide poivré lui brûler la gorge. Le bureau de Maugrey lui apparut alors plus net-

712

tement, ainsi que Maugrey lui-même… Il semblait aussi pâle que Fudge et ses deux yeux fixaient Harry sans ciller.

— Voldemort est de retour, Harry ? Tu es sûr qu'il est revenu ? Comment a-t-il fait ?

— Il a pris quelque chose dans la tombe de son père, quelque chose à Queudver, et quelque chose à moi, répondit Harry.

Il sentait son esprit devenir plus clair. Sa cicatrice lui faisait moins mal et il parvenait à voir distinctement le visage de Maugrey, bien que le bureau fût plongé dans la pénombre. Des cris s'élevaient encore dans le stade de Quidditch.

— Qu'est-ce que t'a pris le Seigneur des Ténèbres ? demanda Maugrey.

— Du sang, répondit Harry en levant le bras.

Sa manche était déchirée, là où Queudver avait enfoncé son poignard.

Maugrey laissa échapper un long souffle rauque.

— Et les Mangemorts ? Ils sont revenus ?

— Oui, répondit Harry. Ils étaient nombreux…

— Comment s'est-il comporté avec eux ? demanda Maugrey à voix basse. Est-ce qu'il leur a pardonné ?

Mais brusquement, Harry se souvint. Il aurait dû le dire à Dumbledore, le dire tout de suite :

— Il y a un Mangemort à Poudlard ! Il y a un Mangemort ici. C'est lui qui a mis mon nom dans la Coupe de Feu, lui qui s'est arrangé pour que je remporte le tournoi…

Harry essaya de se lever, mais Maugrey l'obligea à se rasseoir.

— Je sais qui est le Mangemort, dit-il.

— Karkaroff ? s'exclama Harry. Où est-il ? Vous l'avez attrapé ? Vous l'avez fait prisonnier ?

— Karkaroff ? répéta Maugrey avec un rire étrange. Karkaroff a pris la fuite cette nuit lorsqu'il a senti la Marque lui brûler le bras. Il a trahi trop de fidèles partisans du Seigneur des

Ténèbres pour avoir envie de les revoir... Mais je ne pense pas qu'il puisse aller bien loin. Le Seigneur des Ténèbres sait comment retrouver ses ennemis.

– Karkaroff s'est enfui ? Dans ce cas... ce n'est pas lui qui a déposé mon nom dans la Coupe ?

– Non, répondit Maugrey. Non, ce n'est pas lui. C'est moi qui l'ai fait.

Harry l'entendit, mais il lui fut impossible de le croire.

– Non, ce n'est pas vous, dit-il. Vous n'avez pas fait ça... Vous ne pouvez pas...

– Je peux t'affirmer que c'est moi, répéta Maugrey.

Son œil magique pivota et se posa sur la porte. Harry comprit qu'il voulait s'assurer que personne ne se cachait derrière. En même temps, Maugrey sortit sa baguette magique et la pointa sur Harry.

– Alors, il leur a pardonné ? dit-il. Il a pardonné aux Mangemorts restés en liberté ? Ceux qui ont échappé à Azkaban ?

– Quoi ? s'écria Harry.

Il regardait la baguette magique que Maugrey pointait sur lui. C'était une mauvaise plaisanterie, ce ne pouvait être que cela.

– Je t'ai demandé, reprit Maugrey à voix basse, s'il a pardonné aux canailles qui n'ont jamais essayé de le retrouver. Ces traîtres, ces lâches, qui n'étaient même pas capables d'affronter Azkaban pour lui. Ces immondes crapules qui avaient assez de courage pour s'amuser avec des Moldus, le visage masqué, mais qui ont pris la fuite quand j'ai fait apparaître la Marque des Ténèbres dans le ciel.

– Vous avez fait apparaître... De quoi parlez-vous ?...

– Je te l'ai dit, Harry... Je te l'ai dit. S'il y a une chose que je déteste par-dessus tout, c'est un Mangemort en liberté. Ils ont tourné le dos à mon maître quand il avait le plus besoin d'eux. Je m'attendais à ce qu'il les punisse, je m'attendais à ce qu'il leur inflige un terrible châtiment. Dis-moi, Harry, est-ce qu'il leur a fait mal ?

Un sourire de dément se dessina soudain sur le visage de Maugrey.

— Est-ce qu'il leur a dit que moi, moi seul, je lui suis resté fidèle ? Que j'étais prêt à prendre tous les risques pour lui apporter ce qu'il désirait le plus… *Toi*.

— Vous n'avez pas pu… Ce… ce ne peut pas être vous…

— Si, c'est moi qui ai mis ton nom dans la Coupe de Feu en faisant croire que tu venais d'une autre école. Moi qui ai terrorisé tous ceux qui auraient pu essayer de te faire du mal ou de t'empêcher de gagner le tournoi. Moi encore qui ai incité Hagrid à te montrer les dragons. Moi qui t'ai aidé à découvrir le seul moyen par lequel tu pouvais vaincre le Magyar à pointes… Tout ça, c'est *moi*.

L'œil magique de Maugrey avait cessé de regarder la porte et s'était fixé sur Harry. Sa bouche de travers souriait largement, d'un sourire narquois.

— Ça n'a pas été facile, Harry, de te guider à travers toutes ces tâches sans éveiller les soupçons. J'ai dû recourir à toute la ruse dont je suis capable pour qu'on ne puisse reconnaître ma signature dans ton succès. Dumbledore se serait douté de quelque chose si tu avais tout réussi trop facilement. Du moment que tu entrais dans ce labyrinthe, de préférence avec une bonne avance, je savais que j'aurais une chance de me débarrasser des autres champions et de te laisser la voie libre pour gagner. Mais j'ai également dû combattre ta stupidité. La deuxième tâche… C'est là que j'ai eu les plus grandes craintes de te voir échouer. Je te surveillais, Potter, je savais que tu n'avais pas résolu l'énigme de l'œuf et je t'ai donc donné une piste…

— Ce n'est pas vrai, dit Harry d'une voix rauque. J'ai été aidé par Cedric…

– Et qui a dit à Cedric d'ouvrir l'œuf sous l'eau ? Moi. J'étais sûr qu'il te communiquerait l'information. Les gens loyaux sont tellement faciles à manipuler, Potter. Je savais que Cedric voudrait te remercier de l'avoir prévenu pour les dragons et c'est ce qu'il a fait. Mais même à ce moment-là, Potter, même à ce moment-là, tu semblais aller droit à l'échec. Je te surveillais sans cesse... Tout ce temps passé à la bibliothèque. Tu n'as donc pas compris que le livre dont tu avais besoin se trouvait dans ton dortoir ? Je m'étais arrangé pour l'y introduire le plus tôt possible. Je l'avais donné au jeune Londubat, tu te souviens ? *Propriétés des plantes aquatiques magiques du bassin méditerranéen.* Si tu avais eu l'idée d'y jeter un coup d'œil, tu y aurais trouvé tout ce qui concerne la Branchiflore. Je pensais que tu demanderais à tout le monde de t'aider. Londubat t'aurait tout de suite renseigné. Mais tu ne lui as rien demandé... rien demandé... Tu as un orgueil et un goût de l'indépendance qui auraient pu tout gâcher.

« Alors, que pouvais-je faire ? Te communiquer le renseignement par l'intermédiaire d'une autre source innocente. Le soir du bal, tu m'avais dit qu'un elfe de maison du nom de Dobby t'avait offert un cadeau de Noël. J'ai fait venir cet elfe dans la salle des professeurs pour qu'il vienne chercher des robes à nettoyer et, pendant qu'il était là, j'ai demandé à haute et intelligible voix au professeur McGonagall si, à son avis, « Potter aurait l'idée d'utiliser de la Branchiflore ». Et ton ami l'elfe a couru droit dans l'armoire de Rogue y chercher la plante qu'il s'est dépêché de t'apporter...

La baguette magique de Maugrey était toujours pointée sur le cœur de Harry. Derrière son épaule, des silhouettes indécises bougeaient dans la Glace à l'Ennemi accrochée au mur.

– Tu es resté si longtemps dans ce lac, Potter, que je me suis demandé si tu ne t'étais pas noyé. Mais heureusement, Dumbledore a pris ton idiotie pour de la noblesse et t'a donné une excellente note à cause de ça. Tu ne peux pas savoir à quel point j'ai été soulagé. Quand tu es entré dans le labyrinthe, tu as eu beaucoup moins de difficultés que prévu. C'est parce que j'ai patrouillé tout autour en supprimant à coups de sortilèges tous les obstacles que je voyais à travers la haie d'enceinte. J'ai stupéfixé Fleur Delacour quand elle est passée devant moi. J'ai soumis Krum à l'Imperium pour l'obliger à lancer un sortilège Doloris sur Diggory, ce qui te laissait le chemin libre jusqu'au trophée.

Harry regarda Maugrey d'un air stupéfait. Il n'arrivait pas à le croire… Le célèbre Auror, ami de Dumbledore… Celui qui avait capturé tant de Mangemorts… Ça n'avait pas de sens… pas de sens du tout…

Les formes qui apparaissaient dans la Glace à l'Ennemi devenaient plus précises. Par-dessus l'épaule de Maugrey, Harry vit nettement se dessiner trois silhouettes qui s'approchaient de plus en plus près. Mais Maugrey ne les avait pas remarquées. Son œil magique était fixé sur Harry.

– Le Seigneur des Ténèbres n'a pas réussi à te tuer, Potter, et pourtant, il l'aurait *tellement* désiré, murmura Maugrey. Imagine ce que sera ma récompense lorsqu'il apprendra que je l'ai fait à sa place. Je t'ai donné à lui – toi dont il avait le plus besoin pour renaître – et maintenant je vais te tuer pour qu'il n'ait pas à le faire lui-même. Je recevrai pour cela plus d'honneurs que tous les autres Mangemorts. Je serai le plus aimé, le plus proche de ses fidèles… Plus proche qu'un fils…

L'œil normal de Maugrey était exorbité, son œil magique fixé sur Harry. La porte était verrouillée et Harry savait qu'il n'arriverait jamais à saisir sa baguette à temps…

À présent, Maugrey paraissait en proie à une véritable crise de démence. Dominant Harry de toute sa hauteur, il le regardait d'un air mauvais.

– Le Seigneur des Ténèbres et moi avons beaucoup de choses en commun, reprit-il. Nous avons été tous les deux déçus par nos pères… Très déçus. Et nous avons tous les deux subi le déshonneur de recevoir le même nom que ce père détesté. Mais nous avons aussi eu tous les deux le plaisir… le très grand plaisir… de tuer nos pères pour assurer l'ascension durable de l'Ordre des Ténèbres !

– Vous êtes fou ! dit Harry – il ne pouvait plus se taire. Complètement fou !

– Moi, fou ?

La voix de Maugrey était devenue plus aiguë, comme s'il n'arrivait plus à la contrôler.

– C'est ce que nous allons voir ! Nous allons voir qui est fou, maintenant que le Seigneur des Ténèbres est revenu et que je suis à ses côtés ! Il est revenu, Harry Potter, tu n'as pas réussi à le vaincre et, à présent, c'est moi qui vais te vaincre !

Maugrey leva sa baguette, il ouvrit la bouche et Harry plongea la main dans sa poche…

– *Stupéfix !*

Il y eut un éclair rouge aveuglant tandis que, dans un grand fracas, la porte du bureau volait en éclats.

Maugrey fut projeté en arrière et tomba sur le sol. À la place où il était assis un instant auparavant, Harry vit surgir dans la Glace à l'Ennemi les reflets d'Albus Dumbledore, du professeur Rogue et du professeur McGonagall qui le regardaient. Il se retourna. Tous trois se tenaient dans l'embrasure de la porte, Dumbledore au premier rang, sa baguette tendue en avant.

Pour la première fois, Harry comprit pourquoi on disait qu'Albus Dumbledore était le seul sorcier que Voldemort eût jamais craint. L'expression de Dumbledore, le regard fixé sur la silhouette inerte de Maugrey, était plus terrifiante que tout ce que Harry aurait pu imaginer. Il n'y avait plus de sourire bienvaillant sur son visage et ses yeux ne pétillaient plus de malice derrière ses lunettes en demi-lune. Une fureur glacée animait chaque ride de son visage et une impression de puissance émanait de lui comme s'il avait été entouré d'un halo de chaleur brûlante.

Il pénétra dans le bureau, glissa un pied sous le corps inconscient de Maugrey, qui était tombé à plat ventre, et le retourna sur le dos pour qu'on puisse voir son visage. Rogue le suivit et regarda dans la Glace à l'Ennemi où sa propre image, le regard flamboyant fixé sur le centre de la pièce, était toujours visible.

Le professeur McGonagall s'avança droit sur Harry.

– Venez, Potter, murmura-t-elle.

La mince ligne que dessinaient ses lèvres s'était mise à trembler comme si elle était sur le point de pleurer.

– Venez… à l'infirmerie…

– Non, dit sèchement Dumbledore.

– Dumbledore, il devrait… Regardez-le… Il a été suffisamment éprouvé ce soir…

– Il doit rester, Minerva, répliqua Dumbledore d'un ton abrupt. Harry a besoin de comprendre ce qui s'est passé. Il est nécessaire de comprendre la réalité avant de pouvoir l'accepter et seule l'acceptation de la réalité peut permettre la guérison. Il faut qu'il sache qui lui a imposé l'épreuve qu'il a subie ce soir et pourquoi.

– Maugrey, dit Harry, qui semblait toujours aussi incrédule. Comment Maugrey a-t-il pu… ?

– Cet homme n'est pas Alastor Maugrey, dit Dumbledore d'une voix très calme. Tu n'as jamais vu Alastor Maugrey. Le véritable Maugrey ne t'aurait pas éloigné de moi après ce qui s'est passé ce soir. Dès le moment où je l'ai vu t'emmener, j'ai compris – et je vous ai suivis.

Dumbledore se pencha sur la forme inerte de Maugrey et

prit dans la poche de sa robe sa flasque et un trousseau de clés. Puis il se tourna vers Rogue et McGonagall.

– Severus, s'il vous plaît, allez me chercher la potion de vérité la plus puissante que vous possédiez, puis descendez aux cuisines et ramenez l'elfe de maison qui s'appelle Winky. Minerva, veuillez avoir l'obligeance de vous rendre chez Hagrid où vous verrez un gros chien noir assis dans le jardin aux citrouilles. Emmenez le chien dans mon bureau, dites-lui que je l'y rejoindrai bientôt et revenez ici.

Rogue et McGonagall trouvèrent sans doute ces instructions un peu bizarres, mais ils ne laissèrent rien paraître de leur étonnement. Tous deux tournèrent aussitôt les talons et sortirent du bureau. Dumbledore s'approcha ensuite de la malle aux sept serrures, glissa la première clé du trousseau de Maugrey dans la première serrure et l'ouvrit. La malle était remplie de livres de sorcellerie. Dumbledore la referma, mit la deuxième clé dans la deuxième serrure et rouvrit la malle. Les livres de sorcellerie avaient disparu ; cette fois, la malle contenait des Scrutoscopes cassés, des feuilles de parchemin, des plumes et quelque chose qui ressemblait à une cape d'invisibilité. Stupéfait, Harry regarda Dumbledore glisser la troisième, la quatrième, la cinquième et la sixième clé dans leurs serrures respectives. Chaque fois, il rouvrait la malle et chaque fois, son contenu changeait. Enfin, il enfonça la septième clé dans la septième serrure, souleva une septième fois le couvercle de la malle et Harry laissa alors échapper une exclamation de stupeur.

Il voyait à présent une sorte de fosse, comme une pièce souterraine qui s'enfonçait à trois mètres au-dessous du sol et dans laquelle était étendu le véritable Maugrey Fol Œil. Il paraissait profondément endormi et plus mince. De toute évidence, il y avait longtemps qu'il n'avait rien mangé. Sa jambe de bois avait disparu, l'orbite de son œil magique semblait vide sous la paupière et ses cheveux grisonnants étaient clair-semés, comme si on lui en avait arraché plusieurs touffes. Abasourdi, Harry regardait alternativement le Maugrey qui dormait dans la malle et celui qui était étendu, inconscient, sur le sol du bureau.

Dumbledore entra dans la malle, se laissa tomber en douceur à côté du Maugrey endormi et se pencha sur lui.

– Stupéfixé – soumis au sortilège de l'Imperium –, il est dans un grand état de faiblesse, dit-il. Heureusement, il avait besoin de le garder en vie. Harry, envoie-moi la cape de l'imposteur, Alastor est glacé. Il faudra que Madame Pomfresh l'examine, mais il n'est pas en danger immédiat.

Harry lui donna la cape. Dumbledore en enveloppa soigneusement Maugrey et ressortit de la malle. Puis il prit la flasque qu'il avait posée sur le bureau, dévissa le bouchon et la retourna. Un liquide épais et gluant coula sur le sol.

– C'est du Polynectar, Harry, dit Dumbledore. Tu vois, c'était tout simple et très ingénieux. Car Maugrey ne boit jamais rien d'autre que ce qu'il y a dans sa flasque, il est bien connu pour ça. Bien entendu, l'imposteur avait besoin de garder le vrai Maugrey auprès de lui pour pouvoir continuer à préparer sa potion. Regarde ses cheveux...

Dumbledore se tourna vers le vrai Maugrey toujours endormi dans la malle.

– L'imposteur lui en a coupé tout au long de l'année. Tu vois, il lui en manque en plusieurs endroits. Mais je crois que, dans la précipitation de cette soirée, notre faux Maugrey a dû oublier de prendre son Polynectar aussi souvent qu'il l'aurait fallu... Une fois par heure... Nous allons bientôt voir ça...

Dumbledore tira la chaise qui se trouvait derrière le bureau et s'y assit, les yeux fixés sur le faux Maugrey toujours inconscient. Harry l'observait également. Les minutes passèrent en silence...

Enfin, Harry vit le visage du faux Maugrey se transformer peu à peu. Ses cicatrices disparurent, sa peau devint plus lisse, le nez mutilé se reconstitua en un nez entier et plus petit. La longue crinière de cheveux gris se rétracta et prit une couleur paille. La jambe de bois tomba avec bruit sur le sol et une jambe normale apparut à sa place. Un instant plus tard, l'œil magique sauta de son orbite, remplacé par un œil réel, et roula par terre en continuant de pivoter en tous sens.

L'homme qui était à présent étendu sur le sol avait le teint pâle, des taches de rousseur et une houppe de cheveux blonds. Harry le reconnut aussitôt. Il l'avait déjà vu dans la Pensine de Dumbledore, il avait vu les Détraqueurs le traîner hors du tribunal, tandis qu'il essayait, d'une voix suppliante, de convaincre Mr Croupton de son innocence... Mais maintenant, il avait des rides autour des yeux et paraissait beaucoup plus vieux...

Des bruits de pas précipités résonnèrent dans le couloir. Rogue était de retour, Winky sur ses talons. Le professeur McGonagall les suivait de près.

– Croupton ! s'exclama Rogue en se figeant sur le seuil de la porte. Barty Croupton !

– Mon Dieu ! s'écria le professeur McGonagall en s'immobilisant à son tour, les yeux écarquillés.

Sale, échevelée, Winky passa la tête derrière les jambes de Rogue et regarda elle aussi. La bouche grande ouverte, elle poussa alors un cri perçant.

– Maître Barty ! Maître Barty ! Qu'est-ce que vous faites ici ?

Elle se jeta sur la poitrine du jeune homme.

– Vous l'avez tué ! Vous l'avez tué ! Vous avez tué le fils de mon maître !

– Il est simplement stupéfixé, Winky, dit Dumbledore. Écarte-toi, s'il te plaît. Severus, vous avez la potion ?

Rogue lui tendit un flacon en verre rempli d'un liquide clair comme de l'eau. C'était le Veritaserum qu'il avait un jour menacé Harry d'utiliser contre lui. Dumbledore se leva de sa chaise, se pencha sur l'homme étendu par terre et le mit en position assise, le dos contre le mur, sous la Glace à l'Ennemi dans laquelle les reflets de Dumbledore, Rogue et McGonagall continuaient de les observer avec des yeux flamboyants. Winky était restée à genoux. Tremblant de tout son corps, elle se cachait le visage dans les mains. Dumbledore ouvrit la bouche de l'homme inconscient et y versa trois gouttes du liquide. Puis il pointa sa baguette sur lui et dit :

– *Enervatum.*

Le fils de Mr Croupton ouvrit les yeux. Les traits de son visage étaient flasques, son regard brouillé. Dumbledore s'agenouilla devant lui pour pouvoir le regarder bien en face.

– Vous m'entendez ? demanda-t-il à voix basse.

L'homme battit des paupières.

– Oui, murmura-t-il.

– Je voudrais que vous nous disiez comment il se fait que vous soyez ici, dit Dumbledore sans élever la voix. Comment vous êtes-vous enfui d'Azkaban ?

Croupton prit une profonde inspiration, le corps parcouru d'un frémissement, puis il se mit à parler d'une voix monocorde :

– C'est ma mère qui m'a sauvé la vie, dit-il. Elle savait qu'elle allait bientôt mourir et elle a demandé à mon père, comme dernière faveur, de m'arracher de ma prison. Il l'aimait profondément. L'amour qu'il ne m'avait jamais donné, il l'éprouvait pour elle. Et il a fini par accepter. Ils sont venus me voir à Azkaban et m'ont donné à boire une gorgée de Polynectar qui contenait un cheveu de ma mère. Elle-même en a bu une autre gorgée qui, cette fois, contenait un de mes cheveux. Nous avons donc échangé nos apparences.

Winky, toujours tremblante, hocha vigoureusement la tête.

—Ne dites rien de plus, maître Barty, ne dites rien de plus, ou votre père aura des ennuis !

Mais Croupton prit une nouvelle inspiration et continua à parler du même ton monocorde :

—Les Détraqueurs sont aveugles. Ils ont senti une personne saine et une personne mourante entrer à Azkaban, ils ont senti une personne saine et une autre mourante en sortir. J'avais mis les vêtements de ma mère pour que les autres prisonniers ne se doutent de rien en me voyant passer devant leurs cellules et c'est ainsi que mon père m'a fait évader. Ma mère est morte peu de temps après à Azkaban. Elle avait pris soin de boire du Polynectar jusqu'à la fin et on l'a enterrée sous mon nom et sous mon apparence. Tout le monde pensait qu'elle était moi.

Croupton battit à nouveau des paupières.

—Et qu'est-ce que votre père a fait de vous après vous avoir ramené à la maison ? demanda Dumbledore.

—Il a fait croire que ma mère était morte dans son lit et un enterrement a eu lieu dans la plus stricte intimité. Mais le cercueil était vide. C'est notre elfe de maison qui m'a soigné et m'a rendu la santé. Ensuite, il a fallu me cacher. Et me surveiller. Mon père a eu recours à divers sortilèges pour me faire obéir. Après avoir retrouvé mes forces, je ne pensais plus qu'à rejoindre mon maître… à retourner auprès de lui pour me mettre à son service.

—Comment a fait votre père pour vous faire obéir ? demanda Dumbledore.

—Il m'a soumis au sortilège de l'Imperium, répondit Croupton. J'étais sans cesse sous son contrôle. Je devais porter nuit et jour une cape d'invisibilité et l'elfe de maison ne me quittait pas. Elle était chargée de me garder et de prendre soin de moi. Je lui faisais pitié et elle arrivait parfois à convaincre mon père de me récompenser de ma bonne conduite.

– Maître Barty, maître Barty ! sanglota Winky, le visage dans les mains. Il ne faut pas dire ça, on va avoir des ennuis…

– Quelqu'un a-t-il jamais découvert que vous étiez toujours vivant ? demanda Dumbledore. Quelqu'un est-il au courant, à part votre père et l'elfe de maison ?

– Oui, répondit Croupton en battant à nouveau des paupières. Une sorcière qui travaillait dans le service de mon père. Bertha Jorkins. Un jour, elle est venue à la maison pour faire signer des papiers à mon père. Il n'était pas là et Winky l'a fait entrer puis elle est retournée auprès de moi, dans la cuisine. Mais Bertha Jorkins a entendu Winky me parler et elle est allée voir ce qui se passait. Elle en a entendu suffisamment pour deviner qui se cachait sous la cape d'invisibilité. Lorsque mon père est rentré à la maison, elle lui a aussitôt parlé de ce qu'elle venait de découvrir et il lui a infligé un très puissant sortilège d'Amnésie pour lui faire tout oublier. Si puissant que sa mémoire a subi des dommages irréversibles.

– Pourquoi elle est venue fouiner dans les affaires de mon maître ? sanglota Winky. Pourquoi elle ne nous a pas laissés tranquilles ?

– Parlez-moi de la Coupe du Monde de Quidditch, dit Dumbledore.

– Winky a persuadé mon père de m'y laisser aller, répondit Croupton de la même voix monotone. Elle lui en a parlé pendant des mois. Depuis des années, je n'avais pas quitté la maison. J'avais toujours beaucoup aimé le Quidditch. « Donnez-lui la permission d'y aller, disait-elle. Il sera caché sous sa cape d'invisibilité. Il pourra regarder le match. Laissez-le respirer un peu d'air frais, pour une fois. » Elle disait que c'était ce que ma mère aurait voulu. Qu'elle était morte pour que je puisse être libre. Elle ne m'avait pas sauvé pour que je passe ma vie enfermé. Et finalement, il a accepté.

« Tout a été méticuleusement organisé. Dans la journée, mon père nous a emmenés, moi et Winky, dans la loge officielle. Winky devait dire qu'elle gardait une place pour mon père, et moi, je resterais assis à côté d'elle, invisible. Quand tout le monde aurait quitté la loge, nous sortirions à notre tour. Winky aurait l'air d'être seule et personne ne se douterait de rien.

« Mais Winky ne savait pas que je devenais de plus en plus fort. J'avais commencé à lutter contre l'Imperium que mon père m'imposait. Par moments, je retrouvais ma vraie personnalité. Pendant de brèves périodes, je parvenais à échapper à son contrôle. C'est ce qui est arrivé là-bas, dans la loge officielle. J'avais l'impression de m'éveiller d'un profond sommeil. J'étais dehors, en public, en plein milieu du match, et j'ai vu une baguette magique qui dépassait de la poche du garçon assis devant moi. Je n'avais plus jamais eu le droit de toucher une baguette depuis qu'on m'avait envoyé à Azkaban. Alors, j'ai volé celle-là. Winky n'avait rien vu. Elle a tellement peur de l'altitude qu'elle se cachait la tête dans les mains.

— Maître Barty, vous êtes un méchant garçon ! murmura Winky.

Des larmes coulaient entre ses doigts.

— Donc, vous avez pris la baguette magique, dit Dumbledore. Et qu'est-ce que vous en avez fait ?

— Nous sommes retournés sous la tente, répondit Croupton. Et c'est là qu'on les a entendus. On a entendu les Mangemorts. Ceux qui n'étaient jamais allés à Azkaban. Ceux qui n'avaient jamais souffert pour mon maître. Ils lui avaient tourné le dos. Mais eux n'étaient pas réduits à l'état d'esclaves, comme moi. Eux, ils étaient libres de le chercher, mais ils n'avaient rien fait. Ils se contentaient de s'amuser avec des Moldus. Le son de leurs voix m'a réveillé. Depuis des années, je n'avais jamais eu l'esprit aussi clair. Et j'ai senti la colère monter en moi. J'ai eu envie de les attaquer pour les punir de leur déloyauté envers mon maître. Or, j'avais une baguette magique et mon père avait quitté la tente pour aller libérer les Moldus. Winky a eu peur en me voyant aussi en colère. Elle a usé de ses propres méthodes magiques pour m'attacher à elle puis elle m'a fait sortir de la tente et m'a emmené dans la forêt, loin des Mangemorts. J'ai essayé de la retenir. Je voulais retourner vers le camping, je voulais montrer à ces Mangemorts ce que signifiait la loyauté envers le Seigneur des Ténèbres et les punir d'en avoir tant manqué. C'est alors que je me suis servi de la baguette magique pour faire apparaître dans le ciel la Marque des Ténèbres.

« Des sorciers du ministère sont arrivés et ils ont jeté des sortilèges de Stupéfixion dans tous les sens. L'un des sortilèges est passé entre les arbres là où je me trouvais avec Winky et le lien magique qui nous unissait a été brisé. Nous avons été stupéfixés tous les deux.

« Quand Winky a été découverte, mon père a su tout de suite que je devais me trouver à proximité. Il a fouillé les buissons à l'endroit où on l'avait retrouvée et il a senti mon corps, toujours caché par la cape d'invisibilité. Il a attendu que les autres membres du ministère soient partis et il m'a à nouveau soumis au sortilège de l'Imperium pour me ramener à la maison. Ensuite, il a renvoyé Winky. Elle avait commis une faute en me laissant prendre une baguette magique. C'était presque comme si elle m'avait permis de m'enfuir.

Winky laissa échapper un long gémissement désespéré.

– À partir de ce moment-là, nous sommes restés seuls à la maison, mon père et moi. Et alors… alors…

La tête de Croupton oscilla sur son cou et ses lèvres s'étirèrent en un sourire de dément.

— Alors, mon maître est venu me chercher. Il est arrivé chez nous un soir, très tard, dans les bras de Queudver, son serviteur. Mon maître avait appris que j'étais toujours vivant. Il avait capturé Bertha Jorkins en Albanie et l'avait contrainte à lui révéler beaucoup de choses en brisant le sortilège d'Amnésie infligé par mon père. Elle lui avait parlé de tout, du Tournoi des Trois Sorciers, de Maugrey, l'ancien Auror, qui allait enseigner à Poudlard, mais aussi de mon évasion d'Azkaban. Elle lui avait dit également que mon père me gardait prisonnier pour m'empêcher de chercher mon maître et de le rejoindre. Ainsi, mon maître a su que j'étais resté son fidèle serviteur — peut-être le plus fidèle de tous. Il a alors conçu un plan, grâce aux révélations de Bertha. Il avait besoin de moi. Il est arrivé chez nous peu avant minuit. C'est mon père qui a ouvert la porte.

Le sourire s'élargit sur le visage de Croupton, comme s'il évoquait le plus beau souvenir de sa vie. Winky, trop accablée pour parler, avait légèrement écarté les doigts, laissant voir ses grands yeux marron au regard atterré.

— Les choses se sont passées très rapidement. Mon père a été aussitôt soumis au sortilège de l'Imperium par mon maître. C'était lui, maintenant, qui était prisonnier, lui qui se retrouvait sous contrôle. Mon maître l'a forcé à poursuivre ses activités habituelles, à se comporter comme si de rien n'était. Et j'ai été enfin libéré. Je me suis éveillé, je suis redevenu moi-même, la vie est revenue en moi après toutes ces années.

— Et qu'est-ce que Lord Voldemort vous a demandé de faire ? interrogea Dumbledore.

— Il m'a demandé si j'étais prêt à tout risquer pour lui. J'y étais prêt. Mon rêve, ma seule ambition, c'était de le servir, de faire mes preuves à ses yeux. Il m'a dit qu'il avait besoin d'un fidèle serviteur à Poudlard. Un serviteur qui guiderait Harry Potter à travers les épreuves du Tournoi des Trois Sorciers sans que personne s'en rende compte. Un serviteur qui veillerait sur Harry Potter. Et qui l'amènerait à être le premier à mettre la main sur le trophée. Un trophée qui aurait été transformé en Portoloin de telle sorte que quiconque poserait la main dessus serait immédiatement transporté auprès de mon maître. Mais d'abord...

— Vous aviez besoin d'Alastor Maugrey, dit Dumbledore.

Sa voix restait très calme, mais ses yeux bleus lançaient des éclairs.

— Je m'en suis occupé avec Queudver. Nous avions préparé le Polynectar à l'avance. Nous sommes allés ensemble jusque chez lui. Maugrey a résisté. Il y a eu une bagarre et nous avons réussi à le neutraliser juste à temps. Nous l'avons bouclé dans sa propre malle magique après avoir pris un peu de ses cheveux pour les ajouter au Polynectar. Puis j'ai bu la potion et je suis devenu le double de Maugrey. Je lui ai pris sa jambe de bois et son œil magique et j'étais ainsi prêt à recevoir Arthur Weasley lorsqu'il est arrivé pour s'occuper des Moldus alertés par le vacarme. J'ai déplacé les poubelles dans le jardin et j'ai dit à Arthur Weasley que quelqu'un s'y était introduit et avait déclenché la réaction des poubelles magiques. Après son départ, j'ai pris les vêtements de Maugrey et ses détecteurs d'ennemis que j'ai mis dans sa malle avec lui, puis je suis parti à Poudlard. Je l'ai gardé vivant, en le soumettant au sortilège de l'Imperium, pour pouvoir l'interroger. Je voulais tout savoir de son passé, de ses habitudes, afin d'être sûr que Dumbledore lui-même n'aurait aucun soupçon. En plus, j'avais besoin de ses cheveux pour la préparation du Polynectar. Il n'était pas difficile de se procurer les autres ingrédients. J'ai volé de la peau de serpent d'arbre dans le bureau de Rogue. Quand il m'a découvert, je lui ai simplement dit que j'avais reçu des ordres pour fouiller tout le château.

— Et qu'est-ce qu'a fait Queudver après l'attaque contre Maugrey ? demanda Dumbledore.

— Il est retourné s'occuper de mon maître qui était resté dans la maison de mon père. Il était également chargé de surveiller mon père.

— Mais votre père s'est enfui, dit Dumbledore.

— Oui. Au bout d'un moment, il a commencé à résister au sortilège de l'Imperium, comme je l'avais fait moi-même. Il y avait des moments où il prenait conscience de ce qui se passait et mon maître a estimé qu'il n'était pas prudent de le laisser sortir de la maison. Il l'a alors forcé à envoyer ses instructions au ministère par courrier. Il l'a obligé à écrire qu'il était malade, mais Queudver s'est montré négligent. Il ne l'a pas surveillé d'assez près et mon père a réussi à s'échapper. Mon maître s'est douté qu'il irait tout de suite à Poudlard pour tout raconter à Dumbledore. Il était prêt à avouer qu'il m'avait fait sortir d'Azkaban. Mon maître m'a fait savoir que mon père s'était enfui et m'a dit de l'arrêter à tout prix. J'ai donc attendu en me servant de la carte que j'avais prise à Harry Potter. La carte qui avait failli tout gâcher.

— La carte ? dit précipitamment Dumbledore. Quelle carte ?

— La carte de Poudlard que possédait Potter. Il avait vu mon nom s'y inscrire une nuit où j'étais dans le bureau de Rogue pour y voler d'autres ingrédients nécessaires à la fabrication du Polynectar. Il a cru que c'était mon père puisque nous avons le même prénom. Cette nuit-là, je me suis arrangé pour lui prendre sa carte. Je lui ai dit que mon père détestait les mages noirs et Potter a cru qu'il fouillait le bureau de Rogue parce qu'il le soupçonnait d'en être un. Pendant une semaine, j'ai attendu l'arrivée de mon père à Poudlard. Enfin, un soir, la carte a montré qu'il avait pénétré dans le parc. J'ai aussitôt mis ma cape d'invisibilité et je suis allé à sa rencontre. Je l'ai trouvé à la lisière de la forêt mais Potter et Krum sont arrivés. J'ai donc attendu. Je ne pouvais attaquer Potter, mon maître avait besoin de lui. Quand il a couru chercher Dumbledore, j'ai stupéfixé Krum et j'ai tué mon père.

— Noooooon ! gémit Winky. Maître Barty, maître Barty, qu'est-ce que vous dites ?

— Vous avez tué votre père, répéta Dumbledore de la même voix calme. Qu'est-ce que vous avez fait du corps ?

— Je l'ai transporté dans la forêt et je l'ai recouvert de la cape d'invisibilité. J'avais la carte avec moi. J'ai suivi la course de Potter jusqu'au château. Il est tombé sur Rogue, puis Dumbledore est arrivé. J'ai vu ensuite Potter amener Dumbledore dans le parc. Je suis alors sorti de la forêt, je les ai contournés puis je les ai rejoints en arrivant derrière eux. J'ai fait croire à Dumbledore que c'était Rogue qui m'avait dit où ils étaient. Dumbledore m'a demandé de partir à la recherche de mon père et je suis retourné auprès de son corps. J'ai regardé la carte et quand j'ai vu que tout le monde était parti, j'ai métamorphosé le cadavre de mon père. J'ai usé d'un sortilège pour le réduire à un os unique… que j'ai enterré, caché sous ma cape d'invisibilité, dans le carré de terre fraîchement retournée, devant la cabane de Hagrid.

Il y eut un grand silence ponctué seulement par les sanglots de Winky. Puis Dumbledore ajouta :

— Et ce soir…

— Avant le dîner, j'ai proposé d'aller placer le trophée dans le labyrinthe, murmura Croupton. Je l'ai transformé en Portoloin et le plan de mon maître a marché. Il a retrouvé le pouvoir et me récompensera au-delà de tous mes rêves.

Une fois de plus, son sourire de dément éclaira son visage et sa tête s'affaissa sur son épaule tandis que Winky sanglotait et gémissait à côté de lui.

36
LA CROISÉE DES CHEMINS

Dumbledore se leva et regarda longuement Barty Croupton avec une expression de dégoût. Puis il brandit sa baguette et en fit jaillir des cordes qui s'enroulèrent autour de Croupton pour le ligoter solidement.

Il se tourna ensuite vers le professeur McGonagall.

– Minerva, puis-je vous demander de monter la garde pendant que j'emmène Harry là-haut ?

– Bien sûr, répondit le professeur McGonagall.

Elle avait le teint pâle, comme si elle était prise de nausées. Mais lorsqu'elle sortit sa baguette magique pour la pointer sur Barty Croupton, sa main ne tremblait pas.

– Severus, dit alors Dumbledore, pourriez-vous demander à Madame Pomfresh de descendre ici ? Il faut transporter Alastor Maugrey à l'infirmerie. Vous irez ensuite chercher Cornelius Fudge dans le parc et vous le ramènerez dans ce bureau. Il voudra sûrement interroger Croupton lui-même. S'il a besoin de moi, dites-lui que je serai à l'infirmerie dans une demi-heure environ.

Rogue approuva d'un signe de tête et sortit en silence de la pièce.

– Harry ? dit Dumbledore avec douceur.

Harry se leva et chancela à nouveau. Pendant la confession de Croupton, sa jambe avait cessé de lui faire mal mais, à présent, la douleur était revenue dans toute son intensité. Il se rendit compte également qu'il tremblait des pieds à la tête. Dumbledore lui prit le bras et l'aida à marcher dans le couloir sombre.

— Je voudrais que tu viennes d'abord dans mon bureau, dit-il de sa voix douce. Sirius nous y attend.

Harry fit un signe de tête. Il avait l'impression d'avoir perdu tout contact avec la réalité, comme si ses sens étaient engourdis, mais peu lui importait. Il en était même plutôt content. Il ne voulait plus penser à rien de ce qui s'était passé depuis qu'il avait touché le Trophée des Trois Sorciers. Il n'avait pas envie de s'attarder sur les images, aussi claires et présentes que des photographies, qui ne cessaient de défiler dans sa tête. Maugrey Fol Œil au fond de sa malle. Queudver effondré par terre serrant contre lui son bras mutilé. Voldemort se dressant dans le chaudron bouillonnant. Cedric... mort... Cedric demandant que son corps soit ramené à ses parents...

— Professeur, murmura Harry, où sont Mr et Mrs Diggory ?

— Ils sont avec le professeur Chourave, répondit Dumbledore.

Pour la première fois, sa voix, qui était restée si calme tout au long de l'interrogatoire, trembla légèrement.

— Elle est directrice de Poufsouffle et c'était elle qui le connaissait le mieux.

Ils se trouvaient à présent devant la gargouille de pierre qui s'écarta lorsque Dumbledore prononça le mot de passe. Harry et lui montèrent l'escalier tournant jusqu'à la porte de chêne que Dumbledore ouvrit.

Sirius les attendait dans le bureau, le visage livide, émacié, comme lorsqu'il s'était enfui d'Azkaban. Il se précipita vers eux.

— Harry, comment te sens-tu ? Je le savais... J'étais sûr que quelque chose comme ça arriverait... Qu'est-ce qui s'est passé ?

Les mains tremblantes, il l'aida à s'asseoir sur une chaise.

– Qu'est-ce qui s'est passé ? répéta-t-il précipitamment.

Dumbledore entreprit de lui expliquer tout ce que Barty Croupton avait avoué. Harry n'écouta qu'à moitié. Il était si fatigué que tout son corps lui faisait mal. Il n'avait plus qu'une envie, rester assis là pendant des heures et des heures, sans qu'on le dérange, jusqu'à ce qu'il tombe endormi et qu'il n'ait plus besoin de penser ni de ressentir quoi que ce soit.

Il y eut alors un bruissement d'ailes. Fumseck le phénix avait quitté son perchoir et était venu se poser sur les genoux de Harry.

– Bonjour, Fumseck, dit Harry à voix basse.

Il caressa le magnifique plumage rouge et or du phénix. Fumseck leva vers lui ses yeux au regard clair et calme. Sa tiédeur avait quelque chose de réconfortant.

Assis derrière son bureau, Dumbledore avait terminé son récit. Il tourna les yeux vers Harry qui évita son regard. Il savait que Dumbledore s'apprêtait à lui poser des questions. Il allait tout lui faire revivre.

– Harry, il faut que je sache ce qui s'est passé quand tu as touché le Portoloin, dans le labyrinthe, dit Dumbledore.

– On pourrait peut-être attendre demain matin ? dit Sirius d'un ton abrupt.

Il avait posé une main sur l'épaule de Harry.

– Laissons-le dormir. Il a besoin de repos.

Harry ressentit pour Sirius un élan de gratitude, mais Dumbledore, indifférent à ce qu'il venait de dire, se pencha vers Harry. À contrecœur, celui-ci leva la tête et le regarda dans ses yeux bleus.

– Si je pensais pouvoir t'aider en te plongeant dans le sommeil pour retarder le moment où tu devras repenser à tout ce que tu as vécu cette nuit, crois bien que je le ferais, dit Dumbledore avec douceur. Mais je sais que ce ne serait pas une bonne chose. Endormir la douleur pendant quelque temps ne la rendra que plus intense lorsque tu la sentiras à nouveau. Tu as fait preuve d'une bravoure qui dépasse tout ce que j'aurais pu attendre de toi et je te demande de montrer encore une fois ton courage. Je voudrais que tu nous racontes ce qui s'est passé.

Le phénix laissa échapper une note douce, comme un trémolo qui sembla frémir dans l'air. Harry eut alors l'impression d'avoir avalé une gorgée de liquide tiède dont la chaleur répandait en lui de nouvelles forces.

Il prit une profonde inspiration et commença son récit. À mesure qu'il parlait, il revoyait défiler devant ses yeux tout ce qui s'était passé au cours de la nuit. Il revit la surface étincelante de la potion qui avait rendu vie à Lord Voldemort. Il revit les Mangemorts surgir entre les tombes. Il revit le corps de Cedric, étendu sur le sol, à côté du trophée.

Une ou deux fois, Sirius sembla sur le point de dire quelque chose, sa main serrant toujours l'épaule de Harry, mais Dumbledore lui fit signe de se taire et Harry lui en fut reconnaissant : maintenant qu'il avait commencé, il était plus facile de continuer sans être interrompu. Il en éprouvait même un certain soulagement. C'était un peu comme si on lui extrayait un venin du corps. Poursuivre son récit exigeait un considérable effort de volonté. Pourtant, il sentait qu'aller jusqu'au bout lui ferait du bien.

Mais lorsque Harry raconta comment Queudver lui avait percé le bras avec la pointe de son poignard, Sirius poussa une exclamation et Dumbledore se leva si brusquement que Harry sursauta. Dumbledore contourna son bureau et demanda à Harry de tendre le bras. Harry montra la déchirure de sa manche et la coupure que lui avait faite Queudver.

– Il a dit que mon sang le rendrait plus fort que tout autre sang, expliqua Harry. Il a dit que la protection que ma... que ma mère m'a laissée en mourant... serait également en lui. Et il avait raison. Il a pu me toucher sans éprouver aucune douleur.

Un bref instant, Harry crut déceler dans le regard d'Albus Dumbledore quelque chose qui ressemblait à une lueur de triomphe. Mais il fut bientôt persuadé que c'était un simple effet de son imagination car, lorsque Dumbledore retourna s'asseoir derrière son bureau, jamais il n'avait paru aussi las, aussi vieux.

– Très bien, dit-il. Voldemort a donc réussi à abattre cette barrière. Continue, Harry, s'il te plaît.

Harry reprit son récit. Il raconta comment Voldemort avait émergé du chaudron et leur rapporta le plus fidèlement possible son discours aux Mangemorts. Puis il en vint au moment où Voldemort l'avait libéré de ses liens, lui avait rendu sa baguette magique et s'était préparé à l'affronter en duel.

Mais lorsqu'il voulut raconter l'apparition du rayon de lumière dorée qui avait uni leurs deux baguettes magiques, il sentit sa gorge se nouer. Il essaya de continuer mais le souvenir des ombres qui étaient sorties de la baguette de Voldemort le submergea. Il revoyait apparaître Cedric, le vieil homme, Bertha Jorkins... sa mère... son père...

Il fut content que Sirius rompe le silence :

– Un rayon de lumière reliait les deux baguettes ? dit-il en regardant alternativement Harry et Dumbledore. Pourquoi ?

Harry leva à nouveau les yeux vers Dumbledore qui paraissait interdit.

– *Priori Incantatum*, murmura-t-il.

Ses yeux se fixèrent sur ceux de Harry et ce fut comme si un rayon invisible était apparu entre eux et leur permettait de se comprendre sans le secours des mots.

— La remontée des sortilèges ? dit Sirius d'un ton brusque.

— Exactement, répondit Dumbledore. La baguette magique de Voldemort et celle de Harry contiennent le même élément. Dans chacune d'elles, il y a une plume de la queue du même phénix. En fait, il s'agit de *ce* phénix, ajouta-t-il en montrant l'oiseau rouge et or paisiblement installé sur les genoux de Harry.

— La plume de ma baguette magique vient de Fumseck ? s'exclama Harry, stupéfait.

— Oui, dit Dumbledore. Dès que tu as quitté sa boutique, il y a quatre ans, Mr Ollivander m'a écrit pour me dire que c'était toi qui avais acheté la seconde baguette.

— Et alors, qu'est-ce qui se passe quand une baguette rencontre sa sœur ? demanda Sirius.

— Elles ne peuvent agir l'une contre l'autre, expliqua Dumbledore. Mais si leurs propriétaires les forcent à combattre... un phénomène très rare se produira. L'une des baguettes obligera l'autre à régurgiter les sortilèges qu'elle a jetés – en remontant le cours du temps. Le plus récent d'abord... puis celui qui l'a précédé...

Il lança un coup d'œil interrogateur à Harry qui approuva d'un signe de tête.

— Ce qui signifie, reprit lentement Dumbledore en regardant Harry dans les yeux, que Cedric a dû réapparaître sous une certaine forme.

Harry fit un nouveau signe de tête.

— Diggory est revenu à la vie ? dit brusquement Sirius.

— Aucun sortilège ne peut faire revivre les morts, répondit Dumbledore d'un ton grave. Il s'agit simplement d'une sorte d'écho à l'envers. Une ombre du Cedric vivant a dû émerger de la baguette... C'est ce qui s'est passé, Harry ?

— Il m'a parlé, répondit-il.

Il se sentit trembler à nouveau.

—Le... le fantôme de Cedric, ou je ne sais quoi... Il m'a parlé.

—Un écho, dit Dumbledore. Un écho qui a conservé l'apparence et la personnalité de Cedric. Je devine que d'autres formes ont dû aussi apparaître... Des victimes moins récentes de la baguette magique de Voldemort...

—Un vieil homme, dit Harry, la gorge toujours nouée. Bertha Jorkins. Et...

—Tes parents ? dit Dumbledore à voix basse

—Oui.

La main de Sirius le serrait si fort que Harry avait mal à l'épaule.

—Les derniers meurtres accomplis par la baguette de Voldemort, dit Dumbledore en hochant la tête. En remontant le temps. Si tu avais maintenu le lien, d'autres échos, d'autres ombres seraient encore apparus. Maintenant, dis-nous... Qu'ont-elles fait, ces ombres ?

Harry raconta comment les silhouettes jaillies de la baguette avaient marché le long du cercle délimité par le dôme d'or, il décrivit l'expression de peur sur le visage de Voldemort, il rapporta les paroles de son père qui lui avait dit ce qu'il devait faire, puis l'ultime requête de Cedric.

À cet instant, Harry s'interrompit. Il ne pouvait plus continuer. Il se tourna vers Sirius et vit qu'il avait enfoui son visage dans ses mains.

Harry se rendit soudain compte que Fumseck n'était plus sur ses genoux. Le phénix s'était posé sur le sol et avait appuyé sa tête magnifique contre la jambe blessée de Harry. De grosses larmes gris perle coulèrent alors de ses yeux sur la blessure infligée par l'araignée. Aussitôt, la douleur disparut. La plaie se referma. Sa jambe était guérie.

—Je vais le répéter, Harry, dit Dumbledore, tandis que le phénix s'envolait pour reprendre place sur son perchoir. Tu as fait preuve d'une bravoure qui dépasse tout ce que j'aurais pu attendre de toi. Tu as manifesté le même courage que ceux qui sont morts en combattant Voldemort lorsqu'il était au sommet de sa puissance. Ce soir, tu as porté sur tes épaules le fardeau d'un sorcier aguerri et tu t'es montré à la hauteur de l'épreuve. À présent, tu nous as donné tout ce que nous pouvions te demander. Je vais t'emmener à l'infirmerie. Je ne veux pas que tu retournes tout de suite au dortoir. Tu as besoin d'une potion de Sommeil et d'un peu de paix... Sirius, vous voudrez bien rester avec lui, cette nuit ?

Sirius approuva d'un signe de tête et se leva. Il se transforma à nouveau en un gros chien noir, sortit du bureau sur les talons de Harry et de Dumbledore et descendit avec eux à l'infirmerie.

Lorsque Dumbledore en poussa la porte, Mrs Weasley, Bill, Ron et Hermione entouraient une Madame Pomfresh à l'air épuisé. Tous la harcelaient de questions pour savoir où était Harry et ce qui lui était arrivé.

À leur entrée, tout le monde se tourna vers eux et Mrs Weasley laissa échapper un cri étouffé.

– Harry ! Oh, Harry !

Elle se précipita sur lui, mais Dumbledore s'interposa :

– Molly, dit-il, une main levée, écoutez-moi un instant. Harry a traversé une terrible épreuve cette nuit. Et il a fallu qu'il la revive pour me la raconter. La seule chose dont il ait besoin, maintenant, c'est de sommeil, de tranquillité, de calme. S'il souhaite que vous restiez avec lui, ajouta-t-il en regardant Ron, Hermione et Bill, vous pourrez le faire. Mais je ne veux pas que vous lui posiez de questions tant qu'il ne sera pas prêt à y répondre, c'est-à-dire certainement pas ce soir.

Mrs Weasley hocha la tête en signe d'approbation. Elle avait le teint livide.

Elle se tourna alors vers Ron, Hermione et Bill comme s'ils venaient de se montrer particulièrement bruyants et murmura entre ses dents :

— Vous avez entendu ? Il a besoin de calme !

— Monsieur le directeur, dit Madame Pomfresh en regardant le gros chien noir, puis-je vous demander ce que ce… ?

— Ce chien va rester avec Harry pendant un certain temps, répondit simplement Dumbledore. Je vous promets qu'il est très propre. Harry, je vais attendre que tu sois au lit.

Harry éprouva à l'égard de Dumbledore une reconnaissance infinie pour avoir demandé aux autres de ne pas lui poser de questions. Il était content de les voir autour de lui mais il ne pouvait supporter l'idée de tout raconter à nouveau.

— Je reviendrai dès que j'aurai vu Fudge, dit Dumbledore. Je te demande de rester ici jusqu'à demain, jusqu'à ce que j'aie parlé aux autres élèves.

Et il s'en alla.

Lorsque Madame Pomfresh le conduisit jusqu'à un lit proche, il aperçut le véritable Maugrey, étendu immobile à l'autre bout de la salle. Son œil magique était posé sur la table de chevet et sa jambe de bois contre le mur.

— Comment il va ? demanda Harry.

— Il se remettra très bien, assura Madame Pomfresh.

Elle donna un pyjama à Harry et déplia un paravent autour de lui. Il enleva sa robe de sorcier et se coucha. Ron, Hermione, Bill, Mrs Weasley et le chien noir vinrent s'asseoir à son chevet, de chaque côté du lit. Ron et Hermione le regardaient avec une certaine prudence, comme s'ils avaient eu peur de lui.

— Je me sens bien, leur dit-il. Je suis simplement fatigué.

Les larmes aux yeux, Mrs Weasley lissa inutilement ses couvertures.

Madame Pomfresh, qui s'était précipitée dans son bureau, revint avec un gobelet et un flacon rempli d'une potion violette.

– Il va falloir que tu boives tout ça, Harry, dit-elle. C'est une potion pour dormir d'un sommeil sans rêves.

Harry prit le gobelet et le vida en quelques gorgées. Il se sentit aussitôt somnoler et tout devint flou autour de lui. Les lampes vacillèrent comme si elles lui adressaient un clin d'œil amical à travers le paravent qui entourait son lit. Il eut l'impression que son corps s'enfonçait de plus en plus profondément dans le matelas de plume et, avant même d'avoir bu la dernière goutte de la potion, avant d'avoir pu prononcer le moindre mot, l'épuisement eut raison de lui et le plongea dans le sommeil.

Lorsqu'il se réveilla, Harry se sentait encore si endormi, si confortablement installé dans la tiédeur de son lit, qu'il n'ouvrit pas les yeux, espérant replonger dans le sommeil. La salle était toujours faiblement éclairée, il savait que la nuit n'était pas terminée et il lui semblait qu'il n'avait pas dormi très longtemps.

Il entendit alors murmurer autour de lui :

– Ils vont le réveiller à force de faire du bruit !

– Pourquoi est-ce qu'ils crient comme ça ? Il ne s'est quand même pas *encore* passé quelque chose ?

Harry ouvrit les yeux. Quelqu'un lui avait ôté ses lunettes et il distingua tout juste les silhouettes imprécises de Mrs Weasley et de Bill tout près de lui. Mrs Weasley était debout.

– C'est la voix de Fudge, murmura-t-elle. L'autre, c'est Minerva McGonagall, non ? Mais pourquoi se disputent-ils ?

À présent, Harry les entendait également. Des gens criaient et des pas précipités s'approchaient de l'infirmerie.

– C'est peut-être regrettable, mais c'est comme ça, Minerva, disait Cornelius Fudge d'une voix forte.

– Vous n'auriez jamais dû l'amener dans l'enceinte du château ! s'écria le professeur McGonagall. Quand Dumbledore l'apprendra…

Harry entendit la porte de l'infirmerie s'ouvrir à la volée. Autour de son lit, tout le monde avait tourné la tête et, tandis que Bill poussait le paravent, personne ne remarqua qu'il s'était redressé et avait remis ses lunettes.

Fudge s'avança dans la salle à grandes enjambées, le professeur McGonagall et le professeur Rogue sur ses talons.

– Où est Dumbledore ? demanda-t-il d'un ton impérieux à Mrs Weasley.

– Il n'est pas là, répondit celle-ci avec colère. C'est une infirmerie, ici, monsieur le ministre, et vous feriez bien de…

Mais la porte s'ouvrit à nouveau et Dumbledore entra à son tour d'un pas pressé.

– Que s'est-il passé ? demanda-t-il sèchement en regardant alternativement Fudge et le professeur McGonagall. Pourquoi tout ce bruit ? Minerva, je suis surpris de vous voir ici, je vous avais demandé de surveiller Barty Croupton.

– Il ne sert plus à rien de le surveiller, Dumbledore ! répliqua-t-elle d'une voix perçante. Monsieur le ministre s'en est occupé lui-même !

Harry n'avait jamais vu le professeur McGonagall perdre à ce point le contrôle de ses nerfs. La colère marbrait son visage de taches rouges, elle serrait les poings et tremblait de fureur.

– Quand nous avons averti Mr Fudge que nous avions capturé le Mangemort responsable des événements de cette nuit, dit Rogue à voix basse, il a semblé estimer que sa sécurité personnelle était menacée. Il a insisté pour être accompagné d'un Détraqueur et il l'a fait entrer dans le bureau où Barty Croupton…

— Je lui ai dit que vous ne seriez pas d'accord, Dumbledore ! tonna le professeur McGonagall. Je lui ai dit que vous n'accepteriez jamais de voir un Détraqueur pénétrer dans le château, mais...

— Chère madame, rugit Fudge, que Harry n'avait jamais vu aussi en colère, en tant que ministre de la Magie, je suis en droit de décider s'il convient d'assurer ma protection lorsque je dois interroger quelqu'un qui présente un danger potentiel...

Mais la voix du professeur McGonagall couvrit celle de Fudge :

— Au moment même où ce... cette chose est entrée dans la pièce, hurla-t-elle en tremblant de la tête aux pieds, le doigt pointé sur Fudge, elle s'est précipitée sur Croupton et... et...

Harry sentit ses entrailles se glacer tandis que le professeur McGonagall essayait de trouver ses mots pour raconter ce qui s'était produit. Il n'avait pas besoin d'entendre la fin de sa phrase. Il savait déjà que le Détraqueur avait dû infliger à Barty Croupton son baiser fatal, aspirant son âme à travers sa bouche. C'était pire que la mort.

— Et alors, ce n'est pas une grosse perte ! s'emporta Fudge. Apparemment, il a été responsable de plusieurs meurtres !

— Mais maintenant, il ne peut plus témoigner, Cornelius, dit Dumbledore.

Il fixait Fudge d'un regard dur, comme si c'était la première fois qu'il le voyait vraiment.

— Il ne pourra plus expliquer pourquoi il a tué tous ces gens.

— Pourquoi il les a tués ? Il n'y a aucun mystère là-dedans ! s'exclama Fudge. C'était un fou furieux ! D'après ce que Minerva et Severus m'ont dit, il semblait persuadé d'avoir agi sur les ordres de Vous-Savez-Qui !

— Lord Voldemort lui a bel et bien donné des ordres, Cornelius, répondit Dumbledore. La mort de ces gens n'a été qu'un effet secondaire du plan qui visait à redonner à Voldemort toute sa force. Et ce plan a réussi. Voldemort a retrouvé son corps.

Fudge donna l'impression d'avoir reçu un coup de poing en pleine figure. Clignant des yeux d'un air stupéfait, il regarda Dumbledore comme s'il ne pouvait croire ce qu'il venait d'entendre.

– Vous-Savez-Qui... est revenu ? balbutia-t-il, les yeux écarquillés. Ridicule. Allons, Dumbledore, reprenez-vous...

– Ainsi que Minerva et Severus vous l'ont sans doute rapporté, reprit Dumbledore, nous avons entendu la confession de Barty Croupton. Sous l'effet du Veritaserum, il nous a révélé comment il avait réussi à s'échapper d'Azkaban et comment Voldemort – apprenant par Bertha Jorkins qu'il était toujours en vie – l'a libéré de son père et s'est servi de lui pour capturer Harry. Le plan a réussi, comme je vous l'ai dit. Croupton a aidé Voldemort à revenir.

– Voyons, Dumbledore, répliqua Fudge – et Harry vit avec stupeur un léger sourire apparaître sur son visage –, vous... vous ne pouvez sérieusement croire cela. Vous-Savez-Qui ? De retour ? Allons, allons, Croupton a certainement *cru* lui-même qu'il agissait sur ordre de Vous-Savez-Qui – mais comment pouvez-vous croire sur parole un personnage aussi fou, Dumbledore... ?

– Lorsque Harry a touché le trophée, ce soir, il a été immédiatement transporté auprès de Voldemort, dit Dumbledore d'une voix ferme. Il a assisté à la renaissance de Lord Voldemort. Je vous expliquerai tout en détail si vous voulez bien venir avec moi dans mon bureau.

Dumbledore lança un regard à Harry et vit qu'il ne dormait pas, mais il hocha la tête et ajouta :

– Je ne peux malheureusement pas vous permettre d'interroger Harry ce soir.

L'étrange sourire de Fudge s'attarda. Lui aussi jeta un coup d'œil à Harry, puis il se tourna à nouveau vers Dumbledore.

– Vous êtes… heu… prêt à croire Harry sur parole, Dumbledore ?

Il y eut un moment de silence qui fut rompu par un grognement de Sirius. Ses poils étaient hérissés et il montrait les dents à Fudge.

– En effet, je crois Harry, répondit Dumbledore dont le regard flamboyait à présent. J'ai entendu la confession de Croupton et j'ai entendu Harry raconter ce qui s'est passé à partir du moment où il a touché le trophée et les deux récits coïncident, ils expliquent tout ce qui s'est passé depuis que Bertha Jorkins a disparu, l'été dernier.

Fudge avait toujours cet étrange sourire.

– Vous êtes prêt à croire que Vous-Savez-Qui est revenu simplement parce que vous l'avez entendu dire par un fou assassin et un garçon qui…

Fudge lança un nouveau regard à Harry qui comprit aussitôt.

– Vous avez lu l'article de Rita Skeeter, Mr Fudge, dit-il à voix basse.

Ron, Hermione, Mrs Weasley et Bill sursautèrent d'un même mouvement. Aucun d'entre eux ne s'était rendu compte que Harry ne dormait plus.

Fudge rougit légèrement mais une expression de défi apparut sur son visage buté.

– Et en admettant que je l'aie lu ? dit-il, le regard tourné vers Dumbledore. Et si j'y avais découvert que vous avez gardé le secret sur certains faits concernant ce garçon ? Il parle le Fourchelang, n'est-ce pas ? Et il est pris d'étranges crises…

– J'imagine que vous faites allusion aux douleurs de sa cicatrice ? dit Dumbledore d'un ton glacial.

– Alors, vous reconnaissez que ces douleurs sont bien réelles ? répondit précipitamment Fudge. Il a des maux de tête ? Des cauchemars ? Peut-être aussi... des hallucinations ?

– Écoutez-moi, Cornelius, reprit Dumbledore en avançant d'un pas vers Fudge.

À nouveau, il émana de lui cette impression indéfinissable de puissance que Harry avait ressentie lorsqu'il avait stupéfixé le fils Croupton.

– Harry est aussi sain d'esprit que vous et moi. Cette cicatrice qu'il porte au front n'a en aucune manière affecté son cerveau. Je suis persuadé qu'elle lui fait mal lorsque Voldemort se trouve à proximité ou qu'il éprouve des sentiments particulièrement meurtriers.

Fudge avait légèrement reculé en voyant Dumbledore avancer vers lui, mais il paraissait toujours aussi buté.

– Pardonnez-moi, Dumbledore, je n'avais encore jamais entendu parler d'une cicatrice qui puisse jouer le rôle de signal d'alarme...

– Écoutez ! J'ai vu Voldemort revenir ! s'écria Harry.

Il essaya de sortir de son lit mais Mrs Weasley le força à se rallonger.

– J'ai vu les Mangemorts ! Je peux même vous donner leurs noms ! Lucius Malefoy...

Rogue fit un brusque mouvement mais, lorsque Harry le regarda, il tourna à nouveau les yeux vers Fudge.

– Malefoy a été innocenté ! protesta Fudge, visiblement offensé. C'est une très vieille famille... Ils ont fait de nombreux dons pour soutenir d'excellentes causes...

– Macnair ! poursuivit Harry.

– Lui aussi a été innocenté ! Il travaille pour le ministère, maintenant !

– Avery, Nott, Crabbe, Goyle...

– Tu ne fais que répéter les noms de ceux qui ont été

acquittés il y a treize ans ! s'exclama Fudge avec colère. Tu aurais pu trouver ces noms-là dans d'anciens comptes rendus des procès ! Pour l'amour du ciel, Dumbledore, ce garçon a déjà raconté des tas d'histoires à dormir debout l'année dernière. Ses affabulations sont de plus en plus invraisemblables et vous persistez à les avaler. Allons, Dumbledore, comment pouvez-vous encore croire ce qu'il dit ?

— Espèce d'idiot ! s'écria le professeur McGonagall. Cedric Diggory ! Mr Croupton ! Ces assassinats ne sont pas l'œuvre d'un simple fou qui frappe au hasard !

— Je n'en vois aucune preuve ! répliqua Fudge, le visage violacé de fureur. J'ai l'impression que vous êtes tous décidés à provoquer un mouvement de panique qui va déstabiliser tout ce que nous avons construit au cours de ces treize dernières années !

Harry n'arrivait pas à croire ce qu'il entendait. Il avait toujours considéré Fudge comme un personnage bienveillant, un peu hâbleur, un peu grandiloquent, mais une bonne nature pour l'essentiel. À présent, ce n'était plus qu'un petit sorcier fulminant qui refusait tout net l'idée de voir son monde confortable et bien ordonné subir la moindre perturbation. Il refusait de croire au retour de Voldemort.

— Voldemort est revenu, répéta Dumbledore. Si vous acceptez ce fait tel qu'il est et si vous prenez les mesures nécessaires, nous avons encore une chance de sauver la situation. La première décision, la plus importante, devrait être de retirer aux Détraqueurs le contrôle de la prison d'Azkaban…

— Ridicule ! s'écria Fudge. Enlever les Détraqueurs ! Je serais démis de mes fonctions si je faisais une telle proposition ! La plupart d'entre nous n'arrivons à bien dormir que parce que nous savons que les Détraqueurs montent la garde à Azkaban !

— Et nous, Cornelius, nous dormons beaucoup moins bien

en sachant que vous avez confié la surveillance des plus dangereux partisans de Lord Voldemort à des créatures qui se rangeront à ses côtés dès qu'il le leur demandera ! répliqua Dumbledore. Elles ne vous resteront pas fidèles, Fudge ! Voldemort peut leur offrir beaucoup plus de possibilités que vous d'exercer leurs pouvoirs et de satisfaire leurs désirs ! Lorsque les Détraqueurs et ses anciens partisans l'auront rejoint, vous aurez bien du mal à l'empêcher de retrouver la puissance qui était la sienne il y a treize ans !

Fudge ouvrait et fermait la bouche comme si aucune parole ne pouvait répondre à pareil outrage.

— La deuxième mesure que vous devriez prendre, et tout de suite, poursuivit Dumbledore, ce serait d'envoyer des émissaires aux géants.

— Des émissaires aux géants ? s'écria Fudge qui avait soudain retrouvé sa langue. Qu'est-ce que c'est que cette folie ?

— Tendez-leur la main de l'amitié dès maintenant avant qu'il ne soit trop tard, dit Dumbledore, ou alors ce sera Voldemort qui saura les convaincre, comme il l'a déjà fait auparavant, que lui seul est en mesure de leur rendre leurs droits et leur liberté !

— Vous… vous ne parlez pas sérieusement ! balbutia Fudge en reculant encore d'un pas. Si la communauté des sorciers apprenait que j'ai approché les géants… Tout le monde les déteste, Dumbledore… Ce serait la fin de ma carrière…

— Vous êtes aveuglé par l'amour de votre fonction, Cornelius ! lança Dumbledore, le regard flamboyant.

Il avait haussé la voix et l'aura de puissance qui émanait de lui devenait si intense qu'elle était presque palpable.

— Vous accordez beaucoup trop d'importance, comme vous l'avez toujours fait, à la prétendue pureté du sang ! Vous refusez de reconnaître que ce qui compte, ce n'est pas la naissance, mais ce que l'on devient ! Votre Détraqueur a supprimé le dernier membre d'une des plus anciennes familles de sang pur et voyez ce que cet homme avait choisi de faire de sa vie ! Je vous le dis maintenant : prenez les mesures que je vous ai suggérées et vous laisserez le souvenir, dans votre administration et ailleurs, de l'un des plus courageux et des plus grands ministres de la Magie qu'on ait jamais connus. Renoncez à agir et l'histoire se souviendra de vous comme de l'homme dont la faiblesse aura donné à Lord Voldemort une deuxième chance de détruire le monde que nous avons essayé de reconstruire !

– Complètement fou, murmura Fudge en reculant encore d'un pas. De la démence…

Il y eut alors un grand silence. Madame Pomfresh était figée au pied du lit, les mains sur la bouche. Mrs Weasley, toujours penchée sur Harry, le tenait par les épaules pour l'empêcher de se lever. Bill, Ron et Hermione regardaient fixement Fudge.

– Si votre obstination à fermer les yeux vous mène aussi loin, Cornelius, reprit Dumbledore, nous avons atteint la croisée des chemins. Vous agirez comme vous le jugerez bon. Et moi aussi, j'agirai comme je le jugerai bon.

La voix de Dumbledore n'avait rien de menaçant. Elle donnait l'impression d'une simple constatation, mais Fudge se raidit comme s'il l'avait menacé de sa baguette magique.

– Maintenant, écoutez-moi bien, Dumbledore, dit-il en agitant un index accusateur. Je vous ai laissé la bride sur le cou. Toujours. J'avais beaucoup de respect pour vous. Parfois, je n'étais pas d'accord avec certaines de vos décisions, mais je ne disais rien. Il n'y en a pas beaucoup qui vous auraient permis d'engager un loup-garou comme professeur ou de garder Hagrid, ou encore de fixer le programme scolaire sans en référer au ministère. Mais si vous vous opposez à moi…

– Le seul auquel j'ai l'intention de m'opposer, l'interrompit Dumbledore, c'est Lord Voldemort. Si vous êtes contre lui, Cornelius, nous resterons du même côté.

Apparemment, Fudge ne savait pas quoi répondre. Il oscilla d'avant en arrière sur ses petits pieds en faisant tourner son chapeau melon entre ses mains.

— Il ne peut pas être de retour, Dumbledore, dit-il enfin, d'un ton qui avait quelque chose de suppliant, c'est impossible...

Rogue s'avança alors vers lui en passant devant Dumbledore. Il releva la manche de sa robe et mit son bras sous le nez de Fudge qui tressaillit.

— Voilà, dit Rogue d'un ton brusque. Vous voyez : la Marque des Ténèbres. Et encore, elle n'est pas aussi nette. Il y a une heure, elle était devenue noire. Mais vous pouvez quand même la voir. Lord Voldemort a gravé cette marque par le feu dans le bras de chaque Mangemort. C'était un signe de reconnaissance et un moyen de nous faire venir auprès de lui. Lorsqu'il touchait la Marque d'un Mangemort, nous transplanions immédiatement à ses côtés. Cette Marque que vous voyez là est devenue de plus en plus visible au cours de l'année. Celle de Karkaroff également. Pourquoi pensez-vous que Karkaroff a pris la fuite, cette nuit ? Tous les deux, nous avons senti la Marque nous brûler. Et tous les deux, nous savions qu'il était de retour. Karkaroff redoute la vengeance du Seigneur des Ténèbres. Il a trahi trop de ses camarades Mangemorts pour être bien accueilli s'il revenait au bercail.

Fudge recula devant Rogue comme il avait reculé devant Dumbledore. Hochant la tête, il ne semblait pas avoir assimilé le moindre mot de ce que Rogue venait de lui dire. Il se contentait de regarder avec dégoût l'horrible Marque sur son bras. Enfin, il se tourna à nouveau vers Dumbledore et murmura :

— Je ne sais pas à quoi vous jouez, vous et vos collègues,

Dumbledore, mais j'en ai entendu assez. Je n'ai rien d'autre à ajouter. Je vous recontacterai demain pour parler un peu de la façon dont cette école doit être dirigée. Pour l'instant, je dois retourner au ministère.

Parvenu devant la porte, il s'arrêta soudain, fit volte-face et revint vers le lit de Harry.

– Ton prix, dit-il d'un ton sec.

Il sortit de sa poche un sac d'or qu'il laissa tomber sur la table de chevet.

– Mille Gallions. Normalement, il aurait dû y avoir une cérémonie, mais étant donné les circonstances…

Il enfonça son chapeau melon sur sa tête et sortit de la salle en claquant la porte derrière lui. Dès qu'il eut disparu, Dumbledore se tourna vers le groupe rassemblé autour du lit de Harry.

– Il y a du travail, dit-il. Molly, j'espère ne pas me tromper en estimant que je peux compter sur vous et sur Arthur ?

– Bien sûr que vous le pouvez, répondit Mrs Weasley.

Elle avait le teint livide, mais semblait déterminée.

– Arthur sait très bien à quoi s'en tenir avec Fudge. Il n'a jamais eu d'avancement au ministère à cause de son affection pour les Moldus. Fudge trouve qu'il n'a pas le véritable orgueil des sorciers.

– Il faut que je lui envoie un message, dit Dumbledore. Tous ceux qui sont prêts à accepter la vérité doivent être immédiatement avertis et Arthur est bien placé pour contacter ceux qui travaillent au ministère et qui ne sont pas aussi aveugles que Cornelius.

– Je vais aller voir papa, dit Bill, je pars tout de suite.

– Parfait, approuva Dumbledore. Raconte-lui ce qui s'est passé. Dis-lui que je prendrai bientôt directement contact avec lui. Mais il devra se montrer discret. Si jamais Fudge pense que je mets mon nez dans les affaires du ministère

751

— Comptez sur moi, dit Bill.

Il donna une tape sur l'épaule de Harry, embrassa sa mère, mit sa cape et sortit de la salle d'un pas vif.

— Minerva, dit Dumbledore en se tournant vers le professeur McGonagall, je veux voir Hagrid dans mon bureau le plus vite possible. Et également, si elle consent à venir, Madame Maxime.

Le professeur acquiesça d'un signe de tête et sortit à son tour de la salle.

— Pompom, dit alors Dumbledore à Madame Pomfresh. Voudriez-vous être assez aimable pour descendre dans le bureau de Maugrey ? Vous y trouverez une elfe de maison du nom de Winky qui doit être dans un grand état de détresse. Faites ce que vous pouvez pour elle et ramenez-la aux cuisines. Dobby s'occupera d'elle.

— Très bien, dit Madame Pomfresh, visiblement étonnée.

Et elle aussi quitta la salle.

Dumbledore s'assura que la porte était fermée et que les pas de Madame Pomfresh s'étaient éloignés avant de reprendre la parole :

— Et maintenant, il est temps pour deux d'entre nous de se reconnaître tels qu'ils sont. Sirius… Voudriez-vous reprendre votre forme habituelle ?

Le gros chien noir leva les yeux vers Dumbledore puis, en un instant, se métamorphosa en homme.

Mrs Weasley poussa un hurlement et fit un bond en arrière.

— Sirius Black ! s'écria-t-elle, l'index pointé sur lui.

— Arrête, maman ! s'exclama Ron Il n'y a aucun danger !

Rogue n'avait pas crié, ni fait de bond en arrière mais il contempla le visage de Sirius avec un mélange d'horreur et de colère.

— Lui ! gronda-t-il en échangeant un regard avec Sirius qui avait la même expression de dégoût. Qu'est-ce qu'il fait ici ?

– Il est ici parce que je l'ai invité, dit Dumbledore, tout comme vous, Severus. Je sais que je peux compter sur vous deux. Le moment est venu d'oublier vos anciennes querelles et d'avoir confiance l'un dans l'autre

Harry pensa que Dumbledore était en train de demander un quasi-miracle. Sirius et Rogue se toisaient avec la plus grande répulsion.

– À court terme, reprit Dumbledore, avec une certaine impatience dans la voix, vous pourriez vous contenter de ne pas vous manifester d'hostilité ouverte. Vous allez commencer par vous serrer la main. Vous êtes du même côté, désormais. Nous n'avons pas beaucoup de temps et, si les rares personnes qui connaissent la vérité ne s'unissent pas dès maintenant, il n'y aura bientôt plus d'espoir pour aucun d'entre nous.

Très lentement – mais en continuant de se lancer des regards assassins – Sirius et Rogue s'avancèrent l'un vers l'autre et se serrèrent la main pendant une fraction de seconde.

– Ça suffira pour l'instant, dit Dumbledore en se plaçant entre eux. À présent, j'ai du travail pour vous deux. L'attitude de Fudge, bien qu'elle ne soit pas surprenante, change tout. Sirius, il faut que vous partiez immédiatement prévenir Remus Lupin, Arabella Figg, Mondingus Fletcher – tous les anciens. Restez caché chez Lupin pour le moment, je vous contacterai là-bas.

– Mais…, dit Harry.

Il aurait souhaité que Sirius reste. Il ne voulait pas lui dire au revoir aussi vite.

– Tu me reverras très bientôt, Harry, assura Sirius. Je te le promets. Mais je dois faire ce que je peux, tu comprends, non ?

– Oui, dit Harry. Oui… Bien sûr.

Sirius lui saisit la main et la serra brièvement, puis il fit un signe de tête à Dumbledore, se transforma à nouveau en un gros chien et sortit de la salle en actionnant la poignée de la porte avec sa patte. Un instant plus tard, il avait disparu.

– Severus, dit Dumbledore en se tournant vers Rogue. Vous savez ce que je dois vous demander. Si vous y êtes prêt...

– J'y suis prêt, répondit Rogue.

Il paraissait légèrement plus pâle que d'habitude et ses yeux noirs au regard glacé brillaient étrangement.

– Alors, bonne chance, dit Dumbledore.

Son visage exprimait une certaine appréhension lorsqu'il le regarda sortir en silence derrière Sirius.

Plusieurs minutes s'écoulèrent avant que Dumbledore reprenne la parole :

– Je dois descendre, dit-il enfin. Il faut que je voie les Diggory. Harry, bois le reste de ta potion. Je reviendrai un peu plus tard.

Harry se laissa retomber sur ses oreillers tandis que Dumbledore sortait à son tour. Hermione, Ron et Mrs Weasley avaient tourné les yeux vers lui. Pendant un long moment, personne ne parla.

– Il faut que tu finisses ta potion, Harry, dit enfin Mrs Weasley.

Elle repoussa le sac d'or posé sur la table de chevet pour prendre le flacon et le gobelet.

– Tu as besoin d'une bonne nuit de sommeil. Essaye de penser à autre chose... Pense par exemple à tout ce que tu vas pouvoir t'acheter avec ce que tu as gagné !

– Je ne veux pas de cet or, répondit Harry, d'une voix sans timbre. Prenez-le. Donnez-le à n'importe qui. Ce n'est pas moi qui aurais dû le gagner, c'est Cedric.

Le sentiment contre lequel il luttait depuis qu'il était revenu avec le corps de Cedric menaçait de le submerger. Il sentait, au coin des yeux, une sorte de picotement, comme une brûlure. Il battit des paupières et regarda le plafond.

– Ce n'est pas ta faute, Harry, murmura Mrs Weasley.

– Je lui ai dit de prendre le trophée en même temps que moi, expliqua Harry.

À présent, il éprouvait dans sa gorge la même sensation de brûlure. Il aurait voulu que Ron regarde ailleurs.

Mrs Weasley posa la potion sur la table de chevet, se pencha sur le lit et prit Harry dans ses bras. Il ne se souvenait pas d'avoir jamais connu pareille étreinte. Comme l'étreinte d'une mère. Le poids de tout ce qu'il avait vécu cette nuit-là sembla tomber sur lui tandis que Mrs Weasley le serrait contre elle. Le visage de sa mère, la voix de son père, la vision de Cedric, étendu mort sur le sol, tout se mit à tournoyer dans sa tête jusqu'à ce que ces images lui deviennent insupportables, jusqu'à ce qu'il sente les traits de son visage se contracter pour faire taire le cri de désespoir qui s'efforçait de sortir de lui.

Il y eut un grand bruit, comme un claquement de porte, et Mrs Weasley lâcha Harry. Hermione, debout devant la fenêtre, tenait quelque chose étroitement serré dans sa main.

– Désolée, murmura-t-elle.

– Ta potion, Harry, dit précipitamment Mrs Weasley, en s'essuyant les yeux d'un revers de main.

Harry la but d'un seul coup. Son effet fut immédiat. Il retomba sur ses oreillers et ne pensa plus à rien, emporté par une vague de sommeil sans rêves.

37

LE COMMENCEMENT

En y repensant, même peu de temps après, Harry se rendit compte qu'il ne conservait guère de souvenirs des jours qui avaient suivi. Comme s'il avait subi trop de choses d'un coup pour pouvoir en assimiler d'autres. Les souvenirs qui lui revenaient en mémoire étaient terriblement douloureux. Le pire était sans doute celui de la rencontre avec les Diggory, qui avait eu lieu le lendemain matin.

Les parents de Cedric ne lui en voulaient pas de ce qui s'était passé. Au contraire, tous deux l'avaient remercié de leur avoir ramené le corps de leur fils. Mr Diggory avait sangloté pendant toute l'entrevue, mais le chagrin de Mrs Diggory semblait au-delà des larmes.

– Alors, il n'a pas souffert ? avait-elle dit lorsque Harry leur avait raconté comment Cedric était mort. Il faut se dire, Amos, qu'il est mort au moment où il remportait le tournoi. Il devait être très heureux.

En partant, elle avait regardé Harry et avait ajouté :

– Prends bien soin de toi, maintenant.

Harry avait saisi le sac d'or sur la table de chevet.

– Prenez-le, lui avait-il murmuré. Cet or aurait dû revenir à Cedric, c'est lui qui était le premier, prenez-le…

Mais elle avait reculé.

756

– Non, il est à toi, mon garçon, nous ne pourrions pas… garde-le.

Harry était retourné à la tour de Gryffondor le lendemain soir. D'après ce qu'Hermione et Ron lui avaient dit, Dumbledore s'était adressé aux élèves le matin même, pendant le petit déjeuner. Il leur avait simplement demandé de laisser Harry tranquille, de ne pas lui poser de questions, de ne pas insister pour qu'il raconte ce qui s'était passé dans le labyrinthe. La plupart de ses camarades l'évitaient dans les couloirs, fuyaient même son regard. Certains chuchotaient sur son passage, la main devant la bouche. Nombre d'entre eux croyaient l'article dans lequel Rita Skeeter le décrivait comme un être perturbé qui pouvait devenir dangereux. Peut-être se faisaient-ils leur propre idée de la façon dont Cedric était mort. Mais Harry ne se souciait guère de ce qu'on pensait de lui. Il préférait rester en compagnie de Ron et d'Hermione et parler avec eux de tout autre chose, ou même ne pas parler du tout et jouer aux échecs en silence. C'était comme s'ils n'avaient plus besoin de mots pour se comprendre. Chacun attendait un signe, une parole, pour savoir ce qui se passait à l'extérieur de Poudlard – mais il était inutile d'imaginer ce qui pourrait arriver tant que rien n'était sûr. La seule fois où ils évoquèrent le sujet, ce fut lorsque Ron parla à Harry d'une entrevue qu'avait eue Mrs Weasley avec Dumbledore, avant de rentrer chez elle.

– Elle lui a demandé si tu pouvais venir directement chez nous, cet été, dit-il. Mais Dumbledore veut que tu retournes chez les Dursley, au début en tout cas.

– Pourquoi ? s'étonna Harry.

– Elle m'a dit que Dumbledore avait ses raisons, répondit Ron en hochant la tête d'un air sombre. Il vaut sans doute mieux lui faire confiance…

En dehors de Ron et d'Hermione, la seule personne à qui Harry avait envie de parler, c'était Hagrid. Comme il n'y avait plus de professeur de défense contre les forces du Mal, ils étaient libres pendant ces heures-là. Le jeudi après-midi, ils en profitèrent pour aller le voir dans sa cabane. C'était une belle journée ensoleillée. Lorsqu'il les vit approcher, Crockdur bondit sur eux par la porte ouverte en aboyant et en remuant la queue avec frénésie.

– Qui est là ? demanda Hagrid. *Harry !*

Il se précipita sur eux, étreignit Harry et lui ébouriffa les cheveux.

– Ça fait vraiment plaisir de te voir ! s'exclama-t-il. Vraiment plaisir.

À l'intérieur de la cabane, deux tasses de la taille d'un seau avec des soucoupes assorties étaient posées sur la table de bois, devant la cheminée.

– J'ai pris une tasse de thé avec Olympe, dit Hagrid. Elle vient de partir.

– Qui ? demanda Ron, intrigué.

– Madame Maxime, bien sûr !

– Vous vous êtes réconciliés, tous les deux ? dit Ron.

– Je ne vois pas de quoi tu parles, répondit Hagrid d'un ton dégagé en allant chercher d'autres tasses dans le buffet.

Lorsqu'il eut préparé le thé et offert quelques biscuits pâteux, il s'adossa contre sa chaise et observa Harry de ses petits yeux noirs.

– Ça va ? demanda-t-il d'un ton bourru.

– Oui, assura Harry.

– Non, ça ne va pas, dit Hagrid. Bien sûr que ça ne va pas. Mais ça ira mieux.

Harry resta silencieux.

– Je savais qu'il reviendrait, reprit Hagrid.

Harry, Ron et Hermione le regardèrent d'un air interloqué.

– Je le savais depuis des années, Harry. Je savais qu'il était là, caché quelque part et qu'il attendait son heure. Il fallait que ça arrive. Eh bien maintenant, c'est arrivé et il faudra s'y faire. On se battra. Il est possible qu'on arrive à l'arrêter avant qu'il ait le temps de reprendre les choses en main. En tout cas, c'est le plan de Dumbledore. Tant qu'il est là, je ne me fais pas trop de soucis.

En voyant leur expression incrédule, Hagrid haussa ses sourcils broussailleux.

– Ça ne sert à rien de rester là à s'inquiéter, dit-il. Il arrivera ce qui arrivera et il faudra se préparer à l'affronter. Dumbledore m'a raconté ce que tu as fait, Harry.

Hagrid bomba la poitrine en le regardant.

– Tu as fait aussi bien que ce que ton père aurait fait. Je ne peux pas t'adresser de plus beau compliment.

Harry lui sourit. C'était la première fois qu'il souriait depuis plusieurs jours.

– C'était quoi, ce que voulait vous demander Dumbledore, Hagrid ? interrogea-t-il. Il a envoyé le professeur McGonagall vous chercher, vous et Madame Maxime… Il voulait vous voir… cette nuit-là.

– Il avait un petit travail à me confier, cet été, répondit Hagrid. Mais c'est un secret, je n'ai pas le droit d'en parler, même pas à vous trois. Olympe – enfin, Madame Maxime – va peut-être venir avec moi. J'en suis même presque sûr. Je pense avoir réussi à la convaincre.

– Ça concerne Voldemort ?

Hagrid tressaillit en entendant prononcer le nom.

– Peut-être bien, répondit-il d'un ton évasif. Et maintenant, est-ce que ça vous dirait de venir voir le dernier Scroutt qui reste ? Non, non, rassurez-vous, je plaisantais ! Une simple plaisanterie ! ajouta-t-il précipitamment en voyant l'expression de leurs visages.

Harry avait le cœur lourd en préparant ses bagages, la veille de son retour à Privet Drive. Il redoutait le banquet de fin d'année, qui était d'habitude une occasion de fête puisqu'on y annonçait le vainqueur de la Coupe des Quatre Maisons. Depuis qu'il avait quitté l'infirmerie, il évitait soigneusement de descendre dans la Grande Salle aux heures d'affluence, préférant prendre ses repas aux moments où elle était presque vide, pour éviter les regards curieux de ses camarades.

Lorsque Ron, Hermione et lui entrèrent dans la Grande Salle, ils remarquèrent aussitôt que les décorations habituelles n'avaient pas été installées. En temps normal, les couleurs de la maison gagnante étaient déployées dans toute la salle pour le banquet de fin d'année. Ce soir, cependant, des draperies noires étaient accrochées au mur, derrière la table des professeurs. Harry sut tout de suite qu'on avait voulu ainsi rendre hommage à Cedric.

Le véritable Maugrey Fol Œil était assis à la table des professeurs. Il avait récupéré sa jambe de bois et son œil magique et paraissait extrêmement nerveux, sursautant chaque fois que quelqu'un lui adressait la parole. Harry le comprenait : après avoir passé dix mois enfermé dans sa propre malle, il devait craindre plus que jamais d'être attaqué. La chaise du professeur Karkaroff était vide et Harry se demanda où il pouvait bien se trouver. Voldemort avait peut-être réussi à le rattraper.

Madame Maxime, en revanche, était toujours là, assise à côté de Hagrid. Tous deux parlaient à voix basse. Plus loin, Rogue avait pris place à côté du professeur McGonagall. Pendant un instant, son regard s'attarda sur Harry qui l'observait. Il était difficile de lire l'expression de son visage, mais il avait l'air aussi revêche et déplaisant qu'à l'ordinaire. Harry continua de le regarder, bien après que Rogue eut détourné les yeux.

Qu'avait donc fait Rogue sur les instructions de Dumbledore, la nuit du retour de Voldemort ? Et pourquoi... *pourquoi*... Dumbledore avait-il la certitude que Rogue était sincèrement de leur côté ? Il avait été leur espion, c'était ce que Dumbledore avait dit dans la Pensine. Rogue s'était retourné contre Voldemort et l'avait espionné pour le compte de ses ennemis, « en courant de grands risques personnels ». Quel rôle devait-il à nouveau jouer ? Peut-être avait-il repris contact avec les Mangemorts ? En faisant semblant de ne s'être jamais véritablement rallié à Dumbledore, d'avoir simplement, tout comme Voldemort lui-même, attendu son heure ?

Harry fut interrompu dans ses rêveries par le professeur Dumbledore qui venait de se lever. La Grande Salle, jusqu'ici moins bruyante que lors des autres banquets de fin d'année, devint totalement silencieuse.

— Voici donc venue la fin d'une autre année, dit Dumbledore.

Il s'interrompit et son regard s'arrêta sur la table des Poufsouffle. C'était la table qui avait été la plus discrète de toute la soirée, la table autour de laquelle on voyait les visages les plus tristes, les plus blafards.

— Il y a beaucoup de choses que je voudrais vous dire, ce soir, poursuivit Dumbledore. Mais je dois d'abord rendre hommage à un garçon de grande qualité qui aurait dû être ici — il fit un geste vers la table des Poufsouffle — pour partager ce banquet avec nous. Je vous demande de vous lever et de porter un toast en l'honneur de Cedric Diggory.

Dans un raclement de chaises et de bancs, tous les élèves se mirent debout et levèrent leurs gobelets. D'une même voix, comme un grondement qui se répercuta en écho dans la salle, tout le monde prononça le nom de Cedric Diggory.

Harry aperçut Cho dans la foule. Des larmes coulaient sur ses joues. Il baissa les yeux en se rasseyant avec les autres.

– Cedric incarnait de nombreuses qualités qui s'attachent à la maison Poufsouffle, poursuivit Dumbledore. C'était un ami loyal et généreux, il travaillait sans relâche et se montrait toujours fair-play. Sa mort vous a tous affectés, que vous l'ayez bien connu ou pas. Je pense donc que vous avez le droit de savoir ce qui s'est exactement passé.

Harry leva la tête et regarda Dumbledore.

– Cedric Diggory a été assassiné par Lord Voldemort.

Un murmure de panique parcourut la Grande Salle. Les élèves fixaient Dumbledore d'un air incrédule et terrifié. Parfaitement calme, Dumbledore attendit que le silence revienne.

– Le ministère de la Magie, reprit Dumbledore, ne souhaite pas que je vous donne cette information. Les parents de certains d'entre vous seront peut-être horrifiés d'apprendre que je l'ai fait – soit parce qu'ils ne croiront pas au retour de Lord Voldemort, soit parce qu'ils penseront que vous êtes trop jeunes pour que je vous dise une chose pareille. J'ai cependant la conviction que la vérité est généralement préférable au mensonge et que toute tentative de faire croire que Cedric est mort des suites d'un accident, ou à cause d'une erreur qu'il aurait commise, serait une insulte à sa mémoire.

Pétrifiés, épouvantés, tous les visages étaient tournés vers Dumbledore… ou presque tous les visages. À la table des Serpentard, Harry vit Drago Malefoy murmurer quelque chose à Crabbe et à Goyle. Il sentit une vague de fureur dévorante lui nouer l'estomac et se força à regarder de nouveau Dumbledore.

– Je ne peux évoquer la mort de Cedric Diggory sans citer le nom de quelqu'un d'autre, poursuivit Dumbledore. Je veux parler, bien sûr, de Harry Potter.

Il y eut comme un frémissement dans la Grande Salle

lorsque quelques élèves tournèrent la tête vers Harry avant de reporter leur attention sur Dumbledore.

– Harry Potter a réussi à échapper à Lord Voldemort. Il a risqué sa propre vie pour ramener à Poudlard le corps de Cedric. Il a fait preuve, à tous égards, d'une bravoure que peu de sorciers ont su montrer face à Lord Voldemort et c'est pourquoi je veux à présent lui rendre hommage.

Dumbledore regarda Harry avec gravité et leva à nouveau son gobelet. Presque tout le monde l'imita dans la Grande Salle. Les élèves murmurèrent son nom comme ils avaient murmuré celui de Cedric et burent en son honneur. Mais Harry vit que Malefoy, Crabbe, Goyle et de nombreux autres élèves de Serpentard étaient restés assis sans toucher à leurs gobelets, dans une attitude de défi. Dumbledore, qui ne possédait pas d'œil magique, ne s'en était pas aperçu.

Lorsque chacun se fut rassis, Dumbledore poursuivit :

– Le Tournoi des Trois Sorciers avait pour ambition de favoriser le rapprochement et la compréhension entre les sorciers du monde entier. À la lumière de ce qui s'est passé – le retour de Voldemort –, de tels liens deviennent plus importants que jamais.

Dumbledore regarda Madame Maxime et Hagrid, Fleur Delacour et ses camarades de Beauxbâtons, puis Viktor Krum et les élèves de Durmstrang assis à la table des Serpentard. Harry remarqua que Krum paraissait méfiant, presque effrayé, comme s'il s'attendait à ce que Dumbledore prononce des paroles sévères.

– Tous les invités présents dans cette salle, reprit Dumbledore en fixant les élèves de Durmstrang, seront toujours les bienvenus chaque fois qu'ils voudront revenir ici. Une fois de plus, je vous le répète à tous, maintenant que Lord Voldemort est de retour, l'union fera notre force, la division notre faiblesse. L'aptitude de Lord Voldemort à semer la discorde et la haine est considérable. Nous ne pourrons le combattre qu'en montrant une détermination tout aussi puissante, fondée sur l'amitié et la confiance. Les différences de langage et de culture ne sont rien si nous partageons les mêmes objectifs et si nous restons ouverts les uns aux autres. Je suis convaincu – et jamais je n'ai tant souhaité me tromper – que nous allons connaître une période sombre et difficile. Certains, dans cette salle, ont déjà eu à souffrir directement des agissements de Lord Voldemort. Les familles de nombre d'entre vous ont été déchirées à cause de lui. Il y a une semaine, un élève nous a été arraché. Souvenez-vous de Cedric. Si, un jour, vous avez à choisir entre le bien et la facilité, souvenez-vous de ce qui est arrivé à un garçon qui était bon, fraternel et courageux, simplement parce qu'il a croisé le chemin de Lord Voldemort. Souvenez-vous de Cedric Diggory.

Les bagages de Harry étaient prêts et Hedwige avait retrouvé sa cage. Dans le hall bondé, Ron, Hermione et lui attendaient avec les élèves de quatrième année les diligences qui devaient les emmener à la gare de Pré-au-Lard. Cette fois encore, c'était une belle journée d'été. Il ferait chaud lorsqu'il arriverait à Privet Drive, la verdure aurait envahi le jardin et les massifs de fleurs rivaliseraient de couleurs. Mais cette pensée ne lui procurait aucun plaisir.

– Arry !

Il se retourna et vit Fleur Delacour qui montait en courant les marches de pierre du château. Derrière elle, au fond du parc, Harry apercevait Hagrid qui aidait Madame Maxime à atteler deux des chevaux géants. Le carrosse de Beauxbâtons s'apprêtait à repartir par la voie des airs.

– J'espère que nous nous reverrons, dit Fleur en lui tendant la main. Je voudrais trouver un travail ici pour améliorer mon anglais.

–Il est déjà très bon, assura Ron d'une voix un peu étranglée.

–J'ai encore du mal avec les h aspirés… dit Fleur en lui adressant un grand sourire.

Hermione fronça les sourcils.

–Au revoir, Arry, ajouta Fleur. J'ai eu grand plaisir à te rencontrer !

Harry sentit son moral remonter légèrement en regardant Fleur traverser la pelouse pour rejoindre Madame Maxime, ses cheveux blond-argent ondulant au soleil.

–Je me demande comment les élèves de Durmstrang vont faire pour rentrer, dit Ron. Tu crois qu'ils arriveront à manœuvrer ce bateau sans Karkaroff ?

–Ce n'est pas Karrrkarrroff qui tenait la barrrre, dit derrière eux une voix au ton abrupt. Il rrrestait dans sa cabine et nous laissait fairrre tout le trrravail.

Krum était venu dire au revoir à Hermione.

–Est-ce que je pourrrais te parrrler ? lui demanda-t-il.

–Oh… Oui… d'accord, répondit Hermione.

Un peu gênée, elle suivit Krum parmi la foule des élèves.

–Tu ferais bien de te dépêcher ! lui cria Ron. On va bientôt partir !

Il laissa Harry surveiller l'arrivée des diligences et tendit le cou au-dessus des têtes pour essayer de voir ce que faisaient Krum et Hermione. Ils revinrent très vite et Ron regarda Hermione avec insistance, mais elle garda un visage impassible.

–J'aimais bien Diggorrry, dit brusquement Krum à Harry. Il était toujourrrs trrrès poli avec moi. Toujourrrs. Bien que je sois à Durrrmstrrrang… avec Karrrkarrroff, ajouta-t-il, les sourcils froncés.

–Vous avez déjà un nouveau directeur ? demanda Harry.

Krum haussa les épaules. Il tendit la main, comme l'avait fait Fleur, serra celle de Harry puis celle de Ron.

Celui-ci semblait en proie à une lutte intérieure particulièrement douloureuse. Krum s'était déjà éloigné de quelques pas lorsque, n'y tenant plus, Ron s'écria :

– Est-ce que je pourrais avoir un autographe ?

Hermione détourna la tête en souriant. Krum, surpris mais flatté, signa à Ron un morceau de parchemin tandis que les diligences sans chevaux cahotaient dans l'allée en direction du château.

Au cours du voyage de retour à la gare de King's Cross, le temps n'aurait pas pu être plus différent qu'à l'aller, lorsqu'ils étaient partis pour Poudlard au mois de septembre précédent On ne voyait pas le moindre nuage dans le ciel. Harry, Ron et Hermione avaient réussi à trouver un compartiment libre pour eux tout seuls. Cette fois encore, Ron avait enveloppé la cage de Coquecigrue dans sa tenue de soirée pour empêcher le hibou de hululer continuellement. Hedwige somnolait et Pattenrond était pelotonné sur la banquette, comme un gros coussin de fourrure orange. Pendant que le train filait vers le sud, les trois amis se mirent à parler plus longuement et plus librement qu'ils ne l'avaient fait au cours de la semaine écoulée. Harry sentait que le discours de Dumbledore pendant le banquet de fin d'année l'avait, d'une certaine manière, libéré. Il lui était moins difficile à présent de parler de ce qui s'était passé. Seule l'arrivée du chariot à friandises interrompit leur conversation sur les mesures que Dumbledore pourrait prendre pour essayer d'arrêter Voldemort.

Lorsque Hermione revint du couloir en rangeant son argent, elle tira de son sac un exemplaire de *La Gazette du sorcier*.

Harry y jeta un coup d'œil en se demandant s'il avait vraiment envie d'en connaître le contenu. Mais Hermione le rassura :

– Il n'y a rien là-dedans. Rien du tout, tu peux regarder toi-même. Je l'ai lu tous les jours et je n'ai trouvé qu'un tout petit article le lendemain de la troisième tâche pour annoncer que c'était toi qui avais remporté le tournoi. Ils n'ont même pas cité Cedric. Pas la moindre information sur ce qui s'est passé. À mon avis, Fudge les oblige à garder le silence.

– Il n'arrivera jamais à faire taire Rita, fit remarquer Harry. Encore moins sur une histoire comme ça.

– Oh, Rita n'a plus rien écrit depuis la troisième tâche, dit Hermione d'un ton étrangement retenu. D'ailleurs, ajouta-t-elle d'une voix qui, à présent, tremblait légèrement, Rita Skeeter n'écrira plus rien du tout pendant un bon moment Si elle ne veut pas que je raconte tout sur *elle*.

– De quoi tu parles ? s'étonna Ron.

– J'ai découvert comment elle s'y prenait pour écouter les conversations privées alors qu'elle n'avait pas le droit de remettre les pieds à l'école, répondit Hermione.

Harry avait l'impression que, depuis des jours, Hermione avait hâte de leur raconter ce qu'elle savait mais qu'elle s'en était abstenue en raison des événements.

– Alors, comment elle faisait ? demanda Ron en la regardant avec curiosité.

– C'est toi, Harry, qui m'as donné l'idée, répondit Hermione.

– Moi ? s'exclama Harry. Comment ?

– Tu te souviens quand tu as parlé de micros pas plus gros qu'un *insecte* ? Et quand tu t'es demandé comment elle s'y prenait pour *cafarder* dans son journal ? dit Hermione d'un ton joyeux.

– Mais tu m'as dit que les micros ne marchaient pas à...

– Ce ne sont pas les micros qui sont importants, ce sont les insectes. Figurez-vous que Rita Skeeter – la voix d'Hermione avait un accent triomphal – est un Animagus non déclaré. Elle est capable de se transformer…

Hermione retira de son sac un petit bocal fermé par un couvercle.

– … en scarabée.

– Tu plaisantes ! dit Ron. Ce n'est quand même pas…

– Mais si, c'est bien elle, répondit Hermione d'un ton allègre en brandissant le bocal.

Un gros scarabée y était enfermé au milieu de feuilles et de brindilles.

– Tu ne vas pas me faire croire… murmura Ron en examinant le bocal.

– C'est la vérité, répondit Hermione, le visage rayonnant. Je l'ai attrapée sur le rebord de la fenêtre de l'infirmerie. Regarde bien et tu verras que les marques autour de ses antennes sont exactement semblables à ses horribles lunettes.

Harry examina à son tour le scarabée et put vérifier qu'elle avait raison. Il se rappela également quelque chose.

– Il y avait un scarabée sur la statue, le soir où Hagrid a parlé de sa mère à Madame Maxime !

– Exactement, dit Hermione, et Krum a trouvé un scarabée dans mes cheveux lorsque nous avons eu notre conversation au bord du lac. Et, à moins que je ne me trompe, Rita devait se trouver sur le rebord de la fenêtre le jour où ta cicatrice t'a fait mal pendant le cours de divination. C'est comme ça qu'elle arrivait à récolter toutes ses informations.

– Et quand on a vu Malefoy sous l'arbre… dit lentement Ron.

– Elle était dans sa main et il lui parlait, dit Hermione. Il était au courant, bien sûr. C'est de cette façon qu'elle a recueilli ces charmantes petites interviews des Serpentard. Ils s'en fichaient qu'elle fasse quelque chose d'illégal du moment qu'ils pouvaient lui raconter des horreurs sur Hagrid et sur nous.

Hermione reprit son bocal et sourit au scarabée qui s'agitait d'un air furieux contre le verre.

– Je lui ai dit que je la laisserais sortir quand nous serions arrivés à Londres, expliqua Hermione. J'ai utilisé un sortilège pour rendre le verre incassable et donc elle ne peut plus se métamorphoser. Je l'ai prévenue qu'elle devrait arrêter d'écrire pendant un an. On va voir si elle arrivera à perdre l'habitude de raconter d'horribles mensonges sur les gens

Avec un sourire serein, Hermione remit le bocal dans son sac.

À ce moment, la porte du compartiment s'ouvrit.

– Très intelligent, Granger, dit Drago Malefoy.

Crabbe et Goyle se tenaient derrière lui. Tous trois avaient l'air plus arrogants, plus suffisants, plus menaçants que jamais. Malefoy fit un pas dans le compartiment et les regarda avec un sourire narquois.

– Alors, dit-il de sa voix traînante, tu as réussi à attraper une minable petite journaliste et Potter est de nouveau le chouchou de Dumbledore ? Pas de quoi en faire toute une histoire.

Son sourire s'élargit. Crabbe et Goyle lançaient des regards goguenards.

– On essaye de ne pas trop y penser ? dit Malefoy à voix basse. On fait comme si rien ne s'était passé ?

– Sors d'ici, dit Harry.

Il n'avait pas approché Malefoy depuis qu'il l'avait vu murmurer quelque chose à Crabbe et à Goyle pendant le discours de Dumbledore sur Cedric. Il eut l'impression que ses oreilles bourdonnaient et sa main se serra sur sa baguette magique, dans la poche de sa robe.

– Tu as choisi le camp des perdants, Potter ! Je t'avais prévenu ! Je t'avais dit que tu devrais faire attention aux gens que tu fréquentes, tu te souviens ? Dans le train, la première fois qu'on est allés à Poudlard ? Je t'avais dit de ne pas traîner avec ce genre de racaille !

Il désigna Ron et Hermione d'un signe de tête.

– Trop tard, Potter ! Ils seront les premiers à partir, maintenant que le Seigneur des Ténèbres est de retour ! Les Sang-de-Bourbe et les amoureux des Moldus en premier ! Enfin, en deuxième, c'est Diggory qui a été le prem…

On aurait dit que quelqu'un avait fait exploser une boîte de feux d'artifice dans le compartiment. Aveuglé par les éclairs des sortilèges qui avaient fusé de partout, assourdi par une série de détonations, Harry cligna des yeux et regarda par terre.

Malefoy, Crabbe et Goyle étaient étendus, inconscients, à la porte du compartiment. Harry, Ron et Hermione s'étaient levés. Chacun d'eux avait jeté un sort différent. Mais ils n'étaient pas les seuls à avoir réagi.

– On s'est dit qu'on ferait bien de venir voir ce que mijotaient ces trois-là, lança Fred d'un ton dégagé.

Sa baguette magique à la main, il entra dans le compartiment en marchant sur Goyle. George, lui aussi, avait sorti sa baguette. Il suivit Fred et prit bien soin de piétiner Malefoy au passage.

– Intéressant, comme résultat, dit George en regardant Crabbe. Qui est-ce qui a lancé le sortilège de Furonculose ?

– Moi, dit Harry.

– Étrange, dit George d'un ton léger, moi, j'ai utilisé un maléfice de Jambencoton. Apparemment, il vaut mieux ne pas les mélanger. On dirait qu'il lui est poussé des petits tentacules sur tout le visage. Il vaudrait mieux ne pas les laisser ici, ils n'arrangent pas le décor.

Ron, Harry et George firent rouler à coups de pied les corps inertes de Malefoy, Crabbe et Goyle dans le couloir – le mélange des sortilèges qu'ils avaient reçus leur donnait un aspect particulièrement repoussant – puis revinrent dans le compartiment et refermèrent la porte derrière eux.

– Quelqu'un veut jouer à la bataille explosive ? demanda Fred en sortant un jeu de cartes.

Ils en étaient à leur cinquième partie lorsque Harry se décida enfin à leur poser la question :

– Vous allez nous dire, maintenant, à qui vous vouliez faire du chantage ? demanda-t-il.

– Oh, ça..., répondit George d'un air sombre.

– Aucune importance, dit Fred en hochant la tête avec impatience. Ce n'est pas très grave. Plus maintenant, en tout cas.

– On a laissé tomber, dit George avec un haussement d'épaules.

Mais Harry, Ron et Hermione insistèrent et Fred finit par répondre :

– D'accord, d'accord, si vous voulez vraiment savoir… c'était Ludo Verpey.

– Verpey ? s'exclama Harry. Tu veux dire qu'il était impliqué dans…

– Non, répondit George, d'un air sinistre. Ça n'a rien à voir. C'est un imbécile. Il n'est pas assez intelligent pour ça.

– Alors, c'est quoi ? demanda Ron.

Fred hésita.

– Tu te souviens de ce pari qu'on avait fait à la Coupe du Monde de Quidditch ? répondit-il enfin. Que l'Irlande gagnerait mais que ce serait Krum qui aurait le Vif d'or ?

– Oui, dirent Harry et Ron d'une même voix.

– Cet idiot nous a payés en or de farfadet ; il l'avait attrapé quand les mascottes d'Irlande en ont jeté sur les spectateurs.

– Et alors ?

– Et alors, dit Fred avec impatience, l'or a disparu, bien sûr. Le lendemain matin, il n'y en avait plus !

– C'était sûrement une erreur, non ? dit Hermione.

George eut un rire amer.

– Oui, au début, c'est ce qu'on a pensé. On a cru que, si on lui écrivait pour lui dire qu'il s'était trompé, il nous payerait. Mais rien à faire. Il n'a pas répondu à notre lettre. On a essayé de lui en parler chaque fois qu'on l'a vu à Poudlard mais il trouvait toujours une excuse pour nous fuir.

– Il a fini par devenir très désagréable, dit Fred, il a prétendu que nous étions trop jeunes pour parier et il ne voulait rien nous donner du tout.

– Alors, on lui a demandé de nous rembourser au moins notre mise, dit George, le regard furieux.

– Il n'a quand même pas refusé ? s'exclama Hermione.

– Si, justement, dit Fred.

– Mais c'étaient toutes vos économies ! dit Ron.

– Ne m'en parle pas, se désola George. À la fin, on a compris ce qui se passait. Le père de Lee Jordan a eu du mal à obtenir de l'argent de Verpey, lui aussi. Il paraît qu'il a de gros ennuis avec les gobelins. Il leur a emprunté des quantités d'or. Alors, ils l'ont coincé dans le bois, après la Coupe du Monde, et ils lui ont pris tout ce qu'il avait sur lui, mais ce n'était pas suffisant pour couvrir ses dettes. Après, ils l'ont suivi jusqu'à Poudlard pour le tenir à l'œil. Il a tout perdu au jeu. Il n'a même pas deux Gallions en poche. Et vous savez comment cet idiot a essayé de rembourser les gobelins ?

– Comment ? demanda Harry.

– Il a parié sur toi, dit Fred. Il a parié très gros avec les gobelins que ce serait toi qui gagnerais le tournoi.

– C'est pour ça qu'il essayait tout le temps de m'aider ! s'exclama Harry. Eh bien, j'ai gagné, non ? Comme ça, il va pouvoir vous rembourser votre or !

– Non, dit George en hochant la tête. Les gobelins ont été aussi retors que lui. Ils ont dit que tu étais *ex æquo* avec Diggory alors que Verpey avait parié que tu gagnerais tout seul. Verpey a été obligé de prendre la fuite. Il a disparu juste après la troisième tâche.

George poussa un profond soupir et redistribua les cartes.

Le reste du voyage se passa agréablement. Harry aurait bien voulu qu'il se poursuive tout l'été et que le train ne parvienne jamais à King's Cross... Mais, comme il en avait fait la douloureuse expérience au cours de l'année, le temps ne ralentit jamais lorsque quelque chose de déplaisant s'annonce et le train arriva beaucoup trop vite à son goût sur la voie 9 3/4. La cohue habituelle régna dans les couloirs lorsque les élèves commencèrent à descendre des wagons. Ron et Hermione, chargés de leurs bagages, eurent du mal à passer par-dessus Malefoy, Crabbe et Goyle, toujours étendus sur le sol à l'extérieur du compartiment.

Harry, lui, ne bougea pas.

— Fred... George..., dit-il. Attendez un peu.

Les jumeaux se tournèrent vers lui. Harry ouvrit sa grosse valise et en sortit le sac d'or qui récompensait sa victoire au Tournoi des Trois Sorciers.

— Prenez-le, dit-il en fourrant le sac dans les mains de George.

— Quoi ? s'exclama Fred, abasourdi.

— Prenez-le, répéta Harry d'un ton décidé. Je n'en veux pas.

— Tu es cinglé, répliqua George en essayant de lui rendre le sac.

— Non, pas du tout, assura Harry. Vous le prenez et vous continuez vos inventions. C'est pour le magasin de farces et attrapes.

— Il est vraiment cinglé, dit Fred d'une voix presque effrayée.

— Écoutez-moi, reprit Harry d'un ton ferme. Si vous ne le prenez pas, je le jette dans un égout. Je n'en veux pas et je

773

n'en ai pas besoin. En revanche, j'ai besoin de rire. On en a tous besoin. Et j'ai l'impression que, dans quelque temps, on en aura encore plus besoin que d'habitude.

— Harry, dit George d'une petite voix en soupesant le sac, il y en a pour mille Gallions, là-dedans.

— Ouais, répondit Harry avec un sourire. Pense au nombre de crèmes Canari que ça représente.

Les jumeaux le regardèrent avec des yeux ronds.

— Simplement, ne dites pas à votre mère où vous l'avez eu… Peut-être qu'elle insistera moins pour vous pousser à faire carrière au ministère, maintenant…

— Harry, dit Fred.

Mais Harry sortit sa baguette magique.

— Bon, ça suffit, dit-il sèchement, ou bien vous prenez ce sac ou bien je vous jette un sort. J'en connais des pas mal, maintenant. Je vous demande seulement une chose. Achetez à Ron une autre tenue de soirée et dites-lui que c'est vous qui lui en faites cadeau, d'accord ?

Il sortit du compartiment avant qu'ils aient eu le temps d'ajouter un mot, enjambant Malefoy, Crabbe et Goyle toujours inertes dans le couloir, le visage déformé par les séquelles des sortilèges.

L'oncle Vernon attendait derrière la barrière. Mrs Weasley se tenait tout près de lui. Dès qu'elle le vit, elle se précipita sur Harry pour le serrer dans ses bras et lui murmura à l'oreille :

— Je pense que Dumbledore va t'autoriser à venir chez nous un peu plus tard cet été. Tiens-nous au courant, Harry.

— À bientôt, Harry, dit Ron en lui donnant une tape dans le dos.

— Au revoir, Harry ! dit Hermione.

Elle fit alors quelque chose qu'elle n'avait encore jamais fait : elle l'embrassa sur la joue.

– Harry... Merci, murmura George.

À côté de lui, Fred approuva avec des signes de tête frénétiques.

Harry leur adressa un clin d'œil puis se tourna vers l'oncle Vernon et le suivit en silence vers la sortie. Il était inutile de s'inquiéter pour l'instant, pensa-t-il, en montant dans la voiture des Dursley.

Comme Hagrid l'avait dit, il arriverait ce qui arriverait et il faudrait alors se préparer à l'affronter.

Table des matières

J. K. Rowling

L'auteur

Joanne Kathleen Rowling est née en 1965 à Chipping Sodbury, dans le Gloucestershire en Angleterre. Elle a suivi des études à l'université d'Exeter et à la Sorbonne à Paris. Elle est diplômée en littérature française et en philologie. Elle a d'abord travaillé à Londres au sein de l'association Amnesty International.

C'est en 1990 que l'idée de Harry Potter et de son école de sorciers germe dans son imagination, lors d'un voyage en train. Elle voit alors une galerie de personnages envahir son esprit avec un réalisme saisissant. Cette même année, la mort de sa mère l'affecte profondément. L'année suivante, Joanne part enseigner l'anglais au Portugal. Puis, en 1992, elle épouse un journaliste portugais et donne naissance à une petite fille, Jessica. Après son divorce, quelques mois plus tard, elle s'installe à Édimbourg avec son bébé. Vivant dans une situation précaire, elle se plonge dans l'écriture de la première aventure de Harry et termine la rédaction de ce manuscrit qui l'avait accompagnée de Londres à Porto, jusqu'aux cafés d'Édimbourg. La suite ressemble à un conte de fées. Le premier agent auquel elle envoie son manuscrit le refuse, mais un deuxième le retient et, en 1996, une petite maison d'édition britannique décide de publier l'ouvrage.

Les droits du livre sont ensuite vendus aux enchères aux États-Unis pour la plus grosse avance jamais versée à l'époque à un auteur pour la jeunesse !

Le premier volume de Harry Potter a rencontré dès sa parution, grâce au bouche-à-oreille, un succès grandissant qui est devenu phénoménal, tant en Grande-Bretagne qu'à l'étranger. En

France, il a reçu en 1999 le prix Tam-Tam et le prix Sorcières. Il a été traduit en soixante-sept langues et vingt millions d'exemplaires ont été vendus dans le monde entier en l'espace de dix-huit mois. *Harry Potter à l'école des sorciers* a remporté les prix les plus prestigieux dans tous les pays où il a été publié. Il est longtemps resté en tête des ventes « adultes » et « jeunesse » confondues en Grande-Bretagne et aux États-Unis. Les volumes suivants ne cessent quant à eux de confirmer le succès du premier. La saga de Harry Potter est devenue une des œuvres littéraires les plus lues au monde.

C'est le septième et dernier volume qui apporte le dénouement d'une œuvre à laquelle l'auteur aura consacré dix-sept ans de sa vie.

J. K. Rowling s'est remariée en 2001 et a donné à Jessica un petit frère, David, en 2003, et une petite sœur, Mackenzie, en 2005. Elle vit toujours en Écosse, se tenant aussi éloignée que possible des médias et du succès étourdissant de ses livres.

Elle se consacre aujourd'hui à sa famille et à diverses actions caritatives qui lui tiennent à cœur.

Du même auteur chez Gallimard Jeunesse
FOLIO JUNIOR
Harry Potter
1 - *Harry Potter à l'école des sorciers*, n° 899
2 - *Harry Potter et la Chambre des Secrets*, n° 961
3 - *Harry Potter et le prisonnier d'Azkaban*, n° 1006

5 - *Harry Potter et l'Ordre du Phénix*, n° 1364
6 - *Harry Potter et le Prince de Sang-Mêlé*, n° 1418
7 - *Harry Potter et les Reliques de la Mort*, n° 1479
Coffret Harry Potter, tomes 1 à 7

La bibliothèque de Poudlard
Le Quidditch à travers les âges, n° 1518
Les Animaux fantastiques, n° 1519
Les Contes de Beedle le Barde, n° 1520
Coffret La bibliothèque de Poudlard, **3 volumes**

GRAND FORMAT LITTÉRATURE
Harry Potter
1 - *Harry Potter à l'école des sorciers*
2 - *Harry Potter et la Chambre des Secrets*
3 - *Harry Potter et le prisonnier d'Azkaban*
4 - *Harry Potter et la Coupe de Feu*
5 - *Harry Potter et l'Ordre du Phénix*
6 - *Harry Potter et le Prince de Sang-Mêlé*
7 - *Harry Potter et les Reliques de la Mort*
Chaque titre est également disponible dans une édition de luxe sous coffret

BIBLIOTHÈQUE GALLIMARD JEUNESSE
Harry Potter à l'école des sorciers (préface d'Anna Gavalda)

ÉCOUTEZ LIRE
1 - *Harry Potter à l'école des sorciers*
2 - *Harry Potter et la Chambre des Secrets*
3 - *Harry Potter et le prisonnier d'Azkaban*
4 - *Harry Potter et la Coupe de Feu*

Retrouvez les autres aventures
de **Harry Potter**

dans la même collection

Le papier de cet ouvrage est composé de fibres naturelles, renouvelables,
recyclables et fabriquées à partir de bois provenant
de forêts gérées durablement.

Mise en pages : Anna Sarocchi

Loi n° 49-956 du 16 juillet 1949
sur les publications destinées à la jeunesse
ISBN : 978-2-07-064305-9
Numéro d'édition : 271353
Numéro d'impression : 122917
Premier dépôt légal dans la même collection : novembre 2001
Dépôt légal : mai 2014

Imprimé en France par CPI Firmin Didot